MANDY BAGGOT
Winterzauber in Mayfair

D1136077

GOLDMANN
Lesen erleben

Buch

Ihr steht das schlimmste Weihnachten aller Zeiten bevor, davon ist die junge Lehrerin Emily Parker überzeugt. Von der Liebe enttäuscht, hängt nun auch ihr geliebter Job am seidenen Faden. Denn ihre Chefin brummt ihr das Weihnachtsmusical der Schule auf – und das, obwohl Emily völlig unmusikalisch ist. Doch dann gabeln ihre Schüler den skandalumwitterten Popstar Ray Stone nach einer durchzechten Nacht verkatert im Schulschuppen auf. Könnte er Emilys Rettung sein? Vielleicht wird dieses Weihnachtsfest ja doch das schönste, das Emily je hatte …

Weitere Informationen zu Mandy Baggot
sowie zu lieferbaren Titeln der Autorin
finden Sie am Ende des Buches.

Mandy Baggot

Winterzauber in Mayfair

Roman

Aus dem Englischen
von Ulrike Laszlo

GOLDMANN

Die englische Originalausgabe erschien 2019 unter dem Titel
»One Christmas Star« bei Aria,
an imprint of Head of Zeus Ltd, London.

 Dieses Buch ist auch als E-Book erhältlich.

Verlagsgruppe Random House FSC® N001967

1. Auflage
Deutsche Erstveröffentlichung Oktober 2020
Copyright © der Originalausgabe by Mandy Baggot
Copyright © der deutschsprachigen Ausgabe 2020
by Wilhelm Goldmann Verlag, München,
in der Verlagsgruppe Random House GmbH,
Neumarkter Str. 28, 81673 München
Published by Arrangement with HELLAS PRODUCTIONS.
Dieses Werk wurde vermittelt durch die
Literarische Agentur Thomas Schlück GmbH, 30161 Hannover.
Umschlaggestaltung: UNO Werbeagentur, München
Umschlagmotiv: FinePic®, München; taseffski / Getty Images
Redaktion: Lisa Caroline Wolf
AKS · Herstellung: kw
Satz: Buch-Werkstatt GmbH, Bad Aibling
Druck und Bindung: GGP Media GmbH, Pößneck
Printed in Germany
ISBN: 978-3-442-49127-8
www.goldmann-verlag.de

Besuchen Sie den Goldmann Verlag im Netz

*Für Justin Edinburgh,
einen meiner ersten romantischen Helden.
Schlaf in Ruhe und leuchte hell.*

KAPITEL
EINS

Grundschule Stretton Park, London
Ende November

Konzentration. Kon-zen-tra-tion. Du bist jetzt die Bastel-Super-woman …

Emily Parkers Zunge klebte an der Oberlippe, während sie in höchster Konzentration die Augen zusammenkniff und mit einer Pinzette die winzige Krone aus Knetmasse in die Höhe hielt. Sie verzog den Mund und pustete etwas Luft nach oben, um die Wimpern von dem etwas zu langen kastanienbraunen Pony zu befreien.

Es war kurz vor acht am Morgen, und in ihrem Klassenzimmer herrschte zu dieser Zeit noch eine Stille wie in einer Kapelle voller Benediktinermönche. Emilys Hand zitterte, als müsste sie jemanden am offenen Herzen operieren, statt ein Modell mit dem Titel »Was Weihnachten für mich bedeutet« zu vollenden. Gestern hatte ihre sechste Klasse Sterne gebastelt – aus Alufolie und mit jeder Menge Glitzer – und sie an Kleiderbügeln aus Draht befestigt, die nun von der Decke baumelten. Wenn sie sich um die eigene Achse drehten, malten sie schimmernde Lichtpunkte an die Wände. Emily hatte noch immer ein wenig Sorge, einer (oder gleich alle) könnte auf das kostbare Kunstwerk fallen, das sie gerade fertigstellte.

»Nicht zerdrücken, Miss Parker, jetzt sieht es endlich wieder schön aus.«

»Ich weiß.« Emily holte tief Luft. »Das hast du wirklich sehr gut gemacht, Jayden.« Die aufmunternden Worte waren an einen ihrer Schüler gerichtet, der in einem Gebäude mit dem unpassenden Namen Riches Tower wohnte. Der »Turm des Reichtums« war ein schauderhaftes Hochhaus aus den Siebzigern, in dem einige der ärmeren Einwohner dieses Stadtviertels von London lebten. Bei dem Modell vor ihr handelte es sich bereits um Jaydens zweiten Versuch. Und bevor der Unterricht begann, wollte sie ihm unbedingt noch helfen, es fertig zu bekommen. Das erste Modell war Jaydens gewalttätigem Vater zum Opfer gefallen. Er hatte es in der Küche an die Wand geworfen. Emily war einmal bei den Jacksons zu Hause gewesen, und zwar, weil sie sich Sorgen gemacht hatte, als Jayden wegen einer angeblichen Grippe über eine Woche lang nicht zum Unterricht gekommen war. Allerdings war sie bereits in der altmodisch ausgestatteten Küche, dem ersten Raum gleich hinter der Wohnungstür, von Mr Jackson, der sich an Mrs Jackson vorbeigedrängt hatte, abgepasst und vor die Tür gesetzt worden.

Mit zitternden Fingern holte Emily Luft. *Positiv denken.* Irgendwann musste bei diesem Jungen doch einmal etwas klappen. Es war fast Dezember, nicht mehr lange hin bis zum Weihnachtsfest. Kurz blickte sie zur Decke mit den tanzenden Mobiles hinauf und pustete den angehaltenen Atem aus. Sie war fest entschlossen, diese Krone ohne Zwischenfall an ihren Platz zu befördern. Deshalb ließ sie ihr Werkzeug in Richtung Zielpunkt sinken, drückte die Krone fest … und gab sie schließlich frei.

»Wow!«, rief Jayden aus und rutschte mit seinem Stuhl näher an sein Kunstwerk heran. »Glauben Sie, ich gewinne den Wettbewerb, Miss Parker?«

Emily schluckte. Er konnte nicht gewinnen, und das sollte er auch nicht. Immerhin hatte sie ihm in der letzten Woche viel geholfen. Auch wenn Jayden von den dreiunddreißig Schülern in ihrer Klasse den Preis, eine Schachtel mit Konfekt, vermutlich am meisten zu schätzen wusste …

»Ich denke«, erwiderte Emily und betrachtete den Zehnjährigen, dem das fettige dunkle Haar an der Stirn klebte und dessen Augen voller Hoffnung unter den Ponyfransen hervorspähten, »dass du eine ausgezeichnete Chance hast, Erster zu werden.«

Jayden lächelte und steckte den Rest des Bagels mit Frischkäse und Speck, den sie ihm mitgebracht hatte, in den Mund. »Schauen Sie meinen Dad an.« Lachend deutete er auf die Szene. »Sogar wenn er aus Knete ist, sieht er sternhagelvoll aus.«

Was antwortete man auf so etwas? Obwohl Emily die Worte fehlten, musste sie sich etwas einfallen lassen. Etwas Positives. »Vielleicht ist dein Dad ja stolz darauf, dass er in deiner Szene die Hauptrolle spielt.«

»Er wird es nicht sehen«, verkündete Jayden mit vollem Mund. »Er kann nicht zur Ausstellung kommen, weil er arbeiten muss.«

»Er hat einen Job!«, begeisterte sich Emily. »Jayden, das ist ja wundervoll.« Mr Jackson hatte zur Arbeit ein eher schwieriges Verhältnis.

»Er hält bestimmt nicht lange durch«, meinte Jayden in sachlichem Ton. »Meine Mum sagt, sie gibt ihm vierzehn Tage.« Er grinste. »Erst habe ich sie nicht ganz verstanden, doch als sie es mir erklärt hat, fand ich, dass sie richtigliegt.«

»Nun«, begann Emily, zog ein Papiertaschentuch hervor und tupfte Jayden den Frischkäse aus den Mundwinkeln. »Du weißt, dass wir in diesem Klassenzimmer einander zuhören, niemanden verurteilen und jedem eine zweite Chance geben, richtig?«

Mit einem missmutigen Brummen befreite Jayden sich von Emilys Säuberungsversuchen. »Rashid kriegt inzwischen von mir seine dritte Chance.«

»War er schon wieder gemein zu dir?«, erkundigte sich Emily. Rashid Dar entstammte einer offenkundig wohlhabenden Familie, die eine Kette indischer Schnellrestaurants besaß. Seit Rashid im September in ihre sechste Klasse gekommen war, fragte sich Emily, wieso er nicht anstelle von Stretton Park die nahe gelegene Privatschule besuchte. Vielleicht war das Auftischen von Phall-Curry ja doch nicht so lukrativ, wie sie glaubte. Oder seine Eltern hatten einfach keine Lust, Geld für Schulgebühren auszugeben. Allerdings hatte sie, wie die Klassenregeln besagten, nicht das Recht, ein Urteil über ihre Mitmenschen zu fällen. Ihre Pflicht war es, dafür zu sorgen, dass alle ihre Schüler sich ins Zeug legten und das Beste aus sich herausholten. Sie war ihre Lehrerin in diesem letzten wichtigen Schuljahr, bevor sie an weiterführende Schulen wechseln würden. Emily war schon immer der Ansicht gewesen, dass sich die Schüler in dieser Zeit am meisten veränderten. Man konnte buchstäblich mit ansehen, wie aus Kindern kleine Jugendliche wurden, die herausfanden, wer sie wirklich waren und was sie werden wollten.

»Rashid hat gesagt, in meinen Haaren wäre so viel Fett, dass sein Dad Samosas darin frittieren könnte«, verkündete Jayden.

Emily spürte, wie Zorn in ihr hochstieg. Trotz all ihrer Bemühungen war Rashid weiterhin vorlaut und arrogant. Für einen Zehnjährigen ein wenig besorgniserregend. »Hat er das?«

Bevor sich die Zahnräder in ihrem Gehirn in Bewegung

setzen konnten und ihr die zündende Idee lieferten, wie sie gegen Rashids Sticheleien vorgehen sollte, flog die Tür des Klassenzimmers auf, und die Rektorin stand vor ihr. Susan Clark war mit schweren Aktenordnern bepackt. Die Brille rutschte ihr von der Nase, ihre Lippen leuchteten neonpink, und ihr zu enger Rock spannte sich bei jedem Schritt.

»Guten Morgen, Miss Parker. Was ist denn hier los?« Entschlossen wie ein General kurz vor der Schlacht marschierte Susan auf den Tisch zu, an dem Emily und Jayden gerade arbeiteten. Plötzlich löste sich eines der Sternenmobiles, sodass es nur noch an einem kleinen Stück Klebestreifen baumelte.

»Wir haben ...«, stammelte Emily. Im nächsten Moment hielt sie inne und hätte sich ohrfeigen können. Was hatte diese Frau nur an sich, dass sie sich ihr stets unterlegen fühlte? Denn das war eindeutig nicht der Fall. Inzwischen wäre sie durchaus in der Lage, selbst eine Schule zu leiten. Also begann sie noch einmal und versuchte, dabei selbstbewusster zu klingen. »Jayden ist früher gekommen, um sein ›Was Weihnachten für mich bedeutet‹-Projekt abzugeben.«

Emily stellte fest, dass Susans Bluse sich gefährlich spannte, als die Rektorin die Akten in ihrem Arm auf einen Tisch warf, tief einatmete und die Luft rings um Jaydens Modell schnupperte.

»Hast du das etwa aus Speck gebastelt?«, fragte Susan. Als sie sich die Brille hochschob, fing sich das Licht in den Bernsteinperlen der Kette, an der sie hing.

»Nein, Mrs Clark«, erwiderte Jayden wie aus der Pistole geschossen. »Das kommt von dem Bagel, den Miss Parker mir gegeben hat.« Er grinste. »Superlecker.«

Emily biss sich auf die Unterlippe. Wenn sie nicht aufpasste, würde sie sich auf diese Weise noch Herpesbläschen einhandeln. Und jetzt drohte ihr Ärger. Susan hatte ihr bereits zweimal verboten, Schülern aus armen Familien Lebensmittel zu schenken. Auf diese Weise würden Extrawürste gebraten, und außerdem sei das ein schlechtes Beispiel. Die Kinder erhielten in der Schule schon ein kostenloses Mittagessen. Und es gab ja schließlich auch noch die Tafeln …

»Ich verstehe.« Susan ging auf Abstand zu dem Modell und blickte Emily an. Wenn sie den Ausdruck »ich verstehe« benutzte, hieß das, dass sie überhaupt nichts verstand.

»Jayden«, übernahm Emily das Kommando. »Warum gehst du nicht auf den Schulhof. Es ist acht Uhr, und du kannst ein bisschen Fußball spielen, bis es läutet.« Vielleicht sammelte sie ja wieder Pluspunkte, wenn sie den Jungen zu körperlicher Bewegung ermunterte.

»In Ordnung«, meinte Jayden, den man nicht lange überreden musste, Sport zu machen. Er stand vom Stuhl auf, griff nach seinem Rucksack mit dem gerissenen Riemen, der von Isolierband zusammengehalten wurde, und machte sich davon.

Emily beschloss, die Unstimmigkeiten mit Susan so schnell wie möglich zu klären.

»Bevor …«

»*Sie* haben dieses Modell gebastelt, nicht wahr, Emily?«, unterbrach Susan. Ihre laute Stimme übertönte die Tatsache, dass Emily überhaupt angefangen hatte zu reden. Wieder löste sich ein Tesafilm eines Sternenmobiles und hing nun dicht über Susan Clarks Kopf. Emily wusste, dass sie sich für den Rest des Schuljahres von dem Gedanken an eine Beförderung würde verabschieden müssen, wenn der Stern die Rektorin traf. Sie schluckte, und ihre Gedanken schweiften ab zu Simon. Er hatte sie immer wieder darin bestärkt, Rektorin zu werden.

»Nein«, antwortete sie wie aus der Pistole geschossen. Und das, obwohl sie ziemlich sicher war, dass zukünftige Rektorinnen nicht lügen durften.

Susan bedachte sie mit einem Blick durch ihre Brille, der besagte, dass sie das ebenso wenig glaubte wie die Behauptung, der Austritt Großbritanniens aus der EU sei ein Kinderspiel.

»Wirklich nicht«, beteuerte Emily. »Das heißt ... ich habe ihm vielleicht Vorschläge gemacht ... wie man das allgemeine Erscheinungsbild verbessern könnte, aber ...« Warum gab sie sich überhaupt Mühe. Susan wusste es sowieso. Susan wusste immer alles. Ob es an schwarzer Magie oder einfach nur an ihrer jahrelangen Erfahrung lag, ihr entging praktisch nichts.

»Okay«, sprach Emily weiter. »Sein grässlicher, aggressiver und unsympathischer Vater hat das Originalmodell in der Küche an die Wand geworfen. Und dann ist er drauf herumgetrampelt.« Sie wusste, dass sie gerade rot anlief. Als Jayden ihr den Vorfall mit Tränen in den Augen geschildert hatte, hätte sie Mr Jackson am liebsten selbst gegen eine Wand geschleudert. Nicht dass sie Gewalt guthieß. Oder zu sehr an ihren Schülern hing. Denn so etwas wurde nicht gerne gesehen und fiel in dieselbe Kategorie wie Kürzungen der Mittel und Political Correctness ... und offenbar auch der Kauf von Bagels.

»Ich verstehe«, wiederholte Susan.

Sie verstand noch immer kein Wort. Und das wollte sie auch gar nicht. Schon gut, Emily würde die Rüge verkraften, solange sie nur ihre Stelle behielt. Da ihr Mitbewohner und bester Freund Jonah ausgezogen war, die Heizung Geräusche von sich gab, die an eine teure Kaffeemaschine erinnerten, und Weihnachten vor der Tür stand, brauchte sie unbedingt weiterhin ein regelmäßiges Einkommen. Der kleine Betrag, der ihr unerwartet in den Schoß gefallen war, würde nicht ewig reichen. Das schreckliche Ereignis, das dem vorangegangen war, würde sie dagegen für immer begleiten.

»Ich war auch einmal wie Sie, Emily«, stellte Susan fest. Als sie ihre ausladenden Hüften auf dem Tisch parkte, hätte sie beinahe Jaydens Modell gestreift. »Fast zwanzig Jahre lang. Es gab keine Nase, die ich nicht geputzt, und kein Knie, das ich nicht verpflastert hätte. Aber so leid es mir tut, Emily, und das ist wirklich so, diese Zeiten sind vorbei.« Susan beugte sich vor, entschlossen, ihr flächiges Gesicht in Emilys Sichtfeld zu manövrieren. »Das begreifen Sie doch, oder? Denn schließlich führen wir dieses Gespräch nicht zum ersten Mal.«

Ganz, ganz sacht holte sie zum tödlichen Schlag aus. Es war wirklich nicht das erste Mal, dass Emily gegen die Regeln verstieß und die Anweisungen aus dem Tower überhörte.

Susan wandte ihre Aufmerksamkeit wieder dem Modell auf dem Tisch zu und rückte ihre Brille zurecht, als wollte sie vergrößern, was sie da betrachtete. »Was genau soll das eigentlich sein? Wie eine Krippe sieht es für mich nicht aus.«

»Es ist auch keine«, entgegnete Emily. »Ich habe dieses Jahr kein ausdrücklich christliches Thema gewählt.« Auf ein christliches Thema hätte sie schon im letzten Jahr und im Jahr davor gern verzichtet, doch da die Schule unter der Aufsicht der Church of England stand und Susan allen eingebläut hatte, dass die Vertreter der Diözese bei ihrem Besuch ausschließlich biblische Motive erwarteten, war ihr nichts anderes übrig geblieben. »Wie ich schon sagte, lautet das Motto ›Was Weihnachten für mich bedeutet‹. Oder besser:

›Was die Feiertage für mich bedeuten.‹ Und zwar für diejenigen Schüler, die Weihnachten nicht feiern.« Sie schluckte. »Frema deckt beides ab, weil sie mit zwei Religionen aufwächst.«

»Hat der Mann da etwa ein … Bierglas in der Hand?«, rief Susan entsetzt. Offenbar hatte sie Jaydens Werk inzwischen eingehender gemustert.

»Ja«, räumte Emily ein. »Ja, das hat er.« Seufzend begutachtete sie das Ergebnis von Jaydens Bemühungen. Die winzige Krone, die sie so vorsichtig an ihren Platz gesetzt hatte, war nicht etwa für den Kopf eines schlafenden Christkindes oder für einen der Heiligen Drei Könige bestimmt, sondern für das Dach von Mr Jacksons Lieblingspub, das Rose & Crown.

Susan sprang auf und fuhr zurück. Dann sammelte sie ihre Akten ein. »Vergessen Sie nicht die Budgetbesprechung heute Abend nach dem Unterricht«, meinte sie und näherte sich rückwärts der Tür. »Und, Emily, dieses *Pub*« – bei ihr klang »Pub«, als spräche sie in Gegenwart des Bischofs das Wort »Judas« aus – »darf auf keinen Fall den Wettbewerb gewinnen.«

Emily schwieg. Sie kannte ihren Platz. Neunundzwanzig Jahre alt und noch nicht einmal Konrektorin. Susan rauschte hinaus und knallte schwungvoll die Tür hinter sich zu. Die Erschütterung sorgte dafür, dass zwei der Sterne, einen Lamettaschweif hinter sich herziehend wie explodierende Kometen, auf die Dielenbretter segelten.

KAPITEL
ZWEI

Well-Roasted Coffee House, Islington

Es lief Musik von Nat King Cole und Dean Martin, ab und zu auch Mud oder Band Aid. Viel zu fröhlich, ohne einen einzigen Mollakkord. Ray Stone verabscheute diesen ganzen Festtagskitsch. »Nichts Weihnachtliches« hieß es in einer der Klauseln, die auf sein Verlangen hin in seinen letzten Vertrag mit Saturn Records eingefügt worden waren. Auf gar keinen Fall eine Weihnachts-LP. Nicht einmal dann, wenn der echte Saturn im Weltall einfror.

Es war noch nicht einmal Dezember, und dennoch schien sich London bereits in ein Weihnachtswunderland verwandelt zu haben. Drittklassige Promis schalteten öffentlich Weihnachtsbeleuchtung ein, die Läden machten Werbung für Adventsangebote, und in den Restaurants wurde alles mit einem Hauch Zimt oder Muskatnuss versehen. Wie zum Beispiel der Kaffee, den Ray gerade trank. Er hatte nicht um den Sirup gebeten, den man üppig in das dunkle Getränk gerührt hatte, doch jetzt war er nun einmal drin, und … er sehnte sich von Herzen etwas anderes herbei. Und zwar hergestellt von der Firma Jack Daniel's, Tennessee.

»Hörst du mir überhaupt zu, Ray?«

Er sah auf. Als sich seine Augen an das Funkeln von Lametta, Christbaumkugeln und blinkenden LEDs gewöhnt hatten, fiel sein Blick auf einen Weihnachtsbaum, der in einer Ecke hinter seiner Agentin aufragte. Er hätte eine

Sonnenbrille aufsetzen sollen. Ja, es war November, und vielleicht hätte er damit noch mehr Aufmerksamkeit erregt. Aber der Morgen war knackig kalt, der Himmel blau, und eine grelle, tief stehende Sonne schien herein, während das gesamte Café erleuchtet war wie Las Vegas.

Als Ray einen Schluck Kaffee trank, lag ihm der süße Geschmack unangenehm auf der Zunge. »Du siehst müde aus, Deborah.« Mit seinem Brummschädel durfte er sich eigentlich kein Urteil erlauben.

Seine Bemerkung hatte zur Folge, dass Deborah anfing, an ihrem wie immer makellosen schwarzen Pagenschnitt herumzuzupfen. Sie richtete sich ein Stück auf und zog die Ärmel ihres grauen Sakkos glatt, bevor sie antwortete.

»Meiner Meinung nach solltest du dir nicht den Kopf darüber zerbrechen, wie ich mich fühlen oder wie ich aussehen könnte, Ray. Wenn du diesen letzten Artikel überleben willst, haben wir noch tonnenweise Arbeit vor uns.«

»Schläfst du nicht gut?«, bohrte Ray weiter nach, nur um diesem Thema aus dem Weg zu gehen. »Hält dein Hund dich immer noch wach?«

»Tucker geht jetzt zu einem Hundetherapeuten«, teilte Deborah ihm mit.

»Dann also Oscar? Redet er wieder im Schlaf?« Ray wusste, dass Deborah sich häufig über ihren Mann beklagte.

»Oscar redet nicht im Schlaf, er schnarcht … nun, ein bisschen … aber ich habe ihm zum Hochzeitstag Nasenspreizer geschenkt.«

Ray konnte ein Auflachen nicht unterdrücken, obwohl sich das schmerzhafte Pochen in seinem Schädel dadurch steigerte. »Entschuldige«, meinte er und berührte seine Beanie-Mütze aus grauer Wolle. An der Stirn und rings um die Ohren lugte dunkelbraunes Haar hervor, das inzwischen ein wenig struppig war und einen Friseurbesuch bitter nötig hatte. »Sicher trägt es zur Romantik bei, wenn man ausgeschlafen ist.« Er überlegte einen Moment. »Was hat Oscar *dir* denn zum Hochzeitstag geschenkt?«

Deborah begann, an der Serviette herumzuspielen, auf der ihre Tasse mit Masala Chai stand. »Eine Anleitung zum Basteln von Glückwunschkarten auf DVD.«

Er wusste, dass er nicht wieder hätte lachen sollen. Doch die Vorstellung, wie sich seine toughe Agentin eine Bastelsendung ansah und sich anschließend mit Schleifen, Pailletten und Klebepistole an einen Tisch setzte, war einfach zu komisch. Aber sosehr er sich auch bemühte, sich ein Grinsen zu verkneifen, wusste er, dass sein Gesichtsausdruck ihn verriet.

»Das war mein Wunsch«, stellte Deborah klar. »*Sehr* romantisch.«

Der Lacher war nicht mehr aufzuhalten. Ray griff nach seinem Kaffee, um etwas im Mund zu haben, ganz gleich, wie stark es auch nach Zimt schmeckte.

»Wie dem auch sei, Ray, wir haben uns nicht getroffen, um über *mein* Privatleben zu sprechen. Deines hingegen ist bekanntermaßen so öffentlich, dass sämtliche Klatschblätter auf der Titelseite darüber berichten.«

Von irgendwoher förderte Deborah eine Zeitung zutage und knallte sie vor ihn auf den Tisch. Ray war so verkatert, dass selbst dieses Geräusch die Wirkung hatte, als trampelte eine plattfüßige Revuetänzerin in seinem Kopf herum. Außerdem brauchte er die Schlagzeile nicht noch einmal zu lesen. Er hatte bereits alles in den sozialen Medien gesehen und in *Good Morning Britain* aus dem Mund von Piers Morgan gehört.

Also trank er einen weiteren Schluck Kaffee und blickte

Deborah achselzuckend an. »Keine Ahnung, was du jetzt von mir erwartest.« Er wollte nicht darüber sprechen, sondern wünschte sich nur, es wäre nie passiert.

»Ich möchte, dass du mir die Wahrheit sagst«, erwiderte Deborah leise. »Ich bin deine Agentin, Ray. Und in dieser Situation deine beste Freundin. Aber ich kann dich nicht verteidigen, solange ich nicht weiß, was stimmt und was nicht.« Sie holte tief Luft. »Begreifst du das?«

»Eigentlich steht in dem Artikel doch nichts wirklich Schlimmes …« Er würde diesem Bericht nicht zu viel Aufmerksamkeit schenken. Ebenso wenig wie den vorherigen Storys, die Ida, seine Exfreundin, an die Presse verkauft hatte. Schließlich hatte er schon öfter harte Zeiten durchgemacht. Gut, die damaligen Berichte waren nicht so rufschädigend gewesen wie dieser hier. Doch er würde es überstehen.

»Du wirst als, und ich zitiere, ›zwanghaft und dominant‹ bezeichnet. Als ›Mann mit einer Schwäche für alle Laster des Lebens‹.«

»Was soll ich dazu sagen?«, fragte Ray. »Ich trinke eben gern mal einen über den Durst.« Er schluckte, und es gelang ihm irgendwie, weiter zu lächeln. Wie es in seinem Inneren aussah, war hingegen eine völlig andere Geschichte. Es kostete ihn alle Mühe, sich seine wahren Gefühle nicht anmerken zu lassen. *Bleib geerdet. Sei stark.* »Und da bin ich mit Sicherheit nicht der einzige Promi.«

»Ray, die Lage ist ernst. Wir werden kaum noch für Auftritte angefragt. Saturn Records drängt mich dazu, das Problem aus der Welt zu schaffen. Und ich muss zugeben, dass ich keinen Schimmer habe, wo ich anfangen soll.«

»Ich weiß immer noch nicht, was du von mir erwartest.« Das war seit dem Beginn von Idas Kreuzzug seine Strategie: den Kopf einziehen und zu allem schweigen. Hoffen, dass bald ein anderer Promi in Ungnade fiel oder die Serie *EastEnders* eingestellt wurde, damit sein Fall endlich aus den Schlagzeilen verschwand. Nur, dass Ida offenbar auf dem Kriegspfad war. Jede Woche gab es eine neue »Enthüllung«, mit der er sich herumschlagen musste. Vielleicht brauchte sie Geld. Ihre Trennung im vergangenen Jahr hatte sie anscheinend noch immer nicht verkraftet. Dass Ida Probleme hatte, lag jedenfalls auf der Hand. Möglicherweise war es wieder einmal Zeit, dass er einen Schritt auf sie zuging. Allerdings sträubte sich sein Bauchgefühl beim bloßen Gedanken daran wie ein zu früh aus dem Winterschlaf geweckter Bär.

»In dem Artikel heißt es nicht ausdrücklich, dass du sie geschlagen hättest«, fuhr Deborah fort. »Es wird nur angedeutet. Gerade genug, um die Leute auf solche Gedanken zu bringen. Aber für eine Klage reicht es nicht. Natürlich könnte ich einen Anwalt anrufen, falls du das möchtest, um zu prüfen, wie er die Sache sieht.«

Ray schüttelte den Kopf. So weit wollte er nicht gehen. Welchen Sinn hätte das gehabt? So war Ida nun mal. Besonders erfolgreich war sie als Künstlerin gerade nicht. Möglicherweise hatten die Zeitungen sie bezahlt, und sie hatte das Geld gebraucht. Es musste mehr dahinterstecken als einfach nur der Wunsch, ihm das Leben zur Hölle zu machen. Oder etwa nicht?

»Außer« – Deborah beugte sich ein Stück vor – »es ist ein Körnchen Wahrheit dabei. Ja, ich weiß, dass Ida zum Dramatisieren neigt. Und niemand würde es dir verübeln, wenn dir der Druck in der Musikbranche zu viel geworden wäre. In den letzten Jahren war es eine Achterbahnfahrt. Von null auf … nun, an die Spitze der Charts und …«

»Wieder zurück auf null«, ergänzte Ray mit einem Seitenblick. Bildete er es sich nur ein, oder wurde die Weihnachtsmusik, die im Café lief, lauter? Außerdem hatte er von Deborah bis jetzt kein Wort der Anteilnahme gehört. Und auch keinen Widerspruch. Lag er mit seiner Bemerkung, er sei wieder ganz unten angekommen, womöglich gar nicht so falsch? Stand es denn wirklich so schlimm?

»Ich sage es einfach geradeheraus, Ray: Das macht dich nicht unbedingt zum Kandidaten für den britischen Popmusik-Preis.«

Ray atmete tief aus. Allmählich wurde ihm klar, dass er etwas unternehmen musste. Aber was? Als er sich ans Kinn fasste, berührten seine Fingerspitzen einen inzwischen recht buschigen, ungestutzten und borstigen Bart.

»Ray«, versuchte Deborah es noch einmal.

»Kein bisschen davon ist wahr«, beteuerte Ray ernst. »Überhaupt nichts. Mehr kann ich nicht dazu sagen.« Er schob die Kaffeetasse von sich. »Komm schon, Deborah, du kennst mich doch. Du weißt, dass ich manchmal vielleicht ein Glas zu viel trinke und in den letzten Monaten viel gefeiert habe. Aber ich würde niemals die Dinge tun, die in diesen Interviews angedeutet werden.«

»Also lügt Ida einfach jedem, der ihr zuhört, etwas vor.«

»Tja …« Selbst jetzt wollte er verhindern, dass Ida in die Schusslinie geriet. Obwohl es darum ging, seine eigene Haut zu retten. Was war denn bloß los mit ihm? Sein Dad hätte ihn als Waschlappen und als Schwächling bezeichnet. Er sei nicht der Junge, den er damals nach einem deftigen Frühstück mit zum Hunderennen genommen hatte. Ein Frühstück wäre ihm im Moment übrigens sehr willkommen gewesen.

»Ray! Bitte! Mach endlich den Mund auf!« Inzwischen übertönte Deborahs Stimme das Gesäusel von Frank Sinatra, sodass ein junges Paar, das bei einem glasierten, von einem goldenen Stern gekrönten Eclair Händchen hielt, sich umdrehte und sie anstarrte. Ray griff nach Deborahs Hand. Doch seine Agentin machte sich sofort los und entzog sie ihm mit einem missbilligenden Zungeschnalzen.

»Du hast mich gebeten, den Mund aufzumachen«, konstatierte Ray.

»Damit meinte ich: keine neue Geschichte. Das wäre nichts als wieder Futter für die Presse.« Sie wies mit dem Kopf auf das beschlagene Fenster des Cafés. »Du weißt, dass auf der anderen Straßenseite Reporter lauern. Im Moment stopfen sie sich vielleicht noch mit Speckbrötchen voll, aber nachdem sie ihr Frühstück vertilgt haben, werden sie fotografieren, wie du mit mir hier sitzt.«

Ray wischte die Scheibe mit der Hand blank und spähte durch den stetig fließenden Verkehr zum Gehweg gegenüber. Er entdeckte zwei Männer, eindeutig Fotografen, die ihre dampfenden Kaffeebecher auf einem Verteilerkasten aus Metall abgestellt hatten. Ihre Hände lagen an den Kameras, die sie um den Hals trugen. Er sah Deborah an.

»Ich kann meine Miete nicht bezahlen«, gestand er. »Und meine Kreditkarten sind am Limit.«

»Was?«, rief Deborah entsetzt aus.

»Du weißt ja, was alles los war«, sprach Ray weiter. »Die Trennung von Ida und … der Sam-Smith-Faktor.«

»Du kannst deine Kreditkartenausgaben nicht auf den Erfolg eines anderen Sängers schieben. Außer, du hast dein Plastikgeld zusammen mit Sam Smith auf den Kopf gehauen.«

»Inzwischen lässt er sich am Telefon verleugnen«, antwortete Ray mit einem gezwungenen Grinsen. In Wirklichkeit war es nicht seine finanzielle Lage, ja, nicht einmal sein

Problem mit Ida, das ihn am meisten beschäftigte. Er hatte am Nachmittag einen Arzttermin und war immer noch nicht sicher, ob er hingehen sollte.

»Gut, dann werde ich jetzt schonungslos ehrlich zu dir sein, Ray, denn ich habe keine Lust, meinen Tag damit zu vergeuden, hier zu sitzen und mir deine Ausflüchte anzuhören.« Deborah seufzte auf. »Von nun an kriegst du von mir nur noch die nackten Tatsachen.« Sie holte tief Luft. »Du hast zwei Möglichkeiten: Du kannst den Kopf in den Sand stecken, hoffen, dass Gras über die Sache wächst, und der Möglichkeit ins Auge sehen, dass deine Karriere als Musiker endgültig vorbei ist. Oder du gehst an die Öffentlichkeit, streitest Idas Vorwürfe ab und erzählst deine Version der Dinge.« Deborah griff nach ihrem Tee. »Ich könnte dich bei *Frauenzimmer* unterbringen.«

»*Frauenzimmer?*«, wiederholte Ray kopfschüttelnd.

»Das optimale Forum für dich, um der Welt mitzuteilen, dass an diesen Geschichten nichts, aber auch gar nichts Wahres dran ist. Betone, dass du Idas Einschätzung eurer Beziehung respektierst, dass sie aber in … großen Schwierigkeiten steckt. Der Ausdruck ›*große Schwierigkeiten*‹ stellt dich als anteilnehmend und mitfühlend dar, weist jedoch auch darauf hin, dass Ida ein bisschen durchgeknallt ist.« Sie nippte an ihrem Tee. »Und dann fügst du hinzu, du hoffst, dass Ida sich die Hilfe sucht, die sie braucht. Daraus werden die Leute schließen, dass sie kurz vor der Einweisung in eine psychiatrische Klinik steht.«

Viele wahre Worte wurden schon im Scherz ausgesprochen. Oder, wie in diesem Fall, als Teil einer Strategie. Dennoch sagte Rays Bauchgefühl ihm, dass das nicht in Ordnung war. Ja, Ida brauchte wirklich Hilfe, doch tief in seinem Innersten wusste er, dass es nicht die richtige Vorgehensweise war. Sie zu zwingen, öffentlich Farbe zu bekennen, konnte durchaus zur Folge haben, dass sie eine Dummheit machte. Und trotz allem, was sie ihm antat, wollte er sein Gewissen nicht damit belasten.

»Ich weiß nicht«, erwiderte er zögerlich.

»Du weißt es nicht?«, entgegnete Deborah. »Du weißt es nicht? Ray, wenn du nicht irgendetwas sagst oder tust, wird die Welt aus der Berichterstattung in der *Sun* und dem *Daily Mirror* ihre eigenen Schlussfolgerungen ziehen.«

Er schob die Kaffeetasse weg. »Eines kann ich dir mit Sicherheit sagen, Deborah. Ich trete nicht bei *Frauenzimmer* auf.«

KAPITEL
DREI

Grundschule Stretton Park

»Tropifrutti?«

Ehe Emily Gelegenheit zu einer Antwort hatte, wurde ihr eine Maxi-Tüte Haribos unter die Nase gehalten, und zwar von Dennis Murray, Mitte vierzig und Lehrer der fünften Klasse. Als er die Tüte schüttelte, stieg Emily der Geruch der verschiedensten Gummiteile in die Nase. Sie nahm sich etwas, einfach nur, damit die Tüte wieder verschwand. Als sie das Teil in den Mund steckte, traf der künstliche Geschmack ungebremst ihre Geschmacksknospen, sodass sie das Gesicht verzog. Ein Auge zugekniffen, beobachtete sie, wie Dennis fünf Gummiteile auf einmal verschlang, sodass sein Doppelkinn wabbelte. Obwohl er bekanntermaßen süchtig nach Süßigkeiten aller Art war, erstaunte es sie immer wieder, wie viel Zuckerzeug er vertilgen konnte. Simon hatte Süßigkeiten geliebt: Malteser-Schokokügelchen, Minstrels-Schokolade, Marsriegel, ach, überhaupt alles mit Schokolade. Doch Emily hatte eine ähnliche Schwäche, allerdings für Käse.

»Worum, glaubst du, geht es diesmal in dieser Budgetbesprechung?«, fragte Dennis und stieß Emily an, während die anderen Lehrer nach und nach den Saal betraten, der für Versammlungen, Aufführungen, für das Mittagessen und für Sitzungen wie die heutige genutzt wurde. »Wird Weihnachten abgesagt? Keine überflüssigen Ausgaben, bis im Januar die Schule wieder anfängt?«

»Keine Ahnung«, antwortete Emily. »Doch ich muss mich bedeckt halten, ganz egal, was passiert.« Sie senkte die Stimme und beugte sich näher zu Dennis hinüber. »Susan hat mich heute Morgen dabei erwischt, wie ich Jayden Jackson bei seinem Projekt geholfen habe. Außerdem habe ich ihm einen Bagel gekauft, weil ich weiß, dass er zu Hause kein Frühstück bekommt.« Sie selbst frühstückte fast nie, doch das lag daran, dass die Küchenschränke seit Jonahs Auszug immer leer zu sein schienen. Und ein wirklich starker Kaffee zählte doch fast als Frühstück, oder?

Dennis sog Luft durch die zerquetschten Gummifrüchte ein, die zwischen seinen Zähnen klebten. »Doppeltes Pech.«

»Schon gut«, seufzte Emily. »Beinahe wäre das Sprichwort wahr geworden, dass aller guten Dinge drei sind. Das Klebeband an den Weihnachtssternen hat nur so lange gehalten, bis Susan zur Tür hinaus war.« Es machte sie nervös, dass sie unter Beobachtung stand. Sie zupfte an den Seiten ihres dunkelbraunen Cordrocks und rutschte mit dem Po auf dem zu kleinen Stuhl herum. Hatte sie einen für Kinder erwischt? Zu ihrer aktuellen Pechsträhne hätte das gepasst.

»Und in diesem Jahr gibt es ganz bestimmt keine zusätzlichen Christbaumkugeln für den Baum der sechsten Klasse«, spottete Dennis und kaute weiter auf seinen Gummiteilen herum.

Plötzlich meldete sich Emilys Telefon mit einem vogelähnlichen Zwitscherkonzert aus ihrer buntgemusterten Gobelintasche. Die Tasche war ein Schnäppchen gewesen. Gut, zugegeben, sie hatte verhältnismäßig viel gekostet, doch immerhin handelte es sich um ein Originalstück aus den Fünfzigern. Außerdem war Emily bei ihrem Besuch in der Vintage-Boutique emotional ziemlich aufgewühlt gewesen. Gefühle und ihre Liebe zu Antiquitäten waren eine gefährliche Mischung.

»Schalte das besser ab, bevor Susan kommt«, warnte Dennis, knüllte seine inzwischen leere Süßigkeitentüte zusammen und stopfte sie in die Hosentasche seines Anzugs aus Polyester.

Emily warf einen Blick aufs Display. Es war Jonah. Seit sie nicht mehr zusammenwohnten, schrieb er ihr noch öfter als vorher. Sie fragte sich, ob er befürchtete, sie würde verhungern, weil er nicht mehr da war, um für sie zu kochen. Ein Glück, dass er nichts von ihren leeren Küchenschränken wusste.

Jonah war ein ausgezeichneter Koch und Küchenchef in einem nahe gelegenen Hotel. Sie vermisste sein superscharfes Chili und sein mariniertes jamaikanisches Hühnchen fast noch mehr als ihn selbst.

Wann bist du heute Abend zu Hause?

Emily runzelte die Stirn. Bildete sie es sich nur ein, oder klangen die Wörter »zu Hause« so, als wären damit sie beide gemeint? Wie in »ihr gemeinsames Zuhause«? Vielleicht hatte Jonah es sich ja anders überlegt, war zurückgekommen, hatte ausgepackt und bereitete in diesen Minuten ein karibisches Gericht zu. Die Vorstellung heiterte sie sofort auf.

»Emily«, sagte Dennis.

»Gleich«, erwiderte Emily und tippte eine Nachricht.

Sitzung in der Schule. Hoffentlich um sechs.
Ziehst du wieder ein?

Als er verkündet hatte, dass er ausziehen würde, hatte sie mindestens zehnmal nachgehakt, ob er auch wirklich sicher sei. Und danach noch bestimmt zehn weitere Male. Sie musste sich noch immer daran gewöhnen. Jonah war nicht mehr da, und Simon hatte sie auch verloren. Die Trauer um ihn machte ihr am meisten zu schaffen.

Sei pünktlich. Ich koche thailändisch 😊

Jonah kochte. Er würde dafür sorgen, dass sie nicht verhungerte. Sie freute sich wirklich darüber. Eigentlich sollte sie ihm ein Weihnachts-Emoji schicken. Dann würde er vielleicht auch ein paar von den festlich eingewickelten Schokoladentäfelchen mitbringen, die sie im Hotel inzwischen vermutlich auf die Kopfkissen legten. Denn nach dem göttlichen grünen Curry, das er zaubern würde …

»Miss Parker!«

O Gott. Das war Susans Stimme, lauter als am Spieltag im Twickenham-Rugbystadion. Als sie von ihrem Telefon aufblickte, stellte sie fest, dass die Rektorin sie von ihrem Podium vorn im Raum aus finster ansah. Hinzu kam, dass besagtes vordere Ende des Raums nur zehn Sitzreihen entfernt war, denn in Wahrheit befanden sie sich ja nicht im Twickenham-Stadion.

»Verzeihung, Susan, ich meine, Mrs Clark.«

»Wie ich schon sagte, die Mittel.« Susan hielt die Luft an, worauf sich ihre Bluse kurz entspannte. »Ich fürchte, Haushaltsfragen sind das Kernthema an einer modernen Schule. Vorbei sind die Zeiten, in denen man einfach hundert Radiergummis bestellt hat, weil sie im Angebot waren … oder ausgesprochen hübsch … oder gut rochen … oder …« Susan atmete ein.

»Ein Glück, dass wir über Radiergummis, nicht über Leim reden«, raunte Dennis. »Oder über Eddings. Von einem Freund an einer weiterführenden Schule habe ich gehört, dass es gerade angesagt ist, an Eddings zu schnüffeln.«

»Mann, wirklich?«, flüsterte Emily kopfschüttelnd.

»Ich als Ihre Vorgesetzte«, fuhr Susan fort, »muss für jeden einzelnen Gegenstand, für den wir Geld ausgeben, Rechenschaft ablegen. Nicht nur für jeden Packen Papier, sondern für jedes Blatt. Sogar fürs Toilettenpapier.«

»Herrje«, keuchte Dennis. »Ich hätte mehr Süßigkeiten mitbringen sollen. Das ist ja Folter. Wie eine gute Serie, die schon zu lange läuft. Und zwar, nachdem die Handlung auf den Pluto verlegt wurde.«

Emily konnte ihm nicht widersprechen. Sie mussten bereits mit sehr beschränkten Mitteln auskommen. Nach Halloween hatte sie deshalb beschlossen, den Festtagsschmuck für ihr Klassenzimmer aus eigener Tasche zu bezahlen. Jonah meinte immer, sie sei einfach viel zu gut für diese Welt. Und ihre Eltern predigten, Mitgefühl würde sie nicht weiterbringen. Ganz im Gegensatz zu einem Selbstbehauptungs-Seminar. Und Simon war nicht mehr da, um ihr den Rücken zu stärken.

Susan räusperte sich. »In dieser Woche werde ich eine gründliche Inventur Ihrer Klassenzimmer durchführen. Ich fürchte, ich werde neue Materialanforderungen äußerst sorgfältig überdenken müssen, und zwar bis …« Die Pause schien sich eine Ewigkeit hinzuziehen. »… Februar.«

»Was?« Emily hatte gar nicht bemerkt, dass sie laut gerufen hatte und dazu sogar aufgestanden war. Vielleicht war ein Selbstbehauptungs-Seminar ja doch überflüssig.

»Möchten Sie etwas sagen, Miss Parker?«, erkundigte sich Susan und ließ dabei die Mine des Stifts in ihrer Hand klicken.

Sie hätte den Mund halten und sich fügen sollen. Denn Dennis hatte zwar groß getönt, dass sie es wohl mit einer längst abschussreifen Fernsehserie zu tun hätten, war jedoch brav sitzen geblieben. Genau genommen kauerte er sich gerade auf seinem Stuhl zusammen und verkroch sich in seinem Parka, als handelte es sich um eine Tarnkappe.

»Ich wollte nur sagen«, begann Emily. Kurz geriet sie ins Stocken. Was wollte sie eigentlich sagen? Dass es Wahnsinn war, jedes Blatt Papier zu zählen? Dass man nicht richtig arbeiten konnte, wenn die Gedanken ständig um die Frage kreisten, wie viel Tinte man verbrauchte?

»Ich wollte nur sagen«, fuhr sie fort, »dass mir klar ist, welche Leistung es bedeutet, so viele Aufgaben wie Sie zu schultern, Susan … Mrs Clark. Und ich bin sicher, dass niemand hier Sie um diese Position beneidet. Damit meine ich nicht Ihre Stellung als Rektorin, denn darum beneidet sie vermutlich fast jeder.« Emily schluckte. Sie drückte sich völlig falsch aus. »Nun, vielleicht ist Neid nicht das richtige Wort, aber, wie dem auch sei, wir haben bald Weihnachten. Die Kinder waren in diesem Schuljahr wirklich fleißig. Meiner bescheidenen Meinung nach sollten wir großzügiger sein … besonders in diesem Halbjahr.« Emily spürte buchstäblich das Knistern, das von ihren Kollegen aufstieg. Ein rascher Seitenblick zu Mrs Linda Rossiter (dritte Klasse) brachte ihr nichts weiter ein als die Aussicht auf einen streng aufgesteckten, grau melierten Dutt. Die Frau starrte auf ihren Schoß und hatte die Hände wie zum Gebet gefaltet. Niemand würde Emily beistehen. Die anderen waren einfach zu bequem. Und hatten wahrscheinlich auch Angst, man könne sie aus der Schule hinaus und direkt ins Arbeitsamt bugsieren.

»Weshalb besonders in diesem Halbjahr?«, bohrte Susan in scharfem Ton nach.

»Nun.« Emily bemühte sich, Ruhe zu bewahren und sich gleichzeitig nicht von ihrer Überzeugung abbringen zu lassen. Sie zog die Ärmel ihrer cremefarbenen Strickjacke glatt. »Wir haben Weihnachten, richtig? Die Kinder lieben diese Zeit. Sie lieben es, zu basteln und alles mit Glitzer zu verzieren. Und außerdem ist da noch das Weihnachtsessen mit einem riesigen Trifle und Plätzchen für alle. Und die Weihnachtsaufführung …«

»Aha!«, unterbrach Susan lächelnd und reckte den Finger, als wollte sie Emily am Weitersprechen hindern. »Die Weihnachtsaufführung. Gut, dass Sie das erwähnen.«

»Sie wollen doch nicht etwa die Weihnachtsaufführung streichen, oder?« Endlich meldete sich jemand anderes zu Wort. Dennis hatte sich erhoben. Der Mantel hing ihm um die Schultern, und ein Paar dicke Handschuhe fiel zu Boden. »Ja, ich weiß, dass wir auf Mr Jarvis und sein fantastisches Klavierspiel verzichten müssen, aber deshalb sollten wir die Aufführung doch nicht ganz absagen. Für so etwas hat man heutzutage Spracherkennungssysteme, richtig? Sie wissen schon, Alexa, spiel eine Instrumentalversion von ›Stille Nacht‹.«

»Ich streiche die Aufführung nicht«, entgegnete Susan. »Ganz im Gegenteil. Obwohl wir an dieser Einrichtung im Alltag sparen müssen, werden wir auch in diesem Jahr dank eines großzügigen Sponsors eine Weihnachtsaufführung auf die Beine stellen.«

»Sponsor?«, hakte Emily nach.

Inzwischen war es im Saal unruhig geworden. All ihre Kollegen hoben die Köpfe, erwachten zum Leben und gaben ihren Senf dazu.

»Ja. Ahmer Dar von Dar's Delhi Delights ist einer der Geschäftsleute, die uns eine beträchtliche Summe gespendet haben, um diesem Halbjahr nach dem Fleiß und den Bemühungen aller Beteiligten zu einem hoffentlich traumhaften Höhepunkt zu verhelfen.«

Rashids Dad. Emily schloss die Augen. Wenn er die Weihnachtsaufführung finanzierte, war es umso schwieriger anzusprechen, dass sein Sohn andere Mitschüler schikanierte. Schlimmer konnte dieser Tag kaum mehr werden.

»Die Kinder müssen doch nicht etwa alle T-Shirts mit dem Logo des Restaurants tragen, oder?« Die Frage kam von Linda Rossiter, auf deren Gesicht sich ein panischer Ausdruck breitmachte. Ihr Mann war Inhaber des Fish-and-Chips-Restaurants im Viertel, und Ahmer Dar hatte Gerüchten zufolge frittierten bengalischen Fisch und Pommes in seine Speisekarte aufgenommen, um Ralph die Kundschaft abspenstig zu machen. Allerdings hatte Ralph sich rasch revanchiert und bot jetzt am Wochenende gewaltige Bhaji-Brötchen mit Currysauce zum Sonderpreis an.

»Nein, natürlich nicht«, tat Susan die Frage ab. »Aber selbstverständlich wird das Unternehmen ausführlich im Programm und vielleicht in einigen Zeilen während der Vorstellung erwähnt.«

Das Stimmengewirr wurde lauter. Also ergriff Emily die Gelegenheit und setzte sich, solange Susan abgelenkt war.

»Ruhe«, befal die Rektorin. »Sie führen sich ja auf wie die Kinder!« Sie schüttelte den Kopf. »Das ist eine tolle Sache. Einfach *großartig*. Vor allem wenn man bedenkt, was ich Ihnen gerade über unsere kleinen Sparmaßnahmen erzählt habe.« Sie ließ den Blick über sämtliche Anwesenden schweifen, bis diese sich vor Verlegenheit wanden. »Mit der diesjährigen Aufführung werden wir die Gemeinschaft zusammenschweißen. Denn es war schon immer das Ziel von Stretton Park, Teil eines größeren Ganzen zu sein. Richtig?«

Gemeinschaft. So klang es schon ein wenig besser. Sie würden es eben eine Weile mit schlechten Klebestiften aushalten müssen. Zumindest würde es eine fantastische Weihnachtsaufführung geben. Vielleicht konnte sie ja bei den Kostümen helfen …

»Und, Miss Parker«, fuhr Susan fort. »Ich bin so froh, dass Sie die Aufführung angesprochen haben, denn ich möchte, dass Sie an vorderster Front stehen.«

An vorderster Front? Was sollte das jetzt schon wieder heißen? Emily brauchte Klarheit. »Verzeihung, wie bitte?« Sie schluckte. »Was genau bedeutet das?«

»Ich möchte, dass Sie in diesem Jahr eine festliche Revue organisieren, auf die die Diözese wirklich stolz sein kann. Alles sollte natürlich unter einem starken christlichen Motto stehen. Mit Liedern, Gesang und Tänzen. Sie wissen schon, wie in dem Musical *The Greatest Showman* oder in *Mamma Mia*, aber mit … mit Jesus.«

Emily wollte schlucken, aber ihre Kehle fühlte sich plötzlich an, als wäre ihr ein Stück Terry's Orangen-Milchschokolade in der Luftröhre stecken geblieben. Das durfte doch nicht wahr sein. Festliche Revue. *The Greatest Showman.* Gut, sie sang manchmal, wenn niemand zuhörte, aber sie besaß nicht die Spur einer musikalischen Begabung. Die Blockflöte war das einzige Instrument, das sie je gespielt hatte, und der einzige Erfolg, den sie damit erzielt hatte, war es, ihre Eltern damit in den Wahnsinn zu treiben. Wenn sie sich richtig erinnerte, war das Instrument auf mysteriöse Weise verschwunden.

»Mrs Clark, ich glaube nicht …«, begann Emily. So etwas würde sie niemals schaffen. Plötzlich ruhten die Blicke all ihrer Kollegen auf ihr, und zwar so erwartungsvoll, als hätte sie sich auf einmal in Andrew Lloyd Webber verwandelt.

»Fantastisch! Sie haben bis zum 20. Dezember Zeit, die Show Ihrer kleinen Lieblinge auf die Bühne zu bringen. Gut, falls sonst nichts anliegt, machen wir jetzt Schluss. Bis morgen.« Susan befand sich bereits auf halbem Weg zur Tür.

Emily war fassungslos. Wie, zum Teufel, sollte sie in wenigen Wochen eine Weihnachtsshow auf die Beine stellen? Mit Liedern und Tänzen? Aufgeführt von Kindern mit eher mittelmäßig ausgeprägten künstlerischen Fähigkeiten? Am liebsten wäre sie in Tränen ausgebrochen. Außerdem hätte sie jetzt gerne eine Flasche Tonic Water mit Holunderaroma in sich hineingekippt und dabei mit vollem Ernst so getan, als wäre es Gin.

»Nun«, raunte Dennis ihr ins Ohr. »Das ist ja mal eine Überraschung. Aber ich habe volles Vertrauen in dich, Emily. Auch wenn die Fußstapfen, in die du da trittst, enorm sind. Immerhin wäre eine Komposition von Mr Jarvis beinahe der britische Beitrag zum Eurovision Song Contest geworden.«

Emily schloss die Augen und bereute, dass sie die Jahresabschlussveranstaltung überhaupt angesprochen hatte. Der einzige Lichtblick war, dass es schon die dritte schlechte Nachricht für heute war. Und aller guten Dinge waren drei, nicht vier, das wusste doch jedes Kind. Endlich war der Tag an seinem Tiefpunkt angelangt, und sie konnte sich auf ein thailändisches Essen freuen. Außerdem würde Susan die Aufgabe gewiss jemand anderem übertragen, wenn sie erst von Emilys nicht vorhandenem musikalischen Talent erfuhr. Sie musste nur Ruhe bewahren. Wenn Dennis bloß nicht einen imaginären Zylinder gelupft und die Melodie von »This Is Me« gepfiffen hätte …

KAPITEL
VIER

Harley Street, Marylebone

Es war bereits früher Abend, als Ray Dr. Crichtons Praxis
im Herzen von London betrat, die bislang glücklicherweise
vom Weihnachtsfieber verschont geblieben war. Es hatte
ihm schon gereicht, durch die festlich geschmückte Marylebone High Street zu schlendern und dabei Deborahs Nachricht auf seiner Mailbox zu lauschen, die vorschlug, er könne
doch auch eine Weihnachtsbeleuchtung einweihen. Es hätte
allerdings an ein Wunder gegrenzt, wenn seine Agentin irgendwo in London noch ein Stadtviertel gefunden hätte, in
dem nicht bereits weihnachtliche Lichtlein brannten. Oder
einen Menschen, der nach den jüngsten Veröffentlichungen
in der Presse noch Interesse daran gehabt hätte, Ray zu seinem Markenbotschafter zu ernennen. Und so saß er jetzt
hier in dem vertrauten Schalensitz aus Leder und betrachtete das ebenfalls vertraut blubbernde Aquarium mit seinem
Schwarm schwarzer Fische, die allesamt aussahen, als hätten
sie Zähne. Er selbst hatte als Junge nur ein einziges Haus-
tier besessen, eine Rennmaus namens Scoot. Lange hatte sie
nicht durchgehalten.

Ray schluckte. Sein Blick wanderte ins Leere, und seine
Hände klopften beim Warten links und rechts auf die Arm-
lehnen des grünen Sessels. Am liebsten hätte er an dem Le-
derbezug gekratzt, um seine Ungeduld zu bekämpfen, doch
er hatte den Verdacht, dass der Sessel wie fast jedes Stück in

dieser Praxis antik war. Eine Strafanzeige wegen Sachbeschädigung zusätzlich zu dem Medienrummel fehlte ihm gerade noch. Deborah würde ihn als Klienten vor die Tür setzen. Oder ihn zum Gehorsamkeitstraining verdonnern wie ihren Hund. Er wusste nicht, was schlimmer war.

Endlich öffnete sich die Tür hinter ihm, und Ray wandte ein wenig den Kopf. Herein kam ein strahlender Dr. Crichton, wie immer in einem dreiteiligen grauen Anzug. Der Mann schwankte stets zwischen überschäumender Glückseligkeit und an Wahnwitz grenzender rasender Wut. Ray wusste noch nicht, was heute an der Reihe war. Doch da es sich nun einmal um seinen Arzt handelte, konnte er nur hoffen, dass er nicht mit Letzterem zu tun haben würde.

»Entschuldigen Sie, dass Sie warten mussten, Ray. Sie wissen ja, wie es mit diesen Prominenten ist.« Er lachte über seinen eigenen Witz und ließ sich in den etwas größeren grünen Ledersessel hinter seinem massiven Schreibtisch fallen. Dann griff er zu einem Briefbeschwerer aus Glas und warf ihn zwischen seinen Händen hin und her, als wollte er das Gewicht eines Kricketballs abschätzen.

»Ariana Grande?«, fragte Ray mit einem hämischen Grinsen.

Dr. Crichton lachte dröhnend und schlug sich mit dem Briefbeschwerer in die Handfläche. »Die, die ich meine, wäre es wohl gerne. Doch um das zu erreichen, müsste ich Zauberkunststücke vollbringen.« Er tippte sich an die Nase. »Aber verraten Sie mich nicht.«

Der Grund seines Besuchs kratzte an Rays Verstand wie der inzwischen allzu oft auftretende Schmerz in seinem Hals.

»Nun zu Ihnen«, begann Dr. Crichton, legte den Briefbeschwerer weg, beugte sich über den Schreibtisch, stützte die Ellbogen auf die Tischplatte und legte die Handflächen aneinander. »Tja, Ray, ich fürchte, ich habe keine guten Nachrichten.«

Er hatte es geahnt. Etwas stimmte nicht mit ihm, und er hatte viel zu lange nicht darauf geachtet. Deborah hatte er es verheimlicht. Nicht einmal sich selbst hatte er es wirklich eingestanden. Und jetzt?

»Aber schlechte Nachrichten sind es meiner Ansicht nach auch nicht«, fuhr Dr. Crichton fort. Mit einem übertriebenen Grinsen schob er seine goldgeränderte Brille hoch. »Laut Spiegelung ist da nichts, was sich nicht mit etwas Schonung und einer kleinen Operation in Ordnung bringen ließe.«

»Eine Operation?« Eigentlich hatte er es nur denken wollen, doch die Worte waren einfach so aus ihm herausgesprudelt, mit überschnappender Stimme. Im nächsten Moment sprang Dr. Crichton auf. Plötzlich hatte er eine wie aus dem Nichts herbeigezauberte Taschenlampe in der Hand und schaltete sie ein.

»Mund aufmachen«, befahl er. »Passiert das öfter?«

Ray wusste nicht, ob er wie beim Zahnarzt den Mund öffnen oder zuerst die Frage beantworten sollte. »Ob *was* öfter passiert?« Als die Taschenlampe sich näherte, riss er den Mund weit auf. Der Arzt beugte sich über ihn, hielt das Gesicht dicht an seines und spähte ihm neugierig in die Kehle.

»Dass Ihnen die Stimme wegkippt. Halten Sie still.« Der Arzt legte Ray die Hand auf den Scheitel und musterte weiter seinen Hals, bevor er die Taschenlampe ausschaltete und sich an den Schreibtisch lehnte.

»Ich weiß nicht«, erwiderte Ray. »Wahrscheinlich … manchmal … Ich habe es immer darauf geschoben, dass es am Abend vorher wieder mal spät geworden ist.«

»Hm«, brummelte Dr. Crichton. »Es sieht wieder mal

ziemlich entzündet aus, Ray. Haben Sie seit unserem letzten Termin gesungen?«

Ray rang die Hände. »Ich bin Musiker. Das ist mein Job.« Er arbeitete gerade an einem neuen Album, denn schließlich hatte er noch einen Plattenvertrag zu erfüllen. Diesmal musste es etwas ganz Neues, Gefühlvolleres werden. Keine Soulmusik, sondern etwas, das tief aus seiner Seele kam. Seine besten Stücke waren immer die persönlichsten gewesen. Sie handelten davon, wer er war, woher er stammte und wohin er wollte. Bis jetzt war er zwar knapp an den dunkelsten Abgründen vorbeigeschrammt, doch einige seiner Liedtexte kamen der Sache schon ziemlich nah. Und ausgerechnet jetzt war er stimmlich nicht in Topform. Zusätzlich forderten die Schwierigkeiten mit Ida ihren Tribut, alles Dinge, die seinem Ideenreichtum und seiner Kreativität schadeten.

»Wie sieht es mit Drinks aus?«, erkundigte sich Dr. Crichton, wobei sich eine Augenbraue scheinbar wie von selbst hob. »Und nur damit es klar ist, ich meine damit kein aromatisiertes Mineralwasser.«

Ray schwieg. Manchmal war Alkohol das Einzige, was dafür sorgte, dass er sich besser fühlte, wenn ihm die Eingebung für neue Lieder fehlte. Ein Alkoholproblem hatte er allerdings nicht, er war für ihn nur Mittel zum Zweck. Wie die Atemübungen, die er eigentlich hätte machen sollen.

»Ray, das ist mein Ernst. Wenn Sie nicht auf meinen Rat hören und sich dementsprechend verhalten, werden Sie eines Tages gar keine Stimme mehr haben. Und das nicht nur beim Singen«, sprach der Arzt weiter. »Ich rede hier von einem Problem, das Ihr ganzes Leben verändern könnte.«

Der stechende Schmerz hinter den Ohren meldete sich wieder, als wollte er ihn daran erinnern, dass auch seine gesamten Nebenhöhlen betroffen waren.

»Das behaupten Sie«, antwortete Ray mürrisch. Mein Gott, warum führte er sich auf wie ein Unsympath? Ließ er die Sache mit der Presse zu nah an sich heran? Nach jahrelanger Beobachtung durch die Medien perlten derartige Dinge normalerweise von ihm ab wie schmelzendes Eis vom Dach des dreistöckigen modernen Stadthauses, in dem er wohnte. Nur dass es sich diesmal ganz anders anfühlte.

»Möchten Sie eine Zweitmeinung einholen?«, fragte Dr. Crichton, der inzwischen eher wahnwitzig als überglücklich wirkte. »Denn ich habe Ihren Fall bereits mit drei anderen Kollegen erörtert.«

»Nein«, erwiderte Ray kopfschüttelnd. Seine Finger sehnten sich noch immer verzweifelt danach, sich ins Leder der Armlehne zu krallen. »Nein, so habe ich es nicht gemeint.« Was er jetzt wirklich wollte, war ein Schluck von dem Alkohol, den er nicht trinken sollte und mit dem er auch absolut kein Problem hatte.

»Sie brauchen Ruhe, Ray«, verkündete Dr. Crichton. »Ihre Stimme braucht Ruhe.«

Er nickte. Keine Ahnung, warum er es tat, denn Deborah versuchte momentan, ihm immer mehr Auftritte zu vermitteln, um den Artikeln in der Regenbogenpresse etwas entgegenzusetzen und seine Karriere zu retten. Die eine wollte, dass er sang, damit die Medien ihm nicht mehr schaden konnten. Der andere warnte ihn, er würde seine Stimme ernsthaft gefährden, wenn er das tat. Und seine Stimme war mehr oder weniger das Einzige, was ihm geblieben war.

»Mein Rat«, fuhr Dr. Crichton fort, »lautet, ganz auf Alkohol zu verzichten. Und in den nächsten Wochen keinen einzigen Ton zu singen. Machen Sie die Atemübungen, die wir beim letzten Mal besprochen haben. Soll ich Sie Ihnen noch einmal ausdrucken?«

Ray hatte die Anleitung bis jetzt keines Blickes gewürdigt. Sie lag zusammengeknüllt zu Hause auf dem Couchtisch in einer Obstschale, die nur Plastikobst enthielt. Dennoch schüttelte er den Kopf. »Nein, ich weiß es noch.«

»Ich betone«, sprach Dr. Crichton weiter und bedachte Ray mit einem befehlsgewohnten Blick, der auf lange Erfahrung hinwies, »dass Sie sich operieren lassen müssen. Obwohl es sicher hilfreich ist, wenn Sie Ihr Leben ändern, lege ich Ihnen dringend ans Herz, sich den Dezember frei zu halten. Nächste Woche sehen wir uns wieder, und dann kümmern wir uns darum, dass Sie noch vor Weihnachten einen OP-Termin bekommen.«

Ray schluckte. Er fühlte sich unglaublich angespannt, war aber gut darin, sich nichts anmerken zu lassen, und lächelte seinen Arzt an. »Kein Gesang, Ehrenwort«, erwiderte er seelenruhig. »Nicht einmal unter der Dusche.«

KAPITEL FÜNF

Crowland Terrace, Canonbury, Islington

Der Anblick des strahlend violetten, mit silbernem, goldenem und nicht dazu passendem rotem Lametta überladenen Miniweihnachtsbaums in der Vorhalle der in mehrere Wohnungen aufgeteilten Stadtvilla brachte Emily zum Lächeln. Sie wusste, dass es der Baum von Sammie war, dem fünfjährigen Jungen aus der Parterrewohnung. Emily hatte zufällig ein Gespräch zwischen Sammie und seiner Mum Karen Anfang November belauscht, als der Junge darauf beharrt hatte, Halloween sei nun vorbei, weshalb es eindeutig Zeit sei für Weihnachten. Hut ab vor Karen, dass sie so lange hart geblieben war. Der Baum war ein kleiner Grund zur Freude, als Emily die Treppe zu der Dachgeschosswohnung hinaufstieg, die sie früher mit Simon und zuletzt mit Jonah bewohnt hatte. Jetzt teilte sie sie nur noch mit einem Schrank voller Vintage-Klamotten, für die sie eindeutig zu viel Geld ausgegeben hatte.

Durch die geschlossene Wohnungstür stiegen ihr die köstlichen Düfte Thailands in die Nase. Emily schloss die Augen. Unverkennbar Kokosmilch und Zitronengras mit einem Hauch exotischer Gewürze. Jonah besaß noch einen Schlüssel und war einfach hereingekommen, so als hätte sich nichts geändert. Genau, wie sie es sich wünschte. Emily seufzte auf. Sie fand, dass es ihr ziemlich gut gelungen war, so zu tun, als würde sie sich freuen, als Jonah den Schritt gewagt hatte, mit seinem Freund zusammenzuziehen – dem zauberhaften

Allan, oder auch Doppel-L genannt, denn nachdem er immer wieder versucht hatte, so die Schreibweise seines Namens zu erklären, war das schnell zu seinem Spitznamen geworden. Zugegeben, die beiden Männer lebten in einer traumhaften Wohnung ganz in der Nähe, doch Emily vermisste Jonah trotzdem. Kurz hatte sie überlegt, ob sie vorschlagen sollte, dass er vier Nächte pro Woche bei Allan und die restlichen drei bei ihr wohnte, allerdings nie den Mut gehabt, es anzusprechen. Außerdem hätte sie dann vereinsamt gewirkt. Und fast dreißigjährige Frauen durften nicht vereinsamt wirken.

Emily schloss die Tür auf und schlüpfte rasch aus dem Mantel, weil ihr tropische Temperaturen entgegenschlugen. Es war viel zu heiß. Bestimmt war etwas mit der Heizung nicht in Ordnung, denn gestern hatte ein Klima wie am Nordpol geherrscht, während man sich inzwischen fast auf den Bahamas wähnte.

»Bevor du etwas sagst!«, rief Jonah aus der Küche. »Ich habe die Heizung nicht angefasst. Und ich schwitze wie die Exfreundin von Bradley Cooper bei einer ganz gewissen Oscarverleihung, nur damit du es weißt.«

Sie warf ihren Mantel auf das unter einer Decke verborgene Sofa und ließ sich einen Moment Zeit, um die Sterne zu betrachten, die durch die große Glasfront des geräumigen Wohnzimmers hereinfunkelten. Dann ging sie in die Küche und sah, an den Türrahmen gelehnt, ihrem besten Freund bei der Arbeit zu. Jonah war in seinem Element. Er hatte das schwarze Haar zu einem winzigen Pferdeschwänzchen im Nacken zusammengebunden und trug über der Jeans eine Schürze und dazu einen schmal geschnittenen korallenfarbenen Designerpulli. Mit der einen Hand rührte er etwas in Emilys großem Kochtopf um, während er mit der anderen brutzelndes Gemüse in einem Wok wendete.

»Wie war es in der Arbeit?«, fragte er so laut, als befände sie sich noch im Nebenzimmer.

»Ich bin hier«, antwortete Emily. Sie trat in die kleine Küche, die nur Platz für ein winziges Tischchen und zwei Stühle bot. Jonah hatte Platzdeckchen ausgebreitet und Wassergläser und Besteck, ja, sogar einige Teelichter bereitgestellt.

»Oh, entschuldige.« Er lachte auf. »Und wie war es in der Schule? Oder seid ihr schon in dem Stadium, in dem man nichts anderes mehr macht, als Schokolade zu essen, Plätzchen zu backen und *Buddy – Der Weihnachtself* anzuschauen?«

»Blödmann!« Emily versetzte ihm einen Klaps auf den Arm. Als sie versuchte, sich in dem beengten Raum zu bewegen, stieß sie mit der Hüfte an einen Stuhl. Ja, die Küche war wirklich zu klein, aber sie konnte den Tisch, wenn nötig, ja jederzeit ins Wohnzimmer stellen. Nur dass ihr das Wohnzimmer leer und luftig besser gefiel, deshalb stand er eben hier. Ihre Mahlzeiten verputzte sie meistens auf dem Sofa vor dem Fernseher, während *Long Lost Family* mit Davina McCall lief.

Sie nahm Jonah den Holzlöffel aus der Hand, um sein neuestes kulinarisches Meisterwerk zu kosten. Mit geschlossenen Augen ließ sie sich die verschiedenen Aromen auf der Zunge zergehen. Es schmeckte einfach himmlisch und erinnerte sie an Sommerabende auf der Dachterrasse. Jonah und Simon grillten, während sie versuchte, die solarbetriebene Lichterkette in Gang zu setzen, ehe es so dunkel wurde, dass man den Wein nicht mehr fand. Die Dachterrasse war ihr Lieblingsplatz in der Wohnung. Sie war zwar nicht groß, wurde aber nur von ihr genutzt. Sie hatte einen hübschen Holzboden und bot einen traumhaften Blick über die Stadt. Dank der Terrassenstrahler konnte man sich das ganze Jahr dort aufhalten, was den beschränkten Platz in der Küche mehr als wettmachte. Emily riss sich aus ihren Tagträumen und gab Jonah den Löffel zurück. »Einfach köstlich«, seufzte sie. »Genau das, was ich nach dem Tag heute brauche.«

»Ach ja?« Jonah stellte den Wok ab, schaltete das Gas aus und holte Teller aus einem Schrank über dem Herd.

Wo sollte sie anfangen? Damit, dass Susan sich aufgeregt hatte, weil sie Jayden durchfütterte und ihm bei seinem Projekt half? Oder mit der Weihnachtsaufführung?

Sie beobachtete, wie Jonah das fertige Gericht geschickt auf zwei Tellern anrichtete und daneben getropfte Sauce wegtupfte wie im Hotel oder bei *Masterchef* im Fernsehen. Er tat, als handelte es sich um einen besonderen Anlass. Hatte sie etwa ein Datum vergessen? Geburtstag hatte er nicht, denn der war erst im März. Oder gab es Probleme zwischen ihm und Doppel-L? Sosehr sie sich auch wünschte, Jonah möge zurückkommen, sollte das nicht auf Kosten seines Glücks geschehen. Außerdem hatte sie Allan sehr gern.

»Was ist los?«, erkundigte sich Emily. Plötzlich war sie ziemlich besorgt.

»Setz dich«, wies Jonah sie an. »Ich hole nur das Roti-Brot.« Als er sich bückte, rammte sein Po einen Stuhl. »Vielleicht müsstest du den Tisch ein Stückchen verrutschen.«

»Du hast Roti-Brot gebacken?«, rief Emily und zog an dem Tisch, bis er ein paar Zentimeter verrückt war, bevor sie sich setzte. »Jetzt weiß ich, dass es etwas Ernstes sein muss. Was ist passiert, Jonah?«

»Hast du den niedlichen Weihnachtsbaum an der Haustür gesehen? Ich finde, dass Sammie das großartig gemacht hat.« Er kehrte ihr noch immer den Rücken zu.

»Jonah! Ich esse keinen Bissen, solange du mir nicht erzählst, warum du hier bist und in meiner Miniküche thailändisch kochst. Und das, obwohl du jahrelang über diese

Küche gejammert hast und ich weiß, dass du bei Doppel-L Luxusarbeitsplatten aus Granit, ein großes Keramikspülbecken und eine eingebaute Grillpfanne hast.«

Endlich drehte Jonah sich zu ihr um und deponierte einen perfekt arrangierten Teller vor ihr auf dem Platzdeckchen. »Es ist angerichtet.«

»Du willst etwas von mir«, mutmaßte Emily. »Dir ist klar geworden, dass dir der Fernseher fehlt, den du zur Hälfte bezahlt hast, und jetzt weißt du nicht, wie du es mir beibringen sollst. Gut, Jonah, er gehört dir, wie ich schon gesagt habe. Ich kann mir den alten Fernseher an die Wand hängen oder ihn auf einen Stuhl stellen, bis ich etwas anderes finde.«

Jonah setzte sich, brachte seinen sorgfältig angehäuften Reisberg zum Einsturz und steckte sich eine Gabel mit Reis, Gemüse und Curry in den Mund.

»Du kannst nicht ewig den Mund voll haben«, verkündete Emily. Ihr Teller war noch unberührt, stattdessen fixierte sie ihren besten Freund mit Blicken.

»Sei nicht sauer«, erwiderte Jonah, offenbar unsicher, wie er sich ausdrücken sollte.

»Falls du Allan verlassen haben solltest, werde ich sauer. Doch wir können in aller Ruhe darüber reden, bis dir klar wird, was für ein Idiot du bist.« Sie griff nach der Gabel. »Aber das ist nicht der Grund, richtig?«

Lächelnd schüttelte Jonah den Kopf. »Natürlich nicht.«

»Also …« Sie verstummte, und ihre Augen weiteten sich. »Nein! Du hast doch nicht etwa meine Eltern eingeladen, oder?«

»Ich bin doch nicht lebensmüde«, entgegnete Jonah.

Emily schlug die Hand vor die Brust. Sie lud ihre Eltern nämlich grundsätzlich nicht ein. Die beiden hatten sämtliche Synonyme für »klein« auf Lager und wendeten sie genüsslich auf jeden, aber auch jeden Raum in ihrer Wohnung an. Sogar auf ihre Dachterrasse, die Alegra, ihre Mutter, bei Emilys Einzug als »nettes Fleckchen« bezeichnet hatte. Es war deshalb eine unsinnige Vermutung anzunehmen, dass sie auf dem Weg hierher waren. William und Alegra lehnten Jonah ab, seit sie ihm bei einer der Benefizveranstaltungen ihrer Mutter zum ersten Mal begegnet waren. Für gewöhnlich setzte Alegra bei solchen Gelegenheiten nur auf ihren beruflichen Einfluss und ihr Geld, nicht auf ihre tatsächliche Anwesenheit. Doch damals, als Emily zehn Jahre alt und an Mandelentzündung erkrankt war, weshalb sie nicht zur Schule gehen konnte, hatte Alegra den Besuch eines Gemeindezentrums in einem weniger wohlhabenden Stadtviertel unmöglich absagen können und daher Emily einfach mitgenommen. Wie sich herausstellte, ließ Jonahs Dad sich dort zum Mechaniker weiterbilden. Und Jonah lungerte mit seinem Fahrrad vor dem Zentrum herum, in der Hand ein stark zuckerhaltiges Sprudelgetränk, das für Emily streng tabu war. Während Alegra betonte, wie wichtig ihr ein für alle zugänglicher höherer Bildungsabschluss sei – das hieß, sie log wie gedruckt –, hatten Emily und Jonah sich angefreundet und abwechselnd auf der Skateboardrampe Kunststücke mit seinem Fahrrad vollführt. Obwohl Emily gestürzt war und sich am Knie die Jeans zerrissen und die Haut aufgeschürft hatte, hatte sie jede Minute genossen. Die beiden hatten Adressen getauscht und einander geschworen, in Verbindung zu bleiben. Und das hatten sie auch getan. All die Jahre lang.

»Du musst mein Zimmer weitervermieten«, fuhr Jonah rasch fort.

Emily seufzte. »Darüber haben wir doch schon gesprochen. Im Moment komme ich noch so klar.« Sie hatte noch etwas Geld auf der Bank und außerdem den Schrank voller Vintage-Klamotten, die sie nicht wirklich brauchte. Wenn es hart auf hart kam, konnte sie die ja verkaufen.

»Äh, der Kühlschrank war buchstäblich leer, und im Gefrierfach sind auch nur Erbsen und Eiscreme.«

»Ich hatte diese Woche keine Zeit zum Einkaufen.« Dieser Monat hätte es besser getroffen, doch das würde sie Jonah nicht auf die Nase binden. Weiße Bohnen auf Toast hatten noch niemandem geschadet, und inzwischen gab es die ja in allen möglichen Geschmacksrichtungen. Außerdem war es nicht leicht, sich umzustellen, nachdem man mit jemandem zusammengewohnt hatte, der fast jeden Abend ein köstliches Abendessen auf den Tisch zauberte. Manchmal sogar mehrere auf einmal, wenn er etwas Neues ausprobieren wollte oder der Gefrierschrank aufgefüllt werden musste.

»Du hast einige Glühbirnen rausgeschraubt.«

Das hatte sie wirklich getan. Sie hatte nämlich im Internet gelesen, dass man sich ans Energiesparen gewöhnte, wenn man einfach die Birnen aus manchen Lampen und Deckenstrahlern entfernte. Außerdem war es im Wohnzimmer dank des großen Fensters bis mindestens fünf Uhr meistens sowieso hell genug. Zumindest so hell, dass sie nicht über irgendetwas stolperte.

»Ich spare Energie«, erwiderte sie. »Wir müssen alle etwas für unseren Planeten tun.«

»Du reduzierst deine Ausgaben«, widersprach Jonah. »Weil dir die Miete für mein Zimmer fehlt. Du brauchst das Geld.«

»Ich habe wirklich keine Lust, meine Wohnung mit einem fremden Menschen zu teilen.« Rasch sprach sie weiter. »Und bevor du etwas sagst: Ich wollte dir damit kein schlechtes Gewissen machen. Inzwischen habe ich mich vollkommen daran gewöhnt, dass du nicht mehr hier wohnst. Tja, du weißt ja …« Sie schnupperte an dem köstlich duftenden Gericht und griff endlich zu.

»Ich habe im Hotel einen Zettel aufgehängt«, gestand Jonah.

»Was für einen Zettel?«, fragte Emily und nippte an ihrem Wasserglas.

»Einen, auf dem ein großes Zimmer in einer lichtdurchfluteten Wohnung in Islington mit Kochzeile, einem Badezimmer mit Wanne und Dusche und einer hübschen Dachterrasse mit traumhafter Aussicht angeboten wird.«

Ihre Wohnung. Jonah hatte über ihren Kopf hinweg angefangen, einen Untermieter zu suchen. Plötzlich hatte das Curry einen schalen Beigeschmack. Emily legte die Gabel weg und blinzelte rasch gegen die aufsteigenden Tränen an.

»Bevor du etwas sagst«, meinte Jonah, »denk daran, dass ich dein Freund bin. Dein bester Freund.« Er nahm ihre Hände. »Du bedeutest mir sehr viel, Em, das weißt du. Aber du kannst nicht ewig so ein einsames Leben führen, dich vor der Welt zurückziehen und gegen Veränderungen stemmen.«

Sie wollte, dass Jonah zu reden aufhörte. Denn das Gespräch näherte sich auf gefährliche Weise dem Thema Simon. Es ging nicht mehr darum, dass Jonah zu Allan gezogen war. Warum also fehlten ihr jetzt die Worte? Jonah hatte ein Zimmer in ihrer Wohnung inseriert. Ohne ihr Wissen. Was, wenn sich jemand meldete? Hatte Jonah ihre Mobilfunknummer angegeben? Mit Tränen in den Augen, aber noch immer ruhig, entzog sie ihm ihre Hand.

»Du solltest den Zettel abnehmen«, sagte Emily beinahe gelassen.

»Zu spät«, erwiderte Jonah. »Es haben schon drei Interessenten angerufen.«

»Was?«

»Und heute Abend kommen sie alle, um das Zimmer zu besichtigen.«

»Jonah! Das geht nicht! Ein bester Freund verhält sich nicht so!«

»Em, genau so verhalten sich beste Freunde! Ja, man kann mit uns ein Gläschen trinken und über dämliche Fernsehsendungen lachen, aber manchmal müssen wir auch andere Saiten aufziehen.« Jonah seufzte auf. »Ja, das hier ist schwierig. Ich weiß es, und ich sehe es.« Er holte tief Luft. »Erlaube mir, dir einen Teil deiner finanziellen Belastung abzunehmen. Auch wenn ich nicht mehr da bin, um dich daran zu hindern, tagelang vor dem Fernseher zu sitzen.«

Fremde Leute würden ihre Wohnung begaffen. Sie wollte sie nicht im Haus haben. Allein kam sie am besten zurecht, und es störte sie nicht, sich von weißen Bohnen aus der Dose und einem gelegentlichen Meeresfrüchterisotto mit zweifelhaftem Verfallsdatum zu ernähren.

»Hör zu, am Telefon klangen alle sehr interessiert ... und nett, du weißt schon, normal. Normale Menschen, die eine hübsche Wohnung in London suchen. Falls einer oder alle total daneben sind, schwöre ich dir, dass ich sie persönlich rausschmeiße. Allerdings nicht, wenn du findest, dass sie aus dem falschen Stadtviertel stammen. Jeder hat eine Chance verdient, richtig? Und ich bin nicht deine Mum. Nimm's nicht persönlich.«

Warum schwieg sie immer noch? Sie musste etwas sagen. Eigentlich hätte sie böse auf Jonah sein und ihm mitteilen sollen, dass sie auf keinen Fall ihren kostbaren Abend damit verbringen würde, potenzielle Untermieter zu interviewen, auf die sie sowieso keine Lust hatte. Viel lieber wollte sie es sich mit einer Literflasche mit aromatisiertem Mineralwasser gemütlich machen und googeln, wie man ohne Geld eine Broadway-geeignete Show auf die Beine stellen konnte.

Jonah griff wieder nach ihren Händen. Seine dunkelbraunen Augen musterten sie mit dem ernsten und seelenvollen Ausdruck, den er so gut beherrschte. »Ich habe ein bisschen Weihnachtsdeko mitgebracht, damit alles ein wenig gemütlicher, einladender und festlicher wirkt. Außerdem … habe ich fünf der gerahmten Fotos von Simon weggeräumt.«

Emily spürte, dass ihre Wangen zu glühen begannen, und sie versuchte, Jonah ihre Hand zu entwinden. Es war einfach zu viel. Alles in ihr sträubte sich dagegen.

»Lass mich los!«, rief sie und zerrte an ihrem Arm. »Das hättest du nicht tun dürfen.« Inzwischen flossen die Tränen. »Warum hast du das gemacht?«

»Er ist fort, Em«, erwiderte Jonah und hielt sie fest, sodass der Tisch ins Schwanken geriet. »Und irgendwie ist es ihm gelungen, den Großteil von dir mitzunehmen.«

Jonah musste unbedingt damit aufhören. Der Kloß in ihrem Hals wurde immer dicker, das Letzte, was sie nach so einem Arbeitstag gebrauchen konnte.

»Em, du musst nicht in jedem Zimmer Fotos von Simon aufstellen, um dich daran zu erinnern, wer er war und wie viel er dir bedeutet hat. Das hast du dir alles da drinnen bewahrt.« Als er seine Herzgegend berührte, spürte Emily, wie ihr eigenes Herz schmerzte. Tränen tropften auf ihre Strickjacke.

»Mist«, sagte Jonah. »Ich wollte dich nicht zum Weinen bringen. Allan und ich haben gestern Abend darüber geredet. Er fand, dass ich schonend mit dir umgehen soll. Aber wir waren uns beide einig, dass dieser Schritt sein muss.«

»Du hättest mit mir reden sollen«, stieß Emily schließlich hervor. »Anstatt hinter meinem Rücken zu handeln.«

»Du hättest die Ohren auf Durchzug geschaltet, Em. Ich schlage es dir seit meinem Auszug vor.«

Damit hatte er nicht ganz unrecht. Es gab Gründe, warum Jonah ihr bester Freund war. Er kannte sie besser als sie sich selbst. Und außerdem war ihr klar, dass er mit seinen Plänen keine Chance gehabt hätte, hätte er sie vorgewarnt. Jetzt hatte sie zwei Möglichkeiten: Entweder lernte sie diese potenziellen Mitbewohner kennen, oder sie bat Jonah, ihnen abzusagen, bevor ihre Füße auch nur die gewachsten Dielenbretter berührten.

Sie atmete durch, um sich zu beruhigen. »Okay. Aber verrate mir eines: Kann einer der Bewerber kochen?«

KAPITEL
SECHS

Das erste Bier war Ray mühelos durch die Kehle geronnen und hatte dort ein angenehmes Prickeln hinterlassen. Nach dem zweiten setzte ein Gefühl ein, das alles ein wenig weichzeichnete, sodass die Realität an Bedeutung verlor, die Probleme zu schrumpfen schienen und die Schlagzeilen in der Regenbogenpresse nicht mehr so angsteinflößend wirkten wie um acht Uhr morgens.

Nun lagen die Zeitungen genau vor ihm. Er saß auf einem Barhocker in der schummrigsten Ecke. Die in einem dunklen Enteneierblau gestrichenen Wände wurden von silbernen Glocken und Plakaten bedeckt, die die neue Feiertagsspeisekarte anpriesen. *Drecksweihnachten*. Er wusste, dass er sein Elend nur vergrößerte, wenn er diese verlogenen Berichte – Fake News, wie sie im Buche standen – las, aber Deborah lag ihm ständig damit in den Ohren, dass er vorbereitet sein müsse. Vorhin hatte sie ihm eine Nachricht mit dem Inhalt geschickt, *Frauenzimmer* wolle ihn in die morgige Sendung einladen. Sie hatte hinzugefügt, vermutlich sei eine »Flucht nach vorn« der einzige Weg, das Problem aus der Welt zu schaffen.

Ray trank einen Schluck Bier und betrachtete die Fotos, die in der Presse abgedruckt waren. Klasse! Eines davon zeigte ihn, wie er, ganz und gar nicht in Topform, eine After-Show-Party verließ. Damals war er eindeutig betrunken gewesen. Er erinnerte sich kaum daran, wie er nach Hause gekommen war, nur dass er am Klavier eingeschlafen war.

Und dann war da noch das Foto von Ida. War es erst vor Kurzem aufgenommen worden? Hatten die Presseleute sie in seinem früheren Zuhause interviewt? Wer hatte den Kontakt angebahnt? Ein Reporter auf der Jagd nach einem Skandal und Stoff für eine Story, die äußerst lukrativ und zudem eine PR-Maßnahme für Ida als Künstlerin zu werden versprach? Oder hatte Ida selbst den ersten Schritt unternommen? Wegen des finanziellen Vorteils oder einfach nur, um ihm eins auszuwischen?

Er strich mit dem Finger über die bedruckte Seite und fuhr das hellblonde Haar seiner Exfreundin nach. Auf dem Foto sah sie traurig aus. Hilflos. War sie inzwischen so geworden? Spiegelte sich in ihrem Blick Bedauern, weil es zwischen ihnen so geendet hatte? Er schluckte. Ganz gleich, was auch dahinterstecken mochte, es gab kein Zurück mehr. Die Medien konnten tun, was sie wollten, um ihn zu vernichten, sein Leben mit Ida war jedenfalls vorbei.

In der Tasche von Rays Jeans vibrierte das Telefon. Sicher war es Deborah, die ihn noch einmal anflehen wollte, an der Talkshow morgen teilzunehmen. So etwas kam doch überhaupt nicht in Frage, oder? Dass er sich vor ein Livepublikum setzte und sich von einer Gruppe prominenter Frauen verhören und über sein Privatleben aushorchen ließ? *Sein Leben mit Ida?* Er griff nach seinem Bier und trank noch einen großen Schluck. Dann betrachtete er das Glas in seiner Hand, an dessen Innenseite ein Streifen aus weißem Schaum klebte. Hatte seine Mutter sich auch so gefühlt? War ihr Leben ebenfalls aus den Fugen geraten, ohne dass es jemandem aufgefallen war? Er vermisste seine Mum. So überfordert sie auch gewesen sein mochte, er hatte sie geliebt. Und sie ihn. Das hatte er trotz allem wirklich gespürt.

Vielleicht waren die Probleme in seinem Leben schlicht und ergreifend seine eigene Schuld. Er hätte bedenken sollen, was es hieß, berühmt zu sein, bevor er sich davon mitreißen ließ. Allerdings war alles so rasend schnell gegangen, dass ihm kaum Zeit zum Nachdenken geblieben war. Gestern noch war er einmal pro Woche in einem kleinen Pub in Camden Town aufgetreten und hatte daneben als Straßenmusiker und Maurer gejobbt. Und dann hatte ihn *Lyricist*, eine Fernsehsendung ähnlich wie *The Voice*, aber für Songwriter, an die Spitze des Ruhms katapultiert. Das war vor drei Jahren gewesen, und bis jetzt war es ihm gelungen, seinen Stern am Strahlen zu halten. Auch wenn sein Erfolg nicht stetig stieg, behauptete Ray zumindest seinen Platz inmitten seiner Zeitgenossen. Und Ida war fast von Anfang an dabei gewesen. Sie hatte miterlebt, wie aus dem Teilnehmer einer Castingshow ein Musiker geworden war, der sogar für die Queen sang.

Als sie sich kennenlernten, hatte Ida nicht geahnt, wer er war. Er und einige andere Kandidaten von *Lyricist* waren gebeten worden, anlässlich der Eröffnung einer Kunstgalerie aufzutreten. Es war zwar nur eine kleine Veranstaltung, stieß allerdings wegen der Fernsehshow auf ein gewaltiges Medienecho. Nach seinem Song hatte Ray sich die Gemälde und die zum Großteil phallischen Skulpturen angesehen und sich gefragt, was der Künstler wohl damit sagen wollte. Plötzlich hatte Ida neben ihm gestanden. Sie schien zu spüren, dass es ihm schwerfiel, die Kunstwerke zu begreifen, und sie hatte ihm eines erklärt, das sich als ihr eigenes Bild entpuppte. Es stellte eine Elster auf einem gewaltigen Hochhaus dar. Ein Flügel war weit ausgebreitet, der andere festgeschnallt. Ida meinte, das sei ein Symbol für das moderne Leben. *Wir alle greifen nach den Sternen und müssen uns manchmal ein wenig verbiegen, um sie zu erreichen.* Ray hatte aufmerksam zugehört und sich gewünscht, dieses blonde, elfenhafte Geschöpf im rubinroten Ballkleid und mit Vans an den Füßen möge immer weiterreden. *Und wenn man daran zerbricht, will einen niemand mehr.* Die Worte hatten ihn bis ins Mark getroffen. Und so hatte es zwischen ihnen begonnen.

Das Geräusch von splitterndem Glas ließ ihn auf seinem Barhocker zusammenzucken. Er hielt den Atem an, und sein Blick wanderte den Tresen entlang zu einigen Frauen. Einer von ihnen war das Weinglas heruntergefallen. Sie lachten und schienen sich glücklich und wohlzufühlen. Der Barmann näherte sich bereits mit Kehrblech und Besen. Ray atmete ruhig durch. Im nächsten Moment spürte er wieder ein Vibrieren. Sein Mobiltelefon. Diesmal keine Nachricht, sondern ein Anruf. Er kramte danach und warf einen Blick auf das Display. Gio, sein Vermieter.

»Hallo, Gio«, meldete sich Ray. »Hör zu, bevor du etwas zur Miete sagst …«

»Zur Miete gibt es nichts mehr zu sagen. Überhaupt nichts.« Die Stimme mit dem italienischen Akzent überschlug sich. »Ich habe alles gesagt, was ich sagen kann, und das schon seit acht Wochen.«

»Gio, ich weiß, und es tut mir leid. Aber es ist gerade ein blöder Zeitpunkt. Ich warte darauf, dass Gelder fällig werden, und …« Herrje, er brauchte wirklich einen Vorschuss von der Plattenfirma. Gio war geduldig gewesen. Dass sich die Kreditkartenunternehmen noch viel länger so großzügig zeigen würden, war hingegen unwahrscheinlich.

»Ich habe die Zeitungen gesehen. Und ich kenne mich aus mit so etwas«, schimpfte Gio weiter.

Ray konnte ihn sich bildlich vorstellen: sein gerötetes Mondgesicht, während er mit den Händen fuchtelte. Das, was nun kommen würde, konnte er fast mit Händen greifen. Also straffte er die Schultern und konzentrierte sich auf das Werbeplakat für Weihnachtsfeiern mit Klößen aus Truthahnfüllung und Preiselbeersauce.

»Ich habe dich abgemahnt, Ray. *Schriftlich* vor einem Monat. Tut mir leid, Ray, du bist mir sympathisch. Wirklich. Ich möchte nicht glauben, was in den Zeitungen steht, aber ich muss an mein Geschäft denken.«

»Gio, ich zahle die Miete. Lass mich nur meine Agentin anrufen. Uns fällt etwas ein.« Seine Hand umschloss das Bierglas, um einen weiteren Schluck zu nehmen.

»*Mir* ist etwas eingefallen«, entgegnete Gio. »Heute Vormittag habe ich dafür gesorgt, dass all deine Sachen in ein Lagerhaus gebracht werden. Die Einzelheiten habe ich dir gemailt. Die Schlösser wurden ausgetauscht. Morgen zieht der neue Mieter ein.«

Seine Sachen waren eingelagert? Die Schlösser ausgetauscht? Er hätte zwischen dem Kaffee mit Deborah und dem Termin mit Dr. Crichton nach Hause fahren sollen. Außerdem war es ein Fehler gewesen, hierherzukommen und sich zu betrinken. Etwas in seinem benebelten Verstand riet ihm, seinen Vermieter anzuschreien. Er hatte kein Recht, seine Sachen anzufassen. Doch er war nüchtern genug, um zu begreifen, dass er nichts mehr an dieser Situation ändern konnte. Gio hatte sich entschieden.

»Bist du noch dran?«, fragte Gio. »Hast du mich verstanden?«

»Ja«, antwortete Ray. »Ja, ich bin noch dran. Und ich habe dich verstanden.«

Nun war er nicht nur von der britischen Presse in der

Luft zerrissen worden und hatte erfahren, dass er operiert werden musste, nein, er war auch noch obdachlos. Dieser Tag rangierte auf der Skala der Misttage ziemlich weit oben. Zur Krönung fehlte eigentlich nur noch ein weihnachtlicher Song von Cliff Richard.

»Tja, nichts für ungut«, meinte Gio in einem etwas versöhnlicheren Tonfall. »Ich wünsche dir frohe Weihnachten.«

»Ja«, seufzte Ray. »Ich dir auch.«

KAPITEL
SIEBEN

Crowland Terrace, Canonbury, Islington

»Irgendwelche Hobbys, Anthony?«

Jonah war derjenige, der die Fragen stellte, denn Emily saß noch immer starr vor Entsetzen da. Anthony, der beim Ausliefern von Mineralwasser an Jonahs Hotel den Aushang gelesen hatte, hatte beinahe die gesamten Käse-Zwiebel-Chips von Tesco vertilgt, die eigentlich für eine Woche hätten reichen sollen. Außerdem schien es ihn nicht zu kümmern, dass er beim Sprechen ihr Sofa mit Krümeln bespuckte. Jonah hatte beim Knabbern immer gut aufgepasst und war überhaupt sauber und ordentlich. Zum Teufel mit Doppel-L und seiner Beziehung mit ihrem Freund.

Hinzu kam, dass Anthony aussah, als hätte ihn ein Sportausstatter von Kopf bis Fuß eingekleidet. Auch wenn an Jogginganzügen und Adidas-Sneakern nichts auszusetzen war, passte der Stil nicht ganz zu jemandem, der sich schmatzend mit Chips vollstopfte.

»Hobbys?«, wiederholte Anthony, als verstünde er das Wort nicht.

»Was du am Wochenende so unternimmst?«, half Jonah ihm auf die Sprünge.

»Ich muss euch sagen, was ich am Wochenende gerne mache, um das Zimmer zu kriegen?«, wunderte sich Anthony.

»Nein«, erwiderte Emily und sprang vom Sofa auf, wobei sie beinahe den von Jonah auf dem Beistelltisch aufgebauten schwarzsilbernen Weihnachtsbaum umgestoßen hätte. Er stammte eindeutig von Habitat, und sie war nicht ganz sicher, ob er ihr gefiel. »Nein, natürlich nicht.« Sie nahm die Chipsschale und drückte sie beschützend an sich wie ein Neugeborenes. »Ich glaube, wir haben dich jetzt genug ausgefragt.«

»Also kann ich das Zimmer haben?«, erkundigte sich Anthony mit einem breiten Lächeln.

»Nein«, entgegnete Emily mit Nachdruck. »Ich meine … wir sind nicht sicher.« Sie holte Luft. »Wir haben noch einige andere Interessenten, und außerdem verlangen wir zwei Monatsmieten im Voraus.« Sie benutzte absichtlich das Wort »wir«, obwohl es nur um sie ging. Außerdem hatte sie diese Bedingung spontan erfunden. Mit Anthony konnte sie unmöglich unter einem Dach leben. Ebenso wenig wie mit dem ersten Bewerber, der zur Tür hereinspaziert war. Sein Name war Lee, und er hatte wie ein Wasserfall über die Londoner Murder-Mile-Führungen geredet.

»Zwei Monatsmieten im Voraus?«, riefen Anthony und Jonah im Chor und tauschten einen solidarischen Blick.

»Wir haben deine Nummer«, fuhr Emily fort. Sie hatte zwar keine Ahnung, ob Jonah die Nummer hatte, doch das war ihr egal. »Wir geben dir Bescheid.« Ja! Er stand auf! Sobald er draußen war, würde sie den Staubsauger holen.

»Wenn ich ehrlich bin, weiß ich nicht, ob ich so schnell zwei Monatsmieten auftreiben kann«, sagte Anthony.

»Nein? Nun ja, wie schade. Tut mir leid«, meinte Emily mit einem theatralischen Seufzer.

Inzwischen schien Jonah ziemlich sauer auf sie zu sein. Ihr bester Freund erhob sich und sah sie finster an.

»Ich bringe dich zur Tür«, erbot er sich.

Sobald Jonah und Anthony ihr wunderschönes Wohnzimmer verlassen hatten, hastete Emily zu dem Wandschrank, in dem sie Staubsauger, Bügelbrett, einige Einkaufstaschen und ganz hinten alten Weihnachtsschmuck aufbewahrte. Der Stauraum in der Wohnung war begrenzt, doch das hatte die positive Folge, dass man sich mit weniger zufriedengab. Allerdings war da noch ihr Schlafzimmerschrank, der mit Minimalismus nichts mehr zu tun hatte, da er inzwischen von noch ungetragener Vintage-Kleidung überquoll. Den Sachen, die sie wenigstens einmal anziehen sollte, bevor sie sie verkaufte, um bloß nicht die Wohnung mit jemandem wie Lee oder Anthony teilen zu müssen.

Sie stöpselte den Staubsauger ein, fuhr mit der Düse über die Krümel auf dem Fußboden, setzte die Bürste auf und reinigte die Polster. Das Saubermachen hatte eine beinahe so therapeutische Wirkung wie das zwanghafte Kleiderkaufen.

Ein Seitenblick zur Tür verriet Emily, dass Jonah zurück war und mit den Lippen Worte formte, die sie nicht hören wollte. Also reagierte sie so wie die meisten Menschen in dieser Situation: Sie tat, als würde sie ihn nicht sehen, und betätigte weiter den Staubsauger.

Nach den letzten zehn Bürstenstrichen war es jedoch nicht mehr möglich, Jonah zu ignorieren, denn der stand direkt vor ihr und schaltete den Staubsauger aus, worauf schlagartig Stille herrschte. Bis …

»Emily, das darfst du nicht mit jedem machen, der die Wohnung besichtigt.«

»Was mache ich denn?«

»Du stellst höhere Ansprüche als Judge Rinder im Fernsehen!«, rief Jonah aus. »Zwei Monatsmieten im Voraus! Kein normaler Mensch hat so viel Geld, vor allem nicht zu dieser Jahreszeit.«

»Tja.« Emily hatte die Hand noch immer am Staubsauger.

Ihr Blick ruhte auf einem halben Chip, der unter dem Sofa hervorlugte. »Jemand, dem es wirklich ernst damit ist, eine schöne Wohnung zu finden, hat es. Bevor man solche Entscheidungen fällt, sollte man etwas zurücklegen und gründlich darüber nachdenken. Ich musste eine Ewigkeit sparen, bevor ich hier einziehen konnte.« Und das, obwohl ihre Eltern ihr angeboten hatten, ihr als Geburtstagsgeschenk eine Wohnung zu kaufen. So waren Alegra und William eben. Sie warfen mit Geld um sich wie mit Konfetti. Nur dass an ein solches Geschenk unausgesprochene Bedingungen geknüpft gewesen wären. Ein Abendessen im Monat vielleicht oder, noch schlimmer, ein Familienurlaub. Deshalb hatte Emily beschlossen, zur Miete zu wohnen, und ihr Vertrag gestattete es ihr, ein Zimmer unterzuvermieten.

»Tja«, entgegnete Jonah. »Manche Leute haben eben nicht genug Geld, um etwas auf die hohe Kante zu legen. Als ich eingezogen bin, hätte ich es jedenfalls nicht gekonnt.« Inzwischen stemmte er die Hände in die Hüften und schien ziemlich unzufrieden mit ihr zu sein.

»Ja richtig«, antwortete Emily. »Aber du bist mein bester Freund und hattest ausgezeichnete Referenzen. Zum Beispiel kennst du die besten Fish-and-Chips-Buden und die WLAN-Codes für sämtliche Cafés im Viertel.«

»Und du fandest sie alle beide nicht attraktiv?«, erkundigte sich Jonah. Seine Stimme war ein kleines bisschen zu ruhig, so als sollte dieser Satz in ihr Unbewusstes eindringen.

»Was?« Emily hob den Kopf und befestigte das Rohr mit einem Klick wieder am Korpus des Staubsaugers.

»Anthony und Lee«, meinte Jonah. »Meiner Ansicht nach zwei sehr gut aussehende Typen.« Er zog die Nase hoch. »Und ich bin Spezialist, was gut aussehende Typen angeht.«

»Wen interessiert es, ob sie gut …« Plötzlich fiel bei

Emily der Groschen. Der nächste Bewerber, der hier erscheinen würde, hieß Raul. Laut Jonah war er achtundzwanzig und portugiesischer Abstammung und arbeitete derzeit als Barmann im Hotel. Offenbar war der Plan, nicht nur ihr freies Zimmer zu vermieten, sondern auch, sie zu verkuppeln. Wut stieg in Emily hoch.

Sie umklammerte das Staubsaugerrohr wie eine Turnierlanze und blickte Jonah kopfschüttelnd an. »Ich fasse es nicht. Deshalb also wolltest du die Fotos von Simon aus dem Weg räumen.«

»Aber Em, ganz so ist es nicht.«

»Was bedeutet ›so‹?«, herrschte Emily ihn an, marschierte zum Wandschrank und stopfte den Staubsauger hinein. »Du suchst nicht nur einen neuen Mitbewohner für mich, sondern auch einen neuen Freund. So ist es doch, oder? Seine Frühstücksflocken neben meinen? Unsere Wäsche zusammen in der Maschine? Und was hättest du sonst noch gerne? Eine Verbindungstür zwischen dem Gästezimmer und meinem? Frühsport auf der Matratze?«

»Nein«, rechtfertigte sich Jonah. »Eigentlich nicht.«

»Siehst du? Ich habe recht!«, rief Emily aus und pustete sich die Ponyfransen aus der Stirn. »Keiner der Bewerber ist weiblich. Woran mag das wohl liegen?«

Obwohl Jonah die Achseln zuckte, wirkte er inzwischen ausgesprochen verlegen. Emily kannte ihn so gut wie sich selbst. Warum war ihr das nicht gleich aufgefallen? Vielleicht plante Jonah das schon seit einiger Zeit. Ob er und Doppel-L darüber geredet hatten? Jonah zog aus, Mr Single zog ein?

»Reiner Zufall«, wich Jonah aus. »Wenn keiner dieser Typen passt, okay. Allerdings setze ich große Hoffnungen auf Raul. Ansonsten mache ich einfach einen neuen Aushang. Wer weiß, welches Geschlecht die neuen Kandidaten haben.«

»Du wirst keinen neuen Aushang mehr machen!« Verzweifelt riss Emily die Arme hoch. »Denn ich wäre sowieso von Anfang an dagegen gewesen. Alles ist bestens! Ich vermisse dich, deine fantastischen Kochkünste und vielleicht unsere Filmmarathons am Wochenende. Aber du wohnst nur ein paar U-Bahnstationen entfernt. Und an Weihnachten kommst du doch, oder?«

»Ja«, erwiderte Jonah. »Ja natürlich, aber darum geht es hier nicht.«

Emily schnupperte. »Hast du den Herd angelassen?« Sie steuerte auf die Küche zu. »Ich glaube, da brennt was an.« Jonah fasste sie am Arm, und sie ahnte bereits, was er nun sagen würde.

»Em, du musst wieder raus. Das weißt du doch, oder?«

»Wohin raus? Zu peinlichen Dates, die noch peinlicher sind als die Frage, ob ich die Gäste bei den Cocktailpartys meiner Eltern mit zwei Küsschen oder mit einem begrüßen soll?«

»Wann hattest du denn dein letztes Date, peinlich oder nicht?«

Da sie sich mit niemandem mehr getroffen hatte, seit Simon fort war, musste sie rasch etwas erfinden.

Sie verdrehte die Augen. »Es war der Mechaniker, der in der Schule den Fotokopierer repariert hat. Sein Name war ... Willy ...« Aus irgendeinem Grund konnte sie sich kaum gegen den Drang wehren, den Namen »Wonka« auszusprechen. Wie Willy Wonka aus *Charlie und die Schokoladenfabrik*. »Willy Wallace«, fuhr sie fort. »Er wollte sein Sandwich mit Käse und Gürkchen mit mir teilen. Ich muss schon sehr bitten.« Wieder ein Augenrollen. »Echt eine tolle Anmache.«

»Em, ich glaube dir kein Wort«, verkündete Jonah.

»Pech.« Emily verschränkte die Arme vor der Brust.

»Wenn es einen Mechaniker namens Willy gäbe, der dir sein Pausenbrot angeboten hat, wäre dir das nicht einmal aufgefallen.« Jonah seufzte. »Du läufst nicht gerade mit offenen Armen durch die Welt.«

»Tue ich doch«, beteuerte Emily. Warum stiegen ihr dann die Tränen in die Augen? Sie starrte auf den neuen Weihnachtsbaum, wohl wissend, dass sie ihn später wegräumen und durch den altbewährten ersetzen würde. Den Baum, den sie mit Simon gekauft hatte. Es war unglaublich schwer gewesen, ihn zusammenzubauen, denn er bestand aus mehr Einzelteilen, als man sie in einem Lagerhaus von Ikea fand, doch es hingen Erinnerungen daran. Gedanken an die Zeiten, in denen sie Glühwein getrunken und Weihnachtsgebäck gegessen und dabei die Äste zu verschiedenfarbigen Häufchen sortiert hatten. In manchen Jahren hatte das Aufbauen zwei Abende in Anspruch genommen.

»Mir ist klar, wie schwierig es ist, aber es ist jetzt ein Jahr her.«

Und es fühlt sich immer noch so an, als wäre es gestern gewesen. »Mir geht es prima«, beharrte sie, während ihr eine einsame Träne die Wange hinunterkullerte.

»Ich weiß, dass es dir prima geht. Doch das genügt mir für meine beste Freundin nicht. Ich wünsche mir, dass sie neue Gipfel erklimmt und alle ihre Träume wahrmacht.«

Als Jonah sie in die Arme nahm, stieg ihr sein Geruch in die Nase. Thailändische Gewürze gemischt mit dem Duft des betonartigen Gels, das er sich in die Haare schmierte. Hatte er recht? Lief sie mit einem »Nicht-Ansprechen«-Schild um den Hals herum? Wann hatte sie das Leben zuletzt mit staunenden Augen betrachtet und ein Flattern im Magen gespürt?

»Muss ich mit diesem Raul reden?«, murmelte Emily, den Mund an Jonahs tröstender Schulter. Sie war müde und wegen der offenbar verrücktspielenden Heizung leicht verschwitzt. Außerdem hatte sie heute Abend einfach nicht mehr die Kraft, ein neues Leben anzufangen.

»Ja, du musst mit Raul reden, weil es zum Absagen zu spät ist.« Jonah schob sie ein Stück weg und wischte ihr die Träne von der Wange. »Aber wenn er dir wirklich nicht gefällt, überlege ich mir das mit meiner Mitbewohner-Verkuppelungsaktion noch mal.«

»Also hatte ich doch recht!«, rief Emily aus.

Jonah seufzte. »Es war Allans Idee … gut, das ist unfair. Es war meine Idee, doch er hat sie unterstützt. Tut mir leid. Wir wollen nur, dass du glücklich bist, Em.«

»Nun«, erwiderte Emily. »Wenn du mich glücklich machen willst, hilfst du mir, den alten Weihnachtsbaum aus dem Schrank zu holen. Oder du erzählst mir, dass du jemanden kennst, der mich bei der Weihnachtsaufführung in der Schule unterstützt.«

»*Du* bist für die Aufführung verantwortlich?« Jonah schlug die Hand vor den Mund, um ein Lachen zu unterdrücken.

»Ja«, bestätigte Emily. »Und in diesem Jahr geht es um mehr, als die Kinder mit Geschirrtüchern zu verkleiden und sie ein paar Weihnachtslieder singen zu lassen. Susan Clark verlangt eine festliche Broadway-Inszenierung mit neuen Stücken, die John Lewis nächstes Jahr für seine Werbespots verwenden kann.«

Spöttisch grinsend zeigte Jonah mit dem Finger auf sie. »Eine Gelegenheit«, verkündete er. »Auch wenn du es noch nicht ahnst, aber diese Aufführung könnte dein ganzes Leben verändern.«

»Ja«, stimmte Emily nickend zu und ging wieder zum Wandschrank. »Eine Veränderung, zu der gehört, dass ich für den Rest meiner Tage kein Klassenzimmer mehr betreten darf.« Mit leicht höhnischer Miene betrachtete sie Jonah. »Das ist doch mal ein positiver Ansatz, oder?«

»Tja«, meinte er. »Deine Mum würde Luftsprünge machen, wenn du das Unterrichten aufgibst. Sie würde sofort deinen Kopf für eine Anwaltsperücke vermessen lassen.«

Emily schaute auf die Uhr. »Wann wollte Raul hier sein? Ich werde ihm erklären, dass es sich um einen Irrtum handelt und dass sich das hübsche Zimmer in Wahrheit bei zwei sehr netten Typen nur wenige U-Bahnstationen entfernt von hier befindet.«

»Das würdest du niemals wagen.«

»Nein«, räumte Emily ein. »Du hast recht. Ich mache einen Aushang im Lehrerzimmer meiner Schule. Dennis wohnt schon seit Ewigkeiten bei seiner Mutter.«

Als es an der Tür läutete, wechselten sie einen Blick, ohne sich von der Stelle zu rühren.

»Sollen wir so tun, als wäre niemand zu Hause?« Emily zog eine Augenbraue hoch.

»Unmöglich«, widersprach Jonah und steuerte auf die Tür zu. »Er hat so einen niedlichen Welpenblick. Da braucht er jemanden, der ihm die Absage so schonend wie möglich beibringt – also mich.«

KAPITEL

ACHT

New North Road, N1

Nach dem dritten Bier und weiterhin ohne Aussicht auf ein warmes Bett blieben Ray zwei Möglichkeiten. Entweder rief er Deborah an, stimmte einem Auftritt bei *Frauenzimmer* zu und bat sie, eine Nacht bei ihr unterkommen zu dürfen. Oder er fragte seinen Vater. Da ihm keine dieser Alternativen zusagte, trank er noch ein viertes Bier und rief niemanden an. Danach stieg er in die U-Bahn und landete schließlich in der New North Road und spähte das Hochhaus hinauf, in dem er seine Kindheit verbracht hatte. Seit damals hatte sich nichts verändert. Es war noch immer ein hässlicher Klotz, der einem KitKat-Schokoriegel ähnelte. Zwei Türme wie Finger mit einem tiefergelegten Bereich in der Mitte. Als Jugendliche hatten Ray und seine Freunde gewitzelt, es sehe hier aus wie an einem der übelsten Schauplätze in *Crime Watch*. Dann jedoch hatten innerhalb von zwei Wochen drei Raubüberfälle und eine Messerstecherei stattgefunden, sodass allen das Lachen in der Kehle stecken geblieben war. Doch die Einwohner hatten sich behauptet. Anstatt sich hinter geschlossenen Türen zu verkriechen, hatten sie eine Bürgerwehr aufgestellt und die Polizei zum Informationsaustausch eingeladen, alles in der Hoffnung, etwas zum Kampf gegen die Drogen und die Banden beizutragen, denen die Jugendlichen hilflos ausgeliefert waren.

Und da stand er nun und suchte ein Dach über dem Kopf,

und zwar ausgerechnet an dem Ort, dem er den Großteil seines Lebens verzweifelt zu entkommen versucht hatte. Der Kreis hatte sich geschlossen. Im zehnten Stock saß sein Dad Len noch immer in derselben Sozialwohnung, in der er nun schon seit über dreißig Jahren lebte, und rauchte sich vermutlich einem Lungenkrebs entgegen. Die Hände in den Taschen seines dunklen Dreiviertelmantels atmete Ray langsam und tief die nächtliche Eiseskälte ein, als wäre es die letzte frische Luft, die er in nächster Zeit bekommen würde. Dann ging er in die Vorhalle und zu den nach Urin stinkenden Aufzügen.

Es war ja nur für eine Nacht. Eine Nacht würde er es schaffen, gute Miene zum bösen Spiel zu machen. Er erinnerte sich nicht einmal, worüber er und sein Dad eigentlich gestritten hatten. Nur dass seit einem halben Jahr keiner von ihnen Manns genug gewesen war, zum Hörer zu greifen und den ersten Schritt in Richtung Versöhnung zu tun. Oder sich einfach darauf zu einigen, das zu vergessen, was sie so aufgebracht hatte.

Ray verließ den Aufzug und marschierte den überdachten Gang entlang, bis er vor Nummer 1021 stand. An der frisch lackierten grünen Tür funkelten goldene Buchstaben. Die billigen aufgeklebten Zahlen aus den Siebzigern waren verschwunden. Hatte sein Dad die Tür auf Vordermann gebracht? Oder hatte die Stadtverwaltung etwas springen lassen, damit das Haus einladender und nicht mehr wie ein Kriegsgebiet aussah?

Ray hob die Hand, um anzuklopfen, und ließ sie wieder sinken. Offenbar gab es jetzt eine Türklingel. Bei seinem letzten Besuch war sie noch nicht hier gewesen. Als er auf den Knopf drückte, konnte selbst er durch die Tür die Klänge von »Jingle Bells« hören, die sein Eintreffen ankündigten.

Also besaß sein Dad nicht nur eine Türklingel, sondern überdies eine, in die man weihnachtliche Melodien einprogrammieren konnte.

Noch während er darüber nachdachte, wurde die Tür von einer Frau geöffnet. Sie war um die fünfzig, hatte aufgeplustertes Haar, das ihn an Guinness erinnerte, dunkle Locken, die am Ansatz cremefarben waren, dazu trug sie gewaltige goldene Ohrringe. Ein violettes Paillettenkleid verhüllte ihre Gestalt.

»Deliveroo?«, fragte die Frau und musterte Ray prüfend.

»Was?«

»Wo sind die Kebabs?«

»Keine Ahnung«, erwiderte Ray, worauf die Frau aus der Wohnung kam und anfing, ihn zu umkreisen, als erwartete sie, eine Isoliertasche an ihm zu finden. Mit vorwurfsvoller Miene musterte sie ihn. Er wich einen Schritt zurück. »Ich liefere kein Essen, ich …«

Hastig zog die Frau sich in ihre Wohnung zurück, verschränkte die Arme und schien ihm die Tür vor der Nase zuschlagen zu wollen. »Falls Sie vorhaben, so zu tun, als müssten Sie die Gasuhr ablesen, ehe Sie unsere Sachen nach unseren Ersparnissen durchwühlen, kann ich Ihnen die Mühe abnehmen. Wir haben nichts.«

Die Tür fing an, sich zu schließen. Die Frau hatte ihn nicht erkannt. Er wusste nicht, wer sie war. War sein Dad umgezogen? Das hatte ihm niemand erzählt. Stand es wirklich so schlimm zwischen ihnen?

»Brenda, sind es die Kebabs oder nicht? Du lässt kalte Luft rein. Schließlich habe ich die neue Heizung nicht umsonst angemacht.«

Die Stimme seines Dads. Er wohnte also noch hier. Wer war dann diese Brenda? Er hatte Mühe, einen Ton herauszubringen.

»Ich bin Ray«, sagte er rasch, bevor die Tür sich noch einen Zentimeter bewegen konnte. »Ray Stone.« Leuchtete da ein Funke des Erkennens in den Augen der Frau auf? War sie eine Pflegekraft? Ging es mit der Gesundheit seines Dads bergab? Nein, eine Pflegekraft hätte sich nicht um die Anlieferung von Kebabs gekümmert, richtig? Pflegekräfte trugen auch keine Paillettenkleider. »Ich bin Lens Sohn.«

Das zeigte die gewünschte Wirkung, denn die Tür bewegte sich nicht mehr länger dem Rahmen zu. Inzwischen fror Ray derart, dass er sich regelrecht danach sehnte, hereingebeten zu werden, um die Freuden der neuen Heizung zu genießen. Erschaudernd steckte er die Hände tiefer in die Manteltaschen.

Im nächsten Moment wurde er an Brendas Busen gedrückt. Die violetten Pailletten an ihrem Kleid knisterten, und ein paar ihrer Haarsträhnen gerieten in seinen Mund.

»Warum hast du das nicht gleich gesagt? Ich hätte dich erkennen sollen! Du hast dir einen Bart wachsen lassen. Auf den Fotos heute im Frühstücksfernsehen hattest du keinen. Oh, es ist so schön, dich endlich kennenzulernen. Ständig sage ich zu Len, dass wir dich mal einladen sollten, damit du siehst, was wir aus der Wohnung gemacht haben. Ich habe irgendwo eine von deinen CDs. Könntest du sie mir signieren?«

Dass sie dauernd mit dem Wort »wir« um sich warf, beschäftigte ihn mehr als die Bitte um ein Autogramm. Wohnte Brenda hier? Zusammen mit seinem Dad? Würde sie ihn irgendwann loslassen? Endlich gab Brenda ihn frei, trat zurück und winkte ihn mit beiden Händen herein.

»Komm, komm. Len, dein Ray ist hier!«, verkündete sie mit dröhnender Stimme und ließ Ray den Vortritt.

Mit angehaltenem Atem machte er einen Schritt in den

schmalen Flur, der in die anderen Zimmer führte. Früher war er in einem schauderhaften Rotton gestrichen gewesen. Die Farbe hatte es im Sonderangebot gegeben, und sein Dad hatte gemeint, darauf würde man den Schmutz nicht so sehen. Nun zierte eine zart cremefarbene mit flauschigen Löwenzahnblüten bedruckte Tapete die Wände. Brenda folgte Ray und legte ihm die Hand unten auf den Rücken.

»Geh nur, geh weiter. Dein Dad sitzt wie immer in seinem dämlichen alten Lehnsessel. In dem Ding hüpfen bestimmt schon die Flöhe herum, sage ich ihm immer wieder, und außerdem passt er überhaupt nicht zu unseren anderen Möbeln. Aber er will ihn unbedingt behalten. Geh weiter, Schatz.«

Brenda war so beharrlich, dass Ray seinen Weg ins Wohnzimmer fortsetzte, ohne sich die Zeit zu nehmen, zu überlegen, was er zu seinem Dad sagen sollte, wenn er ihm gegenüberstand. Wenige Sekunden später hatte er Len vor sich. Er thronte in seinem uralten Sessel, dessen weißes, dick besticktes Polster inzwischen schmuddelig und verschossen war. Das restliche Wohnzimmer hatte sich, ebenso wie der Flur, verwandelt. Es herrschten dezente Grautöne und helles Gelb vor, und auf dem neuen Sofa prangten weiche Kissen. Ein himmelweiter Unterschied zu früher.

Sein Dad wandte nicht einmal den Kopf, um ihn zu begrüßen. Reglos starrte er in den Fernseher, wo eine Quizsendung lief. Mit Pomade zurückgekämmte silbergraue Strähnen bedeckten mühsam seine Glatze, und zwischen seinen Fingern steckte eine Zigarette. Ray fand, dass er ein wenig magerer geworden war. War er krank? Wohnte Brenda deshalb hier? War sie nur eine Freundin? Oder seine Lebensgefährtin? Ray wusste nicht, ob ihm die zweite Möglichkeit gefiel. Er hätte nie gedacht, dass sein Dad noch einmal das

Leben mit einer Frau teilen würde. Wenn es um Gefühle ging, war er offenbar schrecklich naiv.

»Es ist Norwegen, du Trottel, nicht Island!« Len zog an seiner Zigarette und pustete eine Rauchwolke aus, die sich rasch in sämtliche Winkel des Zimmers auszubreiten schien. »Keine Ahnung, woher sie solche Kandidaten nehmen, Brenda.«

Also war Len allem Anschein nach nicht zu einer Versöhnung bereit. Ja, er nahm Rays Gegenwart nicht einmal zur Kenntnis. Das war kein guter Anfang, und Ray bereute schon, dass er hergekommen war.

»Schalt das verdammte Ding aus!«, befahl Brenda, marschierte an Len vorbei und schnappte sich die Fernbedienung von der Sessellehne. Als sie das Gerät wie einen schussbereiten Elektroschocker auf den Fernseher richtete, verschwand Bradley Walsh vom Bildschirm.

»Ich schaue mir das gerade an!«, schimpfte Len. »Jetzt weiß ich nicht, wer gewinnt und wer wie viel Geld kriegt.«

»Dein Sohn ist hier!«, entgegnete Brenda und wies auf Ray.

Am liebsten hätte Ray sich verdrückt und sich durch den Flur hinaus in die Kälte geflüchtet. Dieser Besuch war eindeutig ein Fehler.

Unwirsch drückte Len die Zigarette aus und griff nach einer Zeitung.

»Len!«, empörte sich Brenda. »Rede mit deinem Sohn.«

»Richte ihm aus, dass ich ihm nichts zu sagen habe«, brummelte Len.

»Leonard!«, schrie Brenda.

»Schon gut«, meinte Ray. »Ich gehe. Ich hätte nicht herkommen sollen.« Er würde sich ein Pub in der Nähe suchen, seinen Alkoholpegel auffrischen und sich dann ein Hotelzimmer nehmen. Auf einer seiner Kreditkarten musste doch noch etwas Guthaben sein. Falls nicht, würde er eben auf altbewährte Methoden zurückgreifen und die Nacht in einem rund um die Uhr geöffneten Café oder auf einer Parkbank verbringen. Seine Mum war auf mehr Parkbänken schlafend aufgefunden worden, als es in London Taxis gab.

»Nein, du bleibst hier!«, protestierte Brenda. »Du setzt dich hin, und ich mache dir einen heißen Kakao. Wir haben welchen von Whittard's da, den mit Kokosflocken.«

»Wenn kein Whisky drin ist, ist er an ihn verschwendet«, ließ sich Len vernehmen. »Da ist er genau wie seine Mutter.«

»Leonard!«, fauchte Brenda ihn an und bedachte Ray mit einem mitfühlenden Blick. »Ich weiß nicht, was heute in ihn gefahren ist«, sprach sie weiter. »Und dabei habe ich uns sogar Kebabs bestellt.«

»Schon gut«, erwiderte Ray. »Ich werde sowieso noch woanders erwartet und …«

Er würde sich von ihm nicht runterziehen lassen. Sein Dad hatte stets seiner Mum die Schuld an allem gegeben. Nur dass Ray beide Seiten gesehen hatte. Die Ehe war alles andere als glücklich gewesen, und er war überzeugt, dass die langen Arbeitsstunden seines Dads, sosehr sie das Geld auch brauchten, eindeutig zum Alkoholkonsum seiner Mum beigetragen hatten. Sie hatte sich gelangweilt und mehr vom Leben erwartet. Deshalb hatte sie Trost in der Flasche gesucht. Also sollten sie sich vielleicht alle auch an die eigene Nase fassen.

»Ja, das kann ich mir denken«, meinte Len und stemmte sich an den Sessellehnen hoch. Als er aufrecht stand, wirkte er gebrechlicher, als Ray ihn in Erinnerung hatte. »In einem Pub, richtig? Und dann ab nach Hause, um deine Freundin zu vermöbeln.«

Eigentlich hätte er zornig und enttäuscht sein sollen. Doch als er Len nun angewidert musterte, war er nur traurig. Nach dem Tod seiner Mum hatte Len ihn aus seinem Leben verbannt. Und zu guter Letzt hatten sie sich wegen der Musik und Rays Berühmtheit immer weiter voneinander entfernt. Len empfand nicht die Spur von Stolz auf den Erfolg seines Sohnes, stattdessen nörgelte er nur herum, weil Ray nicht Klempner geworden war. Wenn jemand vergaß, wo er herkam, könnte, seiner Meinung nach, auch nichts aus ihm werden.

»Wir glauben kein Wort von diesem Gerede«, beteuerte Brenda rasch. »Wie ich zu deinem Dad gesagt habe, ist alles in den Nachrichten genauso eine Fälschung wie die Handtaschen auf dem Markt in Camden.«

»Du brauchst dich nicht für ihn zu entschuldigen«, meinte Ray zähneknirschend. »Meine Mutter hat immer gesagt, er sei wütend auf die ganze Welt, seit Tottenham 1987 das Finale verloren hat.«

»Deine Mutter«, höhnte Len, »hält sich seit etwa derselben Zeit an einem Glas Wodka fest!«

»Hielt«, entgegnete Ray kühl. »Sie hielt.«

»Schätzchen.« An Brenda war eine Diplomatin verloren gegangen. »Setz dich. Lass mich dir einen Kakao machen.«

»Er ist nur hier, weil er was will«, tobte Len weiter, griff zur Zigarettenpackung und zog mit den Lippen eine Zigarette heraus. »Denk an meine Worte.« Er zündete die Zigarette an und inhalierte gierig. »Wahrscheinlich hat er sein Geld besoffen im Klo runtergespült. Und seine Karriere gleich mit hinterher, weil er erst zuschlägt und dann sein Hirn einschaltet. Jetzt hat er wahrscheinlich von unserem Gewinn beim Pferderennen gehört.«

»Immer noch jeden Tag beim Buchmacher?«, erkundigte sich Ray.

»Hau ab!«, brüllte Len und ruderte mit den Armen. »Komm nicht hier angetanzt, um dich so aufzuspielen. Ich hab dir schon mal gesagt, dass du noch lange nicht Frank Sinatra bist, nur weil dein Name auf einem Schild im Palladium steht, verdammt.«

»Wer den ganzen Tag über Rennlisten brütet, wird dadurch auch nicht automatisch so reich wie Scheich Mohammed!« Er holte tief Luft und sah Brenda an. »Hör zu, du scheinst wirklich sympathisch zu sein, aber du täuschst dich, wenn du glaubst, dass du ihn in einen halbwegs anständigen Menschen verwandeln kannst. Es war nett, dich kennenzulernen, und …« Er wusste nicht mehr, was er sagen sollte, nur dass er verschwunden sein würde, bevor das Essen geliefert wurde und sie ihm zum dritten Mal einen heißen Kakao anbieten konnte. »Mir gefällt, was du aus der Wohnung gemacht hast.«

»Schon gut«, schrie Len, als Ray den Flur entlang die Flucht antrat. »Verdrück dich, wenn es hart auf hart kommt. Wie deine Mutter eben!«

»Ray, Schatz, bitte geh noch nicht«, rief Brenda ihm nach, als er zur Tür hastete und sie aufriss.

Er würde nicht stehen bleiben. Eiskalte Luft schlug ihm entgegen, und als er aus der Wohnung stürmte, wäre er beinahe mit einer Radfahrerin zusammengestoßen, die das Logo von Deliveroo auf ihrer Jacke trug.

»Kebabs?«, fragte sie und hielt sie Ray hin.

»Drinnen«, stieß Ray barsch hervor. »Und falls du die Chilisauce vergessen hast, würde ich an deiner Stelle nicht auf ein Trinkgeld warten.«

KAPITEL
NEUN

Crowland Terrace, Canonbury, Islington

Raul hatte einfach hinreißend dunkle Augen. Allerdings redete er wie ein Wasserfall, und zwar hauptsächlich über seine schier endlose Anzahl von Cousins und Cousinen. Emily hatte den Verdacht, dass sie ihn alle über Weihnachten hier besuchen und *Feliz Navidad* singen würden, wenn sie ihm das Zimmer vermietete. Doch auch wenn sie als Grundschullehrerin einen gewissen Lärmpegel gewohnt war, diese Wohnung sollte ihr Rückzugsort bleiben. Hierher flüchtete sie sich, um Bastelprojekten wie »Was Weihnachten für mich bedeutet« zu entkommen. Hier hatte sie sich mit Simon ein gemütliches Nest gebaut.

Mit untergeschlagenen Beinen saß sie nun auf dem Sofa und beugte sich vor, um nach einem der gerahmten Fotos zu greifen, die sie zurück an ihren Platz gestellt hatte, sobald Jonah fort war. Mit dem Finger strich sie über Simons aschblondes Haar, seine Wange entlang und dann über seinen strahlend lächelnden Mund. Simon hatte mehr gelächelt als andere. So abgedroschen es auch klingen mochte, aber er war ein wirklich von innen und außen schöner Mensch gewesen. Dass sie sich überhaupt kennengelernt hatten, war ein derartiger Zufall, dass es schon ans Unwahrscheinliche grenzte. Wenn ihre Abo-Karte für die U-Bahn funktioniert hätte wie sonst …

An jenem schicksalsträchtigen Abend hatte Emily ihre Karte auf das Lesegerät gelegt und weitergehen wollen.

Doch die Schranke blieb geschlossen, und sie prallte mit so viel Wucht dagegen, dass sie lautstark aufstöhnte, was eigentlich gar nicht zu ihr passte. Also war sie einen Schritt zurückgetreten und hatte das Ganze wiederholt, wohl wissend, dass es freitags zur Hauptverkehrszeit war und sie eine lange Schlange von Pendlern aufhielt, die alle unbedingt nach Hause oder in ihre Stammkneipe wollten. Doch die Schranke rührte sich nicht. Als sie sich umdrehte, bemerkte sie einen kräftig gebauten Mann, der dicht hinter ihr stand und darauf wartete, dass er an die Reihe kam. Sie hatte nur die Möglichkeit, einen erneuten Anlauf zu unternehmen oder zu verschwinden und es an einem anderen Eingang zu versuchen. Doch da war Simon aufgetaucht und hatte die Leute sehr höflich aufgefordert, ihm Platz zu machen. Er war in die kaum vorhandene Lücke zwischen der Schranke und dem großen Mann hinter Emily geschlüpft und hatte ihr seine Dauerkarte gereicht.

»Vielen, vielen Dank, aber das kann ich nicht annehmen«, sagte Emily. »Wie wollen *Sie* denn danach durch die Schranke kommen?«

»Ach«, erwiderte Simon, wobei ihr sofort das Funkeln in seinen traumhaft dunkelblauen Augen auffiel, »wenn Sie sie nicht benutzen, werden Sie es nie erfahren.«

»Dalli, dalli! Sie ticken wohl nicht mehr sauber. Ein paar von uns wollen tatsächlich heute Abend noch nach Hause!« Inzwischen war der beleibte Mann trotz der Novemberkälte puterrot im Gesicht.

»Machen Sie schon«, drängte Simon. »Wirklich.«

Als Emily seine Karte auf das Lesegerät drückte, klappte die gerade noch unerbittlich reglose Schranke beinahe fröhlich nach oben. Auf der anderen Seite angekommen drehte sie sich um und wollte ihrem Retter die Karte zurückgeben.

Doch ihr starrten nur die Gesichter der übrigen Fahrgäste entgegen, die sich wieder vorwärtsschoben. Währenddessen hatte Simon sich zu Boden geworfen und robbte unter der Schranke hindurch. Dabei wischte er wie ein Mopp in Menschengestalt mit seiner eleganten grauen Hose und dem leichten cremefarbenen Pulli über den Boden des U-Bahnhofs. Er ruinierte sich die Klamotten, nur damit sie das zusätzliche Fahrgeld sparte.

Inzwischen war er aufgestanden und klopfte sich den Schmutz von der Hose, als wäre es nicht weiter wichtig. »Nun«, meinte er mit einem herzerwärmenden Lächeln. »So etwas habe ich schon lange nicht mehr gemacht.«

Emily konnte nicht anders, als das Lächeln zu erwidern. Seine gute Laune war ansteckend. »Ist es ein Hobby von Ihnen, weiblichen Fahrgästen in Not beizustehen?«

»O nein«, antwortete Simon. »Ich beschränke mich nicht auf Frauen. Als ich das letzte Mal unter der Schranke durchgekrochen bin, war es für einen ungarischen Gewichtheber, der unterwegs zu einem Wettkampf war. Er hatte tatsächlich seine Hanteln dabei.«

Emily lachte auf. Bis heute erinnerte sie sich an jede Einzelheit ihres allerersten Gesprächs, das in ihr sofort für ein Kribbeln gesorgt hatte.

Simon lächelte wieder. »Ich weiß, dass man in solchen Fällen einen Mitarbeiter um Hilfe bitten soll, doch zur Stoßzeit scheint nie jemand da zu sein. Was soll ich sagen? Ich bin Engländer, und wir hängen die Dinge nicht gern an die große Glocke. Wir bewahren die Ruhe und tun unsere Pflicht.« Er vollführte mit der Faust eine Pumpbewegung in der Luft.

»Oder wir bewahren die Ruhe und krabbeln unter Schranken durch«, ergänzte Emily.

»Und sehnen uns dabei nach einer guten Tasse Tee«, fügte Simon hinzu.

Sobald Simons Vorschlag in der Luft des U-Bahnhofs hing, hatte Emily große Lust auf eine Tasse Tee. Eine ganz simple Idee, praktisch und dennoch auf seltsame Weise romantisch. Das Thema Getränke fand er offenbar brennend interessant.

»Möchten Sie eine Tasse Tee? Oder einen Kaffee? Oder lieber ein Bier?« Er schob den Ärmel hoch und schaute auf die Uhr. »Es ist offiziell nach fünf, weshalb wir Briten ohne den Hauch eines schlechten Gewissens ein Bier trinken können.«

Emily lachte wieder auf. »Ehrlich gesagt wäre eine Tasse Tee wundervoll.«

»Fantastisch!«, rief Simon sichtlich erfreut aus. »Ich meine, sehr gut.« Noch einmal klopfte er sich Staub vom Pulli. »Übrigens heiße ich Simon.« Er hielt ihr die Hand hin.

»Emily«, antwortete sie und schüttelte ihm ziemlich förmlich die Hand.

»Schön, Sie kennenzulernen, Emily.«

»Ebenfalls.«

Verlegen lächelnd waren sie inmitten des Stroms aus Feierabend-Pendlern stehen geblieben. Es war wie eine Szene aus einem Liebesfilm. Zwei Menschen begegneten einander und nahmen nichts mehr um sich herum wahr.

»Ich möchte nur fürs Protokoll feststellen, dass ich dem ungarischen Gewichtheber keinen Tee angeboten habe«, meinte Simon.

Emily lachte, Simon auch, und dann verließen sie Seite an Seite den Bahnhof und gingen in ein gemütliches Café, wo sie Tee und zwei Stück Schoko-Obstkuchen bestellten.

Und so war aus zwei wildfremden Menschen ein »Wir« geworden.

Seufzend stellte Emily den Bilderrahmen zurück auf das Tischchen. Sie trauerte noch immer, und es fiel ihr schwer, nach vorn zu schauen, denn der Gedanke, dass sie dann Simon und was er ihr bedeutet hatte, mit all ihren Erinnerungen in einen Karton würde packen müssen, ließ sie einfach nicht los.

Als das Telefon läutete, stand Emily auf, um ranzugehen. Es kamen nur zwei Personen in Frage. Entweder war es Doppel-L, der sie – natürlich im Auftrag von Jonah – dazu überreden sollte, sich das mit der Zimmervermietung noch einmal gründlich zu überlegen. Oder die Frau von dem Diätinstitut, die schon am Vorabend angerufen und darauf beharrt hatte, sich zu einem günstigeren Zeitpunkt wieder zu melden.

»Hallo?«

»Julian, am Dienstag oder am Mittwoch schaffe ich es nicht, das habe ich Ihnen doch bereits gesagt.«

Emily seufzte auf. Es war ihre Mutter. Wie immer dem Multitasking verfallen. Dass Alegra Parker andere Leute anrief und dabei gleichzeitig mit einem ihrer Untergebenen redete, war für sie völlig normal. Emily hingegen betrachtete es als den Gipfel der Unhöflichkeit. Doch immer wenn sie das, natürlich taktvoll, andeutete, segelte die Kritik über die Anwaltsperücke ihrer Mutter hinweg. Eigentlich hätte sie sich erneut bemerkbar machen sollen, damit ihre Mutter wusste, dass sie tatsächlich abgehoben hatte. Aber manchmal machte es mehr Spaß zu lauschen.

»Bei den Nobles ist *nomen* nicht *omen*, Julian. Diese Leute glauben, auf einer Stufe mit dem Duke of Westminster zu stehen, nur weil sie ein Haus auf Madeira besitzen. Hin und wieder sollten wir sie an ihren Irrtum erinnern.«

Emily biss sich auf die Lippe. Ihre Mutter war ein unverbesserlicher Snob. Daran würde sich nie etwas ändern. Jedenfalls hatte sie jetzt genug gehört.

»Hallo«, begrüßte Emily sie wieder, diesmal ziemlich laut. Sie kehrte mit dem Telefon zum Sofa zurück, setzte sich und kuschelte sich in eine Decke. Inzwischen waren aus den tropischen Temperaturen Minusgrade geworden. Ganz gleich, wie oft Emily auch auf den Knopf der Heizung drückte, das Gerät schien seinen eigenen Willen zu haben. Sie hatte ihren Vermieter schon dreimal deswegen angerufen, allerdings immer nur seine Mailbox erreicht.

»Oh, Emily, du bist ja schon dran«, sagte Alegra.

Sie malte sich Alegra in ihrem Anwaltszimmer aus. Eine Hand am Telefon, die andere auf dem Terminkalender, wo ein maniürter Fingernagel die Liste von Verabredungen entlangfuhr. Dabei forderte sie ihren Assistenten mit einem Blick auf, ihr einen Kaffee zu holen oder ihr eine Akte zu bringen, in der sie während des Telefonats mit ihrer Tochter blättern konnte.

»Ja, ich bin dran«, antwortete Emily. Nach dem Tag und dem Abend, die sie hinter sich hatte, hatte sie wirklich nicht die Kraft für dieses Gespräch. Schließlich musste sie ein wenig Energie dafür aufsparen, Jonahs modernen Weihnachtsschmuck zu beseitigen und ihn durch welchen zu ersetzen, der ihr gefiel. Ganz zu schweigen davon, dass man sie mit der Weihnachtsaufführung in der Schule betraut hatte.

»Ich habe nicht viel Zeit«, begann Alegra. »Aber halt dir den Freitag in einer Woche frei.«

»Was?« Emily fuhr hoch, sodass ihr die Decke vom Hals rutschte. »Warum?« Sie fröstelte bis ins Mark. Ihre Mutter wollte doch nicht etwa herkommen? So kurz vor Weihnachten plagte ihre Eltern normalerweise das schlechte Gewissen, weshalb sie beschlossen, häufiger anzurufen, sie öfter zu besuchen und den Kontakt besser zu pflegen. Allerdings hielt sich der gute Vorsatz nie bis ins neue Jahr.

»Warum, fragt sie.« Alegra schnalzte missbilligend mit der Zunge. »Emily, dieses Gespräch führen wir jedes Jahr.«

O Gott! Emily ahnte schon, was jetzt kommen würde. Es wollte ihr nicht in den Kopf, wie sie das hatte vergessen können. Es war das einzige Mal, dass ihre Mutter sie wirklich brauchte und es sogar zugab. *Beinahe* zumindest.

»Es geht um die Sitzung des St Martin's-Ausschusses zur Planung unseres Wohltätigkeitsprojekts. Das einzige Datum vor dem nächsten Frühjahr, an dem wir alle eine Lücke im Terminkalender hatten. Ist das zu fassen?«

Natürlich wimmelte Emilys mit Abziehbildern verzierter Terminkalender nur so von Lücken. »Tagsüber?«, hakte sie nach. »Tagsüber muss ich arbeiten.«

»Wir arbeiten alle tagsüber, Emily. Ich meinte dieses einzige Datum. Also merk es dir vor. Freitag in einer Woche. Drinks mit Mummy und Daddy und mit all den klugen Freunden von Mummy und Daddy, damit wir unsere gute Tat fürs nächste Jahr organisieren können.«

Und das, obwohl sie gute Taten hassten wie die Pest. Eigentlich war es heute immer noch so wie damals, als Emily noch ein Kind gewesen war. Es ging nur darum, bei den Kollegen und der Presse Eindruck zu schinden. Emily zerbrach sich schon lange nicht mehr den Kopf über die Gründe, aus denen ihre Eltern sich wohltätig engagierten. Eigentlich hätte es sie interessieren sollen, doch im Grunde genommen zählte für sie nur, dass sie zumindest einen Teil ihres Reichtums karitativen Zwecken zukommen ließen, ganz gleich, wie sie es auch in der Presse darstellten. Ein weiterer Vorzug bestand darin, dass sie ihre Mutter und ihren Vater in Overalls und mit Gummihandschuhen zu sehen bekam, Gelegenheiten, bei denen sie hemmungslos fotografierte. Es war Emilys Vorschlag gewesen, dass sie einen Tag in der Notaufnahmestelle für Hunde verbrachten, und sie hatte dem Leiter ausdrücklich mitgeteilt, wie gerne ihre Eltern die Ärmel hochkrempeln und beim Reinigen der Käfige helfen wollten.

»Vormerken?«, hakte Emily nach. »Also steht die Verabredung noch nicht hundertprozentig?«

»O doch«, entgegnete Alegra spitz. »Ich habe ausdrücklich gesagt, dass alles entschieden ist. Das einzige Datum, das wir alle im Terminkalender frei hatten. Hörst du mir nicht richtig zu?«

»Du hast außerdem das Wort *vormerken* benutzt, und das bedeutet, dass man einen Termin unter Vorbehalt vereinbart.«

»Emily«, erwiderte Alegra in dem Tonfall, der bei ihr sonst für Angeklagte reserviert war. »Sicherlich ist dir klar, dass du nicht mit einem deiner Schulkinder sprichst.«

Natürlich war es das. Aber sie wusste auch, dass ihre Schüler *unter Vorbehalt* und *verpflichtend* sehr wohl auseinanderhalten konnten. Auch wenn sie, um fair zu sein, häufig ihren Pulloverärmel mit einem Taschentuch verwechselten.

»Tut mir leid«, sagte Emily. Warum entschuldigte sie sich eigentlich? Damit verhalf sie ihrem Gegenüber automatisch in die überlegenere Position. Das hatte Alegra ihr schon beigebracht, als sie sechs Jahre alt gewesen war und sich, ohne nachzudenken, bei einem Jungen entschuldigt hatte, von dem sie angerempelt worden war. Und das auch noch auf dem exklusiven Indoor-Spielplatz für beruflich erfolgreiche Menschen, die verhindern wollten, dass ihre Kinder mit Altersgenossen auf Indoor-Spielplätzen für Nichtprivilegierte in Berührung kamen. Solche, wo es weder eine Warteliste noch Handdesinfektionsmittel oder einen Aufenthaltsbereich für Eltern gab, in dem Blinis mit Kaviar serviert wurden.

»Also Freitag in einer Woche um sieben, üblicher Ort. Sei pünktlich.«

Emily verzog das Gesicht. Der übliche Ort war eine sündhaft teure Cocktailbar, wo eine Platte mit Appetithäppchen mehr kostete als der Wocheneinkauf einer vierköpfigen Familie. Einer vierköpfigen Durchschnittsfamilie, nicht einer, deren Kinder besagten exklusiven Indoor-Spielplatz besuchten. Eigentlich war es recht nett dort. Diskrete Beleuchtung, nackte Glühbirnen mit überdimensionalen Glühfäden, die an Kabeln hingen, dezente Klaviermusik und Barkeeper mit gepflegten Bärten. Es war, als befände man sich in einer eleganten Filmkulisse. Emily hingegen hatte es lieber kuschelig und gemütlich als kostspielig und überkandidelt. Sie hatte sich schon öfter gefragt, ob sie nicht als Baby im Krankenhaus vertauscht worden war und ob irgendwo in London eine junge Frau in einem Einzimmerapartment saß und darüber nachgrübelte, warum sie sich die tief in ihrer Seele verwurzelten Prada-Taschen einfach nicht leisten konnte.

»Hast du mich verstanden, Emily?«, wiederholte Alegra.

»Ja. Freitag in einer Woche um sieben.«

»Richtig. Ich muss los. Du weißt ja, wie es ist.«

Ja, das wusste sie. Immer ging es nur um Alegra. Mit keinem Wort hatte sie sich nach Emilys Befinden erkundigt. Seit sie sich geweigert hatte, Jura zu studieren, hatten ihre Eltern mehr oder weniger das Interesse an ihr verloren. Es tat ein wenig weh, doch das ließ nach, und ein kleiner Schmerz war immer noch besser, als nicht Herrin über ihre Entscheidungen zu sein.

»Es war nett …«

Alegra unterbrach sie im wahrsten Sinne des Wortes, indem sie einfach auflegte. Emily starrte auf den Hörer in ihrer Hand. Nun ja, manchmal konnte Vorhersehbarkeit beruhigend sein. Sie legte das Telefon wieder auf die Ladestation, schaute sich im Wohnzimmer um und ließ Jonahs Weihnachtsschmuck noch einmal auf sich wirken. Möglicherweise waren die kleinen Ketten aus silbernen Sternen gar nicht so schlecht. Ihr Blick wanderte zurück zu dem Foto von Simon. Ihm hätte die neue Deko gefallen, einfach nur deshalb, weil Jonah ihr damit eine Freude hatte machen wollen. Vielleicht würde sie doch alles so lassen, wie es war.

KAPITEL
ZEHN

Grundschule Stretton Park

Nun war der Frost da. Eine Schicht Raureif bedeckte den Schulhof, und Emily schloss die behandschuhten Hände um den Kaffeebecher. Trotz ihrer Warnungen stürmte eine Kinderhorde, rutschend wie Eisläufer, von einem Ende der geteerten Fläche zur anderen. Obwohl sie etwas von dem für solche Gelegenheiten vorrätigen Salz gestreut hatte, damit es nicht ganz so gefährlich war, war es noch immer glatt genug. Aber Kinder waren eben Kinder. Der Atem stand Emily als Wolke vor dem Mund, genauso wie beim Aufwachen in ihrer eiskalten Wohnung. Heute hatte die Heizung völlig den Geist aufgegeben. Weder leuchtende Lämpchen noch ein Ächzen in den Rohren. Wenn die Dusche heute Abend noch genauso kalt war wie am Morgen, würde sie ihren Vermieter im Stundentakt anrufen, bis er keine andere Wahl mehr hatte, als abzuheben.

»Colafläschchen?« Dennis schwenkte eine braune Papiertüte vor Emilys Nase.

»Ihhh! Nein! Ich meine, danke, Dennis. Nicht am frühen Morgen.« Emily legte die Lippen an den Kaffeebecher und inhalierte den köstlichen, intensiven Duft, so als würde sie bei dem Gedanken daran eine Süßigkeit kosten. Sie drehte sich wieder zu Dennis um. »Ist das allen Ernstes dein Frühstück?« Ein wenig selbstgerecht für eine Frau, die nur ein trockenes halbes Hörnchen verputzt hatte, weil ihr die Margarine ausgegangen war, um es damit zu bestreichen. Auf dem Nachhauseweg würde sie einen Abstecher zu Sainsbury's machen, um nachzusehen, welche Fertiggerichte sie hatten. Vielleicht war ja auch der Käse, den sie sich sonst nicht leisten konnte, heute im Angebot.

»Natürlich nicht«, erwiderte Dennis. »Das ist mein ...« Er schob den Ärmel seines Parkas hoch, um seine Uhr zu konsultieren. »Eigentlich wollte ich Neun-Uhr-Imbiss sagen, aber da wir noch nicht ganz neun haben, nennen wir es Morgensnack. Mutter hat mir heute Morgen das restliche Corned Beef mit zwei Eiern angebraten. In der Jugend meiner Mutter gab es morgens vor der Arbeit immer ein Ei zum Frühstück.«

Emily musste zugeben, dass Eier lecker klangen. Sie mochte Eier, insbesondere Rührei, aber sie hatte seit Ewigkeiten keines mehr gegessen. Simon hatte immer ... Sie zwang sich, den Gedanken nicht zu Ende zu denken. Sie musste endlich aufhören, alles auf etwas zu beziehen, das Simon getan, gemacht oder beiläufig erwähnt hatte. Seit Jonah ihr vorgeworfen hatte, sie lebe in der Vergangenheit, fiel ihr auf, wie häufig sie das tatsächlich tat. Ihr war klar, dass Jonah es gut meinte, und dennoch war es gar nicht so einfach, nach vorn zu schauen. Schließlich hatte Simon nicht einfach das Interesse an ihr verloren und sie wegen eines Holly-Willoughby-Klons sitzen gelassen. Obwohl Simon eine Schwäche für die Fernsehmoderatorin Holly Willoughby gehabt hatte. Emily musste nicht nur mit einem gebrochenen Herzen fertigwerden, sondern auch die Scherben ihres Lebens zusammenfegen. Ihre Zukunft, zerstört in einem Sekundenbruchteil. Ihr Lebenspartner, nach zwei Jahren Beziehung einfach tot. Es hatte keine Vorwarnung gegeben. Keine Gelegenheit, sich zu verabschieden, seine Hand zu halten und ihm zuzuflüstern, wie sehr sie ihn liebte. Nur eine Polizistin, die sie aufgesucht, ihr die Nachricht überbracht und ihr ein Pfefferminzbonbon angeboten hatte. Gut, die Trauerzeit war bei jedem Menschen unterschiedlich lang, und ein Jahr war schließlich nicht übertrieben, oder?

»Allerdings sind die Leute in der Jugend meiner Mutter auch noch mit der Straßenbahn zur Arbeit gefahren«, sprach Dennis weiter.

»Wie alt ist denn deine Mutter, Dennis?«, erkundigte sich Emily.

»Im Januar wird sie fünfundachtzig.«

»Du meine Güte«, rief Emily aus. »Das ist ein reifes Alter.«

»Meine Mutter ist ein Wunderwerk. Sie hat noch sämtliche Zähne und Haare und ihre eigenen Hüft- und Kniegelenke. Wahrscheinlich überlebt sie mich.« Er stopfte sich noch eine Handvoll Colafläschchen in den Mund und kaute. »Dich vermutlich auch.«

»Bestimmt«, seufzte Emily. »Falls Susan ein Wörtchen mitzureden hat.« Im nächsten Moment galt ihre Aufmerksamkeit nicht mehr Dennis und seinen Süßigkeiten, sondern einer Ecke des vereisten Schulhofs, wo sich eine Gruppe rotgesichtiger Kinder auf verdächtige Weise zusammengerottet hatte. Sie trat einen Schritt vor und hielt Ausschau nach vertrauten Haarschöpfen oder auffälligen Jacken von Kindern aus ihrer Klasse. War das da in der Mitte nicht Jayden?

»Hältst du mal meinen Kaffee?«, fragte Emily und reichte Dennis ihre Tasse.

»Wo gehst du hin?«, wollte er wissen, als Emily sich entfernte. »Ich wollte dir gerade das Geheimnis verraten, warum meine Mutter schon so uralt ist.«

Wie man fünfundachtzig wurde, konnte Emily sich auch

noch später anhören. Im Moment wollte sie unbedingt herausfinden, was sich in dieser zusammengeballten Kindergruppe tat, die im dunstigen Zwielicht ein bisschen beängstigend wirkte. Als sie sich näherte, klangen die lauten Stimmen ganz und gar nicht wie die Jubelschreie kleiner Eisläufer oder das Juchzen der Mädchen, die »Schade, dass nicht jeden Tag Weihnachten ist« sangen.

»Die gehört dir nicht, hab ich gesagt«, höhnte Rashid.

»Dir aber auch nicht.« Eindeutig Jayden. Emily ging schneller, um einzuschreiten, bevor der Streit sich hochschaukelte.

»Du hast doch gar kein Geld für Fußballkarten«, fuhr Rashid fort. »Du hast ja nicht einmal Geld, um dir die Haare zu waschen.«

Als die anderen lachten, stieg rasende Wut in Emily auf. Dieser abscheuliche kleine Balg. Aber als Lehrerin durfte sie sich nicht aus der Ruhe bringen lassen.

»Was ist hier los?«, fragte sie, schob sich zwischen die Zwillinge Charlie und Matthew, die in ihrer Klasse waren, und baute sich vor Rashid auf. »Redet ihr vom Fußballspiel am Wochenende? Wer gegen wen?« Abgesehen von den Namen der Mannschaften und einiger der wichtigsten englischen Spieler – bei den Herren und in der Damenmannschaft – wusste sie kaum etwas über Fußball.

Niemand antwortete. Inzwischen wirkten die Kinder ausgesprochen verlegen und starrten auf den gefrorenen Boden. Emily wünschte, Jayden würde den Kopf heben und ihr sagen, was geschehen war. Falls er sich beklagte, Rashid sei gemein zu ihm gewesen, konnte sie etwas unternehmen.

»Schaut niemand Fußball?«, hakte Emily nach. »Wer ist im Moment eure Lieblingsmannschaft? Chelsea?« Sie zwang sich zu einem Lächeln.

»Man sucht sich seine Lieblingsmannschaft nicht aus.«
Rashid sah sie mit einem spöttischen Ausdruck an. »Mein
Dad ist für West Ham, deshalb bin ich auch für West Ham.«

»Ich bin für Fulham, Miss«, meldete sich Charlie mit
tropfender Rotznase zu Wort.

»Ich nicht«, widersprach sein Zwillingsbruder. »Die sind
doof. Ich bin für Arsenal.«

Plötzlich sah Emily etwas silbrig Schimmerndes aus Rashids Ärmel hervorlugen. Drangsalierte er Jayden damit?

»Was hast du da in der Hand, Rashid?«, fragte sie ihn.

»Nichts.«

»Rashid, ich sehe ganz deutlich, dass du etwas in der Hand
hast, und ich möchte, dass du es mir zeigst.«

»Ich muss nicht. Das hat mein Dad gesagt.« Rashid setzte
die dreiste Miene auf, über die sie sich im Klassenzimmer
schon oft genug geärgert hatte. Offenbar kannten er und
seine Eltern die Schulordnung auswendig, und sie scheu-
ten sich nicht, sich darauf zu berufen, wenn es ihnen in den
Kram passte.

»Es ist eine Fußballkarte, Miss«, teilte Matthew ihr mit.
Er zwirbelte sich eine Strähne des rotblonden Haars, das ihm
aus der Mütze gerutscht war, um den Finger.

»Da ist Jesse Lingard drauf«, fügte Charlie hinzu. »Eine
Karte von Match Attax, limitierte Superstar-Ausgabe.«

»Ach wirklich?«, antwortete Emily, die kein Wort verstand. »Ich würde sie mir gern anschauen, Rashid.« Er hatte
vorhin versucht, ihre Autorität zu untergraben. Würde er es
wirklich ein zweites Mal wagen?

»Es ist nicht Rashids Karte«, verkündete Matthew kühn.

»Ach wirklich?«, meinte Emily. Ständig wiederholte sie
»ach wirklich«. Außerdem wollte sie näher an Rashid heran,
um ihn ein bisschen einzuschüchtern. Allerdings durfte sie

nicht vergessen, dass er erst zehn und ihr Schutzbefohlener war. Außerdem war sie Lehrerin, mit ausgeprägten Moralvorstellungen und einem Regelwerk, an das sie sich halten musste. Sie war nicht gut darin, anderen Angst zu machen, und Konflikte verabscheute sie. Bis auf das eine Mal, als sie und Simon sich nach einem Konzert mit den Security-Leuten angelegt hatten, weil sie ihnen die Abkürzung zu einem ihrer Lieblingsrestaurants versperrten.

»Es ist Jaydens Karte.« Matthew stammelte leicht, und sein Blick huschte zu Rashid.

»Es kann nicht seine Karte sein!«, schrie Rashid. »Die sind selten. Man findet sie nicht in den normalen Päckchen. Außerdem hat er behauptet, dass er auch Leroy Sané hat, und das ist eine goldene Karte.«

»Aha«, erwiderte Emily und schaute zu Jayden hinüber. Jayden hatte den Blick gesenkt und betrachtete seine ziemlich zerschrammten schwarzen Turnschuhe. Eigentlich durften die Kinder in der Schule keine Turnschuhe tragen, doch Emily hatte seit langem den Verdacht, dass es sich um Jaydens einziges Paar Schuhe handelte. Jayden schien nicht mehr die Kraft für eine Auseinandersetzung zu haben. Er wirkte zu erschöpft, um sich auf dem Schulhof durchzusetzen. Emily bekam Mitleid mit ihm.

»Jayden«, erkundigte sie sich leise. »Ist es deine Karte, die Rashid da in der Hand hat und mir nicht zeigen will?« Wenn Jayden das bejahte, würde sie dem arroganten kleinen Tyrannen die Karte wegnehmen und ihn dazu verdonnern, in der Mittagspause das Whiteboard zu wischen. Und zwar, *nachdem* sie den heutigen Stundenplan in Schönschrift und in kräftigen Farben darauf notiert und dazu die gesamte Fläche beschrieben hatte. Jayden rührte sich noch immer nicht und schwieg.

»Sie gehört ihm, Miss.« Das war Matthew, der tapfere kleine Matthew, den sie nur deshalb von seinem Bruder unterscheiden konnte, weil er so gern an seinen Haaren herumfummelte.

»Rashid«, wandte Emily sich in strengem Tonfall an den Jungen. »Gib mir Jesse Lingard, und zwar sofort.« Sie streckte die Hand aus und winkte mit dem Finger. Wenn er die Fußballkarte nicht auf der Stelle herausrückte, würde sie ihn zu Susan Clark schicken, bevor der Unterricht auch nur begonnen hatte. Als sie ihn finster ansah, bemerkte sie, wie der Trotz aus seinen dunklen Augen verschwand. Widerstrebend zog er die Karte aus dem Ärmel und warf sie auf Emilys Handfläche. Sie musterte sie. Für eine sogenannte Rarität sah die Karte ziemlich gewöhnlich aus. Das Foto des englischen Fußballers war nicht einmal sehr schmeichelhaft.

»So«, meinte Emily mit Blick auf Rashid, Matthew und Charlie. »Gleich pfeift Mrs Rossiter, und ich würde deshalb vorschlagen, dass ihr eure Taschen nehmt und euch aufstellt.«

»Aber wir müssen erst in fünf Minuten rein«, jammerte Rashid.

Heute Morgen stellte er ihre Geduld wirklich auf die Probe, und sie hatte noch nicht genug Kaffee getrunken, um gelassen bleiben zu können. »Rashid«, zischte sie beinahe. »Ich habe euch aufgefordert, euch aufzustellen. Aber ein bisschen dalli!«, rief sie. Verhältnismäßig laut. Laut genug, um die Aufmerksamkeit der Kinder zu erregen, die immer mit Stöckchen nach Würmern stocherten. Emily räusperte sich und zwang sich zur Ruhe. »Ich bringe euch hinein, sobald ihr die Pfeife hört.«

Als Jayden nach seiner Tasche griff und sich einreihen wollte, hielt Emily ihn zurück. »Du nicht, Jayden.« Sie wartete, bis die anderen drei Jungen verschwunden waren, bevor sie weitersprach. Jayden hatte das Kinn noch immer an die Brust gedrückt, sodass Emily nur seinen Scheitel im Blick hatte. Der Junge musste wirklich selbstbewusster werden. Er war zwar nicht der beste Schüler in der Klasse, aber auch nicht der schlechteste. Wenn man ihm eine Chance gab und ihn ein wenig unterstützte, würde er in der weiterführenden Schule sicher gut mitkommen.

»Was ist los, Jayden?«, fragte Emily. »Wir haben gestern über Rashid geredet, und ich dachte, du würdest es mir sagen, wenn er wieder gemein zu dir ist.«

Jayden reagierte nicht, hob nicht einmal den Kopf. Ganz und gar kein gutes Zeichen. Gestern hatte er so viel aufgeweckter gewirkt. Sein Dad hatte einen Job. Sein »Was Weihnachten für mich bedeutet«-Projekt war beinahe fertig …

»Jayden, gehört die Fußballkarte dir?«

Keine Antwort.

»Jayden, ich möchte nicht böse auf dich werden, doch du musst mich ansehen.«

»Ich will aber nicht.«

»Komm schon, Jayden. Ich möchte dir nur helfen.«

»Sie können mir nicht helfen, Miss.« Endlich blickte er auf, anstatt weiter seine Turnschuhe anzustarren. Emily schnappte nach Luft. Jayden hatte einen sicherlich schmerzhaften rötlichen Bluterguss auf der Wange. Emily schluckte. Obwohl sie keine voreiligen Schlussfolgerungen ziehen durfte, hatte sie sofort Mr Jackson und seine geballten Fäuste vor sich.

»Jayden, was ist mit deinem Gesicht passiert?«, erkundigte sie sich.

»Ich bin die Treppe raufgefallen«, erwiderte Jayden mit Roboterstimme. »Ich bin gerannt. Ich darf auf der Treppe nicht rennen. Vor allem nicht, wenn es friert. Meine Mum warnt mich ständig.«

Es klang so auswendig gelernt, dass Emily zusammenzuckte. Sie musste mit Susan darüber sprechen. Es stand nicht in ihrer Macht, mehr zu tun, als die Rektorin von ihrer Befürchtung in Kenntnis zu setzen. Nicht dass das beim letzten Mal etwas genützt hätte.

»Jayden«, meinte Emily. »Du weißt, dass du es mir erzählen kannst, wenn es nicht an der Treppe liegt.«

»Ich bin die Treppe raufgefallen. Ich bin gerannt, und ... meine Mum warnt mich ständig.«

So kam sie nicht weiter. Zweifellos würde sich Jayden so lange stur verweigern, bis sie aufhörte, ihn auszufragen. Sie hielt die Fußballkarte hoch. »Ist das deine?«

Jayden nickte. »Meine Oma hat uns besucht. Sie hat sie bei eBay gekauft.«

»Warum hast du das Rashid nicht gesagt?«

»Der glaubt mir doch sowieso nicht.«

Emily nickte. »Nun, Jayden, ich glaube dir, und wie ich dir vorhin schon erklärt habe, kannst du dich an mich wenden, wenn du Ärger mit Rashid oder sonst jemandem an der Schule hast.«

»Mein Dad sagt, Petzen ist doof.«

»Dein Dad ist nicht hier in Stretton Park. Außerdem ist es kein Petzen, wenn du mir erzählst, dass jemand gemein zu dir ist«, beteuerte Emily. »Okay?« Sie musste erreichen, dass er ihr vertraute. Schließlich konnte sie in der Schule nicht überall gleichzeitig sein, um die schwächeren Kinder zu beschützen. Ganz zu schweigen davon, dass das eigentlich nicht nötig sein sollte. Doch sie war realistisch.

»Okay«, erwiderte Jayden. Doch sein Blick sagte etwas anderes.

»Hier.« Emily reichte Jayden die Jesse-Lingard-Karte. »Vielleicht wäre es besser, wenn du deine Fußballkarten nicht in die Schule mitbringst.«

Als Jayden die Karte einsteckte, pfiff Mrs Rossiter das Signal für die Kinder, sich aufzustellen und ins Schulhaus zu gehen.

»Miss Parker! Miss Parker!«

Emily drehte sich nach Alice Monroes Stimme um. Alice war eine gute Schülerin und immer ordentlich gekleidet. Sie trug ihr dunkles Haar zu Zöpfen geflochten und blitzblanke Clarks an den Füßen. Leider übte der Tod eine seltsame Faszination auf sie aus. Als sie damals die Klassen-Libellen mit nach Hause genommen hatte, war eine nach der anderen gestorben – bis auf eine, der Alice die Schuld am Tod der anderen gab.

»Was ist, Alice?«, fragte Emily, als das Mädchen vor ihr stand. Ihre Wangen waren gerötet, und die Mütze rutschte ihr vom Kopf.

»Im Schuppen ist etwas … vielleicht ein Gespenst … oder ein Dachs oder so.«

»Im Schuppen?« Emily fasste sich an die Stirn. Ihre Klasse hatte gestern zuletzt im Schuppen gearbeitet. Sie hatten sauber gemacht und alles für den Weihnachtsbasar vorbereitet, denn sie wollten dort heißen Kakao und selbst gebackene Plätzchen für jeweils ein Pfund verkaufen, um Geld für ihre Klassenkasse zu sammeln. Wie hatte ein Dachs dort hineingeraten können? Sie hatte die Tür eigenhändig abgeschlossen. Das Holzgebäude hatte zwar schon bessere Zeiten gesehen, wies jedoch keine Ritzen auf, durch die sich auch nur das kleinste Tier hätte zwängen können. Oder?

»Das Vorhängeschloss war nicht an der Tür«, verkündete Alice. »Außerdem hat es geraschelt.«

»Geraschelt«, wiederholte Emily. »Was für ein Geraschel war es denn?« Sie konnte es nicht fassen, dass sie tatsächlich diese Frage gestellt hatte. Gab es verschiedene Formen von Rascheln?

»Wie etwas Halbtotes«, antwortete Alice mit leicht bebender Unterlippe.

»Miss Parker!« Der Ruf kam von Susan Clark. Emily spähte über den Pausenhof hinweg, wo ihre Klasse abmarschbereit vor der Tür stand. Sie waren die Letzten, die noch in der Eiseskälte warteten. Ihr Atem stieg auf wie eine Decke aus Dunst.

»Miss«, flehte Alice. »Was, wenn es ein halb toter Dachs ist?«

»Okay«, meinte Emily. »Pass auf. Wir gehen jetzt rein und überprüfen die Anwesenheit. Und dann kommen wir sofort zurück und schauen im Schuppen nach. Einverstanden?«

»Einverstanden«, erwiderte Alice. »Ich sage allen, dass sie ihre Handys mitbringen sollen. Ich habe noch nie einen halb toten Dachs gesehen.«

Offenbar würde der heutige Tag genauso traumhaft werden wie der gestrige.

KAPITEL
ELF

Es war sicher nur viel Lärm um nichts. Aber sie durfte die Kinder nicht unbeaufsichtigt lassen und wollte Susan auf keinen Fall verraten, dass sich womöglich etwas im Schuppen eingenistet hatte. Sie stand bei der Rektorin ohnehin schon auf der Abschussliste. Bedauerlicherweise gehörten die Tage, an denen man bei derartigen Krisen den Schulhausmeister zu Hilfe holen konnte, längst der Vergangenheit an. Inzwischen kam sogar die Putzfrau nur noch jeden zweiten Tag.

Emily legte das Ohr an die Holztür des Schuppens. Das Vorhängeschloss fehlte zwar, doch die Tür war zugezogen. Sie war sicher, dass sie gestern abgeschlossen hatte. Von innen war nichts zu hören. War mit Alice wieder einmal die Fantasie durchgegangen?

»Vielleicht hat Newt Scamander eines seiner phantastischen Tierwesen hier vergessen«, merkte Frema an.

»Oder es ist etwas aus *Hotel Transsilvanien*«, schlug Matthew vor.

»In Islington gibt es keine Vampire«, widersprach sein Bruder sachlich.

»Meine Mum sagt, sie wäre ein Vampir«, verkündete Cherry Wheeler.

Die Kinder schnappten nach Luft, und Emily bemerkte, dass Alice tatsächlich grinste.

»Sie arbeitet beim Blutspendedienst des Gesundheitsamts«, erklärte Cherry. »Wusstet ihr, dass man Chips und

Schokolade und Kaffee kriegt, ohne zu bezahlen, wenn man Blut spendet?«

»Was ist, wenn die zu viel abzapfen, bis einem das Blut ausgeht und man stirbt?«, erkundigte sich Alice.

»Die nehmen nicht das ganze Blut, du blöde Kuh«, zischte Rashid.

»Danke, das reicht, Rashid«, rügte Emily. Plötzlich ertönte im Schuppen ein Knall, sodass alle Kinder kreischend ein paar Meter zurückwichen. Irgendetwas befand sich dort drin.

Emily atmete tief durch. Was konnte es schon groß sein? Eine aufgebrachte Schwanenmutter, die ihre Jungen verteidigte? Tja, das war unmöglich, denn es war die falsche Jahreszeit für Küken, und außerdem befanden sie sich nicht in Flussnähe. Emily hatte wirklich keine Ahnung, was sich im Schuppen versteckt haben könnte. Doch herumzustehen und mit den Kindern ein Grusel-Ratespiel zu veranstalten brachte niemanden weiter. Sie wollte, dass die Kinder ins warme Schulgebäude kamen und Ideen für die Weihnachtsaufführung vorschlugen, die sie organisieren musste.

»Okay, macht alle ein bisschen Platz. Ich öffne die Tür«, sagte Emily.

»Was, jetzt?«, fragte Alice.

»Jetzt sofort?«, fügte Lucas Jones hinzu.

»Ja«, entgegnete Emily. »Wahrscheinlich finden wir überhaupt nichts. Ich könnte mir vorstellen, dass nach unserer Putzaktion gestern nur etwas runtergefallen ist.« Noch ein tiefer Atemzug. »Also, los.«

Emily griff nach der Klinke und riss die Tür auf. Im nächsten Moment schnappte sie nach Luft und sprang mit einem Satz rückwärts, während die Kinder zu schreien anfingen. Einige liefen davon, andere machten mit ihren Handys Fotos.

»Ein Mann! Ein Mann!«, rief Felix, ein Junge, der bei seiner Tante und seinem Onkel wohnte, und rannte im Kreis herum, während Emily versuchte, ruhig durchzuatmen.

Es war wirklich ein Mann. Inmitten der Planen, die sie gestern ordentlich gefaltet ins Regal gelegt hatte, saß er im Schuppen. Auf dem Kopf trug er eine Einkaufstasche aus Baumwolle und etwas, das aussah wie ein Teebeutel, hing in seinem Bart. Ein Obdachloser im Schulschuppen! Konnte er tatsächlich nirgendwohin, wo es bequemer und wärmer war?

»Ich weiß, wer das ist!«, verkündete Rashid und knipste weiter mit seinem Handy. »Ray Stone, der Sänger. Es kam überall in den Nachrichten. Meine Mum hat ihn früher mal toll gefunden, aber sie sagt, jetzt ist er ein Trinker und haut Mädchen.«

»Psst!«, meldete sich der Mann im Schuppen zu Wort. »Sprecht leiser!«

»Ich kenne ihn auch!«, rief Cherry aus. »Er ist nach Lost Voice Guy in der Royal Variety Performance aufgetreten.« Auch sie machte ein Foto mit ihrem Handy.

Emily war so verdattert, dass ihr die Situation zu entgleiten drohte. War das wirklich Ray Stone? Er hatte einen dichteren Bart als gewöhnlich, lag halb ausgestreckt auf einem dicken Stapel Gymnastikmatten und trug einen Einkaufsbeutel als Kopfbedeckung. Trotz seiner merkwürdigen Aufmachung war nicht zu übersehen, wie unverschämt attraktiv er war. Emily war es jedenfalls nicht entgangen.

»Psst!«, wiederholte der Mann und rappelte sich mühsam auf. »Ihr macht ihr Angst.«

»Er ist betrunken!«, stellte Jayden fest. »Wenn mein Dad betrunken ist, redet er auch immer Schwachsinn.«

»Bleib weg von ihm, Frema. In den Nachrichten haben sie erzählt, wie er sich benimmt, wenn er betrunken ist«, warnte Rashid seine Mitschülerin.

Emily musste etwas unternehmen. »Seid still, Kinder«, befahl sie, während der Mann etwas unter seinem umhangähnlichen Mantel hervorzog.

»Er hat eine Pistole!«, schrie Rashid. »Alle auf den Boden!«

Kreischend vor Angst ließ sich die halbe Klasse auf den Boden fallen. Emily hatte genug.

»Hören Sie«, wandte sie sich an den Mann. »Ich weiß nicht, was Sie hier wollen, aber es handelt sich um Privatgelände. Das hier ist eine Schule, und ich fürchte, Sie haben sich des Hausfriedensbruchs schuldig gemacht.«

»Ich habe versucht, eine Schiene zu basteln«, erwiderte der Mann. Seine Stimme klang rau, so als versuchte er, ein Husten zu unterdrücken. »Aber sie hat sich nach Kräften gewehrt. Also habe ich sie so gut wie möglich eingewickelt, und dann muss ich eingeschlafen sein.«

Fantasierte der Mann? Was er sagte, ergab überhaupt keinen Sinn. Zumindest bis Emily sah, was er da unter dem Mantel hatte und sanft mit der Hand umfasste. Es war keine Waffe, sondern ein …

»Ein Igel! Wahnsinn! Cherry, schau, ein Igel«, jubelte Angelica Anderson und stürmte, vorbei an Emily, auf den bärtigen Mann zu, der tatsächlich ein kleines Tier in den Handflächen hielt.

Als die ganze Klasse nach vorn strömte, wurde Emily ein Stück näher an den Mann herangeschoben. Er roch nach Whisky und – seltsamerweise – nach Knete. In seinen großen Händen hatte er eine stachelige Kugel. Seine Daumen strichen ganz zärtlich über den Körper des Tiers. Er hatte kräftige Hände, die offenbar zupacken konnten.

»Sie hat sich das Bein gebrochen«, teilte der Mann Emily mit. »Wir sollten eine Tierklinik anrufen oder so.«

»Oh, dürfen wir sie nicht behalten?«, fragte Frema. »Sie ist so niedlich, und wir haben keine Libellen mehr. Richtig, Alice?«

»Wird er sterben?« Alice drängte sich durch die Kinderhorde, um sich den Igel anzuschauen.

»Das ist ein Wildtier«, erläuterte Emily. »Wildtiere müssen in ihrer natürlichen Umgebung leben.«

»Sind Sie wirklich Ray Stone?«, erkundigte sich Rashid und fotografierte. »Denn wenn ja, müssen Sie sich dringend rasieren.«

»Rashid!«, schimpfte Emily. »Entschuldige dich auf der Stelle!«

Bei einem Mann, der im Schulschuppen geschlafen hatte. Der Hausfriedensbruch beging. Hatte er etwa dort übernachtet? Sie durfte nicht vergessen, wer hier das Sagen hatte. Offenbar würde der heutige Tag noch verrückter werden als der gestrige.

»Außerdem steckt ihr jetzt alle die Handys weg«, fuhr sie in strengem Ton fort. »Ihr wisst, dass ihr sie während der Unterrichtszeit nicht aus der Tasche holen dürft.«

»Aber ich möchte ein Boomerang-Video von dem niedlichen Igel bei Instagram machen«, beharrte Frema.

»Bevor er stirbt«, fügte Alice hinzu.

»Wie heißt er denn?« Offenbar richtete Matthew die Frage direkt an den Fremden im Schuppen, der womöglich sogar ein berühmter Sänger war. Emily glaubte das noch nicht so ganz. Er sah zwar aus wie Ray Stone, doch heutzutage gab es jede Menge Doppelgänger, und sie hatte sich nie sehr für Promis interessiert. Vermutlich wäre sie nicht einmal in der Lage gewesen, Elton John bei einer polizeilichen Gegenüberstellung zu identifizieren.

»Ich habe euch doch gesagt, dass er Ray Stone ist«,

beteuerte Rashid, das Handy noch in der Hand. »Der Sänger, der den ersten Platz in dieser Castingshow gemacht hat.« Rashid schien sich seiner Sache absolut sicher zu sein. Außerdem war der Mann wirklich so gut aussehend wie der Sänger.

»Ich habe den Igel gemeint«, sagte Matthew und schnalzte missbilligend mit der Zunge. »Wie ist denn sein Name?«

»Ich weiß nicht«, antwortete der Mann. »Aber wir sollten sie ins Haus bringen.« Er blickte Emily an. »Haben Sie vielleicht einen Pappkarton und ein Schälchen Wasser?«

Was wurde hier gespielt? Hatte sie wirklich einen Popstar und einen verletzten Igel im Schuppen, die beide offenbar ins Schulgebäude wollten? Wenn das so weiterging, würde sie ihren Job verlieren, obwohl das alles nicht ihre Schuld war. Außer sie hatte den Schuppen doch offen gelassen. In diesem Fall wäre sie nämlich allein verantwortlich.

»Wir haben ganz viel Pappe«, rief Cherry und hüpfte auf und nieder. »Wir basteln nämlich Projekte. Kommen Sie. Hier entlang.« Sie winkte den Mann in Richtung Schulgebäude. Die Lektion, wie gefährlich es war, mit Fremden zu sprechen, bedurfte eindeutig einer Auffrischung.

»Moment mal«, protestierte Emily. »Passt auf, so geht das nicht. Stehen bleiben.« Sie breitete die Arme aus und beugte sich vor, ihre übliche Geste, damit die Kinder zuhörten und gehorchten. Sie wusste nicht, warum es so gut wirkte, eine Körperhaltung anzunehmen wie die Jesusstatue oberhalb von Rio de Janeiro, aber es klappte.

»Der Igel friert, Miss Parker«, schniefte Frema. »Und der Popstar offenbar auch. Ist Ihnen kalt?« Sie musterte den Mann, als suchte sie nach Anzeichen von Erfrierungen.

»Nun …«, begann er, noch immer ein wenig heiser.

Er sah tatsächlich so aus, als würde er frieren. Sehr

sogar. Tatsächlich zitterte er so stark, dass der Igel in seinen Händen leicht geschüttelt wurde. Allerdings befand der Mann sich auf dem Schulgelände. Sie konnten nicht mit Sicherheit feststellen, wer er war. Und er roch, als hätte er die Nacht in einem Pub, nicht in einem Lagerschuppen verbracht.

»Miss Parker! Es ist echt kalt«, beklagte sich Lucas.

»Ich erfriere«, stimmte Jayden zu.

»Hören Sie«, meinte der Mann, der angeblich Ray Stone war. Seine Stimme bebte im Gleichtakt mit seinem Körper. »Ich verschwinde. Nehmen Sie einfach nur den Igel auf und rufen Sie den London Wildlife Trust an.«

»Er wird sterben«, platzte Alice heraus. »Ich hab's doch gewusst.«

»Niemand wird sterben, Alice.« Warum war sie so ratlos? Vielleicht, weil Situationen wie diese weder zum Arbeitsalltag eines Lehrers gehörten noch in den Lehrbüchern an der Uni erwähnt wurden. *Bauchgefühl. Wenn du Zweifel hast, verlass dich auf dein Bauchgefühl.*

»Okay.« Emily senkte die Arme und nickte ihren Schülern zu. »Alle gehen jetzt ins Klassenzimmer, nehmen sich Stift und Papier und zeichnen mir einen Igel, während ich mir überlege, an wen ich mich wegen des verletzten Tiers wenden kann.«

Unter lautem Jubel rannten alle durch die Tür ins Gebäude. Eigentlich hätten sie an diesem Vormittag die Aufgaben für eine Matheprüfung durchgehen müssen. Und danach hätte Emily ihnen von der Weihnachtsaufführung erzählt, woraufhin sie von allen mit Vorschlägen bombardiert worden wäre, die ihr Budget und ihre Fähigkeiten überstiegen.

»Ich könnte den Igel tragen, wenn Sie möchten«, erbot

sich Alice mit einem zuckersüßen Lächeln. »Ich verspreche, ihn nicht zu fest zu drücken.« Ein wenig zu eifrig legte sie die Fingerspitzen aneinander.

»Ich glaube, es ist ein Mädchen«, teilte Ray ihr mit.

»Ich drücke *sie* nicht zu fest«, verbesserte sich Alice.

»Danke, Alice«, meinte Emily. »Ich kümmere mich darum. Geh jetzt rein.«

Kurz darauf war Emily mit einem mutmaßlichen Popstar und einem verwundeten Igel allein.

»Tut mir leid«, sagte der Mann noch immer zitternd, »dass ich in Ihrem Schuppen gelandet bin. Ich war auf dem Heimweg vom ... äh ... Pub. Es war spät, das heißt früh, und da habe ich die Kleine hier gefunden, die noch mehr im Zickzack gelaufen ist als ich. Also habe ich etwas gesucht, wo man ihr vielleicht helfen könnte, und ...«

»Ich weiß nicht, was ich sagen soll«, gab Emily zu. »Ich meine, dass Sie hier sind, verstößt vermutlich gegen eine Million von Vorschriften. Wenn Mrs Clark das erfährt, werde ich gefeuert, und das kann ich im Moment wirklich überhaupt nicht gebrauchen. Sie wartet nur auf eine Gelegenheit und würde alles gegen mich verwenden. Dass ein Fremder im Schuppen übernachtet hat, bringt das Fass garantiert zum Überlaufen.«

»Tut mir leid«, wiederholte der Mann. »Ich haue ab.« Er hielt ihr den Igel hin.

»Ihhh! Nein! Den kann ich nicht nehmen. So etwas fasse ich nicht an.«

»Mögen Sie keine Tiere?«, hakte der Mann nach.

»Nun, das ist ja kein richtiges Tier, oder? So wie eine Katze oder ein ...«

»Löwe?«

»Genau.« Ganz sicher hatte sie irgendwo gelesen, dass

Igel Flöhe hatten. Und sie wollte nicht, dass die sich in der hübschen, dreifarbig gestreiften Strickjacke einnisteten, die sie unter ihrem Mantel trug. Sie musste unbedingt noch einmal in den kleinen Laden in der Holloway Road …

»Und wie soll es jetzt weitergehen?«, erkundigte sich der Mann.

Die Frage war durchaus berechtigt. Sie wollte die Igeldame nicht nehmen. Aber das Tierchen musste ins Warme, bis es jemand abholte. Und sie selbst musste zurück zu ihren Schülern.

»Bringen Sie das Tier rein, und ich schaue, ob ich einen Kaffee für Sie auftreiben kann.«

»Das brauchen Sie nicht«, widersprach der Mann.

»Bei meinem Glück diese Woche würden Sie bestimmt auf dem Schulgelände zusammenbrechen, wenn ich Sie ohne etwas Warmes zu trinken wegschicke. Und dann bin ich schuld und werde trotzdem gefeuert.«

»Okay«, sagte er und räusperte sich.

»Okay«, erwiderte Emily.

»Übrigens bin ich wirklich Ray«, fügte er mit dem Anflug eines Lächelns hinzu. »Der Sänger, der sich den Bart stutzen lassen muss.«

»Emily«, stellte sie sich vor. »Die Lehrerin, die diesen Job braucht, um einen Mechaniker für ihre Heizung zu bezahlen, da ihr Vermieter offenbar vom Erdboden verschluckt worden ist.«

»Schön, Sie kennenzulernen.« Wieder lächelte er, und Emily erkannte sofort, dass er selbst mit ungepflegtem Bart allein durch seine Ausstrahlung die Gunst des Publikums erobern würde.

»Also, dann bringen wir die Igeldame mal ins Warme. Achten Sie nur darauf, dass Alice sie nicht anfasst. Das ist die mit der roten Mütze und den schwarzen Zöpfen, ein Abklatsch von Wednesday aus der *Addams Family*.«

»Aha«, erwiderte Ray.

»Glauben Sie mir, wenn das Mädchen den Igel in die Finger bekommt, brauchen wir den London Wildlife Trust nicht mehr.«

Ray konnte es nicht fassen: Er befand sich tatsächlich in einer Schule. Als Jugendlicher hatte er viel Zeit in die Aufgabe gesteckt, einen Bogen um diese Einrichtung zu machen. Das lag nicht daran, dass er im Unterricht nicht mitgekommen wäre. Er hatte einfach kein Interesse am Lernen, denn seine Leidenschaft und Begabung war schon immer die Musik gewesen. Allerdings hatte sich der Musikunterricht um *Peter und der Wolf*, das Schulorchester und Notenlesen gedreht, was überhaupt nicht seine Sache war. Seine Mum hatte gern getanzt, und die Musik, die sie dabei hörte, hatte ihn inspiriert. Queen. Led Zeppelin. Fleetwood Mac. Die Gitarrenriffs, der Aufbau der Songs, das hatte ihn schon als Schuljunge fasziniert. Wie entschieden diese Musiker, welche Noten sie nacheinander anordneten? Was klappte und was nicht? Seine Mum hatte es nicht mehr erlebt, wie er selbst Lieder komponierte.

Doch nun saß er, mit einem Becher dampfend heißen Kaffees zwischen den Handflächen, ausgerechnet in einem Klassenzimmer in der letzten Reihe und spürte allmählich, wie ein übler Kater sich meldete. Wie viel hatte er nach der Auseinandersetzung im Wohnzimmer seines Dads getrunken? Er war zornig und enttäuscht gewesen und hatte kein Zuhause gehabt, in das er sich hätte flüchten können. Ja, wenn er hätte sicher sein können, dass man im Hilton seine Platinkarte akzeptieren würde, hätte er sich in Morgenmantel und Pantoffeln in einer Suite mit Minibar verkrochen. Doch in seiner Angst davor, dass die Karte abgelehnt werden könnte – ein gefundenes Fressen für die Medien –, war er immer weitergegangen, bis er über Mrs Tiggywinkle gestolpert war. Oder über Olivia Colman, wie die Kinder die Igeldame getauft hatten. Er hätte sich die Mühe sparen sollen. Es war doch nur ein Igel. Die natürliche Auslese würde über Leben und Tod entscheiden. Allerdings hatte er sich in seinem Rausch beim Anblick des Tiers mit ihm verbunden gefühlt. Zwei ein wenig stachelige, verletzte Wesen, die nichts weiter brauchten als einen Unterschlupf. Und deshalb saß er nun unter windschief baumelnden Kleiderbügeln, an denen Weihnachtsdeko hing. Sie drehten sich vor seinen Augen und fingen das Licht vom Fenster ein wie sehr schlichte, seltsam geformte Christbaumkugeln.

»Okay, Kinder, jetzt haben uns lange genug die Köpfe geraucht«, verkündete Emily, die, einen Markierstift für das Whiteboard in der Hand, vorn im Raum stand. »Jetzt erzählen ein paar von euch den anderen, was sie an Weihnachten vorhaben. Frema, danke, du darfst anfangen.«

Die Kinder zeigten alle um einiges mehr Begeisterung als Ray jemals während seiner gesamten Schulzeit. Außerdem schienen sie großen Respekt vor ihrer Lehrerin zu haben. Aber offen gestanden waren Lehrerinnen in seiner Kindheit auch nie so hübsch gewesen wie Emily Parker. Selbst mit zehn hätte ihn der Unterricht vielleicht mehr gefesselt, wenn er eine Lehrerin gehabt hätte, die aussah wie Miss Parker. Allerdings wirkte sie angespannt und besorgt. Obwohl sie wunderbar mit den Kindern umging, lag da offenbar etwas im Argen. Möglicherweise hatte sie es ernst gemeint, als sie gesagt hatte, sie hätte Angst um ihren Job. Wegen seiner eigenen Lage konnte er sehr gut nachvollziehen, was es bedeutete, wenn einem das Geld ausging. Er hatte keine Ahnung, wie er Dr. Crichton bezahlen sollte, falls er sich tatsächlich operieren lassen musste. Ganz zu schweigen davon, dass er nicht wusste, wie hoch jeder Termin sein Konto belastete.

»Tja, mein Dad ist Jude, und in seinem Glauben wird Weihnachten nicht gefeiert. Aber meine Mum ist Christin, und sie feiert. Meine Eltern möchten, dass ich mich selbst für eine Religion entscheide, wenn ich älter bin. Deshalb kombinieren wir beide Glaubensrichtungen. Wir haben einen Weihnachtsbaum und Geschenke und Kerzen. Manchmal gehe ich in die Kirche und manchmal in die Synagoge. Ich finde beides schön.«

»Danke, Frema. Rashid?«

Ray trank einen Schluck Kaffee und beobachtete alles. Es war auf seltsame Weise angenehm, ruhig dazusitzen und den Kindern zuzuhören. Wann wohl die Leute von der Tierschutzorganisation hier sein würden?

»Ich bin Moslem«, sagte Rashid. »Aber das wissen Sie ja.«

»Das weiß ich, Rashid. Allerdings weiß ich auch, dass du früher im Dezember einen Teil der Schulferien dazu genutzt hast, Verwandte zu besuchen, die du normalerweise nicht siehst. Warum erzählst du der Klasse nicht davon?«

Miss Parker ließ sich kein X für ein U vormachen. Außerdem hatte sie hinreißende Augen und kleidete sich ziemlich ausgeflippt. Nein, ausgeflippt war nicht das richtige Wort. »Individuell« traf es besser. Sie trug einen dunkelgrünen Cordrock mit flachen schwarzen Stiefeln und einem gestreiften Oberteil. Schick und gleichzeitig verspielt. Mein Gott, er spürte etwas, das ganz bestimmt nicht vom Alkohol kam. Es musste am Kaffee liegen.

Rashid seufzte tief auf und verdrehte zur Betonung die

Augen. »Wir steigen alle ins Auto und fahren nach Birmingham. Dort kocht meine Oma etwas Scheußliches, und wir tun so, als würden wir es essen. Auf dem Heimweg gehen wir dann zu McDonald's.«

Einige Kinder lachten.

»Das klingt besser als mein Weihnachten«, verkündete Nathan. »Meine Mum und mein Dad sind beide bei der Polizei. Deshalb müssen sie immer arbeiten. Und meine Tante Ann ist Vegetarierin. Also gibt es für mich nur Tofu-Truthahn.«

Allmählich wurde Ray klar, dass seine Weihnachtsfeste bis jetzt gar nicht so schlecht verlaufen waren. Gut, sein Dad hatte immer einen Grund gefunden, um sich zu streiten, aber es war genug zu essen da gewesen, und er hatte schöne Geschenke bekommen. Seine Mum hatte ihm sogar seine erste Gitarre gekauft. Er hatte sie bis heute. Na ja, sie lag in dem Lagerhaus, in das Gio seine Sachen hatte bringen lassen. Er musste Deborah bitten, sich darum zu kümmern. Weihnachten mit Ida zu feiern hatte hingegen kein Vergnügen bedeutet. Sie hatte das Fest nie gemocht, woran sie ihrer Mutter die Schuld gab. Überhaupt machte sie ihre Mutter für alles Mögliche verantwortlich. Problembeladene Mütter waren ihre Gemeinsamkeit. Doch das war nicht unbedingt ein Grund, um zusammenzubleiben, oder?

»Was machen Sie an Weihnachten, Ray Stone?«, fragte Rashid laut.

Ray hatte sich hinten im Raum verkrochen, sich zwischen den Collagen versteckt, die Lagerfeuer am Guy-Fawkes-Day darstellten, und Olivia Colman im Auge behalten, die an dem Wassernapf im Pappkarton geschnuppert hatte. Dabei hatte er ganz vergessen, dass er sich mitten in einer Unterrichtsstunde befand, ein Eindringling, der den Tagesablauf der Kinder durcheinanderbrachte.

»Rashid, ich bin sicher, Mr Stone möchte dir nicht von seinen Weihnachtsplänen erzählen.«

»Singen Sie wieder für die Queen?«, erkundigte sich ein Mädchen mit rotblondem Wuschelkopf.

»Essen Sie Fleisch?«, fragte Nathan.

»Glauben Sie an Jesus?«

Ray rutschte auf seinem Stuhl herum, der so klein war, dass er gebückt dasaß. Inzwischen war er von fast jedem Journalisten in Großbritannien und auch von einigen ihrer amerikanischen Kollegen interviewt worden, doch keiner von ihnen hatte ihn so verlegen gemacht. Verglichen damit war es sogar weniger beängstigend, sein Privatleben im Frühstücksfernsehen auszubreiten.

»Kinder …«, mahnte Emily.

»Nein«, rief Ray. »Schon in Ordnung.« Er räusperte sich und öffnete den obersten Knopf seines Mantels. Allmählich wurde ihm warm. »Ich habe keine Ahnung, was ich dieses Jahr an Weihnachten mache.« Er sah Nathan an. »Ich esse Fleisch. Sehr gerne sogar. Ich liebe Truthahn.« Er betrachtete den Jungen, der sich erkundigt hatte, ob er an Jesus glaubte. »Was Jesus betrifft, war ich nie hundertprozentig sicher.«

Er hatte nicht damit gerechnet, dass alle im Chor nach Luft schnappen würden.

Emily unterbrach. »Kinder, bitte vergesst eine unserer wichtigen Klassenregeln nicht. Wir verurteilen niemanden. Wir haben alle das Recht, unsere Meinung zu sagen, und wir akzeptieren die des anderen.«

»Das ist wichtig. Das ist wichtig.« Er erinnerte sich an Felix vom Pausenhof. Der Junge mochte offenbar Wiederholungen.

»Verzeihung, Mr Stone«, wandte sich Emily an ihn. »Wir

in Stretton Park nehmen zwar Kinder aller Glaubensrichtungen an, doch unser Schulträger ist die Church of England. Das heißt, dass die Kirche praktisch hinter allem steht, weil die Diözese die Schule finanziert.«

»Aber ich glaube an den Weihnachtsmann«, fügte Ray rasch hinzu. »Selbstverständlich.«

Rashid schnaubte. Einige andere Kinder lachten.

»Was?«, fragte Ray, die Unschuld in Person, und breitete die Arme aus. »Behauptet jetzt nicht, dass ihr nicht an den Weihnachtsmann glaubt.«

»Ich schon«, antwortete Cherry und kaute an ihrem Bleistift. »Es muss ihn geben, denn als ich mir ein Barbie-Traumhaus gewünscht habe, haben meine Mum und mein Dad gesagt, dass sie sich das auf gar keinen Fall leisten könnten. Und dann, am Weihnachtsmorgen, stand eines neben dem Baum.« Sie schmunzelte. »Es war so groß, dass es nicht unter den Baum gepasst hat.«

»Was wünschen Sie sich denn vom Weihnachtsmann?«, höhnte Rashid. »Eine neue Karriere?«

»Sei nicht so gemein, Rashid«, wies Frema ihn zurecht und lächelte Ray an. »Ich finde, dass Sie ein sehr guter Sänger sind.«

»Danke«, erwiderte Ray.

»Singen Sie uns etwas vor?«, fragte Cherry. »Bitte.«

Er wollte nicht singen. Ja, er durfte es nicht einmal.

»Wie wäre es mit einem Weihnachtslied? Ich liebe ›Rudolph the Red-Nosed Reindeer‹.«

»Ich auch!«

»Ich mag ›Jingle Bells‹.«

»Kinder, es reicht«, tadelte Emily.

Es war besser, wenn er jetzt ging. Seine Kaffeetasse war beinahe leer. Er fror nicht mehr so. Jemand würde den Igel abholen. Am besten rief er jetzt Deborah an, besorgte sich eine Unterkunft für die Nacht und erkundigte sich, wie weit sie mit ihren Bemühungen war, seine Karriere vor dem Untergang zu retten.

Er stand auf, um sich zu verabschieden.

»Mrs Clark kommt! Mrs Clark kommt!«, rief Felix. Die Stimme des Jungen klang wie eine heulende Sirene.

Schnell wie der Blitz hastete Emily durch den Raum auf Ray zu, packte ihn am Ärmel und zog ihn in eine Ecke.

»In den Schrank«, flüsterte sie. In ihren weit aufgerissenen Augen erkannte er Panik. »Ich weiß, wie das wirkt, aber bitte, bitte, verstecken Sie sich im Schrank.«

Ray wollte gegen dieses Ansinnen protestieren, doch eine Tür öffnete sich, und die verschiedensten Schreibwaren, einige Besen, ein Kehrblech und ein offenbar uralter Staubsauger kamen in Sicht. »Ich ...«

»Bitte«, flehte Emily wieder. »Schließlich haben Sie von mir einen Kaffee bekommen.«

Wie sollte er da widersprechen? Sie wirkte völlig verzweifelt. Er machte einen Schritt vorwärts, und ehe er etwas hinzufügen konnte, schloss Emily die Tür. Dunkelheit umfing ihn.

KAPITEL
DREIZEHN

»Alle aufpassen«, sprudelte Emily hastig hervor und eilte zurück in den vorderen Teil des Klassenzimmers. »Niemand erwähnt Mr Stone. Oder den Igel.«

»Warum?«, fragte Rashid, ein Funkeln in den Augen. »Kriegen Sie sonst Ärger?«

»Ich finde nur, dass Mrs Clark mit der Leitung der Schule schon genug um die Ohren hat. Sie soll sich nicht noch Sorgen um einen Igel machen müssen.«

»Oder um einen echten Popstar«, ergänzte Cherry.

»Jayden«, wandte sich Emily an den Jungen. »Warum erzählst du deinen Mitschülern nicht, was du dieses Jahr an Weihnachten vorhast?«

Die Tür des Klassenzimmers wurde ohne ein höfliches Anklopfen aufgerissen. Susan kam hereinmarschiert, einen Mann in dunkelblauer Uniform im Schlepptau. Natürlich war Susan bereits über den Igel im Bilde. Emily hatte mit ihrem Handy beim Tierschutzverein angerufen. Und wenn der jemanden geschickt hatte, hatte derjenige sich zuerst am Empfang angemeldet. Und dort hatte man sich dann bei der Rektorin erkundigt, ob sie etwas von einem verletzten Tier wisse.

»Ich war in sämtlichen Klassenzimmern, wo man mich angestarrt hat wie einen Clown bei einer Beerdigung. Also, Miss Parker, seien Sie bitte so gut und berichten Sie mir, ob Sie von einem verletzten Igel gehört haben.«

»Ja, habe ich«, entgegnete Emily und zwang sich zu einem Lächeln, das, wie sie hoffte, den Eindruck von Professionalität und Tüchtigkeit vermittelte. »Hier ist er.« Sie schlängelte sich zwischen den Pulten der Kinder hindurch bis in den hinteren Teil des Raums.

»Es ist ein Mädchen, Mrs Clark«, verkündete Frema, als die Rektorin und der Mann vom Tierschutzverein mitten im Klassenzimmer standen.

»Woher weißt du das?«, widersprach Makenzie. »Vielleicht hat er sich noch nicht für ein Geschlecht entschieden. Wenn wir uns nicht sicher sind, sollen wir ›die Person‹ sagen.« Makenzie war ein Leihmutter-Baby und hatte zwei Dads, die emsig Spenden für die Schule sammelten.

»Aber er hat doch keinen Pimmel, oder?«, rief Nathan laut, worauf die Kinder rot anliefen und sich vor Lachen bogen.

»Danke, Nathan«, erwiderte Susan. »Jetzt ist der Mann vom Tierschutzverein da, und der wird sich bestimmt um den Igel kümmern, ganz egal, welche Körperteile er hat.«

»Bei Igeln kommt der Pimmel aus dem Nabel. Das habe ich gemalt«, merkte Charlie an und schwenkte seine Zeichnung.

Emily nickte. Ihre Wangen glühten. Was sollte sie mit dem Mann im Schrank anfangen? Sie konnte von den Kindern nicht verlangen, dass sie seinetwegen logen. Noch nie hatte sie ihre Schüler aufgefordert, die Unwahrheit zu sagen. Bis auf das eine Mal, als sie ihnen vor der Schulversammlung die Verlautbarung der Diözese zum Thema »Christentum heute« nicht vorgelesen hatte. Also konnte sie nur hoffen, dass Susan sich rasch mit dem Mann vom Tierschutz und dem Igel aus dem Staub machte. Dann würde sie Ray so schnell und heimlich wie möglich vom Schulgelände schaffen.

»Sie heißt Olivia Colman«, verkündete Alice, sprang auf und lief zu der Schachtel. Emilys Blick blieb an dem Kaffeebecher hängen, den Ray auf dem Tisch hatte stehen lassen. Sie schlenderte hin, um den Becher zu verstecken, bevor er Susan auffiel.

»Dürfen wir sie behalten, wenn sie wieder gesund ist?«, fragte Matthew und rannte zu den anderen Kindern, die sich um das vorübergehende Zuhause der Igeldame geschart hatten.

»Darüber haben wir doch schon geredet, Matthew. Igel fühlen sich in ihrer natürlichen Umgebung wohler. Sie sind keine Haustiere«, stellte Emily fest.

»Aber wir haben kein Klassentier mehr, richtig?«, wandte Cherry ein.

»Ich fand die Libellen toll«, ließ sich Alice vernehmen.

»Kinder, verabschiedet euch von Olivia Colman. Sie ist beim Tierschutzverein in guten Händen«, rief Emily.

»Schienen Sie ihr Bein?«, erkundigte sich Lucas, als der Mann vom Tierschutzverein nach der Schachtel griff und das Tier betrachtete. »Das wollte Ray nämlich machen.«

Emily wurde übel. Wenn sie nicht aufpasste, würde ihr gleich Jonahs thailändisches Essen von gestern wieder hochkommen. Lucas war leicht schwerhörig, aber seit er Hörgeräte hatte, klappte es mit der Verständigung viel besser. Er konnte ihre Bitte, den Sänger im Schrank nicht zu erwähnen, unmöglich verpasst haben.

»Ray ist Lucas' Onkel«, wandte Jayden rasch ein. »Er hat ihm eine Nachricht geschickt, als wir Olivia Colman im Gebüsch auf dem Pausenhof gefunden haben. Als er wissen wollte, was man für ihr Bein tun kann, hat er ›schienen‹ geantwortet. Richtig, Lucas?« Jayden versetzte seinem Mitschüler einen Rippenstoß.

Lucas wirkte ziemlich verdattert, während Jayden unter Beweis gestellt hatte, dass er ein ungewöhnlich guter Lügner war. Emily wünschte, dieser Tag möge vorübergehen, und dabei war es noch nicht einmal halb elf. Sie nahm die Kaffeetasse und stellte sie außer Sichtweite aufs Fensterbrett.

»Singt dein Onkel Ray gerne, Lucas?«, stichelte Rashid.

»Sie war nicht im Gebüsch«, protestierte Charlie, »sondern im Schuppen.«

»Kinder«, unterbrach Susan. »Meiner Ansicht nach hat dieser Igel heute Vormittag genug Aufmerksamkeit bekommen. Der Mann soll ihn jetzt mitnehmen und …«

»Es ist ein Mädchen«, beharrte Frema.

»Wir müssen sie als ›Person‹ bezeichnen«, erinnerte Makenzie die anderen.

»Tschüss, Olivia Colman. Hoffentlich wird dein Bein bald wieder gesund!«, rief Cherry, als der Mann vom Tierschutzverein mit dem Igel auf die Tür zusteuerte.

»Miss Parker.« Susan musterte Emily von Kopf bis Fuß. »In all meinen Jahren im Schuldienst hat man nie von mir erwartet, dass ich mich wegen eines Igels mit dem Tierschutzverein bespreche.«

»Ach wirklich?«, entgegnete Emily. »Das wundert mich. Die Kinder interessieren sich sehr für die Wildtiere in der Stadt und haben sich wegen des kleinen Tiers Sorgen gemacht.«

»Es ist ein Igel, Miss Parker, keine seltene Kröte.«

»Wussten Sie, dass es in den fünfziger Jahren in Großbritannien dreißig Millionen Igel gab? Inzwischen sind es weniger als eine Million«, stellte Emily fest.

»Wir tragen auf einer Karte im Internet ein, wo wir Olivia Colman gefunden haben«, erklärte Nathan.

»Mit Igeln gewinnt man zu Weihnachten bei der Diözese keinen Blumentopf, Emily«, stieß Susan zähneknirschend hervor. »Sie sollten sich mit der Aufführung befassen, die wir gestern Abend erörtert haben.«

»Apropos«, begann Emily. Jetzt war der richtige Zeitpunkt gekommen, um Susan von ihrem mangelnden musikalischen Talent in Kenntnis zu setzen und ihr vorzuschlagen, die Aufgabe an jemand anderen zu übertragen. Dennis schien sich regelrecht darum zu reißen. Außerdem konnte er fehlerfrei eine Melodie pfeifen.

»Dieses Weihnachtsfest könnte die Zukunft unserer Schule maßgeblich beeinflussen, Emily. Muss ich mich noch deutlicher ausdrücken?«

Nur dass das alles andere als deutlich war. Was genau meinte sie damit? Drohte der Schule etwa Gefahr? Sie verstand, dass Mittelkürzungen unvermeidlich waren. Aber glaubte die Rektorin, dass womöglich eine Schließung bevorstand?

»Das bereitet mir Kopfschmerzen, auf die ich verzichten könnte«, raunte Susan. »Man kann nicht unbegrenzt Nurofen schlucken …« Seufzend rückte sie ihren natürlich zu engen Blouson zurecht. »Mit Beaujolais Nouveau.«

»Okay«, stieß Emily atemlos hervor. Was sollte sie sonst auch sagen? Wenn sie wollte, dass man sie nach Mr Simms' Pensionierung als Konrektorin in Erwägung zog, musste sie Eindruck bei Susan hinterlassen. Momentan war Mr Simms für längere Zeit krankgeschrieben. Schon wieder. Allmählich fragte man sich nicht mehr, *wann* er zurückkommen würde, sondern nur noch, ob überhaupt.

»In Ordnung, danke. Ich lasse Sie jetzt weiter Ihren Kaffee trinken, den Sie auf dem Fensterbrett versteckt haben, einverstanden?«

Ehe Emily sich rechtfertigen konnte – nicht dass ihr dazu etwas eingefallen wäre –, ertönte aus dem Schrank ein gewaltiges Poltern, sodass einige Kinder erschrocken aufschrien.

»Was, um alles in der Welt, war das?«, entsetzte sich Susan und marschierte auf den Schrank zu.

Plötzlich hatte Emily das Gefühl, als stürmten sämtliche Symptome eines Schlaganfalls gleichzeitig auf sie ein. Ein Prickeln in den Händen, ein taubes Gefühl im Gesicht, Enge in der Brust. Sie durfte nicht zulassen, dass Susan den Schrank öffnete und Ray entdeckte.

»Es …«, stammelte Emily, überholte Susan, lehnte sich an die Türen und verteidigte sie, als wäre sie eine Kriegerin aus grauer Vorzeit und der Schrank ihre Festung.

»Eine Schlange!«, kam Jayden ihr zu Hilfe. Sie wünschte, er hätte das nicht getan, denn der Verdacht, dass sich ein zweites Tier im Klassenzimmer aufhielt, würde Susan sicherlich nicht daran hindern, den Schrank zu öffnen. Auch der Mann vom Tierschutzverein wirkte höchst interessiert.

»Sagtest du Schlange?« Susan starrte Jayden an.

»Nein, er meinte *Stange*«, widersprach Emily. »Richtig, Jayden?« Sie nickte übertrieben nachdrücklich, ein Versuch der Gedankenübertragung wie bei einem Hypnotiseur.

»Ja«, bestätigte Jayden. »Ich habe ›Stange‹ gesagt.«

»Gestern ist mir aufgefallen, dass eine Stange locker ist. Ich wollte deswegen etwas unternehmen, aber wir waren so mit unseren Projekten beschäftigt, dass ich es vergessen habe. Doch ich hole jemanden, der sie repariert.« Emily lehnte sich mit dem Rücken an die Türen und umklammerte die Metallgriffe.

Susan verdrehte die Augen und wich zum Glück einen Schritt zurück. »Falls es ein Vermögen kostet, bitte ich Malcolm, sich die Sache einmal anzuschauen. Aber geben Sie mir bitte vor Unterrichtsschluss Bescheid, sonst verabredet er sich zum Golf.« Sie holte Luft und blickte den Mann vom Tierschutzverein an. »Kommen Sie, wir gehen, bevor noch eine artengeschützte Taube zum Kamin hereinfliegt.«

Den Körper weiterhin an die Tür gepresst, wartete Emily mit angehaltenem Atem darauf, dass ihre Vorgesetzte das Klassenzimmer verließ. Als Susan endlich weg war, atmete sie unglaublich erleichtert auf. Beim Öffnen der Schranktüren stellte sie fest, dass Ray zwei der früher an der Wand befestigten Regalbretter mit beiden Händen festhielt. Der Boden war mit Farbdosen, Pinseln, Schwämmen und Staffeleien bedeckt.

»Ich habe eine gute und eine schlechte Nachricht«, verkündete er und betrachtete sie mit ziemlich hübschen braunen Augen. »Die schlechte lautet, dass die Stange repariert werden muss. Die gute, dass Sie Ihrer Chefin offenbar die Wahrheit gesagt haben.«

KAPITEL
VIERZEHN

Breakfast Club, Camden Passage

Ray inhalierte praktisch das gewaltige englische Frühstück, das vor ihm stand. Nicht einmal das weihnachtliche Lied von Shakin' Stevens – ein Stück, das er besonders hasste – oder die winzigen Elfen, die scheinbar an Schnüren die gelb gestrichenen Fensterscheiben hinaufkletterten, konnten ihn von seiner Mahlzeit ablenken. Er war nach der Übernachtung im Schuppen der Grundschule Stretton Park noch immer durchgefroren, und außerdem hatte er einen Riesenhunger. Ein Glück, dass das Café nicht auf die Idee gekommen war, die Portion Eier mit Speck und Würstchen festlich zu dekorieren.

»Also, lass es mich zusammenfassen«, verkündete Deborah und nippte an ihrem Kaffee mit geschäumter Milch. »Seit ich mich gestern von dir verabschiedet habe, hat man dich aus deiner Wohnung geworfen. Man hat dich dabei fotografiert, wie du einen offenbar heftigen Streit mit einer Frau in einem violetten Paillettenkleid und einer Lieferantin von Deliveroo hattest. Das war übrigens heute Morgen in der *Sun*. Und …« Deborah beugte sich vor, »was hast du da gerade sonst noch gesagt?«

»Ich habe einen Igel gerettet«, teilte ihr Ray zwischen zwei Bissen Würstchen mit. Das Frühstück hier war wirklich Spitzenklasse, und er hatte schon immer gefunden, dass Eier mit Speck und Würstchen das beste Mittel gegen einen

Kater waren. Zum Teufel mit dem Cholesterin. Schließlich war seine Mutter nicht an zu viel Fett im Essen gestorben. Sie hatte nie gern gefrühstückt, was einem damals vielleicht hätte zu denken geben sollen.

»Tja«, fuhr Deborah fort. »Das hat niemand fotografiert, was ein Jammer ist, denn es wäre eine der positiven Meldungen, die du so nötig hättest. Ich kann es mir bildlich vorstellen. Du bei *Frauenzimmer*. Fotos von dir auf Endlosschleife, wie du Sonic, den irren Igel, in den Händen hältst, der zu ein bisschen gefühlvoller Musik Purzelbäume schlägt. Die britische Öffentlichkeit weiß eine aufmunternde Tiergeschichte viel mehr zu schätzen als irgendwelche Spekulationen über einen Prominenten.«

»Olivia Colman«, nuschelte er, den Mund voller Bohnen.

»Was?«

»Die Igeldame. Sie heißt Olivia Colman, nicht Sonic.«

Obdachlosigkeit und beinahe leere Taschen sorgten dafür, dass man lernte, die kleinen Dinge im Leben zu schätzen. Diesen Teller mit warmem Essen zum Beispiel. Oder dass er mit einer Klasse Zehnjähriger einen Igel gerettet hatte. Wann hatte er zuletzt Zeit für so etwas gehabt?

»Ray«, sagte Deborah leise, neigte den Kopf und versuchte, ihm tief in die Augen zu blicken. »Ich muss dich das fragen. Nimmst du Drogen?«

Er konnte sich das Lächeln nicht verkneifen, das seine Mundwinkel umspielte, und er musste sich mit einer Serviette die Sauce von den Bohnen abtupfen, bevor sie ihm in den Bart tropfte. Die Wahrheit lautete, dass es ihn noch nie so glücklich gemacht hatte, ganz normal zu sein. »Entschuldige, ich wollte nicht lachen.«

»Jetzt mal im Ernst, Ray«, sprach Deborah weiter. »So kann ich nicht arbeiten. Ich möchte dich ja nicht im Stich lassen, aber du musst einsehen, dass ich eine Familie ernähren muss, und Tuckers Hundeschule ist nicht billig.« Sie seufzte. »Außerdem muss ich auf meinen Ruf achten. Eine Agentin kann nicht uneingeschränkt Schadensbegrenzung betreiben und …«

Nun hatte sie Rays Aufmerksamkeit. Er konnte es sich nicht leisten, Deborah zu verlieren. Sie war von Anfang an dabei gewesen, seit die Castingshow den Kontakt zwischen ihnen hergestellt hatte. Ja, sie war manchmal ein bisschen spießig, aber sie verstand ihn und machte ihren Job wirklich gut. »Debs, du weißt, dass ich es ohne dich nicht schaffe.«

Mein Gott, das klang, als wäre er der letzte Waschlappen. Aber es stimmte. Er war mit der Berühmtheit nicht gut zurechtgekommen und hatte noch immer keine Ahnung, wie er damit umgehen sollte. Deborah hatte ihr Bestes getan, damit er sich einigermaßen wohl in seiner Haut fühlte. Sie hatte es ihm in kleinen Portionen schmackhaft gemacht und ihm vor Augen gehalten, dass es sich um einen Beruf wie jeden anderen handelte. Mit Erledigungslisten zum Abhaken. Sie hatte sogar die Veröffentlichung seines letzten Albums betreut, um ihn nicht zu überfordern. Kurz gesagt: Deborah hatte stets Ordnung ins Chaos gebracht. Als sie nicht sofort antwortete, schluckte er. Seine über dem Teller schwebende Gabel zitterte ein wenig. Außerdem hatte er wieder ein Kratzen im Hals. Er musste ihr von Dr. Crichton und der womöglich nötigen Operation erzählen. Wenn er krank war, würde sie doch zu ihm halten.

»Aber du hörst nicht auf mich«, hielt Deborah ihm vor. »Du nimmst meinen Rat nicht an. Du steckst den Kopf in den Sand. Oder in den Schnee, falls die Wettervorhersage für die nächste Woche stimmt.« Seufzend stellte sie ihre Kaffeetasse weg. »Ich glaube an dich. Das weißt du genau. Ich gehöre nicht zu den Agenten, die ihre Klienten mit hohlen Phrasen zuschütten. Das ist nicht mein Stil. Ich liebe deine Stücke. Ich liebe deine Stimme. Ich bin sicher, dass wir noch viel von dir hören werden. Doch du musst etwas wegen Ida unternehmen … und wegen deines Alkoholproblems.«

Ray legte sein Besteck weg. Der Appetit auf Gebratenes war ihm schlagartig vergangen. Er fühlte sich beklommen, weil er wusste, dass sie recht hatte. Die Stimme seiner Mutter hallte ihm bereits in den Ohren wider. Er griff nach seiner Teetasse, bemerkte, dass sie leer war, und setzte sie wieder ab.

»Du musst mich meine Arbeit machen lassen, Ray. Du musst mir erlauben, diesen Schlamassel aus der Welt zu schaffen.« Ihr Tonfall war todernst. »Und du musst tun, was ich dir sage.«

Zu tun, was ihm gesagt wurde, war noch nie seine Stärke gewesen. Nur dass er im Moment absolut ratlos war, was er sonst tun sollte. Es war, als rutschten Berechenbarkeit und Normalität unter ihm weg wie Treibsand.

Er nickte schicksalsergeben. »Ja.«

»Also sind wir uns einig?« Deborah klang überrascht. »Wenn du dich an meinen Plan hältst, holen wir dich aus der Grube heraus, die du dir bei Öffentlichkeit und Presse geschaufelt hast, und verpassen dir ein neues Image als Mr Saubermann.«

»Herrje, von Mr Saubermann war nie die Rede.«

»Mit diesem Bart muss etwas geschehen, Ray«, verkündete Deborah mit Nachdruck. »Ich weiß, dass die Dinger noch im Trend sind, aber er muss ordentlich gestutzt und gepflegt werden. Ich mache dir einen Termin beim Friseur.«

Unwillkürlich strich er sich mit den Fingern übers Gesicht. Der Bart war wirklich ein wenig lang geworden.

Allerdings konnte man sich wunderbar dahinter verstecken. Im letzten Jahr hatte er sämtliche Stadien der Gesichtsbehaarung durchlaufen.

»Und wenn du mir schwörst, die Höflichkeit in Person zu sein, sollten wir, glaube ich, ein Treffen mit Ida vereinbaren.«

Das Herz sackte ihm in die Kniekehlen. So als hätte es jemand im Atlantik versenkt. Er hätte ahnen müssen, dass das auf Deborahs Liste stand. Wie konnte es auch anders sein? Ida hatte ihre Lügengeschichte an die Presse verkauft. Und die wirbelte sie nun herum wie ein DJ eine seiner Platten. Das musste aufhören. Er wollte, dass es aufhörte. Allerdings machte es ihm Angst, nicht zu wissen, wie hoch der Preis dafür sein würde. Große Angst sogar. Plötzlich hatte er nur noch das Scheppern der Töpfe und Pfannen aus der Küche im Ohr. Laut. Erschlagend.

»Ray?«, hakte Deborah nach. »Ich höre keine Antwort von dir.«

»Okay«, erwiderte er rasch und schüttelte den Kopf, um die Geräusche loszuwerden. Was sollte er sonst dazu sagen?

»Okay?«, vergewisserte sich Deborah.

»Ja, okay.«

»Gut.« Deborah nippte an ihrer Tasse. »Dann müssen wir dir zuerst eine Unterkunft besorgen und deine Sachen dorthin schaffen. Ich rufe Gio an und frage ihn, wo genau er sie eingelagert hat. Ziemlich frech von ihm, wenn du mich fragst. Gibt es sonst noch etwas, das ich wissen sollte? Irgendeine Bombe, die in den nächsten Tagen platzen könnte?«

Ray dachte an die Pubs, in denen er nach dem Streit mit seinem Vater gewesen war. Soweit er sich erinnerte, war er mit niemandem aneinandergeraten. Egal, wie viel er getrunken hatte, er wusste immer, ob er sich danebenbenommen hatte. Im nächsten Moment hatte er die Grundschule Stretton Park und die Kinder mit ihren Handys vor Augen. Diese Fotos waren sicherlich kein Plus für einen Mr Saubermann. Gut, er hatte einen Igel in der Hand gehalten. Doch wenn man die Fotos unkontrolliert verbreitete, konnten die Reporter es so hindrehen, als hätte er das Tier gequält. Außerdem war er am Morgen so angespannt gewesen wie neue Gitarrensaiten. Auf den Fotos hatte er ganz sicher geschwollene, gerötete Augen.

»Ray?«, fragte Deborah. »Ich meine es ernst. Ist da etwas, das ich wissen muss? Etwas, das uns irgendwann um die Ohren fliegen könnte?«

Ray schüttelte den Kopf und bohrte die Gabel in eine Scheibe Blutwurst. »Nein, Debs. Überhaupt nichts.«

Grundschule Stretton Park

Noch nie hatte Emily sich so nach einem Gin gesehnt wie
in diesem Moment. Allerdings lebte sie seit einem Jahr abstinent und hatte den Alkohol bis jetzt auch nicht vermisst.
Vielleicht ein bisschen, wenn sie hin und wieder an Jonahs
und Allans Rotwein von Waitrose schnupperte. Es war eher
so, dass ihr die Vorstellung von Alkohol fehlte. Die Möglichkeit, etwas zu trinken, das ihre Sorgen in den Hintergrund
treten ließ und sie so entspannte, dass sie schlafen konnte. Im
Moment brauchte sie einen Schluck, um die restlichen Fest-
tagsvorbereitungen zu verdrängen. Igel. Rashid, den kleinen
Mistkerl. Die Weihnachtsaufführung.

Am Nachmittag hatte sie den Kindern alles darüber erzählt. Wie erwartet hatten sie aufgeregt die Augen aufgerissen und sich mit Ideen förmlich überschlagen. Sich als Roboter verkleiden (Felix). Ein Tribut an *Die Eiskönigin* (Cherry
und Alice). Die meisten anderen Jungen bezeichneten die
Aufführung als »krass«. Emily war so wenig auf dem Lau-
fenden, dass sie nicht wusste, ob das heutzutage »gut« oder
»schlecht« bedeutete. Außerdem hatte sie keine Ahnung, wie
sie anfangen sollte. Sie hatte keine Lust, Mr Jarvis anzurufen und ihn zu fragen, ob er fünfundsiebzig Lieder für eine
Weihnachtsshow schreiben wollte. Falls er überhaupt noch
lebte. Kurz vor seiner Pensionierung hatte er eine schwere
Lungenentzündung gehabt.

»Verdammter Mist!«, schimpfte sie, als ihr Finger unter den Nagel geriet, denn sie gerade einzuschlagen versuchte. Es tat weh und fing an zu bluten. Emily steckte den Finger in den Mund und lutschte daran. Es kotzte sie an! Kein Geld, um einen Handwerker zu bezahlen. Auf keinen Fall würde sie Susans Mann bitten, auf einen Tag auf dem Golfplatz zu verzichten, weil sie nicht in der Lage war, zwei Regalbretter anzubringen. Es waren wirklich nur zwei Regalbretter! So etwas konnte jeder, ohne gleich in der Notaufnahme zu landen.

»Hallo?«

Es war noch jemand da. Aber sie hatte doch die ganze Schule durchsucht, bevor sie sich an ihre Heimwerker-Mission gemacht hatte. Dennis war kurz nach dem Läuten abgehauen, nachdem er noch etwas von Fleisch mit Bratensauce zum Abendessen erzählt hatte. Linda Rossiter war noch eine Weile geblieben und hatte leere Pappkartons in Geschenkpapier gewickelt, um sie unter den unkonventionellen und offen gestanden ziemlich scheußlichen Weihnachtsbaum zu legen, der mit recycelten Abfällen geschmückt war. Emily bezweifelte stark, dass leere Heinz-Suppendosen, Pringles-Dosen und aufgebrauchte Packungen mit Walkers-Mürbeteiggebäck eine sehr festliche Stimmung verbreiteten. Sonst war niemand da gewesen. Wer also trieb sich hier herum?

Als sie aus dem Schrank kam, erhielt sie ihre Antwort. Mitten im Klassenzimmer stand Ray Stone. Sein Bart war zu einem Hauch von Stoppeln gestutzt, das zottige braune Haar gezähmt und hinter die Ohren gekämmt. Er trug schwarze Jeans mit Stiefeln, einen rostbraunen Pulli unter einem dicken Wintermantel und hatte zwei Werkzeugtaschen in der Hand.

»Verstecken Sie sich wieder bei den Büroklammern, Miss Parker?«, meinte er grinsend.

»Was tun Sie hier?«, flüsterte sie, als hätte Susan das Zimmer verwanzt. Vielleicht hatte sie das ja wirklich getan. Als die Zeiten noch besser gewesen waren, hatte man überlegt, ob jede Klasse ihren eigenen Amazon Echo Dot bekommen sollte.

»Sie bluten ja«, stellte Ray fest, ließ die Taschen fallen und eilte auf sie zu. »Haben Sie einen Verbandskasten da?«

»Nein«, erwiderte Emily. »Das heißt, doch. Aber es ist nichts.« Igitt. Ein wenig Blut war auf ihren Rock getropft, und der musste von Hand gewaschen werden. Das galt für alle Vintage-Klamotten, wenn man verhindern wollte, dass sie nur noch einem sechs Monate alten Baby passten.

»Lassen Sie mich mal sehen.«

Als er nach ihrer Hand griff, spürte sie, wie es in ihr bei der bloßen Vorstellung, er könne ihre Haut berühren, zu kribbeln begann. Offenbar hatte sie den Verstand verloren. Sicher war es eine Reaktion darauf, dass sie sich in einem beengten Raum befand, um Regale zu reparieren. Rasch schob sie wieder den Finger in den Mund. Das Blut schmeckte zwar metallisch und ein wenig widerlich, aber wenn sie fest genug lutschte, würde es bestimmt aufhören zu fließen.

»Sie sollten nicht hier sein.« Da sie die Worte mit dem Finger im Mund aussprach, klang sie nicht so bestimmt wie beabsichtigt. Also zog sie den Finger heraus, ehe sie fortfuhr. »Dazu braucht man ein polizeiliches Führungszeugnis.«

»Ich habe eines«, entgegnete er.

Er roch nicht mehr nach Alkohol und Knete, sondern nach irgendeinem Duschgel und einem Hauch Givenchy.

»Ich habe Musikworkshops mit Schulkindern geleitet. Älter als Ihre. Sie standen eher auf Sachen von Drake als auf meine Lieder und eindeutig nicht auf ›Baby Shark‹.«

Emily konnte sich ein Grinsen nicht verkneifen. Das

Baby-Shark-Lied hatte sie im letzten Jahr auf Schritt und Tritt verfolgt.

»Kommen Sie«, sagte Ray. »Lassen Sie mich die Regale festmachen.«

Emilys Argwohn wuchs. Was hatte ein Popstar, wie ein Hausmeister mit Werkzeug bewaffnet, in ihrem Klassenzimmer verloren?

»Was ist los?«, fragte sie und schwenkte ihren Finger, um den Speichel zu trocknen. »Wirken Sie in einer neuen Realityshow im Fernsehen mit?« Vielleicht steckte ja auch Susan Clark dahinter. Es war ihr durchaus zuzutrauen, dass sie so etwas arrangierte, um Munition gegen Emily zu sammeln. Zuerst der Superstar im Schuppen. Und nun war er zurück, und zwar in voller Montur, es fehlte nur der Blaumann. Welche Tricks hatte die Rektorin sonst noch auf Lager?

»Ich habe die Regale heruntergestoßen, also muss ich sie auch wieder anbringen. Mehr ist nicht dabei.«

»Ich glaube Ihnen kein Wort«, entgegnete Emily.

»Da können Sie sich mit der gesamten britischen Presse zusammentun«, seufzte Ray. Dann lächelte er. »Aber ich habe gelernt, mich davon nicht beeindrucken zu lassen. Also, sperren Sie mich wieder in den Schrank, Emily.«

»Ich bin ausgezeichnet allein zurechtgekommen, falls Sie das interessiert.« Sie zog die Nase hoch und beobachtete, wie ihr ein Blutstropfen den Zeigefinger hinunterrann.

»Wirklich?« Er kletterte in den Schrank. »Wollen Sie die Regale etwa mit Nägeln befestigen?«

»Wie sonst?«

»Ist noch was von dem Kaffeepulver da?«, erkundigte er sich. »Denn ich bin sicher, dass ich diese Regale stabiler anbringen kann als je zuvor, während Sie Kaffee für uns kochen.«

Sie schluckte. Was sollte sie tun? Die unerwartete Hilfe annehmen oder ihn wieder wegschicken? Hatte er wirklich kein Vorstrafenregister? Spielte das überhaupt eine Rolle, solange sich keine Kinder im Gebäude aufhielten?

»Aber tun Sie mir einen Gefallen«, fügte Ray hinzu. »Kleben Sie ein Pflaster auf die Wunde, bevor Sie den Kaffee machen. Sonst landet etwas davon noch in meiner Tasse.«

KAPITEL
SECHZEHN

Die Sache mit den Regalen war schwieriger, als Ray gedacht hatte. Sobald er versuchte, etwas an den Innenwänden des Schranks zu befestigen, bröckelten sie ab. Gerade mühte er sich mit einer Kombination aus Papiertaschentüchern, Dübeln und Blu-Tack-Klebemasse ab, als plötzlich Weihnachtsmusik aus Emilys Telefon dudelte.

»Wir haben noch November«, rief er.

»Was?«, übertönte Emily die Klänge von »Do They Know It's Christmas«.

»Sie müssen nicht auch noch Weihnachtsmusik abspielen, nur weil alle Läden und Cafés es tun.«

Plötzlich wurde die Musik leiser, und er hörte, wie sich Emilys Schritte auf dem Linoleumboden näherten. Als sie vor ihm auftauchte, wandte er leicht den Kopf und drückte dabei eine Schraube in die krümelige Wand.

»Ich bin auf der Suche nach Inspiration, wenn Sie es unbedingt wissen wollen.«

»Spielen Sie Xylofon?«

»Es ist ein Glockenspiel.«

Ihre Miene blieb dabei so ernst, dass er nicht sicher war, ob das ein Scherz gewesen sein sollte. Dann seufzte sie auf. Er versetzte der Schraube einen letzten Schubs.

»Ich bin in diesem Jahr für die Weihnachtsaufführung zuständig«, erklärte sie.

»Ach wirklich?«, erwiderte Ray und richtete die halb

angebrachte Stange aus. »Wird es ein Krippenspiel mit Geschirrtüchern und Eselskostümen und so weiter?«

»Ich wünschte, es wäre so einfach«, antwortete Emily. Sie nahm sich einen hohen Hocker aus der Zimmerecke und kletterte darauf.

»In meiner Schulzeit musste ich immer den Herbergswirt spielen«, fuhr Ray fort. »Ich war der Größte, und das bedeutete offenbar, dass mir die Rolle auf den Leib geschneidert war.« Er schmunzelte. »Ich habe nirgendwo in der Bibel einen Hinweis darauf entdeckt, dass der Wirt über eins neunzig war.«

»Tja«, sagte Emily. »In diesem Jahr verlangt Mrs Clark eine Aufführung, die alles andere in den Schatten stellt.« Sie schnaufte und streckte die Hände weit aus, um die Mobiles an der Decke zurechtzurücken. »Vermutlich würde sie Luftsprünge machen, wenn ich Hugh Jackman dafür gewinnen könnte.«

»Dann wollen wir mal hoffen, dass mit seinem polizeilichen Führungszeugnis alles in Ordnung ist«, frotzelte Ray.

»Oh!«, rief Emily aus. »Verzeihung. Jetzt bin ich wohl richtig ins Fettnäpfchen getreten!«

Inzwischen hatte sie die Hände vors Gesicht geschlagen und wirkte ziemlich verlegen. Wieder fiel ihm auf, wie attraktiv sie war. Ray griff zur nächsten Schraube. »Das war nur ein Witz«, beschwichtigte er. »Ich bin sicher, dass Hugh Jackman eine weiße Weste hat.«

»Bestimmt. Aber ich habe gerade angedeutet, dass er ein berühmter Sänger ist, und dabei sind *Sie* auch ein berühmter Sänger ...«

»Ein Sänger im Schrank«, witzelte Ray. »Der Ihre Regale repariert, weil er sie zwischen einem Hausfriedensbruch und einer Tierrettung heruntergestoßen hat.« Er nahm den

Schraubenzieher. »Außerdem verfolgen Sie sicher die Nachrichten. Momentan möchte niemand, dass ich irgendwo auftrete. Tja, mit Ausnahme von *Frauenzimmer* vielleicht, wo man das Gerippe meiner verflossenen Beziehung benagen wird wie einen von Weihnachten übrig gebliebenen Truthahn.« Warum erzählte er ihr das alles? Weil er irgendwie ansprechen musste, dass die Kinder ihn mit dem Mobiltelefon fotografiert hatten.

»Solche Shows schaue ich mir nicht an. Und auf dem Handy lese ich eigentlich nur die BBC-Nachrichten. Allerdings sollte ich dringend die Alerts abschalten, denn sonst hört man mitten im Unterricht einen dramatischen Alarm, selbst dann, wenn ich das Telefon auf stumm schalte.« Inzwischen stand sie auf Zehenspitzen auf dem Hocker, der nicht unbedingt einen stabilen Eindruck machte.

»Hat die App die Berichte über mich angekündigt?«, fragte Ray.

»Hätte sie das tun sollen?«

Seufzend widmete er sich wieder seiner Aufgabe und ließ seine Wut am Schraubenzieher aus. »Einige Leute scheinen diese Meldungen für das Wichtigste auf der Welt zu halten.«

»Manche Leute sind eben bescheuert«, verkündete Emily.

Als er zu ihr hinaufblickte, lächelte sie ihn an.

»Tut mir leid«, fügte sie hinzu. »Meinen Schülern predige ich immer, sie müssten tolerant sein und alle Menschen gleich behandeln und dürften keine vorschnellen Urteile fällen. Es gibt so viele Missverständnisse auf der Welt, so viele vorgefasste Meinungen, angefangen bei der Politik bis hin zu der Tanzshow *Strictly Come Dancing*. Ich möchte, dass meine sechste Klasse selbst denkt und ihren eigenen Weg geht.« Sie lächelte wieder. »Aber verraten Sie das bloß nicht Mrs Clark. Ihr ist es vermutlich lieber, wenn die Kinder sich einfach, und ohne lange zu überlegen, an die Vorschriften halten. Was schwierig sein kann, wenn man zehn Jahre alt und neugierig auf die Welt ist.«

Offenbar war sie ziemlich lebhaft. Angesichts des wackeligen Hockers zum Glück nicht in ihren Bewegungen, doch in ihrer Art zu sprechen. Wenn sie von der Klasse voller einzigartiger Personen redete, die er am Vormittag kennengelernt hatte, leuchteten ihre Augen. Die Kinder schienen ihr wirklich etwas zu bedeuten. Er konnte sich nicht erinnern, dass sich eine seiner Lehrerinnen so verhalten hätte. Außerdem gehörte bei Miss Parker noch eine sinnliche Ausstrahlung zum Gesamtpaket, von der sie, und darauf wäre er jede Wette eingegangen, nichts ahnte.

»Die Kinder haben Sie gern«, stellte Ray fest, schob das Brett zurück an seinen Platz und griff nach der Wasserwaage.

»Nun, ich glaube nicht, dass das auf alle zutrifft. Jedenfalls ist es meine Aufgabe, dafür zu sorgen, dass sie sich nach Kräften anstrengen. Und manche strengen sich eben mehr an als andere, um es einmal so auszudrücken.«

»Sie hören Ihnen zu«, fuhr Ray fort, wich zurück und musterte das Bläschen im Sichtfenster der Wasserwaage. »Heutzutage hören immer weniger Leute zu.« Die Presse zum Beispiel. Sein Dad. Hatte seine Mum ihm so aufmerksam zugehört, wie er es sich gewünscht hätte? Oder war sie betrunkener gewesen, als er es hatte wahrhaben wollen?

»Da kann ich Ihnen nicht widersprechen. Mein Mitbewohner – oder besser gesagt mein Exmitbewohner – hört nie zu, wenn ein Einwand seinen hochfliegenden Plänen im Wege steht. Und meine Mutter nimmt einen normalerweise gar nicht zur Kenntnis, geschweige denn, dass sie einem zuhören würde.«

»Ach, die liebe Familie.«

»Ja«, stimmte Emily zu. »Man hat mit ihr mehr Ärger, als sie es wert ist. Aber sagen Sie das nicht den Kindern weiter. Nicht dass Sie sie wiedersehen werden … Hoppla!«

Als Ray den Blick von den Regalen abwandte, stellte er fest, dass der Stuhl zu wackeln angefangen hatte. Emily schwankte hin und her und versuchte, das Gleichgewicht zu halten. Sofort war er zur Stelle. Er sprang aus dem Schrank und erreichte sie gerade noch rechtzeitig, als der Hocker schließlich in sich zusammenbrach und Emily zu Boden taumelte. Er fing sie aus der Luft auf und hielt sie in den Armen.

»Ach, herrje … Keine Ahnung, was da passiert ist«, keuchte Emily. Vor Schreck war sie ein wenig heiser, und sie zitterte leicht.

»Sie haben auf einem Hocker, der schon bessere Zeiten gesehen hat, auf den Zehenspitzen gestanden.« Als sie ihn ansah, schluckte er. »Sie hätten sich schwer verletzen können.« Sie an sich zu drücken löste in ihm merkwürdige Gefühle aus. Am liebsten hätte er ihr die kastanienbraunen Ponyfransen aus der Stirn gestrichen, die beinahe in ihre wunderschönen Augen fielen.

»Wir haben nicht das Geld für … große, stabile …«, stammelte Emily.

Sein Herz klopfte, und er wartete darauf, wie der Satz weitergehen würde.

»Leitern«, sagte Emily schließlich. Sie entzog sich seinen Armen und klopfte die Hände aneinander, wie Briten es tun, wenn ihre Handflächen unmöglich staubig sein können, sie aber dringend ihre Verlegenheit überspielen wollen.

»Nun.« Ray drehte sich wieder zu seinem Werk um. »Diese Regale werden sich in nächster Zeit nicht von der Stelle rühren.« Sie trat neben ihn. »Sie wissen schon, falls Sie noch einmal irgendwelche Männer verstecken müssen.«

»Oh … tja … offen gestanden war heute Morgen Premiere.«

Inzwischen war sie rot angelaufen. Das war niedlich und außerdem unbeschreiblich sexy. Er räusperte sich. Ihre Hand zu halten hatte in ihm eindeutig etwas ausgelöst. »Hören Sie, Emily. Ich möchte Sie nicht anlügen. Dass die Medien sich auf mich eingeschossen haben, bereitet mir momentan große Probleme. Meine Agentin betreibt so gut wie möglich Schadensbegrenzung, aber sie kann auch nicht hexen, wenn Sie verstehen, was ich meine.«

»Ich glaube schon. Sie kann sich zwar bemühen, allerdings keine Wunder vollbringen?«

»Genau«, erwiderte Ray. »Und deshalb brauche ich Gewissheit, dass keines der Fotos, die die Kinder heute Morgen von mir gemacht haben, im Internet landet.«

»Oh, ich verstehe.«

»Damit möchte ich ihnen nicht unterstellen, dass sie so etwas tun würden, doch derzeit scheint sich die ganze Welt gegen mich verschworen zu haben.« Er hob die Hände, wohl wissend, dass er sich wie ein Almosenempfänger benahm. »Ich möchte nicht, dass Sie Mitleid mit mir bekommen.« Na ja, ein bisschen schon. Es ging ihm schrecklich gegen den Strich, um etwas bitten zu müssen. »Okay, meine Agentin will nicht, dass irgendwo eine Bombe platzt, während sie versucht …«

»In Captain Marvels Fußstapfen zu treten«, beendete Emily den Satz.

»Richtig«, stimmte Ray zu.

»Ich verstehe«, antwortete sie mit einem kurzen Nicken. »Gleich morgen spreche ich mit den Kindern und fordere sie auf, sämtliche Fotos zu löschen.«

Mehr konnte er nicht erwarten. Was hatte er denn

gedacht? Dass sie die Kinder zu Hause besuchen, ihre Handys beschlagnahmen und ihre Snapchat-Verläufe kontrollieren würde? »Danke«, sagte er aufrichtig.

»Nein, ich muss mich bei Ihnen bedanken«, protestierte Emily. »Dafür, dass Sie mich aufgefangen und dass Sie die Regale repariert haben.« Sie lächelte. »So ungern ich es auch zugebe, allein hätte ich es vermutlich nicht geschafft. Wenn ich eine gute Heimwerkerin wäre, würde ich nämlich jetzt meine Heizung in Ordnung bringen.« Sie schüttelte den Kopf. »Vermutlich werde ich beim Nachhausekommen feststellen, dass es entweder so kalt ist wie in Sibirien oder so glühend heiß wie im Death Valley.«

»Ist Ihre Heizung immer noch kaputt?«, erkundigte sich Ray.

»Ja, offenbar. Genau zum richtigen Zeitpunkt, wenn Weihnachten vor der Tür steht, der Mitbewohner auszieht und ich mich um diese Schulaufführung kümmern muss.« Sie seufzte auf. »Aber das sind Erste-Welt-Probleme. Ich werde schon eine Lösung finden.« Sie begann damit, die Stühle auf die Tische zu stellen und aufzuräumen.

»Nun«, meinte er. Was tat er da? Was wollte er sagen? Er hatte keine Zeit für so etwas. »Ich könnte mal einen Blick drauf werfen, wenn Sie wollen.«

»Oh. Schon gut«, erwiderte Emily wie aus der Pistole geschossen. »Ich überstehe das. Zusätzliche Pullis, wenn ich friere, und ansonsten Bikinioberteile. Außerdem werde ich versuchen, meinen verschollenen Vermieter aufzuspüren.«

»Es ist mein Ernst.« Ray ertappte sich dabei, dass er sie weiter bekniete. »Mein Dad war Heizungsbauer, bevor er in Rente gegangen ist. Ich weiß fast alles, was man wissen muss. Natürlich ohne die nötigen Abschlüsse, doch ich schwöre, dass ich Ihre Wohnung nicht in die Luft sprengen werde.«

»Das ist schrecklich nett von Ihnen, aber …«

Verschwinde, Ray. Du hast die Regalbretter angeschraubt. Du hast sie auf die Fotos angesprochen. Du hast keinen Grund, ihr sonst irgendwelche Angebote zu machen. Auch wenn es ein wundervolles Gefühl war, sie in den Armen zu halten, willst du keine feste Beziehung. Hinzu kommt, dass Emily nett ist. Zu nett für jemanden wie dich. Er hatte eine fremde Stimme im Ohr, die musste er zum Verstummen bringen. Ganz schnell.

»Hören Sie, was wäre ich für ein Mann, wenn ich mich mit all diesen Werkzeugen aus dem Staub machen würde, obwohl ich weiß, dass sie noch gebraucht werden?« Er schwenkte eine der mitgebrachten Taschen aus Gios Lagerraum, den Deborah für ihn ausfindig gemacht hatte.

»Ich weiß nicht so recht.«

Offenbar war sie ein wenig verlegen. So als drängte er sich ihr auf. Warum tat er das? Ganz sicher lag es nur daran, dass er dringend eine Ablenkung brauchte. Er musste sich heute Abend mit etwas beschäftigen, anstatt in das nächste Pub zu gehen und dort auf die Nachricht zu warten, dass er eine neue Wohnung hatte – während er *nicht* in den sozialen Medien blätterte und auch *nicht* auf die tadelnden Blicke der übrigen Gäste achtete.

»Wissen Sie, Sie würden mir einen Gefallen tun«, gab er zu. Nun war er es, der sich beklommen fühlte. »Ich habe keine Ahnung, was ich heute Abend mit mir anfangen soll, während ich auf eine Nachricht von meiner Agentin warte. Die Sache mit Ihrer Heizung weckt den nicht ausgelasteten Handwerker in mir. Wenn ich jetzt gehe, werde ich an nichts anderes denken können als an Ihr Heizungsproblem. Und dann erwischen mich die Paparazzi mit gerunzelter Stirn, und morgen gibt es dann neue Schlagzeilen …« Er malte mit den Zeigefingern Anführungsstriche in die Luft. »*Stone am*

Ende. Und dabei würde es sich um nichts anderes handeln als um ein Foto von mir, wie ich über Ihre Heizung nachgrüble. Wenn Sie sich nicht von mir helfen lassen, wird das mit der schlechten Presse niemals aufhören.«

»Okay«, meinte Emily. Ein Lächeln spielte um ihre Lippen.

»Gott sei Dank«, erwiderte Ray.

»Aber wenn es Ihnen gelingt, die Heizung zu reparieren, möchte ich Sie dafür bezahlen.«

»Im Ernst?«, fragte Ray. »Ich kriege für den ganzen Spaß auch noch Geld?«

»Ich packe meine Sachen zusammen«, antwortete Emily.

KAPITEL
SIEBZEHN

Islington

Emily hatte keine Ahnung, welcher Teufel sie geritten hatte. Es war, als hätte sich diese Woche in die Folge einer Seifenoper verwandelt, und jemand anderes würde über ihr Leben bestimmen. Warum war sie damit einverstanden gewesen, dass Ray Stone, ein weltweit bekannter Prominenter, ihre Wohnung betrat, um nach der Heizung zu schauen? Und, apropos, warum hatte er es eigentlich vorgeschlagen? Gut, er hatte gesagt, er brauche eine Ablenkung von den Problemen in seinem Leben, die es beinahe in den BBC-News-Alert geschafft hätten. Doch einem Menschen mit seinen Beziehungen standen doch sicherlich andere Möglichkeiten offen, als an ihrem Thermostat herumzuschrauben. Was trieben Prominente eigentlich, wenn sie nicht mit Prominentsein beschäftigt waren? Gab es ab einem bestimmten Punkt überhaupt eine Chance, das Dasein als Star hinter sich zu lassen? Falls man die Fahrt mit der U-Bahn als Richtschnur nehmen konnte, hatte sie ihre Antwort bereits.

»Es tut mir leid«, sagte Ray, als sie aus dem U-Bahnhof in die Eiseskälte hinausstürmten.

»Schon gut.«

Es war überhaupt nicht gut. Emily hatte mit ihm gefühlt. Die anderen Fahrgäste hatten ihre Handys gezückt und ihn fotografiert, als sie in einem voll besetzten Waggon von Stretton Park in Richtung Angel ratterten. Anfangs hatten sie noch darauf geachtet, dass er es nicht bemerkte. Geschickt positionierte Kameras und heimliche Blicke. Bald jedoch hatte das keinen mehr interessiert. Sobald das Geknipse anfing, war Ray schlagartig verstummt. Wortlos hatte er sich zur Seite gedreht und sich an die Stange über seinem Kopf geklammert. Ohne mit Emily oder den Leuten zu sprechen, die seine Privatsphäre missachteten. Emily ärgerte sich über das Benehmen der britischen Öffentlichkeit. Sah so Rays Leben aus? Konnte er nicht einmal mit der U-Bahn fahren, ohne von jemandem fotografiert zu werden?

»Es lag nicht daran, dass ich nicht weiter mit Ihnen über Weihnachten reden wollte. Ich wollte nur verhindern, dass die Leute Fotos von Ihnen machen … mit mir. Momentan ist es besser, sich nicht mit mir blicken zu lassen. Und wenn Ihre Rektorin Sie schikaniert, wie Sie es vor drei Haltestellen angedeutet haben, wird sich Ihre Lage durch mich nicht verbessern.«

»Vielleicht doch«, wandte Emily ein. Als sie um die Ecke bogen und Emily, quer durch Canonbury, voran zu ihrer Wohnung ging, stand ihr der Atem wie eine Wolke vor dem Gesicht. »Sofern Sie meine Heizung reparieren. Denn die ständigen Temperaturschwankungen wirken sich auf meine Stimmung aus. Eine Minute bin ich Mary Poppins und in der nächsten Tywin aus *Game of Thrones*.«

»Mist.« Ray atmete aus und lachte kehlig auf.

»Mir war nicht klar, dass es so schlimm ist«, fuhr Emily fort, während sie an eleganten Reihenhäusern und von schmiedeeisernen Zäunen eingefassten Grünanlagen vorbeimarschierten.

»Schlimm?«, meinte Ray. »Das war normaler Alltag. Richtig schlimm wird es, wenn die Paparazzi einem auf den Fersen sind. Die können gnadenlos und blutrünstig sein, und es ist ihnen völlig egal, wie sie an ihre Story kommen.« Er lächelte ihr zu. »Jeder will berühmt werden, oder? Glanz und Glamour und Einladungen zu Veranstaltungen mit rotem Teppich.«

»Und so ist es nicht?«

»Anfangs schon. Wenn alles neu und frisch ist und wenn man selbst noch vor Tatendrang strotzt, anstatt es sattzuhaben, ständig nett zu allen zu sein, obwohl sie einem wieder und wieder dieselben Fragen stellen.« Ziemlich erbost schwenkte er die beiden Werkzeugtaschen in seinen Händen. »Herrje, ich klinge wie der undankbarste Mistkerl der Welt.«

»Jeder hat Dinge in seinem Leben, die er gerne ändern möchte. Aber es muss doch auch schöne Seiten haben, Musiker zu sein. Ansonsten würden Sie ja damit aufhören.«

»Was möchten Sie an Ihrem Leben verändern, Emily?«

Die Frage kam völlig überraschend. Sie hatte nichts dagegen, sich von seinem Leben erzählen zu lassen, das so spannend und abwechslungsreich zu sein schien. Es bestand nicht daraus, weihnachtlich verpackte Schuhkartons nach Bulgarien zu schicken oder Rangeleien bei der Essensausgabe zu verhindern.

»Im Moment wäre ich mit einem Klimawandel in meiner Wohnung mehr als zufrieden«, erwiderte sie ausweichend. Was hatte sie schon groß zu berichten? Dass sie ihre Eltern nicht verstand und dass die Liebe ihres Lebens tot war? Der absolute Stimmungskiller. Und dabei fühlte sie sich seltsam ausgelassen. So als hätte sie lange auf ein bisschen Abwechslung vom Alltag gewartet.

»Das müsste innerhalb einer Stunde erledigt sein«, antwortete Ray. »Und was kommt dann? Sind Sie scharf auf den Job Ihrer Rektorin? Hat sie deshalb was gegen Sie?«

Rasch schüttelte Emily den Kopf und wurde ein wenig langsamer, um die Straße zu überqueren. Hier herrschte bereits Weihnachtsstimmung. An den Traufen einiger Häuser funkelten bunte Lichterketten und Rentiere, und die großen Fenster waren mit Girlanden geschmückt. Auf den Fensterbrettern sammelten sich die ersten Weihnachtskarten. Die Familien mit Kindern standen schon in den Startlöchern, die Kinderlosen würden in etwa einer Woche aufholen. Wenn ihre dreiunddreißig Schüler nicht gewesen wären, hätte sie sich vielleicht auch nicht so viel Mühe gegeben.

»Zu Anfang ihrer beruflichen Laufbahn wollen die meisten Lehrer Rektor werden. Das ist, als würde man sich zum Geschäftsführer hocharbeiten.« Sie seufzte auf. »Allerdings habe ich genau das getan, was ich als Lehrerin unbedingt hätte vermeiden sollen. Ich habe zugelassen, dass Stretton Park mir ans Herz wächst.« Sie lächelte ihm zu und ging voran zur anderen Straßenseite. »Meine Sechstklässler kenne ich seit ihrem ersten Schultag. Natürlich nicht alle. Einige sind erst später hinzugekommen. Aber Jayden, Frema, Felix, Angelica und Alice sind schon so lange Teil meines Alltags.« Sie spürte, wie sie trotz der Kälte errötete. »Das klingt albern und sentimental, oder? Außerdem weiß ich, dass sie im Juli auf eine weiterführende Schule gehen werden, aber ...« Sie holte Luft. »Ich fühle mich in Stretton Park wohl.«

»Also wollen Sie Ihrer Rektorin doch den Job wegschnappen.« Ray grinste spöttisch.

Wieder schüttelte Emily den Kopf. »Nein. Normalerweise wird man an der Schule, wo man arbeitet, nicht in eine Leitungsposition befördert. Außerdem hat Susan noch einige Jahre bis zur Pensionierung. Ich sollte Erfahrungen an einer anderen Schule sammeln, um meinen Horizont zu erweitern. Allerdings ...« Sie verstummte, denn sie war nicht sicher, ob sie das tatsächlich in Rays Gegenwart aussprechen oder es sich überhaupt selbst eingestehen wollte.

»Allerdings …«, hakte Ray nach.

»Ich bin noch nicht bereit für einen Neuanfang.« Ein erneuter Seufzer. »Am liebsten wäre mir die Stelle der Konrektorin in Stretton Park, bis ich so weit bin.«

»Haben Sie sich beworben?«, erkundigte sich Ray.

»Nein«, antwortete Emily. »Die Stelle ist noch nicht mal ausgeschrieben. Außerdem redet Susan pausenlos davon, Mittel zu kürzen oder ganz zu streichen. Vermutlich wird sie behaupten, dass wir keine Konrektorin brauchen. Oder sie gibt den Posten Linda Rossiter als eine Art ehrenamtliche Beförderung. Linda Rossiter gehört nämlich zu den Leuten, die auf eine Gehaltserhöhung verzichten und sich vor Dankbarkeit überschlagen würden.«

»Und ich dachte immer, *ich* hätte Probleme«, sagte Ray.

Emily lachte. »Ich kann es kaum erwarten, Ihnen meine Heizung zu zeigen.« Was redete sie da? Das klang ja fast wie der alte Spruch mit der Briefmarkensammlung, und dabei hatte sie es wirklich nicht so gemeint. Das Ganze war wirklich keine gute Idee. Warum hatte sie ihre Mutter bei ihrem Anruf vorhin nicht um ein paar hundert Pfund gebeten? Das entsprach etwa einer Getränkerunde im Club ihres Vaters. Nein, dazu hätte schon der Totalbankrott drohen müssen. Und selbst dann hätte sie ihren Wocheneinkauf lieber mit Crowdfunding finanziert, als ihre Eltern darauf anzusprechen. Außerdem war für die Heizung doch ihr Vermieter zuständig!

»Ihre Heizung wird nicht wissen, wie ihr geschieht«, antwortete Ray mit einem Zwinkern.

Während Emily die Tür aufschloss, ließ Ray vom Treppenabsatz aus den Blick über die Straße schweifen. Es war ein hübsches Viertel. Nicht zu weit vom Stadtzentrum entfernt, aber trotzdem ruhig mit von Bäumen gesäumten Straßen und einem großen Park auf der gegenüberliegenden Straßenseite. Im Sommer strotzten die momentan kahlen Äste sicherlich von grünem Laub, und der eiskalte Park, den sie gerade durchquert hatten, verwandelte sich in eine Oase für Menschen mit Picknickkörben und Büroangestellte in der Mittagspause. Ein himmelweiter Unterschied zur New North Road, aber auch zu dem Haus, das Gio gehörte. Dort versperrte ein hohes Metalltor den Blick auf das pflegeleicht gepflasterte Grundstück. Er hatte nie etwas an dieser Wohnung verändert und nicht einmal Fotos oder andere persönliche Dinge aufgestellt. Weil er nur zur Miete gewohnt hatte? Oder weil es kein richtiges Zuhause gewesen war? Er hatte bereits den Verdacht, dass sich hinter Emilys Wohnungstür ein ausgesprochen gemütliches Heim verbarg.

»Überraschung!«

Als Emily aufschrie, ließ Ray automatisch die Werkzeugtaschen fallen und stellte sich schützend vor sie. Andy Williams begann »It's The Most Wonderful Time Of The Year« zu singen, und überall explodierten Knallbonbons, sodass Papierfetzen ihn im Gesicht trafen. Plötzlich wurde es sehr eng im Flur, denn zwei Männer stürmten aus der Wohnung, die offenbar eine Überraschung für Emily vorbereitet hatten. Hatte sie nicht vorhin einen ehemaligen Mitbewohner erwähnt?

»Verdammt! Das ist ja Ray Stone! Jonah, hast du das gesehen? Ach, du Scheiße, Emily hat Ray Stone mitgebracht.«

Ray hielt dem rotblonden Mann, der etwa so groß war wie er, die Hand hin. »Hi, ich bin Ray, ach, du Scheiße, Stone. Nett, Sie kennenzulernen.«

»Sorry«, erwiderte der Mann, während seine Wangen

beinahe die Farbe seines Haars annahmen. »Ich wollte nicht unhöflich sein. Es ist nur eine große Sache, dass Emily überhaupt einen Mann mitbringt, und Sie sind …«

»… hier, um die Heizung zu reparieren«, beendete Ray den Satz.

»Jonah. Allan. Was macht ihr hier?« Emily hatte noch immer die Hand vor die Brust geschlagen.

»Nicht so wichtig«, antwortete Jonah. »Viel spannender ist, wie du Ray Stone aus dem Hut gezaubert hast.«

Emily drehte sich zu Ray um. »Ich muss mich wirklich für meinen ehemaligen Mitbewohner entschuldigen und überlege ernsthaft, ob ich ihm den Schlüssel abnehmen soll. Das sind Jonah und sein Lebensgefährte Allan.«

»Hallo«, meinte Ray und hob seine Werkzeugtaschen auf.

»Es ist Wahnsinn, Sie kennenzulernen«, verkündete Allan. »Sind Sie es wirklich? Darf ich nachschauen? Wäre es okay, Sie in den Arm zu kneifen?«

»Mein Gott, Allan.« Jonah verdrehte die Augen. »Hast du vergessen, dass du schon vergeben bist?«

»Es tut mir so leid«, beteuerte Emily. »Sonst sind sie ganz normale Menschen. Keine Ahnung, was in sie gefahren ist und was sie in meiner Wohnung wollen. Und dass auch noch …« Die Musik wechselte zu »Rocking Around the Christmas Tree«. »… Musik von Brenda Lee an ist und sie mit Sachen herumspielen, die eigentlich erst für Weihnachten bestimmt sind.« Sie pflückte Allan ein Stückchen Knallbonbon aus dem Haar.

»Allan hat gute Neuigkeiten in Sachen Job. Also haben wir zur Feier des Tages etwas Leckeres zu essen eingekauft und wollen mit dir anstoßen.« Jonah strahlte übers ganze Gesicht.

»Und was ist mit *deinem* Job, Jonah? Hast du den etwa verloren?« Emily schaute auf die Uhr. »Denn die meisten Hotelrestaurants verlangen, dass ihr Küchenchef um diese Zeit auf der Matte steht und tut, was Küchenchefs eben so tun.«

»Ich habe ein paar Tage frei, bevor der Weihnachtswahnsinn so richtig anfängt«, erwiderte Jonah.

»Tja«, sagte Emily und schob sich an ihnen vorbei. »Ihr solltet diese Zeit für etwas Sinnvolles nutzen. Vielleicht für ein verlängertes Wochenende in Brighton, anstatt euch mit mir zu beschäftigen.« Mit geröteten Wangen wandte sie sich an Ray. »Die Heizung ist dahinten, aber falls Sie beschlossen haben, Ihr Werkzeug zu nehmen und die Flucht zu ergreifen, könnte ich Ihnen das nicht verübeln.«

»Ich wäre schon ein wenig verärgert«, meinte Allan, als Ray Emily in die Wohnung folgte. Ray betrachtete die großen Fenster und die heimelige Möblierung. *Kuschelig. Einladend. Ein richtiges Zuhause.*

»Könnten Sie den Refrain von ›Loved By You‹ singen?« Allan kicherte. »Nur ein paar Zeilen würden genügen.«

»Nein, kann er nicht«, zischte Emily, als sie in der Küche standen. »Ich bitte dich ja auch nicht, mir juristische Texte vorzutragen, wenn du mich besuchst. Ebenso wenig, wie ich beabsichtige, zu deiner Unterhaltung meine letzte Unterrichtsstunde wiederzugeben. Und von Jonah verlange ich nicht, dass er kocht.« Sie verstummte und drehte sich um. Ray beobachtete, wie die beiden Männer sich in die nicht sonderlich geräumige Küche zwängten. »Gut, der letzte Vergleich hinkt«, gab Emily zu. Sie seufzte. »Warum macht ihr zwei nicht eine Flasche Wein auf, sofern ihr welchen mitgebracht habt? Ich bin gleich wieder da.«

»Oh, unser geselliger Abend findet nicht im Wohnzimmer statt«, teilte Allan ihr mit. »Wir haben auf der Dachterrasse gedeckt.«

»Die Terrassenstrahler sind eingeschaltet, der Tisch ist bereit, die Lämpchen leuchten, und jeden Moment wird uns die Zeitschaltuhr davon in Kenntnis setzen, dass die erste Runde warmer Häppchen fertig ist.« Jonah lächelte. »Ich habe nicht alle selbst gemacht. Einen Teil haben wir tiefgefroren im Supermarkt besorgt. Verrat es niemandem. Vor allem nicht deiner Mutter.«

»Gut«, antwortete Emily. »Ich bin sofort bei euch.«

»Wir haben eine Flasche saure Kirschlimonade von Morello besorgt, die du so magst«, verkündete Allan und öffnete die zur Hälfte verglaste Tür, die aus der winzigen Küche ins Freie führte. »Und Tonic Water mit Holunderblütenaroma.«

Als sie draußen waren, stöhnte Emily tief auf. »Ich muss mich für die beiden entschuldigen.«

Ray schüttelte den Kopf. »Ich bin nur der Handwerker.«

»Jonah hat früher hier gewohnt. Manchmal vergisst er offenbar, dass das nicht mehr so ist.«

»Der Vorteil ist, dass sie Ihnen etwas zu essen mitgebracht haben«, entgegnete Ray. Inzwischen machte sich sein Magen bemerkbar. Seit dem Frühstück hatte er nichts mehr zu sich genommen.

»Sie können sich gerne zu uns setzen.« Emily stellte ihre Tasche auf den kleinen Tisch für zwei Personen. »Ein Teil der Bezahlung dafür, dass Sie sich die Heizung anschauen, auch wenn Sie sie nicht reparieren können.«

»O nein, schon in Ordnung. Ich werfe nur einen Blick auf das Ungetüm und belästige Sie nicht weiter.« Ray näherte sich dem Boiler an der Wand.

»Möchten Sie einen Kaffee?«, fragte Emily.

Offen gestanden hätte er alles für ein Bier gegeben, doch er nickte. »Ja«, meinte er. »Ein Kaffee wäre wunderbar.«

KAPITEL
ACHTZEHN

Dachterrasse, Crowland Terrace, Canonbury, Islington

»Jonah! Hol dem Mädchen sofort ein Glas Morello! Komm her, setz dich und erstatte mir Bericht!«

Allan sprach so laut, dass vermutlich sogar Karen und Sammie in der Wohnung unter ihnen ihn hören konnten. Emily stellte rasch das Tablett mit Knabbereien ab und schloss die Tür zur Küche, hinter der Rays Hände im Boiler steckten.

»Psst!«, zischte sie und eilte zu Jonah und Allan hinüber, die unter den beiden uralten, aber funktionstüchtigen Terrassenstrahlern saßen. Mit Kerzen und Lichterketten hatten sie ein kuscheliges Nest geschaffen. Die Lichterketten waren rings um die Pergola und um die immergrünen Pflanzen in den Kübeln gewickelt, welche die Sommerblumen inzwischen abgelöst hatten. Trotz der Kälte herrschte eine warme und einladende Stimmung. Emily stellte das Tablett ab und setzte sich rasch auf das grellbunte Kissen, das Jonah offenbar aus dem Schrank im Wohnzimmer genommen hatte. War es an der Zeit, ihm seine Grenzen aufzuzeigen? Immerhin wohnte er mittlerweile nicht mehr hier. Oder machte sie sich nur Sorgen, er könnte bemerken, dass eines der Fotos von Simon, die er weggeräumt hatte, wieder im Zimmer stand?

»Lass das mit dem ›Psst‹!«, fuhr Allan gnadenlos mit unverminderter Lautstärke fort. »Du hast einen echten Popstar mitgebracht, verdammt! Darüber müssen wir reden!«

»Ja, müssen wir«, stimmte Jonah zu. Ihr bester Freund wirkte längst nicht so begeistert wie Doppel-L, er schien sogar ein wenig besorgt. Was war seit gestern passiert? Schließlich hatte er ihr fremde Männer aufgedrängt und auf einen Flirt zwischen Mitbewohnern gehofft. Und jetzt störte es ihn offenbar, dass sie jemanden mitgebracht hatte, der sich die Heizung ansah. Das ergab keinen Sinn.

»Da gibt es nicht viel zu erzählen«, antwortete sie, eine Lüge, denn in den letzten Tagen war so einiges passiert.

»Ach, du warst einfach in der Schule und hast etwas vom Nikolaus erzählt, und da kam Ray Stone hereinspaziert, und du hast ihn gebeten, deine Heizung zu reparieren«, sagte Allan, kurz vor einem hysterischen Lachanfall. »Ist das zu fassen, Jonah? Und jetzt steht Ray Stone ein paar Meter von uns entfernt in der Küche und versucht, deine Heizung zu reparieren. In was für einer Welt leben wir nur? Vergesst das ganze Tamtam mit der EU! Das hier bricht alle Rekorde!«

»Er hat einen Igel gerettet«, sagte Emily, griff nach dem Glas mit dem roten Getränk auf dem Tisch und nahm einen Schluck. »In der Schule. Er stand mit dem Igel in der Hand auf dem Schulhof. Das Tier hat sich das Bein gebrochen oder so was.«

»Ich mach mir gleich in die Hose!«, keuchte Allan und wedelte mit den Händen. »Ich mach mir wirklich in die Hose!«

»Und du hast ihn gefragt, ob er deine Heizung reparieren kann?«, erkundigte Jonah sich stirnrunzelnd.

»Nein ... nun ... ja ... nachdem er die Regale wieder angebracht hat, die er runtergestoßen hatte ... und ich ...« Emily verstummte und überlegte kurz, ob sie weitersprechen und schuld an Allans möglicherweise bald nasser Unterhose sein wollte. Sie räusperte sich. »Er hat sich im Materialschrank versteckt.«

Mit einem Schrei schoss Allan hoch, wobei er beinahe den Terrassenstrahler umgerissen hätte, und presste kreischend eine Hand auf seinen Schritt. »O mein Gott! Jonah, mach, dass sie aufhört!«

Emily beobachtete, wie Jonah eines der Teigröllchen mit Preiselbeeren und Schafskäse nahm und es sehr langsam und bedächtig verspeiste. Dabei fragte er sich eindeutig nicht, ob fertig gekaufte Knabbersachen schlechter waren als selbst gebackene. Er dachte angestrengt nach.

»So etwas Aufregendes ist mir nicht mehr untergekommen, seit … ach, ich weiß nicht!«, rief Allan und sprang von einem Fuß auf den anderen, als tanzte er auf glühenden Kohlen.

»Seit Jonah bei dir eingezogen ist?«, meinte Emily, um die Aufmerksamkeit auf ihren zweifelnd dreinblickenden Freund zu lenken.

»Ach Unsinn«, erwiderte Allan rasch. »Alles Unsinn.« Er setzte sich neben Jonah, legte den Arm um ihn und zog ihn an sich. »Das war bis jetzt der schönste Tag meines Lebens.«

»Emily, ich will ja kein Spielverderber sein, aber du hast in letzter Zeit doch bestimmt die Nachrichten verfolgt, oder?«, erkundigte sich Jonah.

Emily nippte an ihrem Glas, bevor sie antwortete. »Ich lese dieses Zeug nicht mehr, seit ich auf diesen Artikel über Läden gestoßen bin, die vergammelte Gurken verkaufen. In letzter Zeit gab es nichts, was mich interessiert hätte.« Offen gestanden hatte sie die Lektüre nach einem bestimmten Artikel vor einem Jahr aufgegeben. Dem Artikel, der ihr zum zweiten Mal das Herz gebrochen hatte.

»Tja, ich weiß, wie die Presse sein kann. Aber ich wäre

nicht dein bester Freund, wenn ich dir verschweigen würde, dass im Moment sämtliche Medien über Ray Stone berichten. Und zwar nichts Positives.«

»O Jonah, schäm dich!«, schimpfte Allan. »Hast du wieder diese Revolverblätter gelesen? Wirklich eine Schande, was für ein Zeug sich diese Köche reinziehen, wenn sie nicht gerade Quitten schnippeln.«

»Was schreiben sie denn?«, fragte Emily, obwohl sie es eigentlich nicht wissen wollte. Allerdings hatte sie den Eindruck, dass Jonah gerade sehr mitteilungsbedürftig war. Außerdem hatte er sich gestern vor Begeisterung fast überschlagen, als er ihr mögliche Mitbewohner und Liebhaber vorgestellt hatte, weshalb sie sich über seine Vorsicht wunderte. Sie musste den Grund erfahren.

»Nun«, erwiderte Jonah, »es wird mehr oder weniger unmissverständlich angedeutet, dass er sich seiner Exfreundin gegenüber nicht gerade wie ein Gentleman verhalten hat.«

Allan nahm hüstelnd wieder Platz. »Was hat das schon zu bedeuten? Schließlich habe ich früher auch meinen Spaß gehabt und war nicht immer ein Gentleman.«

»Es bedeutet ... glaube ich ...«, fuhr Jonah zögernd fort. »Tja, in den Artikeln heißt es, seine Exfreundin hätte ihn als aufbrausend beschrieben. Es werden lautstarke Streitereien, zerbrochene Gläser und Nachbarn erwähnt, die sich über den Lärm beschwert haben. Und ... Em, ich will nicht, dass du dich auf so jemanden einlässt.«

»Falls es überhaupt stimmt«, wandte Allan ein.

Emily rutschte auf den Kissen herum. »Ich habe mich nicht auf ihn eingelassen. Er möchte nur verhindern, dass ich noch vor Weihnachten den Kältetod sterbe oder mich in einer Schweißpfütze auflöse. Wenn mein Vermieter auf einen meiner Millionen von Anrufen reagiert hätte, müsste ich niemanden um Hilfe bitten!« Sie holte Luft. »Ray will mir nur helfen. Außerdem war er sehr nett zu mir, und er ist ein interessanter Gesprächspartner. Außerdem ist er so sorgsam mit Olivia Colman umgegangen.«

»Mein Gott!«, schrie Allan auf. »Du hast Olivia Colman kennengelernt? Die Frau ist eine Göttin ... das ist mein Ernst.«

»Em, ich mache mir Sorgen um dich«, sprach Jonah weiter. »Mehr nicht. Ich habe Angst um dich. Und zwar, weil ich nicht mehr bei dir bin und weil ich weiß, dass du noch nicht darüber hinweg bist. Du bist mir eben wichtig.« Jonah umfasste sein Weinglas und trank einen Schluck.

»Das ist ihr klar«, wandte Allan ein. »Und mir ist sie ebenfalls wichtig. Das ist *dir* doch klar, oder? Und wenn du es bis jetzt nicht gewusst hast, weißt du es nun.«

»Ja«, antwortete Emily. »Natürlich. Ich finde es lieb, dass ihr besorgt um mich seid.«

»Aber du bist keiner deiner zehnjährigen Schüler, und ich führe mich auf wie ein nervtötender kleiner Bruder, richtig?« Jonah schüttelte den Kopf.

Emily lächelte. »Nein, du führst dich auf wie ein nervtötender bester Freund, den ich sehr lieb habe. Doch ich habe alles im Griff. Ich bin eine gute Menschenkennerin und richte meine Entscheidungen nach meinem eigenen Eindruck, nicht nach dem, was andere Leute sagen. Ansonsten wären du und ich nie Freunde geworden.« Mit einem Auflachen beugte sie sich vor und zauste Jonahs sorgfältig drapierte Frisur. Er schubste ihre Hand weg und strich rasch sein Haar glatt.

»Also repariert er nur deine Heizung und schützt die hiesige Fauna, und mehr ist nicht dabei?«, erkundigte sich Allan und steckte sich ein Frühlingsröllchen in den Mund.

»Ja«, bestätigte Emily. »Mehr ist nicht dabei.« Sie schluckte und erinnerte sich daran, wie es sich angefühlt hatte, wieder von jemandem im Arm gehalten zu werden, auch wenn derjenige nur einen Sturz hatte verhindern wollen. Rays kräftiger Körper, wie er sie so mühelos gestützt hatte, seine traumhaften dunklen Augen …

»Wie schade«, flüsterte Allan.

KAPITEL
NEUNZEHN

Mit dem Thermostat im Gerät stimmte etwas nicht. Das hatte Ray sich nach Emilys Schilderung des Problems schon gedacht. Die gute Nachricht lautete, dass er eine Diagnose hatte stellen können. Die schlechte war, dass er die Sache nicht sofort in Ordnung bringen konnte. Er brauchte ein Ersatzteil, und das ließ sich nicht so ohne Weiteres auftreiben. Solche Dinge bekam man nicht im Laden an der Ecke.

Er wischte sich die Hände an dem Geschirrtuch ab, das Emily ihm hingelegt hatte, und blickte sich in der winzigen Küche um. Vermutlich hätte sie fünfzigmal in die Küche von Gios Mietwohnung gepasst. Platz war nämlich das Einzige, was seine Wohnung zu bieten gehabt hatte. Es hatte dort weder kitschige Eieruhren noch russische Matroschka-Puppen oder drei Schneebesen in Regenbogenfarben gegeben. Wer brauchte denn drei Schneebesen? Diese Küche hingegen war trotz ihrer geringen Größe unglaublich gemütlich. Oder vielleicht genau deshalb.

Ray ging um den Tisch herum, spähte zur teilverglasten Tür hinaus und beobachtete Emily und ihre beiden Freunde auf der Terrasse. Neben dem geräumigen Wohnzimmer war die Terrasse vermutlich das Größte an dieser Wohnung. Vom Badezimmer konnte man das auf keinen Fall behaupten. Vorhin wäre er beim Pinkeln beinahe mit dem Duschvorhang in Konflikt geraten. Doch zumindest gab es eine Badewanne.

Die Freunde saßen unter Terrassenstrahlern und plauderten im Schein der Lichterketten, mit Snacks und Wein. Er schluckte. *Wein*. Wein wäre im Moment genau das Richtige. Seine Mutter hatte am liebsten einen Merlot namens Turner Road getrunken. Er erinnerte sich noch an den orangefarbenen und weißen Vogel auf der Flasche.

In der Tasche seines Mantels, den er über einen der kleinen Stühle gehängt hatte, summte das Telefon. Er griff danach und warf einen Blick auf die Nachricht. Sie stammte von Deborah.

Zwei Dinge: Erstens habe ich dir für morgen früh einen Interviewtermin bei City FM besorgt. Du musst um sechs Uhr da sein. Keine Sekunde später. Sie haben mir feierlich versprochen, dass es nur um deinen Beruf und das neue Album gehen wird. Außerdem möchten sie, dass du »Let It Be Me« singst. Sie haben ein Keyboard. Zweitens ist es mir noch nicht gelungen, eine Unterkunft für dich zu finden. Ich versuche es morgen weiter. Übernachte heute in einem Hotel, aber in einem preiswerten. Kopf hoch, ich habe alles im Griff. D

Beim Lesen verschwamm Ray die Schrift ein wenig vor den Augen. Morgen musste er singen. Live im Radio. Früh am Morgen, wenn seine Stimmbänder eingerostet sein würden, ganz gleich, wie viele Stimmübungen er auch machte. Außerdem hatte er für heute Abend keinen Platz zum Schlafen. Er hätte Deborah seine angespannte finanzielle Lage drastischer schildern sollen. Selbst ein preiswertes Hotel war für ihn unerschwinglich. Hinzu kam, dass er ihr unbedingt von Dr. Crichton hätte erzählen müssen. Am besten brach er jetzt auf und versuchte sein Glück im nächstbesten Travelodge. Auf gar keinen Fall würde er zu seinem Dad und in die New North Road zurückkehren. Er nahm seinen Mantel vom Stuhl und steuerte auf die Tür zu.

*

»Kannst du uns Karten für die Weihnachtsshow besorgen?«, fragte Allan. Vor Lachen hatte er Tränen in den Augen. »Das muss ich sehen. Es wird die absolute Sensation, wenn auch aus den falschen Gründen.«

»Das war nicht sehr nett von dir«, entgegnete Emily. »Die Kinder sind wirklich kreativ und hatten schon jede Menge Ideen.«

»Und du bist diejenige, die sie in die Tat umsetzen muss«, hielt Allan ihr vor Augen. »Du singst sogar bei ›Jingle Bells‹ falsch!«

»Das stimmt nicht!«, empörte sich Emily. Ihre Wangen röteten sich trotz der Kälte. Als sie einen Schluck trank, bemerkte sie, dass Ray aus der Wohnung kam. »Oh!«, rief sie aus und stand auf. »Ist es irreparabel? Wird es mich viele tausend Pfund kosten?«

»Kommen Sie und setzen Sie sich zu mir, Ray Stone«, befahl Allan und klopfte auf das rote Kissen neben sich.

»Es ist der Thermostat im Tank«, verkündete Ray. »Da muss ein neuer her.«

»Hab ich es doch gewusst.« Emily seufzte auf. Offenbar musste sie noch mehr Geld ausgeben. Gut, sie konnte es vom Vermieter zurückfordern. Allerdings hatte der sich beim letzten Mal vor der Zahlung drücken wollen, worauf sie keine andere Wahl gehabt hatte, als einen Teil der Miete einzubehalten. »Ist das sehr teuer?«

»Ich glaube nicht«, erwiderte Ray.

»Und dürfte man fragen, welche Vorstellung ein erfolgreicher Popstar von ›teuer‹ hat?« Allan lächelte Ray an.

»Du bist ja so peinlich, Allan.« Jonah schnalzte missbilligend mit der Zunge.

»Ich würde schätzen, weniger als fünfzig Pfund«, meinte Ray.

»Wirklich?«, rief Emily. Das konnte sie sich leisten. Auf einmal sah die Welt viel rosiger aus.

»Möchten Sie etwas Wein?«, schlug Allan vor, stand auf und griff nach der Flasche und einem Glas.

»Ich sollte besser gehen«, antwortete Ray.

Als irgendwo ein Handy zu klingeln anfing, sprang Jonah hektisch auf. »Es ist das Hotel«, verkündete er und starrte aufs Display. »Ich bin im Urlaub. Alle wissen, dass ich im Urlaub bin. Es muss etwas passiert sein.«

»Dann geh ran«, forderte Allan ihn auf. »Aber mit ein bisschen Abstand, damit wir uns nicht alles über neue Techniken des Gemüseschneidens anhören müssen.« Er verdrehte die Augen. »Welche Mühe sich diese Küchenchefs geben, damit das Essen aussieht wie ein Kunstwerk. Ich muss doch bitten. Wenn ich Lust auf Salvador Dalí habe, gehe ich in eine Galerie, nicht ins Restaurant.«

»Hallo«, meldete sich Jonah, bevor er sich von der Terrasse entfernte.

»Möchten Sie ein Glas Wein?«, erkundigte sich Emily bei Ray, der noch immer dastand und ein wenig verlegen wirkte. »Es gibt auch Kirschlimonade von Morello.«

»Man kann so tun, als wäre es Prosecco Rosé«, witzelte Allan.

»Ich …«, begann Ray, wurde aber im nächsten Moment unterbrochen.

»Mist, Allan, wir müssen weg. Im Restaurant ist die Hölle

los. Zwei Kochstellen sind kaputt, und Hillary ist den Tränen nah. Der Geschäftsführer hat mich angefleht zu kommen. Er klingt selbst, als würde er gleich einen Nervenzusammenbruch kriegen.«

»Ach Jonah, immer dieser Laden! Er gehört nicht dir, kapier das doch endlich.«

»Ich weiß. Aber der Job ist die Vorstufe zu etwas Größerem. Wie bei dir und deiner Beförderung«, widersprach Jonah.

»Ist das deine Neuigkeit in Sachen Job?«, fragte Emily Allan aufgeregt.

»Zieh deinen Mantel an, Allan. Ich bestelle uns ein Uber-Taxi«, sagte Jonah.

»Ja, das ist die Nachricht. Ich bin zum Manager befördert worden. Jetzt habe ich Untergebene, die ich nach Herzenslust schikanieren kann … ich meine, Kollegen, um sie weiterzubilden und zu inspirieren.« Grinsend legte er sich die Jacke um die Schultern.

»Glückwunsch«, antwortete Emily. »Ich freue mich ja so für dich.«

»Leider hatte ich keine Minute Zeit, um es dir zu erzählen, geschweige denn, es zu feiern«, fügte Allan mit einem finsteren Blick auf Jonah hinzu.

»Ich mache es wieder gut«, erwiderte Jonah.

»Oh, ist das ein Versprechen?«

»Ja, aber jetzt beeil dich bitte, bevor meine Küche dem Erdboden gleichgemacht wird.«

»Es war sehr nett, Sie kennenzulernen, Ray«, meinte Allan. »Sie müssen unseretwegen nicht gehen. Es gibt noch genug zu essen und außerdem Wein, den Madam nicht anrühren wird.«

»Allan!«, zischte Jonah und winkte Emily zu. »Ich rufe dich morgen an, okay?« Er blickte Ray an. »Tschüss.«

»Noch ein Würstchen im Schlafrock«, sagte Allan, schnappte sich eines von der Platte und steckte es mit einer eleganten Geste in den Mund. »Gute Nacht.«

Mit diesen Worten rauschten die beiden Männer über die Dachterrasse davon wie ein eisiger Windhauch.

»Ein Glas Wein?«, sagte Emily zu Ray. »Zum Dank, dass Sie herausgefunden haben, woran meine Heizung leidet.« Sie schnappte nach Luft. »Wo kaufe ich denn so ein Thermostat-Ding?«

»Ich schaue mal online nach«, erbot sich Ray. Er nahm sein Handy aus der Tasche, als wollte er gleich mit der Suche anfangen, und setzte sich ihr gegenüber. Sie schenkte ihm Wein ein. Er hatte zwar nicht angenommen, aber der angebrochene Wein musste doch aufgebraucht werden, oder?

»Tut mir leid. Bestimmt halten Sie mich jetzt für den unpraktischsten Menschen der Welt. Ich kann es später selbst googeln, wenn Sie mir sagen, wie das Teil heißt und wie man es schreibt.«

»Kein Problem«, entgegnete Ray.

Als sie ihm das Glas hinhielt, nahm er es sofort und trank einen Schluck.

»Eine hübsche Wohnung haben Sie hier«, stellte er fest.

Inzwischen spähte er über die Dachfirste hinweg und betrachtete Canonbury. Die Aussicht von der Terrasse aus hatte Emily am liebsten, weil man ein bisschen von allem sah. Bürogebäude neben altmodischen Schornsteinen aus Ziegeln. Es gab Dachgärten, einige sogar mit echtem Gras und hölzernen Bienenstöcken für städtische Freizeitimker. London war so viel mehr als nur eine Stadt aus grauem Beton und Stahl. Hinter jeder Ecke verbarg sich eine neue Überraschung. Emily hoffte, dass der vorhergesagte Schnee tatsächlich fallen würde. Nur ein Hauch von Weiß, der die Welt in eine magische Weihnachtsstimmung tauchte. Vielleicht würde es ihr dann sogar gelingen, ein wenig Begeisterung für diese Jahreszeit aufzubringen.

»Ich liebe sie«, erwiderte sie, und das entsprach auch den Tatsachen. Obwohl sich ihr Leben in dieser Straße anders entwickelt hatte als erwartet, hing sie an ihrem Zuhause.

»Wie lange wohnen Sie schon hier?«

»Jetzt sind es drei Jahre.« Und ganze zwölf Monate allein und ohne Simon. Sie nahm sich zusammen. »Sie gehört mir leider nicht. Das heißt, es wäre mein absoluter Traum, wenn sie mein Eigentum wäre. Aber selbst mit dem Gehalt einer Rektorin könnte ich sie mir niemals leisten.«

»Tja, man weiß nie«, sagte Ray und trank noch einen Schluck Wein. »Es gibt immer noch die Möglichkeit, Lotto zu spielen.«

»Ich tippe nicht«, gab Emily zu. »Früher schon, doch inzwischen kommt das Geld, das ich für Lottoscheine ausgegeben hätte, in eine große Vase im Wohnzimmer.« Sie lächelte. »Das mache ich seit unserem Einzug, aber ich habe es nie gezählt. Laut Jonah handelt es sich bei der Vase wahrscheinlich um den einzigen Wertgegenstand in dieser Wohnung. Allerdings könnte kein Einbrecher sie wegschleppen.« Sie nippte an ihrem Glas. »Wo wohnen *Sie* eigentlich?«

Ray seufzte auf und starrte in sein Glas. »Eine gute Frage.«

Emily wusste nicht, was sie darauf antworten sollte. Plötzlich wirkte er ein wenig traurig, und sie überlegte, ob sie zu neugierig gewesen war. Schließlich war er ein Prominenter, und die Öffentlichkeit nahm ständig an seinem Leben teil, ganz gleich, ob es ihm nun gefiel oder nicht. Sie hätte ihn nicht bedrängen dürfen.

»Entschuldigen Sie«, meinte sie. »Jetzt benehme ich mich

wie Doppel-L, äh, Allan, das ist sein Spitzname. Manchmal mag er ihn, manchmal findet er, dass es sich anhört, als wäre er ein Rapper.« Sie räusperte sich. »Tut mir leid. Es geht mich nichts an, wo Sie wohnen.«

»Daran liegt es nicht«, gab Ray zu, leerte sein Glas und stellte es auf den Tisch. »Ich … im Moment wohne ich nirgendwo.«

»Oh«, erwiderte Emily ein wenig erschrocken.

»Ja, ich weiß. Tragisch, was?«, schnaubte er. »Da ist man ein Star, den jeder in der U-Bahn fotografieren will, und hat nicht einmal ein Dach über dem Kopf.«

Emily schnappte nach Luft. »Waren Sie deshalb mit Olivia Colman im Schulschuppen?«

Er lachte auf und schüttelte den Kopf. »Ich glaube nicht, aber wissen Sie was? Ich bin nicht sicher. Ich war betrunken. Deshalb fand ich einen Schuppen mit Igel vermutlich anziehender als eine Parkbank, wo die Pressemeute alles auf ihre Chipkarten gespeichert hätte.« Er nahm die Flasche, um ihr beinahe leeres Glas nachzufüllen. Rasch hielt sie die Hand darüber.

»Nicht … nein danke.«

»Lassen Sie mich allein trinken?«, erkundigte er sich. »Es ist Ihnen doch klar, dass das genauso tragisch ist, wie in einem Schuppen zu übernachten.«

»Ich … ich trinke keinen Alkohol«, teilte Emily ihm in sachlichem Ton mit.

»Aha«, merkte Ray an. »Ich habe vergessen, dass morgen Schule ist.«

Emily schüttelte den Kopf. »Nein. Ich trinke nicht.« Sie atmete tief durch. »Grundsätzlich.« Rasch zuckte sie die Achseln, als wäre nichts dabei. Doch das stimmte nicht. »Ich bin jetzt seit einem Jahr abstinent, und der Alkohol fehlt mir überhaupt nicht.« Sie schluckte. »Okay, vielleicht ein bisschen. Aber diese neuen aromatisierten Limonaden und Saftschorlen von J2o sind ziemlich lecker.«

»Warum?«, fragte Ray nur. »Falls es Sie nicht stört, drüber zu reden.«

Sie holte Luft. Sie sollte ihm die Wahrheit sagen. Ihr Bauchgefühl verriet ihr, dass er in Sachen Wohnung ehrlich gewesen war, ganz egal, wie seltsam eine solche Situation seinen Mitmenschen auch erscheinen mochte.

Emily lächelte. »Aus gesundheitlichen Gründen.« Rasch sprach sie weiter. »Als Jonah eine Phase hatte, in der er selbst Pastete gemacht hat, hat er ständig über die Leber geredet. Deshalb habe ich darüber nachgedacht, welchen Schaden ich vermutlich meiner eigenen Leber mit dem vielen Wein und Gin zufüge, und … nun ja.«

»Zwei Gläser am Abend sollen ja gesund sein«, wandte Ray ein. »Alles in Maßen.«

»Tja«, antwortete Emily. »Eines Tages müssen wir alle sterben, ganz gleich, woran.« Warum redete sie über das Sterben? Und weshalb verschwieg sie ihm den wahren Grund, wieso sie nicht trank? Es war doch kein Anlass, sich zu schämen. Nein, sie hatte einen sehr guten Grund, und sie war offen gestanden ziemlich stolz auf sich. Es war noch nicht zu spät, den Mund aufzumachen.

»Ja«, stimmte Ray zu. »Das ist richtig. Man geht wegen eines total banalen Eingriffs ins Krankenhaus, und ehe man sichs versieht, ist es aus mit einem.«

Seine Worte ließen Emily aufmerken. Er blickte ins Leere. Betrachtete er wieder die Dachfirste? Oder war er mit den Gedanken woanders? Nicht mehr auf dieser Welt? Wer war Ray Stone in Wirklichkeit? Der Promi, den die Medien laut Jonah als rasenden Gewalttäter darstellten? Oder ein völlig anderer Mensch? Unverkennbar einer, der ein Problem mit sich herumschleppte. Also ein Mensch eben. Mit Stärken und Schwächen.

»Wo übernachten Sie heute?«, platzte es aus Emily heraus. War es klug, so etwas zu fragen?

»Hören Sie, nach dem tollen Essen und dem Wein, der kein Wein ist ...« Er warf einen Blick auf die Flasche mit der roten Limonade. »... wollen wir einander nicht um die Wette bemitleiden.« Sie beobachtete, wie er nach zwei Würstchen im Schlafrock griff und sie sich in den Mund steckte.

Sollte sie es wirklich tun? Nach Jonahs Warnung und nachdem sie beteuert hatte, sie wolle niemanden in ihrem Gästezimmer haben? Anderseits hatte er die Regale in der Schule repariert und herausgefunden, warum ihre Heizung nicht funktionierte. Sie war ihm etwas schuldig.

»Kein Mitleid«, entgegnete Emily rasch. »Ich biete Ihnen nur mein Gästezimmer an. Für eine Nacht ... oder solange Sie es brauchen.« Mit einem Nicken nahm sie ihr Glas und ließ den Rest der Limonade darin kreisen. »Es ist leer. Ein leeres Zimmer, das nichts weiter tut, außer leer zu sein.« Sie atmete tief aus. »Das heißt, es ist nicht sehr luxuriös und außerdem klein, aber vielleicht besser als ...«

»Ein Schuppen?«, ergänzte Ray.

»Obwohl die Heizung momentan verrücktspielt, würde ich behaupten, dass es besser ist als ein Schuppen.«

»Ich weiß gar nicht, was ich sagen soll«, erwiderte er.

»Sagen Sie einfach ja«, antwortete Emily. »Dann brauche ich wegen ihrer öligen Hände kein so schlechtes Gewissen mehr zu haben.«

Er musterte seine Finger und verfluchte die schwarzen Ränder unter den Fingernägeln. »Ein Glück, dass das morgen früh eine Radiosendung wird, keine im Fernsehen.«

»Sie treten im Radio auf?«, hakte Emily nach.

Er nickte. »City FM. Um sechs Uhr muss ich da sein.«

»Gut«, meinte Emily. »Dann brauchen Sie dringend einen ordentlichen Schlafplatz.« Sie stand auf. »Ich richte das Bett her.«

»Emily«, rief Ray ihr nach.

Sie drehte sich zu ihm um. Seine Miene verriet ihr, dass sie ihm nicht nur ein leeres Zimmer, sondern einen Rettungsanker angeboten hatte. Etwas, das mehr wert war als alles auf der Welt.

»Danke«, sagte er nur.

KAPITEL
ZWANZIG

Emily wurde davon geweckt, dass im Bad das Wasser lief. Sie rieb sich die Augen. Ihr erster Gedanke war, dass nun auch noch irgendetwas undicht war und ihr weitere Probleme drohten. Doch als sie sich im Bett umdrehte und die Hand nach dem Schalter ihrer Nachttischlampe ausstreckte, fiel ihr der gestrige Abend ein. Ray Stone hatte hier übernachtet. Vielleicht konnte er ja ihr neuer Untermieter werden, bis sie jemanden fand, der auch Miete zahlte, oder bis sie endlich befördert wurde.

Ein Blick auf die Uhr verriet ihr, dass es erst fünf war. Nun, er hatte ja gesagt, er müsse um sechs beim Sender sein, und City FM befand sich am Leicester Square. Normalerweise war sechs ihre Aufstehzeit, aber jetzt war sie schon mal wach und würde auch nicht so ohne Weiteres wieder einschlafen können. Sie kletterte aus dem Bett und griff nach ihrem Morgenmantel. Er stammte aus den Vierzigern, bestand aus pfirsichfarbener Seide und wurde mit vier kleinen Knöpfen in der Mitte geschlossen. Ein weiteres Kleidungsstück, das sie sich aus melancholischen Gründen von ihrem Erbe geleistet hatte.

Als sie die Schlafzimmertür öffnete, verstummte das Plätschern, und ehe sie die wenigen Schritte über den Flur in die Küche zurücklegen konnte, wurde die Badezimmertür aufgerissen, und Ray stand vor ihr. Er war splitterfasernackt.

»Oh ... ich ...«, stammelte Emily, schloss die Augen und

öffnete sie wieder, weil sie keine Ahnung hatte, wie sie sich verhalten sollte. Es dauerte nur Sekundenbruchteile, bis sein straffer Körper sich in ihr Gedächtnis eingeprägt hatte. Breite Brust, Waschbrettbauch, ein V-förmiger Muskelstrang hinunter zu seinem ... *Nach oben schauen!* War das an seiner Schulter eine Narbe?

»Tut mir leid«, entschuldigte sich Ray. »Ich habe das Handtuch, das Sie mir gegeben haben, in meinem Zimmer vergessen.«

Sie kam nicht an ihm vorbei und er nicht an ihr. Mit Jonah war es ihr nie passiert, dass sie einander im engen Flur im Weg standen. Ihre einzige Möglichkeit war, den Rückzug anzutreten, damit er weitergehen konnte.

»Nein, *mir* tut es leid«, meinte sie und starrte auf die Bodendielen, wo Wasser auf das Holz tropfte. »Sonst stehe ich nie so früh auf. Also werden wir ... Es wird nicht wieder vorkommen.« Wie peinlich war das denn? Und sie war noch immer nicht wieder in ihrem Zimmer. Sie machte ein paar Schritte rückwärts.

»Bis dann«, erwiderte Ray, und ihm kippte ein wenig die Stimme weg, als er sich in seine neue Bleibe zurückzog.

*

Als Ray abgetrocknet und angezogen in die Küche kam, saß Emily an dem winzigen Tisch und drückte den Stopfen einer Kaffeepresse in die pechschwarze dampfende Flüssigkeit. Auf den Platzdeckchen standen zwei Tassen mit Untertassen. Ein silberner Ständer war mit zu Dreiecken geschnittenem Toast und dem allerletzten Hörnchen bestückt. Ray trug zwar noch dieselben Sachen wie gestern, fühlte sich aber eindeutig sauberer.

»Guten Morgen«, begrüßte er sie. »Zum zweiten Mal.«

»Ach, hallo.« Emily drehte sich zu ihm um. Ihr Pony stand ein wenig zu Berge, und der Morgenmantel hing auf der einen Schulter ein Stückchen tiefer als auf der anderen. Die Farbe des Morgenmantels unterschied sich nicht allzu sehr von ihrer schimmernden Haut.

»Das vorhin tut mir leid«, sagte er. Sollte er versuchen, sich zu setzen? Es war wirklich sehr eng hier. »Normalerweise fühle ich mich um fünf Uhr morgens nicht wie ein Mann, der Bäume ausreißen könnte.«

»Schon gut«, erwiderte Emily. »Ich auch nicht. Das heißt nicht, dass ich ein Mann bin. Ich meine die fünf Uhr.« Sie füllte beide Kaffeetassen. »Bitte essen Sie etwas Toast. Oder das Hörnchen. Ich hole die Margarine. Mögen Sie Margarine? Butter habe ich keine da. Dafür aber Nutella. Das könnte allerdings abgelaufen sein. Marmite-Paste hätte ich auch noch, die hat eigentlich kein Verfallsdatum, oder?«

»Nein danke«, antwortete Ray. »Kaffee ist wunderbar.«

»Nehmen Sie Milch?«, erkundigte sich Emily und hielt ein Kännchen über seine Tasse.

»Ja, aber nicht jetzt.« Er griff nach der Tasse und trank einen Schluck Kaffee. Lecker.

»Oh«, rief Emily aus und schnupperte an der Milch im Kännchen. »Die ist doch nicht etwa auch abgelaufen?«

»Nein«, erwiderte Ray. »Daran liegt es nicht. Ich muss im Radio singen, und Milchprodukte sind nicht gut für die Stimme.«

Dasselbe galt auch für Alkohol, was ihn nicht daran gehindert hatte, gestern Abend die Flasche Wein auszutrinken. Außerdem hatte er seit seinem Besuch in der Harley Street keine einzige Atemübung gemacht. Konnte nur eine Nacht im Gästezimmer dieser Wohnung dazu führen, dass man erfrischt und einigermaßen klar denkend aufwachte?

»Herrje, das tut mir aber leid.« Emily stellte das Milchkännchen weg, als enthielte es Gift. »Sie müssen mich ja für eine schreckliche Gastgeberin halten.«

»Ich finde, dass das genaue Gegenteil der Fall ist«, widersprach Ray. Er beschloss, stehen zu bleiben, und lehnte sich an die Arbeitsfläche hinter ihm. »Es war sehr nett von Ihnen, mir für die Nacht Ihr Gästezimmer anzubieten. Sobald ich eine Alternative habe, was hoffentlich noch heute der Fall sein wird, sind Sie mich los.«

»Ach, das ist schon in Ordnung«, antwortete Emily. »Aber ... wow ... Ich denke noch immer an die Milchprodukte. In dem Fall könnte ich niemals Sängerin werden, nicht dass ich auf diesem Gebiet auch nur die Spur von Talent hätte. Doch ich liebe Milchprodukte. Käse und ... Käsekuchen ... und, nun, Käse.«

Ray schmunzelte. »Schokolade ist auch tabu.«

»Du meine Güte.« Emily nahm ihre Kaffeetasse. »Und wenn ich begabt wäre wie Jennifer Hudson, ich würde es verheimlichen, wenn es bedeuten würde, dass ich auf all das verzichten muss.«

»Man muss nicht komplett darauf verzichten«, erklärte Ray. »Nur in den Stunden vor einem Auftritt.« Er schaute auf die Uhr. Ihm war mulmig zumute. Wegen des Singens und wegen des Interviews. Auch wenn Deborah versprochen hatte, dass man ihm keine Fragen zu den Zeitungsberichten stellen würde, wurde die Radiosendung live übertragen. Sobald der Moderator einen Satz ins Mikrofon gesprochen hatte, gab es kein Zurück mehr. Und was, wenn ihm die Stimme wegkippte wie letztens im Studio? Den Ton nicht richtig zu treffen war eine todsichere

Methode, um zu bestätigen, dass es mit seiner Karriere bergab ging.

»Ich muss jetzt los«, sagte er, leerte seine Tasse und stellte sie weg.

»Viel Glück«, sagte Emily. »Oh, ist es in Ordnung, Ihnen viel Glück zu wünschen? Sie sind doch nicht abergläubisch, oder?«

»Nein«, erwiderte er. »Viel Glück wirkt bei mir.«

»Oh.« Emily wandte sich zur Arbeitsfläche um und kramte zwischen bunten Blechdosen, Zeitschriften und einem der drei Schneebesen herum. »Sie sollten das hier mitnehmen.« Sie hielt ihm einen Schlüssel an einem kleinen Schlüsselring hin. Er bestand aus Acryl mit einer rosafarbenen gepressten Blume darin. »Für den Fall, dass es mit Ihrer Alternative nicht klappt. Nicht dass ich daran zweifeln würde. Aber so können Sie rein, wenn ich nicht vor Ihnen da bin ... vielleicht ...«

»Emily«, meinte er, ohne nach dem Schlüssel zu greifen. »Das ist wirklich nett von Ihnen. Aber ich kann Ihnen noch nichts für das Zimmer bezahlen. Deshalb ...«

»Ich habe das Thermometerding für meinen Boiler gegoogelt, von dem Sie geredet haben. Wenn es nicht zu aufdringlich ist, würde ich mich freuen, wenn Sie es vielleicht einbauen könnten, sobald ich es besorgt habe.« Sie streckte ihm weiter den Schlüssel hin. »Das reicht für den Moment als Bezahlung. Wahrscheinlich werden Sie eine bessere und viel größere Wohnung finden, und das würde mich für Sie freuen. Doch falls nicht ...«

Er schüttelte den Kopf. Warum war diese beinahe wildfremde Frau so freundlich zu ihm? Er war sicher, es nicht verdient zu haben. Und er war eindeutig nicht daran gewöhnt.

»Thermostat«, entgegnete er. »Nicht Thermometer.«

»Mist. Sehen Sie? Bestimmt bestelle ich das Falsche.«

»Ich besorge einen«, erbot sich Ray. »Und zwar noch heute. Nach dem Auftritt im Radio.«

Wieder hielt sie ihm den Schlüssel hin. »Nun, in diesem Fall brauchen Sie einen Schlüssel, damit Sie in die Wohnung können.«

Er betrachtete den Messingschlüssel an dem dekorativen Schlüsselring. Für den Gegenwert einer Stunde Arbeit bot sie ihm ihr Zuhause an. Er nahm den Schlüssel von ihrer Handfläche. »Danke.«

»Kein Problem. Ich freue mich schon auf eine Wohnung, die mich nicht abwechselnd zu einer Kreuzfahrt in die Karibik und zur Besichtigung der Polarlichter einlädt.«

Er spürte, wie er sentimental wurde. Vielleicht war es ja der Druck, weil ihm beim Gedanken an das Interview und daran, live im Radio zu singen, nicht ganz wohl war. Oder es lag an der Geschichte, die Ida an die Medien verkauft hatte. Oder an dem gestrigen Streit mit seinem Dad. Oder der drohenden Operation. Oder eben an allem. Er holte tief Luft und bemühte sich um Fassung. »Ich muss los.«

»Ja, viel Glück«, sagte Emily. »Bis später.« Sie wedelte mit der Hand. »Vielleicht.«

Er griff nach seinem Mantel, der noch immer über dem Küchenstuhl hing. »Bis später.«

KAPITEL
EINUNDZWANZIG

Grundschule Stretton Park

»Angeblich soll Peggy schwanger sein.«

Dennis lutschte an etwas, das nach Rhabarber und Vanille roch. Es wunderte Emily, dass sie die Süßigkeit – oder besser Süßigkeiten – überhaupt wahrnehmen konnte, trotz des Geruchs von Makkaroni in Käsesauce, der in der Luft hing und vermutlich auch in ihre Seidenbluse mit den echten Perlmuttknöpfen gekrochen war. Sie hatte vergessen, wann sie die Bluse gekauft hatte, aber sie war immer Simons Lieblingsstück gewesen. Während der Mittagspause ging es im Saal immer drunter und drüber, und der heutige Tag bildete keine Ausnahme. Die Kinder ließen entweder ihr Besteck klirrend auf die Teller fallen oder knisterten mit der Alufolie in ihren Butterbrotdosen.

»Hast du gerade gesagt, Peggy ist schwanger?«, fragte Emily, so laut es möglich war, ohne dass jemand sonst sie hören konnte. Peggy war die Köchin. Emily wusste, dass sie nahezu umsonst arbeitete, weil ihre Tochter die dritte Klasse besuchte.

»Ich habe nur von Gerüchten gesprochen.« Als Dennis sich ein Stück weiter vorbeugte, wurde der süßsaure Geruch stärker. Er steckte die Hand in die Hosentasche und förderte weitere Süßigkeiten zutage. »Ich möchte keine Geschichten in die Welt setzen, die nicht stimmen, aber sie wohnt bei uns in der Nähe, und Mutter hat letztens beobachtet, dass sie drei Päckchen Ingwerplätzchen gekauft hat.«

Emily lachte spöttisch auf. »Vielleicht mag sie eben Ingwerplätzchen.«

»Sie helfen gegen Schwangerschaftsübelkeit, meint Mutter. Außerdem ...«, fuhr Dennis fort, »hat sie ein bisschen zugenommen, findest du nicht?«

»Ich kann nicht behaupten, dass mir das aufgefallen wäre.« Normalerweise neigte Emily nicht dazu, bei ihren Kolleginnen Schwangerschaften zu vermuten. Außer vielleicht bei Mrs Adams, die bei ihrem Abschied an einem nicht zu übersehenden Fall von Elephantiasis gelitten hatte.

»Denk an meine Worte«, beharrte Dennis. »Bald werden sie eine neue Köchin als Schwangerschaftsvertretung suchen. Mutter ist schon ziemlich aufgeregt deswegen.«

Emily runzelte die Stirn. »Warum?«

»Nun«, meinte Dennis. Inzwischen zerkaute er die harten Bonbons. »Allmählich fällt ihr zu Hause die Decke auf den Kopf. Ich glaube, sie braucht einen Teilzeitjob.«

»Dennis«, wandte Emily ein. »Du hast mir doch erzählt, dass sie fünfundachtzig ist.«

»Erst im Januar.«

»Herrje, dann sollte sie das Leben genießen und ...« Was würde Emily tun, wenn sie es bis fünfundachtzig schaffte? Sie überlegte kurz. »Eine Kreuzfahrt unternehmen ... mitten am Tag einen Gin Tonic trinken.« Manche Leute erlebten ihren fünfundachtzigsten Geburtstag nicht einmal. Einige nicht einmal ihren dreißigsten. Wie hätte Simon mit fünfundachtzig seine Zeit verbringen wollen? Vermutlich damit, sich durch sämtliche Produkte der Firma Cadbury zu futtern, dabei gemütlich auf dem Sofa zu sitzen und sich alte romantische Komödien anzuschauen. Sie holte tief Luft und wandte sich wieder Dennis zu.

»Hm.« Dennis klang nachdenklich. »Einige Jahre hatte

sie Spaß an so etwas, aber jetzt sucht sie offenbar eine neue Herausforderung.« Er hielt Emily die Papiertüte aus seiner Tasche hin. »Ein bisschen wie du und deine Weihnachtsshow.« Er wagte es tatsächlich zu kichern!

»Nun, ich habe bereits jede Menge Ideen für die Aufführung. Meine Sechstklässler sind ausgesprochen gut darin, sich etwas einfallen zu lassen und es auch durchzuziehen.« In Wahrheit hatte sie nichts weiter als tonnenweise alberne und unrealistische Vorschläge, für die ihnen sowohl das Geld als auch die arbeitsrechtlichen Voraussetzungen fehlten. Nicht sehr vielversprechend also.

»Wenn man den Gerüchten glauben kann, sind einige aus deiner Klasse eher ausgesprochen gut darin, im Laden an der Ecke Sachen aus den Regalen zu nehmen und damit wegzurennen.«

»Wer genau?« In Emily erwachte sofort ihr Beschützerinstinkt.

»Ich verpetze niemanden.«

»Wenn du es mir nicht erzählst, verrate ich Penny, du würdest überall verbreiten, dass sie schwanger ist.«

Dennis steckte die inzwischen leere Papiertüte wieder ein. »In ein paar Monaten können es sowieso alle selbst sehen. Mutter hat einen sechsten Sinn für solche Dinge.«

»Dennis, wenn jemand aus meiner Klasse ein Ladendieb ist, muss ich das wissen.«

»Ich war selbst nicht dabei. Jemand hat es mir erzählt«, erwiderte Dennis ausweichend.

»Nun, wer war es?«, zischte Emily. Sie wurde von Sekunde zu Sekunde ärgerlicher. Bestimmt war es Jayden, davon war sie überzeugt. Eigentlich war es falsch von ihr, ihn als Ersten zu verdächtigen, aber der Junge war einer der ärmsten der Schule, weshalb es nur verständlich war, dass er sich nach

Dingen sehnte, die für ihn sonst unerschwinglich waren. Sie betete zu Gott, dass er keine Fußballkarten gestohlen hatte. Denn in diesem Fall hätte er ihr bei der kleinen Auseinandersetzung auf dem Pausenhof ins Gesicht gelogen.

»Rashid Dar«, entgegnete Dennis nüchtern. »Und das hast du nicht von mir.«

Emily war wie vor den Kopf geschlagen. »Nein, Dennis, das kann nicht sein.« Rashids Familie war wohlhabend, da war sie ganz sicher. Sie war einige Male bei Dar's Delhi Delights gewesen. Das Lokal war sehr gut besucht und gerade erst renoviert worden. Außerdem machten sie offenbar bezahlte Werbung bei Facebook. Das wusste Emily, weil sie immer wieder auf die Sonderangebote hingewiesen wurde. Rashid hatte das modernste iPhone, bekam jedes Halbjahr neue Schuhe, und seine Schulhosen waren von Next. Ein himmelweiter Unterschied zu Jayden mit seinen Billigturnschuhen und dem auseinanderfallenden Rucksack.

»Er wurde einige Male dabei gesehen, wie er diese teuren Kaugummidöschen eingesteckt hat. Beim letzten Mal wurde er darauf angesprochen und gebeten, die Sachen zurückzulegen. Er hat alles abgestritten. Beim nächsten Mal soll der Ladenbesitzer informiert werden.« Er schniefte. »Ich hätte das sofort getan.«

Emily hätte sich wohl genauso verhalten. Allerdings hatte jeder eine zweite Chance verdient. Vielleicht sollte sie selbst mit Rashid reden. Eigentlich hatte sie an diesem Nachmittag, wenn die Schüler ein wenig müde und satt von den Makkaroni mit Käse waren, alle bitten wollen, die Fotos von Ray zu löschen. Möglicherweise konnte sie ihnen dabei ja einen kleinen Vortrag zum Thema Persönlichkeitsrechte halten. Wegen des Vorfalls mit den Fußballkarten würde dieser schließlich nicht aus heiterem Himmel kommen.

»Überlass das mir«, sagte sie zu Dennis. »Und richte deiner Quelle aus, dass ich alles im Griff habe.«

Dennis zerbiss die Bonbons in seinem Mund. »Du bist aber ein fleißiges Bienchen. Ich habe gehört, dass Susan dich morgen dazu einspannen wird, diesen Raum hier zu schmücken. Offenbar kriegen wir nächste Woche Besuch von der Diözese. Also alle Mann ran an die Weihnachtsfeier.« Er wies in den großen, im Augenblick mit durcheinanderrufenden Kindern gefüllten Saal hinein und klatschte vor Emilys Gesicht in die Hände. »Showtime.«

KAPITEL
ZWEIUNDZWANZIG

Marylebone

»Ich kapiere gar nichts mehr.« Ray hatte Mühe, mit Deborahs hektischen Schritten mitzuhalten, als seine Agentin eine der wichtigsten Einkaufsstraßen Londons entlanghastete. »Wo gehen wir hin?«

»Das erkläre ich dir, wenn wir dort sind«, rief Deborah ihm über die Schulter gewandt zu, während sie an den anderen Passanten vorbeistürmte. Kurz blickte sie sich um. »Habe ich dir schon gesagt, wie toll du im Radio warst und wie wacker du dich geschlagen hast?«

»Ja«, seufzte er. Es regnete. Die Tropfen waren so eiskalt, dass er es bereute, keine Mütze eingesteckt zu haben. Da sie nicht in seiner Manteltasche war, lag sie bestimmt in Emilys Wohnung. Er betrachtete die mit glitzerndem Lametta und glänzenden Weihnachtskugeln geschmückten Läden ringsherum. Selbst bei Tageslicht konnte man der Weihnachtsdekoration nicht entkommen. Er wagte kaum, sich auszumalen, wie die quer über die Straße gespannten Schilder mit Weihnachtswünschen wohl bei Dunkelheit aussahen. An Seilen baumelten gewaltige Rentiere, als würden sie fliegen. All das, so dachte er, ließ sich sicher besser aushalten, wenn man betrunken war.

»Also meinst du, ich war gut genug, eine Wohnung zu kriegen, ohne dass sich jemand mein Bankkonto zu genau anschaut? Vielleicht gibt es ja Vermieter, die den *Independent* und nicht die *Daily Mail* lesen.«

Er hatte keine Wunder vollbracht. In Wahrheit war er vor Angst fast gestorben, und dazu hatte er auch allen Grund gehabt. Der DJ hatte sich wie abgemacht nach seinem neuen Album erkundigt. Aber dann, am Schluss, kurz bevor Ray singen sollte, hatte er eine letzte Frage gestellt.

Wir alle haben die Zeitungen gesehen und unsere eigenen Schlüsse daraus gezogen. Sagen Sie, Ray: Möchten Sie Ida etwas mitteilen, falls sie uns jetzt zuhört?

Im ersten Moment wäre er fast in die Falle getappt, die ihm der Moderator so geschickt gestellt hatte. Schlagartig stand ihm Ida vor Augen. Gedanken wirbelten ihm im Kopf herum, und eine Antwort lag ihm bereits auf den Lippen. Doch als er gerade den Mund öffnen wollte, verschüttete ein Techniker heißen Kaffee auf den Schreibtisch und weckte damit Erinnerungen an eine andere Tasse, einen kochenden Kessel und blubberndes Wasser, das durch die Luft spritzte.

Als die dampfende Flüssigkeit diesmal auf ihn zurann, wich er zurück und sprang rasch auf. Die Unterbrechung und die Tatsache, dass der DJ den Zuhörern erklären musste, was geschehen war, gaben ihm genug Zeit, um sich zu sammeln. Also setzte er sich und lächelte den Moderator an, ehe er zu sprechen begann.

Sie sollten nicht alles glauben, was in der Zeitung steht, Milo. Außerdem würde ich wirklich gerne für unsere Zuhörer singen, bevor die Sendezeit um ist.

Mit diesen Worten setzte er sich ans Keyboard und schlug einen Akkord an, ein unmissverständliches Zeichen dafür, dass dieses Interview vorbei war.

»Ich habe Saturn um einen Vorschuss auf deinen Vorschuss gebeten«, verkündete Deborah, als er sie endlich eingeholt hatte.

»Und?«

»Ray, du warst seit über zwei Wochen nicht mehr im Studio. Sie sind besorgt, dass du nicht rechtzeitig fertig werden könntest.«

Er schnappte nach Luft. Wie sollte er ins Studio gehen, wenn Dr. Crichton ihm das Singen verboten hatte? Der Auftritt bei City FM war auch nicht ohne gewesen. Um Eindruck zu schinden, musste er einen hohen Ton treffen. Doch wegen der starken Schmerzen hatte er in letzter Minute in die tiefere Oktave gewechselt. Zum Glück hatte es einigermaßen gut geklungen, und offenbar hatte niemand bemerkt, dass es alles andere als perfekt war. Allerdings wusste er, dass er nur Durchschnitt abgeliefert hatte, und in dieser Branche brachte man es mit Durchschnitt nicht sehr weit.

»Das Album wird fertig«, beteuerte Ray. »Das haben die doch begriffen, oder?«

»Du musst weiter Songs aufnehmen«, entgegnete Deborah streng. Sie marschierte weiter, überquerte die Straße und wich einem Mann aus, der die Obdachlosenzeitschrift *The Big Issue* verkaufte. »Wann wirst du dort wieder erscheinen? Was soll ich ihnen sagen?«

Darauf hatte er keine Antwort. Dr. Crichtons Worte, er müsse sich im nächsten Monat operieren lassen, hallten ihm in den Ohren. Es führte kein Weg daran vorbei. Er musste Deborah reinen Wein einschenken. Doch ihm war klar, was sie hören wollte. Auch sie musste ihre Rechnungen bezahlen. Seine Zusammenarbeit mit ihr hing am seidenen Faden. Sie war nur noch da, weil er ihr in der Vergangenheit so viel Geld eingebracht hatte. Ganz gleich, wie oft sie schwor, dass sie an ihn glaubte … Sogar sein eigener Vater hatte ihn aufgegeben.

»Ich weiß nicht«, erwiderte Ray. »Vielleicht nächste Woche.«

»Wie findest du *ganz bestimmt* nächste Woche?«

»Verrätst du mir jetzt endlich, wo wir hingehen?« Er blieb stehen. Der Regen wurde stärker und prasselte auf sein nicht mehr von einem Bart geschütztes Gesicht. »Ansonsten rühre ich mich nicht mehr vom Fleck.« Er warf einen Blick auf den Laden neben sich. The Disney Store. Vom Gehweg aus konnte er einen roten Wagen und eine Minnie Maus im Weihnachtskostüm erkennen. Er machte ein paar Schritte vorwärts. Eine Szene wie diese wäre im alkoholisierten Zustand sicher besser zu ertragen gewesen.

»Wir gehen in ein sehr hübsches Café in der Seymour Street.«

Ray erschauderte. Er wollte nicht in ein hübsches Café. Ein hübsches Café konnte er sich nicht leisten. Eigentlich galt das auch für ein *nicht* so hübsches Café. Oder für ein Pub. Warum brauchte Deborah nur immer Kaffee, wenn sie mit ihm reden wollte? Er verharrte auf der Stelle und lauschte dem festlichen Liedermix aus *Der König der Löwen*, der auf die Straße hinauswehte.

»Ray, bitte komm jetzt. Wir sind schon spät dran.« Deborah schob den Mantelärmel hoch und schaute auf die Uhr.

»Spät wozu?«, erkundigte sich Ray.

»Zu unserer Verabredung.«

»Eine Verabredung mit wem?« Er spürte, dass es ihm die Brust zuschnürte. Mit einem Vertreter von Saturn Records etwa? Hatte Deborah mit ihrem Gerede, er solle mehr Zeit im Tonstudio verbringen, darauf hingearbeitet? Auf einen Termin mit der Plattenfirma und ein Ultimatum? Plötzlich fühlte er sich unter großen Druck gesetzt.

»Los, Ray. Um sechs habe ich einen Termin mit meinem nächsten Klienten. Also habe ich höchstens zwei Stunden Zeit.«

»Wir treffen uns doch nicht etwa mit der Presse?«

»Nein.« Deborah seufzte auf. »Wir treffen uns nicht mit der Presse. Und ich übernehme die Rechnung.«

Er steckte die Hände tief in die Manteltaschen. Anscheinend hatte er keine andere Wahl.

Das Café in der Seymour Street entpuppte sich als ziemlich ausgeflippt. Vor einem gewaltigen Fenster mit weißem Holzrahmen standen zwei Stühle und ein Tisch auf Kunstrasen. Über der Tür prangte in Leuchtbuchstaben der Name »Daisy«. Von draußen konnte Ray sehen, dass drinnen an der Decke Papierkugeln und echte Blumen in unzähligen Farben baumelten. Das Ganze wirkte, als hätte hier jemand seinen Gartenwahn ausgetobt. Um für etwas Festtagsstimmung zu sorgen, standen auf den Fensterbrettern neonbunt eingepackte Geschenke.

»Was machen wir denn hier?«, fragte Ray und folgte Deborah über den Parkettboden.

»Hallo, ich bin Deborah Michaels. Ich habe ein Nebenzimmer reserviert.«

Diese Worte waren nicht an Ray gerichtet, sondern an die Kellnerin hinter dem Tresen. Eine Tafel pries diverse entgiftende Smoothies an. Als Gegenpol zu so viel Gesundheit wurden außerdem hemmungslose Brunchpartys offeriert. Vielleicht war dieser Laden ja doch etwas für ihn. Ob es hier wohl Bier gab?

»Komm, Ray.« Deborah schob ihn weiter, als eine andere Kellnerin sie in den hinteren Teil des Cafés führte. Sie stiegen eine Treppe hinunter, anscheinend in den Keller. Ray fragte sich, was seine Agentin wohl im Schilde führen mochte. Wenn er ehrlich war, erinnerte ihn all das ein wenig an die Fernsehserie *Homeland*.

Weiße Wände, eine niedrige Decke, Wandgemälde auf

Backstein. Pastellfarbene Gänseblümchen, Hummeln und – Carmen Miranda, ein Filmstar aus den Dreißigern. Der Boden war wieder mit Kunstrasen bedeckt, der Raum mit nicht zusammenpassenden Stühlen und einem langen Tisch im Landhausstil möbliert. Doch der größte Schock für Ray war die Person, die sie dort erwartete. Er blieb ruckartig stehen. Sein Herz pochte so heftig, dass er es in der Kehle spürte, und alles verschwamm vor seinen Augen.

»Hallo, Ray«, begrüßte ihn Ida.

KAPITEL
DREIUNDZWANZIG

Grundschule Stretton Park

»Cherry, wir rennen nicht mit Scheren in der Hand durch die Gegend, richtig? Kommt, Kinder. Das habt ihr doch schon am ersten Schultag gelernt«, rief Emily, während ihre Schüler im Klassenzimmer umhersausten, um vor Schulschluss alles aufzuräumen. Um diese Uhrzeit ging es stets hoch her. Die Kinder waren müde. Sie selbst war müde. Außerdem wollte sie, dass die Schüler endlich ihre Sachen zusammenpackten, damit sie die verbleibenden zwanzig Minuten dazu nutzen konnte, ein paar wichtige Informationen loszuwerden. Insbesondere Dinge, die ihre Schüler ihren Eltern inoffiziell ausrichten sollten, bevor per E-Mail der Newsletter verschickt wurde.

»Haben *Sie* die Regale repariert, Miss Parker?«

Emily schaute zum Schrank hinüber, wo Matthew gerade hinausspähte. Trotz all ihrer Bemühungen, den Jungen zu säubern, hatte er noch Weißleim an den Fingern.

»Regale! Regale!«, johlte Felix und wackelte mit dem Kopf.

»Äh, nein, habe ich nicht.« Sie klatschte in die Hände und breitete die Arme aus wie der Jesus in Rio, bis Ruhe eintrat. Als alle still waren, fuhr sie fort.

»Also, Kinder, erinnert ihr euch noch an unser Gespräch über Sicherheit im Internet und …?«

»Sie haben gesagt, wenn jemand behauptet, dass er zehn

ist und *Miraculous* mag, könnte er auch ein fünfzigjähriger Mann namens Brian sein«, verkündete Cherry fröhlich.

»Genau«, erwiderte Emily. »Nun, und heute möchte ich mit euch über Privatsphäre im Internet reden. Ihr wisst ja noch, dass Ray Stone hier war und …«

»… Sie ihn in den Schrank gesperrt haben«, ergänzte Frema.

»Tja … äh …«

»Und er hat Olivia Colman vor dem sicheren Tod bewahrt«, stellte Alice grinsend fest.

»Sie wollten nicht, dass Mrs Clark es erfährt«, fügte Rashid mit unbewegter Miene und ein wenig selbstzufrieden hinzu.

»Ja, aber darum geht es jetzt nicht«, entgegnete Emily. »Sondern um Mr Stones Recht auf Privatsphäre.«

»Was soll das heißen?«, fragte Matthew und spielte an einer seiner Haarsträhnen herum.

»Nun, gestern hatte ich euch ja verboten, eure Handys herauszuholen und zu fotografieren. Ich verstehe, dass ihr sehr aufgeregt gewesen seid, weil ihr einen Igel und einen Popstar gesehen habt. Da ist es nur verständlich, dass ihr Fotos gemacht habt, auf denen vermutlich der Igel und Mr Stone zu sehen sind.«

»Habe ich«, gab Cherry zu.

»Ich auch«, sagte Makenzie.

»Tja, Mr Stone hat mich gebeten, die Fotos von ihm zu löschen. Denn falls sie ins Internet geraten, wäre das eine Verletzung seiner Privatsphäre.«

»Was bedeutet das?«

Weshalb war das nur so schwierig? Vielleicht hätte sie in der Mittagspause einfach ihre Handys aus den Schultaschen kramen, die Fotos aufrufen und sie löschen sollen. Nur dass es inzwischen Fingerabdruckerkennung und Passwörter gab. Ihre Schüler konnten sich diese langen Zahlenkombinationen bestimmt besser merken als die Rechenwege, die sie ihnen beizubringen versuchte. »Das bedeutet, dass diejenigen von euch, die diese Fotos im Internet oder in den sozialen Medien gepostet haben, Schwierigkeiten bekommen können.«

Als alle vor Entsetzen im Chor nach Luft schnappten, bestätigte das Emily in ihrem Verdacht, dass dieses Gespräch offenbar zu spät kam.

»Snapchat ist doch kein richtiges soziales Medium, oder?«, fragte Cherry mit weit aufgerissenen Augen. Ihre Unterlippe zitterte ein wenig.

»Natürlich ist es das, du dumme Kuh«, erwiderte Rashid verächtlich. »Ich wollte mein Foto auf Instagram veröffentlichen, aber meine Mum hat gesagt, die Zeitungen wären inzwischen so scharf auf diese Geschichte, dass ich damit Geld verdienen könnte.«

Emily schluckte. Rashid hatte es seiner Mutter erzählt. Und die würde mit Mrs Clark reden und sie fragen, was ein allem Anschein nach in Ungnade gefallener Popstar auf dem Pausenhof der Schule ihres Sohnes zu suchen gehabt habe.

»Aber sie hat mir nicht geglaubt, dass er es war«, fuhr Rashid fort. »Sie fand, dass er aussieht wie ein Doppelgänger mit sehr rotem Gesicht.«

Emily wusste nicht, ob sie Ray wegen dieser Personenbeschreibung bedauern oder erleichtert sein sollte, weil Mrs Dar sich nicht über sie beschweren würde. Und hatte Cherry das Foto wirklich nur per Snapchat an eine Freundin geschickt? Solange diese Freundin nicht beim Sender Fox beschäftigt war, hatte wahrscheinlich niemand etwas zu befürchten.

»Ich möchte, dass ihr Folgendes tut«, begann Emily, »damit niemand deswegen Probleme bekommt. Ihr holt jetzt eure Handys heraus, und dann löschen wir alle Fotos, auf denen Mr Stone zu sehen ist.«

Inzwischen wurde gejammert, gestöhnt und übertrieben geseufzt.

»Kinder, es ist nur zu eurem eigenen Besten. Es will doch niemand Ärger haben, oder?«

»Könnten wir wirklich welchen kriegen? Mit der Polizei und so?«, fragte Angelica.

»Lalü-lala! Lalü-lala!«, kreischte Felix, sprang auf und wirbelte um die eigene Achse wie ein außer Rand und Band geratener Hubschrauber.

»Felix, setz dich bitte hin«, befahl Emily. »Also: Bevor es läutet, nehmt ihr eure Handys heraus. Ich komme dann zu jedem von euch und vergewissere mich, dass alle Fotos von Mr Stone gelöscht sind.«

Die Kinder liefen hin und her, kramten ihre Handys aus Rucksäcken und Taschen und legten sie auf den Tisch. Nur einer der Schüler blieb reglos sitzen: Rashid.

»Rashid«, wandte Emily sich an ihn. »Hast du mich nicht verstanden?«

»Ich habe gehört, dass Sie über Privatsphäre geredet haben, Miss«, erwiderte er. »Aber verletzen Sie nicht *meine* Privatsphäre, wenn Sie mich zwingen, ein Foto zu löschen, das ich gemacht habe?«

Als sie Rashid betrachtete, konnte sie beinahe ein triumphierendes Funkeln in seinen Augen erkennen. Wieso war er bloß ein so anstrengendes Kind? Woher kamen sein übersteigertes Selbstwertgefühl und sein Geltungsdrang? Während die anderen anfingen, an ihren Handys herumzufummeln und die Fotos aufzurufen, näherte sie sich seinem Pult.

»Rashid«, sagte sie mit Nachdruck. »Ich möchte, dass du sämtliche Fotos von Mr Stone löschst. Er hat dir nicht die Erlaubnis gegeben, ihn zu fotografieren.«

»Das lag wahrscheinlich daran, dass er zu blau war«, höhnte der Junge.

»Und Äußerungen wie diese bezeichnet man als üble Nachrede, Rashid. Damit kann man sich mächtig Ärger einhandeln.« Emily holte tief Luft. »Genauso wie mit Ladendiebstahl.«

Kurz bemerkte sie, dass sein prahlerischer Ausdruck von etwas abgelöst wurde, das beinahe, wenn auch nicht ganz, so etwas wie Angst war. Im nächsten Moment war es aber auch schon wieder verschwunden.

»Ich habe keine Ahnung, wovon Sie reden, Miss«, antwortete er.

»Ich rede davon, Rashid, dass ich mit deinen Eltern über dein Verhalten in der Schule und *außerhalb* davon sprechen muss, wenn sie kommen, um sich dein Projekt ›Was Weihnachten für mich bedeutet‹ anzuschauen. Alles, was du tust, wenn du Schuluniform trägst, fällt auf Stretton Park zurück. Und wir alle wissen, wie wichtig Mrs Clark der gute Ruf der Schule ist.«

»Außerdem wissen wir alle, dass mein Dad die Weihnachtsaufführung finanziert«, entgegnete Rashid.

»Ich bin für diese Aufführung verantwortlich«, sagte Emily. »Für den Text, die Musik und die Kostüme. Und ich entscheide, wer mitwirken darf.« Sie lächelte. »Momentan bin ich so etwas wie der Stephen Spielberg von Stretton Park.« Ach herrje, sie klang beinahe so selbstgerecht wie ihre eigene Mutter. Entschlossen atmete sie durch. »Das Handy, Rashid. Auf den Tisch. Aber ein bisschen plötzlich.«

Widerstrebend zog er sein Handy aus dem Rucksack und legte es vor sich hin.

»Sehr gut«, meinte Emily. »Und jetzt fangen wir damit an, deine Fotos zu löschen.«

KAPITEL
VIERUNDZWANZIG

Ladbrokes, Islington

Weglaufen war etwas für Kinder. Nichts für einen erwachsenen Mann, bei dem jeder Schritt ohnehin schon von der Öffentlichkeit beobachtet wurde. Ray rang nach Luft. Sobald ihm klar geworden war, dass Ida vor ihm stand und dass Deborah ihn mit einem Trick dazu gebracht hatte, seiner Exfreundin gegenüberzutreten, war er aus dem Café gestürmt. Warum? Warum hatte seine Agentin so etwas getan? Ohne jede Vorwarnung. Gut, sie hatte angedeutet, ein Treffen mit Ida könne eine gute Idee sein. Doch er war einfach noch nicht so weit. Deborah hatte wirklich keine Ahnung, was mit Ida los war. Deshalb befand er sich nun hier vor einem Wettbüro. Nicht vor einem Pub, anscheinend machte er Fortschritte. Am liebsten hätte er so getan, als hätte es die letzte halbe Stunde nie gegeben. Es war besser, wenn er sich mit etwas beschäftigte, auf das er Einfluss hatte.

Er holte tief Luft und betrachtete den rot-weißen Werbe-Weihnachtsbaum im Schaufenster. Was würde er wohl drinnen vorfinden? Aufblasbare Weihnachtsmänner als Jockeys oder Windhunde, die einen Schlitten zogen? Zum Teufel mit Weihnachten! Er schob die Tür auf, voller Hoffnung, dass sein Plan aufgehen würde.

Im Raum war es warm, und es roch ein wenig nach Schweiß, Bier und vielleicht nach dem Vindalho Curry vom Vorabend. Seit das Rauchverbot in Kraft war, fehlte der dichte Nebel von Marlboros oder Selbstgedrehten, den er aus seiner Jugend kannte. Es gab nicht einmal mehr einen Getränkeautomaten. Doch abgesehen davon hatte sich hier nichts verändert. Derselbe Teppichboden und dieselben Wände, an denen die heutigen Rennergebnisse hingen. Nur die Flachbildfernseher hatten sich vermehrt. Ray erkannte einige Gesichter. Allerdings interessierte ihn nur eines von ihnen.

»Hallo, Wilf«, begrüßte er einen Mann von Mitte sechzig, dessen dicker Polyestermantel auch als Schlafsack hätte durchgehen können. Er trug eine Fischermütze, unter der graue Haarsträhnen hervorlugten. Der Mann klemmte sich einen kleinen Bleistift zwischen die Lippen. »Wie läuft's denn so?«, brummte er und wandte sich dann wieder dem Wettformular zu, das er gerade ausfüllte.

»Alles in Ordnung?«, fragte Ray und setzte sich auf den Barhocker neben Wilf. »Hält die Glückssträhne an?«

»Soso«, lautete die ausweichende Antwort. Wilf war noch nie sehr gesprächig gewesen. So eine Unterhaltung war eine Rarität.

»Dann komme ich wohl am besten direkt zum Punkt«, meinte Ray. Er räusperte sich und senkte die Stimme. »Hast du noch dein Lager mit Heizungsersatzteilen?«

Will blickte von seinem Gekritzel auf und betrachtete Ray argwöhnisch. »Wer will das wissen?«

»Äh … ich.«

»Für wen?«

»Äh, für mich.«

Wilf lehnte sich zurück und musterte Ray von Kopf bis Fuß, als hielte er ihn plötzlich für ausgesprochen bedrohlich. »Und für wen arbeitest du?«

»Pass auf, Wilf. Ich arbeite für niemanden. Ich brauche

nur ein Ersatzteil für einen Boiler Marke Worcester. Fabrikat und Artikelnummer habe ich dir aufgeschrieben und ...«

Als Ray den Zettel aus der Tasche nahm, rutschte Wilf von seinem Barhocker und schlurfte in Richtung Theke. Dabei murmelte er vor sich hin und wedelte mit den Händen, als wollte er jemanden verscheuchen. Unterwegs stieß er gegen ein an der Decke hängendes glitzerndes Pferd mit einer Elfe im Sattel, sodass es wie ein Pendel hin und her schwang.

»Ich weiß nichts«, erklärte Wilf schließlich kopfschüttelnd. »Warum fragst du mich? Du solltest ihn fragen.«

Nun starrten alle im Wettbüro Ray an wie einen unerwünschten Gast. Er schluckte. Zuerst die Paparazzi. Dann der Radiosender. Danach Ida. Und jetzt hier.

»Frag *ihn*«, wiederholte Wilf und deutete in die dunkelste Ecke. Rays Blick folgte dem ausgestreckten Finger bis hin zu dem Mann, der aufstand und quer durch den Raum auf ihn zukam. *Sein Dad.*

Plötzlich bereute Ray, dass er sich vor dem Gespräch mit Ida gedrückt hatte. Er steckte die Hände in die Manteltaschen und machte sich auf die nächste Schimpftirade gefasst.

»Was für ein Modell?«, knurrte Len, eine nicht angezündete Zigarette zwischen den Lippen.

»Was?« Es wunderte Ray, dass er nicht in voller Lautstärke angeschrien worden war.

»Der Boiler. Was ist es für ein Modell?«, wiederholte Len.

»Es ist ein ...« Ray hielt inne. Er war völlig aus dem Konzept gebracht und fühlte sich erbärmlich. So als wäre er wieder dreizehn Jahre alt. Dennoch kramte er den Zettel heraus und hielt ihn seinem Vater hin.

Len sog Luft zwischen den Zähnen ein und studierte die Zahlen. »Du hast dieses Modell in deiner Wohnung?« Er schüttelte den Kopf. »Ich wette, du brauchst einen Thermostat, richtig?«

Noch immer kein Geschrei. »Ja, stimmt«, antwortete Ray rasch.

Sein Dad marschierte zur Tür. Ray spürte weiterhin die Blicke der anderen Kunden auf sich. Es war, als wäre er die Showeinlage vor dem Rennen.

»Willst du hier Wurzeln schlagen?«, rief Len und schaute sich nach ihm um. »Ich habe einen im Transporter.«

Inzwischen war es draußen bitterkalt. Aber zumindest hatte der Regen aufgehört. Die Sonne unternahm einen zaghaften Versuch, die dichte Wolkendecke zu durchbrechen. Ray spürte, wie eisiger Wind ihn umwehte. Er stand vor dem weißen Transporter seines Dads, der schon bessere Tage gesehen hatte. Sein Dad hatte die Türen geöffnet, war irgendwo hinten im Laderaum und wühlte brummelnd, schimpfend und hustend in einem Karton voller Ersatzteile. Mit so etwas hätte Ray heute Morgen beim Aufstehen niemals gerechnet. Wieder vibrierte das Handy in seiner Tasche. Er fragte sich, wann Deborah wohl endlich aufhören würde, ihm nachzuspüren. Vermutlich, wenn er ihr eine vernünftige Erklärung für seine Flucht aus dem Café geliefert hatte. Allerdings war er nicht sicher, ob das heute noch geschehen würde. Allmählich wurde ihm alles zu viel.

»Brauchst du Hilfe?«, rief er Len zu. Mittlerweile war sein Dad fast vollständig im Laderaum verschwunden. Nur die Rückseite seiner braunen Hose und die Stiefel, die knöcheltief in Pappkartons versanken, waren noch zu sehen.

»Das soll wohl ein Witz sein«, entgegnete Len. »Du hast doch keinen Schimmer von meinem System.«

Gab es in diesem Schrotthaufen tatsächlich so etwas wie Ordnung? Kaum zu fassen.

»Also arbeitest du wieder als Heizungsbauer?«, war Lens gedämpfte Stimme zwischen den Kartons zu hören.

In seinem Tonfall schwang Stolz mit. Und Hoffnung. Um des lieben Friedens willen wäre es wohl das Beste gewesen, zu lügen und ja zu sagen. Angesichts seiner streikenden Stimmbänder und des drohenden Stimmverlusts lag es schließlich im Bereich des Möglichen.

»Nein«, erwiderte Ray. Offenbar führte seine Stimme noch immer ein Eigenleben und setzte sich sogar über seinen Verstand hinweg. »Ich helfe nur einer Freundin.« Sofort musste er an Emily Parker denken. Eine praktisch wildfremde Frau, die ihm ihr Gästezimmer zur Verfügung gestellt hatte, ohne seine Lebensweise zu beurteilen. Eine *wunderschöne* Fremde, zu der er unbedingt den nötigen Abstand wahren musste.

»Also hast du noch Freunde«, merkte Len an. »Und das nach dem ganzen Zeug in den Zeitungen.«

Und da war es wieder. Sein Vater hielt mit seiner Meinung nicht zurück. Ray unterdrückte den Protest, der ihm auf der Zunge lag. Bis jetzt hat es schließlich auch nichts gebracht auszuteilen. Wenn man es seinem Gegenüber heimzahlte, kochte die Angelegenheit nur weiter hoch, und zwar so, dass man es meist nicht richtig verstand und nicht damit umgehen konnte.

»Weißt du was? Wenn ich das nächste Mal vorbeikomme, signiere ich deiner neuen Freundin die CD. Wie waren übrigens die Kebabs?«, erkundigte er sich stattdessen.

»Verdammt lecker«, antwortete Len. »Das sind sie bei Mehmet immer.« Als er aus dem Transporter kletterte, klebte ein Stück Paketband an seinem Mantel, und um seinen Hals hing ein Streifen Luftpolsterfolie wie ein Schal. »Du warst früher ganz verrückt danach.«

Das stimmte. Seine Mum auch. Mehmet musste inzwischen mindestens hundert Jahre alt sein. Freitags war immer ihr Kebab-Abend gewesen. Er, seine Mum und sein Dad hatten stets am selben Tischchen in dem winzigen türkischen Imbiss gesessen, sich die Bäuche vollgeschlagen und sich das ausländische Fußballspiel angesehen, das gerade auf Mehmets uraltem Fernseher lief. Die Halterung des Fernsehers selbst war ein handwerkliches Meisterstück und bestand aus einer Holzpalette und Elektrokabeln.

Seine Eltern hatten Efes-Bier getrunken, und er hatte ein Schlückchen kosten dürfen. In diesen Momenten hatte in ihrer Familie eine friedliche Stimmung geherrscht. Der kleine Ray konnte nachvollziehen, warum sich seine Mum und sein Dad ineinander verliebt hatten. Sie redeten, lachten und fragten Ray nach der Schule. Seine Mutter machte sich schick, obwohl das für ein solches Lokal eigentlich nicht üblich war. Bei ihrer Ankunft war sie beinahe nüchtern, so als wollte sie an diesen Abenden wirklich anwesend sein. Mehmets Imbiss war so etwas wie ein Rückzugsort, wo der Alltag an einem Abend in der Woche keinen Zutritt hatte. Wie schade, dass das zu wenig gewesen war.

Len hielt ihm eine Schachtel hin. »Bitte sehr.«

»Was ist das?« Ray betrachtete das Päckchen.

»Dein Ersatzteil. Der Thermostat für die Heizung.«

»Was, genau der richtige?« Zweifelnd beäugte Ray wieder die Schachtel.

»Du bist von dieser dämlichen Singerei schon ganz wirr im Kopf, mein Junge! Ja, genau der richtige, mit der Artikelnummer, die du mir gegeben hast.« Er schickte sich an, Ray die Schachtel in die Hand zu drücken. »Willst du das Ding jetzt oder nicht?«

»Schon ... ja ... aber ...«

»Was ist los mit dir?«, fuhr Len ihn an. »Von Wilf hättest du ein Ersatzteil genommen. Und von mir nicht?«

Ray hatte wirklich keine Lust, sich zu streiten. »Doch ... ich ... danke, Dad.« Er griff nach der Schachtel. »Kann ich das nächste Woche bezahlen?«

Len schnalzte missbilligend mit der Zunge und schüttelte den Kopf. »Ich will dafür kein Geld, du Blödmann. Jetzt habe ich wenigstens wieder mehr Platz im Transporter, richtig?« Len schloss die Tür, holte ein Feuerzeug aus der Hosentasche, zündete seine Zigarette an und inhalierte tief, bevor er den Rauch in die kalte Luft pustete. »Wahrscheinlich hat Wilf ein Dutzend dieser Teile in seinem Lagerraum. Aber die Polizei hat ihn momentan auf dem Kieker. Deshalb hat er sich auch fast in die Hose gepinkelt, als du ihn danach gefragt hast.«

In diesem Moment fuhr ein Auto vorbei. Weihnachtsmusik von Slade dröhnte aus den Fenstern, die einen schmalen Spalt geöffnet waren.

»Scheißweihnachten«, schimpfte Len kopfschüttelnd. »Jedes Jahr fängt das Theater früher an, findest du nicht? Und jetzt lebe ich mit einer Frau zusammen, die unsere Wohnung schmücken will wie die verdammte Werkstatt vom Weihnachtsmann. Dabei haben wir noch nicht mal Dezember.«

Also wohnte Brenda tatsächlich dort. Nun, das hatte Ray sich schon gedacht. Die übrige, nicht festliche Dekoration wie die Tapeten, die Rüschen und der Flitterkram hatten sie verraten. Sein Dad verabscheute Heimwerkerarbeiten in jeglicher Form. Nach einem anstrengenden Tag, an dem er Heizungen repariert hatte, war er froh, wenn er am Wochenende nichts damit zu tun hatte. Ray konnte das verstehen. Seine Mum hatte sich nie Gedanken über die neuesten

Wohntrends gemacht. Sie hatte sich nur für ihren nächsten Drink interessiert.

»Schwierig an Weihnachten, was?«, fügte Len sachlich hinzu.

Als Ray seinen Dad musterte, bemerkte er, dass ein wehmütiger Ausdruck über sein Gesicht huschte. Versuchte Len wirklich, ein Gespräch mit ihm zu führen?

»Ja«, erwiderte Ray. Fiel ihm denn nichts Besseres ein? *Große Klasse, Ray.*

»Ohne sie ist es nicht dasselbe, oder?«, fuhr Len fort und blickte ins Leere.

Also ging es doch um seine Mum. »Nein«, antwortete Ray. »Aber …« Er wusste nicht, was er sagen sollte. Worte würden seine Mum nicht zurückbringen. Len führte mit Brenda ein neues Leben, und wenn es ihn glücklich machte, war es in Ordnung so. Er war lange genug Witwer gewesen. Hatten die Spannungen in der Beziehung seiner Eltern nur damit zu tun gehabt, dass seine Mutter getrunken hatte? Oder lag es am harten Alltag der Arbeiterschicht? Was war zuerst da, die Henne oder das Ei? Trank man, um der Schufterei zu entkommen? Oder schuftete man, um es sich leisten zu können, sich in den Alkohol zu flüchten? Nur dass sein Dad nicht so lange getrunken hatte, bis seine Leber den Geist aufgab.

»Aber was?«, hakte Len nach.

»Ich weiß nicht.« Als Ray ausatmete, entstand in der kalten Luft eine Wolke vor seinem Mund. »Frag mich nach ein paar Bierchen noch mal.«

»Für einen Drink ist es noch zu früh, mein Junge«, wandte Len ein.

»Irgendwo ist es immer fünf Uhr«, entgegnete Ray.

Len schüttelte den Kopf. »Sag so etwas nicht.«

Beklommenes Schweigen entstand. Len rauchte, Ray spielte an einem losen Faden in einer seiner Manteltaschen herum.

»Fall nicht in dieses Loch, Ray«, meinte Len nach einer Weile mit bebender Stimme. »Mach es nicht deiner Mutter nach. Denn der Alkohol kann Macht über einen kriegen.« Er räusperte sich. »Ich weiß, was du denkst. Du hältst mich für einen verblödeten Tattergreis, der es nicht mal geschafft hat, den Tod seiner eigenen Frau zu verhindern, aber …«

»Das stimmt nicht«, fiel Ray ihm ins Wort. »Ich denke nicht so.«

»Ich wollte nur sagen, dass der Alkohol einen ziemlich schnell am Wickel hat, wenn man ihn so sehr braucht. Erst trinkt man mal einen über den Durst, und irgendwann hat man nur noch den Stoff im Kopf, um den nächsten Tag zu überstehen.«

»Dad …«

»Hör zu.« Len zog wieder an seiner Zigarette. »Damit meine ich bloß, dass du keinen Drink nötig hast, um deine Probleme zu lösen. Durchs Trinken verschaffst du dir nur noch mehr Ärger. Deine Mum war der beste Beweis dafür.«

Ray fehlten die Worte. So offen hatte sein Dad noch nie mit ihm gesprochen. Es schnürte ihm die Kehle zu, und zwar nicht wegen seiner Stimmbänder, sondern vor Rührung.

»Und, tja, das, was ich letztens in der Wohnung gesagt habe, über die Sachen, die sie im Fernsehen und in den Zeitungen von dir behaupten, das habe ich nicht so gemeint.«

»Ja?«

»In diesem Jahr haben die Reporter sich eben auf dich eingeschossen«, fuhr Len mit einem nachdrücklichen Nicken fort. »Nichts macht der Journalistenmeute mehr Freude als ein guter, anständiger und ehrlicher Mensch, der vom rechten Weg abkommt. Das heißt nicht, dass das, was du getan hast ... Ach, ich weiß nicht, was du getan hast. Oder nicht getan hast. Es geht mich nichts an. Du bist ein erwachsener Mann und ...«

»Ich habe gar nichts getan, Dad«, kam es Ray unwillkürlich über die Lippen.

»Gut«, erwiderte Len rasch. »Lass uns nicht mitten auf der Straße sentimental werden. Man weiß ja nie, wer einen sieht.«

Nur dass er sentimental geworden war. Und zwar sehr. Sein Dad hatte Mehmets Kebabs erwähnt und dann sogar über seine Mum geredet. Das war mehr als genug.

»Nun, ich gehe besser wieder rein ins Wettbüro. Sonst ruft Brenda an und will wissen, warum ich so lange brauche, um Hühnchen-Cordon-Bleu von Nisa zu holen.«

Ray nickte und schwenkte die Schachtel mit dem Thermostat. »Danke, Dad.«

»Schon okay«, meinte Len. Er trat seine Zigarette aus.

Eigentlich hätte Ray Weihnachten ansprechen sollen, obwohl dieses Wort in seiner Familie verpönt war. Er konnte ja zumindest vorschlagen, dass sie das Fest zusammen verbrachten. Sofern er nicht im Krankenhaus sein würde. Nur dass er nicht mit einem Ort für ein Weihnachtsessen aufwarten konnte, weshalb der Schwarze Peter wieder bei Len landen würde. Doch jemand musste ja den ersten Schritt machen ...

»Dad ...«

»Bring die CD irgendwann mit«, unterbrach Len ihn brummig. »Wenn du in der Gegend bist. Dafür kriege ich vielleicht Pluspunkte bei Brenda.«

Der Augenblick war vorbei. Deshalb nickte Ray und zwang sich zu einem Lächeln. »Klar, Dad.«

KAPITEL
FÜNFUNDZWANZIG

Crowland Terrace, Canonbury, Islington

In Emilys Wohnung war es eiskalt. So ungemütlich sogar, dass sie den Backofen eingeschaltet hatte und, in ihren Morgenmantel gewickelt, davorsaß und sich kurz fragte, ob sie nicht etwas backen sollte, wenn sie ihn schon als Heizung benutzte. Doch stattdessen betrachtete sie weiter die Instrumente auf dem Tisch. Sie hatte aus der Schule eine Blockflöte, ein Xylofon und eine Triangel mitgenommen, fest entschlossen, heute Abend mit den Vorbereitungen für die Weihnachtsaufführung anzufangen. Auf gar keinen Fall würde sie alles bis zur letzten Minute vor sich herschieben. Schließlich war sie Lehrerin, voll durchorganisiert und einer Stelle als Schulleiterin würdig. Sie nahm die Flöte und pustete hinein. Puh! Das Instrument klang wirklich scheußlich. Wie sollte sie damit festliche Lieder komponieren? Sie griff zur Triangel und klopfte dagegen. Nur ein dumpfes Geräusch. Ja richtig, man musste es an der Schnur festhalten, oder? *Pling!* Das war schon besser. Im nächsten Moment vibrierte ihr Handy. Eine Nachricht von Jonah.

Sorry wegen gestern. Allan sagt, ich wäre voreingenommen. Wir haben dich eben lieb, mehr nicht. Die Krise im Hotel ist abgewendet, und Allan hatte wieder zu viel Tequila zu den Tacos. Hoffentlich ist die Heizung wieder in Ordnung. Ich kenne einen sehr netten

Südafrikaner namens Caleb, der sich für dein Zimmer interessiert, falls du noch vermieten willst. #neustart xxx

O nein! Jonah versuchte noch immer, ihr einen Mitbewohner aufzudrängen. Emily schluckte kurz und schob ihren Stuhl vom Tisch weg, als wollte sie Abstand zwischen sich und die Nachricht bringen. Würde ihr bester Freund sich wieder zum Richter aufschwingen, wenn sie ihm verriet, dass sie Ray das Zimmer angeboten hatte? Sie sah auf die Uhr. Andererseits war Ray nicht da. Er hatte von möglichen Alternativen gesprochen. Vielleicht hatte er eine größere und schickere Wohnung gefunden, wo er nicht auf dem Flur splitterfasernackt fremden Leuten über den Weg lief. Was nicht hieß, dass sie ihn sich heute auch nur eine Sekunde lang im unbekleideten Zustand vorgestellt hatte. Gut, das war gelogen. Sie hatte an ihn gedacht und ihre Erinnerung immer wieder aufgefrischt, als wäre er ein knackiger Feuerwehrmann mit einem niedlichen Welpen im Arm bei Facebook. Aber das war ganz normal, richtig? Und Jonah wollte, dass sie sich bemühte, wieder normal zu sein, und sich nicht mehr benahm wie eine trauernde Beinahewitwe, die sich vor allem versteckte, was auch nur ansatzweise nach Zukunft roch.

Warum hatte sie kein Tamburin eingepackt? So etwas brauchte sie jetzt. Ein hübsches Schlaginstrument mit Glöckchen. Sie legte die Triangel weg und griff wieder zur Blockflöte. Hatte sie noch ein Stück aus ihrer eigenen Schulzeit im Gedächtnis? Wenigstens etwas wie das Kinderlied »Three Blind Mice«? Als Emily in das Instrument pustete, ertönte ein derart schrilles Fiepen, dass sie eigentlich damit rechnete, jeden Moment könne ein Schwarm Delfine aufkreuzen und einstimmen.

»Ach herrje!«

Im nächsten Moment stand Ray vor ihr, voll bekleidet, im Mantel und mit einer Schachtel, die er auf den Tisch stellte, um sich die Ohren zuhalten zu können. Emily musste zugeben, dass dieses Outfit an ihm fast genauso sexy war wie das Adamskostüm von heute Morgen. Sie nahm die Blockflöte vom Mund. »Entschuldigung.«

»Was machen Sie da?«, erkundigte sich Ray und entfernte mit offensichtlichem Zögern die Hände von seinen Schläfen. »Sehen so die Hausaufgaben einer Lehrerin aus?«

»Nein«, erwiderte Emily. »Oder vielleicht doch.« Sie seufzte auf. »Nächste Woche kommen Vertreter der Diözese. Sie wissen doch noch, dass ich gesagt habe, ich sei für die Weihnachtsaufführung zuständig. Tja, ich habe noch nicht einmal angefangen, mir einen Text zu überlegen, geschweige denn, dass ich die Lieder dazu geschrieben hätte. Und dabei erwartet Susan allen Ernstes eine Weihnachtsversion der *West Side Story*, allerdings mit mehr Kamelen als Bandenmitgliedern, und … Ich habe nicht die leiseste Ahnung, was ich tun soll.«

»Und weil Sie nicht Hugh Jackman engagieren können, wollten Sie sich mit einer Blockflöte behelfen?«

Als Emily ihn anblickte, zog er eine Augenbraue hoch, und ein Lächeln spielte um seine Lippen. Mein Gott, er war wirklich unverschämt attraktiv. Sie senkte den Blick und achtete nicht auf ihre sich regende Libido, die inzwischen vermutlich so eingetrocknet war wie eine abgelaufene Biskuitrolle mit Schokofüllung.

Ray nahm ihr die Flöte aus der Hand und musterte sie. »Ich glaube, bis jetzt hat noch niemand ein Stück auf einer Blockflöte komponiert.«

»Nun, das kann nicht stimmen«, entgegnete sie. »In der Schule haben wir Unmengen von Büchern mit Flötennoten.«

»Ich meinte etwas Modernes«, verbesserte sich Ray und betrachtete weiter das Instrument. »Schließlich ist eine Flöte weder eine Gitarre noch ein Klavier. Ihre Bandbreite reicht nicht.«

Emily beobachtete, wie er die Flöte an die Lippen legte und einige Töne spielte, die sie sofort als »Stille Nacht« erkannte. Er setzte das Instrument ab und schüttelte lachend den Kopf.

»Mein Gott, das klingt ja schauderhaft.«

»Wie haben Sie das gemacht?«, fragte Emily verwundert. Er hatte einfach so und ganz ohne Noten ein Stück gespielt. Außerdem hatte es sich angehört, als handelte es sich bei der Blockflöte um die verschollene Cousine der in einem Orchester vertretenen Blasinstrumente.

»Wie habe ich was gemacht?«

»Wie haben Sie ›Stille Nacht‹ gespielt, ohne Notenblatt oder eine Anleitung, auf welche Löcher Sie die Finger legen müssen?« Als ihr klar wurde, welchen Eindruck der letzte Satz sicherlich erweckt hatte, kroch ihr die Röte die Wangen empor, als wäre sie plötzlich an den Ringelröteln erkrankt. Das war ihr schon einmal passiert, und es hatte sich sofort in Stretton Park herumgesprochen.

»Wenn man sich mit Musik auskennt, ist das kein Problem.« Ray zuckte die Achseln. »Ich habe keinen Abschluss im Konzertieren mit der Flöte, falls Sie das gedacht haben.« Er schmunzelte. »Wobei ich sehr hoffe, dass es so etwas nicht gibt.« Er zog die Schultern hoch. »Mann, ist das kalt hier drin.«

»Ich weiß«, erwiderte Emily. »Deshalb sitze ich ja vor dem Backofen.«

Ray griff nach der Schachtel und schüttelte sie sacht. »Nun, da habe ich gute Neuigkeiten. Ich habe das Ersatzteil für die Heizung. Also kriegen wir die Bude schnell wärmer als …«

Wenn er jetzt »wärmer als Ihre Wangen« sagte, würde ihr nichts anderes übrig bleiben, als den Kopf *in* den Backofen zu stecken.

»… den Kaffee, den Sie für mich kochen werden, während ich mein Werkzeug auspacke.« Ray grinste. Im nächsten Moment zögerte er. »Mist. Ich hätte Kaffee mitbringen sollen. Haben Sie noch Kaffee da? Sonst kann ich welchen kaufen. Ich gehe in den Laden.«

»Nein.« Emily stand auf. »Ich habe Kaffee. Unmengen von Kaffee.« Allerdings nicht viel Essbares außer riesigen Chipstüten und vielleicht ein paar tiefgefrorene Kartoffelwaffeln. Wann hatte sie so völlig die Fähigkeit verloren, für sich selbst zu sorgen? O ja, als der Chefkoch ausgezogen war. »Ich mache welchen. Und danke dafür, dass Sie das Ersatzteil beschafft haben. Sie müssen mir sagen, wie viel ich Ihnen dafür schulde. Außerdem für Ihre Zeit und …«

»Nun«, antwortete Ray, spielte an der Schachtel in seiner Hand herum und wirkte ein wenig verlegen. »Ich habe mich gefragt, ob … Sie müssen es mir sagen, wenn es nicht passt, denn das wäre schon okay.« Sie sah, dass er innehielt, bevor er fortfuhr. »Das mit meiner anderen Unterkunft hat noch nicht geklappt. Darf ich also auf Ihr Angebot zurückkommen und noch ein bisschen bleiben?«

Emily musste daran denken, was Jonah ihr über Rays Launen erzählt hatte. Und dann waren da noch die Berichte, auf die sie bei ihrer raschen Google-Recherche gestoßen war. Die Presse porträtierte ihn als gefühllosen, zornigen und starrsinnigen Mann, der vor nichts zurückschreckte, um seinen Willen durchzusetzen. Doch wie er jetzt in ihrer winzigen Küche stand, wo seine hochgewachsene, breitschultrige

Gestalt beinahe den ganzen Raum einnahm … mit einem Thermostat für ihre Heizung und einer Miene, als hätte er ein wenig Nachsicht bitter nötig …

»Natürlich«, erwiderte sie sofort. »Allerdings nur unter einer Bedingung.«

»Ich zahle Ihnen Miete. Sobald ich den nächsten Scheck von der Plattenfirma bekomme. Ehrenwort. Ich unterschreibe Ihnen einen Schuldschein. Ich …«

»Das habe ich nicht gemeint«, fiel Emily ihm ins Wort. »Ich glaube, ich brauche Ihre musikalischen Talente dringender als das Geld.«

»Wissen Sie, die Blockflöte ist eigentlich nicht mein Spezialgebiet.«

»Nein, ganz im Gegensatz zum Schreiben von Liedern.«

»Nun, das hoffe ich wenigstens, aber …«

»Ich stecke in Schwierigkeiten.« Emily nahm kein Blatt vor den Mund. »Und zwar wegen dieser Weihnachtsaufführung. Ich bin absolut unmusikalisch. Ich kann ja nicht einmal singen.«

»Jeder Mensch kann singen«, widersprach Ray.

»Wirklich.« Emily riss die Augen auf. »Ich kann es beim besten Willen nicht.«

»Und ich behaupte trotzdem, dass jeder Mensch singen kann. Ich muss zwar zugeben, dass einige Leute besser singen als andere, doch ein Geräusch mit der Stimme zu erzeugen schafft jeder.«

»Nun, mein Geräusch erinnert offenbar eher an einen Mixer, der Runensteine zermahlt.«

»Hat das jemand zu Ihnen gesagt?«, hakte Ray nach.

»Meine Mutter«, antwortete Emily. »Damals war sie gerade in der Phase, in der sie vorgab, sich für Esoterik zu interessieren. Erstaunlicherweise hat es ihr bei nicht wenigen ihrer Fälle geholfen. Sie ist praktisch Fachfrau für schwarze Magie in der Juristerei.« Sie grinste. »Wie dem auch sei. Ich flehe Sie an. Könnten Sie mich ein bisschen bei einem Lied unterstützen, bevor nächste Woche die Vertreter der Diözese kommen? Ich wäre Ihnen unendlich dankbar.« Sie klimperte mit den Wimpern. »Ich leihe mir sogar Jonahs zweite Dolce-Gusto-Maschine. Wenn ich das nächste Mal dort bin, verstecke ich sie einfach unter meinem Mantel. Er wird es nicht bemerken. Und dann kaufe ich die dazu passenden Kaffeekapseln von Starbucks. Außerdem besorge ich tonnenweise Sachen ohne Milch und Schokolade, damit Ihre Stimmbänder nicht verschleimen.«

»Schon gut. Hören Sie auf.« Schmunzelnd schüttelte Ray den Kopf. »Ich möchte nicht, dass Sie einen falschen Eindruck von mir haben.«

War es jetzt so weit? Würde er ihr eröffnen, dass er doch so war, wie er in den Zeitungen beschrieben wurde? Hielt er den Zeitpunkt für gekommen, um zuzugeben, dass einige der Andeutungen der Wahrheit entsprachen? Sie hoffte, dass es nicht so war.

»Ich mag Kaffee in jeglicher Form. Und obwohl ich mich mit den Eingeweiden einer Heizung auskenne, sah die Kaffeemaschine in meiner letzten Wohnung für mich aus wie ein Roboter. Ich schwöre, ich habe nicht einmal gewagt, das riesige Display zu berühren, vor lauter Angst, dass das Ding mir ein Uber-Taxi ruft, anstatt eine Latte Macchiato zu machen.«

Emily lachte. »Okay, keine Kaffeemaschine. Ist die Hausmarke von Tesco in Ordnung?«

»Solange das Ergebnis heiß und nass ist, bin ich einverstanden.«

Heiß. Nass. Inzwischen sehnte sich Emily regelrecht

danach, dass jemand sie mit Ringelröteln ansteckte, nur um diesem Gespräch ein Ende zu bereiten. »Gut«, erwiderte sie. »Wird erledigt.«

»Da wäre noch etwas«, fügte Ray ernst hinzu.

»Ja?«

»Ich weigere mich, mit einer Blockflöte ein Lied zu schreiben.«

»Dann mit der Triangel?« Emily griff nach dem Dreieck aus Metall.

»Lieder bestehen aus mehr als einer Note, Emily. Das war Lektion eins.« Er lachte. »Ich hole heute Abend meine Sachen. Für mein Klavier haben Sie vermutlich keinen Platz?«

Ein Klavier! Wo sollte sie ein Klavier hinstellen? Simon hatte das Bücherregal im Wohnzimmer dreimal ausmessen müssen, bis sie sich zu ihrer Zufriedenheit vergewissert hatte, dass es passen würde, ohne die Harmonie des Raums zu stören.

»War nur ein Scherz«, meinte Ray. »Ich bringe eine Gitarre mit.« Er klatschte in die Hände. »So, und jetzt setzen wir diese Heizung in Gang. Und, oh, ich nehme meinen versprochenen Kaffee mit zwei Stück Zucker.«

Noch nie hatten Pommes mit Salz und Essig direkt aus der Verpackung so gut geschmeckt. Dank des neuen Thermostats betrug die Temperatur in der Wohnung nun angenehme zwanzig Grad, sodass Emily den warmen Morgenmantel aus Fleece über ihren Sachen hatte ausziehen können. Nachdem die Heizung repariert war, war Ray zu Gios Lagerraum gegangen, um zu holen, was er tragen konnte. Hauptsächlich Klamotten, zwei seiner Gitarren, eine elektrische und eine akustische, und noch ein paar andere Dinge, die in seinem größten Rucksack Platz hatten. Es vermittelte kein gutes Bild von seinem Leben als Superstar, dass er sein Hab und Gut in einem Rucksack und zwei Instrumentenkoffern unterbringen konnte. Während er die nächste außen leicht knusprige, innen flockige Fritte in den Mund steckte, beobachtete er, wie Emily auf der anderen Seite mit den Ästen eines Weihnachtsbaums kämpfte. Obwohl er mit dem letzten Bargeld in seiner Brieftasche Pommes für seine neue Freundin gekauft hatte, hatte sie nicht viel gegessen, sondern angefangen, in den Tiefen des Schrankes zu wühlen, und den Karton mit diesem immergrünen Plastikungetüm herausgekramt.

»Was machst du da?«, fragte er und griff nach der Flasche mit Hausmarken-Ketchup, die Emily auf den Tisch gestellt hatte.

»Ich schmücke die Wohnung.«

Rays Blick wanderte zu den kleineren modernen Weihnachtsdekorationen, die bereits im Raum verteilt waren. Hatte er etwas verpasst? Seiner Ansicht nach war das mit dem Weihnachtsschmuck doch schon erledigt.

»Ich weiß, was du jetzt denkst«, meinte sie, als könnte sie seine Gedanken lesen. »Aber das hier ist von Jonah und eigentlich nicht mein Stil. Sieht so nach Oxford Street aus, ich mag es lieber wie in einer Schweizer Berghütte oder auf einem deutschen Weihnachtsmarkt. Kein Kram, den meine Eltern kaufen würden, um ihre Freunde zu beeindrucken.«

Emilys Verhältnis zu ihren Eltern schien ein schwieriges Kapitel zu sein, davon war Ray mehr und mehr überzeugt. Als sie die Pommes mit den Fingern verspeist hatte, hatte sie eine Bemerkung gemacht, wie entsetzt ihre Mutter wäre, weil sie direkt aus dem Papier und so ganz ohne Gabel aßen. Dann hatte sie hinzugefügt, es gebe sieben verschiedene Arten von Gabeln.

»Das sind aber viele Äste«, sagte Ray und verschlang noch ein paar Fritten. Er hatte gar nicht bemerkt, wie hungrig er war. Hatte er heute überhaupt schon etwas gegessen? Allerdings war er nicht sicher, ob der Essig, den der Verkäufer so großzügig über die Pommes gekippt hatte, als müsste er einen Swimmingpool auffüllen, sehr hilfreich für seine Stimmbänder war. In Gedanken nahm er Essig in die Liste der Reizstoffe auf, die er vor dem Singen besser meiden sollte.

»Dreiundfünfzig«, antwortete Emily und sortierte die Äste nach Farbe zu Häufchen. »Eigentlich sollten es fünfundfünfzig sein. Aber Simon hat ihn deshalb viel, viel billiger gekriegt. Und wenn man schon dreiundfünfzig Äste hat, fällt einem gar nicht auf, dass zwei fehlen.«

»Wer ist Simon?«, erkundigte sich Ray. »Dein Freund?«

»Oh … ja … ich meine, nein. Nun, eher … ja.«

Er betrachtete sie. Plötzlich wirkte sie verlegen, und auch er fühlte sich auf einmal beklommen. Die Pommes schwebten zwischen seinen Fingern in der Luft, sodass ihm das Salz auf der Haut brannte. Er wusste nicht, was er sagen sollte, und ihr ging es offenbar genauso.

»Simon war mein Freund«, erklärte Emily, griff nach einem Ast und fächerte die Zweige auf. »Er … ist gestorben … letztes Jahr im November. Anfang November. Im letzten Jahr vor ein paar Wochen …« Sie schluckte. »Ich habe ›letztes Jahr‹ gesagt, oder?«

»Mein Gott, Emily, das tut mir so leid.« Ray warf die Pommes zurück aufs Papier und legte sie neben sich aufs Sofa. Er hatte das Bedürfnis aufzustehen, doch als er es tat, hatte er keine Ahnung, was er jetzt tun sollte. Zu ihr hinübergehen? Sie trösten? Durfte er sich überhaupt einmischen? Schließlich war er nur der Untermieter, der sie mit Reparaturen und Kompositionen bezahlte. Und das, obwohl man ihm das Singen verboten hatte.

»Schon gut«, meinte Emily, wedelte mit dem Baumast herum und zog die Beine enger an den Körper. »Das heißt, natürlich ist gar nichts gut. Doch es ist nun mal geschehen. Alles hat sich verändert, und es gibt nichts, was ich dagegen tun könnte.«

Ray lagen unzählige Fragen auf der Zunge. Wie alt war Simon gewesen? Woran war er gestorben? Wie lange hatte ihre Beziehung gedauert? Stattdessen fiel sein Blick auf ein Foto auf dem Fensterbrett. Er griff danach. Was machte er da?

»Ist das Simon?« Er musste das Foto wegstellen. Er kramte in ihren Erinnerungen herum. Emily sah auf dem Foto anders aus. Ihr Outfit ähnelte dem heute – eine Bluse, über und über bedruckt mit winzigen braunen Vögeln –, doch ihr Gesicht war ein wenig voller und ihr Haar heller. Simon war attraktiv. Und dadurch, wie er Emily den Arm um die Schultern legte und sie so spontan, entspannt und ungekünstelt an sich zog, war eindeutig zu erkennen, dass sie ein Liebespaar waren.

»Ja«, sagte Emily. Sie erhob sich und kam quer durchs Zimmer auf ihn zu. Dann nahm sie ihm das Bild aus der Hand und betrachtete es. »Auf diesem Foto waren wir sturzbetrunken. Ich schiebe es auf den Gin mit Rhabarbersaft.« Sie lächelte das Foto an und klappte die Lasche aus, damit der Rahmen aufrecht stehen blieb. »Ich sollte das da wegräumen«, meinte sie. »Damit auf dem Fensterbrett mehr Platz für Weihnachtsdeko ist.«

»Nur die Besten sterben jung«, antwortete Ray. Falls es einen Preis für die dümmste Bemerkung der Weltgeschichte gab, hatte er ihn sich hiermit redlich verdient. »An diesem Spruch muss doch etwas dran sein, oder?« Was redete er da? Überhaupt nichts war dran. Gar nichts. Am Tod war nie etwas Gutes, ganz gleich, wie alt man war.

»Was mag mir das wohl über Dennis' Mutter verraten?« Emily seufzte auf. »Dennis ist nur einer meiner Kollegen an der Schule, der an einer leichten Form von Süßigkeitensucht leidet. Er hat mir erzählt, seine Mutter sei fast fünfundachtzig. Ich habe automatisch angenommen, dass sie ein guter Mensch ist, aber …«

»Brauchst du Hilfe mit dem Baum?«, erkundigte sich Ray.

»O nein. Das schaffe ich schon. Es ist eine ziemlich undankbare Aufgabe. Man muss sämtliche Äste nach Farben sortieren. Dann fängt man mit den roten an, danach kommen die blauen und … Bestimmt hast du was Besseres zu tun.«

»Pommes essen, von denen ich schon zu viele im Magen

habe, und bloß keinen Blick in die sozialen Medien werfen«, entgegnete er. »Ja, mein Abend ist voll verplant.«

Er betrachtete sie, als sie lachte. In ihren Augen stand das Funkeln, das ihm auch auf dem Foto aufgefallen war. Es war noch vorhanden, irgendwo dicht unter der Oberfläche. Wenn sie lachte, war sie noch schöner.

»Pass auf«, begann er. »Ich helfe dir mit dem Baum, und dann erklärst du mir, mit welchen Liedtexten wir bei deinen Priestern oder Vikaren oder wer auch immer nächste Woche in deiner Schule antanzt, am besten durchkommen. Einverstanden?«

Der Hauch eines Lächelns spielte um ihre Lippen. »Okay, einverstanden.«

SIEBENUNDZWANZIG

Der Weihnachtsbaum stand. Nach knapp zwei Stunden Arbeit. Offenbar hatten Emily und Simon nicht dasselbe Talent im systematischen Aufbau künstlicher Zimmerpflanzen gehabt wie Emily und Ray. Hauptsächlich Ray, wenn sie ehrlich war.

Nun spielte Ray auf der Akustikgitarre. Er trug eine zerrissene Jeans, einen langärmeligen grauen Pulli und war barfuß. Eigentlich nichts Besonderes, doch an ihm sah es absolut perfekt aus. Lockere, leichte, mühelose Perfektion. Eine Optik, für die die meisten Leute einige Zeit vor dem Spiegel verbrachten. Als er zu spielen aufhörte, ertappte er sie dabei, dass sie ihn fasziniert anstarrte. *Bravo, Emily!*

»Entschuldige«, sagte er. »Ich war total weggetreten. Die Inspiration schlägt zu, wenn man am wenigsten damit rechnet.«

»Komponierst du gerade eine neue Melodie?«, fragte sie. Sie saß im Schneidersitz auf dem Boden und umfasste mit den Händen einen Kaffeebecher.

»Das wollte ich eigentlich«, erwiderte Ray. »Und ich sollte auch.« Er lächelte sie an. »Anderenfalls verdiene ich kein Geld.«

»Ich kenne mich überhaupt nicht in der Musikbranche aus«, meinte sie und trank einen Schluck Kaffee.

»Nun«, antwortete er. »Es ist wie in jedem anderen Beruf. Es muss Geld einbringen. Es gibt Deadlines und Verträge und Klauseln, und wenn man nicht sämtliche Bedingungen erfüllt, wird man rausgeschmissen und landet wieder ganz unten.«

»Das klingt brutal.«

»So ist das Leben.« Er zupfte kräftig an den Saiten. »Sag mal, ist deine Schulklasse eigentlich musikalisch begabt?«

»Gütiger Himmel, nein«, rief Emily aus und hätte sich beinahe an ihrem Kaffee verschluckt. »Außerdem müssen wir auf Mr Jarvis verzichten. Er war ein Engel und hat versucht, ihnen beizubringen, wie man im Gleichtakt mit dem, wie heißt das Ding, Metro-Gnom singt? Doch das Ticken hat Felix ganz verrückt gemacht.«

»Okay«, sagte Ray. »Und trotzdem möchtest du eine Weihnachtsshow auf die Beine stellen. In welchem Zeitraum? Einem Monat? Und dafür sorgen, dass die Kinder vor der Vorstellung die Melodien und alle Liedtexte lernen?«

»Vor dem 20. Dezember«, bestätigte Emily. Ihre Stimme klang kurzatmig. So als wäre sie kurz davor zu hyperventilieren. »An diesem Tag steigt die Show.«

»Das ist unmöglich«, stellte Ray fest. Er schlug einen Akkord an, änderte den Fingersatz und spielte den nächsten.

»Was soll das heißen, es ist unmöglich?«, fragte Emily. »Es muss aber sein. Ich habe schlicht und ergreifend keine andere Wahl. Am 20. Dezember muss ich eine Show präsentieren. Die Eltern spenden für Kostüme und Spezialeffekte. Ich darf die anderen nicht enttäuschen.«

Mit »die anderen« war eigentlich ihre Rektorin gemeint. Das hier war ihre einzige Chance, Susan zu beweisen, dass sie nicht nur eine ehrgeizige Anfängerin ohne Durchhaltevermögen war.

»Ich gebe nicht auf«, beharrte sie kühn. »Niemals. Nie. Selbst wenn es aussichtslos scheint, weigere ich mich, das Handtuch zu werfen. Ich bin ein Mensch, der sich einer

Sache stellt.« Offenbar nur dann nicht, wenn es darum ging, nach einer Trauerphase ins Leben zurückzukehren und einzusehen, dass sie sich nicht allein von Kaffee und Kräckern ernähren konnte. Aber das brauchte Ray nicht zu wissen.

»Okay.« Ray nickte. »Nun, in diesem Fall musst du deine Erwartungen eben ein bisschen zurückschrauben.«

»Was meinst du damit?«

»Emily, es ist für jeden eine gewaltige Herausforderung, in so kurzer Zeit diese Menge neuer Lieder zu lernen. Und unbegabte Zehnjährige …«

»Ich habe nicht behauptet, dass sie total unbegabt sind.« Oder? Das wäre nicht richtig von ihr gewesen. Das Problem bestand darin, dass sie eigentlich nicht die Zeit hatten, um an etwas zu feilen. Schließlich hetzten sie bereits durch den Lehrplan, um sicherzugehen, dass auch alles abgedeckt wurde, so ungenügend und oberflächlich es auch sein mochte. Deshalb blieb immer weniger Zeit für Theaterstücke, Musik und andere Formen von Kreativität. Vielleicht war das mangelnde musikalische Talent der Kinder ja ihre Schuld. Hatte sie durch ihre nicht vorhandene Begabung die Kinder in ihrer Entwicklung gebremst?

»Ich habe eine Idee«, verkündete Ray, bevor sie länger darüber nachgrübeln konnte. »Was wäre, wenn ich mir neue Texte zu altbekannten Weihnachtsliedern einfallen lassen würde? Zu Liedern, deren Melodie die Kinder bereits im Ohr haben. Und ein neues Lied schreiben wir trotzdem, für das Finale oder so. Auf diese Weise hätten sie weniger Arbeit. Und du und ich auch.«

»Ich weiß nicht so recht.« Emily zögerte, denn schließlich warf Susan ständig mit Ausdrücken wie »bahnbrechend« und »originell« um sich. Dabei hatte sie ganz sicher nicht an neue Texte für alte Lieder gedacht.

»Ich glaube, so wären deine Aussichten am besten«, meinte Ray. »Falls es am 20. Dezember überhaupt eine Aufführung geben soll.«

Sie kräuselte die Nase. Bedeutete das, dass sie sich geschlagen gab? Hätte sie nicht in der Lage sein müssen, neue Lieder zu schreiben? Obwohl ein Mensch mit Talent und Erfahrung in der Musikindustrie ihr erklärt hatte, wie schwierig das sein würde?

»Okay, hör zu.« Ray setzte sich aufs Sofa und griff wieder zur Gitarre. »Anstatt von …« Er stimmte »Stille Nacht« an.

Seine Stimme klang, als hätte ihr jemand warme, geschmolzene Schokolade über den Rücken gegossen. Emily richtete sich gerader auf und versuchte, das Gefühl zu unterdrücken. Es ging ans Herz und war so unbeschreiblich sexy.

»Könntest du auch« – er sang weiter – »›Es weihnachtet in Stretton Park‹ nehmen.« Als er fortfuhr zu singen und zu spielen, fiel Emily die Kinnlade herunter.

»Hast du das gerade erfunden«, stieß sie hervor. »In diesem Augenblick? Einfach so?«

Er lachte. »Es ist doch nur eine Zeile.«

»Aber sie passt«, jubelte sie. »Zur Melodie und zu unserer Schule.«

»Dann sing«, forderte Ray sie auf und spielte den Akkord noch einmal.

»O nein.« Sie sprang auf. »Nein, du bist der Sänger. Ich schreibe mit.« Sie schnappte sich ein Notizbuch aus dem Regal, setzte sich wieder und fing an zu schreiben.

Ray sang weiter. »Und die Nächte sind dunkel und klar.«

Emily blickte auf. »Wahnsinn! Das sind schon zwei Zeilen!«

Wieder lächelte er sie an. »Ich wünschte, meine Plattenfirma wäre so begeisterungsfähig.« Er spielte die nächste Liedzeile. »Jetzt du. Wie geht es weiter?«

»Keine Ahnung.« Emily schüttelte den Kopf. »Ich kann keine Lieder schreiben.«

»Mach schon«, drängte Ray. »Klar kannst du es. Hast du es schon mal versucht?«

»Natürlich nicht. Ich bin Grundschullehrerin und keine Songwriterin.«

Ray begann erneut. »Es weihnachtet in Stretton Park. Und die Nächte sind dunkel und klar.«

Hier in Stretton Park, die Herzen voll Glück. Funktionierte das? Ray spielte weiter und summte die Melodie mit. Nun, sie konnte das nicht singen. Zumindest nicht laut. Außerdem war es vielleicht gar nicht gut genug, um es ihm vorzutragen. Andererseits war es ihr Projekt. Sie durfte nicht von Ray erwarten, dass er die ganze Arbeit allein machte. Sie brauchte mehr Selbstbewusstsein. *Du brauchst mehr Selbstbewusstsein, Emily. Du bist die Größte. Glaub daran.* Das hatte Simon immer gesagt, wenn sie sich wieder einmal beklagte, weil sie nicht zur Rektorin befördert worden war. Auch Susan würde Selbstbewusstsein bei ihr voraussetzen, wenn die Vertreter der Diözese kamen. Sie räusperte sich.

»Was hältst du von ›Hier in Stretton Park, die Herzen voll Glück‹?« Emily reckte den Finger in die Luft. »Nein, nicht Glück. Mit *Jesus* im Herzen. ›Hier in Stretton Park, mit Jesus im Herzen.‹ Schließlich ist es für die Diözese, und je öfter wir Jesus erwähnen, desto besser.«

»Du hast eine tolle Stimme«, verkündete Ray.

»Ha, du Witzbold. Übrigens singe ich keine Zeile mehr.«

»Hey«, sagte Ray und blickte ihr in die Augen. »Das ist mein Ernst.«

Emily schüttelte den Kopf. »Du brauchst dich nicht bei mir einzuschmeicheln, um dein Zimmer zu behalten.«

»Du redest hier mit jemandem, der in dieser Woche

aus seiner Wohnung geflogen ist und eine Nacht in einem Schuppen verbracht hat. Ich fürchte mich nicht vor der Obdachlosigkeit«, erwiderte Ray ernst. »Nimm das Kompliment an, Miss Parker. Du hast eine prima Stimme. Und ich weiß, dass du einiges zu unseren Liedtexten beitragen wirst.«

Eine der protzigen, viel zu großen Glühbirnen, die sie am nächsten Freitag bei dem Treffen mit ihren Eltern sehen würde, machte sich plötzlich in ihrem Bauch breit und leuchtete auf der höchsten Stufe. Ray hatte gesagt, dass sie eine gute Stimme habe, und er meinte es ernst. So etwas Nettes hatte sie noch nie von jemandem gehört. Nachdem ihre Mutter an ihrem Gesang herumkritisiert hatte, hatte sie kaum noch gesungen. Höchstens in Gegenwart von Jonah und Allan, wenn sie ein wenig beschwipst gewesen war. Ja, nicht einmal für Simon. Nicht dass Simon je etwas an ihrer Stimme auszusetzen gehabt hätte. Er unterstützte sie immer … *hatte* sie immer unterstützt.

Ray klopfte mit den Fingern auf die Gitarre. »Sind alle Kinder in deiner Klasse Christen?«

»Nein, wir haben eine bunte Mischung aus Muslimen, Juden, Konfessionslosen …«

»Und denen macht das mit Jesus nichts aus?«, hakte Ray nach. »Muss es denn unbedingt ein Krippenspiel sein? Oder überhaupt etwas mit Religion zu tun haben?«

»O ja«, antwortete Emily wie aus der Pistole geschossen. »Eindeutig. Weil wir Geld von der Kirche bekommen, was alle, auch die Eltern, wissen. Natürlich können sie verlangen, dass ihre Kinder nicht an religiösen Schulveranstaltungen teilnehmen, aber ich versuche immer, alles so zu vermitteln, dass es nicht zu Konflikten führt. Zum Beispiel das Projekt ›Was Weihnachten für mich bedeutet‹. Alle, die nicht Weihnachten feiern, nennen ihre Arbeiten ›Was die Feiertage für mich bedeuten‹.« Sie holte Luft. »Aber diese Show ist eine Weihnachtsaufführung an einer Schule der Church of England. Gott muss darin vorkommen. Denn für die Diözese ist das der Sinn und Zweck von Weihnachten. Das heißt, an Weihnachten geht es doch um Religion, sonst gäbe es gar kein Weihnachtsfest, und …«

»Okay«, unterbrach Ray. »Schon kapiert. Also Engel, drei Weise aus dem Morgenland und … Herbergswirte.«

»Ja«, erwiderte Emily. Sie dachte an Jaydens Projekt. Sein Dad aus Knete vor einem Modellpub. Unkonventioneller ging es wohl kaum.

Ray sang die ersten drei Zeilen.

Es weihnachtet hier in Stretton Park,
Und die Nächte sind dunkel und klar.
Hier in Stretton Park, mit Jesus im Herzen.

Das klang gar nicht so schlecht! Eigentlich sogar ziemlich gut, besonders wenn Ray es sang. Allerdings war sie nicht sicher, wie ihre Schüler das hinkriegen würden.

Ray sang weiter: »Retter der Welt, vor so langer Zeit.«

Emily hielt den Atem an. Mein Gott, es war unfassbar. Einfach vollkommen. Sie konnte vor Begeisterung nicht mehr an sich halten und sprang auf. »O Ray! Das ist traumhaft! Absolut traumhaft! Ja, ich weiß, dass die Melodie nicht neu ist, doch vielleicht ist das gar nicht so wichtig, denn es klingt so anders.« Sie boxte in die Luft. »Nimm das, Mr Jarvis mit deinem Eurovision-Song!« Nach Luft schnappend sah sie Ray an. »Tut mir leid … das ist vielleicht übertrieben. Es gibt noch viel zu tun. Zum Beispiel brauchen wir einen Handlungsstrang. Die Krippenszene in die Länge zu ziehen ist nicht weiter schwer, aber es muss unterhaltsam sein. Vor allem für die Eltern, die über eine Stunde lang auf Kinderstühlen ausharren müssen. Ich brauche unbedingt ein paar gute Witze über den letzten in Ungnade gefallenen Promi und …« Sie verstummte. Plötzlich wurde ihr übel. Was hatte sie da gesagt? Was war sie doch für eine Idiotin! »O mein Gott, es tut mir leid. So habe ich es nicht gemeint, wirklich nicht. Ehrenwort.«

»Schon gut«, antwortete Ray und legte die Gitarre weg.

»Nein, es ist nicht gut. Absolut nicht. Ich weiß nicht, was ich mir dabei gedacht habe.« Sie fühlte sich sterbenselend. Wer war diese Diva, die Herrscherin über die Bühne, die wie eine himmlische Kritikerin herabgestiegen war und entschieden hatte, dass Menschen im Rampenlicht keine wirklichen Menschen waren? Hatte die Macht tatsächlich solche Auswirkungen? Würde sie als Rektorin immer so sein?

»Ray, es tut mir leid, ich habe nicht nachgedacht. Ich schwöre dir, es wird keine Witze über Prominente geben, ob sie nun in einer Krise stecken oder nicht.«

»Ich weiß nicht«, wandte Ray ein. »Justin Bieber gibt immer was her.«

Emily warf einen Blick auf die Gitarre. »Kann ich die auf den Boden legen, damit ich mich setzen kann? Oder dürfen gewöhnliche Sterbliche, die nicht einmal auf der Blockflöte einen Ton halten können, sie nicht anfassen?«

Er griff nach dem Instrument. »Mit dieser Gitarre habe ich vor *Lyricist* Straßenmusik gemacht. Ich besitze sie, seit ich zwölf bin. Sie ist noch immer mein Lieblingsstück. Interessant, wie jedes Instrument sich anders anfühlt, selbst wenn es sich um das gleiche Modell handelt.« Er strich über den Gitarrenhals. »Bei manchen spürt man instinktiv, dass sie zu einem passen. Bei anderen nicht so sehr. Das sind die, die einem ans Herz wachsen.« Er ließ die Finger über die Saiten gleiten. »Man kann lernen, etwas zu lieben, das einem anfangs nicht gefallen hat.«

Emily setzte sich neben ihn aufs Sofa. »Zum Beispiel andere Menschen, insbesondere dämliche Vermieterinnen, die einen erst um Hilfe anflehen und dann ihren dummen Mund aufreißen und etwas Beleidigendes und Dämliches von sich geben.«

»Ich wollte nie ein Promi sein«, gestand Ray. »Mein Wunsch war nur, von meiner Musik zu leben. Aber das eine funktioniert heutzutage nicht ohne das andere. Die Leute wollen nicht nur meine Lieder hören, sondern auch unbedingt wissen, wo ich meine Klamotten kaufe, was ich zu Mittag esse und wie oft ich ins Pub oder zum Pinkeln gehe. Das ist ganz schön anstrengend.«

»Ich würde ja gerne sagen, dass ich es mir vorstellen kann. Kann ich aber nicht.«

Als er den Kopf drehte, blickte Emily in seine bernsteinfarbenen Augen. Sie waren außergewöhnlich. Braun, aber doch nicht richtig braun. Ein strahlender Farbton, fast so ähnlich wie Schildpatt. Er seufzte auf, sodass sich seine Schultern mit dem Atemzug hoben und senkten.

»Die Strophe, die ich gerade geschrieben habe«, meinte er leise, »ist meine erste seit Monaten. Eigentlich sollte ich inzwischen einige Lieder fertig haben. Ich muss ins Tonstudio, um an meinem neuen Album zu arbeiten. Doch ich bin wie gelähmt. Und jetzt die ganze Sache mit Ida und der Presse und …«

»Einer dämlichen Weihnachtsaufführung für die Schule«, ergänzte Emily. Sie hätte ihn nicht um Hilfe bitten dürfen. Schließlich war er ein viel beschäftigter und wichtiger Mann.

»Nein«, protestierte Ray rasch. »Darauf wollte ich nicht hinaus.« Wieder seufzte er. »Wirklich nicht.« Er wandte sich ein Stück zu ihr um. »Vielleicht war es mir ja irgendwie bestimmt, dich zu treffen, hier zu wohnen und dir bei dieser Aufführung zu helfen.«

»Tja«, entgegnete Emily. »Dass du hier wohnst, hindert zumindest Lee, Anthony, Raul oder Caleb daran, sich bei mir einzunisten. Alles ziemlich zweifelhafte Typen, wenn du mich fragst.«

»Als du mit Lee und Anthony angefangen hast, dachte ich schon, die restlichen Bandmitglieder von Blue kämen auch noch.«

»Es ist zu befürchten, dass sie schon in den Startlöchern stehen.«

Als Ray lachte, entstanden zarte Fältchen überall auf seinem Gesicht. Dünne Linien zeigten sich um seine wunderschönen Augen, und sein Mund öffnete sich, sodass sie seine makellos geraden Zähne sehen konnte.

»Also«, meinte Ray und griff wieder zur Gitarre. »Schreiben wir jetzt ›Hier in Stretton Park‹ zur Melodie von ›Stille Nacht‹ weiter?«

»Ja«, jubelte Emily und sprang wieder auf. »Das heißt, falls es dir passt. Willst du ein Bier? Ich glaube, Jonah hat hinten im Schrank noch ein paar Flaschen Peroni stehen lassen.«

»Nein«, sagte Ray. »Besser nicht. Aber noch ein Kaffee wäre nett.«

KAPITEL
ACHTUNDZWANZIG

Als Emily langsam die Augen öffnete, hatte sie sofort das Gefühl, dass etwas nicht stimmte. Erstens war es schon hell, zwar noch nicht ganz, doch es dämmerte eindeutig, obwohl es um sechs, ihre übliche Aufstehzeit, eigentlich noch stockfinster hätte sein sollen. Außerdem war ihr Kopfkissen härter als sonst. Sie schlug die Augen vollständig auf und stellte fest, dass sie kein Bettzeug unter der Wange hatte, sondern einen grauen Pullover. Die Unnachgiebigkeit rührte nicht von einer Polsterung aus Schaumstoffflocken her, sondern von Rays Bauchmuskeln. Sie lag auf Ray! Mit dem Kopf auf seinem Bauch. Zumindest hoffte sie, dass es sein Bauch war. Emily stemmte sich hoch. Sie befand sich auf dem Sofa. Und Ray auch. Inzwischen strömte Licht ins Wohnzimmer. Wie spät war es? Ein Blick auf die Armbanduhr verriet ihr, dass es acht war. Acht Uhr morgens! Sie hätte eigentlich schon auf halbem Weg zur Schule sein müssen. Sie kam nie zu spät! Außerdem schlief sie nie auf dem Sofa. Weder mit einem Mann als Kopfkissen noch ohne. Beim Aufstehen stieß ihr Fuß an etwas auf dem Boden. Die Gitarre gab ein lautes Schnarren von sich, das ihren Besitzer weckte.

»Guten Morgen«, sagte Ray. Er blinzelt und gähnte gleichzeitig.

»Ebenfalls«, erwiderte Emily. Sie tastete sich ab, als wollte sie sich vergewissern, dass sie noch vollständig bekleidet war. Warum konnte sie sich nicht an das Ende der Nacht erinnern? Schließlich hatte keiner von ihnen etwas getrunken. Sie hatten gesungen. *Sie* hatte gesungen. Sie hatten zusammen gesungen und sich einen Text für »Hier in Stretton Park« einfallen lassen. »Ja, es ist Morgen. Ich komme zu spät. Um halb neun muss ich im Klassenzimmer sein. Aber zuerst muss ich hinfahren und vorher duschen und mich umziehen und …« Außerdem trödelte sie herum. Unsicher, was sie zuerst tun sollte, hastete sie zwischen ihrer Tasche am anderen Ende des Zimmers und der Küchentür hin und her. Reichte die Zeit noch für einen Kaffee?

»Ich koche Kaffee.« Ray wuchtete seine kräftige Gestalt vom Sofa auf die nackten Füße und streckte die Arme über den Kopf. »Sorry wegen gestern Nacht.«

O Gott! Wofür entschuldigte er sich? Was hatte er getan? Was hatten *sie beide* getan? Sie hatte nur noch im Gedächtnis, dass sie so unbefangen gesungen hatte wie nie zuvor. Ray hatte sie ermutigt, lauter zu werden. Nur der Himmel wusste, was Sammie und Karen in der Wohnung unter ihr sich gedacht hatten. Dazu hatten sie literweise Kaffee getrunken. Emily hatte ein längst vergessenes Päckchen Erdnüsse geöffnet, und sie hatten sie aus der hohlen Hand gegessen. Ray hatte so absolut wundervolle Hände. Und dieser Gedanke war es, der in ihr die Sorge weckte, sie könnte über die Stränge geschlagen haben. Noch nie hatte sie sich morgens so gefühlt.

»Ich … äh …« Sie wusste nicht, was sie sagen sollte.

»Nur damit eines klar ist: Wenn ich einmal etwas anfange, bringe ich es auch zu Ende. Selbst wenn es spät wird.«

Das Lied. Er meinte nur das Lied. Sie hatten es vollendet, und dann …

»Du bist eingeschlafen«, fuhr Ray fort. »Ich wollte nicht, dass du wach wirst, denn das wäre bei einem neuen Untermieter wahrscheinlich nicht gut angekommen.«

Also hatte er sie schlafen lassen. Auf ihm. Emily schüttelte den Kopf in der Hoffnung, wieder klar denken zu können. »Ich sollte jetzt duschen.«

»Und ich kümmere mich um den Kaffee«, wiederholte Ray.

*

Ray blickte Emily nach, als sie aus dem Wohnzimmer eilte. Dann holte er tief Luft und ging über den Holzboden zu dem Weihnachtsbaum, den sie zusammen aufgebaut hatten. Das war doch absolut verrückt. Er, Ray Stone, stellte im November einen Weihnachtsbaum auf. Aber es mit Emily, *für* Emily, zu tun, war genau das Richtige gewesen. Sie hatte ihm ein Dach über dem Kopf angeboten, ohne ein Urteil über ihn zu fällen. Überhaupt schien sie nicht die geringsten Hintergedanken zu haben. Er war nicht sicher, ob er je einem so aufrichtigen Menschen begegnet war. Außerdem hatte er bis jetzt nur selten so viel Spaß gehabt wie gestern Nacht. Alles war so einfach. Auf einem Sofa zu sitzen, Kaffee und keinen Alkohol zu trinken … O mein Gott, und zwar im wahrsten Sinne des Wortes, wenn man die vielen Ausdrücke aus der Bibel betrachtete, die er aufeinander hatte reimen müssen. Es war außergewöhnlich, gerade weil es so normal war. Er berührte eines der leuchtend roten Rentiere aus Holz, die an den Zweigen des Baums hingen, als das Handy in der Tasche seiner Jeans vibrierte. Er wusste, dass es Deborah war. Doch nun war er bereit, sich seinen Dämonen zu stellen und ihren Anruf entgegenzunehmen.

»Hey«, meldete er sich. Er schloss die Augen, erdete sich, ging zum Fenster und machte sich auf eine heftige Standpauke gefasst.

»Hast du gerade ›hey‹ zu mir gesagt? Kennen wir uns etwa vom Tresen?«, schimpfte Deborah. »Schluss damit, Ray, denn im Moment bin ich auf hundertachtzig. Gleich reißt mir der Geduldsfaden, und der steht sowieso schon mehr unter Spannung als Tuckers Leine in der Hundeschule.«

»Tut mir leid«, erwiderte er.

»Es war ganz und gar keine gute Idee, dass du Ida gestern einfach hast stehen lassen. Du musst mit ihr reden, und zwar bald.«

»Ich weiß«, seufzte er.

»Oh.« Deborah klang so überrascht, als hätte sie mit Widerstand von seiner Seite gerechnet. Nun, vielleicht musste er ihr ja beweisen, dass ein Mensch sich auch ändern konnte.

»Ja, es war feige von mir abzuhauen. Ich habe sie eben nicht erwartet, und es war ein ziemlicher Schock, sie zu sehen. Ich war noch nicht so weit, mit ihr zu sprechen, aber jetzt … nun, ich kann zwar nicht behaupten, dass ich Luftsprünge mache, doch ich bin bereit, es zu versuchen.«

War er das? Nach nur einem Abend, an dem er einen Thermostat in eine Heizung eingebaut, sich einen neuen Text für »Stille Nacht« ausgedacht und außerdem den am schwierigsten aufzustellenden Weihnachtsbaum der Menschheitsgeschichte geschmückt hatte?

»Wirklich?« Deborah schien alles andere als überzeugt, was er ihr nicht verübeln konnte. Seit dieser Wahnsinn angefangen hatte, hatte er in Selbstmitleid gebadet. Allerdings sahen die Dinge plötzlich viel rosiger aus. Er blickte hinaus auf die mit Raureif bedeckten Dächer von Islington, über denen der Morgen graute. Er hatte einen Schlafplatz. Er hatte ein neues Projekt. Er hatte gestern ein Gespräch mit seinem Dad geführt, ohne dass sie einander an die Gurgel gegangen waren. Sie hatten über seine Mum geredet.

»Ja«, bestätigte Ray. »Vereinbar einen Termin mit ihr und schick mir eine Nachricht mit Zeit und Ort. Ich werde da sein.« Als er hörte, dass Deborah Luft holte, um etwas hinzuzufügen, fuhr er rasch fort. »Und kannst du mir einen Auftritt besorgen? In kleinem intimem Rahmen, aber mit Vertretern sämtlicher Zeitungen? Meiner Ansicht nach ist es an der Zeit, allen zu zeigen, dass es mich noch gibt, dass ich weiterhin singe und dass ich nicht die Absicht habe, mich zu verstecken.«

Seine Worte hörten sich um einiges entschlossener und tatkräftiger an, als er sich in Wirklichkeit fühlte. Vor Angst krampfte es ihm bereits den Magen zusammen. Doch das Singen letzte Nacht hatte ihm, auch wenn es von seinem üblichen Stil abwich, die Gewissheit verliehen, dass seine Stimme ihn nicht im Stich lassen würde. Vielleicht sollte er wirklich eine Zweitmeinung einholen. Möglicherweise war seine Stimme einer großen, landesweiten Tournee noch nicht gewachsen, aber ein paar Auftritte und ein bisschen Studiozeit mussten doch drin sein. Auch wenn Dr. Crichton ihm mit seinen tollen Gerätschaften in den Hals geschaut hatte, war es noch immer sein Körper. Er würde spüren, was machbar war und was nicht, oder?

»Die Fanclubs und ein Aufruf in den sozialen Medien. Ich buche einen Jazzclub oder so. Das ist großartig, Ray, wirklich spitze. Ich rufe Ida an und melde mich später bei dir. Was machst du denn heute Vormittag?«, fügte Deborah hinzu.

»Heute Vormittag«, erwiderte er, holte Luft und betrachtete den jungen Tag draußen vor dem Fenster, »heute Vormittag schreibe ich ein neues Lied.«

KAPITEL
NEUNUNDZWANZIG

Grundschule Stretton Park

»Schwer festzustellen, ob es hier aussieht wie in der Höhle des Weihnachtsmanns oder wie in einem Luxusbordell.« Dennis stand in der Tür der Aula und tunkte einen Lutscher in Brausepulver. Sein Blick wanderte über Decke und Wände, die Emily und ihre Klasse vorhin geschmückt hatten. Im ganzen Raum wehten funkelnde Lamettastränge in der Zugluft. Dazu gab es leuchtende Christbaumkugeln und Lichterketten, und an der einen Wand prangte eine Krippenszene.

»Ich glaube nicht, dass in einem Bordell Bilder von Jesus hängen.« Emily kletterte von dem Stuhl, auf dem sie gestanden hatte, um das letzte Bild anzubringen. »Außerdem ist da kein einziges rotes Licht. Wir haben uns für das klassische Weiß und Blau entschieden. Nun, etwas anderes hatten sie im Diskontladen eh nicht.«

»Jedenfalls sieht es heute Morgen vollgestellter aus, so viel kann ich sagen.«

»Vollgestellt«, wiederholte Emily. »Das klingt nicht nach einem Kompliment. Dabei hat sich meine Klasse mächtig ins Zeug gelegt. Außerdem findet nach dem Unterricht die Ausstellung von ›Was Weihnachten für mich bedeutet‹ für die Eltern statt.«

»Komm wieder runter von deiner Palme«, meinte Dennis. »Es ist prima so. Die Leute von der Diözese werden begeistert sein.« Er musterte das Jesusbild. »Insbesondere von dem Porträt, auf dem unser Herrgott aussieht wie Tom Jones.« Er runzelte die Stirn. »Oder ist es etwa sogar Tom Jones? Der Thron erinnert mich jedenfalls an den in dieser Castingshow *The Voice*.«

»Hast du schon rausgekriegt, ob Penny schwanger ist?«, wechselte Emily das Thema.

»Ich muss irgendwann auch noch unterrichten«, erwiderte Dennis. »Deshalb habe ich nicht den ganzen Tag Zeit, um …«

»Die Damen von der Cafeteria zu stalken?«

»Ich sorge mich nur aufrichtig um ihr Wohlbefinden. Außerdem befürchte ich, die Essensqualität könnte nachlassen, wenn wir sie verlieren. Außer natürlich, falls Mum sich für die Stelle bewirbt.« Er steckte seinen Lutscher in den Mund.

»Möchte sie denn wirklich wieder arbeiten, Dennis?«

»Sie braucht eine Beschäftigung«, antwortete Dennis. »Und da wäre es mir am liebsten, wenn sie hier kocht, damit ich sie im Auge behalten kann. Außerdem wäre sie in einer Küche absolut in ihrem Element.« Er seufzte auf. »Gestern hat sie sich Wiederholungen von Golfturnieren angeschaut und davon geredet, ihre alten Schläger rauszuholen.« Dennis schüttelte den Kopf. »Wenn sie wieder einem Golfclub beitritt, hätte ich wirklich allen Grund, mir Sorgen zu machen. Das Rumfahren in diesen Wagen und die Gefahr, über ein Hindernis zu fallen …«

»Also.« Emily musterte ihre kunstvolle Deckendekoration. »An welchem Tag nächste Woche kommen die Leute von der Diözese? Und um wie viel Uhr? Denn wenn es Nachmittag ist, könnten wir uns mit Milchbrötchen zum Tee einschmeicheln. Oder mit Weihnachtsgebäck und Kaffee mit Zimtaroma.«

Immer noch den Lutscher zwischen den Lippen, berührte Dennis seine Wange mit der flachen Hand. »Weißt du es denn noch nicht?«

»Was soll ich wissen?« Inzwischen war ihr regelrecht übel. Vielleicht lag es ja an den Erdnüssen von letzter Nacht. Sie hatte nicht auf das Verfallsdatum geachtet.

»Sie kommen nicht nächste Woche«, erwiderte Dennis.

Gott sei Dank! So hatte sie Zeit, ein Theaterstück zu schreiben, sich weitere Texte für die Weihnachtslieder auszudenken und die Kinder dazu zu bringen, sie auswendig zu lernen. Offenbar gab es da oben doch jemanden, der seine schützende Hand über sie hielt. Vielleicht Simon oder einen Engel, den er mit einer elektronischen Dauerkarte fürs Himmelstor bestochen hatte.

»Sondern heute«, verkündete Dennis. »Ich dachte, du wärst informiert! War das nicht der Grund, warum du den Saal schon heute Morgen geschmückt hast?«

Gütiger Himmel. Heute? Die Vertreter der Diözese kamen heute? Sie war noch nicht fertig! Bei weitem nicht. Und warum hatte Susan ihr nichts davon erzählt? Außerdem hatte sie für den Nachmittag die Eltern eingeladen. Sie konnte sich nicht um Eltern und Vikare gleichzeitig kümmern. Was sollte sie tun? Ihre Gedanken rasten wie ein Langstreckenläufer beim Endspurt. Sie hatte den Kindern am Morgen zwar »Hier in Stretton Park« vorgeführt, doch sie würden sich niemals gut genug an den Text erinnern, um ihn später bei einem Auftritt wiederzugeben. Allerdings konnten sie den Text ja auch ablesen. Wenn sie ihn mit dem Computer ausdruckte …

»Alles in Ordnung, Emily?«, erkundigte sich Dennis.

Sie durfte nicht schlappmachen, blass oder überfordert wirken oder gar den Eindruck erwecken, als würde sie gleich in Ohnmacht fallen. Schließlich gab sie niemals auf. Sie würde das Kind schon schaukeln.

»Bestens«, stieß sie mühsam hervor. »Es geht mir blendend.« Sie räusperte sich. »Gut, dass sie heute kommen. Dann können sie sich die modellierten Szenen der Schüler anschauen und …«

»Auch den Anfang deiner neuen Show«, fügte Dennis hinzu.

Sie nickte. »Aber klar.« Im nächsten Moment fiel ihr noch etwas ein. Es war ja schön und gut, wenn die Kinder sangen, doch sie hatte niemanden, der sie begleitete. Nun wurde ihr wirklich schlecht. Sie schlug die Hand vor den Mund und hastete zur Toilette.

»Emily!«, rief Dennis ihr nach. »Hast du etwas? Du bist doch nicht etwa schwanger, oder?«

KAPITEL
DREISSIG

Ladurée, Covent Garden

Ray blickte das Steingebäude im Herzen von Covent Garden hinauf. Das in Hellgrün und Gold gehaltene Schild passte zu den Fensterrahmen. Typisch Ida, sich ein Lokal auszusuchen, das einem altmodischen Fantasie-Restaurant aus *Alice im Wunderland* nachempfunden war. Ida liebte es, dick aufzutragen und im Luxus zu schwelgen. Sie konnte, ohne nachzudenken, Hunderte von Pfund für ein Bild ausgeben, das ihr gefiel, sah jedoch nicht ein, warum man die Stromrechnung bezahlen musste. Schon immer hatte sie einen seltsamen, leicht verschobenen Blick darauf gehabt, was im Leben wirklich wichtig war. Und einige dieser Punkte hatte er in dem Lied aufgegriffen, das er heute Morgen zu schreiben begonnen hatte. Seit er bei Emily wohnte, war es ihm gelungen, einen Bogen um die Presse zu machen. Und so hatte er es gewagt, den Mantel anzuziehen, die Mütze aufzusetzen, mit seiner Gitarre in den Park zu gehen und sich im feuchten Gras niederzulassen, damit die trübe Kälte ihm in die Gedanken und unter die Haut kriechen konnte. So schwierig es auch sein mochte: Schonungslose Ehrlichkeit aus tiefster Seele war seiner Ansicht nach die Voraussetzung, wenn man ein glaubhaftes Lied schreiben wollte. In den letzten Jahren war er überhaupt nur in seinen Texten ehrlich gewesen.

In Covent Garden wimmelte es von Shoppingwütigen und Touristen, die die weltbekannten Märkte und Arkaden fotografierten. Trotz der niedrigen Temperaturen Ende November lockten die Straßenkünstler noch immer Publikum an, und die Leute saßen mit ihren Drinks auf dem Balkon des Pubs Punch & Judy. Pflanzkübel voller winterlicher Farne standen in riesigen Schubkarren aus Holz. Vor der Jubilee Market Hall brutzelten Hotdogs auf den Grills von Imbissbuden. Ray schob die Tür des französischen Cafés auf und trat ein.

Er wurde von unzähligen Reihen makellos runder Macarons in sämtlichen Farben begrüßt. Zusammen mit anderen kunstvoll gestalteten Kuchen, so effektvoll dekoriert, dass sie in eine Kunstgalerie gepasst hätten, lagen sie auf schwarzen Marmorplatten bereit. Die Inneneinrichtung war in weichen Pastelltönen gehalten und sehr französisch. Bäume aus Macarons säumten Rays Weg durch das Lokal, der hoffentlich zu den Tischen führte.

Als er den Raum entdeckt hatte, wo er erwartet wurde, erkannte er zuerst Deborahs schimmernden Pagenkopf und behielt ihn im Auge, während er sich dem Tisch näherte. Ida saß ebenfalls dort, auch wenn es ihm noch schwerfiel, das zu erfassen. *Geh weiter, bleib höflich.*

Er stützte die Hand auf die Lehne eines mit rotem Samt bezogenen Stuhls und zwang sich zur Ruhe, bevor er neben seiner Agentin Platz nahm. Nachdem er die hellgrüne Tapete und die scheinbar willkürlich an der Wand verteilten Bilder betrachtet hatte, hob er den Kopf und blickte seine Exfreundin an.

»Du bist früh dran«, stellte Deborah fest und legte ihr iPhone weg.

»Überraschung«, erwiderte Ray. Auf dem Tisch bemerkte er eine Teekanne und eine goldene dreistöckige Kuchen-Etagere mit im Kreis angeordneten Macarons. Was waren

Macarons eigentlich? Woraus bestanden sie? »Habt ihr ohne mich angefangen?« Wie lange saßen seine Agentin und Ida schon hier, wenn sie bereits vor seiner Ankunft Tee getrunken und Kuchen gegessen hatten? Er musste Ida ins Gesicht sehen und sich der schwierigen Situation stellen, in die sie ihn gebracht hatte.

»Der Tee würde dir nicht schmecken.« Als Ida das Wort ergriff, blieb ihm nichts anderes übrig, als ihr in die Augen zu schauen. »Es ist Earl Grey. Du magst keinen Earl Grey.«

Seit ihrer letzten Begegnung, wenn man die gestrige nicht mitrechnete, hatte sie sich kein bisschen verändert. Seit jenem folgenschweren Tag, an dem er endlich seine Sachen gepackt hatte und gegangen war. Ihr fast weißblondes Haar wirkte so weich wie der Flaum einer Pusteblume, und sie trug einen schulterfreien altrosafarbenen Pulli, der zwar sehr weit war, ihre zierliche Figur aber trotzdem zur Geltung brachte. Damals hatte sie gekreischt, versucht, ihm das Gesicht zu zerkratzen, gebrüllt, er sei ein mieses Stück Scheiße, und gleichzeitig behauptet, dass sie ihn lieben und niemals freigeben würde. Sein Blick wanderte zurück zu den Macarons.

»Gleich kommt der Kellner«, teilte Deborah ihm mit. »Und fragt dich, was du trinken willst.« Sie senkte die Stimme. »Keinen Champagner.«

»Ich glaube, ich nehme auch einen Earl Grey«, antwortete Ray, lehnte sich zurück und verschränkte die Hände.

Er beobachtete, dass Ida die Augen verdrehte und den Kopf schüttelte. »Vielleicht war es ein Fehler.«

»Was?«, hakte Deborah nach. »Wir haben noch nicht einmal angefangen.«

»Stimmt, aber ich merke Ray an, dass er wieder eine seiner Launen hat«, entgegnete Ida.

»Ich habe eine meiner Launen?« Das war doch wohl die Höhe. Und außerdem typisch Ida, weiter das Opfer zu spielen, als das sie sich in den Zeitungen dargestellt hatte. Deborah legte ihm die Hand auf den Arm. *Mit Nachdruck. Eine Warnung.* Und sie hatte recht. Seine Agentin kannte zwar nicht die ganze Geschichte, aber sie schätzte die Lage richtig ein. Sich mit Ida anzulegen, war schlicht und ergreifend kontraproduktiv.

»Bevor wir beginnen, möchte ich euch beiden einen Vorschlag machen. Wir sind hier, um etwas zu klären, ja? Also keine lauten Stimmen und keine Vorwürfe. Jeder hat die Gelegenheit, etwas zu sagen. Und anschließend versuchen wir, eine Lösung zu finden, mit der alle zufrieden sind.«

Ray hatte jede Menge zu sagen. Nur dass er es selbst jetzt nicht konnte. Er war zwar zu diesem Treffen gekommen, wusste jedoch, dass er niemals würde schonungslos ehrlich sein können. Weder hier in diesem Raum noch anderswo. Und Ida wusste das auch.

»Möchten Sie etwas trinken, Sir?«

Ein Kellner war neben Ray erschienen. Er sah ihn an und nickte. »Ja, bitte, ich hätte gern …«

»Er nimmt einen englischen Frühstückstee«, unterbrach Ida. »Bitte mit viel Zucker.«

Er wünschte sich von Herzen, er hätte Champagner bestellen können.

Wie Ray herausfand, handelte es sich bei Macarons um eine knusprig gebackene Hülle aus Zucker, Eiweiß und gemahlenen Mandeln mit cremiger Füllung, die es in den verschiedensten Farben und Geschmacksrichtungen gab. Inzwischen hatte er bereits fünf davon verschlungen, hauptsächlich, um zu verhindern, dass er zu viel redete. Insbesondere dann, wenn Ida etwas besonders Beleidigendes von sich gab und er sie am liebsten über den Tisch hinweg angeblafft hätte.

»Meiner Ansicht nach, Ida«, setzte Deborah noch einmal an, »und verbessere mich, falls ich mich irre, Ray, möchten wir hauptsächlich, dass du aufhörst, mit der Presse zu sprechen.«

Autsch. Sie hatte den Nagel auf den Kopf getroffen. Allerdings wusste Ray, dass sie Ida damit bis zur Weißglut bringen würde. Sie hatte sich noch nie gern Vorschriften machen lassen und bestand darauf, die Bedingungen zu stellen. Und zwar immer.

»Das kann ich mir denken«, entgegnete Ida. Sie nahm die Teetasse zwischen Daumen und Zeigefinger, nippte daran und setzte sie zurück auf die Untertasse. »Nur dass ihr nicht das Recht habt, mich in meiner Meinungsfreiheit einzuschränken.«

»Haben wir schon, wenn nichts daran wahr ist«, herrschte Ray sie an. »Wenn alles nur Lügen sind.«

»Oh!«, rief Ida aus. »Also willst du behaupten, dass ich in den Artikeln gelogen habe? Vielleicht hätte ich meinen Anwalt bitten sollen, mich heute zu begleiten.«

»Jetzt komm schon, Ida«, sagte Ray und beugte sich vor. »Wir sind doch nicht auf den Kopf gefallen. Zumindest ich bin es nicht. Du hast gerade so viel gesagt, damit es genügt, dass die Gerüchteküche auf Hochtouren läuft und es mit meiner Karriere den Bach runtergeht.«

»Ach, was bin ich doch ungezogen«, höhnte Ida, ohne mit der Wimper zu zucken. »Immer geht es nur um dich, Ray. Ich spiele offenbar keine Rolle. Ebenso wenig wie mein Bedürfnis, mich von der Vergangenheit zu lösen und mir eine neue Zukunft aufzubauen.«

Ray schüttelte den Kopf. Es war Zeitverschwendung. Ida

sah die Wirklichkeit völlig anders, als die übrige Menschheit es tat. Alles drehte sich ausschließlich darum, wie übel das Leben *ihr* mitgespielt hatte. Um ihren Kampf gegen den Rest der Welt.

»Es hat mich enorm unter Stress gesetzt, dass du mich verlassen hast«, fuhr Ida fort. »Ich leide wieder unter Angstzuständen, meine Zwangsstörung ist schlimmer geworden, ich konnte weder malen noch mit dem Bildhauern weitermachen …«

»Und das alles ist ganz allein meine Schuld?«, unterbrach Ray.

»Schließlich hast du dich von mir getrennt!« Endlich zeigte sie Gefühle. Dazu der wilde Blick und der schneidende Tonfall. Hässliche Erinnerungen stiegen in ihm hoch. Diesen Ausdruck hatte er bei ihr so oft gesehen. Die lodernde Wut, die man an ihrem angespannten Kiefer und den nach unten gebogenen Mundwinkeln erkannte. Es hatte ihn stets getroffen wie ein Blitz aus heiterem Himmel. Wie konnte ein Mensch, der zunächst so völlig mit sich im Reinen schien, in Sekundenschnelle ins absolute Gegenteil umschlagen? Nur wegen eines falschen Worts, eines falschen Blicks oder eines Fehlkaufs im Supermarkt.

»Ich hatte keine andere Wahl«, antwortete Ray. Trotz seines ruhigen Tons tobte er innerlich.

»Man hat immer eine Wahl, Ray«, widersprach Ida. Nun klang ihre Stimme sanft und verspielt. Dieses Theater hatte er schon so häufig erlebt, dass ihm davon nur noch übel wurde. Er griff nach dem nächsten Macaron.

»Unter welchen Bedingungen würdest du deine Äußerungen gegenüber der Presse zurückziehen und nicht mehr mit Reportern über Ray sprechen, Ida?« So sehnlich Deborah sich auch ein konstruktives Ergebnis herbeiwünschte und so gut sie auch das Lösen von Konflikten und das Verhandeln beherrschte, hatte sie die Rechnung ohne Ida gemacht.

»Ich würde meine Worte niemals zurückziehen«, verkündete Ida.

»Warum nicht?«, fragte Ray. »Weil die sonst ihr Geld wiederhaben wollen?«

»Ich war noch nie eine Materialistin.« Ida nestelte an einem Faden ihres Pullovers herum. »Geld ist nur Papier mit verschiedenen Porträts darauf. Manche Leute sammeln es wie Kunstwerke, aber es wird sie nie glücklich machen. Genauso wenig wie dich, Ray.« Sie nahm eines der Macarons und strich mit Daumen und Zeigefinger darüber. »Du hast behauptet, dass du nicht berühmt sein willst. Und trotzdem könntest du nicht überleben, wenn du wieder Straßenmusik machen oder in kleinen Kneipen vor zwanzig Leuten auftreten müsstest. Du sehnst dich nach Aufmerksamkeit. Das war schon immer so. Das passiert eben, wenn ein Junge früh die Mutter verliert.« Sie zerquetschte das Macaron und beobachtete, wie die Krümel auf ihren Teller rieselten.

Lass dir nichts anmerken. Sie kennt deine wunden Punkte. Das ist ihre Spezialität. Sie hatte ihm dort einen Hieb versetzt, wo es emotional am meisten wehtat. Tief in seinen Abgründen, wo sie, wie sie wusste, eine Reaktion auslösen würde. *Seine Mutter.* Veronica Stone hätte Ida und alles, was sie verkörperte, rundheraus abgelehnt. *Kalt. Oberflächlich. Gekünstelt.* Jemand, der einem nur das zeigte, was man sehen wollte. Und der sein wahres Gesicht offenbarte, sobald man sich ihm angenähert und auf ihn eingelassen hatte. Ray tastete mit der Zunge in seinem Mund herum und konzentrierte sich auf sein Zahnfleisch, um sich abzulenken. Von Idas Worten und davon, wie sie ihn nun musterte, nur darauf wartend, dass er die Beherrschung verlor.

»Gut«, mischte sich Deborah ein. »Ida, wenn du deine Aussagen gegenüber der Presse schon nicht zurückziehen willst, haben wir dann wenigstens dein Wort, dass die Interviews jetzt aufhören werden? Können wir uns darauf einigen, dass Geschehenes nicht wieder gutzumachen ist, einen Schlussstrich ziehen und nach vorn schauen? Keine überflüssigen und unerwünschten Überraschungen in den Medien mehr?«

Ray beobachtete Ida weiter. Sie neigte den Kopf leicht zur Seite und betrachtete ihn mit dem Hauch eines Lächelns um die Lippen. »Wie ich schon sagte, waren die Interviews meine Therapie. Seit die Artikel veröffentlicht sind, fühle ich mich besser ... für den Moment. Allerdings habe ich keine Ahnung, wie lange das anhalten wird.«

Ray schüttelte den Kopf. Jetzt ging es los. Wie viel Geld würde sie fordern, damit sie endlich verschwand? Genug, um sich ein eleganteres Atelier zu mieten? Nur dass er es sich nicht leisten konnte, sie zu bezahlen. Und Deborah besaß nicht genug Geld, um ihm unter die Arme zu greifen. Sie arbeitete bereits für das Mindesthonorar, das sie von Saturn Records bekam.

»Okay«, meinte Deborah. »Dürfte ich erfahren, welche Summe dir vorschwebt, damit es dir über einen längeren Zeitraum hinweg, idealerweise für immer, besser geht?«

»Geld?«, hauchte Ida, als wäre das Wort Gift für ihre Ohren. »Ich will kein Geld. Habt ihr mir denn nicht zugehört?«

»Okay«, wiederholte Deborah. »Wenn du kein Geld willst, was dann? Was können wir tun, um dein Leben ein wenig angenehmer zu gestalten, damit du nicht mehr das Bedürfnis hast, Einzelheiten aus deiner Beziehung mit Ray in die Welt hinauszuposaunen?«

»Nun«, erwiderte Ida und beugte sich vor. »Es gibt nur eines, was ich mir wirklich, wirklich wünsche.«

»Verrat es uns«, forderte Deborah sie auf. »Wir schauen, ob wir es ermöglichen können.«

Ray ahnte, was nun kommen würde. Dennoch wollte ein Teil von ihm, dass Ida die Frechheit besaß, es in Gegenwart seiner Agentin laut auszusprechen. Dann würde sie begreifen, wie gestört seine Exfreundin war.

Ida lächelte und spielte an einer Haarsträhne herum. »Ray«, sagte sie, »ich möchte, dass du nach Hause kommst.«

KAPITEL›
EINUNDDREISSIG

Grundschule Stretton Park

»Wie sehe ich aus?«

Susan Clark kam gerade von der Damentoilette, wo sie offenbar einen tiefpflaumenblauen Lippenstift aufgetragen und ihre bereits recht dicken Augenbrauen mit Kajalstift nachgezogen hatte. Was sollte Emily darauf antworten? Sie war froh, dass sie heute eine champagnerfarbene Bluse und eine beige Hose trug. In dieser Kombination fühlte sie sich immer besonders selbstbewusst und fand, dass sie die richtige Mischung aus geschäftsmäßig und weich und feminin ausstrahlte.

»Bereit, die Bischöfe zu empfangen«, erwiderte sie. »Oder sind es Diakone? Beim letzten Mal habe ich sie ständig durcheinandergebracht.«

»Ein Bischof«, erwiderte Susan und strich über die Bernsteinperlen ihrer Brillenkette. »Und zwei Suffraganbischöfe. Soweit ich informiert bin. Allerdings waren letztens auch Vertreter anderer Dekanate dabei, also könnten wir es mit der gesamten kirchlichen Chefetage zu tun bekommen.«

»Mit Ausnahme des Papstes«, fügte Emily schmunzelnd hinzu.

»Aus offensichtlichen Gründen«, entgegnete Susan tadelnd. »Wir sind nämlich hier bei der Church of England, nicht bei den Katholiken.«

Natürlich wusste Emily das, doch die Feinheiten der

verschiedenen Religionen waren noch nie ihre Stärke gewesen. Sie war ja nicht einmal offiziell getauft. Angeblich, so hieß es, hatten William und Alegra sie von Bord einer Jacht namens *Destiny II*, die jemandem namens Cassar gehörte, ins kristallklare Wasser vor der Elfenbeinküste getaucht und sie, beobachtet von mit dunklem Rum betrunkenen Zeugen, für gottgefällig erklärt. Emily war sicher, dass die Diözese eine derartige Taufe nicht gebilligt hätte. Sie besaß weder eine ewige Kerze noch Dokumente, die den Vollzug des Sakraments belegten, und konnte sich nur auf die Aussage ihrer Eltern und auf das alkoholgeschwängerte Gerede ihres angeblichen Taufpaten Marcus berufen, den sie früher an jedem zweiten Weihnachtsfeiertag gesehen hatte, sofern ihre Eltern nicht arbeiten mussten.

»Ich glaube an Sie, Emily.« Susan zog die Brust ein und rückte einen Knopf zurecht, der abtrünnig zu werden drohte. »Entschuldigen Sie das Wortspiel.«

»Das ist mir klar«, antwortete sie. Stimmte das wirklich? Glaubte Susan tatsächlich an sie? Oder hatte sie einfach keine andere Dumme gefunden, der sie die undankbare Aufgabe hatte aufhalsen können, die Weihnachtsaufführung zu organisieren? Dennis hätte sich geweigert. Und Linda Rossiter hätte vermutlich einen Krampfanfall gekriegt. Doch ganz gleich, welche Gründe auch dahinterstecken mochten, Emily stand nun am Steuer und würde ihr Bestes geben. »Ich werde Sie nicht enttäuschen.«

»Das ist Musik in meinen Ohren«, meinte Susan. »Apropos Musik: Wir servieren ihnen Tee und Plätzchen, und gleich danach gibt es eine Kostprobe der Weihnachtsaufführung, oder?«

»Ja«, erwiderte Emily. Warum bejahte sie? Sie hatte doch niemanden, der die Kinder begleitete. Wenn es hart auf hart kam, würde sie eben auf ihrem Telefon die Version von Mariah Carey auf Spotify abspielen müssen und hoffen, dass die Kinder laut genug sangen, um die Sängerin zu übertönen.

Vorhin hatte sie Ray eine Nachricht geschickt. Eine ganze Stunde lang hatte sie darüber nachgegrübelt, ob sie ihn überhaupt fragen sollte, bevor ihre Finger die Tastatur berührten. Er half ihr ohnehin schon so viel. Im Grunde genommen hatte er den neuen Text ganz allein geschrieben und außerdem ihre Heizung repariert. Allerdings bekam er dafür ein hübsches Zimmer in einer lichtdurchfluteten und geräumigen Wohnung, obwohl so kurz vor Weihnachten sicherlich nicht viel auf dem Markt war. Also hatte sie sich ein Herz gefasst und die Nachricht abgeschickt.

HILFE! Tut mir leid! Ich weiß, dass du sehr beschäftigt bist, und ich nehme deine Zeit sowieso schon genug in Anspruch. Aber ich brauche heute Nachmittag einen Gitarristen oder Pianisten. Um 14:30. Damit er »Hier in Stretton Park«, das heißt »Stille Nacht« mit dem neuen Text, spielt. Hättest du vielleicht Zeit? Ach, ich bin übrigens Emily Parker.

Sie wusste nicht, ob sie je im Leben eine derart peinliche Bettelnachricht verfasst hatte. Dabei hatten sie erst letzte Nacht ihre Handynummern ausgetauscht. Wie Vermieterin und Mieter es eben für den Notfall taten. Und jetzt bat sie ihn schon wieder um einen Gefallen. Kein Wunder, dass er nicht geantwortet hatte.

»Miss Parker, Cherry sagt, ihr ist schlecht.« Plötzlich stand Alice neben ihr am Empfang und zupfte sie an der champagnerfarbenen Bluse. Warum war sie nicht bei den anderen Kindern im Saal? Und weshalb behielten Dennis,

Linda oder einer der anderen Kollegen die Schüler nicht besser im Auge?

»Oh, Alice, bist du sicher?«, erkundigte sich Emily. Sie hatte schon vor einer Weile herausgefunden, dass es Alice gefiel, wenn ihre Mitschüler sich nicht wohlfühlten. Bestimmt würde sie eine ausgezeichnete Krankenschwester abgeben. Sofern sich ihr Interesse am Tod legte. Allerdings gab es ja immer noch Hospize ...

»Sie ist echt blass«, fuhr Alice fort und strich sich über die Wange. »Und ihr Gesicht sieht so aus.« Emily beobachtete, wie Alice die Augen verdrehte, bis fast nur noch das Weiße zu sehen war, und ihren Mund zu einer Kopie von Edvard Munchs *Der Schrei* verzerrte.

Ein Kind, das sich vor den Augen der Kirchenvertreter erbrach, hatte Emily gerade noch gefehlt. Außerdem wollte sie verhindern, dass Susan von der drohenden Katastrophe erfuhr. Deshalb entfernte sie sich rasch von der Rektorin. Die Schulleiterin rückte gerade das ziemlich scheußliche Weihnachtsgesteck zurecht, das Linda Rossiter vorhin auf die Empfangstheke gestellt hatte. Es bestand aus schauderhaften, golden besprühten Fichtenzapfen und dunkelroten Beeren, bei denen Emily befürchtete, es könnte sich um ein giftiges Nachtschattengewächs handeln.

»Wenn Cherry schlecht ist, Alice, muss sie kommen und es mir selber sagen«, raunte Emily dem Mädchen zu.

»Ich glaube, ihr ist so schlecht, dass sie sich nicht bewegen kann«, entgegnete Alice und blinzelte. »Deshalb dachte ich, dass ich es Ihnen erzählen sollte.«

Da Emily noch immer nicht überzeugt war, ging sie drei Schritte in Richtung Saaltür und spähte durch eines der darin eingelassenen kleinen Fenster in den Raum. Die Schüler, die sich versammelt hatten, um die Besucher aus der Diözese zu begrüßen, redeten wild durcheinander. Dennis stopfte wie immer Süßigkeiten in sich hinein. Noch mehr von dem Zeug! Offenbar hielt er den altmodischen Bonbonladen in der High Street allein am Laufen. Wo war Cherry? Falls sie nicht wie sonst vor Tatendrang übersprudelte, würde sie vielleicht selbst mit ihr sprechen.

»Sie sind da!«

Diese Ankündigung kam von Susan, die wieder an ihren Blusenknöpfen herumfummelte. Die Zeit reichte nicht mehr, um nach Cherry zu schauen. Falls ihr wirklich übel war, würde sie mit einem der anderen Lehrer reden müssen, die nicht dafür verantwortlich waren, die Geldgeber zu beeindrucken.

»Alice, bitte sag Cherry, sie soll sich an Mrs Rossiter oder Mr Murray wenden, wenn sie sich nicht wohlfühlt. Und jetzt geh zurück in den Saal und richte den anderen aus, sie sollen sich ruhig und brav hinsetzen, bis wir mit dem Singen dran sind.«

»Aber …«, begann Alice.

»Bitte, Alice«, flehte Emily. Sie klang bereits, als würde ihr die Situation entgleiten. »Dann lasse ich dich heute Nachmittag auf dem Pausenhof auch mit den Würmern spielen.«

»Wirklich?« Alice' Miene erhellte sich.

»Nur wenn du sie gut behandelst«, fügte Emily hinzu. »Und jetzt geh und setz dich hin.«

Nachdem sie sich vergewissert hatte, dass Alice hüpfend im Saal verschwunden war, gesellte sie sich wieder zu Susan an der Tür. Durch das Fenster sah sie, dass ein großer schwarzer Wagen auf den Parkplatz einbog und sich in eine Parklücke für Behinderte stellte. Es war ein elegantes Auto mit getönten Scheiben.

»Beim letzten Mal hatten sie noch ein anderes Auto«, stellte Susan fest. »Wirklich luxuriös.«

»Nun, sie haben uns immerhin Geld für die Weihnachtsaufführung bewilligt, also …«

»Noch nicht«, unterbrach Susan und verzog die Lippen zu einem Lächeln.

»Noch nicht?«, wiederholte Emily. Nicht dass sie hochfliegende Pläne in Sachen Kostüme gehabt hätte, denn schließlich hatte sie noch keine Texte, ja, noch nicht einmal eine Vorstellung von dem Stück.

»Wir sind nicht die einzige Schule, die sie betreuen. Deshalb will ich ja unbedingt Eindruck bei ihnen schinden, Emily. Denn wenn sie zufrieden sind, erhöhen sie uns möglicherweise die Mittel, und ich kann die Sparmaßnahmen lockern.«

Jetzt fühlte Emily sich wirklich unter Druck gesetzt. Offenbar hing von ihrem Erfolg die finanzielle Zukunft der gesamten Schule ab.

»Da ist der Bischof«, hauchte Susan. »Heute ohne Kopfbedeckung. Halten Sie das für ein gutes oder ein schlechtes Zeichen?«

»Keine Ahnung«, antwortete Emily. »Aber sein violettes Hemd gefällt mir.«

»Vermutlich ist das bei ihm, als wäre er in Zivil. Vielleicht spart er sich die Kopfbedeckung für die St Osmond's School auf.«

»Keine Sorge«, meinte Emily. »Das wird schon klappen. Die Schüler der sechsten Klasse sind bereit, sich ihre kleinen Seelen aus dem Hals zu singen.« Auch wenn Felix den Refrain zweimal wiederholen würde, um seine Zwangsstörung auszuleben. Außerdem hatte sie noch immer niemanden, der sie auf einem echten Musikinstrument begleitete. Und sie hatte noch nicht einmal versucht, ihren Account bei Spotify mit dem Bluetooth-Lautsprecher zu verbinden.

Als ihr Handy in der Tasche vibrierte, nahm sie es rasch heraus, bevor der Bischof und sein Gefolge die Eingangstür erreichen konnten.

Stehe vor Stretton Park. Vorder- oder Hintertür? Will nicht unbedingt verhaftet werden. Werde aber Klavier spielen, falls du mich noch brauchst. Hoffentlich hast du ein Klavier. Ich bin es, Ray.

Sie hatte einen Pianisten! Sie hatte Ray Stone als Pianisten. Außerdem konnte er die Kinder beim Singen unterstützen. Doch wenn er vor Publikum auftreten sollte, musste sie entweder Susan informieren und ihn registrieren lassen, damit auch alles seine Richtigkeit hatte. Oder sie steckte ihn einfach in eine Verkleidung …

»Guten Tag, Bischof Nicholas und … die Herren Suffraganbischöfe. Es ist wirklich reizend, Sie wiederzusehen.«

Susan begrüßte die Gäste. Nachdem Emily rasch eine Textnachricht abgeschickt hatte, lächelte sie die Besucher an, bereit, ihnen die Hand zu schütteln und sich einzuschmeicheln.

KAPITEL
ZWEIUNDDREISSIG

Ray war nicht ganz sicher, wie es in seinem Leben so weit hatte kommen können. Im Moment befand er sich hinter dem Bühnenvorhang der Schulaula und trug ein Weihnachtsmannkostüm mit allem Drum und Dran, einschließlich eines flauschigen weißen Bartes, der sein gesamtes Gesicht verdeckte. Er konnte kaum atmen, geschweige denn singen. Ganz zu schweigen davon, dass er eigentlich gar nicht singen durfte. Tja, ein Rückzieher war jetzt wohl nicht mehr möglich. Insbesondere nach dem Treffen mit Ida, das genauso verlaufen war, wie er erwartet hatte. Nun hatte er keine andere Wahl mehr. Er musste sich seiner Situation stellen und wieder vor ein Publikum treten, und zwar ohne sich auch nur ein bisschen von den Berichten in den Medien aus der Fassung bringen zu lassen. Schließlich hatte er nichts zu verbergen. Er hatte nichts angestellt. Sich zu verstecken würde genau das Gegenteil vermitteln, und damit musste Schluss sein.

»Ich kann dir gar nicht genug danken«, sagte Emily, stülpte ihm eine rote Mütze über und schob sein Haar darunter, damit ihn auch wirklich niemand mehr erkennen konnte. »Ich bin dir ja so dankbar. Du rettest mir hier das Leben. Wenigstens in beruflicher Hinsicht.«

»Habe ich schon erwähnt, dass ich Weihnachten hasse?«, fragte Ray, behindert durch weiße Locken aus Nylon, die sich um seinen Mund schlängelten.

»Nein! Ray, du *kannst* Weihnachten nicht hassen!«

»Und ob ich kann. In meinem Plattenvertrag gibt es sogar eine Klausel, die Weihnachtslieder ausschließt.«

»Was? Ach, wie albern. Alle Menschen lieben Weihnachtslieder.«

»Ich nicht.«

»Aber was ist mit deinem neuen Text für das Lied, das wir gleich singen werden?«

»Gut«, erwiderte Ray. »Ich habe nicht behauptet, dass ich kein Weihnachtslied *schreiben* kann. Ich möchte nur nicht selbst eines herausbringen.« Er erschauderte. »Dieses ganze Gequatsche, es sei die schönste Zeit des Jahres.«

»Das stimmt doch auch! Weihnachten ist warm und gemütlich und …«

»… eiskalt, dass einem die Zähne klappern.«

»Nicht mehr, denn die Heizung ist ja repariert.«

Er lächelte sie an. »Ein ausgezeichneter Einwand.«

»Außerdem hast du mir erst gestern Abend dabei geholfen, den Weihnachtsbaum aufzubauen«, verkündete Emily und rückte seine Mütze zurecht.

»Da stand ich unter dem Einfluss von Kaffee«, antwortete er. »Was machst du nur aus mir?«

Er wurde ein wenig wehmütig. Einige Weihnachtsfeste in seiner Vergangenheit waren wirklich warm und gemütlich gewesen. Mit von Brandy strotzendem Trifle und Geschenken, für die sein Vater Tag und Nacht gearbeitet hatte, damit sie es sich leisten konnten. Er war nur so sentimental, weil Ida über den Tod seiner Mutter gesprochen und er gestern seinen Dad gesehen hatte. Danach war alles wieder hochgekommen. Weihnachten war niemals so wie früher, wenn ein Familienmitglied fehlte.

»Sorry«, meinte Ray. »Achte nicht auf mich. Ich bin da

wie der Grinch aus dem Kinderbuch und fand nur, du solltest das wissen, falls …«

»Falls dir plötzlich ein grünes Fell wächst?«

»Vermutlich würde das immer noch besser aussehen als dieses Ding hier.« Er breitete die Arme aus und wies auf sein Kostüm.

»Ich muss los«, erwiderte Emily und strich den Kragen seiner Weihnachtsmannjacke glatt. »Ich werde dich natürlich als Weihnachtsmann vorstellen. Die Kinder werden begeistert sein, insbesondere die im ersten Schuljahr. Also wink einfach nur, sag kein Wort, spiel Klavier, und dann singen wir. Anschließend werden alle hoffentlich applaudieren, und ich komme hinter die Bühne und helfe dir beim Ausziehen.«

Obwohl sie den letzten Satz hervorsprudelte und er absolut harmlos gemeint war, loderte in Ray eine Flamme auf. Emily Parker sah wieder einmal hinreißend aus und trug eine helle, schimmernde Bluse, die gut zu ihrer Haarfarbe passte. Auch der Sitz ihrer Hose war ihm nicht entgangen, denn sie hob jede ihrer Kurven hervor. Falls er sich je wieder auf jemanden einlassen wollte, wäre Emily ganz oben auf seiner Liste. Nur dass das im Moment noch ein riesengroßes »falls« war.

Sie lachte auf und räusperte sich. »Das heißt, ich helfe dir aus deinem *Kostüm*.« Mit diesen Worten hastete sie zum Vorhang und verschwand. Ray schloss die Augen und atmete tief durch. *Liebe*. Auch in Ida war er einmal verliebt gewesen, doch seitdem schien eine Ewigkeit vergangen zu sein. Ihre Beziehung hatte sich schon vor langer Zeit in einen Machtkampf verwandelt, in der von Offenheit und Gleichberechtigung keine Rede mehr war. Wer garantierte ihm, dass das nicht wieder geschehen würde, wenn er das nächste Mal sein Herz verschenkte?

»Der Bischof hat sechs Stück von den kleinen Plumpuddings verschlungen«, flüsterte Dennis Emily zu. »Sechs! Ich habe mitgezählt.«

»Dann passt du besser auf, dass er deiner Tüte mit fliegenden Untertassen nicht zu nahe kommt«, neckte ihn Emily.

»Und diese Suffraganbischöfe!«, fuhr Dennis fort. »Ich glaube, die haben noch kein einziges Wort von sich gegeben.«

»Vielleicht dürfen sie nicht«, mutmaßte Emily. »Sie könnten ja ein Schweigegelübde abgelegt haben oder so.«

»Das gilt für Mönche, Emily, nicht für Suffraganbischöfe.«

»Tja, die Porträts von Jesus scheinen ihnen zu gefallen.«

»Woher willst du das wissen? Sie reden doch nicht.«

Emily bemerkte, dass Susan sie anblickte und mit dem Kopf auf die Bühne wies. Es war Zeit für den Auftritt. Nun gab es kein Zurück mehr. Also rein in die Höhle des Löwen. Wie schwierig konnte es denn sein? Ein einziges Lied, gespielt von einem Profimusiker und gesungen von ihren Schulkindern, die es heute Morgen mindestens fünfzigmal geübt hatten, sodass es inzwischen eigentlich ein Ohrwurm hätte sein sollen. Und wenn nicht, stand der Text auf den Notenblättern. Eine narrensichere Sache.

»Gut, dann wollen wir mal«, meinte Emily, verschränkte die Finger ineinander und streckte sie.

»Viel Glück«, erwiderte Dennis.

Emily steuerte auf ihre Schüler zu, die schwatzend in den ersten Reihen saßen und ihre Notenblätter schwenkten. Makenzie schien damit beschäftigt zu sein, einen Papierflieger aus seinem zu falten.

»Los, Kinder, wollen wir jetzt singen?«, fragte Emily. »Wir gehen auf die Bühne und bereiten uns vor.«

»Ich singe nichts, wo Gott vorkommt«, teilte Rashid ihr mit.

»Rashid, das ist völlig in Ordnung. Ich habe euch doch schon erklärt, dass diejenigen, die sich mit dem Text nicht wohlfühlen, ihn nicht zu singen brauchen.«

»Eigentlich will ich gar nicht singen«, verkündete Matthew.

»Ich auch nicht«, schloss sich Angelica an.

»Und mir ist schlecht.«

Die letzte Bemerkung kam von Cherry. Alice hatte recht. Sie war wirklich leichenblass, ja, sogar ein wenig grün im Gesicht.

»Passt auf«, begann Emily. Sie bemühte sich, ruhig zu klingen. »Kinder, ich brauche heute wirklich, wirklich eure Hilfe. Wir wünschen uns doch in diesem Jahr eine wunderschöne Weihnachtsaufführung, oder? Mit … Süßigkeiten und … Geschenken und … Schokolade für alle.« Mein Gott, was tat sie da? Sie bestach die Kinder, damit sie mitmachten. Wie tief war sie gesunken?

»Schokolade«, wiederholte Jayden. Seine Augen leuchteten auf. »Kriegen wir Schokolade, wenn wir singen?«

»Ihr bekommt Schokolade, wenn ihr *gut* singt«, entgegnete Emily. »Also gehen wir jetzt singen. Je schneller wir es hinter uns bringen, desto früher kann ich mich um die Schokolade kümmern.« Sie verließ sich darauf, dass Dennis genug Vorräte in seinem Spind hatte, die er mit dreiunddreißig Kindern teilen konnte. Anderenfalls würde sie irgendwann zwischen dem Ende des Liedes und dem Eintreffen der Eltern zum Laden an der Ecke laufen müssen. »Und jetzt kommt auf die Bühne.«

Dreiunddreißig widerstrebende Kinder im Schlepptau schaffte es Emily endlich auf die Bretter, die die Welt bedeuten, und ans Mikrofon. Plötzlich wirkte der Saal so groß wie die ausverkaufte O2-Arena.

Denk an die Belohnung, Emily. An die Mittel für die Schule und daran, dass diese Leistung dir den Weg zur Konrektorin ebnen könnte.

»Guten Tag, liebes Publikum. Vor allem begrüße ich unsere geschätzten Gäste von der Diözese. Willkommen, Bischof Nicholas, und ...« Sie hatte keine Ahnung, wie sie die anderen beiden Männer ansprechen sollte. »Bischof Nicholas und seine Freunde.« Sie hoffte, dass ihr Lächeln freundlich und einladend wirkte. »Ich heiße Emily Parker und bin stolz darauf, in diesem Jahr die Stretton-Park-Weihnachtsaufführung organisieren zu dürfen. Und ich kann Ihnen jetzt schon verraten, dass es die großartigste und unterhaltsamste Show werden wird, die die Welt je gesehen hat.« Was redete sie da? Offenbar hatte sie ein Talent dafür, sich selbst reinzureiten. »Um Ihnen einen kleinen Vorgeschmack darauf zu geben, was wir für den 20. Dezember geplant haben, wird die sechste Klasse Ihnen nun etwas vorsingen. Aber lassen Sie mich zuerst den Pianisten vorstellen. Applaus für ... den Weihnachtsmann!«

Zum Glück schnappten die kleineren Kinder wie erhofft begeistert nach Luft. Im nächsten Moment marschierte Ray auf die Bühne. Er hielt seinen ausgepolsterten Bauch fest und winkte. Doch wo wollte er hin? Sie hatte ihn angewiesen, einfach nur zu spielen. Allerdings steuerte er nicht auf das Klavier an der Seite der Bühne zu, sondern auf sie und das Mikrofon.

»Ho! Ho! Ho!«, verkündete er mit einer ziemlich stilechten, sonoren Stimme, die von jahrelanger Erfahrung als Weihnachtsmann zeugte. »Ein frohes Weihnachtsfest für euch alle! Sicher freut es euch zu hören, dass die Elfen und ich dieses Jahr fleißig in unserer Spielzeugwerkstatt gearbeitet haben. Deshalb hoffe ich, dass ihr alle brave kleine Jungen und Mädchen wart.« Er breitete die Arme aus. »Ja? Und das getan habt, was Mummy und Daddy von euch verlangt haben?«

Emily eroberte sich das Mikrofon zurück. »Also auch eure Mummys und Mummys, Daddys und Daddys, eure Stiefeltern oder gesetzlichen Betreuer. Vielen, vielen Dank, lieber Weihnachtsmann.«

Zu ihrer Erleichterung ging Ray nach einem letzten Winken zu dem altersschwachen Klavier hinüber. Im nächsten Augenblick kam ihr ein schrecklicher Gedanke. Funktionierte das Ding überhaupt? War es gestimmt? Hatte es seit Mr Jarvis' Pensionierung überhaupt jemand angefasst? Warum war sie nicht früher daraufgekommen? Die Antwort auf die letzte Frage war nicht weiter schwer: Weil sie zu sehr damit beschäftigt gewesen war, buchstäblich an alles andere zu denken. Jetzt half nur noch Beten. Sie schickte ihr Flehen hinauf zu irgendeinem Gott, der vielleicht gerade zufällig zuhörte. *Nach allem, was ich getan habe, um so weit zu kommen, mach bitte, um Stretton Parks Zukunft willen, dass das Klavier nicht verstimmt ist.*

Sie stellte sich zu den Kindern in die Reihe und hoffte, dass sie hübsch, kräftig und auch selbstbewusst singen würden, damit ihre eigene Stimme nicht zu sehr hervorstach. Zu Hause ohne Publikum zu singen, war doch etwas anderes als ein Auftritt vor Kirchenoberen.

Als Ray zu spielen begann, bekam Emily ein warmes Gefühl im Bauch. Es klang wunderschön. Das Klavier war ausgezeichnet gestimmt, und die Töne hörten sich ganz und gar nicht so laut und abgehackt an wie bei Mr Jarvis. Es war eher, als würde das Klavier gestreichelt. Ray liebkoste sanft Elfenbein und Ebenholz, sodass zarte und doch volle Klänge zur Decke des Saals emporschwebten. Emily lauschte so versunken, dass sie beinahe den Einsatz verpasste.

Es weihnachtet hier in Stretton Park,
Und die Nächte sind hell und klar.
Hier in Stretton Park, mit Jesus im Herzen.
Retter der Welt vor so langer Zeit.

Sie sangen tatsächlich! Ihre Klasse sang! Die meisten sogar richtig. Außerdem sang Ray mit, um zu verhindern, dass sie aus dem Takt gerieten.

Es kommen die Schüler von nah und von fern.
Zu loben in dieser Nacht unsern Herrn.
Der Stern geht voran.
Wir schließen uns an.
Das Jesuskind lacht,
Uns zur guten Nacht.

Als sie fertig waren, hatte Emily Tränen in den Augen. Noch nie war sie stolzer auf ihre Schüler gewesen als in diesem Moment. Sie betrachtete die lächelnden kleinen Gesichter, die so reizend, unschuldig und glücklich wirkten. Manchmal vergaß sie, wie jung sie noch waren. Plötzlich brach der Applaus los. Die Kinder im Publikum klatschten und jubelten. Die anderen Lehrer ebenfalls. Emily schaute zum Bischof und den Suffraganbischöfen hinüber. Auch sie applaudierten so heftig, dass die Kreuze an ihren Hälsen vibrierten. Am liebsten hätte Emily sich verbeugt. Vielleicht sollten sie das ja wirklich tun. Emily beugte sich leicht nach vorn und sah die Kinder an, in der Hoffnung, dass sie ihrem Beispiel folgen würden. Und ja! Einige verbeugten sich wieder und wieder, andere knicksten. Immer weiter wurde geklatscht, und jemand rief »Zugabe«. Nein! Nein, das war nicht gut, weil sie gar keine Zugabe singen konnten. Emily hatte den Verdacht, dass Dennis der Schuldige war. Nun würde sie ganz sicher Schokolade von ihm fordern.

»Danke!«, sprach sie ins Mikrofon. »Vielen Dank.«

In der nächsten Sekunde erbrach sich Cherry quer über die Bühne.

KAPITEL
DREIUNDDREISSIG

»Du musst das Weihnachtsmannkostüm anbehalten.«

Ray hatte gerade die Mütze abgenommen, von der ihm ziemlich der Kopf juckte. Er sah Emily an. »Das ist ein Scherz, oder? Ich habe dir doch erklärt, wie sehr ich Weihnachten verabscheue.«

»Nein … Ich meine, natürlich kannst du das Kostüm ausziehen, wenn du wegmusst … was sicher der Fall ist, denn schließlich arbeitest du nicht hier und führst dein eigenes Leben … Entschuldige.« Sie holte Luft. »Gleich kommen die Eltern, und Susan war begeistert, weil ich den Weihnachtsmann am Klavier hatte, der übrigens einfach wundervoll gespielt hat. Ein Weihnachtsmann würde zur festlichen Stimmung beitragen. Aber es ist schon in Ordnung. Ich habe schon genug von dir verlangt.«

Ray musterte die Mütze in seinen Händen. »Wie lange müsste ich das Kostüm noch tragen?«

»Eine Stunde?«, erwiderte Emily. »Vielleicht anderthalb. Du brauchst auch mit niemandem zu reden. Obwohl ich bemerkt habe, dass es dir vorhin ziemlichen Spaß gemacht hat, ins Mikrofon zu sprechen. Das stand nicht im Drehbuch.«

»Ich habe dir doch gesagt, dass ich voll und ganz in einer Rolle aufgehe, wenn ich sie einmal übernommen habe.« Er grinste. Das hier war wirklich eine ausgezeichnete Ablenkung von dem ganzen Mist in seinem Leben. Außerdem hatte Deborah vor einiger Zeit einmal angedeutet, er könne ja die Schauspielerei in Erwägung ziehen, falls ihm das Singen allein zu langweilig würde. Eigentlich hatte er noch nie ernsthaft darüber nachgedacht. Doch angesichts dessen, wie viel Zeit er damit verbrachte, den Menschen in seinem Umfeld etwas vorzumachen, war es vielleicht gar kein so großer Schritt, sich für ein bisschen Theater auch noch bezahlen zu lassen.

»Tust du es also?« Emilys Miene erhellte sich. »Ich besorge für heute Abend Pommes. Nein, keine Pommes, sondern etwas Besseres. Alles, was du essen willst. Ein Fertiggericht oder etwas anderes.«

»Abgemacht.« Ray stand auf.

»Moment.« Emily nahm ihm die Mütze aus der Hand. »Die musst du wieder aufsetzen.«

Er ließ zu, dass sie ihm die Mütze über den Kopf stülpte und mit den Fingern seine Haare feststeckte. Hier stand er nun, mit einem weißen, wolligen Bart und ganz in Rot gekleidet. Außerdem wurde ihm unter dem breiten schwarzen Gürtel ein wenig warm, als Emily ihn berührte. Nun, es war wirklich schon eine Weile her …

»So.« Emily trat einen Schritt zurück und schien mit ihrem Werk zufrieden. »Komm raus, wenn du so weit bist. Und keine Ho-ho-ho-Rufe. Misch dich einfach unters Volk.«

»Und ich lasse das Glöckchen bimmeln«, erwiderte Ray und schüttelte den Kopf, sodass die Glocke an der Spitze seiner Mütze läutete.

»Und du behauptest, Weihnachten nicht zu mögen. Meiner Ansicht nach wurde dieser Mythos hiermit auf immer und ewig zerstört.«

Er lächelte, als sie erneut hinter dem Vorhang verschwand. Eigentlich sollte er einen Blick auf sein Handy werfen. Ganz sicher hatte er eine Nachricht von Deborah. Außerdem war mit einem Nachbeben zu rechnen, denn er hatte Idas Träumen von einer Versöhnung endgültig eine Absage erteilt. Er war zwar ruhig, aber nachdrücklich in der Sache gewesen. Er würde sich nicht erpressen lassen. Wie konnte sie nach allem, was zwischen ihnen geschehen war, auch nur an einen Neuanfang denken? Vermutlich deshalb, weil so die Welt aussah, in der Ida lebte. Eine Welt, in der sie sämtliche Regeln bestimmte.

Er erhob sich und legte die Hand auf den Weihnachtsmanngürtel. »Ho! Ho! Ho!«

Wem wollte er eigentlich etwas vormachen?

*

»Hey! O Emily, du siehst heute wieder hinreißend aus. Welche Farbe hat denn diese Bluse? Prosecco?«

Es war Doppel-L, dem beim Sprechen beinahe das Würstchen im Schlafrock, an dem er gerade knabberte, aus dem Mund fiel. Was wollte er denn hier?

»Die Bezeichnung würde passen«, antwortete Emily. »Warum bist du gekommen?«

»Heute findet doch die Ausstellung zum Thema ›Was Weihnachten für mich bedeutet‹ statt, oder? Sag jetzt nicht, wir hätten was verwechselt, denn Jonah hat den ganzen Vormittag lang gebacken, und wenn niemand die Sachen isst, muss ich es tun, und dann werde ich so fett wie der Weihnachtsmann da drüben.«

Emily schluckte und warf einen Blick auf Ray, der gerade von der Bühne sprang. Sie hatte völlig vergessen, dass Jonah versprochen hatte, Selbstgebackenes zu der Ausstellung beizusteuern. Er hatte es vor seinem Auszug erwähnt und offenbar im Gegensatz zu ihr daran gedacht. Allmählich begann sie, an Gedächtnisschwund zu leiden, außerdem war sie eine miserable Freundin.

»Wo soll ich die hinstellen?«, fragte Jonah. Er trug Kochbekleidung, also eine karierte Hose, ein schwarzes Hemd mit dem Emblem des Restaurants, eine Schürze und ein Seeräubertuch auf dem Kopf. In den Händen hielt er zwei gewaltige Platten. »Im Auto sind noch drei.«

»O Jonah, du hättest dir nicht so viel Mühe zu machen brauchen«, erwiderte Emily. Soweit sie es trotz der Frischhaltefolie feststellen konnte, sah alles einfach köstlich aus. Teilchen mit Weihnachtsdekoration wie Stechpalmenblätter, Beeren und silberne Sterne.

»Ich habe es versprochen«, entgegnete Jonah. »Außerdem hatte ich so die Gelegenheit, neue Rezepte auszuprobieren. Und da ich sehr zufrieden damit bin, wie alles geworden ist, hat das Hotel auch etwas davon. Sofern man mir je erlaubt, die Speisekarte zu ändern.« Er schmunzelte. »Es ist geräucherte Blutwurst dabei. Außerdem Kroketten mit Apfelmus. Die Würstchen im Schlafrock sind vom Truthahn und mit Preiselbeersauce gewürzt. Und dann haben wir da noch Kabeljau-Nuggets mit Honig-Feige-Dip und Käsebällchen aus Ziegenkäse. Und zu guter Letzt habe ich noch kleine Pastetchen mit Fruchtfüllung gebacken.«

Emily spürte, dass ihr Tränen in die Augen stiegen. Zurzeit erhielt sie Unterstützung von so vielen Leuten, einfach nur, weil sie sie liebten. Gerne hätte sie Jonah umarmt, befürchtete aber, dass die mühsam hergerichteten Platten Schaden nehmen könnten.

»Ich weiß nicht, was ich sagen soll«, stieß sie hervor. Simon hatte Jonahs Würstchen im Schlafrock geliebt.

»Erzähl mir, wo ich sie hintun soll, damit ich sie aufbauen und den Rest holen kann«, sagte Jonah lachend.

»Das übernehme ich«, erbot sich Allan.

»Wehe, wenn du etwas stibitzt«, drohte Jonah.

»Ich besorge noch ein paar Tische«, meinte Emily und hastete in eine Ecke des Raums.

»Die Kunstwerke sind in diesem Jahr wirklich beeindruckend«, stellte Jonah fest, als er später mit Emily durch den Saal schlenderte. Im Raum wimmelte es von Eltern, die unbedingt sehen wollten, was ihre Kinder in den vergangenen Wochen fabriziert hatten. Es gab Modelle aus Knete wie das von Jayden. Andere Szenen waren aus Recyclingmaterialien wie Pappe, Kronkorken und leeren Kaffeekapseln zusammengesetzt. Das von Felix bestand lediglich aus einem Goldfischglas mit einem echten Fisch, der darin herumschwamm. Als Emily ihn fragte, was er damit ausdrücken wolle, hatte er nur zweimal »Weihnachten« gesagt.

»Erstaunlich, wozu man Kinder bringt, wenn man sie mit Schokolade besticht.« Sie durfte wirklich nicht vergessen, den Kindern die Belohnung für ihren Gesang zu besorgen.

»Und wer ist der sexy Weihnachtsmann?«, erkundigte sich Jonah und stieß Emily mit dem Ellbogen an.

»Was soll das?«, rief sie aus.

»Nun, ich kann zwar nicht viel von seinem Gesicht sehen, aber er ist eins fünfundachtzig groß und ziemlich muskulös. Ist das ein neuer Lehrer, den du mir bisher verheimlicht hast?«

»Äh, nein«, antwortete Emily. Was sollte sie jetzt sagen? Eigentlich kam nur die Wahrheit in Frage.

»Em?«, bohrte Jonah nach. »Verheimlichst du mir etwas? Stehst du auf den sexy Weihnachtsmann?«

»Psst«, zischte Emily.

»Also stimmt es!«

»Nein!« Sie blickte sich um, um festzustellen, ob jemand sie belauschte. Susan sprach gerade mit Alice' Eltern. Alice' Modell stellte das Grab Jesu mit Lametta und in rote Farbe getauchten Verbänden dar. Emily fand, dass das besser zu Ostern gepasst hätte als zu Weihnachten, doch vermutlich war alles Auslegungssache. Makenzies Werk bestand sogar nur aus einer Scalextric-Rennauto-Schiene. Sie wandte sich wieder Jonah zu. »Das ist Ray.«

»Ray?«, hakte Jonah nach. Im nächsten Moment fiel bei ihm der Groschen. »Ray Stone?« Er wirkte ziemlich verwirrt. »Ray Stone als Weihnachtsmann? Hier in Stretton Park?«

»Ja, psst«, erwiderte sie und schluckte. »Es ist eine lange Geschichte. Pass auf, ich muss jetzt mit Rashids Eltern reden. Später erzähle ich dir alles.«

»Aber wirklich alles«, forderte Jonah. »Und Allan wird mehr hören wollen als nur das.«

Emily holte Luft, strich ihre Bluse glatt und näherte sich dem Tisch, auf dem Rashids Projekt stand. Es war gut gelungen, eine ovale Platte mit kleinen Nachbildungen sämtlicher Gerichte, die er während der zweiwöchigen Ferien essen würde. Bestimmt hatten seine Eltern ihm dabei geholfen. Aber das Ergebnis hatte es eindeutig verdient, dass man es hinter Glas bei Dar's Delhi Delights ausstellte. Außerdem war Emily klar, wie schwierig es sein musste, an all diesen festlichen Veranstaltungen teilzunehmen, wenn man Weihnachten nicht feierte. Obwohl Susan darauf beharrte, Regeln seien eben Regeln, und die Eltern hätten bei der Anmeldung die religiöse Ausrichtung der Schule gekannt, konnte sie beim besten Willen nicht die Augen davor verschließen.

»Guten Tag, Mr und Mrs Dar. Ich bin Miss Parker. Wir haben uns am Anfang des Schuljahres kennengelernt.« Die Eltern schüttelten die Hand, die sie ihnen hinhielt.

»Hallo, Miss Parker«, antwortete Ahmer. »Ich habe gehört, dass Sie in diesem Jahr für die Weihnachtsaufführung verantwortlich sind.«

»Ja«, erwiderte Emily. »Das stimmt. Vielen Dank für Ihre großzügige Spende.«

»Gern geschehen. Ich stelle gerade einige Werbebotschaften zusammen, die Sie in das Stück einbauen können. Nur jeweils ungefähr hundert Wörter. So müsste man es vermitteln können.«

Ach verdammt. Werbebotschaften, um sie in einen Text einzufügen, den sie gar nicht hatte. Jeweils hundert Wörter? Das war doch bestimmt ein Scherz. »Wunderbar«, sagte Emily. »Einfach wunderbar. Bevor ich mit Ihnen über Rashids fantastisches Projekt rede, würde ich gerne noch etwas anderes ansprechen.«

»Hat Rashid etwa Schwierigkeiten im Unterricht?«, wollte Mrs Dar wissen.

»Nein, überhaupt nicht«, meinte Emily.

»Denn wenn er nicht mitkommen würde, könnten wir seine Hausaufgabenzeit erhöhen. Aktuell sind wir bei zwei Stunden pro Abend, am Wochenende drei Stunden«, erklärte Ahmer.

Zwei Stunden pro Abend. Drei Stunden am Wochenende. In der Grundschule! Emily musste ein Schaudern unterdrücken. Sie betrachtete Rashid. Im Moment wirkte er ganz und gar nicht wie der arrogante, prahlerische Pausenhofrowdy, den er meistens in der Schule spielte, sondern eher schüchtern, zurückhaltend, ja, sogar ängstlich. Steckte hinter den Ladendiebstählen mehr als nur der Wunsch eines Jungen, sich aufzuspielen und seine Klassenkameraden zu beeindrucken? War da noch etwas anderes, das sie übersehen hatte?

»Tja, ich …« Sie war nicht sicher, was sie sagen sollte.

Rashid blickte sie beinahe flehend an. Seine großen dunklen Augen wurden feucht, als würden die Tränen gleich zu fließen anfangen wie bei einem Dammbruch. Es steckte eindeutig ein Problem dahinter. »Ich wollte Ihnen nur mitteilen, dass Rashid in allen Fächern große Fortschritte macht. Vielleicht muss er ein wenig an seinem Verhältnis zu seinen Mitschülern arbeiten.« Sie spürte, dass die Dars sie prüfend musterten. »Meiner Ansicht nach sind zwei Stunden Hausaufgaben jeden Abend ziemlich viel für einen Zehnjährigen. Möglicherweise würde es helfen, wenn er nach der Schule ein bisschen mehr Zeit mit seinen Freunden verbringt.«

»Wollen Sie behaupten, dass er in der Gruppe nicht zurechtkommt?«, hakte Ahmer nach.

»Nein … ich … Rashid erbringt in der Gruppe genauso gute Leistungen wie allein.«

»Er wird genug Zeit haben, um sie mit seinen Freunden zu verplempern, wenn er das Medizinstudium abgeschlossen hat«, fügte Mrs Dar hinzu.

Medizinstudium. Der Junge war zehn Jahre alt! Emily sah Rashid an. »Du möchtest also Arzt werden, Rashid?«

Er nickte widerstrebend. Die zustimmende Geste spiegelte sich nicht in seiner Miene wider.

»Natürlich möchte er das«, verkündete Ahmer stolz. »Ich wollte selbst Arzt werden, musste aber dann die Restaurants der Familie übernehmen. Für Rashid ist das nichts. Er wird einen besseren Weg gehen können und Menschen helfen.«

Lautes Gepolter lenkte Emily von den Dars ab. Als sie zur Tür des Saals schaute, bemerkte sie, dass die Familie Jackson angekommen war. Obwohl Jayden Stein und Bein geschworen hatte, dass sein Dad heute nicht erscheinen würde, torkelte Mr Jackson zwischen den Tischen herum. Sein gerötetes Gesicht wies darauf hin, dass er den ganzen Tag in dem Pub gewesen war, das Jayden so detailgetreu nachgebaut hatte.

»Entschuldigen Sie mich.« Emily lächelte die Dars an. »Ich bin gleich zurück.«

KAPITEL
VIERUNDDREISSIG

»Ich weiß, dass Sie es sind«, flüsterte Jayden Ray zu und lächelte ihn an. Ray hatte fasziniert Jaydens Modell zu dem Thema »Was Weihnachten für mich bedeutet« betrachtet, das den berüchtigten Riches Tower und das örtliche Pub The Rose & Crown darstellte. Alle Arbeiten der Kinder waren auf unterschiedliche Weise außergewöhnlich und mit Sicherheit eine Stufe besser als alles, was er je in der Schule fabriziert hatte. Zu seiner Zeit hatten sie einfache Grußkarten mit Glitzer und Bommeln aus Wolle verziert. Er erinnerte sich daran, wie seine Mum ihm bei den Pompons geholfen hatte. Sie hatten Karton aus den noch nicht ganz leeren Packungen mit Frühstücksflocken geschnitten, sodass sich der Inhalt über den gesamten Küchenboden verteilt hatte. An diesem Nachmittag hatten sie viel gelacht. Gemeinsam gelacht … bis Ray aufgefallen war, dass Scoots Käfigtür offen stand, und seine Wüstenrennmaus verschwunden war. Sie hatten sie schließlich unter dem Sofa gefunden, aber sie war schon bald darauf gestorben.

»Natürlich weißt du, wer ich bin«, erwiderte Ray mit einer perfekten Weihnachtsmannstimme und ohne aus der Rolle zu fallen. »Ich bin der Mann in Rot! Der Weihnachtsmann! Nikolaus! Ich komme vom Nordpol.«

»Sie sind Ray Stone«, stellte Jayden leise fest.

Diesem Kind konnte man nichts vormachen. Sollte er weiter den Weihnachtsmann spielen oder die Wahrheit zugeben? Ray befürchtete, dass er, wenn er sich enttarnen ließ, Emily wieder in Gefahr brachte, ihren Job zu verlieren. Und ein Blick durch den Saal verriet ihm, dass es hier keinen Schrank gab, in den sie ihn dieses Mal hätte schieben können. Allerdings war ihm die Sicht auch durch die üppige Dekoration überall versperrt, die aus dem Raum ein wahres Weihnachtswunderland machte.

»Wer bitte?«, fragte Ray, betont überrascht. Er legte die Hände an seine Gürtelschnalle und stieß ein herzhaftes Lachen aus. »Von einem Ray Stone habe ich noch nie etwas gehört. Scheint wohl nichts Besonderes zu sein. Aber sag mir, junger Mann, warst du denn in diesem Jahr auch brav? Was wünschst du dir zu Weihnachten?«

Jayden zuckte die Achseln. »Keine Ahnung.«

»Keine Ahnung?«, wiederholte Ray. »Aber du musst doch wissen, was du gern bekommen würdest.«

»Meine Mum und mein Dad haben nicht so viel Geld.«

Ein kleines Stück seines Herzens schien zu schmelzen. Was war los mit ihm? Er trug einen Bart und ein rotes Kostüm, redete über Spielzeugwerkstätten und wurde emotional, weil ein kleiner Junge aus einer Familie mit wenig Geld kam. Bei ihm zu Hause war Geld auch immer knapp gewesen. Das hatte ihn allerdings nicht davon abgehalten, Wünsche und Träume zu haben. Und daran hatte sich auch jetzt, wo er fast seine gesamten Einnahmen verschleudert hatte, nichts geändert. Er wollte nicht, dass der zehnjährige Jayden glaubte, dass es für ihn auf dieser Welt nichts gab, worauf er hoffen konnte.

»Nun, junger Mann«, fuhr Ray fort. »Du sprichst mit dem Weihnachtsmann, und der bringt am Weihnachtsmorgen die Geschenke.«

Jayden lachte. »Ich bin doch kein Baby mehr.«

»Möchtest du ein Schaukelpferd?«, erkundigte sich Ray.

»Nein.« Jayden lachte immer noch.

»Ein Fußballtrikot von Arsenal?«

»Ich bin Fan von Leyton Orient.«

»Ach du lieber Himmel!«, scherzte Ray.

»Hey! Die sind gut! Und dank Justin Edinburgh sind sie jetzt in der englischen Football League!«

»Komm schon, Jayden, es gibt doch bestimmt irgendetwas, worum du den Weihnachtsmann bitten möchtest.«

Jayden zögerte einen Moment lang. »Na ja, da gibt's schon etwas«, begann er. »Es ist zwar für mich, aber eigentlich auch für Miss Parker.«

»Ich verstehe.« Ray bemühte sich mit aller Kraft, seine Stimme weiterhin zu verstellen, doch er spürte, wie sein Hals davon rau wurde, und das war das Letzte, was er jetzt brauchen konnte.

»Ihr Freund ist gestorben, und das hat sie sehr, sehr traurig gemacht. So traurig, dass sie eine Ewigkeit nicht mehr in die Schule gekommen ist.« Er schniefte. »In diesem Jahr ist sie meine Klassenlehrerin, und sie ist die einzige Lehrerin, die mir zuhört. Also will ich nicht, dass sie wieder weggeht.«

Ray schluckte. Natürlich nur, um seine Kehle zu befeuchten, und nicht, um seine Rührung zu unterdrücken. Aber in seine Rolle als Weihnachtsmann konnte er nicht mehr so richtig zurückfinden.

»Sehen Sie den Mann dort drüben? Den mit der Kochjacke?« Jayden deutete mit dem Finger auf ihn.

Ray stellte fest, dass Jayden Jonah meinte. Emilys Freund reichte den Eltern Häppchen, während Allan Limonade in Plastikbecher einschenkte und sich dabei immer wieder selbst einen Schluck gönnte.

»Ja«, bestätigte Ray.

»Er trifft sich hier oft mit Miss Parker, aber ich glaube

nicht, dass sie zusammen sind wie ein Pärchen. Denn sie ist manchmal immer noch ein bisschen traurig, wenn sie glaubt, dass wir es nicht bemerken. Und ich glaube, das würde vielleicht vergehen, wenn er ihr neuer Freund werden würde.«

»Was willst du mir damit sagen, Jayden?« Ray räusperte sich und sprach wieder mit seiner Weihnachtsmannstimme. »Ich meine ... was kann der Weihnachtsmann für dich tun, junger Mann?«

»Vielleicht könnte er mir helfen, die beiden zusammenzubringen. Wenn Miss Parker einen neuen Freund hätte, dann wäre sie wieder glücklich und würde Stretton Park nicht mehr verlassen.«

Ray atmete tief ein. Wow. Und er hatte gedacht, Jayden würde sich das neueste Videospiel oder die aktuelle Nintendo Switch wünschen. »Ich bin mir nicht sicher, ob der Weihnachtsmann das kann«, gestand Ray.

»Haben *Sie* denn eine Freundin?«, wollte Jayden wissen.

»Was?!« Ray presste eine Hand an die Brust und riss entsetzt die Augen auf, wobei sein Bart leicht verrutschte. »Jeder weiß doch, dass ich verheiratet bin. Sehr glücklich sogar ... mit Mrs Weihnachtsmann, die im Moment Vorbereitungen für den großen Festtag trifft, an dem wir Truthahn mit Füllung und Gemüse essen ... Dabei helfen ihr die Elfen und die Rentiere und ...«

»Alles in Ordnung, Jayden?«

Ray unterbrach sich und musterte den Mann, der seine Fingerspitzen auf die Tischkante gepresst hatte, als bräuchte er einen Anker, um nicht hin und her zu schwanken. Dieses Verhalten erkannte Ray sofort. Die Stimme des Manns war etwas zu laut, er stand nicht ganz sicher auf seinen Beinen, und seine Augenlider wirkten schwer. Er war etwa so groß wie Ray, hatte dunkles Haar und war erstaunlich gut rasiert. Auf seiner Haut zeichneten sich feine Äderchen ab, und sein Gesichtsausdruck war Ray ebenfalls vertraut. Das alles hatte er schon viele Male gesehen, als er sich im Spiegel einer Herrentoilette betrachtet hatte. Und es erinnerte ihn auch an seine Mutter.

»Hallo«, erwiderte Jayden nervös und wich zurück, bis er mit dem Rücken an die Wand stieß.

»Zeig uns, was du gebastelt hast, Jayden.« Die Stimme kam von einer kleinen Frau, die Ray noch gar nicht bemerkt hatte. Sie stand neben dem Mann. Ihr helles Haar war zu einem hochsitzenden Pferdeschwanz zusammengebunden, sie trug eine Jeans und einen dicken schwarzen Strickpullover.

»Ist das der Tower?«, fragte der Mann und lachte laut, während er die Hände nach dem Modell ausstreckte. Er wollte es doch nicht etwa anfassen, oder? Der Mann war kaum in der Lage, aufrecht zu stehen, ganz zu schweigen davon, ein wertvolles Kunstwerk zu berühren.

»Einen Moment«, sagte Ray rasch und trat zwischen den mit seinen Armen wedelnden Mann und Jaydens Modell. »Der Weihnachtsmann ist der Meinung, dass Sie diese empfindliche Skulptur, die eines Tages für tausende Pfund versteigert werden könnte, nicht berühren sollten.«

»Haben Sie mich etwa angetatscht?« Der Mann schaute Ray mit zusammengekniffenen Augen an.

Der Kerl war wirklich total hinüber. Er würde jede Art von Einmischung als Angriff betrachten.

»Nev, hör auf«, bat ihn die Frau. »Jayden, erzähl mir etwas über dein Werk. Der Turm gefällt mir ... und ist das das Pub?«

»Ja«, bestätigte Jayden verlegen.

»Lass mich mal sehen.« Der Mann schob sich an Ray vorbei und stieß so heftig gegen den Tisch, dass das Kunstwerk gefährlich ins Schwanken geriet.

Das erinnerte Ray an einen anderen Tisch. *An eine Szene nach einem Abendessen, als Teller und Schüsseln gestapelt waren und beinahe ein Bild von der Wand gefallen wäre …*

»Hören Sie zu, ich glaube wirklich, Sie sollten ein Stück zurückgehen, bevor Sie etwas kaputtmachen«, warnte Ray ihn.

Sofort kam der Mann ganz nah an Rays gepolsterte Mitte heran und starrte ihn an. »Wenn hier etwas kaputtgeht, dann bist du es, Weihnachtsmann, also geh mir aus dem Weg.«

»Oh, hallo! Mr und Mrs Jackson!«, rief Emily fröhlich. Es gelang ihr, sich mit ihrer unbekümmerten Art zwischen die beiden zu schieben, obwohl da eigentlich kein Zentimeter Platz mehr frei war, und dem Mann freundlich die Hand zu schütteln. Dann lächelte sie der Frau zu und gab ihr ebenfalls die Hand. Und plötzlich war die Situation entschärft.

»Ich freue mich sehr, Sie wiederzusehen. Jayden hat die letzten drei Wochen hart an seinem Modell gearbeitet, und ich finde, er hat die Details wunderbar gestaltet.«

»Das sind der Riches Tower und das Pub«, stellte Mrs Jackson fest. »Die anderen Kinder haben Kirchen und Weihnachtsessen dargestellt.«

»Na ja«, wandte Jayden ein. »Felix hat nur einen Fisch, und Alice' Modell hat gar nichts mit Weihnachten zu tun.«

»Ja, da hast du recht«, bestätigte Emily. »Alle Werke sind einzigartig, nicht wahr? Ich finde es großartig, wie Jayden mit viel Mühe die Fenstervorsprünge am Turm herausgearbeitet hat.«

»Ach ja?«, sagte Mr Jackson. »Das finden Sie großartig?«

Unter seinem netten Weihnachtsmannkostüm stellten sich Ray die Nackenhaare auf. Er konnte Jaydens Vater nicht ausstehen. Der Mann war hart und verbittert. Vielleicht kam das von der Trinkerei, vielleicht aber auch nicht. Auf jeden

Fall war er ein Vater, der seinen Sohn so bloßstellte, wie seine Mutter es mit ihm getan hatte. Die Erinnerung daran war schmerzhaft. *Auf Schulfeiern hatte sie den ganzen Getränkestand abgeräumt. Vergessen, ihm ein Lunchpaket mitzugeben. Sich in der Öffentlichkeit übergeben ...*

»Ja«, erwiderte Emily. »Das tue ich. Jayden hat sehr hart an diesem Modell gearbeitet. Er ist überhaupt ein sehr fleißiger Schüler.«

Ray wusste, dass er den Mund halten sollte. Er hatte Emily zugesagt, sich ruhig zu verhalten und nur mit seiner Erscheinung zur weihnachtlichen Stimmung beizutragen, aber er konnte sich einfach nicht zurückhalten. »Ich glaube, er hat Sie ausgezeichnet dargestellt.«

Ihm war klar, dass er damit Mr Jacksons Aufmerksamkeit erregen und seinen Blick auf die entsprechende Figur auf dem Modell richten würde, einen Betrunkenen vor einem Pub mit einem Bierkrug in der Hand. Vielleicht war es nötig, dass dieser Mann sich durch Jaydens Augen sah.

»Das bin ich?«, fragte Mr Jackson Jayden und deutete mit einem fleischigen Finger auf die Figur des zornigen Manns aus Knetmasse.

»Jayden hat mir gesagt, dass Sie Ihr Lieblings-T-Shirt tragen«, warf Emily rasch ein. »Das mit den Streifen, das Sie gern an Weihnachten anziehen.«

»Hältst du das für witzig?« Mr Jackson legte beide Hände auf den Tisch, beugte sich über das Modell und starrte Jayden böse an.

»Nev, beruhig dich.« Mrs Jackson legte die Hand auf den Arm ihres Manns. »Er hat dich sehr gut dargestellt. Schau dir nur die Frisur an.«

Mr Jackson drehte sich zu seiner Frau um. »Du findest das auch lustig, was?«

»Wir sollten uns alle ein Glas Limonade und ein paar Häppchen holen«, meinte Emily.

»*Du* hast mich hierhergeschleift«, fuhr Mr Jackson fort und deutete mit dem Finger auf seine Frau. »Ich wollte nicht mitkommen. Warum sollte ich mir das anschauen wollen?« Seine Stimme wurde immer lauter und zog die Aufmerksamkeit der anderen Besucher im Raum auf sich.

»Ich wollte nicht, dass du kommst«, stieß Jayden hervor. »Weil ich wusste, dass du dich so benehmen würdest!«

»Du kleiner Scheißer!«, brüllte Mr Jackson.

Jaydens Vater drohte seinem Sohn mit der Faust, und das war zu viel für Ray. Wie konnte er es wagen, auf seinen eigenen Sohn loszugehen! Wie konnte er es wagen, in diese Schule zu kommen und all den Schülern und ihren Eltern den Nachmittag zu verderben? Ray griff blitzschnell ein, hinderte Mr Jackson daran, seinen Sohn anzugreifen, und streckte die Faust aus. Doch dann hob sich der rote Schleier vor seinen Augen, und aus den Augenwinkeln sah er Emily. Auf ihrem Gesicht lag ein Ausdruck des Entsetzens und der Furcht. Er wollte diesen Nachmittag nicht in Gefahr bringen – Emily war ohnehin schon sehr angespannt. Rasch ließ er den Arm sinken und packte das Handgelenk des aggressiven Manns. Und dann tat Ray etwas, das er schon seit seiner Schulzeit nicht mehr getan hatte: Er verdrehte die Haut an Mr Jacksons Arm in gegensätzlicher Richtung, so fest er konnte, und verpasste ihm damit eine kräftige »Brennnessel«.

Jaydens Vater stieß einen gellenden Schmerzensschrei aus, bis Ray ihn losließ und von der Gruppe wegstieß.

»Weihnachtsmann! Weihnachtsmann!«, schrie Felix und drehte sich hektisch im Kreis.

»Miss Parker!«, rief Alice. »Muss Jaydens Dad jetzt sterben?«

KAPITEL
FÜNFUNDDREISSIG

Crowland Terrace, Canonbury, Islington

»Ich weiß immer noch nicht, was das sollte.«

Jonah hielt Rays Hand unter den Wasserhahn in der Küche. Anscheinend hatte Ray Mr Jackson so hart gepackt, dass er sich selbst dabei verletzt hatte. Seine Fingergelenke waren rot und leicht geschwollen.

Er trug immer noch das Weihnachtsmannkostüm, nur den Bart hatte er nach seinem Besuch in der Schule abgenommen, sobald keine Gefahr mehr bestand, dass er erkannt werden könnte. Allerdings hatte er sich überlegt, das Kostüm vielleicht zu behalten, um damit der ständig lauernden Pressemeute zu entkommen.

Emily hatte ihn aus dem Saal bugsiert, noch bevor er begreifen konnte, was eigentlich genau passiert war. Er hätte nicht so reagieren dürfen, aber was wäre die Alternative gewesen? Hätte er zulassen sollen, dass Jayden von seinem Vater geschlagen wurde? Was dann? Was hätte das nach sich gezogen? Ein kleiner Junge wäre verletzt und emotional traumatisiert gewesen. Also hatte er lieber selbst den Kopf hingehalten, auch wenn er schon genug Ärger am Hals hatte. Außerdem wusste ja niemand, wer er war. Außer Emily ... Und Jayden. Und nun auch Jonah und Allan. Okay, dass ein Weihnachtsmann einem Vater in einer Grundschule den Arm verdrehte, war keine gute Sache, aber immer noch besser, als wenn die ganze Welt erfuhr, dass *Ray Stone* jemanden angegriffen hatte. Und er hatte Jonahs Frage noch nicht beantwortet.

»Ich finde, du hast dich sehr ritterlich verhalten«, meinte Allan. Er lehnte in der winzigen Küche an der Arbeitsfläche, zerteilte eine Clementine und schob sich ein Stück nach dem anderen in den Mund. »Dieser Mann hat sich benommen wie ein Tier. Und hast du bemerkt, wie er riecht? Als würde er seit über dreißig Jahren Guinness ausschwitzen.«

»Ich weiß nicht, was Emily nun tun wird«, warf Jonah ein. »Seit ewigen Zeiten versucht sie, ihre Vorgesetzte zu beeindrucken, um endlich zur stellvertretenden Schulleiterin befördert zu werden, und nun das!«

»Autsch!« Ray verzog das Gesicht, als Jonah seine Hand nach unten drückte. »Sei vorsichtig. Ich muss Klavier und Gitarre spielen.«

»Ist etwas gebrochen, Jonah?«, fragte Doppel-L.

»Nein«, erwiderte Ray sofort. Er hätte sich vielleicht ein paar Knochen brechen können, wenn er den Mann so geschlagen hätte, wie er es am liebsten getan hätte. Doch er konnte alle Finger unabhängig voneinander bewegen, und die Hand war nur etwas geschwollen und schmerzte. Wahrscheinlich würde es morgen noch etwas wehtun, dann aber schnell wieder besser werden.

»Im Gegensatz zu Mr Jacksons Handgelenk«, merkte Jonah an.

»Das ist doch nicht gebrochen«, rief Allan aus. »Oder doch?«

Ray zog seine Hand zurück und drehte den Wasserhahn zu. »Ich weiß, diese Situation ist ungewöhnlich, aber ich habe nur versucht, Emily zu helfen, das müsst ihr mir glauben. Sie hat mich gebeten, zu kommen und Klavier zu spielen und ihr bei dieser Aufführung zu helfen, die sie organisieren muss.«

»Und warum hat sie mich gebeten, dich ›nach Hause‹ zu bringen, wenn sie damit offensichtlich ihre Wohnung meinte?«, wollte Jonah wissen. »Was soll ich davon halten?«

»Wir haben gehofft, dass sie einen neuen Mitbewohner findet«, warf Allan ein.

»Ihr lest sicher Zeitung, oder? Und schaut auch mal bei Twitter rein? Ich habe im Moment eine Pechsträhne. Ich war auf der Suche nach einer Unterkunft, und Emily hat jemanden gebraucht, der ihre Heizung repariert.« Ray breitete die Arme aus. »Die Temperatur hier ist nahezu perfekt.«

»Eine gute Lösung«, meinte Allan erfreut. »Für euch beide. Ihr habt euch sozusagen gegenseitig aus einer Notlage geholfen.«

»Ich bin nicht sicher, ob sich Emily tatsächlich in einer Notlage befunden hat, bevor Ray in diesem Schuppen an der Schule aufgetaucht ist«, wandte Jonah ein und verschränkte die Arme vor der Brust.

»Nun, dann sage ich jetzt mal ganz offen meine Meinung«, begann Allan. »Dieser fiese, abscheuliche Alkoholiker hat eine kräftige Brennnessel verdient.«

»Und ich glaube, dass dieser Vorfall Emily eine Menge Ärger einhandeln wird, den sie im Augenblick wirklich nicht gebrauchen kann«, erwiderte Jonah.

»Schon verstanden.« Ray atmete so tief ein, dass der Gürtel an seinem Kostüm aufsprang. Er nahm ihn ab und warf ihn kurzerhand auf den Tisch. »Ich werde das wiedergutmachen. Sobald sie nach Hause kommt, entschuldige ich mich bei ihr. Und ich werde ihr bei diesen Liedern helfen, die sie bis zum 20. Dezember braucht. Ich werde ...«

»Sie zu einem Dinner einladen?«, schlug Allan vor, schaute Ray erwartungsvoll an und kaute dabei an einem Stück Clementine.

»Allan, was sagst du da? Das ist eine schreckliche Idee!«, rief Jonah aus.

»Danke«, sagte Ray. »Dafür, dass ich mich jetzt noch schlechter fühle als ... als der Serienmörder Ted Bundy.«

»So schlecht ist die Idee nicht«, verteidigte sich Allan. »Du hast selbst gesagt, dass Emily nicht genug isst. Was gibt es da Besseres für sie als ein ordentliches Abendessen mit ihrem neuen Mitbewohner?«

Jonah ließ sich auf einen der kleinen Stühle fallen, stützte den Kopf in die Hände und seufzte frustriert. Sofort begann Allan, vorsichtig seine Schulter zu massieren.

»Es tut mir leid«, brachte Jonah mit gedämpfter Stimme hervor, bevor er schließlich den Kopf hob. »Emily liegt mir sehr am Herzen, und sie hat ein schweres Jahr hinter sich. Ich versuche nur, ihr das Leben ein bisschen erträglicher zu machen, verstehst du?«

»Emilys Freund ist gestorben«, erklärte Allan Ray. »Er war auf dem Weg von seinem Büro zur U-Bahn. Als er die Straße überqueren wollte, hat ein Autofahrer die Kontrolle über seinen Wagen verloren, und ... das war's dann.«

»Allan!« Jonah sah seinen Freund entsetzt an. »Du kannst doch nicht so etwas Persönliches einfach ausplaudern. Vielleicht möchte Emily nicht, dass Ray das weiß.«

»Sie hat es mir bereits erzählt«, erwiderte Ray. »Dass Simon gestorben ist. Allerdings nicht, wie es passiert ist ... Nur dass er nicht mehr da ist.«

»Ach ja?« Allan starrte ihn mit großen Augen an und begann, mit den Handkanten auf Jonahs Schultern zu klopfen. »Das ist ein Fortschritt, findest du nicht, Jonah?« Allan wandte sich wieder Ray zu. »Sie hat etliche Monate niemandem von Simons Tod erzählt. Karen und Sammie, ihre Nachbarn im Stockwerk unter ihr, haben geglaubt, er wäre auf einer Geschäftsreise, bis Jonah es ihnen erzählt hat.«

»Bitte hört mir zu.« Ray öffnete den obersten Knopf seines Kostüms. Er konnte es kaum mehr erwarten, es endlich auszuziehen. »Ich bin nicht hier, um Emily irgendwelche Schwierigkeiten zu bereiten. Glaubt mir, das wäre das Letzte, was ich im Sinn habe.« Er seufzte. »Ich glaube auch nicht an Fremde, die plötzlich auftauchen und Gutes tun, aber Emily hat mir sehr geholfen, und das aus keinem besonderen Grund heraus, sondern nur, weil sie einfach ein großartiger Mensch ist. Und da möchte ich mich eben revanchieren und helfe ihr bei den Songs für die Weihnachtsaufführung ... Falls man mich jemals wieder in dieses Gebäude lässt.«

»Glaubst du, dass dieser Kerl Anzeige gegen dich erstattet? Kann man überhaupt jemanden wegen einer Brennnessel verklagen? Er könnte Emily fragen, wer du bist. Oder Mrs Clark könnte sich bei Emily danach erkundigen. Emily würde vielleicht klein beigeben, wenn Mrs Clark ihr damit drohen würde, ihre Finger in den elektrischen Bleistiftspitzer zu stecken. Weißt du noch, Jonah? Das war ihre größte Angst, als wir im Sommer dieses alberne Spiel gespielt haben.«

»Ich fühle mich, als hätte ich sie im Stich gelassen«, erklärte Ray.

»Es sollte dir aber nicht leidtun, dass du diesem Schwein wehgetan hast!«, erwiderte Doppel-L nachdrücklich. »Er wollte seinen Sohn schlagen. Jemanden, der jünger und schwächer ist als er. Ein typischer Tyrann.«

Ray schluckte. Er gab ihm durchaus recht, aber er wusste auch, dass es verschiedene Arten von Tyrannen gab.

Allan schauderte. »Er sollte vor Scham im Erdboden

versinken, aber ich wette, dass er sich sofort wieder volllaufen lässt, sobald sein Handgelenk es ihm erlaubt, ein Bierglas zu heben.«

»Ich weiß«, seufzte Ray. »Aber Gewalt ist nie eine Lösung.« Der Satz löste eine Flut von Erinnerungen bei ihm aus.

»Das ist richtig«, stimmte Jonah ihm zu. »Aber Allan hat recht. Es wäre viel schlimmer gewesen, wenn Mr Jackson Jayden geschlagen hätte. Ich bin mir nur nicht sicher, welches Szenario Emily größeren Schaden zufügt.« Er warf einen Blick auf seine Armbanduhr. »Allan, es ist Zeit zu gehen. Ich muss zurück ins Hotel.« Er stand auf.

»Schon so spät? Dann muss ich ganz allein essen, während du leckere Sachen für reiche Leute kochst.«

»Du willst noch mehr essen?«, fragte Jonah. »Du hast doch schon in der Schule die ganzen Häppchen vertilgt.«

»Kann ich etwas dafür, wenn du der allerbeste Koch bist, den man sich nur vorstellen kann?«

Jonah eilte hinaus, doch bevor Allan ihm folgen konnte, griff Ray nach seinem Arm und hielt ihn zurück.

»Also«, begann er, unsicher, ob er diese Frage überhaupt stellen sollte. Eigentlich hatte er gerade nicht vor, sich mit jemandem zu verabreden. Aber hier ging es um etwas, das er verschuldet hatte und wiedergutmachen wollte. Etwas, um Emily für das zu entschädigen, was sie wahrscheinlich im Augenblick mit ihrer Vorgesetzten durchmachen musste. »Wenn ich Emily gern ausführen würde ... zum Essen ... nur als ihr Mitbewohner ... Kannst du mir einen Tipp geben, was sie mag?«

Allans Lippen verzogen sich zu einem verzückten Grinsen, so als hätte ihm soeben jemand gesagt, dass er ein Jahr lang bei Domino's kostenlos Pizza bestellen konnte. Oder dass seine Hypothek abbezahlt war. »Nun, Emily legt mehr Wert auf das Ambiente als auf das Essen, aber ein bisschen mehr als eine Tüte Chips und eine Fertigsuppe sollte es schon sein. Nichts allzu Ausgefallenes, wofür man ein halbes Dutzend verschiedener Messer und Gabeln braucht. Das kann sie nicht leiden, weil sie damit aufgewachsen ist. Für ein geplantes Dinner sollte es ein gemütliches, authentisches Lokal sein. Für ein spontanes ›Warum gehen wir nicht einen Happen essen‹, würde ich einen Laden mit herzhaften Fleischgerichten und köstlichen Brotsorten vorschlagen.« Allan holte tief Luft. »O Gott, das macht mich richtig hungrig!«

»Allan, kommst du?«, rief Jonah.

»Bin gleich da!« Allans Miene wurde ernst. Sein Gesichtsausdruck hätte zu einem Mafiosi gepasst, der wild entschlossen war, wichtige Informationen über eine rivalisierende Bande herauszubekommen. »Ich habe nur eine Frage. Eigentlich glaube ich, die Antwort bereits zu kennen, aber ich muss Jonah ein wenig beruhigen.« Allan atmete tief ein und blies sich so auf, dass er beinahe aussah wie Tante Magda in *Harry Potter und der Gefangene von Askaban*. »Du bist nicht so, wie du in den Medien beschrieben wirst, oder? Du hast noch nie eine Frau geschlagen und würdest das auch nie tun, richtig?«

Ray schüttelte sofort den Kopf. »Nein, das habe ich noch nie getan«, beteuerte er aufrichtig. »Und ich würde so etwas auch *niemals* tun.«

Allan lächelte und atmete erleichtert aus. »Das habe ich mir gedacht.« Er zwinkerte Ray grinsend zu. »Ich mag dich, Ray. Und ich glaube, Emily mag dich auch. Sie hat weder mir noch Jonah jemals erlaubt, den Weihnachtsbaum, den ihr im Wohnzimmer aufgestellt habt, anzurühren, selbst als Simon noch am Leben war.«

»Allan!«, brüllte Jonah.

»Ein herzhaftes Fleischgericht ... oder, nein, warte, etwas mit Käse. Ja!«, rief Allan. »Ich kann mich nicht daran erinnern, wann Emily zum letzten Mal Käse gegessen hat, der nicht reduziert war oder das Verfallsdatum schon überschritten hatte. Und sie liebt guten Käse!«

Allan sprang aus der Küche wie einer der fröhlichen kleinen Wichtel des Weihnachtsmanns, und Ray blieb zurück und bewegte vorsichtig seine verletzte Hand.

KAPITEL
SECHSUNDDREISSIG

Anwaltskanzlei St. Martin's

Emily wusste nicht so recht, was genau sie vor dem Haus, in dem ihre Eltern arbeiteten, zu suchen hatte. Sie wusste nur, dass sie sich nach einem Pub und dem größten Gin Tonic ihres bisherigen Lebens sehnte. Doch diesem Drang wollte sie auf keinen Fall nachgeben. Eigentlich wollte sie auch ihre Eltern nicht treffen, aber nach der Standpauke, die sie soeben von Susan Clark bekommen hatte, war ein winziges Randstück an ihrem Herzen abgebrochen. Daher musste sie sich jetzt vergewissern, dass es noch ein Leben außerhalb der Grundschule Stretton Park gab, für den Fall, dass ihre Karriere als Lehrerin beendet war. Nicht dass sie besonders wild darauf war, in einer Anwaltskanzlei für ihre Eltern zu arbeiten – oder überhaupt irgendwo außerhalb ihrer geliebten Schule –, aber wenn sie weiterhin alles vermasselte, würde sie möglicherweise keine große Wahl haben.

Ihr Atem bildete eine dichte Wolke in der kalten Luft, während sie vor dem alten Steingebäude stand, das Erhabenheit und Wohlstand ausstrahlte. Sie stampfte mit den Füßen auf den Gehsteig, um die Durchblutung in ihren Zehen anzuregen. Ihre helle Hose war für diese Witterung ungeeignet, und ihr Mantel, ein großartiges Modell aus dem Military Chic der 1940er, hielt auch nicht richtig warm. Sie war sich noch nicht einmal sicher, ob sich ihre Eltern tatsächlich in dem Gebäude befanden. Falls nicht, konnten sie überall sein. In ihrer Villa. Im Berufungsgericht. In der Villa von Freunden. Auf einem Boot mit dem Namen *Destiny III* ... Sie hatte ihrer Mutter vor einer Stunde eine Textnachricht geschickt, aber keine Antwort erhalten. Wahrscheinlich sollte sie die Sache bleiben lassen und nach Hause gehen. Allerdings wusste sie noch nicht, was sie Ray sagen sollte.

»Emily?« Alegra hatte eine präzise, wunderbar deutliche Aussprache. »Emily, bist du das?«

Ihre Mutter musste offensichtlich zweimal hinsehen, um ihre eigene Tochter zu erkennen. Das war kein guter Anfang. Warum glaubte sie immer wieder, dass eine neue Begegnung anders ablaufen würde als die vielen Male zuvor? Wie oft hatte sie nun schon versucht, ihre Hand auszustrecken, und war bitterlich enttäuscht worden?

»Emily, du zitterst ja. Oh! Was um alles in der Welt hast du da an?« Alegra griff nach ihren Schultern und hielt Emily eine Armeslänge von sich entfernt. »Der Mantel sieht aus, als hätte ihn schon jemand im Schützengraben getragen.« Sie schnalzte missbilligend mit der Zunge. »Wirst du als Lehrerin so schlecht bezahlt, dass du dir deine Klamotten in einem Billigladen für überschüssige Armeebekleidung kaufen musst?«

Emily wollte erwidern, dass der Vintage-Mantel tatsächlich aus einer netten kleinen Boutique am Hyde Park stammte, aber was hätte das für einen Sinn?

»Alegra, was machst du? Mit wem sprichst du? Wo ist unser Wagen?«

Das war ihr Dad. William stieg die Treppen des alten Gebäudes herunter. Er trug einen schwarzen Wollmantel und einen schicken Filzhut, den sie bisher noch nie an ihm gesehen hatte. Er stand ihm sehr gut.

»Es ist Emily«, erklärte Alegra. »Praktisch in Lumpen gehüllt.«

»Mum!«, protestierte Emily.

»Emily?«, fragte William, als könnte er sich an keine Person in seinem Leben erinnern, die diesen Namen trug.

»Schon gut«, sagte Emily. »Ich hätte nicht so kurzfristig hierherkommen sollen. Offensichtlich seid ihr beschäftigt und auf dem Weg irgendwohin, also ...«

»Emily!«, rief William plötzlich, als er sie erreicht hatte. Anscheinend hatte er sie erst jetzt gesehen. »Was tust du hier? Wir haben nicht gewusst, dass du kommst.«

»Ich ... wusste das vorher auch nicht.« Erst seit einer Stunde, als sie die Nachricht geschickt hatte. Nachdem sie sich mindestens dreißig Minuten lang von Susan Ausdrücke wie »beispielloses Debakel« und »schockierende, grauenhafte Szenen« hatte anhören müssen. Ihre Vorgesetzte hatte anscheinend noch nie eine Folge von *Killing Eve* gesehen.

»Stimmt etwas nicht?« Alegra schaute sie durchdringend an. Emily zuckte zusammen, als wäre sie soeben in einem Gerichtssaal als Schuldige entlarvt worden. Die Vorstellung, ihrer Mutter vor Gericht begegnen zu müssen, war grauenhaft. »Ist irgendetwas passiert? Etwas Schlimmes, was bedeutet, dass du am nächsten Freitag nicht kommen kannst?« Alegra schnappte nach Luft, so als wäre das ebenso schrecklich wie die Nachricht vom Tod der Queen.

»Ich ...« Wollte sie wirklich ihren Eltern erzählen, wie sie sich fühlte? Ihnen von der »Was Weihnachten für mich bedeutet«-Sache berichten, von dem Druck, unter dem sie wegen der Aufführung stand, von ihrer Karriere, die sie vorantreiben wollte, und von ... von allem anderen?

»Nein, alles in Ordnung.« Außer ihrem gesamten Leben und allem, was dazugehörte. Sie wünschte sich, ausnahmsweise alles ein wenig besser im Griff zu haben. Emily sehnte sich danach, ihren Eltern einmal etwas außergewöhnlich

Tolles erzählen zu können, was sie dazu veranlassen würde, sie so begeistert wie nie zuvor in die Arme zu nehmen.

»Und du kommst am Freitag?«, fuhr Alegra fort. Ihre Mutter griff in ihre Handtasche – sie war aus glänzendem Leder und mit einem Markennamen in Gold geschmückt, den sie wahrscheinlich kennen sollte –, kramte einen Lippenstift hervor und zog sich beim Sprechen damit die Lippen nach. Ohne Spiegel und kein bisschen daneben. Beeindruckend.

»Ja«, erwiderte Emily leise. »Ich komme am Freitag.« Obwohl sie jede Minute hassen würde. All ihre Ideen für Benefizveranstaltungen zum Wohl der Gemeinschaft wurden meistens zerpflückt wie ein totes Tier von Geiern. Zuerst machten sich ihre Eltern über ihre Vorschläge lustig. *Wir sollen tatsächlich Gärten für ein Altersheim anlegen? Mit den Händen in der Erde graben? Im Schmutz wühlen?* Bis sie dann begriffen, dass Emily sich etwas überlegt hatte, das genau in ihren Aufgabenbereich passte und sie ungemein fürsorglich und klug wirken ließ.

»Sehr gut«, warf ihr Dad ein. »Ohne dich wäre es nicht dasselbe. War es das?« William schlug die Hände zusammen. »Wo ist dieser verdammte Wagen? Bist du sicher, dass du ihn bestellt hast?«

»Ja, Liebling, ganz sicher«, erwiderte Alegra. Sie schüttelte ihre Mähne wie ein temperamentvolles, durchtrainiertes Polopony. »Es wird immer schlimmer. All diese Leute, die sich eine Luxuslimousine leisten, weil die anderen Wagen gerade nicht verfügbar sind.«

Es war dumm gewesen, hierherzukommen. Nun fühlte sich Emily noch schlechter als vorher. Wie sollten ihre Eltern auch nur ansatzweise verstehen, was im Augenblick in ihrem Leben vor sich ging, wenn sie überhaupt keine

Vorstellung davon hatten. Und zu interessieren schien es sie auch nicht. Emily trat ein paar Schritte zurück, um sich auf den Weg zur U-Bahn zu machen.

»Wir sehen uns kommenden Freitag, Emily! Küsschen!«

Alegra warf ihr in der eisigen Nachtluft eine Kusshand nach, und Emily atmete tief aus. Was sollte sie jetzt tun? Nun, eigentlich gab es nur eine Möglichkeit: Sie musste sich ihren Problemen stellen.

KAPITEL
SIEBENUNDDREISSIG

Crowland Terrace, Canonbury, Islington

Als Ray den Schlüssel im Schloss der Wohnungstür hörte, spannte sich jede Faser seines Körpers an. Nachdem Jonah und Allan gegangen waren, hatte er in Gedanken etliche Szenarien durchgespielt. Was würde Emily zu ihm sagen? Was sollte er zu ihr sagen? Sollte er sie zuerst reden lassen oder sich besser aufrichtig und umfänglich bei ihr entschuldigen, noch bevor sie ihren Mantel ausziehen konnte? Nichts davon erschien ihm richtig. Wahrscheinlich dachte er zu viel darüber nach. Doch wenn er sich in ihre Situation versetzte und sein Mitbewohner vor der gesamten Klasse einen Vater mit einer Brennnessel gequält hätte, würde er wahrscheinlich darauf bestehen, dass dieser Mitbewohner seine Sachen packte und verschwand. Deshalb hatte er seinen Rucksack, eine seiner Gitarren und ein paar andere Habseligkeiten bereits hinter der Wohnzimmertür abgestellt.

Er zupfte an den Saiten seiner akustischen Gitarre, doch Emily erschien nicht im Wohnzimmer. Wollte sie ihm aus dem Weg gehen? Dann müsste sie nicht nur das Wohnzimmer meiden, sondern hätte auch keinen Zugang zur Küche. War sie ins Badezimmer oder in ihr Schlafzimmer gegangen? Oder schaute sie nach, ob er alle seine Sachen aus dem Schrank in seinem Zimmer geräumt hatte? In *seinem* Zimmer. Sehr lange bewohnte er es noch nicht.

Ihm fiel eine weitere Zeile für seinen Song ein, und er zog

den Kugelschreiber hinter seinem Ohr hervor und schrieb sie auf den Block, den er vor seiner Gitarre auf den Knien balancierte.

Von Emily war immer noch nichts zu sehen. Vielleicht war sie im Flur zusammengebrochen. Was hatte Jonah über den viel zu großen Stress in ihrem Leben gesagt …?

Ray stand auf und ging zur Tür. Heute Abend war er nicht barfuß. Er hatte seine Stiefel angezogen, um bereit zu sein, falls er gehen musste. Im Flur entdeckte er Emily. Sie stand mit dem Rücken an die Wand gelehnt, die Augen geschlossen, und hatte noch nicht einmal das Licht angeschaltet. Er streckte die Hand nach dem Schalter aus, überlegte es sich dann aber anders. Sollte er etwas sagen? Oder besser schweigen? Was wäre ihr wohl lieber?

Plötzlich schlug sie die Augen auf und schaute ihn an. Er schluckte. Sein Bedauern lag ihm so schwer im Magen, als hätte er zu viele Weihnachtsplätzchen gegessen.

»Emily«, begann er. »Ich möchte dir noch einmal sagen, wie sehr …«

Sie hob die Hand, und er verstummte.

»Bitte sag jetzt nicht, dass es dir leidtut, Ray.« Sie atmete tief ein. »Ich habe das heute Nachmittag schon mindestens eine Million Mal von mir gegeben.« Sie holte noch einmal Luft. »Ich habe es zu Mr Jackson gesagt, während Mrs Jackson ihm eine in ein Geschirrtuch gewickelte Packung tiefgefrorener Erbsen auf das Handgelenk gedrückt hat. Ich habe es zu Makenzies Vätern, zu Fremas Eltern, zu Charlies und Matthews Mum, Dad, Großmutter und Großvater gesagt. Und zu allen anderen Verwandten, die gekommen waren, um sich anzuschauen, was die Schüler meiner Klasse unter dem Thema ›Was Weihnachten für mich bedeutet‹ verstehen.«

»Emily«, begann Ray noch einmal.

»Und weißt du, zu welcher Erkenntnis sie gekommen sind? Was ihrer Meinung nach Weihnachten in Stretton Park bedeutet?«, fragte sie. »Was glaubst du wohl?«

Darauf hatte er keine Antwort. Wahrscheinlich konnte er nichts sagen, was nicht falsch war. Gab es überhaupt eine richtige Antwort in dieser Situation?

»Sie glauben, Weihnachten bedeutet, dass sich der Weihnachtsmann in der Aula mit jemandem prügelt«, fuhr Emily fort. »Sie denken, dass der Mann, an den sie immer noch glauben, den sie praktisch den ganzen Dezember über sehnlichst erwarten, jemand ist, der ihre Eltern angreift.«

»Das ist mir klar«, erwiderte Ray.

»Ach ja?«, fragte Emily. »Tatsächlich?«

»Ja, natürlich.« Er lehnte sich gegen den Türrahmen. »Und ich entschuldige mich aufrichtig dafür, dass ich Mr Jackson verletzt habe. Das hätte ich nicht tun dürfen.«

»Nein, das hättest du wirklich nicht tun dürfen.«

»Aber ich entschuldige mich nicht dafür, dass ich eingegriffen habe«, fügte Ray entschlossen hinzu. »Und auch nicht dafür, dass ich ihn davon abgehalten habe, Jayden zu schlagen. Ja, ich hätte sein Handgelenk nicht verletzen sollen. Vielleicht hätte ich ... ich weiß es nicht ... ihn nach draußen zerren sollen und ...«

»Ihn nach draußen zerren?«, rief Emily und riss entnervt die Arme hoch. »Wir waren nicht beim Wrestling, sondern in einer Schule!«

»Und ein Vater wollte seinen Sohn schlagen! Wäre dir das lieber gewesen?«, rief Ray.

»Ich wollte das alles nicht!«, erwiderte Emily. »Ich kann das nicht brauchen.«

Ray beobachtete, wie sich ihre Miene innerhalb weniger

Sekunden veränderte. Beinahe so, als würden bei strahlendem Sonnenschein plötzlich dunkle Wolken aufziehen, ein Sturm losbrechen und dann Regen wie ein heftiger Wasserfall herunterprasseln. Emilys Gesicht verzog sich, und Tränen schossen ihr aus den Augen, während ihre Schultern von heftigen Schluchzern geschüttelt wurden. Er musste nicht lange überlegen – mit einem langen Schritt war er bei ihr und nahm sie in die Arme, stützte sie und hielt sie fest. Offensichtlich hatte sie so etwas wie einen Nervenzusammenbruch.

»Schon gut«, flüsterte er und spürte ihr Schluchzen an seiner Brust. »Schon gut.« Er wiegte sie sanft in seinen Armen.

Sie weinte laut und herzzerreißend. Ray zog sie an sich und beschützte sie mit seinem Körper. Sie schien sich kaum noch auf den Beinen halten zu können und drohte, auf den Boden zu sinken.

»Hey«, sagte er leise. »Ich halte dich fest. Alles gut.« Er drückte sie noch stärker an sich. Trotz der angenehmen Raumtemperatur, auf die er die Heizung eingestellt hatte, zitterte sie. Er wollte sie umschlingen, ihr seine Körperwärme geben und ihren Schmerz auf sich nehmen. Schließlich war er zumindest zu einem gewissen Teil daran schuld.

Er strich ihr übers Haar, schloss die Augen und versuchte, sie ohne Worte zu beruhigen und ihre Tränen zum Versiegen zu bringen. Ihr Haar fühlte sich zwischen seinen Fingern an wie Seide, und ihr Duft – eine Mischung aus Kiefernzapfen, Winterbeeren, Büchern und Kugelschreibertinte – löste merkwürdige Gefühle in ihm aus. Er wollte sie beschützen, sie beruhigen und trösten, aber er war sich nicht ganz sicher, wer in diesem Moment wen nötiger brauchte.

*

Emilys Herz schmerzte tatsächlich. Es war ein tiefer, anschwellender Schmerz, der ihr das Gefühl gab, nie wieder so sein zu können wie vorher. Warum dieser Gefühlsausbruch? Warum gerade hier und jetzt? *In Rays Gegenwart.* Sie fing sich ein wenig und stellte fest, dass sie geheult hatte wie ein Hund, der in den Mülltonnen nichts außer ein paar durchweichten Nudeln fand. Ihre Augen tränten immer noch und schmerzten … und sie lag in Rays Armen und spürte seinen festen, muskulösen Körper an ihrem.

Was war nur los mit ihr? Sie war sogar zu ihren Eltern gefahren! Was hatte sie sich davon versprochen? Und sie hatte sich immer noch nicht aus Rays kräftiger Umarmung gelöst …

»Es tut mir leid«, sagte Emily und richtete sich auf.

»Ich habe gedacht, du wolltest diesen Satz heute nicht mehr hören.«

Sie brachte es noch nicht fertig, ihm in die Augen zu schauen. In ihrem Zorn hatte sie vorhin schreckliche, anklagende Dinge zu ihm gesagt. Sie billigte zwar nicht, was er getan hatte, aber Mr Jackson, dieser Mistkerl, hätte Jayden tatsächlich geschlagen, wenn Ray ihn nicht daran gehindert hätte.

»Hör zu, Emily, ich würde es verstehen, wenn du möchtest, dass ich gehe. Ich …«

»Nein, das will ich nicht. Das würde nichts ändern. Und … ich weiß, ich war sehr wütend, als ich hereingekommen bin, aber ich glaube nicht, dass du *alles* falsch gemacht hast.«

»Nein?«

Sie holte tief Luft. »Nein. Mr Jackson hatte tatsächlich vor, Jayden zu schlagen. Ihn zu verletzen. Schon wieder.«

»Schon wieder?«, rief Ray aus. »Er hat ihn schon einmal geschlagen?«

»Ja ... nein ... wahrscheinlich.« Sie seufzte. »Es gibt keinen Beweis dafür.«

»Sein blaues Auge«, sagte Ray und nickte wissend. »Das war sein Dad.«

»Ich weiß es nicht mit Sicherheit. Und ich kann nichts dagegen tun. Nicht wirklich.«

»Ich hätte ihm die Haut an seinem Arm noch stärker verdrehen sollen. Tut mir leid ... nein, es tut mir nicht leid.« Er holte Luft. »Ich habe es nicht so gemeint.«

»Schon gut«, erwiderte Emily. »Ich weiß schon, wie du es gemeint hast.« Sie lehnte sich wieder mit dem Rücken gegen die Wand und stützte sich mit den Fingerspitzen ab.

»Wie ist es gelaufen?«, erkundigte sich Ray. »Nachdem ich die Schule verlassen habe.«

Emily seufzte. Vor ihrem geistigen Auge erschien Susan, die alles von ihr wissen wollte und ihr eine Menge Fragen stellte. Der Direktorin war klar, dass sie eine Antwort auf alles parat haben musste, falls Mr Jackson eine offizielle Beschwerde einlegen würde. »Mr Jackson hat aufgehört zu schreien, und Mrs Jackson hat ihn und Jayden nach Hause gebracht. Mrs Clark hat dann, wie in einigen Szenen aus *Line of Duty*, versucht, mich dazu zu bringen, ihr deine Identität zu verraten. Ich habe schließlich eine Firma namens ›Miete einen Weihnachtsmann‹ erfunden und ihr gesagt, ich hätte dich dort engagiert. Ich versprach ihr, bei diesem fiktiven Unternehmen nachzufragen, wer der Schauspieler war, falls Mr Jackson uns tatsächlich verklagen sollte.«

»Emily.« Ray schüttelte den Kopf.

»Ich bin noch nicht fertig«, fuhr sie fort. »Später, nachdem ich mich bei allen in der Aula – über das Mikrofon! – entschuldigt hatte, Dennis sich noch eine Packung Lakritzschnecken aufgemacht und Susan endlich aufgehört hatte, alles als ›entsetzlich‹ zu bezeichnen, bin ich zur Wohnung der Jacksons gefahren.« Sie seufzte. »Mr Jackson war im Pub, also hat Mrs Jackson mich hereingelassen, und ich habe mit ihr über Jayden gesprochen, darüber, was passiert ist, und über meine Besorgnis. Zuerst hat sie mich nur mit versteinerter Miene angesehen, aber dann hat sie wohl doch einiges verstanden, was ich ihr sagen wollte. Sie will Mr Jackson davon abhalten, die Polizei zu verständigen, und ich habe ihr versprochen, dass sie sich jederzeit an mich wenden kann – als Freundin und nicht als Lehrerin –, wenn sie Hilfe braucht.«

»Emily, das hättest du nicht für mich tun müssen.« Ray schüttelte wieder den Kopf.

»Ich habe es nicht nur für dich getan, Ray, sondern vor allem für Jayden. Ich will auf keinen Fall, dass er sich in der Schule bedroht fühlt. Ich glaube, das ist der einzige Ort, an dem er sich sicher glaubt, und ich möchte nicht, dass die Jacksons ihn von Stretton Park in eine andere Schule versetzen lassen, wo ich mich nicht mehr um ihn kümmern kann.«

Die Vorstellung, dass Jaydens Leben noch schlimmer werden könnte, als es ohnehin schon war, hatte ihr die Kraft und den Mut gegeben, sich noch einmal in seine Wohnung zu wagen – auch wenn der letzte Versuch furchtbar fehlgeschlagen war.

»Was kann ich tun?«, fragte Ray ernst und schaute ihr dabei in die Augen. »Sag mir, wie ich dazu beitragen kann, die Situation für dich besser zu machen.«

»Nun«, begann Emily und richtete sich auf, als sie wieder ein wenig mehr Kraft in sich verspürte. »Ich habe dir doch gesagt, dass ich nicht so schnell aufgebe. Vor kurzem habe ich einen Artikel gelesen, in dem es hieß, dass man die Dinge, die man getan hat, nicht mehr ändern kann und sich deshalb auch nicht ewig damit beschäftigen sollte. Stattdessen sollte man den Blick nach vorn richten und sich auf die Dinge konzentrieren, auf die man tatsächlich noch Einfluss hat.«

»Sozusagen ein Neustart.«

»Ja«, bestätigte Emily. »Genau das.«

»Also ...«

»Es sieht vielleicht so aus, als hätte sich alles geändert, aber das stimmt nicht. Mr Jackson ist immer noch ein Mistkerl. Niemand weiß, wer der angriffslustige Weihnachtsmann war. Der Bischof und die Suffraganbischöfe haben nichts davon mitbekommen. Und ich brauche immer noch Hilfe bei der Weihnachtsaufführung.«

»Okay«, erwiderte Ray.

»Aber so etwas darf nie wieder passieren, Ray. Es ist eine Schule. Meine Kinder sind zehn Jahre alt. Ich möchte nicht, dass sie glauben, das normale Leben sei wie eine Folge der *Jeremy Kyle Show*.«

»Das verstehe ich. Es wird nie wieder vorkommen.«

Sie musterte ihn. Als sie ihm das Nachspiel des Streits geschildert hatte, hatte sie ein wenig geschwindelt. Dass sie seine Identität nicht preisgegeben hatte, war nicht für ihn oder Jayden geschehen – sie hatte es für sich selbst getan. Denn trotz dieses verrückten Dramas fühlte sie sich, seit er bei ihr wohnte, so lebendig wie schon lange nicht mehr. Und eine Nachricht von Allan hatte ihr bestätigt, dass sie mit ihrem Eindruck vielleicht gar nicht so falschlag.

Sei nett zu Ray. Du weißt ebenso gut wie ich, dass dieser brutale Kerl das verdient hat. Ich mag Ray, sehr sogar. Und ich habe aus zuverlässiger Quelle gehört, dass die Gerüchte über ihn in der Presse NICHT wahr sind. Leb dein Leben, Schätzchen. Simon würde das auch wollen. xxx

»Ich habe einen Text geschrieben, während du weg warst«, berichtete Ray. »Für deine Aufführung. Okay, es ist vielleicht ein bisschen verrückt, aber ich habe Jona Lewies Song ›Stop the Cavalry‹ umgedichtet. Die Zeile lautet jetzt: ›Wir freuen uns auf ein Fleischbüfett‹.«

Emilys Lippen verzogen sich unwillkürlich zu einem Lächeln.

»Ich habe mir gedacht, nicht bei allen läuft Weihnachten so ab wie in den Büchern von Charles Dickens. Einige Kinder wünschen sich etwas anderes, richtig? Wenn du möchtest, spiele ich dir den Song vor.« Er hielt inne und blickte sie an, als wollte er ihre Reaktion abschätzen.

»Okay«, erwiderte sie. Im Augenblick war sie schon damit zufrieden, dass die Erde sich noch drehte. »Ich mache uns eine heiße Schokolade.«

KAPITEL
ACHTUNDDREISSIG

Barnard Park, Islington

»Hier ist es besser, richtig?« Ray klopfte mit der Hand auf die Bank und forderte sie auf, sich neben ihn zu setzen. Er atmete die frische Winterluft ein, als wäre sie Balsam für seine Seele. Dann schlug er auf seiner Akustikgitarre das Lied an, an dem sie seit einer Woche arbeiteten.

»Es ist kalt hier«, erwiderte Emily mit klappernden Zähnen. »In der Wohnung war es warm.« Sie schlurfte vorwärts und wirbelte mit ihren Stiefeln das Laub am Boden auf. Es war beinahe elf Uhr nachts. Im Dezember. Die meisten Menschen, die einen Funken Verstand besaßen, waren bei diesen Temperaturen zu Hause, gingen ins Bett oder scrollten sich durch den Newsfeed bei Facebook. Sie saßen nicht auf einer Parkbank neben einem Gitarristen, der trotz der Dunkelheit eine Sonnenbrille trug.

»In der Wohnung konnte sich unsere Kreativität nicht entfalten«, erklärte Ray. »Das passiert manchmal. Man befindet sich an einem bestimmten Ort und braucht eine Veränderung. Eine andere Umgebung. Frische Luft.« Er klopfte wieder auf die Bank. »Komm schon, setz dich hierher. Wir singen die Strophe noch einmal.«

»Hier? In der Öffentlichkeit?«, fragte Emily.

Ray nahm die Hände von der Gitarre, streckte die Arme aus und deutete auf den fast leeren Park. Auf dem Abenteuerspielplatz standen ein paar Teenager, von denen man nicht wusste, was sie vorhatten, aber sie waren so weit entfernt, dass die Musik sie nicht stören würde – wahrscheinlich würden sie sie nicht einmal hören. Ansonsten waren sie nur von mit Reif überzogenen Bäumen und den Sternen am Nachthimmel umgeben.

»Hier ist niemand«, erklärte Ray. »Und mir gefällt das sehr. Also setz dich zu mir, bevor ein Paparazzo aus den Büschen springt.« Er sah zu ihr hoch. »Außerdem musst du diese Songs bei deiner Aufführung vor Publikum singen. Vor mehr Leuten als in der Kirche.«

Als ob er sie daran erinnern müsste …

»Ich weiß«, seufzte sie und setzte sich neben ihn.

»Wovor hast du Angst?«, fragte er, schlug einen Akkord an und ließ die Hand dann flach auf den Saiten liegen. Mit der anderen Hand schob er seine Sonnenbrille nach oben auf seine Beanie.

»Vor nichts.« Eigentlich hieß das »vor allem«. Und ihr war bewusst, dass sie Ray nichts vormachen konnte. Mittlerweile kannten sie sich schon ziemlich gut. Sie wusste, dass er ein Morgenmuffel war. Dass er zuerst Milch in seine Tasse gab, bevor er sich Kaffee einschenkte. Und dass ihm Fernsehen nicht viel bedeutete. Er machte lieber Musik, und das ständig. Auf seiner Gitarre, mit dem Handy. Und er konnte ausgezeichnet pfeifen. Darauf war sie ein bisschen neidisch.

»Gut«, erwiderte er. »Denn du hast wirklich eine tolle Stimme.«

Das wiederholte er andauernd. Jedes Mal, wenn sie einen Text entwarfen und einen Song übten, sagte er ihr, wie gut sie war. Inzwischen gab es einen winzigen Teil in ihr, der allmählich begann, das zu glauben.

»Sing die erste Strophe«, forderte Ray sie auf.

»Allein?«, rief Emily so entsetzt aus, als hätte Ray von ihr verlangt, mit Stöckelschuhen und ohne Begleitung auf der Chinesischen Mauer zu spazieren.

»Na ja«, sagte Ray und ließ den Blick über den Park schweifen. »Wenn du willst, können wir die jungen Leute dort drüben bitten, mit uns zu singen, aber sie scheinen mit Schaukeln beschäftigt zu sein.«

Sie konnte das tun. Warum auch nicht? Ray hatte recht. In ein paar Wochen würde sie mit ihren Kindern laut und sicher singen müssen, also musste sie so oft üben wie möglich.

»Also gut«, erwiderte sie und zitterte, als ein kalter Windstoß ihr bis auf die Knochen drang. »Spiel die Einleitung.«

»Sehr wohl, Miss Parker.« Ray grinste.

Sie hielt den Atem an und versuchte, sich beruhigen, als Ray auf der Akustikgitarre die ersten Töne der abgeänderten Version von Jona Lewies Song »Stop the Cavalry« zupfte. Dann setzte sie ein.

Mum putzt den Rosenkohl, die Schwester macht ein
Selfie und fühlt sich dabei wohl.
Die Katze klettert auf den Weihnachtsbaum,
die Tante trinkt ein Gläschen Wein.
Wird das Dinner wohl rechtzeitig fertig sein?
Der Weihnachtsmann kommt zu spät, man glaubt es
kaum.
Wo ist die Schachtel mit den Pralinen? Ab in den Müll
mit dem Kohl!
Wir freuen uns auf ein Fleischbüfett!

»Ja!« Ray hielt inne und lächelte sie an. »Das war großartig! Die Phrasierung war auf den Punkt genau. Die Kinder werden das ohne Probleme lernen.«

»Glaubst du wirklich?«, fragte Emily. Sie hoffte es sehr.

Ihre Schüler sollten sich auf keinen Fall unter Druck gesetzt fühlen – so wie es bei ihr der Fall war –, aber sie sollten sich schon Mühe geben. Am wichtigsten war aber, dass sie dabei Spaß hatten.

»Ja, das glaube ich«, versicherte Ray ihr. Er spielte einen weiteren Akkord. »Hast du mit Simon auch gesungen?«

Emily lachte. »Du lieber Himmel, nein. Simon war nicht besonders musikalisch. Seine Leidenschaft waren Bücher. Thriller, Krimis und hin und wieder eine Biografie von einem Rugbyspieler, den er gut fand.«

»Du hast ihm nie etwas vorgesungen?« Ray stieß sie mit dem Ellbogen an. »Auch kein Karaoke? Ich könnte mir gut vorstellen, wie du auf einer Bühne einen Song von Alanis Morissette oder vielleicht von Adele performst.«

»Nein.« Sie schluckte und hatte plötzlich Schmetterlinge im Bauch.

»Ich habe Karaoke gesungen«, gestand Ray. »Für mich ist es viel furchteinflößender, in einem Pub vor einer Menge betrunkener Leute den Text von einem Bildschirm abzulesen und mitzusingen, Michael Jackson nachzumachen, wenn ich selbst schon ein paar Drinks intus habe, als meine eigenen Songs bei einem Konzert vorzutragen.«

Sie wandte sich ihm zu. »Du hast einen Song von Michael Jackson gesungen?«

»Höre ich da etwa Missbilligung?« Ray stupste sie noch einmal am Arm an.

»Nein, ich versuche nur, mir vorzustellen, welchen Song von Michael Jackson du dir wohl ausgesucht hast.«

»Rate mal«, forderte er sie belustigt auf.

»›Beat it‹?«

Er lachte. »Nein.«

»›Thriller‹?«

»Meinst du das ernst, Emily? Oder nimmst du mich auf den Arm?«

»Nein!« Lachend stieß sie ihm den Ellbogen so fest in die Rippen, dass er auf der Bank ein Stück zur Seite rutschte.

»Okay«, sagte Ray. »Genug geraten. Ich spiele es dir vor.«

Ray begann, auf seiner Gitarre etwas zu spielen, das sich beinahe wie Beatbox-Sounds anhörte, zupfte an den Saiten und klopfte dann mit den Fingern auf das Holzteil des Instruments. Sofort erkannte sie Michael Jacksons Song »Remember the Time«. Sie hätte sich denken können, dass das eher Rays Stil war. Die ganze letzte Woche hatte sie sich seine Songs auf Spotify angehört – in der U-Bahn auf dem Weg zur Schule und mittags im Lehrerzimmer –, und jede einzelne Note genossen. Es fiel ihr schwer, diese sanften, honigsüßen Klänge, gemischt mit etwas Rauem, Leidenschaftlichem, mit dem Mann in Verbindung zu bringen, den die Presse so stark verurteilt hatte. Dem Mann, der jeden Abend auf ihrem Sofa saß und so entspannt und einfühlsam wirkte.

Emily musterte ihn aufmerksam. Seine langen Finger fuhren über das Griffbrett, sein Haar rutschte unter der Mütze hervor, und seine vollen Lippen formten den Songtext, der von Verliebtsein, sich an den Händen halten und sich in die Augen schauen handelte.

Plötzlich zitterte sie heftig, und Ray hörte sofort auf zu spielen.

»Hey, was ist los?«

»Nichts«, brachte sie mit klappernden Zähnen hervor.

»Du frierst«, stellte Ray fest, hob die Gitarre hoch, stellte sie auf den Boden und lehnte sie gegen die Bank.

»Ich … ich spüre meine Finger nicht mehr«, gestand Emily lachend und rieb die Hände aneinander. »Ich hätte Handschuhe anziehen sollen.«

»Komm her.« Ray nahm ihre Hände in seine und legte seine Finger um ihre.

Seine Hände waren warm vom Gitarrespielen und so groß, dass ihre darin fast ganz verschwanden.

»Besser?«, fragte er.

»Ein … ein bisschen.« Sie konnte nicht aufhören zu zittern.

»Lass mich etwas versuchen.« Ray hob ihre verschränkten Hände zu seinem Mund und öffnete seine Finger ein wenig, bevor er seine Lippen an die Lücke setzte. Emily spürte bereits bei diesem Körperkontakt ein leichtes Prickeln, doch dann begann er zu pusten. Sein heißer Atem strich über ihre Finger, und mit einem Mal wurden nicht nur ihre Hände warm. Langsam atmete er noch einmal aus, dieses Mal ein wenig fester, und als er über ihre Hände blies, trafen sich ihre Blicke.

Emily war ein wenig schwindlig. Sie sollte sich abwenden und sich auf die Weihnachtsbeleuchtung am anderen Ende des Parks konzentrieren. Oder auf die Jugendlichen auf der Wippe. Oder auf den mit Reif überzogenen Rasen. Sie sollte nicht weiter in Rays dunkle, bernsteinfarben schimmernde Augen schauen, während er ihre Fingerspitzen zum Glühen brachte. Wieso nur wurde ihr plötzlich so heiß?

»Ich sollte …« Ray räusperte sich. »Wir sollten den Song noch einmal üben.« Er ließ ruckartig ihre Hände los. »Bevor du noch am ganzen Körper frierst.«

Sie fragte sich, auf welchen Körperteil er wohl zuerst pusten würde, wenn nicht nur ihre Hände vor Kälte erstarrten. Rasch sammelte sie sich, nickte und rieb ihre Hände aneinander. »Ja.«

»Von Anfang an«, sagte Ray. Sie sah ihm zu, wie er die Gitarre hochhob und einen Akkord spielte.

KAPITEL
NEUNUNDDREISSIG

Harley Street, Marylebone

Während Dr. Crichton ihm mit zwei verschiedenen Lampen in den Rachen leuchtete, ging Ray der Song »Wir freuen uns auf ein Fleischbüfett« einfach nicht aus dem Kopf. Am liebsten hätte er vor sich hin gesummt.

»Was um alles in der Welt tun Sie da?« Dr. Crichton sprang auf und warf Ray einen bösen Blick zu, der aus einem Marilyn-Manson-Video hätte stammen können.

»Was soll ich schon tun, wenn Sie mir eine Lampe in den Hals stecken, die mir beinahe die Mandeln verbrennt?«, erwiderte er.

»Sie haben gesungen!«, rief Dr. Crichton. »Ich habe Ihnen doch ausdrücklich verboten zu singen.«

»Ähm …« Der Doktor war anscheinend verrückt geworden. Vielleicht sollte er sich einmal mit einem Psychologen unterhalten. »Ich kenne niemanden, der singen kann, ohne dass man es hört. Na ja, außer diesen Leuten auf YouTube, die klingen, als wären sie in einer Kiste eingesperrt.«

»Ray, ich bin ein Spezialist auf diesem Gebiet, das wissen Sie. Deshalb befinden Sie sich ja bei mir in Behandlung. Sie haben gesungen. Während meiner Untersuchung hat sich Ihre Kehle bewegt.«

Wow, das war beeindruckend. Seine Kehle bewegte sich von selbst, wenn er in Gedanken sang. Dr. Crichton war davon jedoch offensichtlich nicht begeistert.

»Und ich glaube, dass Sie trotz meiner Warnung seit unserem letzten Termin öfter gesungen haben.«

Was sollte er darauf sagen? Sein Arzt war ein Experte und ließ sich nichts vormachen. Natürlich hatte er gesungen – in der letzten Woche mehr als je zuvor. Er hatte nicht nur mit Emily an den Liedern für die Weihnachtsaufführung in Stretton Park gearbeitet, sondern auch im Studio einige Songs für sein neues Album aufgenommen. Und er hatte ein Set für einen Auftritt im Club Ronnie Scott's zusammengestellt. Endlich hatte er wieder ein wenig Geld in der Tasche – Saturn Records hatte nachgegeben, als er ihnen die Entwürfe für seinen neuen Song gezeigt hatte. Und Deborah hatte seit ihrem Treffen mit Ida einiges für ihn organisiert. Die Presse hatte Fotos von ihm bekommen, die ihn zeigten, wie er das Studio betrat und wieder verließ – ausgeruht und nüchtern. Zu der Vorstellung in dem renommierten Jazzclub würden Mitglieder seines Fanclubs, ein paar seiner Instagram-Follower und eine Handvoll ausgesuchter Journalisten kommen, von denen anschließend lobende Artikel zu erwarten waren. Trotzdem musste das die beste Show seines Lebens werden. Jede Schwäche in seiner Stimme, jedes Zögern am Klavier könnten dafür sorgen, dass sich das Blatt wieder wendete. Wenn man im Rampenlicht stand, befand man sich ständig auf einem Karussell, von dem man nie wusste, ob es nicht in der nächsten Minute die Richtung wechselte.

»Ray«, fuhr Dr. Crichton fort. »Sie dürfen nicht singen.«

»Bei allem gebotenen Respekt«, erwiderte Ray. »Ich kann es mir im Moment nicht erlauben, *nicht* zu singen.«

»Ich kann mir gut vorstellen, dass Ihnen das so vorkommt. Ich weiß, unter welchem Druck Sänger oft stehen, aber …«

»Ach ja?«, unterbrach Ray ihn. »Tatsächlich? Als Arzt verdienen Sie doch eine Menge Geld damit, dass wir *nicht* singen können. Ich meine, würden wir nicht singen und unsere Stimmen damit ruinieren, hätten Sie keine Arbeit mehr.« Er war sich nicht sicher, ob das einen Sinn ergab, aber er konnte nicht aufhören zu sprechen. »Also sollten Sie mich eigentlich ermutigen zu singen, um sicherzustellen, dass Sie Ihrer Tochter den Porsche kaufen können, den sie, wie sie bei Instagram immer wieder betont, unbedingt haben will.«

Dr. Crichton lehnte sich gegen die Kante seines Schreibtisches und schaltete die Lampe mehrmals an und aus. Ray schluckte. Was hatte er da gesagt? Dieser Mann versuchte nur, ihm zu helfen.

»Es tut mir leid«, entschuldigte er sich. »Das war totaler Mist.«

»Hm«, brummte Dr. Crichton nachdenklich.

»Es tut mir wirklich leid. Es ist im Moment nur alles sehr schwierig für mich.«

»Auch für mich ist es nicht einfach«, erwiderte Dr. Crichton. »Ich will nicht derjenige sein, der Ihnen sagt, dass Sie im Moment Ihren Job nicht machen können. Aber ich will Ihnen auch nicht irgendwann sagen müssen, dass Sie nie wieder werden singen können. Überhaupt nicht mehr. Nur weil Sie meine Anordnungen nicht befolgt haben.«

Ja, das wäre natürlich noch viel schlimmer.

»Sie müssen sich operieren lassen, Ray, das habe ich Ihnen bereits gesagt.«

Das war das eigentliche Problem. Seine andere Angst. Die Angst, die ihn in seinen Alpträumen überfiel. Und ihn in seine Kindheit zurückversetzte. In die Zeit, in der sich der Zustand seiner Mum eigentlich hatte bessern sollen, es dann aber doch nicht getan hatte. Er musste Prioritäten setzen. Vielleicht ein Leben ohne seine Karriere führen.

»Ich weiß«, erwiderte er leise. »Aber Sie sind der beste Arzt auf diesem Gebiet. Irgendetwas müssen Sie mir doch geben können – etwas, das mir über die nächsten Wochen hinweghilft.«

Dr. Crichton verdrehte die Augen und legte die Hände auf den Schreibtisch. Er sah aus, als würde er gleich den Briefbeschwerer in die Hand nehmen und ihn Ray über den Kopf schlagen.

»Bitte Dr. Crichton, ich flehe Sie an. Ich mache alle Übungen, beschränke meine Zeit im Studio auf ein Minimum und singe nicht vor meinen Auftritten, das verspreche ich. Aber helfen Sie mir aus dieser Situation.«

Der Arzt schüttelte den Kopf. »Es gibt keine Wundermedizin, Ray.«

»Schon klar. Aber Sie wissen doch, dass ich von hier weggehe und dann singe. Da brauche ich Ihnen nichts vorzumachen, oder? Ich bitte Sie daher um Ihre Hilfe dabei, den Schaden, den mir das Singen zufügen könnte, so gering wie möglich zu halten.«

»Sie sind bei weitem mein anstrengendster Patient.« Dr. Crichton ging um den Tisch herum und setzte sich auf seinen großen Stuhl.

»Und auch der talentierteste?« Ray lächelte. Der Arzt schrieb etwas auf einen Notizblock. Gab es doch ein spezielles Mittel für ihn, das ihm seine Sorgen nehmen würde? In letzter Zeit trank er so viel Mineralwasser, wie er nur konnte, sobald er eine kleine Veränderung an seiner Tonlage oder ein Kratzen an seiner Stimme bemerkte.

»Mehr Wasser«, empfahl Dr. Crichton. »Räuspern Sie sich nicht und atmen Sie feuchte Luft ein.«

»Feuchte Luft?«, wiederholte Ray. »Sie meinen, ich sollte mich in eine Dampfsauna setzen, oder so etwas?«

»Das wäre ausgezeichnet. Auch ein heißes Bad hin und wieder könnte Ihnen guttun.« Dr. Crichton reichte ihm den Zettel mit seinen Anweisungen.

»In Ordnung.« Ray beugte sich vor, um ihn entgegenzunehmen.

»Ich meine es ernst, Ray. Ich würde meine Aufgabe nicht gut machen, wenn ich Ihnen nicht immer wieder sagen würde, dass Sie Ihre Stimme und Ihre Karriere gefährden, wenn Sie jetzt weiterhin singen. Ich möchte, dass Sie sich noch vor Weihnachten oder auch an den Weihnachtsfeiertagen operieren lassen. Ich fahre in diesem Jahr nicht in Urlaub – schließlich muss ich ja einen Porsche finanzieren.«

Ray nickte. »Ich habe Sie verstanden.« Er erhob sich.

»Und noch etwas«, sagte Dr. Crichton und schob die Jalousien am Fenster auseinander.

»Ja?«

»Es wäre vielleicht besser, wenn Sie den Hinterausgang nehmen. Vor dem Haus stehen einige Journalisten.« Er wandte sich lächelnd zu Ray um. »Ich weiß zwar nicht, ob sie Ihretwegen oder der Möchtegern-Ariana hier sind, aber …«

Ray atmete tief durch. Die Presse sollte auf keinen Fall von seinem Besuch bei Dr. Crichton erfahren. »Okay«, erwiderte er. »Danke.«

KAPITEL VIERZIG

Grundschule Stretton Park

»Nein, Josef, wir können heute Abend nicht bei Dar's Delhi Delights essen, auch wenn es dort gerade ein zweites Fleischgericht zum halben Preis gibt, und dazu noch Zwiebelringe in Teig und eine zehnprozentige Ermäßigung auf die Getränke. Wenn ich ein Curry esse, könnte das Baby zu früh kommen, und wir müssen noch nach Bethlehem!«

»Und wenn wir uns stattdessen ein extragroßes Kabeljaufilet von Ralph's Place in der High Street 97 in Stretton Park holen, Maria? Dazu hausgemachte Pommes frites ohne einen Tropfen Palmöl und die besten Würstchen im knusprigsten Teigmantel, die man in Jerusalem bekommt.«

»O mein Gott«, sagte Dennis zu Emily und schob sich eine Maus aus weißer Schokolade in den Mund, während er die Schüler der sechsten Klasse auf der Bühne beobachtete.

»Was tust du hier?«, fragte Emily und versuchte, sich nebenher auf den Text zu konzentrieren, den ihre Schüler vortrugen. »Du scheinst nie bei deiner Klasse zu sein.«

»Na ja, heute haben die Klassen vier und fünf Besuch von einigen Feuerwehrmännern, also passen Mrs Rossiter und Amy auf sie auf.«

»Und da kommst du in die Aula und machst dich ausgerechnet über meine Schüler lustig.«

»Nein, das tue ich nicht«, beteuerte Dennis. »Ich wollte

sie nur unterstützen. Allerdings bin ich mir nicht sicher, wie ich das Skript finden soll.«

»Das geht mir auch so.« Emily seufzte. »Aber da Mr Dar und Ralph Rossiter sich gegenseitig mit ihrer Werbung überbieten wollen, habe ich keine andere Wahl. Ich hoffe nur, dass sich nicht noch einige andere Esslokale von der Hauptstraße beteiligen. Natürlich freue ich mich über die Spenden – wir bekommen tolle Kostüme von Amazon und diese coole Nebelmaschine mit Trockeneis, die nicht alle zum Husten bringt. Aber kannst du dir vorstellen, wie schwierig es ist, einen herzerwärmenden oder witzigen Text zu schreiben, der auch der Kirche von England gefällt, wenn man Werbung für ein ermäßigtes Linsengericht und Seehecht zum halben Preis darin unterbringen muss?«

»Miss Parker!«, rief Alice auf der Bühne. »Josef hat gesagt, er wird gleich ein Lamm Tikka Masala essen. Aber das darf er doch nicht, weil später die Hirten mit ihren Lämmern kommen. Das Publikum denkt dann bestimmt, die müssen sterben.«

»Ich denke, du machst das großartig«, erklärte Dennis. »Wirklich.«

»Alice, bitte nenn alle bei ihren richtigen Namen und nicht bei ihren Rollennamen, sonst wird das zu verwirrend. Josef – ich meine Matthew –, streich bitte das Wort ›Lamm‹ aus deinem Skript. Aber pronto.«

»Porno?«, rief Matthew laut und zückte einen dicken schwarzen Stift, während ihm sein Stirnband über die Augen rutschte.

Die Hälfte der Klasse lachte, und Emily hoffte verzweifelt, dass sie keine Ahnung hatten, was das bedeutete.

»Schreib stattdessen ›Garnelen‹«, befahl Emily und buchstabierte ihm das Wort.

»Meine Mum ist allergisch gegen Garnelen«, verkündete Cherry und schwenkte einen Zauberstab, auf dem sie für ihre Rolle als Engel bestanden hatte. »Selbst wenn sie nur eine isst, wird ihr Gesicht ganz dick, und sie muss sich übergeben.«

»So wie du vor dem Bischof«, hänselte Angelica sie.

»Angelica, das reicht jetzt. Wo waren wir stehen geblieben?«, fragte Emily.

»Sie haben ›Porno‹ gesagt«, erwiderte Matthew.

»Makenzie, schreibst du bitte ›Garnelen‹ auf Matthews Skript. Und ihr anderen schreibt es euch auch auf.«

»Wohin?«, fragte Makenzie und rückte seine Eselsohren zurecht.

»Was ist denn heute los mit euch, sechste Klasse? Seid ihr gestern zu lange aufgeblieben und habt euch *Kevin – Allein zu Haus* angeschaut?«

»Ich hab's mir angeguckt!«

»Ich auch!«

Dennis grinste Emily an. »Und ich habe mir *Bad Santa* angeschaut. Hat mich an den ›Was Weihnachten für mich bedeutet‹-Nachmittag erinnert. Wer hat denn nun den Preis für das beste Modell gewonnen? Aber wahrscheinlich haben sich alle viel mehr für den Streit zwischen dem Weihnachtsmann und Mr Jackson interessiert.«

»Frema hat den Wettbewerb gewonnen«, antwortete Emily. »Ihr interpretativer Tanz zu Chanukka und die Szene, in der König Herodes das Jesuskind zu töten versucht, waren sehr beeindruckend.«

»Miss Parker!«, rief Alice wieder.

»Was ist los, Alice?«

»Makenzie schreibt etwas mit seinem Stift auf Matthews Kostüm!«

»Makenzie«, sagte Emily energisch und ging zur Bühne. »Was machst du da?«

»Sie haben mir doch gesagt, ich soll Matthew das Wort ›Garnelen‹ aufschreiben, Miss Parker.«

Emily schloss kurz die Augen und betrachtete dann die mit Filzstift geschriebenen großen Buchstaben auf Josefs Mantel. Heute lief es nicht sehr gut, und am Abend musste sie sich mit ihren Eltern treffen. Alles in allem hatte sie schon schönere Freitage erlebt – vor langer Zeit. Wahrscheinlich vor Christi Geburt.

»Ich habe gemeint, dass du das Wort auf Matthews *Skript* schreiben sollst. Das ist das Blatt Papier, von dem ihr euren Text ablest«, erklärte sie Makenzie seufzend.

»Sie haben aber nicht ›Papier‹ gesagt, Miss Parker«, warf Lucas ein.

»Papier! Papier!«, fügte Felix hinzu.

»Ja, ihr habt recht«, gab Emily zu. »Mein Fehler. Okay ... Wo ist Rashid?« Sie ließ den Blick über die Bühne schweifen und ging im Geiste all ihre Schüler durch. Rashid war nicht dabei.

»Hat irgendjemand Rashid gesehen?«, rief sie laut.

»Er hat gesagt, dass er zum Schuppen gehen will, um sich irgendetwas für sein Kostüm als Bewohner von Nazareth zu holen«, berichtete Charlie.

Im Schuppen gab es nichts, was man für die Kostüme hätte verwenden können. Nach dem Vorfall mit Olivia Colman war sie noch einmal dort gewesen und hatte ein neues Vorhängeschloss an der Tür angebracht.

»Dennis.« Emily wandte sich an ihren immer noch kauenden Kollegen. »Könntest du die Aufsicht übernehmen?«

»Nun ... ich ...«

»Danke.«

Emily verließ die Aula, ging den Pfad zum Spielplatz entlang und von dort aus zum Rand des Schulgeländes. Sie sah, dass Rashid nicht beim Schuppen war. Er stand am Schultor, und sein gestreiftes Dorfbewohner-Kostüm flatterte im kalten Winterwind. Was machte er dort? Er hatte einfach den Unterricht verlassen und unterhielt sich mit jemandem vor dem Gebäude. Wie hatte ihr das entgehen können? Wenn Susan das erfuhr ... Als sie sich ihm näherte, bemerkte sie, dass sein Gesprächspartner kein Erwachsener, sondern ein Mädchen war. Sie hatte langes dunkles Haar, saß auf einem Fahrrad und trug die unverkennbare Uniform der Oberstufe von Stretton Park.

»Rashid.« Emily ging auf das Tor zu. »Was tust du hier draußen?«

Der Junge drehte sich mit vor Angst versteinerter Miene um. »Miss, ich ...«

»Ich wollte ihm seine Bücher zurückgeben«, warf das junge Mädchen ein und klang dabei so überzeugend wie ein erfahrener US-Präsident.

»Ich verstehe«, erwiderte Emily. »Danke für diese Information. Und warum hast du Rashids Bücher gehabt?«

»Ich habe sie mir von ihm geborgt«, behauptete das Mädchen. »Es ist nicht gesetzlich verboten, sich Bücher zu leihen, richtig? Dafür gibt es sogar Büchereien.«

Dieses Mädchen war ziemlich frech, aber Emily ließ sich keine Sekunde lang hinters Licht führen. »Bücher für den Realschulabschluss«, sagte sie mit einem Blick auf die dicken Bände in den Händen der Schülerin.

»Ja«, erwiderte das Mädchen. »Rashid will mal Arzt werden.«

»Das habe ich schon gehört. Und was versteckst du unter deiner Jacke vor mir?«, fragte Emily.

Plötzlich wirkte das Mädchen nicht mehr ganz so selbstsicher. Sie atmete tief durch und zog ihren Bauch ein.

»Nichts«, antwortete sie. »Wahrscheinlich habe ich mittags zu viel gegessen.«

»Mach deine Jacke auf«, befahl Emily.

»Was? Dazu können Sie mich nicht zwingen!«

»Öffne sofort deine Jacke, oder ich bringe dich zur Schuldirektorin. Dann kannst du ihr erklären, warum du dich hier draußen mit einem Schüler von der Unterstufe getroffen hast.«

»Miss Parker ...«, begann Rashid. »Es ist meine Schuld.« Seine Stimme schwankte, und er schien den Tränen nahe zu sein.

»Mach deine Jacke auf, oder ich sage nicht nur der Schuldirektorin Bescheid, sondern rufe auch deinen Bereichsleiter an«, drohte Emily. »Ich kenne Mr Walker sehr gut.« Tatsächlich war sie ihm noch nie persönlich begegnet, aber sie wusste, dass er im Kollegium als sehr streng bekannt war.

Das Mädchen schnaufte heftig und murmelte etwas Unverständliches, wahrscheinlich ein paar Kraftausdrücke, bevor es seine Jacke öffnete und den Blick auf vier Packungen mit Alkopops, drei Großpackungen Kettle Chips und zwei Päckchen Schokoladenriegel frei gab. Die Preisschilder zeigten, dass die Waren aus dem Geschäft gegenüber der Schule stammten. Emily zählte eins und eins zusammen und kam zu der einzig möglichen Schlussfolgerung.

»So, ihr kommt jetzt beide mit mir in die Schule«, befahl Emily.

»Aber Sie haben doch gesagt ...!«, rief das Mädchen aus.

»Entweder kommt ihr jetzt mit, oder ich rufe die Polizei. Und ich kann euch nicht garantieren, dass das nicht ohnehin geschehen wird.«

Rashid begann zu schluchzen.

KAPITEL
EINUNDVIERZIG

Crowland Terrace, Canonbury, Islington

»Herrje!«, rief Emily aus und betrachtete sich in dem Spiegel in ihrem Schlafzimmer. Nichts, was sie anprobierte, schien für das Treffen mit ihren Eltern am Abend geeignet zu sein. Eigentlich gab es gar nichts, was zu einem Abend mit ihren Eltern passte, aber sie hatte es schon vor langer Zeit aufgegeben, es ihrer Mutter in Sachen Mode recht zu machen. Genau genommen, seit sie versucht hatte, ein ähnliches Outfit wie Emma Willis zu tragen, das hochmodern war, ihr aber offensichtlich nicht gestanden hatte.

Als sie ein leises Klopfen an der Tür hörte, schnappte sie nach Luft, zog sich rasch eine jadegrüne Bluse mit Hahnentrittmuster über und nestelte hastig an den Knöpfen. Noch bevor sie alle schließen konnte, ging die Tür auf, und Ray streckte den Kopf herein.

»Alles in Ordnung? Oh … Verzeihung.« Er wollte die Tür wieder schließen.

»Schon in Ordnung«, erwiderte Emily atemlos und knöpfte ihre Bluse hektisch zu.

»Ich habe dich schreien hören und dachte, du wärst … ich weiß nicht … vielleicht unter dem Kleiderschrank gelandet.«

»Nein«, erwiderte Emily. »Ich habe nur eine Modekrise.« Wahrscheinlich hätte sie das nicht zugeben sollen. Männer interessierten sich nicht für Mode. Nun ja, Jonah und Allan schon, aber das war etwas anderes.

»Tatsächlich?«, fragte Ray. »Du siehst doch immer gut aus.« Er räusperte sich. »Ich meine, deine Klamotten sehen immer toll aus … und du in ihnen.«

»Oh … danke.« Ihre Wangen brannten plötzlich wie Feuer, und sie befürchtete, dass sie nicht alle Knöpfe an ihrer Bluse geschlossen hatte. Während ihr dieser Gedanke durch den Kopf schoss, stieß sie mit dem Ellbogen an die Schranktür. Sie sprang auf und enthüllte den geheimen Vorrat, den sie sich in einem Jahr der Trauer zugelegt hatte. Drei Paar Stiefel purzelten heraus, und der Kleiderschrank schien hörbar zu seufzen und sich auszudehnen. Die vielen Kleider und die dreiviertellangen Hosen aus den Fünfzigern, die ihr im Sommer so gut gefallen hatten, wirkten plötzlich skurril.

»Wow.« Ray trat in das Zimmer und betrachtete den vollgestopften Kleiderschrank, der an ein Lagerhaus von New Look erinnerte. »Wenn dieser Schrank auf dich gekippt wäre, wärst du mit Sicherheit nicht mehr am Leben.«

»Meine Mutter wäre entsetzt«, gestand Emily, hob ein Paar der Stiefel auf und bewunderte sie. Hellrot, glänzend, schwarze breite Absätze, aus den Sechzigern. Wahrscheinlich würde es nie eine Gelegenheit geben, sie anzuziehen.

»Wäre sie nicht am Boden zerstört?«, fragte Ray. »Wenn du umgekommen wärst.«

Emily lächelte ihn an und stopfte die Stiefel in den Schrank zurück. Sie musste dreimal kräftig schieben, um sie unterzubringen. »Ich glaube, die Scham über die Sucht ihrer Tochter nach Vintage-Klamotten wäre größer als ihr Schmerz über mein Ableben.«

»Das kann ich mir nicht vorstellen«, erwiderte Ray. Er hob eines der anderen Stiefelpaare auf und betrachtete sie. »Hübsch«, stellte er fest. »Aber leider nicht meine Größe.«

»Sehr witzig.« Emily nahm sie ihm aus der Hand.

»Du hast also heute Abend ein Date?«, fragte er und schob die Hände in die Taschen einer sehr schönen dunkelgrauen Hose, die sie bisher noch nicht an ihm gesehen hatte. Nicht dass sie jeden Tag genau hinschaute, was er trug, oder von diesem Abend im Park träumte, an dem er ihr die Finger mit seinem Atem gewärmt hatte. Und da war auch noch Allans Nachricht, bei der sie bisher nicht wusste, wie sie sie beantworten sollte.

Ich mag Ray, sehr sogar. Leb dein Leben, Schätzchen.
Simon würde das auch wollen.

»Eine schicksalhafte Verabredung«, seufzte Emily. »Mit meinen Eltern.«

»Siehst du sie nicht sehr oft?«, erkundigte sich Ray. »Wohnen sie nicht in London?«

»Ha!« Emily konnte ein Lachen nicht unterdrücken, während sie ihre Kleidersammlung wieder in den zu kleinen Schrank stopfte. »Nein, sie wohnen in der Stadtmitte, aber sie sind immer sehr beschäftigt, also sehe ich sie nur ein-, manchmal zwei- oder dreimal im Jahr.«

»Ich verstehe«, erwiderte Ray und nickte.

»Ist das bei deinen Eltern auch so?«, wollte Emily wissen. »Jonah und seine Eltern sind unzertrennlich. Sie telefonieren jeden Tag, schreiben sich ständig und treffen sich an jedem Feiertag zum Grillen. Vorher wird lange darüber diskutiert, wer welche Marinade für das Hühnchen macht und so weiter. Jonah kann das Verhältnis, das ich zu meiner Mutter und meinem Vater habe, nicht nachvollziehen.«

Ray nickte wieder verständnisvoll. Er hob das letzte Paar Stiefel auf und fuhr nachdenklich mit der Hand darüber.

»Ich habe vor kurzem herausgefunden, dass mein Dad eine neue Freundin hat.«

»Oh, wow, Ray, das tut mir leid.« Emily schluckte. »Weiß deine Mum Bescheid?«

»Nein ... so ist das nicht. Na ja, es ist ...«

Emily wusste nicht so recht, was jetzt kommen würde, aber Ray schien nach Worten zu ringen, also schwieg sie und wartete.

»Meine Mum lebt nicht mehr.«

*

Ray hielt den Blick auf die Stiefel gerichtet, aber seine Gedanken wanderten in seine Kindheit zurück, als ihm die einzige Konstante in seinem Leben ganz plötzlich genommen worden war. Veronica Stone war bei weitem nicht perfekt gewesen. Einige Leute hatten ihren Tod vielleicht sogar für einen Segen gehalten, aber er hatte nie schlecht über sie gedacht. Sie war seine Mum gewesen. Und ja, sie hatte einige Fehler gehabt – eine Menge sogar –, aber inmitten all des Elends und des verzweifelten Schmerzes, den sie, von allen unverstanden, in sich trug, hatte sie Liebe geben können. Zwar nicht immer zu hundert Prozent, aber er hatte es oft gespürt.

»O Ray, das wusste ich nicht«, sagte Emily.

Er hörte ihre Schritte auf dem blanken Holzboden und reichte ihr rasch die Stiefel – er wollte kein Mitleid.

»Nun, das ist schon sehr lange her. Ich habe nur nicht damit gerechnet, dass mein Dad eine neue Partnerin finden würde.« Er atmete tief durch, hob den Kopf und schaute in Emilys liebenswürdige, wunderschöne Augen. »Das hört sich mitleiderregend an.« Er schüttelte den Kopf. »Sie heißt

Brenda und scheint sogar ganz nett zu sein.« Er kannte sie eigentlich gar nicht. Sie hatten sich nur kurz über Kebabs unterhalten. »Ich glaube, sie hat auch ein Faible für Kleidung.« Zumindest wenn man aus dem Glitzerkleid Schlüsse ziehen konnte.

»Ich mag Klamotten«, erklärte Emily. »Aber so sehr eigentlich nicht.« Sie seufzte. »Nach Simons Tod bin ich in ein tiefes Loch gefallen, und in den Geschäften und auf den Märkten herumzubummeln hat mich davor bewahrt, komplett durchzudrehen … oder anzufangen, E-Zigaretten zu rauchen.« Sie seufzte wieder. »Ich habe Ablenkung gebraucht, also bin ich shoppen gegangen. Das tue ich immer noch, aber nicht mehr so oft. Ich sage es nur ungern, aber die Weihnachtsaufführung tut mir gut. Im Augenblick bestelle ich bei Amazon Kronen und Hirtenstäbe, mit denen man niemanden köpfen kann, anstatt Kleider von Lindy Bop.«

»Wie ist der neue Song heute angekommen?«, fragte Ray. Den neuen Text zur Melodie von »Stop the Cavalry« zu schreiben hatte ihm beinahe mehr Spaß gemacht, als an seinen eigenen Songs zu arbeiten.

Emily lächelte breit. »Großartig. Die Kinder waren begeistert. Vor allem diejenigen, die Weihnachten nicht im traditionellen Sinne feiern. Natürlich brauche ich noch Mrs Clarks Zustimmung, aber da die Diözese von unserer letzten Aufführung begeistert war, lässt sie uns im Moment freie Hand.«

»Das freut mich«, erwiderte Ray. Es war schön, Emily lächelnd und fröhlich zu sehen – ganz anders als vor etwa einer Woche im Flur, als sie so unglücklich gewesen war. Und ihre Stimme klang hervorragend. Es bereitete ihm großes Vergnügen, dass er ihr ein wenig Selbstvertrauen hatte geben können.

»Ja, das ist prima.« Sie atmete tief durch. »Aber nicht so schön ist es, dass ich mich mit dem Alkoholkonsum von Minderjährigen und Ladendiebstahl befassen muss.«

»Oh, geht es um einen deiner Schüler?«

»Mehr kann ich darüber nicht sagen. Es ist eine heikle Sache, und die Ermittlungen laufen noch.«

»Und du machst dir jetzt Sorgen wegen des Dinners mit deinen Eltern?«, fragte Ray.

»Oh, es ist kein Dinner«, erwiderte Emily rasch. »Nur Drinks. Viele Drinks. Und ich werde eine gute Idee für eine Spendenaktion vorschlagen, die zum Thema des Jahres passt – was wiederum zwischen den vielen Drinks beschlossen wird –, und dann verschwinde ich wieder, so schnell ich kann, und besorge mir auf dem Heimweg eine riesige Portion Pommes frites.« Sie verdrehte die Augen. »Das Ganze findet in dieser protzigen Weinbar Clean Martini statt. Der Name soll witzig klingen – ein Wortspiel bezogen auf Dirty Martini.«

»Die Bar kenne ich«, sagte Ray. »Vor ein paar Jahren habe ich dort Klavier gespielt. Bevor die ganze Fernsehgeschichte begonnen hat. Ich habe tagsüber gearbeitet und Straßenmusik gemacht und an ein paar Abenden in der Woche dort Barmusik gespielt.«

»Wow. Ich gehe schon seit ein paar Jahren dorthin«, erklärte Emily. »Vielleicht hast du bei einem dieser jährlichen Treffen am Klavier gesessen.«

»Kann schon sein«, meinte Ray. Allerdings glaubte er, dass er sich dann an sie erinnern würde.

»Du solltest mitkommen«, schlug Emily plötzlich vor. Sie schob die Schranktüren zu und stemmte sich dagegen, um sie richtig schließen zu können.

»Wirklich?«, fragte Ray. »So wie du es beschrieben hast, hört sich das Treffen furchtbar an.«

»Na ja … das ist es auch. Aber wenn ich jemanden bei mir hätte, der mir hilft, es mit der Londoner Oberschicht aufzunehmen, wäre der Abend sicher viel weniger schlimm.«

Ray lachte.

»Aber es ist Freitagabend. Du hast sicher alle möglichen anderen Pläne. Tut mir leid! Immer wenn ich einen neuen Mitbewohner habe, werde ich gleich zu aufdringlich.«

»Nein«, erwiderte Ray. »Ich meine, ich habe keine anderen Pläne. Ich muss morgen früh für eine Aufnahme im Studio sein.«

»Nun, mein Angebot gilt, und wenn dich meine Eltern nerven, steht da ja immer noch ein Klavier«, meinte Emily.

»Okay«, stimmte Ray zu.

»Okay?«

»Ja«, erwiderte Ray. »Warum nicht? Warte einen Moment.«

»Was ist los?«, fragte Emily.

»Hast du in deinem Schrank etwas, das ich anziehen könnte? Nach allem, was ich gehört habe, wird großer Wert auf die passende Kleidung gelegt.«

»Sehr witzig!«, rief Emily ihm nach, als er zur Tür hinausging.

KAPITEL
ZWEIUNDVIERZIG

Clean Martini Bar, Mayfair

Bereits am Eingang der ultrahippen Bar hörte Emily die Stimme ihrer Mutter und fragte sich, warum um alles in der Welt sie zu dieser Veranstaltung jemanden mitgebracht hatte. Jonah hatte sie nie gebeten, sie dorthin zu begleiten. Ihre Mutter mochte Jonah nicht. Alegra verstand weder ihn noch seine Liebe zu der Welt, in der er geboren und aufgewachsen war. Seine Kochkünste und sein Essen wusste sie zwar zu schätzen, aber sie war der Meinung, dass er sich nur deswegen so rasch nach oben gearbeitet hatte, um seinen Arbeiterklasse-Status aufzupolieren – nicht, um sich einfach über seinen Erfolg zu freuen und dabei genauso zu bleiben, wie er war.

Im Eingangsbereich stand ein strahlend weißer Weihnachtsbaum, nur mit schwarzen paillettenbesetzten Sternen geschmückt. In Emilys Augen war er weder festlich noch stilvoll. Er passte höchstens auf die Beerdigung eines Prominenten, der Chintz gemocht hatte.

»Emily«, flüsterte Ray ihr ins Ohr. »Ich bin nicht sicher, aber ich glaube, auf der anderen Straßenseite steht ein Reporter, also könnten wir bitte schnell rein?«

»O ja, natürlich.« Emily ging rasch voran.

»Möchtest du etwas trinken?«

»Ein Tonic Water, bitte. Wenn möglich das mit Clementinengeschmack.«

»Emily! Emily, Liebling! Mummy ist hier!«

Emily schloss die Augen, als die Stimme ihrer Mutter immer lauter wurde. Sie drehte sich um und schaute durch den viereckigen Raumteiler aus Terrakottadachziegeln, der künstlerisch wirken sollte. Alegra winkte ihr durch eine der Lücken zu, dann durch eine andere und lachte dabei hysterisch.

»Ray, vielleicht war das ein Fehler.« Emily wandte sich zu ihm um.

»Ein Fehler?«, wiederholte er.

Emily nickte. »Meine Mutter hat schon zu viel Wein getrunken, und das bedeutet nichts Gutes. Du solltest lieber flüchten. Kauf dir ohne mich eine Portion Pommes frites und geh zurück in die Wohnung. Oder irgendwohin. An irgendeinen anderen Ort.«

Ray lächelte sie an. »Soll ich mir etwa den ganzen Spaß hier entgehen lassen?«

Sie lachte nervös. »Spaß? Hm.«

»Hey«, begann Ray. »Das, was du mir von deiner Familie und Alkohol erzählst, kommt mir sehr bekannt vor – ich habe reichlich persönliche Erfahrungen damit …« Er atmete tief durch. »Wer trinkt, hat niemals die Kontrolle über die Situation.« Er stupste sie mit dem Ellbogen an. »Das könnte eine gute Gelegenheit sein, ihnen deine Einstellung zu ihrer Wohltätigkeitsarbeit mitzuteilen, ohne auf großen Widerstand zu stoßen.«

Da hatte er nicht unrecht. Ganz und gar nicht. Ihre Mutter ließ sich viel leichter manipulieren – nein, das Wort war viel zu heftig –, ließ sich am besten auf einen bestimmten Weg führen, wenn sie bereits ein paar Gläser Wein getrunken hatte.

»Ich hole uns was von der Bar«, verkündete Ray und wandte sich zur Theke um.

»Emily! Mummy und Daddy sind hier drüben!«, rief Alegra noch einmal.

»Danke, Ray.« Emily bereitete sich darauf vor, das Unvermeidliche in Angriff zu nehmen.

Mit einem gezwungenen Lächeln ging sie in den Hauptraum, der von großen Glühbirnen an Schnüren erhellt wurde. Die Einrichtung war gewöhnungsbedürftig. An den nachgemachten Steinwänden hingen Kolben und etwas, das aussah wie Fahrradketten, alles mit Lametta verziert und künstlichem Schnee besprüht. Ihre Eltern saßen an einem klobigen Holztisch, der so aussehen sollte, als wäre er aus dem 18. Jahrhundert; wie üblich waren sie in Begleitung von Bill und Ben – sie hießen wirklich so – und Damien und Dana. Auf dem Tisch standen bereits einige leere Weinflaschen und Biergläser. Wann hatten sie denn Feierabend gemacht?

»Hallo«, begrüßte Emily sie.

»Da ist sie ja!«, rief ihr Dad. Williams Gesicht war gerötet, und im Schein einer der riesigen Glühbirnen sah man, dass sein Haar dünn geworden war. »Haben wir genügend Stühle?« Er hob die Hand und schnippte mit den Fingern, um eine der Bedienungen auf sich aufmerksam zu machen. »Wir brauchen noch einen Stuhl! Hier!«

Emily schluckte. Kein Bitte und kein Danke, nur ein Befehl. Sie ging zu einem leeren Tisch und holte von dort einen Stuhl.

Alegra schnappte nach Luft. »Was tust du denn, Emily? Lass das sein!«

»Ich besorge mir nur eine Sitzgelegenheit«, antwortete sie und stellte ihn neben den ihrer Mutter.

»Man trägt hier keine Stühle durch die Gegend. Für so etwas werden die Leute, die hier arbeiten, bezahlt!« Alegra warf ihren Kollegen einen Blick zu. »Es tut mir sehr leid, Dana, meine Tochter arbeitet in einer Grundschule.«

Sie flüsterte das Wort »Grundschule«, als würde Dana Emily nicht kennen und als wäre diese Information so geheim wie das Atomprogramm eines gewissen Landes.

Emily drehte sich wieder um.

»Emily!«, zischte Alegra. »Was hast du denn jetzt wieder vor?«

»Ich hole noch einen Stuhl«, erwiderte sie. »Für meinen Begleiter.«

Alegra stand auf und sah sich im Raum um. »Was soll das heißen? Hast du etwa einen deiner Freunde aus dem Lehrerkollegium mitgebracht?«

»Nein.« Emily stellte einen zweiten Stuhl neben ihren.

»Doch nicht etwa ... einen *Mann*?« Alegra lachte wieder und grinste Dana an. Dann verzog sie plötzlich verärgert das Gesicht. »Bitte sag mir, dass es nicht Jonah ist.«

»Es ist nicht Jonah«, beruhigte Emily sie. »Jonah wäre wahrscheinlich nicht einmal mitgekommen, wenn ich ihn dafür bezahlt hätte.«

»Oh, für Geld mit Sicherheit«, entgegnete Alegra.

»Können wir anfangen?«, warf William vom anderen Ende des Tisches ein. »Bill und Ben können nicht den ganzen Abend bleiben. Sie sind zu der Eröffnung einer neuen Bar eingeladen, die sich auf verschiedene Gin- und Käsesorten spezialisiert hat.«

»Du bist doch nicht etwa neidisch, William?«, fragte Alegra.

»Ganz und gar nicht.« William schlürfte einen Schluck Rotwein. »Ich kann nur sagen, eure Ideen für den Gemeinschaftstag sind alle Käse.«

Emily hielt den Atem an. Sie mochte Käse sehr, aber diese

Bemerkung war so abgedroschen. Und dumm. Aber ihre Eltern und deren Kollegen brachen in Gelächter aus. Wenn ein Richter sie jetzt sehen könnte, würden sie alle niemals wieder einen Fuß in einen Gerichtssaal setzen.

»Guten Abend zusammen.«

Emily schaute auf und sah Ray vor sich stehen, in der einen Hand eine Flasche Bier und in der anderen ein Tonic Water. Er reichte ihr das Glas.

»Gütiger Himmel!«, rief Alegra aus. »Ist das der Mann von der Titelseite der *Daily Mail*?«

»Keine Ahnung«, erwiderte William.

»Ja!« Bill stand auf und deutete mit dem Finger auf Ray. »Ich erkenne ihn. Das ist ein Sänger. Sie sind doch Sänger, oder?«

Emily seufzte und warf Ray einen Blick zu. »Es tut mir leid. Normalerweise sind sie noch nicht betrunken, wenn ich ankomme. Das passiert immer erst im Lauf des Abends, wenn sie alle begreifen, dass sie tatsächlich Wohltätigkeitsarbeit leisten müssen.«

»Sprichst du etwa mit ihm, Emily?«, fragte Alegra. »Warum sprichst du mit ihm?«

»Mum, Dad, Bill, Ben, Damien und Dana, das ist Ray. Er ist mein … Freund, und er wird uns heute Abend beim Brainstorming helfen.«

»Hey«, grüßte Ray und hob seine Bierflasche.

Emily bemerkte, dass das Gesicht ihrer Mutter so grün wurde wie Rosenkohl.

KAPITEL
DREIUNDVIERZIG

»Ich gebe mir die Schuld«, sagte Alegra und zog vor der Bar an einer Zigarette. »Ich hätte einen Termin bei meinem Berater für dich machen sollen. So etwas habe ich bereits befürchtet, als du neulich vor der Kanzlei aufgetaucht bist … in diesem Armeemantel.«

Emily schüttelte den Kopf und schloss einen weiteren Knopf an ihrem Mantel. »Mutter, was machen wir hier draußen? Es ist eiskalt, und die anderen warten darauf, dass wir mit dem Brainstorming anfangen.«

»Das passt nicht zu dir«, fuhr Alegra fort, als hätte Emily nichts gesagt. »Ganz und gar nicht.«

»Was meinst du damit?«, fragte Emily.

»Dieses merkwürdige Verhalten. Dass du hierherkommst und einen Mann … wie diesen mitbringst.«

»Einen Mann wie diesen?«, wiederholte Emily. Sie kannte die Vorurteile ihrer Mutter sehr gut, aber dass sie so etwas auf der Straße unter einem blinkenden Weihnachtsmann und mit einer Zigarette in der Hand diskutieren wollte, war selbst für Alegra ungewöhnlich.

»Diesen Mann würde ich nicht einmal anwaltlich vertreten«, erklärte Alegra und blies Rauch in die kalte Luft.

»Du kennst nicht einmal seinen Namen, Mutter«, stellte Emily fest. »Du weißt gar nichts über ihn.«

»Piers Morgan hat ihn als Frauenverprügler bezeichnet«, erklärte Alegra. »Das ist er doch, richtig? Dieser Sänger, über den in letzter Zeit so viel berichtet wird, und dabei geht es nicht um seine Musik.«

»Du kennst Ray überhaupt nicht.«

»Und du?«, rief Alegra aus. »Ich kann mich nicht daran erinnern, dass du mir bei unserem letzten Gespräch etwas über einen neuen Mitbewohner erzählt hast.« Alegra schlug keuchend die Hände vors Gesicht. »Hat er etwas gegen dich in der Hand? Hast du ihn deshalb heute mitgebracht? Brauchst du Hilfe von Mummy und Daddy, um … um ihm zu entkommen?« Sie warf einen Blick über die Schulter, als hätte sich der gesamte Geheimdienst hinter ihnen versammelt, um sich Notizen zu machen.

Emily schüttelte den Kopf. »Weißt du denn überhaupt noch, wann wir zum letzten Mal miteinander gesprochen haben?«

»Mach dich nicht lächerlich, Emily. Natürlich weiß ich das. Du bist in diesem schrecklichen, schäbigen Mantel vor der Kanzlei aufgetaucht.« Sie richtete ihre Zigarette auf Emilys Mantel, als wollte sie ein Loch hineinbrennen.

»Und davor?«

»Davor haben wir telefoniert. Und über den heutigen Abend gesprochen. Du wolltest unbedingt eine sinnlose Diskussion über Bleistifte führen.«

»Und das Mal davor?«

Emily verschränkte die Arme vor der Brust und wartete. Das würde interessant werden. *Sie* konnte sich noch sehr gut an das letzte Mal erinnern, als sie vor der Einladung ins Clean Martini mit ihrer Mutter gesprochen hatte, aber sie war sich ziemlich sicher, dass ihre Mutter keine Ahnung mehr hatte.

Alegra machte mit der Hand, in der sie die Zigarette hielt, eine wegwerfende Bewegung. »Das ist lächerlich. Wir stehen hier draußen, damit ich so viel Nikotin inhalieren kann, wie ich brauche, um den Schock zu überwinden, dass du mit einem möglichen Verbrecher aufgetaucht bist. *Einem Teilnehmer an einer Reality-TV-Show.*« Sie schauderte. »Was kommt als Nächstes? Wenn es *Big Brother* noch gäbe, würde er wohl dort landen. Wahrscheinlich wird es *Love Island* oder *Dancing on Ice* werden.«

»Du weißt es nicht mehr, richtig?«, fragte Emily.

»Emily, um Himmels willen. *Ich* bin nicht diejenige, die unsere Familie blamiert.«

»Diejenige, die unsere Familie blamiert?«, wiederholte Emily so laut, dass ihre Lunge beinahe zu platzen schien. »Willst du damit sagen, dass ich unsere Familie blamiere?«

»Ich lade dich jedes Jahr hierher ein, weil du in diesen Wohltätigkeitsdingen unübertroffen bist. Ich habe keine Ahnung, woher du diese Eigenschaft hast. Ich kann nur vermuten, dass deine Ausbildung zur Lehrerin etwas damit zu tun hat. Allerdings wolltest du schon damals in Marokko unbedingt diesen halb ertrunkenen Schmetterling retten. Oder war das in Algier? Und dann diese Sache mit Jonah …«

Emily schüttelte den Kopf; sie kochte vor Wut. »Du erinnerst dich nicht mehr an das letzte Mal, als wir uns unterhalten haben, weil jedes Gespräch mit mir für dich und dein Leben vollkommen bedeutungslos ist.«

»*Dancing on Ice*, Emily. Hast du mich gehört? *Dancing on Ice!*«

»Es geht immer nur um dich! Ständig! Du rufst mich nur an, wenn du etwas brauchst, und das ist nicht sehr oft der Fall. Wie auch? Du hast zwei Häuser, zwei schicke Autos, mit denen du kaum fährst, und mehr Aktien und Wertpapiere, als … als man bei *Dancing on Ice* Pailletten sieht.«

»Emily, du benimmst dich hysterisch«, stellte Alegra fest. »Bitte beruhige dich.«

»Nein!«, erwiderte Emily noch entschlossener und lauter. »Ich werde mich nicht beruhigen. Wenn es nach mir ginge, wäre ich nicht hier, aber ich bin gekommen, weil ihr meine Eltern seid und weil ich euch wahrscheinlich gar nicht mehr zu Gesicht bekommen würde, wenn ich nicht jedes Jahr hierherkäme.«

»Das ist nicht wahr.« Die Stimme ihrer Mutter klang jetzt nicht mehr so entnervt. Sie ließ ihre Zigarette auf den Boden fallen und trat sie mit der Sohle einer ihrer Designerschuhe aus.

»Doch!« Emily atmete tief gegen den Schmerz an, der ihr den Brustkorb zusammendrückte. »Ich habe irgendwann aufgehört, dich zu Ereignissen einzuladen, die mir wichtig waren, wie zum Beispiel das Sommerfest in Stretton Park und Jonahs Geburtstag auf der Dachterrasse. Das Thema war Wimbledon, und ich hatte einen Kunstrasen verlegt. Oder das Weihnachtsfest, an dem Simon eine Gans statt Truthahn gebraten hat, die wirklich furchtbar geschmeckt hat. Das hat uns aber nichts ausgemacht – wir haben jeder sechs Yorkshire Puddinge und ein halbe Packung Würstchen im Schlafrock gegessen.«

»Emily ...«

»Als wir uns zum letzten Mal gesprochen haben, habe ich dir erzählt, dass Simon gestorben ist.« Sie schluckte. Ihre Erinnerungen schnürten ihr die Kehle zu, als sie versuchte, ihrer Mutter ihren Standpunkt klarzumachen. »Und kannst du dich daran erinnern, was du gesagt hast? Ich kann es schon.«

Alegra schüttelte den Kopf.

»Du hast gesagt, es tue dir leid«, fuhr Emily fort. »Und dann wolltest du wissen, wann die Beerdigung stattfinden werde, weil dein Terminkalender ziemlich voll sei. Und ob du etwas Schwarzes tragen müsstest oder ob es eine dieser neumodischen Veranstaltungen sein werde, bei denen man mit einer hellen Farbe eine gewisse Freude ausdrücken würde, denn dann müsstest du dein indigoblaues Kleid in die Reinigung bringen.«

Emily war den Tränen nahe. In ihr spielte sich ein ähnlicher Tumult ab wie im Flur ihrer Wohnung, als Ray sie in den Arm genommen und sie beruhigt hatte, aber sie würde vor Alegra nicht zusammenbrechen. Schwäche war schließlich die achte Todsünde.

Sie beobachtete, wie ihre Mutter den Mund öffnete und wieder schloss. Alegra wirkte peinlich berührt, und das sah man bei ihr sonst nie.

»Mum«, begann Emily etwas sanfter. »Ich bin zwar eine erwachsene Frau mit einem Job, der dir nicht gefällt und in dem du mich nie unterstützt hast. Aber ich bin auch deine Tochter, und hin und wieder wäre es schön, wenn du mir ein wenig Wertschätzung entgegenbringen würdest. Für meine Person. Nicht nur für meine Vorschläge, mit denen ich bei einem Treffen zur Planung einer Wohltätigkeitsveranstaltung deine Freunde beeindrucke.«

»Du stellst mich dar, als wäre ich kälter als die Serienmörderin Rosemary West.«

»Ich bin hier, um dich und Dad zu sehen und mit euch zu reden«, fuhr Emily fort. »Und natürlich auch, um euch bei eurem Projekt zu helfen. Und Ray ist mein Gast, das musst du respektieren.«

»Emily, mein Schätzchen, ich mache mir eben Sorgen, weil du gar nichts über ihn weißt. Menschen, die in der Öffentlichkeit stehen, sind von einem ganz anderen Schlag. Sie …«

»Ich weiß alles, was ich wissen muss«, unterbrach Emily sie. »Und das, was ich weiß, habe ich nicht in Zeitschriften oder bei Twitter gelesen.« Sie wusste es, weil er einen Igel gerettet und einen Schrank und eine Heizung repariert hatte. Und weil er sie in den Arm genommen hatte, als sie geweint hatte, und ihre Hände mit seinen gewärmt hatte …
»Du musst mir vertrauen.«

»Ich habe zu viel getrunken«, gab Alegra zu und hickste.

»An diesen Abenden trinkst du immer zu viel«, stellte Emily fest.

Alegra seufzte. »Weil ich so etwas nicht gut kann. Ich bin daran gewöhnt, Verteidigungsstrategien für Angeklagte zu entwerfen – verarmten Menschen zu einem Wohlgefühl zu verhelfen liegt mir nicht.«

Emily lächelte unwillkürlich, als ihre Mutter das Wort »verarmt« so aussprach, als handelte es sich um eine ansteckende Krankheit.

»Ich weiß, Mum.« Emily hakte sich bei Alegra unter und führte sie zurück zum Eingang des Clear Martini. »Deshalb hilft dir deine verarmte Tochter dabei.«

»Schätzchen, du musst nur fragen, wenn du etwas brauchst! Wie oft habe ich dir schon gesagt, dass Daddy dir jederzeit mit Freude einen Scheck ausstellt?«

Emily seufzte. »Wenn Dad einen Scheck ausstellen will, dann für den wohltätigen Zweck, auf den ihr euch heute noch einigen werdet. Es schadet ja nicht, selbst etwas beizusteuern.« Emily stupste ihre Mutter an. »Wäre das nicht ein prima Anfang?«

»Hm«, erwiderte Alegra nachdenklich. »Mir wäre es lieber, wenn du einen entsprechenden Betrag für neue Kleidung ausgeben würdest – keine Secondhandsachen –, anstatt das Geld einer Wohltätigkeitsorganisation zu geben.«

Sie rückte ein Stück von Emily ab, als könnte der Mantel im Militärstil ihre eigene Kleidung beschmutzen.

»Das ist mir klar«, erwiderte Emily. »Aber das sollten wir lieber nicht laut sagen ... und auf keinen Fall in der Pressemitteilung erwähnen.«

KAPITEL
VIERUNDVIERZIG

Das alkoholarme Bier taugte nicht dazu, ihm die Unterhaltung mit diesen Leuten zu erleichtern. Ray fragte sich, wie viele Gläser davon er wohl trinken müsste, um davon betrunken zu werden. Er war jetzt beim vierten Bier angelangt, und Emilys Dad forderte ihn immer wieder auf, Rotwein zu trinken. Natürlich wollte er sich entspannen, aber allmählich begriff er, was der Alkohol mit den Menschen wirklich machte. Er bot eine Möglichkeit zur Flucht, an der er nicht mehr interessiert war. Was hatte seine Mutter nur daran gefunden, dass es für sie nichts Vergleichbares gegeben hatte?

Ray schüttelte den Kopf. Auch der Barpianist ging ihm auf die Nerven, denn er erinnerte sich noch gut an die Standardmelodien, die er damals auch hatte spielen müssen. Nicht einmal an der Reihenfolge hatte sich viel geändert.

»Also gut«, begann Emily und ließ einen Stift über einem Blatt Papier schweben. »Für welche Wohltätigkeitsorganisation habt ihr euch in diesem Jahr entschieden?«

Sie hatte sich ebenso gut vorbereitet wie auf den Unterricht in ihrer sechsten Klasse. Als sie und Alegra wieder an den Tisch zurückgekommen waren, hatte Emily eine Ledermappe aus ihrer Tasche gezogen und die Diskussion mit der Gruppe begonnen.

»Ach, es gibt drei, die in Frage kommen«, brummte Alegra und füllte ihr Weinglas nach.

»Wir haben abgestimmt«, rief William ihr ins Gedächtnis. »Du warst dabei.«

»Das war ich nicht! Ich habe dieser Frau bei Carnegie's zugehört, die lauter falsche Dinge über die schlechtesten Eier Benedict erzählt hat, die ich jemals verdaut habe … ja, ich habe gesagt ›verdaut‹, obwohl ich mir nicht sicher bin, ob es dazu überhaupt gekommen ist.«

»Und um welche Spendenprojekte geht es?«, hakte Emily nach.

Ray lächelte sie an. Sie hatte es wirklich nicht leicht mit den angetrunkenen Anwälten, die überhaupt nicht an ihren eigenen Plänen interessiert waren.

»Frag mich nicht.« Alegra zog die Schale mit Snacks zu sich heran, die mit der letzten Runde auf den Tisch gestellt worden war. Sie griff nach den Kichererbsen und den Reisflocken, steckte sie sich aber nicht in den Mund. »Ich war nicht dabei.«

»Was war es, Ben?«, fragte William seinen Kollegen. »Kannst du dich daran erinnern?«

»Eine Sache hatte auf jeden Fall mit Tieren zu tun, das weiß ich noch«, warf Dana ein. Ihr Gesicht war inzwischen stark gerötet, und sie balancierte gefährlich auf der Kante ihres Stuhls.

»Lamas!«, rief William und sprang von seinem Stuhl auf. »Ich kann mich sehr gut an Lamas erinnern.« Er ließ sich achselzuckend wieder sinken. »Oder waren es Alpakas?«

»Also gut.« Emily hielt immer noch den Stift in der Hand. »Vielleicht fallen euch morgen im Büro die entsprechenden Wohltätigkeitsorganisationen wieder ein. Hat jemand eine Idee, was ihr im Sommer machen wollt?«

»Emily«, nuschelte Alegra. »Das fragst du uns jedes Jahr.«

»Das stimmt«, pflichtete William ihr bei und wandte sich an Emily. »Das tust du wirklich.«

»Ich weiß«, erwiderte Emily. »Und jedes Jahr hoffe ich auf einige fantastische und anregende Vorschläge von euch.«

Dana und Damien brachen lauthals in Gelächter aus, als hätte sich Emily in einen Comedian verwandelt.

»Wie sehen solche Veranstaltungen üblicherweise aus?«, fragte Ray.

»Nun …«, begann Emily.

»Im ersten Jahr haben wir ein großartiges mittelalterliches Fest mit Spanferkel und einem Turnierkampf veranstaltet«, unterbrach Alegra sie. »Wir haben ein Vermögen für die Eintrittskarten verlangt, sie waren aber trotzdem ausverkauft. Der gesamte Erlös ging an das Krankenhaus. So etwas könnten wir noch einmal machen.«

»Ja, aber wir haben festgestellt, dass wir damit keine breitere Öffentlichkeit erreicht haben, und das ist doch unser Ziel, richtig?«, erwiderte Emily. Sie wandte sich Ray zu. »Wir haben das Format vor einigen Jahren ein wenig geändert. Wir verfügen jetzt über ein Budget, das sich aus Spenden von Klienten und aus einer großen Summe von der Kanzlei Martin's zusammensetzt. Ein Team besucht eine örtliche Gemeinde und bereichert die Gegend mit einem besonderen Projekt. Dank der Kooperation des Gemeinderats konnten bereits ein Garten, ein Spielplatz und sogar ein Freibad angelegt werden.«

»Aber es gibt nur eine begrenzte Anzahl von Freiflächen, die man für wohltätige Zwecke nutzen kann, und ein Klient von mir sucht gerade dringend nach einem Grundstück in guter Lage, um dort ein Haus mit Luxuswohnungen zu bauen.«

»Mutter!«

»Was?«

»Vielleicht kann man etwas organisieren, das beide

Kriterien erfüllt«, meinte Ray. »Eine Veranstaltung, von der alle profitieren, und die die ganze Gemeinde zusammenbringt.«

Alegra verdrehte die Augen. »Meinen Sie damit ein Fußballspiel der Engländer, übertragen auf einer großen Leinwand? Das ertrage ich nicht. Männer und Frauen, die sich eine Flagge mit dem Georgskreuz umhängen und Bier in die Luft schütten …«

»Ich habe an ein Musikfestival gedacht«, erklärte Ray.

»Was?«, rief Bill und stieß beinahe eine der leeren Weinflaschen um.

»Interessante Idee.« William legte seine Finger ans Kinn. »Ich mag Picknicks mit Orchester, solange ich dabei nicht auf dem Boden sitzen muss.«

Ray fragte sich, bei welcher Art von Picknick man nicht auf dem Boden saß. Doch mit diesem Einwand überschritt er womöglich seine Aufgabe als Emilys solidarischer Begleiter. Am besten holte er sich noch ein alkoholarmes Bier und hielt den Mund.

»Ich halte das für einen sehr guten Vorschlag!«, erklärte Emily und kritzelte etwas auf ihren Notizblock. »Es muss keine permanente neue Einrichtung zum Wohl der Gemeinde sein – es kann sich auch um einen wundervollen Tag handeln, den alle aus der Gegend gemeinsam genießen können. Wir könnten für Musik aller Art sorgen – von Klassik bis Rock und alles, was es dazwischen gibt. Eine Hüpfburg, Kinderschminken und vielleicht einen Jongleur oder einen Zauberkünstler. Wir könnten freien Eintritt gewähren und dann mit Spendendosen Geld für die verschiedenen Wohltätigkeitsorganisationen sammeln. Oder eine Lotterie veranstalten.«

»Es gibt sicher einige Künstler, die, um Werbung für sich

zu machen, gern ihre Freizeit dafür opfern würden«, meinte Ray.

»Würdest du spielen?«, fragte Emily. »Als Hauptact?«

»Ähm, ich …« Darüber musste er erst nachdenken. Aber warum eigentlich nicht? Falls er die Operation überlebte, vor der er sich immer noch drückte, hatte er im Sommer noch keine Termine. Und er konnte Emily damit helfen.

»Ray, komm schon, du kannst unmöglich ein Musikfestival vorschlagen und dann nicht dort auftreten«, erklärte Emily.

»Ha!«, rief Alegra. »Hauptsache, Emily singt nicht. Obwohl die Leute vielleicht etwas dafür bezahlen würden, sie *nicht* singen zu hören. Nicht wahr, Schätzchen?«

»Ich hör dir gar nicht zu, Mutter.« Emily trank einen großen Schluck aus ihrem Glas.

»Ich aber schon.« Ray musterte Alegra, die immer noch ihre Finger in der Schale mit den Snacks hatte und mit perfekt manikürten Nägeln den Inhalt herumwirbelte. »Warum sagen Sie so etwas? Emily hat eine großartige Stimme.«

»Ray.« Emily trank noch einen Schluck. »Schon gut.«

»Nein«, entgegnete er. »Es ist nicht gut.«

»Ray, lass uns einfach weitermachen und weitere Ideen für das Musikfestival ausarbeiten. Es ist wirklich eine tolle Idee – ich bin begeistert davon.«

Ray stand auf. »Nein, ich glaube, wir sollten vorher etwas anderes tun. Komm mit.«

*

Als Emily den Blick von ihrem Notizblock hob, sah sie, dass Ray ihr die Hand entgegenstreckte. Was hatte er vor? Warum reichte er ihr die Hand? Er senkte den Kopf und sagte ihr leise ins Ohr: »Ich könnte ein bisschen Übung gebrauchen. Du würdest mir einen Gefallen tun.«

»Ray, ich habe keine Ahnung, wovon du sprichst, aber alle starren mich an. Auch meine Mutter und mein Vater.«

»Lass sie doch starren. Komm mit.«

Er streckte ihr nun seine Hand nicht mehr entgegen, sondern hatte bereits ihre gepackt und zog sie vom Stuhl hoch.

»Du hattest recht – sie sind wirklich ein wenig schwierig«, flüsterte er ihr zu.

»Das habe ich dir doch gesagt.«

»Dann verlassen wir jetzt den Tisch und nehmen uns eine Auszeit.«

»Eine Auszeit geben wir unseren Vorschülern, wenn sie sich nicht benehmen können.«

»Dann tun wir jetzt so, als würden wir deinen Eltern eine solche Auszeit geben.« Er lächelte der kleinen Gruppe von Anwälten zu. »Wir sind in ein paar Minuten zurück.«

Ray zog sie an der Hand mit sich in die Mitte des Lokals, wo keine langen, sondern runde, kleinere Tische standen und die Beleuchtung aus Deckenflutern und Korblampen an den Wänden bestand. Erst jetzt entdeckte Emily den Flügel. Sie hatte zwar den ganzen Abend die Musik gehört – eine Mischung aus klassischen Stücken und Filmmusik –, den Pianisten aber nicht gesehen. Der schmächtige Mann auf dem Klavierhocker trug eine schwarze Brille mit dicken Gläsern und einen Smoking.

»Ray, was tun wir hier?«, wollte Emily wissen.

»Wir werden jetzt einen Song vortragen.«

»Warte mal. Was? O nein! Mach keine Witze!«

Er schenkte ihr ein Lächeln und ging dann auf den Klavierspieler zu, ihre Hand immer noch in seiner. Sein Griff war fest, aber nicht schraubstockartig. Sie könnte sich daraus befreien … vielleicht.

»Komm schon, es wird dir Spaß machen. Und ich kann die Musik aus *Titanic* allmählich nicht mehr hören.«

»Die Titelmelodie hat er ziemlich oft gespielt«, pflichtete Emily ihm bei. Was sagte sie denn da? Es war ihr vollkommen gleichgültig, ob dieser im Clean Martini angestellte Pianist »My Heart Will Go On« bis in alle Ewigkeit spielte. Das war besser als Rays Vorschlag. Er wollte singen? Gut. Sie sollte auch singen? Nein. In einem verlassenen Park oder mit den Kindern in der Schule zu singen war eine Sache, aber hier in einer überfüllten Bar in Mayfair an einem Freitagabend, vor ihren Eltern und deren Kollegen?

»Hallo«, begrüßte Ray den Klavierspieler, der gerade eine Pause machte und seine Notenblätter sortierte. »Würde es Ihnen etwas ausmachen, mich ein Stück spielen zu lassen?«

»Nun, ich …«, begann der Mann.

»Großartig.« Ray ließ sich auf dem rechteckigen Klavierhocker neben dem Mann nieder und rückte nahe an ihn heran. »Wir spielen nur ›O Holy Night‹, dann gehen wir wieder. Komm, Emily, setz dich zu mir, ich zeige dir die Akkorde.«

»Ray, das ist lächerlich.« Sie schaute den Klavierspieler an, der von dem Hocker aufstand, und hoffte, dass er nun seinen Platz – und seinen Job – verteidigen würde, doch er schien sich lieber zurückzuziehen.

»Ich dachte, das ›Wovor hast du Angst‹-Szenario hätten wir bereits hinter uns gelassen«, meinte Ray.

»In einem Park zu singen ist etwas anderes, als es in einer Bar vor einer Menschenmenge und vor meinen Eltern und ihren Kollegen zu tun.«

»Ach ja?«

»Hast du nicht gehört, was ich über die Menschenmenge und meine Eltern mit ihren Kollegen gesagt habe?«

»Setz dich, Emily.« Ray klopfte neben sich auf den Hocker.

Sie schüttelte den Kopf, erst, um ihr Nein zu bekräftigen, und dann, um ihrer Frustration Ausdruck zu verleihen. Was blieb ihr anderes übrig? Sie wollte nicht zurück an den Tisch zu ihrer Mutter, die, trotz ihrer Unterhaltung von vorhin, sicher sofort wieder abfällige Bemerkungen über ihre Fähigkeiten machen würde.

Ray begann zu spielen, seine Finger tanzten über die Tasten, als wäre das die natürlichste Sache der Welt. Es sah leicht und mühelos aus. Er hatte keine Noten vor sich – seine Finger fanden die Tasten, ohne dass er sich durch einen Blick vergewissern musste. Wie eine erfahrene Sekretärin an der Schreibmaschine schien er einfach zu wissen, was er tun musste.

»So, leg deine Hand hierhin«, forderte Ray sie auf. Er nahm sie wieder in seine und hielt sie über das Klavier. »Zuerst hier und dann da, danach dort und wieder hier.« Er führte ihre Finger auf die richtige Position. Seine Hand fühlte sich warm an. Warm, kräftig, fest, sexy …

»Ray, ich kann nicht Klavier spielen. Meine Mutter wollte, dass ich Geige lerne, aber das war grauenhaft, und danach habe ich mich nie wieder an ein Instrument gewagt.« Sie seufzte. »Denn die Blockflöte zählt ja nicht, wie du gesagt hast.«

Sie redete zu viel. Es machte sie nervös, im Scheinwerferlicht zu sitzen, umgeben von Gästen, die anscheinend plötzlich alle aufgehört hatten, sich miteinander zu unterhalten.

»Vertrau mir«, sagte Ray. »Das hast du gleich drauf.« Er hielt immer noch ihre Hand. »Hier … hier … dann hier und … hier.« Er führte ihre Finger über die Tasten und zeigte ihr, welche sie drücken musste. Es schien unmöglich zu sein.

»Das kann ich nicht.«

»Das sagt die Frau, die mir erzählt, dass sie niemals das Handtuch werfen würde?« Er stand auf und räusperte sich. »Guten Abend, meine Damen und Herren. Ich hoffe, diese kleine Unterbrechung stört Sie nicht, aber ich habe heute Abend noch kein Weihnachtslied gehört, und wir freuen uns doch alle bereits auf das Fest, richtig?«

Hatte er ihr nicht gesagt, dass er Weihnachten nicht ausstehen könne? Emily schluckte und starrte ins Dunkle auf die Gesichter, die sie kaum erkennen konnte. Einige Gäste murmelten zustimmend. *Na toll!*

»Also werden wir Ihnen ›O Holy Night‹ vortragen. Vielen Dank fürs Zuhören.«

Ray setzte sich wieder auf den Klavierhocker und sah sie aus seinen bernsteinfarbenen Augen an; sie waren sich auf dem Hocker, der eigentlich nur für eine Person gedacht war, sehr nahe.

»Ich bin ganz und gar nicht bereit dafür«, erklärte Emily und atmete tief aus.

»Furchteinflößend, richtig?« Ray lachte. »Aber auch sehr anregend.« Er hielt kurz inne. »Wie Karaoke.« Mit einem Grinsen fing er mit dem Intro an, und Emily hielt den Atem an, während sich ihr Brustkorb und ihr Magen zusammenkrampften. Ray nickte ihr zu, und sie spielte mit zitternden Fingern den ersten Akkord. Sie hatte ihn richtig getroffen! Nun, zumindest klang es in ihren ungeübten Ohren so …

Und dann begannen sie zu singen, den traditionellen Text, nicht den für Stretton Park erfundenen, und Emily spürte, wie sich die schreckliche Angst legte und sich in etwas ganz anderes verwandelte. Die Töne des Pianos, die Kraft des Instruments unter ihren Fingern, das Singen mit Ray – all das vermittelte ihr das Gefühl, dass sich eine große, warme und sehr aufregende Blase unter ihrer Haut bildete und tanzend durch ihren ganzen Körper wirbelte. Mit jedem Akkord, den sie richtig anschlug, und mit jedem Ton, den sie mit der Stimme traf, wuchs ihr Selbstbewusstsein, und sie genoss es, dass ihr an einem Freitagabend die Gäste in einer gut besuchten Bar zuhörten. Doch noch überwältigender war, dass sie mit diesem Mann gemeinsam Musik machte, einem Mann, von dem niemand in ihrem Leben viel hielt, der aber immer genau zum richtigen Zeitpunkt für sie da war.

Emily schmetterte den höchsten Ton ungehemmt und voll Begeisterung und Hingabe heraus und lächelte, als Ray sie anstupste. Er erwiderte ihr Lächeln und sang weiter mit dieser wunderbaren Stimme – tief und kraftvoll, wo es angebracht war, und dann wieder sanft, leise und hoch. Als sie zum Ende des Lieds kamen, stiegen Emily bei der Intensität der Melodie Tränen in die Augen. Das Leben ging weiter. Es hatte niemals aufgehört. Gefangen von diesem Moment senkte sie leicht den Kopf und spürte, wie Ray einen Arm um sie legte und sie an sich zog. Sein warmer Atem streifte ihr Haar, und sie nahm den würzigen Duft seines Rasierwassers und seine Körperwärme wahr. Und ließ sich fallen.

»Alles in Ordnung?«, fragte er leise. Ihre Haut unter der Seidenbluse prickelte, als er ihr sanft mit den Fingern über die Schultern strich, so als könnte er ihre Stimmung fühlen.

Sie schaute zu ihm auf, und in diesem Moment hörte die Welt ruckartig auf, sich zu drehen, beinahe so, als hätte jemand die Handbremse angezogen. Sein markantes Kinn, das jetzt mit leichten Bartstoppeln bedeckt war, die Unterlippe, die ein wenig voller war, diese Augen ... Die unaufhaltsame Anziehungskraft traf sie, als wäre sie ein Boxsack. Sie mochte ihn. Sie *mochte* ihn. Sehr sogar. So wie das halbe Land Tom Hardy mochte ...

Plötzlich wurde ihr klar, dass sie sich nicht allein in ihrem Apartment befanden oder auf ihrer Dachterrasse oder im Barnard Park. Sie waren in einer Bar. In der *Öffentlichkeit*. Rasch rutschte sie an die äußerste Kante des Klavierhockers und fiel beinahe herunter. Und dann hörte sie den Applaus.

»Wir sollten uns verbeugen«, meinte Ray und nahm ihre Hand in seine. Jede Berührung löste eine Hitzewelle auf ihrer Haut aus. Sie sollte sich zurückziehen, auf den vernünftigen Teil in sich hören, der wusste, dass solche Gefühle komplett verrückt waren. Aber der weniger vernünftige Teil in ihr sehnte sich nach weiteren Berührungen, näherem Kontakt …

Sie verneigte sich lächelnd vor den Zuhörern, während Ray ihre Hände nach oben und wieder nach unten schwenkte und sie gemeinsam den Applaus genossen. Und dann sah sie ihre Mutter und ihren Vater. Sie standen neben Damien, Dana, Bill und Ben und klatschten begeistert. Ihre Hände berührten sich tatsächlich – nicht so wie bei dem halbherzigen, unechten Applaus, den sie üblicherweise bei Ballettvorstellungen andeuteten. Und in den Augen ihrer lächelnden Mutter leuchtete Stolz.

»Du warst großartig«, flüsterte Ray ihr zu. »Und ich verspreche dir, dass deine Mutter nie wieder deine Gesangsfähigkeiten kritisieren wird.«

KAPITEL
FÜNFUNDVIERZIG

Crowland Terrace, Canonbury, Islington

Die Dachterrasse war mit Sicherheit der beste Ort, um sich beim Essen von Kebabs nicht zu nahe zu kommen. Als sie den Abend für die Planung der Wohltätigkeitsprojekte endlich hinter sich gebracht hatten, hatte Emily ihre betrunkenen Eltern in ein Luxustaxi verfrachtet, und Ray hatte sie zu einem türkischen Restaurant gebracht. Sie hatten sich Kebabs einpacken lassen und mussten noch ein paar Frauen abschütteln, die Ray erkannt hatten und Fotos mit ihm machen wollten, bevor sie mit der U-Bahn nach Hause fuhren. Nun stellte sie rasch die Heizstrahler an, um die Terrasse ein wenig zu erwärmen. Sie würde keine Kerzen anzünden, denn das würde nur für romantische Stimmung sorgen, die sie unbedingt vermeiden wollte. Ihr Unterleib schien bereits jedes Mal, wenn Ray ihr näherkam, einen Hip-Hop zu tanzen, also war es eindeutig besser, die etwas zu grelle Außenbeleuchtung anzuschalten. Ray holte ihnen gerade etwas zu trinken. Sie hatte Kamillentee vorgeschlagen, in der Hoffnung, dass er ihr Innenleben etwas beruhigen würde. Zumindest hatte sie hier draußen eine gute Entschuldigung dafür, ihren bis oben hin zugeknöpften Mantel anzubehalten.

»Es hilft nichts«, erklärte Ray, als er auf die Terrasse kam. »Ich kann nicht mehr länger warten. Und du solltest es auch nicht tun.«

O Gott! Wovon redete er? Er konnte doch nicht gespürt habe, was sie fühlte, oder? Und es war lächerlich zu glauben, dass er nur annähernd etwas Ähnliches empfand. Er war Ray Stone. Sie war Emily Parker, nicht Emily Blunt …

»Emily«, sagte Ray und stellte zwei dampfende Tassen auf den Tisch. »Komm und iss. Ich verspreche dir, das ist das beste Kebab, das du jemals probiert hast.«

Das Essen. Natürlich, er sprach über das Essen. Sie warf einen Blick auf das »Zweisitzersofa« aus Paletten, auf das Ray sich bereits hatte fallen lassen. Nein! Das war die einzige Sitzgelegenheit, auf die sie Kissen gelegt hatte. Entweder setzte sie sich neben ihn und riskierte, dass es in ihrem Inneren wieder zu brodeln begann, oder sie musste sich auf dem kalten nackten Holz niederlassen. Oder sie ging hinein und holte ein weiteres Kissen aus dem Schrank.

»Meine Güte! Das schmeckt sooo gut! Mm!«, stöhnte Ray laut. Emily sah ihn an. Er hatte die Augen geschlossen, kaute mit vollem Mund und atmete durch die Nase. Seine Lippen glänzten von etwas, das wie Chilisauce aussah. Und er wirkte trotzdem sexy. Wie war das nur möglich? Und dann schlug er die Augen auf und bemerkte, dass sie ihn beobachtete.

»Iss«, forderte er sie noch einmal auf. »Sonst trete ich nicht auf dem Musikfestival auf.«

»Nun, wenn das so ist.« Emily musste wohl neben ihn. Sie nahm die Papiertüte vom Tisch, setzte sich neben Ray und packte die mit Fleisch gefüllte Pita aus. Es sah wirklich großartig aus, das musste sie zugeben. Als sie sich Ray zuwandte, sah sie, dass er zu essen aufgehört hatte und sie stattdessen beobachtete.

»Was ist los?«, fragte sie, und ihr Magen vollführte eine Wende, die Michael Phelps nicht besser hätte vollbringen können.

»Mich interessiert es wirklich, was du von diesem Kebab hältst.«

»Du willst mich beim Essen beobachten?«, fragte sie. Wie Pizza mit langen, geschmolzenen Käsefäden, die am Kinn kleben blieben, war Kebab nicht unbedingt etwas, das man gut in Gesellschaft essen konnte.

»Nur beim ersten Bissen«, erwiderte Ray.

Emily nahm das mit Fleisch gefüllte Fladenbrot in die Hand und biss hinein, voll Angst, dass die saftigen Tomatenstückchen gleich auf ihrem T-Shirt landen würden. Doch ihre Bedenken verflogen sofort, als ihre Sinne reagierten. Ihr war nicht bewusst gewesen, wie hungrig sie war, und die köstliche Kombination aus Lammfleisch, Salat, Sauce und Brot war unglaublich gut.

»O du meine Güte!«, rief sie mit vollem Mund. »Das schmeckt einfach …«

»Himmlisch«, ergänzte Ray. »Nicht wahr?«

»Absolut köstlich«, bestätigte sie kauend. »Wie hast du dieses Lokal gefunden?«

*

Als er Mehmets Restaurant betreten hatte, hatte er sich sofort wieder daran erinnert, wie sie in seiner Kindheit oft dort gesessen hatten. Es roch immer noch köstlich nach auf dem Grill brutzelnden Lamm- und Schweinefleisch, und sogar den alten Fernseher, auf dem Fußballspiele aus Osteuropa übertragen worden waren, gab es noch. Und auch Mehmet war noch da, ein wenig älter – hundertzehn? –, aber immer noch fröhlich und mit einem Lächeln auf den Lippen. Es war wie eine Zeitreise in die Vergangenheit.

»Ich bin als Kind früher oft dort gewesen«, erklärte Ray.

»Deshalb hat der Besitzer dich gleich erkannt«, merkte Emily an.

Er nickte. »Mit meinen Eltern bin ich oft hin.« Ray grinste. »Meine Mutter war keine besonders gute Köchin.«

»Meine auch nicht«, gestand Emily. »Einmal haben wir uns einen ganzen Monat lang Essen von Jamie Olivers Restaurant liefern lassen, aber die Gerichte waren lange nicht so gut wie das hier.« Sie biss wieder in das Fladenbrot. »Ich frage mich, von wem Mum sich jetzt beliefern lässt.«

Jetzt oder nie. Das hatte er bereits gewusst, als er Emily zu Mehmets Restaurant gebracht hatte. Er wollte ihr alles über seine Mutter erzählen. Im Lauf des Abends hatte sich etwas in ihm verändert. Es hatte bereits angefangen, als Emily ihn zu dem Treffen mit ihren Eltern eingeladen und er beobachtet hatte, wie sie mit den prahlerischen, nervigen Anwälten umging. Als Alegra sich dann aber noch beleidigend über Emilys Gesangstalent geäußert hatte, waren die Gefühle über ihn hereingebrochen. Die sexuelle Anziehung, aber auch ein überwältigendes Bedürfnis, sie zu beschützen, hatten ihn dazu gebracht, sie zum Klavier zu führen. Und als sie dann mit ihm gespielt und gesungen hatte, hatte er nur noch ihre Lippen auf seinen spüren wollen.

»Meine Mutter war Alkoholikerin«, erklärte Ray hastig. So, er hatte es gesagt, und nun war es heraus. Er spürte seinen rasenden Puls im Nacken.

»Oh«, erwiderte Emily sofort. »Meine Güte, ich …«

»Schon okay«, unterbrach Ray sie. »Du musst nichts sagen, um mich zu trösten. Es ist schon so lange her, und man kann es nicht ändern.« Er zog ein Stück Fleisch aus seinem Fladenbrot und steckte es sich in den Mund. »Eine Menge Leute waren der Meinung, dass der Alkohol aus ihr einen schlechten Menschen gemacht habe, aber das stimmte nicht. Sie war … ich weiß nicht … ein wenig verloren.«

Er schluckte. Es war schwer, darüber zu sprechen. Mit Ida hatte er nie darüber geredet. Sie hatte zwar gewusst, dass seine Mum gestorben war, als er noch ein Kind war, aber sie hatte sich nie nach den Einzelheiten erkundigt, und er hatte sie ihr auch nicht von sich aus erzählt. Emily schaute ihn jedoch so an, als wollte sie mehr wissen. Und er wusste nicht so recht, was er sagen sollte.

»Ich weiß es nicht«, begann er noch einmal. »Manchen Menschen gelingt es aus irgendeinem Grund einfach nicht, ihren Platz im Leben zu finden. Mittlerweile glaube ich, dass das bei ihr der Fall war.« Er schniefte. »Sie hatte keinen Beruf, für den sie sich begeistern konnte. Und keine Hobbys. Außer meinem Dad und mir hatte sie nur den Alkohol.«

»Wann ist sie gestorben?«, fragte Emily.

»Als ich dreizehn war.« Ray atmete tief aus, als die Erinnerung daran zurückkehrte. »Sie ist während einer Lebertransplantation auf dem Operationstisch gestorben.« Und das tat am meisten weh. Die Leber seiner Mutter war durch den jahrelangen Alkoholmissbrauch fast ganz zerstört gewesen. Sie hatte eine Transplantation gebraucht, um überleben zu können, und, wie durch ein Wunder, wurde ein Organ für sie gefunden. Doch Ray wusste, dass sie es nie schaffen würde, das Trinken aufzugeben – was das betraf, war sie von Anfang an ehrlich gewesen.

»Sie hatte das Transplantat nicht verdient, und das war ihr bewusst«, fuhr Ray fort. »Sie hatte beschlossen, den Alkohol mehr zu brauchen als mich, meinen Dad und alle anderen Dinge in ihrem Leben. Und niemand begriff, warum das so war. Ich verstehe es bis heute nicht.« Er seufzte. »Ich weiß nicht, warum sie manchmal vergessen hat, mich von der

Schule abzuholen … Oder die Hose für meine Schuluniform in der falschen Farbe gekauft hat. Oder auf einem Schulfest zu viel getrunken und sich dann vor allen Leuten übergeben hat. Manchmal hat sie sich entschuldigt, manchmal aber auch nicht. Am Schluss nur noch selten.«

»Hätte sie nicht Hilfe annehmen können?« Emily legte den Kebab zurück auf den Tisch und wandte sich Ray zu.

»Wir haben alles probiert. Mein Dad hat mit allen Mitteln versucht, sie zur Vernunft zu bringen. Er hat geschimpft und gebrüllt, und als das nichts half, hat er geweint und sie angefleht … Doch sie war irgendwie nie wirklich ansprechbar. Wir hatten sie schon verloren.«

Und es hatte Zeiten in seinem Leben gegeben, in denen er sich ebenso gefühlt hatte. Doch da war immer die Musik gewesen. Durch Musik war er auf dem Boden geblieben, und der Gedanke, dass sein Problem mit seiner Stimme das verändern könnte, jagte ihm eine Heidenangst ein. Was hatte er dann noch? Was blieb ihm dann?

»Jedes Mal, wenn ich zu viel trinke, denke ich an sie und versuche, gründlich zu erforschen, warum für manche Menschen das Bedürfnis zu trinken stärker ist als alles andere. Stärker, als der Wunsch, mit geliebten Menschen zusammen zu sein, im Sommer einen Spaziergang im Park zu machen, den Schnee auf den Dächern zu betrachten … oder Kebabs von Mehmet zu essen.«

»Und hast du eine Antwort darauf gefunden?«, fragte Emily leise.

Er schüttelte den Kopf. »Nein. Ich bekomme davon nur rasende Kopfschmerzen, und später taucht ein schreckliches Foto von mir in allen Zeitungen auf.« Er schaute in die Ferne. »Ich weiß nicht, was Alkohol ihr gegeben hat. Niemand weiß es. Wahrscheinlich hat auch sie es nicht gewusst.

Sie hatte einfach zu große Angst herauszufinden, wie ihr Leben ohne Alkohol sein könnte.«

Emily reichte ihm einen der Becher.

»Danke.« Er trank einen Schluck und balancierte sein Essen auf dem Schoß. »Es tut mir leid, jetzt habe ich wohl viel zu viel über mich geredet.«

»Nein«, erwiderte Emily. »Ganz und gar nicht.«

»Ich habe sie geliebt, trotz allem. Sie war meine Mum. Dass sie zu viel getrunken hat, muss ich einfach akzeptieren.«

Emily nickte wortlos. Er beobachtete sie, wie sie ihre Tasse anhob und einen Schluck Tee trank.

»Ich wollte dir nicht die Stimmung verderben«, erklärte Ray. »Ich wollte ... ich wollte es dir nur einfach erzählen, das ist alles.« Was hätte er sonst sagen sollen? Dass er das nie jemandem so ausführlich erzählt hatte? Dass er gewollt hatte, dass *sie* es erfuhr?

»Wie auch immer, wir sollten feiern. Wir haben Weihnachten ins Clean Martini gebracht. Und du weißt, was ich von Weihnachten halte. Normalerweise feiere ich dieses Fest nicht, Miss Parker. Das ist also deine Schuld.«

Emily lächelte verhalten.

»Hey.« Ray stupste mit seinem Knie ihr Bein an. »Du bist plötzlich so still.«

»Das liegt daran, dass ich ...« Sie seufzte. »Nachdem du mir alles über deine Mum erzählt hast, möchte ich dir auch etwas sagen.«

»Alles, was du willst«, flüsterte Ray. »Ich bin hier.«

Sie atmete tief durch, als wollte sie noch einmal gründlich darüber nachdenken. »Der Grund, warum ich keinen Alkohol mehr trinke, ist ...«, begann Emily mit leicht zitternder Stimme. »Simon ist deswegen gestorben. Er wurde auf dem

Heimweg von der Arbeit von einem Auto überfahren, und der Fahrer ... war betrunken.« Sie schloss kurz die Augen und öffnete sie wieder, bevor sie fortfuhr. »Dieser Mann – sein Name ist Jonathan Stansfield – war am Mittag bei einem Geschäftsessen gewesen, das sich weit in den Nachmittag hinein gezogen hatte. Danach ist er in seinen Wagen gestiegen und losgefahren. Er hat die Promillegrenze um das Dreifache überschritten.«

»O Emily.« Ray legte einen Arm um ihre Schultern und zog sie an sich.

»Ich weiß, eigentlich ist es dumm, dass ich deswegen nichts mehr trinke. Meine Mutter findet es lächerlich, deshalb hat sie auch versucht, mir Rotwein in mein Tonic Water zu schütten. Ständig sagt sie mir, dass das Leben weitergeht, aber ich kann es nicht ertragen. Ich will mich nicht so fühlen, wie Jonathan es getan hat, als er den Menschen überfahren hat, mit dem ich mein Leben verbringen wollte.«

»Ich halte es nicht für dumm«, erklärte Ray bestimmt. »Für mich ergibt das Sinn. Ich verstehe dich sehr gut.«

»Jonathan Stansfields Leben ist ruiniert. Am Anfang war ich froh, dass er ins Gefängnis musste. Ob er jemals wieder Alkohol trinken wird, kann ich nicht sagen, aber seit meinem Besuch weiß ich mit Sicherheit, dass er sich nie wieder betrunken ans Steuer eines Wagens setzen wird.«

»Du hast ihn besucht?«, fragte Ray. »Im Gefängnis?«

Emily nickte. »Ich musste es tun.« Sie schluckte. »Im Gerichtssaal habe ich ihm in die Augen geschaut – ich wollte dieses reuelose Monster sehen, das mir Simon weggenommen hatte. Und ich wollte ihn hassen und mir einreden, dass zwei Jahre im Gefängnis die Rache für meinen Verlust waren. Doch er weinte von dem Moment an, in dem die Anklageschrift verlesen wurde, bis man ihn abführte, und mir wurde klar, dass auch er alles verloren hat. Seine Freundin, seinen Job ... Er hasst sich selbst. Ich musste einfach zu ihm gehen, ihn sehen, mit ihm reden, von Angesicht zu Angesicht, und ... ihm sagen, dass ich ihm vergebe.«

Ray schüttelte Kopf. Er konnte kaum fassen, welche Größe Emily in dieser Situation gezeigt hatte.

»Er war an diesem Tag nicht losgezogen, um jemanden zu töten – er hatte nur einfach einen Fehler gemacht. Einen schrecklichen, katastrophalen Fehler, für den er jetzt bezahlen muss. Aber wir machen alle Fehler, richtig?«

»Wow«, sagte Ray leise. »Du bist ... unglaublich, Emily. Ich begreife nicht, wie du dich dazu durchringen konntest.« Unwillkürlich hob er eine Hand und schob ihr sanft den Pony aus der Stirn.

*

Emily erschauerte, als seine Finger ihre Stirn berührten. Wieder einmal tat Ray etwas, das er auf wunderbare Weise zu beherrschen schien – er unterstützte sie mit Taten und Worten. Seit Simons Unfall hatte das niemand mehr für sie getan. Nicht einmal Jonah. Das Problem lag vielleicht darin, dass alle, die zu dieser Zeit um sie herum waren, selbst zu nah dran waren. Ray hatte Simon nicht gekannt. Er lernte jetzt *sie* kennen, als Einzelperson, nicht als Teil eines Paars.

»Ich bin keine Heilige«, erklärte Emily. »Und mir fehlt der Gin.«

Ray lächelte. »Gin mochte ich noch nie. Ich habe ihn zwar probiert, aber mich nicht dafür begeistern können.«

»Es ist der Lieblingsdrink meiner Mutter. Das Einzige, was wir gemein haben.« Sie atmete tief ein. »Aber es gibt eindeutig viel Wichtigeres als das.«

»Manche Eltern scheinen zu glauben, dass ihre Kinder sich automatisch zu ihrem Abbild entwickeln. Mein Dad ist immer noch der Meinung, ich sollte Mechaniker werden.«

»Nun, du hast meine Heizung repariert – bestimmte Fähigkeiten scheinst du also geerbt zu haben.«

»Ich glaube, er hat Angst, dass ich so enden könnte wie meine Mutter. Die Musikindustrie ist bekannt für ihre Exzesse, aber meine Mutter hat keinen VIP-Ausweis gebraucht, um sich früh ins Grab zu trinken.«

»Und verstehst du seine Angst?« War ihre Frage zu direkt?

»Wir sehen uns nicht sehr häufig. Ich glaube, er hält Abstand, weil er mich nicht verlieren möchte. Ich weiß, das klingt verrückt, aber vielleicht denkt er, dass es leichter ist, jemanden zu verlieren, wenn man ihm nicht so nahesteht.«

»Ich verstehe.«

»Und mir geht es genauso. Mir ist klar, dass ich ihn nicht oft genug besuche. Das heißt aber nicht, dass er mir nichts bedeutet. Und dann ist da noch die Sache mit Ida …«

Emily wollte mehr darüber wissen. Und gleichzeitig auch nicht. Sie hatte sich bereits ihre Meinung über Ray gebildet, und zwar durch das, was sie mit ihm erlebt hatte, und nicht durch irgendwelche Zeitungsartikel.

»Ich habe sie vor ein paar Tagen gesehen«, erzählte Ray. »Meine Agentin hat ein Treffen arrangiert, und es war … es war genau so, wie ich es mir vorgestellt hatte.« Er hob seine Kaffeetasse wieder an und trank einen Schluck. »Sie hat sich nicht verändert – sie will immer noch die gleichen Dinge.«

Emily hielt den Atem an und wartete darauf, dass Ray fortfuhr.

»Ich kann ihr nicht geben, was sie sich wünscht. Wahrscheinlich wird niemand je ihre Wünsche erfüllen können.«

Er seufzte. »Tut mir leid, das war schon wieder zu viel Information, richtig?«

»Nein, ich … ich weiß es nicht.« Sie atmete tief durch. »Jeder muss sich mal aussprechen, oder?«

Was zum Teufel sollte das heißen? Jeder muss sich mal aussprechen! Warum hatte sie nicht einfach etwas Hilfreiches gesagt? Die passenden Worte gefunden, so wie er es bei ihr getan hatte?

»Bei ihr war das tatsächlich immer der Fall«, meinte Ray.

»Sind jetzt alle Probleme gelöst?«, fragte Emily vorsichtig.

»Ich weiß es nicht«, erwiderte er. »Ida muss sich ändern, aber das wird – ein bisschen so wie bei meiner Mutter – ein schwieriger Prozess werden, den sie nicht in Angriff nehmen will. Sie scheint lieber wieder zurückgehen zu wollen, als einen Schritt nach vorn zu tun.«

Emily fröstelte, als die Kälte der Nacht trotz der Wärme der Heizstrahler durch ihren Mantel drang.

»Ich wollte ihr helfen, wirklich«, fuhr Ray fort. »Aber ich konnte nicht mehr bei ihr bleiben. Es war … zerstörerisch.«

Emily betrachtete ihn, wie er seinen Becher umklammerte und in den Milchkaffee starrte, offensichtlich mit seinen Gedanken ganz woanders. »Nun«, begann sie, »wie ich gehört habe, hast du ein freies Zimmer in einer sehr exklusiven Gegend von London ergattert. Gut, die Küche in der Wohnung ist ziemlich klein, aber es gibt eine Badewanne und eine Dachterrasse mit Aussicht auf den Cheese Grater, also die Käsereibe, wenn man sich auf ein Bein stellt und ein wenig nach vorn beugt.«

Ray blinzelte und sah sie aus seinen so ungewöhnlich gefärbten Augen an. »Tatsächlich?«

»Nein«, gestand Emily. »Das mit dem Blick auf die Käsereibe war gelogen.«

Er lächelte, atmete tief durch und schaute über die Dachterrasse auf den Nachthimmel. Plötzlich legte er sein Kebab auf den Tisch und stand auf. »Auf einem Bein hast du gesagt?« Er ging zum Rand der Terrasse.

»Nein!«, rief Emily nervös. »Das war nur ein Scherz. Wie schon gesagt: Das stimmt nicht!«

»Okay, also was sehe ich, wenn ich mich auf ein Bein stelle und mich nach vorn beuge?«

»Ray, lass das.« Emily sprang auf und ging ihm nach.

»Oh, ich sehe überall Weihnachtsbeleuchtung«, berichtete er. »In allen möglichen Farben.« Er beugte sich leicht nach vorn, berührte mit den Schuhspitzen die niedrige Mauer und streckte sich.

»Ray, bitte, tu das nicht.« Emily war außer sich. Der Boden hier oben war beinahe gefroren und ziemlich rutschig.

»Wenn ich mich noch ein wenig nach vorn lehne, kann ich vielleicht zumindest die Kante von etwas sehen …«

Das konnte sie nicht länger ertragen. Sie packte ihn mit aller Kraft, die sie besaß – und von der er nichts ahnte –, zog ihn vom Rand weg und riss ihn mit sich auf den Boden. Mit einem dumpfen Schlag landete sie auf ihm.

»Hoppla!«, rief er überrascht, bevor ihm für einen Moment die Luft wegblieb.

Emily spürte Adrenalin durch ihren Körper strömen, ihr Herz raste, und ihr schossen Bilder der schrecklichen Dinge durch den Kopf, die hätten passieren können. Glücklicherweise war nichts geschehen. Doch jetzt, wo sie rittlings auf ihrem neuen Mitbewohner saß, wurde ihr klar, dass sie wahrscheinlich überreagiert hatte. Trotz dieser Erkenntnis traten ihr Tränen in die Augen, und sie zitterte immer noch vor Angst.

»Warum hast du das getan?«, fragte sie zornig. »Das war

wirklich dumm von dir! Sehr dumm!« Sie trommelte mit den Fäusten auf seine Brust, während ihr Tränen über das Gesicht liefen.

»Es tut mir leid«, sagte Ray rasch. »Es tut mir wirklich sehr leid. Ich weiß nicht, was ich mir dabei gedacht habe. Ich hätte mich nicht wie ein Blödmann benehmen sollen.«

»Ich könnte es nicht ertragen, wenn … wenn dir etwas zustoßen würde«, erklärte Emily unter Tränen.

Was hatte sie gerade gesagt? Und warum wurde ihr Herzschlag nicht langsamer? Warum lag sie immer noch auf ihm? Weil sie ihn mochte. Sehr sogar. Sie schaffte es nicht, sich zu bewegen. Wie erstarrt blieb sie auf ihm liegen und schaute ihn an. Sie spürte seinen warmen Atem auf ihrem Gesicht und dann seine Fingerspitzen, die sanft über ihren Kopf strichen, bevor er eine Hand in ihrem Haar vergrub. Was geschah hier? Warum stand sie nicht auf? Warum schloss sie die Augen und schmiegte ihren Kopf in seine Handfläche? Sie schlug die Augen wieder auf, musterte ihn und suchte die Antwort auf all diese Fragen in seiner Miene. Doch dort sah sie nur ein tiefes Verlangen …

»Emily«, begann Ray. »Ich möchte nicht, dass du etwas tust, das du später bereust.«

Sie schluckte. Er war ein Gentleman. Ein guter Mensch, trotz allem, was über ihn geredet wurde. Wenn es um die Beurteilung seines Charakters ging, vertraute sie auf ihre Instinkte. Aber was sagten ihre Instinkte dazu, wie es jetzt weitergehen sollte?

»Ich … ich weiß nicht, ob ich es bereuen werde«, flüsterte Emily ihm zu und stützte sich leicht mit ihren Händen auf seinen Schultern ab. »Aber ich glaube … ich möchte, dass du mich jetzt küsst.«

Er bewegte sich unter ihren Händen, und sie sah, wie sich

Erkenntnis auf seinem Gesicht abzeichnete. Ihr Herz schlug heftig. Nicht mehr vor Angst, sondern vor Erregung.

»Das glaubst du?«, fragte Ray leise.

Er hielt sich immer noch zurück. Wie ein vernünftiger, guter Mensch. Er gab ihr Zeit, ihre Meinung zu ändern, sich zurückzuziehen und aufzustehen. Sollte sie das tun? War das wirklich, was sie wollte? Er ließ ihr die Wahl.

Sie schüttelte den Kopf. »Nein«, erwiderte sie. »Ich glaube es nicht, sondern ich *weiß* es – ich möchte, dass du mich küsst.«

In weniger als einer Sekunde hielt Ray sie in seinen Armen und drehte sie so, dass nun er auf ihr lag und ihr den Atem nahm. Sein Brustkorb hob und senkte sich heftig, während er ihr in die Augen schaute. Sollte sie abwarten? Oder den ersten Schritt machen? Solche Gefühle hatte sie schon lange nicht mehr empfunden. Es war so, als würde sie noch einmal ganz von vorn beginnen …

*

Was tat er da? Ray hatte sie auf dem Klavierhocker in der Cocktailbar küssen wollen. Trotz der Gäste, die sie beobachtet und applaudiert hatten, hatte er das Gefühl gehabt, sich mit ihr in einer Blase zu befinden, ganz allein und nur im Jetzt. Aber sein gesunder Menschenverstand hatte gesiegt, und der Moment war verflogen. Doch jetzt war das Gefühl noch tiefer, beinahe überwältigend. Emily war ein ganz besonderer Mensch. Er wollte sie nicht verletzen. Und er wollte auch nicht verletzt werden. Konnte er Vertrauen haben? Oder war das nicht nötig? Sie hatten beide viel durchgemacht, musste also diese Situation wirklich analysiert werden? Es ging doch nur um einen Kuss, oder?

Sie streckte den Arm aus und legte ihre Handfläche an

sein Gesicht; ihre Berührung erzeugte tausende zischende kleine Funken unter seiner Haut. Er näherte sich ihr langsam, Zentimeter für Zentimeter, bis seine Lippen ihre fast berührten. Er war nervös. Das war etwas ganz Besonderes. Als er sah, dass sie erschauerte, küsste er sie. Ihre Lippen berührten sich zuerst zart und behutsam, und sie erforschten einander ein wenig zögerlich. Doch dann wurde der Kuss inniger und leidenschaftlicher. Ihre Hände fanden sich auf der Suche nach noch mehr Verbindung.

Plötzlich löste Emily sich von ihm. Aus ihrer Kehle kam ein Laut, der sein begehrliches Stöhnen unterbrach. Sie schob sich unter ihm weg zur Seite, stand auf und klopfte ihren Mantel ab.

»Ich … wir … es ist schon spät«, stammelte sie und vermied es, ihn dabei anzusehen.

Er erhob sich ebenfalls. Er hätte sie nicht küssen sollen. Sie war noch nicht bereit dafür. Und er war es auch nicht, trotz der eindeutigen Zeichen, die ihm sein Körper gegeben hatte. Es war ein Fehler gewesen.

»Ja«, erwiderte er so cool wie möglich. Aber er hörte sich nicht cool an. Er klang wie jemand, der gerade den wunderbarsten Kuss seines Lebens genossen und anschließend einen Eimer kaltes Wasser über den Kopf geschüttet bekommen hatte. »Du hast recht. Ich habe einen wichtigen Tag im Studio vor mir, und du hast …«

»Eine Verabredung mit Jonah«, erwiderte Emily. »Weihnachtseinkäufe.«

»Dann sollten wir für heute Schluss machen.« Er nickte.

»Wir müssen noch die Heizstrahler ausmachen und …«, begann Emily.

»Das erledige ich«, sagte er rasch, um die peinliche Situation zu beenden. »Warum gehst du nicht schon rein?«

»Bist du sicher?«, fragte sie.

»Ja natürlich.«

»Okay. Gute Nacht, Ray.«

»Gute Nacht, Emily.«

Er sah ihr nach. Sie hastete schnell davon, weil sie es wahrscheinlich nicht mehr ertragen konnte, was zwischen ihnen geschehen war. Aber was war eigentlich geschehen? Aus seiner Sicht hatte sich nur das wiederholt, was ständig geschah. Die Frau hatte erkannt, dass er einfach nicht das war, was sie wollte.

KAPITEL

SECHSUNDVIERZIG

Hyde Park, Winter Wonderland

»Oh, wir müssen unbedingt auf die Riesenrutsche. Dort war ich schon seit Jahren nicht mehr!« Allan biss in eine mit Senf bedeckte Bratwurst, auf der er sofort nach ihrer Ankunft an Londons größtem Weihnachtsmarkt bestanden hatte.

Jedes Jahr gingen Emily und Jonah mit dem Vorsatz los, Weihnachtsgeschenke zu besorgen, und landeten dann stattdessen hier. Nicht dass es auf dem Markt nichts zu kaufen gab. In kleinen Holzhäuschen wurden wunderschöne handgefertigte Produkte, einzigartige Schmuckstücke oder auch selbst Eingemachtes angeboten, aber Jonah – und nun auch Doppel-L – ließen sich schnell von den Fahrgeschäften und den vielen Imbissbuden ablenken. Es war herrlich. Weihnachtliches Ambiente, aber auch ein Riesenrad und ein Eislaufplatz. Man konnte sich unter strahlenden Lichtern akrobatische Shows ansehen, und in warmen, gemütlichen Zelten gab es Glühwein, Früchtekuchen, Schokoladen-Calzone oder Bier. In dieser Umgebung konnte man sich der festlichen Stimmung nicht entziehen und schloss sich den anderen strahlenden Besuchern an, die die Weihnachtszeit genossen.

»Ich brauche einen Nussknacker für meine Mum«, verkündete Jonah mit einem Blick auf die Geschenkliste in seinem Handy.

»Ein Mann in Uniform kommt bei allen gut an«, erwiderte

Allan grinsend. »Oder in einem Weihnachtspullover.« Er zupfte an seinem rot-grün-goldenen Pulli mit Rentiermotiv.

»Ich meinte keinen Soldaten«, erklärte Jonah, »sondern einen richtigen Nussknacker. Zum Nüsse knacken.« Er wandte sich an Emily, während sie sich einen Weg durch die Menschenmenge bahnten und versuchten, sich gegen den eisigen Wind zu schützen. »Seit ich klein war, borgt sich meine Mutter jedes Jahr von Hilda in Hausnummer vierzehn einen Nussknacker. Und jedes Jahr seit meinem zehnten Lebensjahr frage ich sie, warum sie sich keinen eigenen kauft. Und sie gibt mir immer die gleiche Antwort.« Jonah atmete tief ein und imitierte dann den breiten Akzent der Westindischen Inseln: »Jonah, ich möchte nur einmal im Jahr Nüsse knacken – nämlich an Weihnachten. Warum sollte ich mir etwas kaufen, das ich nur einmal im Jahr brauche?«

»Ich bin jedes Mal wieder beeindruckt, wie toll du sie nachmachen kannst«, schwärmte Allan und biss erneut in seine Bratwurst.

»Es wird Zeit, dass ich ihr endlich einen kaufe«, fuhr Jonah fort. »Damit ich diese Unterhaltung nicht noch zwanzig Jahre lang führen muss. Einen hübschen Nussknacker, vielleicht aus Silber.«

Emily nickte und steckte ihre behandschuhten Hände in die Manteltaschen. Es war wirklich kalt heute. Noch eisiger als die Atmosphäre am Morgen in ihrem Apartment. Und das lag dieses Mal ausnahmsweise nicht daran, dass die Heizung wieder ausgefallen war, sondern an der Kälte zwischen Ray und ihr. Nach dem Kuss auf der Dachterrasse war ihr die Sache unglaublich peinlich gewesen, doch als sie dann unter der Dusche stand, hatte sie die Augen geschlossen, das Wasser über ihren Körper laufen lassen und war in Gedanken noch einmal jede aufregende, prickelnde Sekunde durchgegangen. Später beim Frühstück waren sie versehentlich zusammengestoßen. Ray war genau in dem Moment an den Kühlschrank gegangen, in dem sie sich etwas aus dem oberen Regal hatte holen wollen, und mit seinem Gesicht in ihrer Achselhöhle gelandet. Glücklicherweise hatte sie bereits geduscht. Es herrschte eine steife Atmosphäre; sie benahmen sich wie ein geschiedenes Ehepaar, das gezwungen war, wieder zusammenzuleben, und sich nicht mehr an die Dinge erinnern konnte, die sie früher einmal geteilt hatten. Das zermürbte sie, sie konnte sich nicht mehr richtig konzentrieren und war noch nicht einmal dazu gekommen, eine Geschenkeliste zu erstellen so wie Jonah. Sie überlegte sogar, ob sie ihrer Mutter einfach den billigsten Gin schenken sollte, den sie auf Amazon finden konnte.

»Emily, was hältst du davon?«, fragte Jonah.

O Gott. Sie hatte nicht richtig zugehört. Ging es noch um silberne Nussknacker? Sie könnte einen Versuch wagen, oder …

»Ray hat mich geküsst«, stieß sie hervor.

Allan gab ein seltsames Geräusch von sich, das sich anhörte wie eine Mischung aus dem Röcheln eines Erstickenden und dem Schluckauf eines Kamels.

»Allan, geht es dir gut?«, fragte Jonah und klopfte seinem Partner auf den Rücken, als dessen Augen hervortraten und er nach Luft schnappte.

»Alles in Ordnung.« Allan atmete tief durch und griff sich an die Kehle. »Das ist nicht das erste Mal, dass ich mir zu viel Wurst in den Hals gestopft habe, aber das führt jetzt zu weit. Emily! Wow! Das freut mich so sehr für dich!«

»Warte mal«, unterbrach Jonah ihn. »Sie hat nur gesagt, dass *Ray* sie geküsst hat. Wolltest du das etwa nicht? Denn wenn er etwas gegen deinen Willen getan hat, dann …«

Emily schüttelte den Kopf, blieb stehen und hob die Finger an ihren Pony, der unter einem etwas zu engen gelben Wollhut steckte. Nicht alle Vintage-Stücke waren gut eingetragen. »Nein, das hat er nicht. Natürlich nicht.« So war Ray nicht.

»Wie war es dann?«, wollte Jonah wissen.

»Ja«, warf Allan ein. »Erzähl uns, wie es war, in allen Details. Lass nichts aus. War es heiß und erotisch? Bist du wieder ins Badezimmer geplatzt, als er unter der Dusche stand? Haben sich eure Blicke durch eine Dampfwolke hindurch getroffen …?«

»Hast du gerade gefragt, ob sie ihn *wieder* unter der Dusche überrascht hat? Warum weiß ich davon nichts?«, klagte Jonah.

»Ich glaube, wir brauchen jetzt dringend einen Glühwein«, meinte Allan, steckte sich das letzte Stück Bratwurst in den Mund und hakte sich bei Emily unter. »Kommt, wir gehen in eines dieser Zelte und machen es uns dort bequem.«

»Für mich eine alkoholfreie Version«, erinnerte Emily ihn und ließ sich von ihm mitziehen.

Die Blasmusik übertönte die angeregte Unterhaltung der Gäste, die vor großen Biergläsern saßen, und Emily freute sich über die lebendige Atmosphäre im Festzelt, das sie ein wenig an das Oktoberfest erinnerte. Das Dach war mit Lichterketten geschmückt, und die Sitzbänke und die deutsche Musik sorgten für weihnachtliche Partystimmung. Sie nippte an ihrem alkoholfreien Glühwein und bemerkte, dass Jonah und Allan sie anstarrten und darauf warteten, dass sie ihre vorherige Unterhaltung wieder aufnahm.

»Der alkoholfreie Glühwein ist köstlich – sehr würzig«, stellte Emily lächelnd fest und nahm noch einen Schluck.

»Ich trinke keinen Tropfen davon, bevor du uns nicht erzählst, was passiert ist«, erwiderte Jonah.

»Und ich spare mir meinen Glühwein für die besonders pikanten Stellen auf.« Allan grinste.

»Nun«, begann Emily. »Ich habe Ray zu dem Abend mit meinen Eltern mitgenommen, an dem die nächste Wohltätigkeitsveranstaltung geplant werden sollte.«

»Was?«, rief Jonah.

»Gütiger Himmel, er hat dich *dorthin* begleitet? Der Mann ist ein Heiliger«, meinte Allan.

»Ja.« Emily nickte nervös. »Meine Eltern, na ja, eigentlich nur meine Mutter war wirklich schrecklich zu ihm. Sie hat sich auch wieder darüber lustig gemacht, wie schlecht ich singen kann, und bevor ich wusste, was passiert, hat Ray mich zum Klavier gezogen, und wir haben vor allen Gästen in der Bar ›O Holy Night‹ gesungen.«

»Meine Güte!« Allan trank einen großen Schluck Glühwein.

»Und dann haben wir uns Kebabs geholt, und er hat mir alles über seine Mum erzählt, die schon gestorben ist, als er noch ein Kind war, und ich ... ich habe ihm erzählt, wie Simon gestorben ist und warum ich keinen Alkohol mehr trinke. Und alles über Jonathan Stansfield. Und dann hatte ich Angst, dass er vom Dach fallen würde, deshalb sind wir gemeinsam auf dem Boden gelandet, und dann ... dann ... habe ich ihn gebeten, mich zu küssen.« Sie hob ihren Becher und trank ihn mit einem Schluck zur Hälfte aus.

»Heiliger Bimbam!«, keuchte Allan.

Jonah sagte kein Wort. Emily wusste, dass er sich Sorgen um sie machte, aber sie wünschte sich, dass er irgendetwas dazu sagte – irgendeine Bemerkung machte, auch wenn ihr die nicht gefiel.

»Und? Hat er es getan? Ich wette, er hat es getan! Direkt dort? Auf dem Boden der Dachterrasse? Warst du angezogen? Du hast nicht erwähnt, dass ihr nackt wart, und …«

»Wir waren vollständig angezogen«, erklärte Emily. »Mit Mantel und Jacke.«

»Gott!« Allan verzog das Gesicht. »Das klingt nicht sehr heiß!«

Jonah schwieg immer noch. Er legte die Hände um seine Tasse mit Glühwein, und seine Körpersprache schien auszudrücken, dass er ihre Zurechnungsfähigkeit in Frage stellte. Anscheinend entsprach dieses Verhalten ganz und gar nicht der Person, an die sich alle nach Simons Tod gewöhnt hatten. Emily glich nun wieder eher der Frau, die sie vor dem schicksalhaften Tag gewesen war. Drinks, Gelächter und entspannte Abende auf der Dachterrasse waren für sie alle am Wochenende normal gewesen, bevor ein Schatten über ihr Leben gefallen war.

Sie warf einen Blick auf den Weihnachtsbaum neben dem Eingang; seine festliche Beleuchtung ließ sie sofort in Erinnerungen schwelgen. »Es war … wunderschön, wenn auch verrückt und impulsiv und …«

»Dann seid ihr sicher bald ein Paar, kauft euch ein Vorhängeschloss mit Schlüssel, ritzt eure Initialen hinein und bringt es an der Tower Bridge an – für alle Ewigkeit.« Allan beugte sich über den Tisch zu ihr vor.

»Nein«, entgegnete Emily. »Das sicher nicht. Denn ich habe mittendrin abgebrochen, und nun frage ich mich, ob das alles …« Sie wusste nicht, wie sie den Satz beenden sollte. »Ob es ein Fehler war«, fügte sie leise hinzu. »Falsch, versteht ihr?«

»Hält Ray es für einen Fehler?«, fragte Allan vorsichtig.

»Ich nehme es an«, erwiderte Emily.

»Du weißt es nicht? Habt ihr nicht darüber gesprochen?«, wollte Allan wissen.

»Ich habe gesagt, dass es schon spät sei, und er hat gemeint, dass er ebenfalls früh aufstehen und ins Studio fahren müsse. Und dann bin ich ins Bett gegangen.« Sie seufzte. »Heute Morgen sind wir in der Küche umeinander herumgeschlichen, und die Atmosphäre war ziemlich angespannt. Ich habe Sorge, dass unsere Freundschaft darunter leidet. Dabei fand ich es schön, ihn näher kennenzulernen, und er hat mich so gut bei den Vorbereitungen für die Weihnachtsfeier unterstützt … Ich hätte mir das alles gründlicher überlegen sollen, bevor ich ihn dazu auffordere, mich zu küssen.«

Jonah sagte immer noch nichts. Emily beobachtete ihn: Er hielt den Blick in den Becher mit Glühwein gerichtet, schaute sie nicht an und gab ihr auch nicht den guten Rat eines besten Freunds, den sie sich so sehr von ihm wünschte, ganz gleich, wie er lauten mochte. Vielleicht musste sie noch direkter werden.

»Ich weiß nicht, was ich tun soll«, gestand sie. »Was würdet ihr mir raten?«

Allan öffnete den Mund, um ihr zu antworten, hielt sich aber dann zurück. Er griff nach Jonahs Hand und legte sie auf Emilys Finger. »Was glaubst du, was sie tun soll, Jonah?«

Während eine laute Polka mit Akkordeons und Posaunen ertönte, wartete Emily gespannt, ob Jonah ihr jetzt, nach Allans Vermittlungsversuch, eine Antwort geben würde. Schließlich drückte Jonah ihre Hand und begann zu sprechen.

»Nun, Em«, begann er. »So wie ich das sehe, hast du zwei Möglichkeiten. Je nachdem, wie die Dinge sich entwickeln sollen.« Er drückte noch einmal ihre Hand. »Wenn du nur möchtest, dass die peinliche Stimmung zwischen euch verschwindet, lässt du entweder ein wenig Zeit verstreichen, oder du gehst die Sache direkt an und sprichst mit ihm darüber. Du erklärst ihm, dass es ein Fehler war, und ihr beide schiebt es auf … das Tonic Water.«

»Und wenn es kein Fehler war?« Allan stupste Jonah mit dem Ellbogen an.

»Nun, in diesem Fall solltest du ihm sagen, wie du fühlst, Em«, erklärte Jonah. »Und vielleicht ein Date oder so etwas vorschlagen …« Er atmete tief durch. »Aber setz dich nicht selbst unter Druck. Er steht im Moment im Rampenlicht, das kostet bestimmt viel Kraft, und Weihnachten ist eine sehr emotionale Zeit. Außerdem wohnt ihr beide zusammen und …«

Allan unterbrach ihn. »Was Jonah dir eigentlich sagen will: Wenn du nur glaubst, dass der Zeitpunkt schlecht gewählt war oder dass du dich mit der Situation erst vertraut machen musst, aber die ganze Sache *nicht* für einen Fehler hältst, dann solltest du mit ihm reden, reinen Tisch machen und herausfinden, was er fühlt.« Allan lächelte. »Vielleicht geht es euch beiden ja ähnlich, und ihr habt das nur noch nicht begriffen.«

Jonah drückte wieder Emilys Hand. »Doppel-L hat recht.«

»Wirklich?« Emily war es sehr wichtig, dass ihr bester Freund sie verstand.

»Eigentlich war mir klar, dass das passieren würde«, gab Jonah zu. »Es war meine Schuld. Ich hätte nicht versuchen sollen, dich mit Männern zu verkuppeln, die *ich* attraktiv finde, in dem Glauben, sie würden dir auch gefallen.«

»Wie bitte?«, rief Allan. »Du hast die Mitbewohner für Emily nach *deinen eigenen Kriterien* ausgesucht?« Er verdrehte die Augen. »Sahen sie alle aus wie Latinos, trugen schmale schwarze Jeans und eng anliegende, ärmellose T-Shirts wie Enrique im Video zu ›Hero‹?«

Emily lachte. »Na ja ...«

»Ich höre dir gar nicht zu«, warf Jonah ein.

»Nein? Nun, vielleicht sollten wir heute zwei Nussknacker besorgen«, schlug Allan vor. »Und die Walnüsse, die ich damit knacken will, bekommt man nicht im Supermarkt, wenn ihr versteht, was ich meine.«

Sprich mit Ray. Das hatten ihr beide empfohlen. *Jonah* hatte ihr dazu geraten. Aber so einfach war das nicht ...

»Ich finde, es ist höchste Zeit, dass wir uns wie die Erwachsenen benehmen, die wir sein sollten.«

»Das sagt der Mann, der vor dreißig Minuten unbedingt zur Riesenrutsche gehen wollte ...«, merkte Jonah an.

»Sei stark, Emily«, sagte Allan und schlürfte einen Schluck Glühwein. »So stark, wie ich jetzt sein muss, wenn ich den Strudel dort drüben anschaue. Ich kann ihn praktisch schmecken, aber ich darf ihn nicht probieren, weil ich gerade erst eine Bratwurst gegessen habe.«

»Sei einfach du selbst«, riet Jonah ihr. »Mach einen Schritt nach dem anderen. Eine Unterhaltung nach der anderen. Eine ...«

»Eine Praline nach der anderen. Nein, vergiss das – das ist ja lächerlich. Eine Handvoll Pralinen nach der anderen.«

»Danke, Jungs.« Emily hob ihren Plastikbecher.

»Was?«, rief Allan. »Das ist alles? Wir haben unsere Lebensweisheiten mit dir geteilt und bekommen dafür nicht mehr Details?« Er atmete tief ein, beugte sich über den Holztisch und starrte Emily an. »Wie hat es sich angefühlt? Ist seine Zunge weich wie Knautschsamt oder eher rau wie Sandpapier? Meine Vorliebe verrate ich dir nicht ...«

»Allan!«, rief Jonah.

»Was?« Allan lehnte sich wieder zurück. »Nur weil Ray nicht so aussieht wie ein heißer Latino ...«

Emily lachte. Ein sanftes, wohliges Gefühl stieg in ihrem Bauch auf. Sie war glücklich. Richtig glücklich. Zum ersten Mal seit langer Zeit. Sie seufzte zufrieden, ließ den Blick durch das Zelt schweifen und nahm die fröhliche, sorglose Stimmung in sich auf. Weihnachten stand vor der Tür, und sie war nicht mehr zu traurig, um sich darauf zu freuen.

KAPITEL
SIEBENUNDVIERZIG

MP Free Studio, Islington

»Können wir noch mal anfangen, Ray?«

Sein Produzent Leyland rief ihm seine Frage vom Tonpult aus zu – er wollte eine weitere Aufnahme des letzten Songs machen, obwohl Ray ihn eigentlich beinahe perfekt gefunden hatte. Nach zwei Stunden harter Arbeit schmerzte sein Hals. Aber nicht auf diese beängstigende Weise wie sonst. Es schien eher an Ermüdung oder an zu wenig Praxis zu liegen, oder daran, dass er seine Stimmübungen nicht oft genug gemacht hatte. Später würde er ein heißes Bad nehmen und den Dampf inhalieren, so wie Dr. Crichton es ihm empfohlen hatte. Er trank einen Schluck aus seiner Wasserflasche, hob den Blick von den Klaviertasten und schaute Leyland durch die Glasscheibe an. »Ja, es kann losgehen«, sagte er ins Mikrofon. »Kannst du meine Kopfhörer etwas lauter drehen?«

Er rückte seine Kopfhörer zurecht und legte die Finger wieder auf die Tasten. Zwischen den Aufnahmen hatte er über den Text für ein weiteres Lied für Emilys Weihnachtsaufführung nachgedacht. Mit »O Holy Night« hatten sie jetzt drei weitere Songs, und er bekam die Melodie von »I Saw Mommy Kissing Santa Claus« nicht mehr aus dem Kopf. Das lag wahrscheinlich daran, dass er Emily am Abend zuvor geküsst hatte. Zuerst war es *magisch* gewesen, doch dann hatte es abrupt geendet, und am Morgen in der winzigen Küche hatte er es kaum gewagt zu atmen, damit er sie nicht versehentlich berührte. Den Kuss hatten sie nicht erwähnt. Er musste irgendeinen Weg finden, um das Eis wieder zu brechen.

»Alles in Ordnung, Ray?«, fragte Leyland.

Ray nickte. »Ja, ich bin so weit. Fangen wir an.«

Er lauschte dem Intro in seinen Kopfhörern und machte sich für seinen Einsatz bereit. Doch gerade als er die Finger auf die Tasten legte, flog die Studiotür auf. Ida stand vor ihm und starrte ihn wütend an. Sein Puls begann zu rasen wie der eines der Rennpferde, auf die sein Vater so gern setzte …

»Was ist los, Ray?« Ida stapfte auf das Klavier zu. »Was zum Teufel ist hier los?«

Er nahm die Kopfhörer ab, legte sie auf das Klavier und sprang rasch vom Hocker, damit er ihr in aufrechter Haltung begegnen konnte. Ida sah nicht nur wütend aus, sondern beinahe aggressiv – ihre Augen glänzten fiebrig, ihr Haar war zerzaust und der Strickpullover viel zu weit für ihre schmale Figur. Ihr Anblick beunruhigte ihn.

»Hey, Ida, was machst du hier?« Er schluckte und versuchte, sich nicht zu bewegen. Er musste ruhig bleiben, cool und beherrscht.

Sie streckte den Arm aus und versetzte ihm einen harten Schlag gegen die Schulter. »Was soll diese verdammte Frage? Was soll ich deiner Meinung nach sonst tun? Wo sollte ich denn sonst sein, nachdem du mir das angetan hast?«

»Leyland, können wir einen Kaffee bekommen?«, rief Ray. In diesem Moment stürmte ein Sicherheitsbeamter durch die Tür; er sah aus, als würde er einen Eindringling verfolgen, und Ray winkte ihn rasch zurück, bevor Ida ihn bemerkte. Ida kam mit Autoritätspersonen nicht gut zurecht. Und in einem solchen Zustand schon gar nicht.

»Kaffee?«, brauste Ida auf. »Glaubst du etwa, du kannst

mich mit einem Kaffee abspeisen? Oder mit Macarons und dieser Zicke Deborah? Die konnte ich noch nie ausstehen – ich traue ihr nicht über den Weg. Habe ich nie. Sie hört mir nicht zu. Niemand hört mir jemals zu!«

»Hey, Ida, schon gut«, beschwichtigte Ray sie. »Beruhige dich.« Früher hätte er sie nun in den Arm genommen oder ihr die Hände auf die Schultern gelegt und versucht, sie dazu zu bringen, sich auf ihn zu konzentrieren, in seine Augen zu schauen und tief durchzuatmen. Aber das sollte er nicht mehr tun. Er *konnte* es nicht mehr tun. Stattdessen hob er die Hände und streckte ihr die Handflächen entgegen, als würde er ein zweifaches High Five erwarten. Aber das tat er nicht. Er rechnete mit etwas viel Schlimmerem.

»Sag mir nicht, dass ich mich beruhigen soll! Wie konntest du nur? Wie konntest du das tun?«

»Wollen wir uns nicht setzen?« Er schaute sich nach einer möglichst unverfänglichen Sitzgelegenheit um. Der riesige Weihnachtsbaum nahm einen Großteil des kleineren der drei Studioräume ein, und die funkelnden weißen Eiszapfen, die daran befestigt waren, sahen spitz und scharf aus. Plötzlich tauchte eine Erinnerung an eine große Glasscherbe in seinen Gedanken auf.

Es gab keine Stühle im Raum, nur ein paar Hocker. Einer stand hinter dem Schlagzeug und zwei weitere auf dem großen orientalischen Teppich hinter den Mikrofonen.

»Wer ist sie?«, kreischte Ida. »Wer ist diese Frau, mit der du zusammen bist?« Am ganzen Körper zitternd wühlte sie mit beiden Händen in ihrer großen Schultertasche.

Rays Herzschlag beschleunigte sich. Worüber sprach Ida? Plötzlich streckte sie wieder den Arm aus und hielt ihm ihr Telefon vor die Nase. Auf dem Display erschien ein Foto, auf dem er mit Emily am Klavier im Clean Martini zu sehen war. Das Publikum war aufgestanden und applaudierte, und sie saßen im Scheinwerferlicht eng nebeneinander auf dem Klavierhocker. Er erinnerte sich noch genau daran, wie er sich in diesem Moment gefühlt hatte. Ihm war heiß gewesen. Und Stolz hatte ihn erfüllt. Stolz auf die wunderschöne Emily. Rasch sammelte er sich und lächelte Ida an.

»Bist du deshalb so aufgebracht?«, fragte er. »Wegen eines Fotos, das mich mit jemandem aus dem Publikum zeigt?« Woher hatte sie dieses Foto überhaupt? War es irgendwo in der Presse aufgetaucht? Oder war Ida an diesem Abend dort gewesen? Nein, das glaubte er nicht. Dann hätte sie ihm mit Sicherheit dort eine Szene gemacht – so, wie sie es jetzt hier tat.

»Jemand aus dem Publikum?« Glücklicherweise hatte Ida ihre Stimme gesenkt und klang nicht mehr ganz so verstört. Offensichtlich reagierte er richtig, also sollte er so weitermachen.

»Ja, Ida, ich habe dort gearbeitet, erinnerst du dich? Man hat mich gebeten, ein Weihnachtslied zu spielen. Dieses Mädchen ... diese Frau hat sich mir einfach aufgedrängt«, fuhr er fort. »Ich glaube, sie ist die Tochter des Besitzers oder so. Wir haben ein Lied gemeinsam vorgetragen, es kam gut an, und das war's ...«

»Das war's«, wiederholte Ida. Ihre Schultern fielen nach vorn, ihr Zorn verflog, und vor seinen Augen verschwand diese gefährliche, schreckliche Tobsucht. Aber er wusste aus Erfahrung, dass sich das in Sekundenschnelle wieder ändern konnte.

»Wer hat das Foto gemacht?«, fragte Ray, während Ida ihr Handy sinken ließ.

»Ich ... niemand ...« Sie hielt inne und starrte ihn an. »Du kennst sie also nicht? Diese Frau ist dir nicht bekannt?«

Ray schüttelte den Kopf. »Nein, Ida. Ich weiß nicht einmal, wie sie heißt.« Was sagte er da? Was würde wohl geschehen, wenn er ihr jetzt zu viele falsche Details gab und sie später die Wahrheit herausfand?

»Hast du über das, was ich gesagt habe, nachgedacht?« Idas Stimme klang jetzt freundlich und beinahe ganz ruhig. Sie streckte die Hände aus, fuhr über seine Hemdsärmel und umfasste die Muskeln an seinen Oberarmen, während sie sich näher an ihn heranschob. Ida mochte zierlich sein, aber sie hatte durchaus Kraft.

»Ida.« Ray trat zurück und brachte etwas Abstand zwischen sie beide. Er musste jetzt seine Meinung klar und deutlich zum Ausdruck bringen. »Das funktioniert nicht, Ida, wir haben es doch schon versucht. Und es hat nicht geklappt. Du weißt, dass ich das nicht mehr tun kann. Und du weißt auch, warum nicht.« Er musste hart bleiben. Entschieden sprechen, aber nicht wütend oder barsch werden. Einfach die Fakten nennen, damit sie begriff – noch einmal –, dass es kein Zurück gab.

»Ich habe mir gedacht, dass du das sagen wirst, Ray, aber in der Vergangenheit konnten wir doch schon einige Probleme lösen, richtig? Das weißt du doch. Und dann war alles gut, oder? So kann es doch wieder werden, da bin ich mir sicher.« Sie kam näher und sah plötzlich wieder so aus wie damals, als er sie kennengelernt hatte. Aber er ließ sich nicht mehr täuschen. Schon lange nicht mehr. Wie wäre das auch möglich?

»Ida, ich muss jetzt weiterarbeiten«, erklärte er und breitete die Arme aus – sowohl, um sie abzulenken, als auch, um sie auf die Umgebung aufmerksam zu machen. Auf das Studio, das große, schwarz glänzende Klavier, die anderen Instrumente und die kleine Gruppe der Leute, die sie durch die Glasscheibe beobachteten.

»Du nimmst neue Songs auf.« Ida wirbelte herum, als würde sie tanzen.

Ray beobachtete sie beunruhigt. Er hatte sie zwar vor dem Presserummel schon eine Weile nicht mehr gesehen, aber sie wirkte so manisch wie damals. Vielleicht müsste er mehr für sie tun, aber das war sehr schwer. Und er wollte auf keinen Fall, dass sie noch einmal von ihm abhängig wurde.

»Ich war immer deine Muse, richtig?«, sagte Ida lachend und tanzte über den Holzboden. »Das könnte ich wieder sein. Ich würde bei dir sitzen, mich ganz ruhig verhalten, zuhören und dir Inspirationen für neue Songs geben, die alle toll finden werden.« Sie lächelte breit, unnatürlich. »Sie könnten von uns handeln.«

»Ida, hast du in letzter Zeit mit deiner Mutter gesprochen?« Er musste sie danach fragen, obwohl er wusste, dass er sich damit auf ein heikles Terrain vorwagte. Doch er war nicht für Ida verantwortlich. Ihre Mutter sollte sich einschalten. Ihm war bewusst, dass Victoria möglicherweise das Ausmaß von Idas Problemen nicht einschätzen konnte, aber es war an der Zeit, dass sie sich damit befasste.

Ida schenkte ihm sofort ihre Aufmerksamkeit. Die Freude in ihrem Gesicht verschwand, und sie schaute ihn unglücklich an. »Warum fragst du mich das? Warum sollte ich mit *dieser Frau* sprechen? Sie ist weit, weit weg in Leeds und führt dort ihr perfektes kleines Vorstadtleben ohne mich. Weißt du das nicht mehr? Hörst *du* mir jetzt auch nicht mehr zu? So wie all die anderen?« Sie biss sich so heftig auf die Unterlippe, dass ihre Zähne sich in das Fleisch bohrten.

»Warum rufst du sie nicht mal an?«, schlug Ray betont beiläufig vor. Er ging einen langen Schritt nach rechts zur Seite, beinahe wie ein Hütehund, und versuchte, Ida dadurch Richtung Tür zu bewegen.

»Warum rufst du sie nicht mal an?«, äffte Ida ihn nach, und ihr Gesicht verzog sich wieder. Eine weitere Maske. Eine, die er schon oft gesehen hatte.

»Ida, bitte«, sagte Ray. »Du brauchst jemanden. Du brauchst …« Das Wort »Hilfe« lag ihm auf der Zunge, aber er wusste, dass es in dieser Situation das Falsche bewirken würde.

»Ich brauche *dich*, Ray. Ich habe immer nur dich gebraucht.« Sie ging rasch auf ihn zu und breitete die Arme aus. Einen Moment lang sah sie wieder schwach und hilflos aus. Er wollte nicht, dass sie ein solches Leben führen musste – er wollte, dass sie glücklich war. Richtig glücklich. Aber er konnte das nicht für sie bewerkstelligen. Denn diese Stufe hatte Ida noch nicht erreicht. Sie musste zuerst akzeptieren, was vorausgegangen war. Dass sie nun im Studio aufgetaucht war und ihm das Foto von ihm und Emily aus dem Clean Martini vor die Nase gehalten hatte, deutete nicht darauf hin, dass sie auch nur das Geringste verstanden hatte.

»Ida, du musst jetzt gehen«, sagte Ray so freundlich, wie er nur konnte. Er hob leicht den Kopf und schaute den Mann vom Sicherheitsdienst an, der durch die schmale Glasscheibe in der Tür hineinspähte. »Meine Studiozeit für heute ist fast schon aufgebraucht, du weißt ja, dass ich sowieso meistens überziehe, und …«

Ray sah es nicht kommen. Bevor er noch ein weiteres Wort sagen konnte, bevor er die Möglichkeit hatte, noch einen weiteren Gedanken zu formulieren oder einen weiteren Schritt zu gehen, schlug Ida ihm mit der Faust direkt auf sein Kinn. Der Schmerz setzte sofort ein, doch er reagierte nicht, sondern blieb einfach an Ort und Stelle stehen. Ihre dunklen Augen funkelten wütend, und dann, im Bruchteil einer Sekunde, drückten sie plötzlich Bedauern, Schmerz und Traurigkeit aus.

Der Sicherheitsmann war bereits zur Tür hereingekommen, und Ray wusste, dass er im Augenblick nichts mehr tun konnte.

»Ray, ich … ich wollte das nicht. Ich weiß nicht, warum ich das getan habe. Das verstehst du doch, oder? Es ist alles gut. Alles okay. Alles wird wieder gut, richtig? Richtig, Ray?«

Der Wachmann packte Ida am Arm. Sie versuchte verzweifelt, sich loszureißen, und ruderte mit den Armen, so wie der verängstigte, verletzte Vogel auf ihrem Bild mit den Flügeln schlug. Ray wollte den Mann bitten, behutsam mit ihr umzugehen, doch er brachte es nicht fertig, Zuneigung für sie zu zeigen. Nicht jetzt. Es war alles viel zu spät …

»Ray! Lass es nicht zu, dass sie mich wegbringen!«, rief Ida, als sie in Richtung Ausgang geschoben wurde. »Ray, ich liebe dich! Ich liebe dich immer noch! Selbst nach allem, was passiert ist, liebe ich dich immer noch, Ray! Ray, du weißt doch, dass ich dich liebe! Das weißt du doch, Ray?«

Er schloss die Augen und legte die Fingerspitzen an sein schmerzendes Kinn; er konnte den Anblick nicht länger ertragen. In seinen Gedanken befand er sich plötzlich in der Vergangenheit, an einem dunklen Ort, und hatte Angst, nie wieder von dort entkommen zu können …

»Alles in Ordnung, Ray?«, fragte Leyland an der Tür.

Er öffnete die Augen und atmete so tief ein, dass sich seine Kehle zusammenzog. »Ja«, erwiderte er heiser.

»Hör zu, Ray, wir haben alle gesehen, was hier gerade passiert ist.«

»Nichts ist passiert«, erwiderte Ray rasch.

»Sie ist die Frau aus den Medien, richtig?«, fragte Leyland. »Diejenige, die ständig mit der Presse spricht.«

»Ley, hör mir zu«, bat Ray. »Hier ist nichts passiert, okay? Belassen wir es einfach dabei. In Ordnung?«

»Aber …«

»Lass uns eine Kaffeepause machen«, schlug Ray vor. »Ich hole uns einen.«

»Das kann Sam erledigen«, meinte Leyland. »Setz dich hin. Wir können uns die Aufnahmen anhören und …«

Ray war jedoch schon dabei, sich seine Jacke überzustreifen. Er brauchte jetzt dringend ein wenig frische Luft.

KAPITEL
ACHTUNDVIERZIG

Crowland Terrace, Canonbury, Islington

Emily schlug kraftvoll auf das Glockenspiel und schloss die Augen. Sie saß mit Mantel und Mütze auf der Dachterrasse unter einem der Heizstrahler und genoss gleichzeitig die starke Wintersonne, die die Umgebung erwärmte. War das der richtige Ton? Sie schaltete Spotify an und lauschte noch einmal dem Refrain von »Last Christmas« von Wham!. Allan und Jonah hatten vorhin bei ihrem Spaziergang im Hyde Park diesen Song für ihre Weihnachtsfeier vorgeschlagen. Wie aus einem Mund hatten sie gleichzeitig denselben Song genannt und dabei einen innigen Blick der Verbundenheit getauscht, der Emily ans Herz gegangen war. Sie war sehr glücklich, dass ihr bester Freund einen Partner gefunden hatte, mit dem ihn so viel verband. Doch dieser Moment hatte auch dafür gesorgt, dass sie direkt nach dem Treffen mit dem verliebten Paar zu einer ihrer Lieblingsboutiquen gelaufen war.

Das bernsteinfarbene Kleid im Schaufenster hatte sie förmlich angelacht. Es war an einer Schaufensterpuppe in vorderster Reihe ausgestellt, und der leichte, hauchdünne Stoff, der für die derzeitigen Temperaturen in London höchst ungeeignet war, hatte sie an Rays Augenfarbe erinnert. Bevor sie Zeit fand, über die Bedeutung dahinter nachzudenken, stand sie bereits auf den Stufen vor dem Eingang und schob die Tür auf. Das Kleid war knielang, im schrägen

Fadenlauf geschnitten und sah so aus, als wäre es nur für sie entworfen worden. Sie hatte sich vor dem Spiegel hin und her gedreht und sich wie eine Prinzessin gefühlt. Es war genau ihr Stil – nicht zu aufwendig, einfach geschnitten, aber von purer, unaufdringlicher Eleganz.

Sie schlug noch einmal auf das Glockenspiel und zuckte zusammen. Das hörte sich nicht richtig an. Würden ihre Kinder damit spielen können? Hoffentlich bewiesen sie an diesem Instrument mehr Talent als sie.

»Was tust du da? Willst du die Tauben verscheuchen?«

Emily griff sich an die Brust und bohrte sich dabei den Schlägel in ihrer Hand in die Haut. »Meine Güte, Ray, ich habe dich nicht kommen hören.«

»Das habe ich bemerkt«, erwiderte er. »Du hast Krach gemacht.«

»Musik«, verbesserte Emily ihn. »Mach dich bitte nicht wie meine Mutter über meine Fähigkeiten lustig.«

»Entschuldige bitte«, sagte Ray. »Du hast natürlich recht.« Er setzte sich neben sie, und sofort befand sie sich in Gedanken wieder beim Abend zuvor, fühlte die etwas intimere Stimmung und dachte an die Umarmung auf dem Fußboden …

»Woran arbeitest du?«, fragte er und hob das Blatt Papier hoch, auf dem sie sich Notizen machte. »›Last Christmas‹?«

»Das war Jonahs und Allans Idee, und ich finde sie gut. Die Kinder kennen diesen Song auf jeden Fall. Ich versuche gerade, mir einen neuen Text und ein paar Noten für das Glockenspiel einfallen zu lassen.«

»Was hast du denn schon?« Ray schaute auf ihre Aufzeichnungen.

»Bisher nur ein paar Zeilen«, antwortete Emily.

»Sing sie mir vor«, forderte Ray sie auf.

»Oh … na ja … ich …« Warum zögerte sie schon wieder? Vielleicht deshalb, weil sie zwar schon sehr häufig mit ihm gesungen hatte, allerdings nur Songs mit seinen Texten. Und nach dem Kuss, der aus dem Finale eines Fernsehfilms hätte stammen können, überhaupt nicht mehr …

Ray hob ihr Handy hoch und scrollte auf der App zum Anfang des Songs. Die ersten Töne erklangen, und Emily räusperte sich und fing dann zu singen an.

»Der Weihnachtsabend ist schön gewesen, am Feiertag habe ich ein Buch gelesen.«

Emily unterbrach sich lächelnd, und ihre Wangen röteten sich. »Mehr habe ich noch nicht.«

»Okay.«

»Ach, es ist dummes Zeug, oder? Ich meine, es soll eigentlich etwas bedeuten, aber das tut es nicht, und ich habe keine Ahnung, wie es danach weitergehen soll. Außerdem muss laut Susan mindestens dreimal ›Gott‹ erwähnt werden, also habe ich versucht, von ›Buch‹ auf ›Bibel‹ zu kommen, aber dafür finde ich keinen Reim. Und es passt auch nicht in den Song.« Emily stöhnte entnervt und stützte den Kopf in die Hände.

»Also mehr Zeilen über Gott.« Ray nickte.

»Und mehr Bedeutung. Und sehr lustig muss es sein. Aber nicht anstößig. Meine Kinder sollen wissen, wovon sie singen … Ein paar Witze, die eher die Eltern verstehen, sind aber auch in Ordnung. Das habe ich im Drehbuch auch so gemacht.« Das Stück war mittlerweile fast fertig. Sie hatte eine moderne Version der Weihnachtsgeschichte geschrieben und dabei einige der Vorschläge ihrer Sechstklässler eingebaut. Nur was sie mit Rashid und Frema tun sollte, war ihr noch nicht klar. Sie wollte niemanden vor den Kopf stoßen, und das war in dieser Zeit eine fast unlösbare Aufgabe.

Frema hatte vorgeschlagen, ein zweigeteiltes Kostüm zu tragen – auf der einen Seite wollte sie den jüdischen Glauben repräsentieren, und sich auf der anderen als Christin darstellen. Begeistert von ihrem Sieg bei dem »Was Weihnachten für mich bedeutet«-Wettbewerb hatte sie sich von einer Seite auf die andere gedreht und dabei zuerst Hebräisch gesprochen und sich dann übergangslos in eine Pfarrerin verwandelt.

»Okay«, sagte Ray und scrollte wieder auf ihrem Handy. Als das Intro begann, fing er zu singen an.

»Am Weihnachtsabend hast du mir Myrrhe geschenkt, doch am Feiertag hast du mich gekränkt.« Er tippte sich mit den Fingern gegen die Stirn, während die Musik weiterlief. »Doch dieses Jahr sollst du kein Herz brechen, das möchte ich Jesus versprechen.«

Emily blieb der Mund offen stehen. »Wie machst du das? Ganz ehrlich? Ich habe über eine Stunde lang gegrübelt, und alles, was mir eingefallen ist, waren die Wörter ›gewesen‹ und ›gelesen‹.«

Ray lächelte. »Soll ich dir die Zeilen aufschreiben?«

»Ja!« Emily reichte ihm einen Stift. »Ja, bitte.«

Die Musik spielte weiter. George Michaels schmachtende Stimme und das Klingen der Glöckchen beschworen das Bild von einer Schlittenfahrt im Schnee herauf. Emily konnte sich gut vorstellen, mit Ray unter einer flauschigen Decke zu sitzen und über den Schnee zu gleiten, während seine Lippen … Sie schüttelte rasch den Kopf. »Wie war dein Studiotermin?«

»Gut.« Ray nickte. »Wir haben zwei komplette Songs geschafft. Das Album nimmt allmählich Gestalt an.«

*

Ray versuchte, sich auf das Aufschreiben des Textes zu konzentrieren, den er sich soeben für den Weihnachtssong hatte einfallen lassen. Er würde Emily nicht erzählen, dass Ida im Studio in die Aufnahme geplatzt war und ihn so sehr aus der Fassung gebracht hatte, dass er nicht mehr hatte weitermachen können. Nach dieser Unterbrechung hatte er drei Tassen stark gesüßten Kaffee getrunken, aber seine Stimmung war im Keller und sein Hals schmerzte beim Singen, auch wenn er versuchte, sich zu entspannen. Dr. Crichtons Warnungen hatten ihm in den Ohren geklungen. Er brauchte dringend ein heißes Bad mit viel Wasserdampf zur Behandlung.

»Hör zu, Ray …«, begann Emily.

Er wusste genau, was sie nun sagen würde. Sie würde versuchen, mit ihm über den gestrigen Abend zu reden. Und damit würde sich das einzig Gute, was ihm in seinem Leben derzeit passierte, in Luft auflösen wie der Rauch, der aus den von hier aus zu sehenden Schornsteinen in der Stadt nach oben stieg.

»Wie war dein Tag mit Jonah und Allan?«, unterbrach er sie. Er wollte es nicht hören. Noch nicht. Viel lieber wollte er Emilys süßer Stimme lauschen und zuhören, wie sie ihm von etwas berichtete, was schöner war als ein Streit in einem Tonstudio.

»Sehr nett«, erwiderte Emily lächelnd. »Das Winter Wonderland im Hyde Park ist immer wieder großartig. Jedes Jahr, wenn wir dorthin gehen, glauben wir, bereits alles gesehen zu haben, doch dann entdecken wir immer wieder etwas, das uns überrascht oder zum Lachen bringt.« Ihr Lächeln wurde breiter. »Der Höhepunkt dieses Jahr war der, als Allen auf der Riesenrutsche stecken geblieben ist. Irgendwie ist er mit seiner Jeans an den Holzplanken hängen geblieben und nicht mehr um die nächste Kurve gekommen. Er hat geschrien: ›Notruf! Funktionsausfall meiner Jeans!‹«

Ray lachte. »Hätte er nicht einfach ›Hilfe‹ rufen können?« Da war dieses Wort wieder.

»Du hast Allan doch kennengelernt«, meinte Emily.

»Richtig«, antwortete Ray. »Ich habe ihn kennengelernt und kann mir sehr gut vorstellen, wie er ›Funktionsausfall meiner Jeans‹ ruft.«

Der Song auf Emilys Handy war vorüber, und eine Nummer von Bing Crosby ertönte, wodurch sich sofort die Stimmung veränderte. Ray befürchtete, dass Emily die Gelegenheit ergreifen und ihm sagen würde, dass der Vorfall gestern Abend ein großer Fehler gewesen sei und dass sie noch nie in ihrem ganzen Leben etwas so sehr bereut habe.

»Hör zu«, sagte er rasch und drehte sich auf seinem Holzstuhl so, dass er ihr ins Gesicht schauen konnte. »Hast du …« Er hielt kurz inne, bevor er fortfuhr. »Hast du heute Abend schon was vor?«

»Na ja«, erwiderte Emily. »Ich habe nicht vor auszugehen, falls du das meinst. Ich wollte an dem Song weiterarbeiten, aber …« Sie schlug die Hände vors Gesicht. »Oh, entschuldige, du möchtest sicher die Wohnung für dich haben. Um jemanden einzuladen. Das ist in Ordnung. Kein Problem! Ich kann selbstverständlich ausgehen. Jonah muss arbeiten, aber Allan freut sich bestimmt, wenn ich mir mit ihm ein paar Wiederholungen von *Vera* anschaue.«

»Darum geht es nicht«, erklärte Ray. »Ich möchte niemanden einladen.« Er holte tief Luft. »Ich dachte, dass ich dich vielleicht … ausführen könnte.« Meine Güte, sein Herz schlug schneller und lauter, als jeder Schlagzeuger, den er kannte, seine Trommeln bearbeitete.

»Oh, ich verstehe.«

»Ich weiß, dass du wahrscheinlich den Vorfall von gestern Abend für einen großen Fehler hältst. Warum solltest du auch nicht so darüber denken?« Er seufzte. Hatte er auch nur die geringste Chance bei ihr? »Und ich weiß auch, dass mich deine Freunde, deine Eltern und vor allem Jaydens Dad nicht besonders leiden können, aber ich … ich mag dich sehr, Emily, und ich verbringe gern Zeit mit dir. Und ich spüre eine Verbindung zu dir, die ich bei keinem anderen Menschen zuvor gespürt habe, und …«

»Ich würde sehr gern mit dir ausgehen«, erwiderte Emily.

Ray fühlte sich, als hätte ein Arzt ihm eine Klemme abgenommen, die seinen Blutfluss gestaut hatte. Plötzlich strömte Wärme durch seinen ganzen Körper, und alles in seinem Inneren schien zu tanzen. »Du würdest …? Wow, ich … Das habe ich wirklich nicht erwartet.«

Emily lachte. »Aber du hast trotzdem gefragt.«

Ray zuckte mit den Schultern. »Ich habe mir gedacht, wer nichts zu verlieren hat, kann nur gewinnen.«

»Nun«, begann Emily. »Vielleicht überrascht es dich, aber ich hatte nicht vor, dir zu sagen, dass ich das alles für einen großen Fehler halte.«

»Nein?«

»Nein. Ich wollte sagen, dass ich mir nicht ganz sicher bin und meine Gefühle nicht so richtig einschätzen kann. Aber eines weiß ich: Das Leben ist ein bisschen schöner geworden, seit du hier eingezogen bist.«

»Tatsächlich?« Ray ließ den Blick über ihre hübschen zarten Gesichtszüge gleiten, über ihren Pony, der ihr in die Stirn fiel, und ihre Wangen, die sich unter dem Heizstrahler gerötet hatten.

»Im Apartment ist es jetzt wieder gemütlich«, erklärte Emily. »Und das liegt nicht nur an der funktionierenden

Heizung«, fügte sie rasch hinzu und lachte ein wenig nervös. »Ich meine damit, dass es schön ist, wieder jemanden zu haben, mit dem man Dinge teilen kann.«

»Ja«, stimmte Ray ihr zu. »Das gefällt mir auch.«

»Also«, sagte Emily mit leuchtenden Augen, »wohin gehen wir heute Abend?«

»Ah, warte mal ab.«

KAPITEL
NEUNUNDVIERZIG

Leadenhall Market

Emily musste ehrlich zugeben, dass es sich ein wenig seltsam anfühlte. *Sie hatte ein Date.* Und es ging nicht darum, dass zwei gute Freunde einen Abend miteinander verbrachten, weil sie nichts Besseres vorhatten. Zwei Menschen hatten ein Date. Sie wussten vielleicht noch nicht genau darüber Bescheid, was sie fühlten, aber es waren Gefühle im Spiel. Und die waren definitiv nicht platonischer Natur ...

»Wow!«, rief Emily, als sie vor dem Eingang zum Leadenhall Market stehen blieben. Das Kopfsteinpflaster auf der Straße und die gesamte Umgebung erinnerten an das viktorianische Zeitalter. Am anderen Ende der altmodischen Arkade ragte ein riesiger Weihnachtsbaum empor, dessen obere Zweige das mit Ornamenten verzierte Glasdach berührten. »Das Pub, in dem wir gerade waren, hätte gut in Harry Potters Winkelgasse gepasst, aber das hier ...«

»Ah.« Ray stand so nah neben ihr, dass sie seinen warmen Atem spüren konnte. »Hier wurden tatsächlich einige Szenen für einen der Harry-Potter-Filme gedreht.«

»Nein!«, rief Emily. »Wirklich?«

»Wirklich«, bestätigte Ray.

Sie betrachtete die rot- und goldfarbenen Schilder der Geschäfte und Restaurants, die alle aus demselben Zeitalter wie die Umgebung zu stammen schienen. Altertümliche Säulen, eiserne Laternen, kunstvolle Schnitzarbeiten – es war, als würde man einen Schritt in die Vergangenheit machen. So wie bereits vorher in dem Pub. Sie waren eine schmale dunkle Gasse entlanggegangen, und Emily hatte sich gefragt, wohin um alles in der Welt sie sie wohl führen würde, bis sie vor einem Haus stehen geblieben waren, das gut auf eine sturmumtoste Klippe in Cornwall gepasst hätte. Die Wände waren mit dunklem Holz vertäfelt, es gab etliche geheimnisvolle Ecken, und das Ale wurde aus Holzfässern gezapft.

»Hier war ich noch nie«, stellte Emily fest. »Es ist wunderschön – wie in einer anderen Welt.« Sie wollte auf das Kopfsteinpflaster treten und sich alle Einzelheiten genau anschauen. Alles war so aufwendig und detailliert gestaltet wie in einem Erlebnismuseum. Und wer hätte all das hier im Herzen von Londons Finanzviertel vermutet?

»Willst du wissen, wo wir essen werden?«

Es war schwer, sich vorzustellen, dass Ray sie an einen noch schöneren Ort bringen konnte. Ihr hätte ein weiterer Drink genügt, inmitten dieser Kulisse, an frischer Luft und trotzdem überdacht, unter einem der Heizstrahler, die einen roten Schein auf die Gäste warfen, während sie an ihrem Wein nippten und an Oliven knabberten.

»Ich …«, begann sie.

»Gleich dort drüben.« Ray deutete auf ein Lokal, das nur ein paar Schritte entfernt lag.

Emily warf einen Blick auf das Schild und lächelte strahlend. »Käse! Wir werden Käse essen!«

Ray lachte und nickte. »Ja, es gibt Käse. Ist das in Ordnung? Ich habe eine Verkostung für uns gebucht. Wir werden zehn verschiedene Käsesorten probieren. Du kannst dir die Sorten aussuchen, und ich glaube, es läuft ein bisschen anders als bei einer Weinprobe. Was man kostet, darf man auch essen – man steckt es nicht nur in den Mund, um es hinterher wieder auszuspucken.«

»Ich habe noch nie Käse wieder ausgespuckt, ganz egal, was man mir gesagt hat«, erklärte Emily.

»Gut zu wissen«, erwiderte Ray. »Komm, wir suchen uns einen Platz.«

Emily griff nach seiner Hand und hielt sie fest. Es fühlte sich gut an, seine langen Finger und seine großen, starken Handflächen zu berühren. »Ray, das ist so … Ich kann es kaum erwarten.«

*

Sie hatten einen Tisch vor dem Cheese at Leadenhall bekommen, der nicht direkt am äußeren Rand lag, wo jeder – einschließlich Fans und Paparazzi – sie sehen konnte, sondern in einer Ecke. Von dort aus hatten sie einen guten Blick auf die Fläche vor der Arkade. Obwohl sie ein wenig abgelegen saßen, konnten sie das Treiben beobachten und den gewaltigen, traditionell geschmückten Christbaum bestaunen. Und dann wurde der Käse gebracht. Man hatte ihn hübsch auf einer schwarzen Schiefertafel angerichtet, und die Kellnerin informierte sie über die internationalen Sorten. Darüber hinaus hatten sie eine Liste mit den von ihnen ausgewählten Proben erhalten. Doch Rays Faszination hatte nichts mit dem Käse zu tun. Emily hatte ihren Mantel ausgezogen und das schönste Kleid enthüllt, das Ray jemals gesehen hatte. Er war kein Experte, wenn es um Klamotten ging, aber die Farbe brachte ihre Haut zum Leuchten und ihre Augen zum Funkeln. Es war nicht so eng geschnitten, dass es ihre Kurven hervorhob, aber in seiner Schlichtheit betonte es ihre Schönheit. Es zeigte zu hundert Prozent die Emily Parker, die ihn so sehr verzauberte.

»Du solltest ein Glas Wein trinken«, meinte Emily und nippte an ihrem Tonic Water.

»Warum?«, fragte Ray.

»Weil Rotwein hervorragend zu Käse passt.« Emily seufzte ein wenig traurig.

»Nun, ich habe gehört, dass für einen echten Käseliebhaber nur noch mehr Käse zum Käse passt.«

Emily lachte und schenkte ihm ein Lächeln.

»Was?«, fragte Ray und freute sich insgeheim darüber, dass sie sich so wohlfühlte.

»Danke«, erwiderte sie. »Für deine Solidarität. Ich möchte aber nicht, dass du dich gezwungen fühlst, ganz auf Alkohol zu verzichten, nur weil ich das tue.«

»So empfinde ich das nicht«, erklärte er. »Wirklich nicht.« Er senkte die Stimme zu einem Flüstern. »Verrat es niemandem, aber ich versuche im Moment herauszufinden, wie es so ist, ohne Rauschmittel auszukommen. Außerdem schädigt zu viel Alkohol nicht nur die Leber, sondern kann auch die Geschmacksknospen zerstören. Hast du das gewusst?«

»Meine Güte!«, rief Emily. »Nein, das wusste ich nicht. Wie schrecklich!« Sie beugte sich erwartungsvoll auf ihrem Stuhl vor. »Können wir jetzt mit der Käseprobe beginnen?«

Ray lachte über ihre Begeisterung und beobachtete, wie sie ein kleines Stück von der ersten Portion abschnitt. Laut der Liste handelte es sich um Bath Soft Cheese. Sie schob sich den Happen in den Mund und schloss die Augen.

»Gütiger Himmel!« Emily kaute genüsslich. »Das schmeckt so gut! Richtig gut.«

Ray schluckte und beobachtete, wie ihre Lippen sich bewegten, während sie jede Sekunde voll auszukosten schien. Um ehrlich zu sein, wurde ihm dabei ein wenig warm …

»Du hast noch gar nicht probiert«, tadelte Emily ihn. Ihre Augen waren wieder geöffnet, und sie schaute ihn direkt an.

»Tut mir leid«, erwiderte er. »Es hat mir Spaß gemacht, dir zuzusehen.« *Wahrscheinlich ein bisschen zu sehr.* Er schnitt sich ein Stück Käse ab und schob es sich in den Mund. Wow, Emily hatte recht, es schmeckte wirklich großartig.

»Fantastisch, richtig?« Emily nahm sich noch ein Stückchen.

»Allerdings«, stimmte er ihr zu. »So weich und … cremig und so leicht auf der Zunge.«

Emily grinste. »Du bist also auch ein Käseliebhaber.«

Er schüttelte den Kopf. »Ich mag Käse, aber ich verstehe nicht viel davon, wenn ich ehrlich bin. Eigentlich esse ich meistens Cheddar.«

Emily lachte. »Davon gibt es etliche Sorten.«

»Ich meine den gelben«, erklärte Ray. »Der eignet sich gut für Sandwiches.«

Sie lächelte. »Wir hatten an Weihnachten immer eine große Auswahl an Käsesorten. Vielleicht kommt daher meine Leidenschaft für Käse.« Sie schob sich noch ein Stück in den Mund. »Ich weiß, dir liegt nicht viel an Weihnachten, aber als du klein warst und deine Mutter noch gelebt hat, wie habt ihr da gefeiert? Was genau habt ihr gemacht?«

Ray hob sein Glas mit Zitronenlimonade und trank einen Schluck. »Na ja, mein Dad hat immer bis zur letzten Minute gewartet, bevor er einen Baum gekauft hat.« Er ahmte mit heiserer Stimme einen starken Cockney-Akzent nach. »Da macht man die besten Schnäppchen, mein Sohn. Ich gehe am liebsten am späten Abend los – zu spät war es noch nie.«

Emily lachte und nippte wieder an ihrem Getränk.

»Und jedes Mal ist er mit einem Baum nach Hause gekommen, der viel zu hoch oder zu breit war, einen kahlen Stamm und zu wenig Zweige oder irgendeinen anderen Makel hatte. Aber er hat sich gefreut, dass er ihn so billig bekommen konnte, und meine Mum hat es genossen, sich darüber aufzuregen. Doch während sie geschimpft hat, lächelte sie. Sie wusste, dass sich das alles im nächsten Jahr wiederholen würde.« Seine Mum hatte an Weihnachten immer glücklich gewirkt. Vielleicht weil sein Dad freihatte und die Familie zusammen sein konnte. Außerdem fingen am ersten Weihnachtsfeiertag alle schon am Vormittag zu trinken an. Möglicherweise war sie froh, an diesem Tag einmal nichts heimlich tun zu müssen. Und möglicherweise mochte er Weihnachten jetzt deshalb nicht, weil es ohne sie – ohne die glücklichere, lächelnde Version von ihr – nicht mehr dasselbe war.

»Nun, die Parker-Familie hatte immer einen riesigen Baum«, begann Emily. »Ein Statussymbol für meine Eltern. Der Baum musste so früh wie möglich besorgt werden, damit man eine große Auswahl hatte. Außerdem war es wichtig, dass bei allen Partys im Dezember das Haus nach Kiefern und Fichten roch. Und natürlich wurde der Weihnachtsbaum großzügig geschmückt, jeweils in der angesagten Farbe.«

»Welche Farbe ist in diesem Jahr in?«, fragte Ray.

»Ich habe keine Ahnung«, erwiderte Emily. »Es interessiert mich auch nicht. Meine Dekoration stammt aus Secondhandläden oder von Märkten. Simon ...«

Sie unterbrach sich und senkte den Kopf, als müsste sie den Käse vor sich genauer betrachten. »Tut mir leid«, flüsterte sie.

»Hey.« Ray beugte sich zu ihr vor, legte einen Finger unter ihr Kinn und hob es leicht an. »Wofür entschuldigst du dich?«

»Ich will ihn nicht ständig erwähnen.«

»Simon war ein großer Teil deines Lebens, Emily. Du hast ihn geliebt. Es wäre nicht normal, wenn du nicht von ihm sprechen würdest.«

»Tatsächlich?« Emily schaute ihm in die Augen.

»Natürlich«, versicherte Ray ihr. »Wenn Menschen, die uns etwas bedeuten, von uns gehen, sind sie deshalb nicht aus der Welt.« Er seufzte. »Im Gegenteil – manche Erinnerungen werden stärker und lebendiger. Vor allem die guten«, fügte er lächelnd hinzu. »Und nun verrate mir, ob Simon auch ein so großer Käseliebhaber war wie du.«

»Ah.« Emily hob einen Finger in die Luft. »Eigentlich glich er darin eher dir. Er mochte einfachen Cheddar auf einer Scheibe Weißbrot, im Grill überbacken.«

»Das hört sich schon besser an«, meinte Ray. »Gute Wahl.«

Emily schüttelte den Kopf, aber ihre Mundwinkel zogen sich unwillkürlich nach oben. »Zwei Käsebanausen! Wie konnte das ausgerechnet mir passieren?«

»Welche Sorte kommt jetzt?«, fragte Ray. »Ich bin bereit, etwas dazuzulernen.«

»Oh.« Emily warf einen Blick auf ihre Liste. »Die Sorte nennt sich Golden Cross. Ich glaube, das ist der Käse, von dem die Kellnerin gesagt hat, dass er nach Ziegenmilch und Gras schmeckt und sogar in Asche gewälzt wurde.«

»Und ich erinnere mich daran, dass sie die Konsistenz mit der von Eiscreme verglichen hat«, sagte Ray. »Da bin ich gespannt.«

Bevor er sich eine Scheibe von dem Käse abschneiden konnte, streckte Emily den Arm aus und griff nach seiner

Hand. Ihre zarten Finger blieben darauf liegen, und er musterte sie. Ihr offenes rotbraunes Haar, das leicht auf ihre Schultern fiel, ihre blauen Augen, die ihn aufmerksam musterten …

»Danke, dass du mich hierhergebracht hast, Ray. Es ist der schönste Ort für ein erstes Date.«

Er drehte seine Hand, sodass er ihre Finger, die im Vergleich zu seinen so schmal wirkten, sanft drücken konnte. »Ist es das denn?«, fragte er. »Ein erstes Date? Für mich war der Kuss auf der Dachterrasse … nun, das hat sich schon ziemlich nach einem Date angefühlt.«

Emily lächelte. »Dann ist das hier bereits unser zweites Date. Wow. Wer weiß, vielleicht sind wir am ersten Weihnachtsfeiertag …«

»Richtig gut auf der Flöte und dem Glockenspiel«, warf er ein.

»Genau.« Emily nickte zustimmend. »Oder wir sind angeheuert worden, Songs für die nächste große Hollywood-Show zu schreiben.« Sie atmete tief durch. »Du könntest das tatsächlich tun, weil du das dafür nötige Talent hast.«

Plötzlich wurde Ray abgelenkt. Trotz des ein wenig versteckt liegenden Tisches im hinteren Teil des Außenbereichs hatte er einige Leute entdeckt, die sich in der Arkade versammelten und ihre Handys zückten. Er senkte den Kopf, obwohl ihm bewusst war, dass es dafür schon zu spät war. Glücklicherweise saß Emily mit dem Rücken zu ihnen – zumindest wurde sie nicht in sein Chaos hineingezogen. Noch nicht …

»Alles in Ordnung?«, fragte Emily leise.

»Ja.« Er zwang sich zu einem Lächeln.

»Was ist los?«, wollte Emily wissen. Sie wollte sich schon umdrehen, um seinem Blick zu folgen, doch er hielt ihre Hand fest und drückte sie.

»Nicht«, bat er sie. »Ignoriere sie einfach.« Er holte Luft. »Schau einfach weiter mich an.« Der Druck seiner Finger war sanft und beschützend. »Ich mag es, wenn du mich anschaust.«

»Sind das Reporter?«, flüsterte Emily, ohne den Blick von ihm abzuwenden.

»Noch nicht«, erwiderte er. »Nur ein paar Leute. Das ist schon in Ordnung.«

»Nein, das ist es nicht«, widersprach Emily. »Wirklich nicht.«

»Hey.« Ray strich mit dem Daumen über ihre Finger. »Wir lassen uns von niemandem unser zweites Date vermiesen, richtig?«

Sie schwieg, und er wusste, wie sie sich jetzt fühlte. Plötzlich beobachtet. Ausspioniert.

»Richtig, das wird uns niemand verderben«, bestätigte sie mit einem entschlossenen Nicken.

»Es könnte schlimmer sein«, meinte Ray. »Sie könnten neben uns stehen und mich bitten, etwas zu singen.«

Er sollte Emily von seinen Stimmproblemen erzählen, hier und jetzt. Mit ihr über seine Angst vor der Operation sprechen. Doch in einem verborgenen Winkel seiner Erinnerungen war alles, was mit Ida passiert war, noch sehr präsent. Und er wollte vor Emily nicht schwach erscheinen. Ihre Freundschaft war so unerwartet entstanden, und nun hatte sich sogar abgezeichnet, dass daraus mehr als nur Freundschaft entstehen könnte. Das war seine Chance für einen Neubeginn. Er sehnte sich so sehr danach, wieder der Mensch zu werden, der er einmal gewesen war – vor dieser Beziehung, die seine Sichtweise auf alles geändert hatte. Und Emily – die schöne, süße, starke und zielstrebige Emily – hatte bereits in ihrer Welt alle Hände voll zu tun. Er wollte sie nicht im Stich lassen. Nicht jetzt, bei ihrem zweiten Date, oder an irgendeinem anderen Tag.

»Nun, wir sollten den Käse probieren, bevor sie es tun«, meinte Emily und steckte sich ein Stück Golden Cross in den Mund. Ray beobachtete wieder, wie sie die Augen schloss und sich den Käse genussvoll auf der Zunge zergehen ließ.

»Gut?«, fragte er und konnte sich die Antwort bereits denken.

»Sehr gut«, hauchte sie. »Wie … eine süß-pikante Creme, wie ein klarer Sommerhimmel …« Sie öffnete die Augen und schnappte nach Luft, als ihr Blick auf die Arkaden und den Torbogen fiel, durch den sie gekommen waren.

»Meine Güte, Ray, schau nur!«, rief Emily aufgeregt. »Es schneit!«

Sein Blick folgte ihrem, und er sah zu, wie winzige, zarte Schneeflöckchen vom dunklen Himmel schwebten. Als er sich wieder Emily zuwandte, strahlte ihr Gesicht vor Freude, so als wäre der Wetterwechsel ein kostbares Geschenk, das die neugierigen Leute in den Hintergrund drängte und alles für sie schöner machte.

»Du magst Schnee«, sagte Ray, und das war eher eine Feststellung als eine Frage.

»Ich *liebe* Schnee«, erwiderte sie. »Können wir anschließend noch einen Spaziergang machen? Vielleicht ist der Schnee bis dahin liegen geblieben.«

Er brachte es nicht fertig, ihr zu sagen, dass es nicht danach aussah. Beim Anblick ihrer Freude wünschte er sich von Herzen, dass der Schneefall zunehmen und länger anhalten würde.

»Bestimmt«, antwortete er. »Möglicherweise reicht er sogar aus, um einen Schneemann zu bauen.«

»Wow.« Emily lächelte ihn an. »Der Mann, der Weihnachten nicht mag, würde mir helfen, einen Schneemann zu bauen?«

Er nickte, plötzlich von sentimentalen Gefühlen überwältigt. »Na klar. Ich bin sogar bereit, hier zu fragen, ob sie uns eine Karotte für die Nase geben.«

London Bridge

Tatsächlich wurde das Schneetreiben stärker, und die Flocken waren mittlerweile riesig. Doch die Chance, dass der Schnee auf dem feuchten Straßenpflaster mehr als nur eine dünne, rutschige Schicht hinterließ, war gering, außer die Wetterverhältnisse würden sich in der Nacht ändern. Ray und Emily gingen über die London Bridge und bestaunten die Lichter der festlich geschmückten Hauptstadt von England. Im weihnachtlichen Dezember blitzten überall rote, neonblaue, goldene und hellgrüne Lämpchen auf; die Stimmung war entspannt, aber auch fröhlich und voll Aufregung und Erwartung.

»London bei Nacht ist wunderschön«, erklärte Emily. Sie fröstelte leicht und schob die Hände noch tiefer in die Manteltaschen. »Es gibt keine andere Stadt wie diese.«

»Warst du schon in vielen Städten?«, wollte Ray wissen.

»In Edinburgh. Edinburgh war bezaubernd. Und in Paris. Paris war herrlich. Wir waren im Sommer dort. Eine Stadt mit einem ganz besonderen Flair. Und der Eiffelturm war noch beeindruckender als auf den Bildern im Internet. Ich habe daran gezweifelt, ob ich es bis ganz nach oben schaffe, aber es ist mir gelungen, und es war die Mühe wert.«

»Warst du mit Simon dort?«, fragte Ray.

»Nein«, erwiderte Emily. »Mit meiner Mutter. Es ist schon ein paar Jahre her. Es war als gastronomische Erlebnisreise gedacht, und als eine ihrer Freundinnen abgesagt hat, bin ich eingesprungen. Meine Mutter wollte nicht mit auf den Eiffelturm, sondern hat stattdessen an Tarte flambée geknabbert und Vin rouge getrunken. Ich hatte nicht genug Zeit, um alles zu sehen, was ich mir vorgenommen hatte.«

»Was hättest du denn gern noch gesehen?«

Emily blieb stehen, lehnte sich an die Brückenmauer und schaute auf die dunkle, schnell fließende Themse hinaus. »Alles«, erwiderte sie. »Den Arc de Triomphe. Den Louvre. Sacré-Cœur. Notre-Dame.« Sie seufzte. »Es war furchtbar zu sehen, wie die Kathedrale von Flammen zerstört wurde.«

»Ich war dort.« Ray stellte sich neben sie. »Ich habe vor Notre-Dame sogar einen Song geschrieben – auf dem Boden sitzend und von Tauben umgeben.«

»Tatsächlich?« Emily wandte sich ihm zu.

»Ja. Nach ein paar Minuten hat mich jemand für einen Straßenmusiker gehalten und mir fünf Euro zugesteckt.« Er lächelte. »Das ist wirklich wahr. Und irgendwie ironisch, denn ich habe lange Zeit in London Straßenmusik gemacht. Und es hat immer bis zum Mittag gedauert, bis ich gerade mal fünfzig Pence zusammenhatte.«

»Hat dir Notre-Dame gefallen?«, erkundigte sich Emily und rückte ein wenig näher an ihn heran.

Er nickte. »Ja, die Kathedrale ist sehr beeindruckend. Ich meine, London hat sehr viele spektakuläre Gebäude, aber als ich Notre-Dame betreten habe, habe ich sofort etwas Besonderes gespürt. Es war wie … ein spirituelles Erlebnis. Dort, wo ich herkomme, gibt es so etwas nicht. Ich bin eben ein Junge aus der New North Road …«

Emily atmete die Schneeluft ein und genoss die Flocken auf ihren Wangen und Lippen. »Warst du mit Ida in Paris?«

Sie wandte den Blick vom Fluss ab und sah ihm direkt ins

Gesicht. Ray hatte nicht sofort geantwortet, und sie fragte sich, ob sie Ida besser nicht hätte erwähnen sollen. Auch wenn er gesagt hatte, dass es ihn nicht störe, wenn sie über Simon sprach, wollte er vielleicht nicht über die Frau reden, die dafür gesorgt hatte, dass die Geschichten um ihn die Klatschspalten füllten.

»Ja«, erwiderte er schließlich. »Ida hat an einer Ausstellung teilgenommen. Es war eine große Sache für sie, denn bis dahin hatte sie noch nie außerhalb Großbritanniens ausgestellt.«

»Wow, das klingt beeindruckend. Sie ist also Künstlerin?«

»Ja.«

»Sie muss sehr gut sein, wenn sie ihre Werke in einer Stadt wie Paris ausstellen kann.«

Ray nickte. »Sie ist sehr talentiert. Aber ...« Er hielt kurz inne. »Ich weiß nicht, wie ich es sagen soll. Sie scheint oft in eine Art Selbstzerstörungswahn zu geraten, selbst wenn alles gut für sie läuft.«

Das war alles, was sie bisher über seine Exfreundin hatte herausfinden können. Emily schluckte. »Und im Augenblick läuft es nicht so gut für sie?«

»Ich weiß es nicht.« Ray schüttelte den Kopf. »Und ich will es auch gar nicht wissen.« Er atmete gequält ein. »Ich darf es nicht wissen.«

Emily drehte sich wieder zum Fluss um. Sie hätte nicht weiter nachfragen sollen. Schließlich ging sie das nichts an. Sie hatten ein zweites Date und wollten alles ganz langsam auf sich zukommen lassen – sie war viel zu neugierig.

»Tut mir leid«, entschuldigte sich Ray. »Das kam viel zu heftig rüber.« Er atmete noch einmal durch. »Ida ist ... das heißt ... es ist ... es ist kompliziert, und deshalb konnte ich auch auf ihre Geschichten in der Presse kaum reagieren.«

Er seufzte tief. »Unsere Beziehung war am Schluss nicht gerade einfach.«

Emily musterte ihn. Seine Miene wirkte, als wäre er in Gedanken weit weg. Schneeflocken fielen auf seinen Kopf, und sie hätte am liebsten den Arm gehoben, um ihm mit den Fingern durch das dunkle Haar zu fahren und dann mit der Hand die Konturen seines Kinns nachzuzeichnen.

»Vielleicht kann ich meine Erlebnisse eines Tages zu einem tollen Song verarbeiten und mich dann ganz davon befreien.« Er lächelte und war offensichtlich wieder in der Gegenwart angekommen.

»Ah, dann muss ich wohl vorsichtig sein«, meinte Emily. »Künstler lassen immer ihre Erlebnisse in Romane, Lieder oder Gedichte einfließen.«

»Nur wenn es sich um wirklich gute Dinge handelt«, erwiderte Ray. »Oder um sehr schlechte.«

»Dann sollte ich weiter bei meiner Mittelmäßigkeit bleiben. Auf diese Weise habe ich nichts zu befürchten.« Sie lächelte.

»Was?« Ray zog eine Hand aus der Tasche und griff nach ihrem Arm. »Emily, nichts an dir ist mittelmäßig. So habe ich das nicht gemeint!«

Ihr wurde plötzlich warm, ihre Wangen glühten, und sie brachte es nicht fertig, ihm in die Augen zu schauen.

»Wenn du die Wahrheit hören willst: Ich glaube, dass du schon dein Leben lang der Meinung bist, die Erwartung anderer nicht erfüllen zu können. Das liegt an der Art, wie deine Eltern dich behandeln. Sie schauen auf jeden herab, der nicht so ist wie sie. Und du bist tatsächlich ganz anders, aber glaub mir, das ist sehr gut so.« Seine Stimme wurde weich und tief. »Emily, du bist die wunderbarste, liebenswürdigste, großherzigste, aufrichtigste, ehrlichste Person, die mir jemals begegnet ist.«

Sie lachte peinlich berührt und wusste nicht, wie sie darauf reagieren sollte. Komplimente anzunehmen war ihr noch nie leichtgefallen. Und dann spürte sie Rays Finger unter ihrem Kinn. Er hob es leicht an und zwang sie dazu, den Blick von den obersten Knöpfen ihres Mantels abzuwenden und sich ganz auf ihn zu konzentrieren.

»Du bist schön, Emily«, fuhr er mit leicht heiserer Stimme fort und strich mit einem Finger sanft über die kleine Erhebung auf ihrem Kinn, die sie nicht leiden konnte. »Außen und innen. Ich verstehe immer noch nicht, wie ein Igel und eine Nacht in einem Schuppen mich zu dir geführt haben, aber ich kann mir keinen Ort vorstellen, an dem ich jetzt lieber wäre.«

Als er seine Hand auf ihre Wange legte, beschleunigte sich sein Atem, seine einzigartigen Augen blickten in ihre, und plötzlich schien die Zeit stillzustehen.

»Emily, was auch immer zwischen uns passiert, was auch immer als Nächstes geschehen wird – du sollst wissen, dass diese Zeit mit dir … nun …« Die kurze Pause schien eine Ewigkeit in der Luft zu hängen, bis er schließlich weitersprach. »Ich kann mich nicht erinnern, jemals glücklicher gewesen zu sein.« Er atmete langsam und tief ein. »Ich meine das ernst.«

»O Ray, ich empfinde genauso«, erwiderte sie, und Tränen quollen ihr aus den Augen. Sie spürte seine absolute Aufrichtigkeit an seiner Berührung und hörte sie in seinen Worten.

»Hey, keine Tränen.« Seine Lippen streiften sanft ihre Wangen, eine nach der anderen, und küssten die salzigen Tränen weg. Sie schloss die Augen und genoss die federleichte Berührung seines Munds, während er mit dem Zeigefinger ihren Pony zur Seite schob und sie musterte, als würde er sie zum ersten Mal sehen. Emily hatte keine Zweifel daran, was sie jetzt tun wollte. Sie beugte sich vor, drückte ihre Lippen auf seine und zog Ray an sich. Alle Gefühle, die sie auf der Dachterrasse empfunden hatte, kamen wie ein gewaltiger Schneesturm wieder zurück, aber es war ein Sturm, der ihr willkommen war und den sie vollkommen unter Kontrolle hatte. Ray erwiderte ihre Umarmung und schob sie, einen Arm beschützend um sie geschlungen, an die Brückenmauer. Er schmeckte nach Käse, Schneeflocken und Männlichkeit – einfach göttlich. Der Kuss war himmlisch, und Emily wünschte sich, sie könnte die Welt anhalten, diesen Abend so lange wie möglich hinausziehen und den morgigen Tag auf unbestimmte Zeit verschieben.

Schließlich löste Ray seinen Mund von ihrem, schaute ihr aber weiter in die Augen. Und Emily erwiderte seinen Blick. Er hatte gesagt, dass sie liebenswürdig, großherzig und ehrlich sei. Und schön. Sie hatte keine Angst vor dieser Verbindung, die ihr so gutzutun schien. Die Umstände mochten nicht ideal sein, aber das Leben war nun einmal nicht perfekt. Das wusste sie besser als viele andere.

»Meine Güte«, flüsterte er. »Du bist wirklich unglaublich, Emily Parker.«

»Ich weiß«, erwiderte sie, während weitere Schneeflocken vor ihren Augen tanzten. »Aber du bist auch ein ganz besonderer Mensch, Ray Stone.«

Er schlang die Arme um sie, und sein Körper fühlte sich warm, fest und sehr sexy an. Emily schmiegte sich an ihn und betrachtete die funkelnden Lichter eines Flussschiffs, das auf dem Wasser vorbeizog.

KAPITEL
EINUNDFÜNFZIG

Grundschule Stretton Park

»Hör zu, Jonah, ich muss jetzt auflegen. Die U-Bahn hatte Verspätung, in zehn Minuten geht die Schule los, und ich brauche dringend einen Kaffee, bevor ich mich mit Rashids Eltern herumärgere.« Außer Atem rückte Emily das ans Ohr gepresste Handy zurecht. Sie trug ihre neuen Vintage-Stiefel heute zum ersten Mal, was offenbar ein Fehler war. Seit sie die U-Bahn-Haltestelle hinter sich gelassen hatte, spürte sie, wie die Schuhe ihre Fersen aufrieben.

»Warte! Du kannst mich doch nicht so hängen lassen!«, rief Jonah. »Ihr habt euch also auf der London Bridge geküsst, es hat geschneit, und alles war sehr romantisch. Und dann …«

»Na ja, dann kam jemand und wollte von Ray ein Autogramm und ein Selfie haben, ich habe mich gefragt, wie lange diese Leute schon da standen, und ob sie uns bei dem Kuss beobachtet haben.«

»O Emily.« Jonah lachte leise. »Willkommen im Leben eines Promis. Ab jetzt kannst du keine ermäßigten Konserven im Supermarkt mehr kaufen. Dein Einkaufskorb wird unter ständiger Beobachtung stehen und der Inhalt wahrscheinlich bei Instagram veröffentlicht.«

»Sag doch so etwas nicht.«

»Ich will dich ja nur warnen.«

»Gut, aber ich muss jetzt Schluss machen.« Sie hastete den Pfad entlang, der zum Schulgebäude führte, und verlangsamte vorsichtig ihren Schritt, als sie sah, dass das leichte Schneetreiben vom Wochenende und die Minustemperaturen in der vergangenen Nacht eine eisige Schicht auf dem Gehsteig hinterlassen hatten.

»Warte, du hast noch nicht erzählt, wie es war, als du und Ray in die Wohnung zurückgekehrt seid.«

»Jonah, ich muss jetzt wirklich los«, erklärte Emily noch einmal.

»Emily, hast du …«

»Gütiger Himmel, Emily!« Das war Allans Stimme. »Habt ihr es getan? Wir wollen wissen, ob ihr es *getan* habt!«

»Jonah! Hast du etwa den Lautsprecher eingeschaltet? Sag mir bitte, dass du nicht im Hotel oder in Allans Büro oder an irgendeinem Ort in der Öffentlichkeit bist!«

»Sie hat es getan!«, kreischte Allan hysterisch. »Sie haben es getan!«

»Nein, haben wir nicht«, entgegnete Emily rasch. »Es geht euch zwar nichts an, aber Ray ist ein perfekter Gentleman. Wir sind nach Hause gefahren und haben an den Songs für die Schulaufführung gearbeitet. Und dann sind wir ins Bett gegangen. Allein und in getrennten Zimmern.«

»O nein!«, rief Allan. »Wie entsetzlich langweilig!«

»Nun, ich halte es für sehr vernünftig und erwachsen«, erwiderte Jonah, mehr zu Allan als zu Emily.

»Wie ich schon gesagt habe«, meinte Allan. »Langweilig!«

»Ihr beide könnt darüber diskutieren, solange ihr wollt, aber ohne mich. Ich muss jetzt in eine Besprechung.«

»Warte, Emily, warte! Ich habe dich eigentlich angerufen, weil wir wie immer Tickets für die Weihnachtsshow in der Albert Hall bekommen. Und wir wollten wissen, ob wir drei oder vier Stück besorgen sollen.«

Emily blieb stehen und dachte einen Moment lang nach. Ray mochte Weihnachten eigentlich nicht, aber diese Show hatte bei ihr immer Gänsehaut ausgelöst und sie in festliche Stimmung versetzt. »Vier«, erwiderte sie. Falls Ray nicht mitkommen wollte, dann würde sie eben Dennis fragen … oder ihre Mutter. Oder Dennis' Mutter.

»Vielleicht habt ihr es bis dahin schon getan!«, rief Allan im Hintergrund.

»Ich muss jetzt wirklich los«, erklärte Emily.

Sie beendete das Gespräch und eilte zum Schulgebäude.

»Möchten Sie wirklich keinen Kaffee oder Tee, Mr und Mrs Dar?«

Susan Clark hatte diese Frage bereits dreimal gestellt, seit die Dars in ihrem Büro eingetroffen waren. Sie hatte auch über den Schneefall gesprochen – er würde offensichtlich noch länger andauern –, über die Castingshow *The X Factor* und über die herzhafte Fleischpastete, die sie am Abend machen wollte. Emily bemerkte, dass die Dars, ebenso wie sie, dieses Treffen so schnell wie möglich hinter sich bringen wollten. Jetzt mussten sie endlich auf den Punkt kommen.

»Nein, wirklich nicht«, erwiderte Mr Dar für sich und seine Frau. »Wir verstehen nicht so ganz, aus welchem Grund wir hierherkommen sollten. Ich dachte – ich meine, wir *beide* dachten –, die Sache mit dem Alkohol aus dem Laden sei erledigt. Ich war bei dem Inhaber und habe ihm gesagt, dass Rashid von einer älteren Schülerin aus der Oberstufe dazu gezwungen wurde, und …«

»Nun«, unterbrach Emily ihn. »Ich fürchte, da steckt ein wenig mehr dahinter. Deshalb haben wir Sie gebeten, heute zu uns zu kommen.« Emily schaute zu Susan hinüber und wartete darauf, dass sie weitersprach, doch die Schulleiterin starrte nur schweigend auf den aufgeschlagenen Ordner auf ihrem Schreibtisch. Emily, die neben Mr und Mrs Dar saß, spürte plötzlich das Gewicht ihrer Blicke auf sich lasten. So war das nicht geplant gewesen. Vor der Ankunft der Dars hatte Susan darauf bestanden, die Gesprächsführung zu übernehmen. Was sollte sie jetzt tun? Schließlich hob Susan den Kopf und sah Emily aus großen, beinahe flehenden Augen an.

»Nun, es wäre hilfreich, wenn einer von Ihnen beiden uns sagen könnte, worum es geht«, meinte Ahmer.

Emily rutschte auf ihrem Stuhl ein Stück nach vorn. »Rashid hat die alkoholischen Getränke, die Süßigkeiten und weitere Waren aus dem Laden entwendet, um damit Rhiannon für die Arbeiten zu entlohnen, die sie für ihn erledigt hatte.«

»Was?« Ahmer schnappte nach Luft.

»Was meinen Sie mit ›Arbeiten‹?«, erkundigte sich Mrs Dar.

Emily sah wieder Susan an. Wollte die Schulleiterin das alles wirklich ihr überlassen? Möglicherweise war das ein Test. Um herauszufinden, ob sie als Stellvertreterin mit solchen Meetings zurechtkommen würde.

»Rhiannon hat Rashid bei den Aufgaben für die Abschlussprüfung, die Sie ihm gegeben haben, geholfen. Meiner Meinung nach waren diese anspruchsvollen Aufgaben zu schwer für ihn, aber er wollte Sie nicht enttäuschen. Deshalb hat er sich jemanden aus der elften Klasse gesucht, der die Arbeiten für ihn erledigt.«

Ahmer schnalzte missbilligend mit der Zunge, senkte dann den Kopf und schüttelte ihn, offenbar total verzweifelt. Mrs Dar rührte sich nicht, und Susan setzte lediglich eine Miene auf, die wahrscheinlich Mitgefühl ausdrücken sollte.

Tatsächlich sah sie eher so aus, als litte sie an Verdauungs-
beschwerden.

»Außer dieser Angelegenheit musste ich Rashid in letzter Zeit mehrmals wegen seines Verhaltens gegenüber seinen Mitschülern rügen. Ehrlich gesagt mache ich mir große
Sorgen um ihn«, erklärte Emily. »Ich glaube, dass er für einen Zehnjährigen unter zu großem Druck steht und dass das
einen umfassenden Einfluss auf alle Bereiche seines Lebens
nimmt.«

»Ahmer?« Mrs Dar wandte sich an ihren Mann. »Glaubst
du, das ist wahr?«

»Das kann nicht sein«, erwiderte Ahmer. »Er ist ein kluger Junge. Ich würde es bemerken, wenn er die Aufgaben
nicht selbst gemacht hätte. Und was sollen die Beschwerden
über sein Verhalten? Warum haben wir bisher noch nichts
darüber gehört?«

»Nun, ich wollte mich zuerst persönlich darum kümmern.
Selbstverständlich hätte ich Ihnen sofort Bescheid gegeben,
wenn die Lage sich verschlimmert hätte.«

»Ich habe dir gesagt, dass du ihn zu sehr antreibst«, murmelte Mrs Dar.

»*Du* willst doch, dass er Arzt wird!«, rief Ahmer aus.

Susan hob ihre Kaffeetasse hoch und trank einen Schluck.
Okay, das war eindeutig ein Test. Es war an der Zeit, dass
Emily die Dinge voranbrachte.

»Nun gut«, begann sie bestimmt. »Wir sollten positiv an
die Sache herangehen, anstatt Schuldzuweisungen auszusprechen oder darüber nachzudenken, was besser hätte laufen können.« Ihre Stimme klang ruhig, drückte aber große
Autorität aus. »Was geschehen ist, ist geschehen. Wir müssen nun zusammenarbeiten, um weiterzukommen.« Wow,
das klang wie aus dem Mund einer stellvertretenden Schul-

leiterin. Vielleicht würde sie sogar noch vor Weihnachten befördert werden …

»Und was genau schlagen Sie vor?«, fragte Ahmer. Er hatte sich auf seinem Stuhl so gedreht, dass er Emily direkt ansehen konnte. Einen Moment lang konnte sie nur daran denken, dass ihre Kinder hoffentlich den Werbespruch für Dar's Delhi Delights in der Aufführung richtig aufsagen würden. Sie schluckte. Das würden sie schon schaffen.

»Mr Dar, Rashid ist ein kluger Junge, aber er ist noch nicht so weit, um die Abschlussprüfungen zu bestehen. Er ist erst zehn Jahre alt. Und meiner Meinung nach ist das letzte Jahr der Grundschule schon schwer genug, auch ohne zusätzliche Dinge, um die man sich Sorgen machen muss. Für die Kinder ist das eine Zeit der Veränderungen. Sie wachsen heran, werden selbstständiger und versuchen, die Spielregeln zu ändern. Die Aussicht auf eine weiterführende Schule schüchtert viele ein. Sie müssen sich an andere Abläufe gewöhnen und neue Freunde finden. Ich finde, dass Sie Rashid in diesen letzten Monaten in Stretton Park dazu ermutigen sollten, andere wichtige Lektionen zu lernen – nicht für seine Schulnoten, sondern für sein Leben.«

»Welche Lektionen meinen Sie damit, Miss Parker?«, wollte Mrs Dar wissen.

»Freundlichkeit«, erwiderte Emily. »Toleranz. Akzeptanz von Unterschieden. Ich habe dreiunddreißig Kinder in meiner Klasse, und sie haben alle einen unterschiedlichen Hintergrund und gehören verschiedenen Religionen an. Einige haben alles, andere absolut nichts, aber sie alle vereint etwas: eine Chance.« Sie holte Luft. »Ich versuche immer, jedem Kind beizubringen, dass es werden kann, was es möchte. Und dabei spielt es keine Rolle, ob es mit zehn Jahren davon träumt, Arzt zu werden oder … Müllmann. In diesem

Alter sollten sie alles erforschen dürfen, was ihr Herz begehrt, aber auch lernen, die Träume der anderen zu akzeptieren. Ich habe keinen Zweifel daran, dass Sie Rashid sehr lieben und wollen, dass er glücklich ist.«

»Natürlich tun wir das«, bestätigte Mrs Dar. »Nicht wahr, Ahmer?«

»Selbstverständlich«, erwiderte Mr Dar leise.

»Dann möchte ich einen Plan mit Ihnen besprechen«, erklärte Emily. »Ich möchte Rashid nämlich zu einem unserer Stars in der Weihnachtsaufführung machen, Mr und Mrs Dar.«

*

Sobald die Dars das Büro verlassen hatten, atmete Emily tief durch. Ihre Handflächen waren feucht. Susan drehte die Heizung immer zu stark auf, und wenn sich vier Leute in dem winzigen Raum befanden, wurde es rasch so heiß wie in einer kleinen Sauna. Dazu kam noch der Stress. Es war immer unangenehm, Eltern schlechte Nachrichten über ihre Kinder zu überbringen, die sie lieber nicht hören wollten, aber wenn dann alles offen ausgesprochen war, hatten sie die Möglichkeit, etwas zu ändern. Und genau das hatte sie der Familie Dar auch gesagt.

»Ich gehe jetzt zu meiner Klasse zurück«, erklärte Emily und marschierte zur Tür. »Wir haben noch eine Menge Arbeit für die Aufführung vor uns.«

»Einen Moment noch, Emily.« Susan stand auf und ging um ihren Schreibtisch herum. »Ich möchte noch etwas mit Ihnen besprechen.«

War es nun so weit? War das der Augenblick, in dem Emily befördert werden würde? Sie war sich nicht sicher, ob sie dafür bereit war. Vielleicht würden ihr die Tränen kommen.

»Ich habe das Drehbuch für die Aufführung gelesen«, sagte Susan und lehnte ihren üppigen Körper an den Schreibtisch.

»Ja? Und wie finden Sie es?«, fragte Emily.

»Es ist ziemlich kurz.«

»Oh. Nun das liegt daran, dass wir noch nicht alle Lieder eingebaut haben. Wir arbeiten noch daran, sind aber fast fertig. Uns fehlt nur noch ein Song für die Krippenszene am Schluss. Und nach dieser atemberaubenden Szene habe ich an einen weiteren Akt gedacht, in dem wir darstellen, auf welch unterschiedliche Weise die Familien aus Stretton Park die Weihnachtsfeiertage feiern.«

»Nein«, erwiderte Susan abrupt. »Das funktioniert nicht. Ich habe Ihnen gesagt, was die Diözese will, und sie finanziert den Großteil. Gott muss noch öfter erwähnt werden.«

»Ehrlich gesagt kommt Gott ständig vor, Mrs Clark. Wir haben ein Lied über die Heiligen Drei Könige, allerdings haben wir Drei Königinnen daraus gemacht, weil keiner von den Jungs einen König spielen wollte. Wir singen ›Stille Nacht‹, was dem Bischof sehr gut gefallen hat, und …«

»Sie beginnen das Stück mit der Reise von Maria und Josef nach Bethlehem«, warf Susan ein.

»Ja, damit fängt schließlich alles an, richtig? Sie müssen wegen der Volkszählung dorthin.«

»Ich bin der Meinung, Sie sollten damit beginnen, wie der Erzengel Gabriel Maria erscheint und ihr mitteilt, dass sie den Sohn Gottes gebären wird.«

Emily wusste nicht, was sie dazu sagen sollte. Einigen Kindern war die Geschichte von Christi Geburt vollkommen fremd. Sie gab ihr Bestes, um Kompromisse zu finden, alles zu berücksichtigen und alle zufriedenzustellen. Und gleichzeitig die geforderten Werbesprüche und Rabattangebote der örtlichen Restaurants einzubauen.

»Also gut«, erwiderte sie tonlos.

Susan lächelte. »Sie wissen, dass ich großes Vertrauen in Sie setze. Absolutes Vertrauen.«

Emily zwang sich zu einem Lächeln und fragte sich, wie lange sie noch auf die ersehnte Beförderung warten musste. Es war bedauerlich, aber vielleicht sollte sie sich doch nach einer anderen Schule umschauen.

»Heute scheint wirklich ein Tag der guten Nachrichten zu sein«, meinte Susan und trat einen Schritt vom Schreibtisch weg. »Anscheinend ist Mr Jackson aus der Wohnung der Familie ausgezogen. Mrs Jackson hat eine Nachricht auf dem Anrufbeantworter hinterlassen.«

KAPITEL
ZWEIUNDFÜNFZIG

MP Free Studio, Islington

»Das hat sich großartig angehört!« Deborah reichte Ray im Chill-out-Bereich des Studios eine Tasse Kaffee. Über das Wochenende hatte jemand den Raum weihnachtlich geschmückt. Auf einem Ecktisch stand ein echter kleiner Weihnachtsbaum in einem rot-weißen Topf, und unter der Decke waren Schnüre mit angeklammerten Weihnachtskarten gespannt. Er und Deborah saßen auf dem großen Ledersofa, und Ray erholte sich von einem anstrengenden Vormittag. Seine Kehle brannte wie Feuer, und viel mehr als den Kaffee brauchte er jetzt ein paar Liter Wasser und eine Packung Lutschtabletten.

»Danke«, krächzte er. Er trank einen Schluck von dem Kaffee und schmeckte einen Hauch Zimt heraus.

»Oh, hast du Probleme mit deiner Stimme?«, fragte Deborah und sah aus, als wäre bei den BBC-Nachrichten eine Zombie-Apokalypse gemeldet worden.

Das war seine Chance, ihr von den Terminen bei Dr. Crichton und der möglicherweise bevorstehenden Operation zu erzählen … »Dein Auftritt im Ronnie Scott's steht bevor, und da musst du in Topform sein, Ray. Wahrscheinlich ist das einer der wichtigsten Auftritte in deiner Karriere«, erklärte Deborah.

Wie sollte er jetzt noch davon anfangen? Er nickte. »Alles in Ordnung.« Meine Güte, seine Stimme wurde immer heiserer. Vielleicht hatte er sie heute Vormittag zu stark beansprucht, und später musste er noch nach Stretton Park, um mit Emily und ihren Kindern einige Songs zu proben. Er konnte sie nicht im Stich lassen, obwohl Stress nicht gut für seinen Kehlkopf war.

»Okay, es gibt noch eine andere Sache, mit der wir uns heute beschäftigen müssen.« Deborah stellte ihre Kaffeetasse auf den Tisch und zog ihr Telefon aus der Aktenmappe.

»Doch nicht etwa noch eine Story?«, fragte er leise. Möglicherweise Idas Rache nach ihrem Besuch in diesem Studio vor einigen Tagen?

»Noch nicht.« Deborah atmete tief aus. »Aber es könnte eine werden.« Sie hielt Ray das Display ihres Telefons vor die Nase. Er schluckte, als er das Bild sah. Es zeigte ihn und Emily dabei, wie sie sich im Schneetreiben auf der London Bridge küssten. Sofort überfluteten ihn alle Gefühle, die er in diesem Moment empfunden hatte. Der Kuss war sehr sexy und leidenschaftlich gewesen, aber auch sanft und zärtlich. Emilys zögernde Hingabe hatte ihn verzaubert. Er konnte sich nicht erinnern, vorher schon einmal solche Empfindungen gespürt zu haben.

»Willst du mir darüber etwas erzählen?«, fragte Deborah.

»Ich bin mir nicht sicher«, gab Ray zu.

»Ray, jeder hat ein Recht auf sein Privatleben, aber du stehst im Mittelpunkt des öffentlichen Interesses.«

»Ja, das ist mir bewusst.«

»Daher brauche ich bei so etwas entsprechende Infos, damit ich meinen Job gut machen kann. Nigel, der Redakteur, dem das Bild in die Hände gefallen ist, wird mit der Veröffentlichung noch warten. Ich kann allerdings nicht garantieren, dass seine Quelle nicht versuchen wird, das Foto einer anderen Boulevardzeitung zu verkaufen.«

»Okay.« Ray nickte.

»Ich denke dabei an dich und an Ida«, fuhr Deborah fort. »Sie war bei unserem Treffen nicht in bester Verfassung …«

»Sie war hier im Studio.« Er würde ihr nichts von seinem Verdacht erzählen, dass Ida jemanden angeheuert haben könnte, der ihn beobachtete. Immerhin hatte sie ein Foto von ihm und Emily aus dem Clean Martini gehabt. Auch den körperlichen Angriff würde er nicht erwähnen.

»Tatsächlich?«, fragte Deborah. »Wann? Sollen wir versuchen, ein Kontaktverbot zu erreichen?«

Er schüttelte den Kopf. »Nein.« Für ihn war das der letzte Ausweg. So weit wollte er noch nicht gehen. Aber wie würde das alles enden, wenn er nichts unternahm?

»Ich meine es ernst, Ray. Geld war anscheinend nicht Anreiz genug für sie, um sich zurückzuziehen. Und sie scheint ganz besessen von dir zu sein. Ich habe Angst, dass daraus noch etwas Schlimmeres wird. So etwas wie in *Eine verhängnisvolle Affäre* … Und das wollen wir doch nicht.«

Dabei kannte seine Agentin noch nicht einmal die halbe Wahrheit …

»*Ich* möchte das nicht«, fuhr Deborah fort. »Ich kann es mir nicht leisten, in irgendein Kreuzfeuer zu geraten, das mich an meiner Arbeit hindert. Gerade jetzt, wo ich mich in der Hundeschule für den nächsten Kurs angemeldet habe.«

»Wow«, erwiderte Ray.

»Ich weiß. Wenn Oscar wüsste, wie teuer seine Stunden sind, würde er Tickets für das Endspiel im FA Cup nächstes Jahr fordern. Für die VIP-Loge.«

»Okay«, erwiderte Ray. »Ich kümmere mich darum.« Es gab nur eine andere Möglichkeit, bevor sie Deborahs Vorschlag in die Tat umsetzen mussten. »Ich werde ihre Mutter anrufen.«

»Glaubst du, dass das etwas nützt?«

Er war sich nicht sicher. Idas Mum lebte in Yorkshire, und sie hatten kein sehr enges Verhältnis, aber sie war das einzige Familienmitglied, das Ida noch geblieben war. Ray hatte Victoria nur ein einziges Mal gesehen, und das Treffen war ein wenig merkwürdig abgelaufen. Ida hatte sich herausgeputzt wie eine Märchenprinzessin, so als wollte sie ihre längst vergangene Kindheit wieder heraufbeschwören. Und sie hatte darauf bestanden, in das Promi-Lokal The Ivy zu gehen, um ihre Mutter zu beeindrucken. Victoria hatte beim Essen die meiste Zeit geschwiegen. Ob sie beeindruckt gewesen war, ließ sich nicht feststellen. Am Ende des Tages war Victoria mit einem Reisebus nach Hause gefahren und hatte versprochen, sich in etwa einem Monat wieder zu melden. Die Unterhaltung mit ihr war höflich, aber belanglos gewesen. Sie hatten zwar miteinander geredet, sich aber eigentlich nicht viel zu sagen gehabt.

»Ich werde es versuchen«, meinte Ray.

»Also gut.« Deborah wirkte ein wenig beschwichtigt. »Und jetzt erzähl mir, wer das Mädchen auf dem Foto ist.«

Unwillkürlich lächelte Ray. Allein bei dem Gedanken an Emily sah die Welt viel schöner aus. »Ihr Name ist Emily«, begann er. »Ich habe ihre Heizung repariert, und sie hat mir ihr Gästezimmer vermietet.«

KAPITEL
DREIUNDFÜNFZIG

Grundschule Stretton Park

»Es schneit wieder! Wow! Schaut euch an, wie groß die Flocken sind!«

»Meine Dads sagen, dass es in Amerika manchmal so viel schneit, dass sogar der Schneepflug stecken bleibt!«

»Meine Oma geht nicht raus, wenn es schneit, weil sie Angst davor hat hinzufallen.«

»Wenn sie hinfallen würde, müsste sie dann sterben?«

Emily beobachtete ihre Kinder, die sich an den Fenstern der Aula die Nasen platt drückten und die weißen Flocken bestaunten, die aus den Wolken fielen und über dem Pausenhof durch die Luft wirbelten. Bedauerlicherweise war in der vergangenen Stunde auch noch etwas anderes von oben heruntergesegelt: Das Klebeband, mit dem die Weihnachtsdekoration an der Decke befestigt war, hatte sich an einigen Stellen gelöst, und Emily war gezwungen gewesen, wieder auf einen wackligen Hocker zu steigen und alles mit Klebemasse zu fixieren. Dieses Mal wäre Ray nicht da gewesen, um sie zu retten, aber es war ihr glücklicherweise gelungen, ohne größere Zwischenfälle hinauf- und wieder hinunterzuklettern. Und nun mussten sie rasch das Stück weiter proben, damit sie bereit waren, wenn Ray kam, um mit ihnen die Songs einzustudieren. Sie würde ihm sagen müssen, dass Gott in den Texten noch öfter vorkommen musste.

»Kinder, wir müssen mit den Proben weitermachen, also

komm weg von den Fenstern und stellt euch in Position auf die Bühne.«

»Schnee! Schnee!«, rief Felix und riss die Augen weit auf.

»Wenn ich nach Hause komme, baue ich einen Schneemann«, verkündete Lukas und zog kräftig seine laufende Nase hoch.

»Es muss Schnee*person* heißen«, wies Makenzie ihn zurecht. »Weil du diese *Person* nicht nach ihrem Geschlecht fragen kannst und ihr nicht einfach eines unterstellen sollst.«

»Ich werde meine Schwester mit Schneebällen bewerfen«, erklärte Angelica und zielte mit einem unsichtbaren Wurfgeschoss.

»Und ich werde den Schnee essen. Er schmeckt wie ein Slush-Eis ohne Sirup«, verriet Matthew seinen Mitschülern.

»Igitt!«

»Klasse sechs!«, rief Emily laut und breitete die Arme aus wie die Christusstatue in Rio de Janeiro.

Die Kinder zuckten erschrocken zusammen, und Emily fühlte sich sofort schuldig, dass sie so laut geschrien hatte. Sie stand zwar unter Druck, aber das sollte sich nicht auf die Kinder übertragen. Sie genossen das Spiel, und so sollte es auch sein. Für sie hingegen standen ihre Träume von einer Beförderung auf dem Spiel. Als ihr Blick auf die vielen unschuldigen Kindergesichter fiel – und auch auf einige, die nicht ganz so unschuldig waren –, hatte Emily plötzlich eine Eingebung, die nichts mit den Heiligen Drei Königen zu tun hatte. *Spaß. Ferien.* Was auch immer ihre Klasse darunter verstand. Genau darum sollte es bei ihrem Projekt gehen – das sollte die Aufführung widerspiegeln. Es spielte keine Rolle, was die Diözese sich wünschte. Die Diözese sollte Wert darauf legen, was das Beste für die Kinder war. Zumindest legte *sie* Wert darauf. Und sie kannte ihre Kinder besser als alle anderen in Stretton Park.

»Okay«, sagte Emily leise. »Wir sind jetzt alle nett zueinander, hören uns gegenseitig zu und bereiten uns auf die
beste Aufführung vor, die es in Stretton Park jemals gegeben hat. Ja?«

»Ja, Miss Parker«, erwiderten alle.

»Gut. Ab mit euch auf die Bühne. Stellt euch für die Er-
öffnungsszene auf. Außer ... Rashid und Jayden. Ihr beide
kommt bitte zu mir.«

Emily schaute den Kindern nach, wie sie die Stufen zur
Bühne hinaufliefen. Rashid und Jayden waren nicht gerade
glücklich darüber, dass sie »auserwählt« worden waren, und
schlurften unwillig zu Emily hinüber.

»Bin ich schon wieder in Schwierigkeiten?«, fragte Rashid, als er Emily erreicht hatte.

»Hast du denn etwas getan, womit du dir Ärger einhandeln könntest?«, wollte Emily wissen und hob eine Augenbraue.

»Alice' Zöpfe sind in meinem Ringbuch hängen geblieben, aber das war ein Unfall«, erklärte Rashid. Seine Stimme
klang beunruhigt.

»Es war kein Unfall, Miss Parker«, widersprach Jayden.
»Aber es war auch nicht Rashids Schuld. Alice wollte wissen,
wie sich das anfühlt.«

»Ihr steckt nicht in Schwierigkeiten«, versicherte Emily
ihnen. »Ganz im Gegenteil. Ich möchte, dass ihr zwei Jungs
gemeinsam einen Song für die Aufführung einstudiert.«

Die beiden Zehnjährigen musterten sich misstrauisch.
Emily war bewusst, dass sie damit ein Risiko einging. Die
zwei waren alles andere als gute Freunde, aber sie waren auch
beide Fußballfans und machten im Moment eine schwere
Zeit durch. Vielleicht würden sie bei diesem Projekt weitere
Gemeinsamkeiten finden. Emily hoffte es sehr.

»Welchen Song?«, fragte Jayden.

»Nun, das weiß ich noch nicht«, erwiderte Emily. »Aber ich fände es nett, wenn ihr ein Lied über eure Mütter singen würdet. Ich habe sie beide vor kurzem kennengelernt – zwei starke Frauen, die hart in ihrem Job arbeiten und sich um euch kümmern. Sie würden sich sicher freuen, wenn ihr sie mit einem Lied überrascht. Was haltet ihr davon?«

»Es ist aber schwer, ein solches Lied zu schreiben«, gab Rashid zu bedenken. »Und ich will nicht, dass es sich um Jesus handelt.«

»Nein!«, rief Emily aus und legte eine Hand an die Brust. »Natürlich muss es nicht von Jesus oder der Weihnachtsgeschichte handeln. Es soll darin um all die Dinge gehen, die eure Mütter in den Ferien machen, nicht um die Geburt Christi.« Sie schaute die beiden Jungen an. »Ich würde euch das nicht vorschlagen, wenn ich nicht sicher wäre, dass ihr das könnt. Wir machen es so wie bei den anderen Songs – ihr sucht euch ein Weihnachtslied aus und lasst euch einen neuen Text dazu einfallen. Über eure Mums.« Emily lächelte. »Was meint ihr? Schaffen wir das?«

Sie beobachtete, wie Rashid und Jayden einen Blick tauschten und dann langsam nickten. Das gab zumindest Grund zur Hoffnung.

»Großartig! Nun, dann denkt kurz darüber nach, was eure Mütter alles tun, und danach arbeiten wir daran.«

Die Tür flog auf, und Ray kam herein, wieder mit einem Igel in der Hand.

»Ray! Es ist Ray Stone!«

»Und Olivia Colman! Sie ist zurückgekommen!«

Emily hastete zu ihm hinüber, und ihre Schüler sprangen alle von der Bühne und liefen auf den Sänger und das Tier in seinen Händen zu.

»Ist Olivia Colman wieder krank? Wird sie dieses Mal sterben?«, fragte Alice und streckte die Hand nach dem Igel aus.

»Was ist hier los?«, fragte Emily Ray. »Ich habe gedacht, der Igel ist im Tierheim.«

»Das ist nicht dasselbe Tier«, erklärte Ray. »Und ich glaube, dieses ist schwanger.«

»Du meine Güte!«, rief Emily. »Woher weißt du das? Warte, nein, gib mir bitte keine Antwort darauf.« All ihre Kinder waren nun viel mehr an dem Igel als an den Proben für die Show interessiert. Ray musste das kleine Tier vor den vielen Händen und Blicken schützen, als alle es streicheln und genau anschauen wollten.

»Bekommt sie die Babys jetzt gleich?«, wollte Lucas wissen.

»Igitt! Das ist eklig!«

»Hey, hört mal zu«, sagte Ray ruhig, aber bestimmt. »Gönnen wir der Igeldame eine kleine Pause.« Er wandte sich an Emily. »Hast du eine Schachtel, in die wir sie setzen können?«

»Ich schlage vor, wir nennen sie Idris Elba«, sagte Makenzie fröhlich.

»Idris Elba ist aber ein Mann! Wir können ihr doch keinen Jungennamen geben!«, wandte Cherry ein.

»Meine Väter sagen, dass man alles sein kann, was man will, und dass man auch jeden Namen haben kann, den man sich aussucht. Makenzie kann man für Jungen und für Mädchen verwenden, also warum können wir sie nicht Idris Elba nennen?«, fragte Makenzie. »Schließlich kennen wir ihr Geschlecht gar nicht.«

»Ich kann keinen Pimmel oder eine Mumu sehen, weil sie sich so stark zusammengerollt hat.«

»Ich hole eine Schachtel«, sagte Emily schnell.

Wir Drei Königinnen

– nach der Melodie von »Last Christmas« von Wham!

Am Weihnachtsabend hast du mir Myrrhe geschenkt,
aber am Feiertag hast du mich gekränkt.
Doch dieses Jahr sollst du kein Herz brechen,
das möchte ich Jesus versprechen.

Ray schlug in die Tasten und formte mit den Lippen den
Text, während Emily und die Kinder das umgetextete Lied
sangen. Emily hatte die Zeilen am anderen Ende des Raums
mit einem Projektor an die Wand geworfen, aber Ray bemerkte, dass die Klasse den Song fast schon auswendig
konnte. Er lächelte, als die Heiligen Drei Königinnen ihre
Tanzeinlage vollführten, bevor sie die Strophe anstimmten.

Du hast mein Herz gebrochen,
und ich weiß nicht, warum.
Dass du einer anderen gehörst,
ist aber wirklich dumm.
Sag mir, stand wirklich nach mir dir der Sinn?
Oder war es nur, weil ich eine Königin bin?

Er würde sehr gern einstimmen und mitsingen. Die Kinder hatten offensichtlich wirklich fleißig geübt. Doch vorhin im Studio bei einer schwierigen Stelle hatte seine Stimme plötzlich komplett versagt. Glücklicherweise war Deborah nicht mehr dabei gewesen, und Leyland hatte er gesagt, es liege an der Erschöpfung, und nach einer erholsamen Nacht sei alles wieder in Ordnung. Aber er war sich nicht sicher, wie lange er das noch durchstand. Er wusste nur, dass er im Ronnie Scott's eine hervorragende Vorstellung geben musste. Im Augenblick konnte er nur an diesen Abend und an Emilys Weihnachtsaufführung denken. Und an seine Sorgen wegen Ida. Was sollte er tun? Wofür auch immer er sich entschloss, es würde auf keinen Fall einfach werden.

Die beiden nächsten Refrains wurden mit noch mehr Selbstvertrauen gesungen. Wie ihnen Ray empfohlen hatte, achteten die Mädchen darauf, dass ihr Gesang bis in die letzte Stuhlreihe zu hören war. Nach einer weiteren Tanzeinlage folgte der nächste Teil des Songs.

Sandige Wüste, der Früchtekuchen ist weg.
Vor deinen Insta-Lügen brauche ich ein Versteck.
Ich habe gedacht, du bist ein toller Mann,
aber du kannst nicht, was Bradley Cooper kann.

Unterwegs mit drei Kamelen,
deren Pupse uns umwehen,
sind wir drei Königinnen auf einer Mission,
denn die Welt soll nicht untergehen.
Jetzt, wo wir unsere Bestimmung gefunden haben,
brauchen wir dich nicht mehr.

Ray spielte den letzten Refrain und das Outro und beobachtete, wie Emily mit einer Hand die Kinder auf ihre Endposition auf der Bühne dirigierte und mit der anderen Hand die Mitwirkenden der nächsten Szene herbeiwinkte. Er hatte keine Ahnung, wie es ihr gelungen war, mit den begrenzten Mitteln und so wenig Zeit, das alles auf die Beine zu stellen. Für ihn bedeutete das Musizieren mit den Kindern und deren Lehrerin eine Art Neustart. Darin lag etwas Reines und Unverfälschtes. Endlich genoss er es wieder, Lieder zu singen, und es gefiel ihm, die Reaktionen der Kinder auf die Musik zu beobachten …

Plötzlich flogen die Türen des Saals auf, und Emilys Vorgesetzte Mrs Clark stürmte herein. Ihr Gesichtsausdruck verhieß nichts Gutes.

»Miss Parker, was geht hier vor?«, wollte Susan Clark wissen und stemmte die Hände in die Hüften. Ray machte sich unwillkürlich auf dem Klavierhocker ein Stück kleiner. Er war heute als offiziell angemeldeter Gast hier – das Weihnachtsmannkostüm wollte er nie wieder tragen.

»Mrs Clark«, begann Emily. Sie ging an den Rand der Bühne und rückte dabei den Schwanz eines der Kamele zurecht. »Wir proben gerade unsere Aufführung, und …«

»Warum befindet sich schon wieder ein Igel im Schulgebäude? Im Lehrerzimmer.«

»Ah, nun … das ist …«, stammelte Emily.

»Das ist Idris Elba«, erklärte Makenzie stolz. »Und sie wird bald Babys bekommen.«

Susan Clark schüttelte den Kopf, als traute sie ihren Ohren nicht. Er sollte die Verantwortung dafür übernehmen. Emily helfen. Rasch erhob Ray sich hinter dem Klavier. »Ich habe den Igel hereingebracht.«

»Und wer sind Sie?« Nach einigen Sekunden schien es

der Schulleiterin zu dämmern. Ray war sich nicht sicher, ob sie in ihm den Sänger erkannte oder den Weihnachtsmann, der einem Vater eine Brennnessel verpasst hatte. Ganz im Gegensatz zu sonst hoffte er auf Ersteres ...

»Sie ... Sie sind diese Person aus den Nachrichten. Lorraine Kelly hat in ihrer Morgensendung über Sie gesprochen, und zwar nicht sehr schmeichelhaft. Es hieß, dass Sie ...«

Er steckte die Hände in die Hosentaschen und erkannte an dem Gesichtsausdruck der Frau, dass sie bereits ein Urteil über ihn gefällt hatte.

»Mrs Clark«, warf Emily ein. »Ray ist hier, um uns am Klavier zu begleiten. Niemand an der Schule spielt Klavier, und was in den Nachrichten gesagt wurde, stimmt nicht, und ...«

»Warum habe ich nicht erfahren, dass Sie einen Klavierspieler angeheuert haben? Warum weiß ich nicht, dass Sie *diesen Mann* in die Schule bringen?«, fauchte Mrs Clark. »Hier darf niemand arbeiten, der nicht vorab überprüft wurde, das ist Ihnen doch bekannt.«

»Er wurde überprüft«, erwiderte Emily. »Er hat bereits in Schulen gearbeitet, und ...«

»Warte, ich werde gehen.« Ray trat einen Schritt vom Klavier zurück.

Die gesamte Klasse stöhnte verzweifelt auf, und dann wurden Rufe laut.

»Gehen Sie nicht weg, Ray!«

»Miss Parker ist nicht sehr gut am Glockenspiel.«

»Ohne Sie schaffen wir das nicht!«

Er drehte sich zur Bühne um und lächelte die Kinder an. »Hört zu, Leute, ihr könnt das. Ihr werdet das großartig machen. Miss Parker braucht mich gar nicht. Ihr seid schon richtig gut. Wirklich.«

»Susan.« Emily warf ihrer Vorgesetzten einen flehenden Blick zu. »Wir brauchen einen Klavierspieler für die Aufführung, und die Kinder müssen noch viel üben. Wir …«

»Ich werde Mr Jarvis anrufen«, erklärte Susan streng und verschränkte die Arme vor der Brust. »Seit seiner Pensionierung sehnt er sich nach etwas Abwechslung. Auf Dauer ist es langweilig, sich nur um seinen Schrebergarten zu kümmern.«

Ray wandte sich Emily zu, die immer noch auf der Bühne stand. »Bis dann.« Nun hatte ihn seine Vergangenheit mit Ida eingeholt. Sogar hier verdarb sie alles – auch den Kindern, die nichts damit zu tun hatten.

»Ray, hör zu, wir finden eine Lösung«, sagte Emily mit zitternder Stimme. »Du gehörst zu dieser Show. Du musst ein Teil davon sein.«

»Schon gut«, erwiderte Ray. »Es ist deine Show. Und sie wird fantastisch werden.«

»Das ist nicht fair!«, rief Frema und stampfte mit dem Fuß auf. »Ray spielt die richtigen Noten zur richtigen Zeit, wenn ich mich von einem Rabbi in einen Pfarrer verwandle! Mr Jarvis kann das nicht.«

Ray ging durch die Tür.

»Nach links«, befahl Susan ihm. »Und nehmen Sie den Igel mit.«

KAPITEL
FÜNFUNDFÜNFZIG

»Nein!«, schrie Emily. Sie ging nicht zu den Stufen der Bühne, sondern setzte sich am Rand auf den Holzfußboden und sprang hinunter. Sie konnte von Glück sagen, dass ihre Knöchel dabei heil blieben. »Ray, bleib stehen! Geh nicht weg!« Sie lief durch den Raum auf Susan zu und konnte sich nur eine Vorstellung davon machen, was ihre Kinder jetzt dachten. Was tat sie nur? Wahrscheinlich konnte sie sich nun von ihren Hoffnungen auf eine Beförderung verabschieden, aber predigte sie ihren Kindern nicht ständig, dass sie für das, was sie für richtig hielten, eintreten sollten? Sie würde diesem Mantra nicht treu bleiben, wenn sie sich jetzt nicht zur Wehr setzte, unabhängig davon, was es sie kosten würde.

Ray stand mit dem Rücken an einer der Türen. Sie würde es nicht zulassen, dass er so behandelt wurde. Seit ihrer ersten Begegnung an diesem eisigen Tag auf dem Pausenhof hatte er ihr immer nur geholfen.

»Miss Parker«, begann Susan. »Ich schlage vor, dass Sie auf die Bühne zurückkehren und die Proben fortsetzen.«

»Ohne Klavierspieler ist das nicht möglich«, entgegnete Emily trotzig.

»Ich habe Ihnen gerade gesagt, dass ich Mr Jarvis verständigen werde.«

»Ich brauche jemanden, der mehr spielen kann als eine schiefe Version von ›He's Got The Whole World In His Hands‹.«

Die Kinder brachen in Gelächter aus und schlugen sich rasch, aber nicht sehr wirkungsvoll die Hände vor den Mund.

»Natürlich nur, wenn Sie wollen, dass die Aufführung ein überwältigender Erfolg wird«, fuhr Emily fort. »Wenn die Diözese beeindruckt sein soll, und wenn wir die so dringend benötigten Zuschüsse erhalten wollen.«

Susan nahm die Arme von der Brust und schien sich plötzlich aufzuplustern wie ein geltungsbedürftiger Pfau. »Das klingt in meinen Ohren ein wenig nach Erpressung. Ist es das, was Sie mir vermitteln wollen, Miss Parker?«

»Natürlich nicht, Miss Clark«, erwiderte Emily. »Aber Sie haben mir die Verantwortung für die Weihnachtsaufführung übertragen, und das bedeutet, dass *ich* alle Kostüme besorgt habe, dass *ich* den Großteil der Kulissen gemalt habe, dass *ich* das Drehbuch geschrieben habe und dabei all diese lächerlichen Werbesprüche wie ›Beim Kauf eines Papadams gibt es ein zweites umsonst‹ und ›Jeden Mittwoch Fischspezialitäten für Senioren‹ einbauen musste. Und die Kinder haben unermüdlich die Texte geübt, die Ray in seiner Freizeit für die Lieder geschrieben hat, damit wir die beste Aufführung zustande bringen, die Stretton Park jemals erlebt hat.«

»Das ändert nichts an der Tatsache, dass ich für das Wohl der Kinder verantwortlich bin, und …«

»Sie sollten es zulassen, dass ein ausgebildeter Musiker mit einem polizeilichen Führungszeugnis mir und der Klasse sechs weiterhin bei dieser Show hilft. Damit wir alle die Weihnachtszeit feiern und uns auf weitere Mittel im Januar freuen können.«

Susans Gesicht wirkte immer noch ziemlich verbissen, doch für Emily gab es nun kein Halten mehr. Sie tat das Richtige, das wusste sie.

»Auch mir liegt das Wohl der Kinder am Herzen,

Mrs Clark, und ich würde sie niemals einem Risiko aussetzen Außerdem sage ich den Kindern ständig, dass Sie eine großartige Schulleiterin sind. Dass Sie alle Menschen gleich behandeln, unabhängig davon, wer sie sind und woher sie kommen. Es wäre schade, wenn ich meine Meinung ändern müsste, nur weil Sie einem Gerücht glauben, mit dem Lorraine Kelly ihre Show aufpeppen wollte.«

Die letzte Bemerkung hatte sich vielleicht wieder zu sehr nach Erpressung angehört. Man musste sich für die Dinge einsetzen, an die man glaubte, und notfalls auch ein wenig Druck ausüben … Emily beobachtete schweigend, wie Susan ihre Haltung leicht veränderte, und richtete dann ihren Blick auf Ray. Er wirkte unangenehm berührt, und sie empfand Mitgefühl für ihn. Sie hatte ihn in diese Situation gebracht, obwohl er schon genug Probleme am Hals hatte. Vielleicht wäre es besser für ihn, wenn er sich zurückziehen konnte. Sie schluckte. Aber sie war selbstsüchtig – sie wollte ihn unbedingt dabeihaben und gemeinsam mit ihm auf der Bühne stehen.

Susan schüttelte den Kopf. »Wenn ich nicht so sehr unter finanziellem Druck vom Kollegium stünde, würde diese Sache ein ganz anderes Ende nehmen, das kann ich Ihnen versichern.«

»Dann werden Sie also Mr Jarvis nicht anrufen?«, fragte Emily.

»Sie werden die Kinder keine Sekunde lang mit ihm allein lassen«, sagte Susan nachdrücklich. »Ist das klar?«

»Absolut«, erwiderte Emily.

»Diese Aufführung«, fuhr sie leise fort, »sollte es mit einer der Shows im West End aufnehmen können. Und damit meine ich die guten Shows – nicht *Viva Forever* von den Spice Girls.«

»Verstanden«, erwiderte Emily.

Susan wandte sich zu Ray um. »Und Sie! Hören Sie bitte damit auf, wilde Tiere in meine Schule zu bringen!«

Er nickte. »Ich werde mich darum kümmern, dass Idris heute Abend ins Tierheim gebracht wird.«

Susan rauschte aus dem Saal, Ray trat einen Schritt zurück in den Raum, und die gesamte Klasse begann zu johlen.

*

»Dann läufst du im Kreis und streckst dabei die Hände in die Luft. Du bist aufgeregt, weil das Baby jetzt kommt. Ja, gut so!«, lobte Emily und blätterte in ihrem Skript. »Und anschließend gehen wir alle in den Stall und singen dort das Lied zum großen Finale der Weihnachtsgeschichte und …«

»Welches Lied ist das?«, wollte Cherry wissen.

»Das müssen wir noch lernen«, erwiderte Emily.

»Aber wir haben nur noch ein paar Tage Zeit dafür«, gab Lucas zu bedenken.

»Und wir können den Text noch nicht«, fügte Matthew hinzu.

»Außerdem gibt es da noch den allerletzten Song im Finale, erinnert ihr euch?«, fragte Emily. »Das Lied, das Ray extra für uns schreibt.«

»Ist es schon fertig?«, wollte Charlie wissen.

»Noch nicht ganz«, erwiderte Ray und machte sich eine Notiz auf seinem Skript. Er saß wieder am Klavier, war aber seit Susans Auftritt sehr still. Emily hoffte, dass sie das Richtige getan hatte. Vielleicht war es Ray unangenehm, dass sie für ihn eingetreten und ihn in den Mittelpunkt gerückt hatte. Obwohl er dafür bekannt war, dass er auf der Bühne sein Publikum begeisterte, mochte er im täglichen Leben die Aufmerksamkeit nicht, die sein Ruhm mit sich brachte. Sie würde später mit ihm darüber reden. Vielleicht konnten sie sich wieder diese Kebabs, die er so gern aß, von dem türkischen Grill holen und es sich auf der Dachterrasse gemütlich machen …

»Miss Parker!«, rief Jayden.

»Ja, Jayden.«

»Rashid und ich wissen jetzt, was wir über unsere Mütter singen wollen.«

»Oh, tatsächlich? Wunderbar«, erwiderte Emily. »Was ist es?«

»Sie spielen beide Candy Crush. Pausenlos«, verkündete Rashid.

»Meine Mum spielt es mit einer Hand, während sie mit der anderen im Topf rührt, um uns das Abendessen zu kochen«, erzählte Jayden.

»Und meine Mum spielt es im Auto, wenn mein Dad fährt. Er sagt, dass sie ihm dann nie richtig zuhört«, fügte Rashid hinzu.

»Also gut«, sagte Emily. »Dann lasst uns zu Ray gehen. Vielleicht fällt ihm ein Lied ein, auf das man einen Text über Candy Crush schreiben kann.«

»Hey.« Ray stand plötzlich neben ihr. »Hör zu, ich muss los. Ich habe gerade eine merkwürdige Nachricht von meinem Dad bekommen. Er schreibt, er müsse mich dringend sprechen. Mein Dad schreibt mir sonst nie, und er will mich auch nie sofort sprechen … Ich muss zu ihm.«

»Natürlich«, erwiderte Emily. »Geh nur. Wir sehen uns dann später zu Hause.« Gütiger Himmel, sie hatte vor Jayden und Rashid nicht »zu Hause« sagen wollen. »Ich meine, wir sehen uns dann nachher, um weiter zu proben und so.«

»Okay.« Ray zog seine Jacke an.

»Ich hoffe, dass alles okay ist«, sagte sie leise.

»Ich auch.«

KAPITEL
SECHSUNDFÜNFZIG

New North Road Nr. 1

»Hallo, mein Lieber, komm schnell raus aus der Kälte. Dein Dad hat mir heute erlaubt, die Heizung anzustellen und nicht nur das falsche lodernde Feuer, das man angeblich nur anschauen muss, damit einem warm wird.«

»Geht es meinem Dad gut?«, erkundigte sich Ray, während Brenda ihn durch die Wohnungstür winkte wie ein kräftiger Türsteher, der darauf bedacht war, die Menge nicht unnötig warten zu lassen. Sie trug einen hellroten Einteiler und goldfarbene Stiefel und sah aus wie eine Mischung aus einem Superhelden und einem Komparsen in *Star Trek*.

»Ja, alles in Ordnung.«

»Aber die Nachricht, die er mir geschickt hat ...« Ray musste beim Betreten des Wohnzimmers den Kopf einziehen, denn dort hing eine riesige Glitzerkugel, die Schattenbilder von Weihnachtsmännern und Rentieren über die gegenüberliegende Wand flimmern ließ. Überall in dem gemütlichen Raum standen weihnachtliche Tierfiguren, die alle aussahen, als würden sie sofort anfangen, den Boogie zu tanzen, sobald man sie einschaltete.

»Oh, ich habe ihm gesagt, er soll sich nicht so dramatisch ausdrücken.« Brenda fuhr mit der Hand durch die Luft. »Mir war klar, dass du dir dann Sorgen machen würdest, obwohl es nicht sehr viel gibt, was das rechtfertigen würde.«

Nicht sehr viel klang nicht wirklich überzeugend. Nun rasten ihm alle möglichen Gedanken durch den Kopf. War sein Dad krank? Hatte er, wie Ray, verheimlicht, dass er sich einer dringenden Operation unterziehen musste? Hatte es ihn nun eingeholt, dass er fast sein ganzes Leben lang stark geraucht hatte? Es war sehr ungewöhnlich, dass er nicht wie sonst in seinem alten Lieblingssessel im Wohnzimmer saß.

»Ist er … nicht hier?«, fragte Ray, plötzlich von Angst ergriffen. Vielleicht wäre es besser gewesen, ihn anzurufen oder ihm zurückzuschreiben, anstatt sofort vorbeizukommen. Noch dazu hatte er Emily bei den Proben im Stich gelassen.

»O doch, er ist hier«, bestätigte Brenda rasch. »Er ist in deinem Zimmer – dem Gästezimmer. Ich wollte gerade Tee kochen. Möchtest du eine Tasse? Ich habe auch einige dieser neumodischen Portionsbeutel mit Kaffee, falls dir das lieber ist. Sie waren diese Woche im Angebot.«

Sein Zimmer. Warum war Len in Rays Zimmer? Natürlich war das schon seit Jahren nicht mehr sein Zimmer, aber sein Vater hielt sich dort drin normalerweise nie auf. Bis auf das eine Mal, als sie beide Whisky getrunken hatten, noch vor seinem achtzehnten Geburtstag, und sich über seine Mutter unterhalten hatten …

»Na los«, forderte Brenda ihn auf und gab ihm einen leichten Schubs. »Du gehst jetzt zu ihm, und ich mache diesen neumodischen Kaffee.«

»Lieber einen normalen«, krächzte Ray. »Falls das für dich in Ordnung ist.«

»Aber ja«, erwiderte Brenda. »Ich habe es bisher sowieso noch nie geschafft, diesen neuen Kaffee ohne Klumpen zu kochen.«

Ray betrat den Gang.

Als er die Tür zu seinem Zimmer aufstoßen wollte, ertönte ein Schrei.

»Autsch! Warte! Einen Moment, bitte!«

»Dad? Alles in Ordnung?«

»Ja. Die Leiter ist verrutscht, sonst nichts. Ich musste sie nur ein Stück beiseiterücken.« Die Tür ging auf, und vor Ray stand Len, eine Zigarette zwischen den Lippen, Farbflecken im Gesicht und eine Kappe auf dem allmählich kahl werdenden Kopf.

»Geht es dir gut?« Ray betrat das Zimmer.

»Du weißt ja, wie gern ich renoviere«, spottete Len. »Brenda bildet sich ein, dass ich dieses Zimmer noch vor dem Weihnachtsabend in eine lila Grotte verwandeln muss. Ihre Schwester kommt uns besuchen, und die Raufasertapete gefällt ihr nicht.« Len sah ihn besorgt an. »Es macht dir doch nichts aus, oder? Ich meine, dass ich dein Zimmer verändere?«

»Nein, Dad«, erwiderte Ray. »Es ist ja schon seit Jahren nicht mehr mein Zimmer.« Auch wenn er noch vor ein paar Wochen sein Bett hatte wiederhaben wollen.

»Ich weiß«, erwiderte Len. »Aber du hast noch ein paar Sachen hier.«

»Nun, die Gitarre habe ich dir überlassen, und …« Er hielt inne, und ihm lief ein kalter Schauer über den Rücken, so als hätte jemand das Fenster, das sich eigentlich nicht öffnen ließ, aufgerissen und den eisigen Wind hereingelassen. Plötzlich wurden ihm die Knie weich. Rasch hielt er sich an der Leiter fest und versuchte, sich zu fassen. Es gab nur noch eine andere Sache, die er hiergelassen hatte – er hatte sie bei einem Besuch hinter der Fußbodenleiste versteckt.

»Setz dich, Ray«, forderte Len ihn auf.

»Ich … möchte mich nicht setzen. Wenn bei dir alles

in Ordnung ist – und das ist offensichtlich der Fall, da du Wände streichst und auf Leitern klettern kannst –, dann …«

»Aber bei dir ist nicht alles in Ordnung«, warf Len schonungslos offen ein. »Das stimmt doch, oder?«

»Mir geht es gut. Alles okay. Ich bin …« Sein Hals schmerzte jetzt sehr stark, und jeder Versuch zu sprechen war eine enorme Belastung. Er musste ruhig bleiben. Sein Kehlkopf brauchte Entspannung, sonst konnte er den Auftritt im Ronnie Scott's vergessen.

»Ich habe ihn gefunden«, erklärte Len. »Ich habe ihn gefunden und mir alles angeschaut.« Er seufzte. »Ich kenne mich mit solchen Dingern, die man in Computer steckt, nicht aus. Sticks für Computer! Für mich gehören Sticks zum Frittieren in einen Topf mit heißem Öl.« Er lachte kurz auf, doch seine Miene wurde sofort wieder ernst. »Aber Brenda hat sich beim Teleshopping einen Laptop besorgt, und sie kann damit umgehen. Wir haben gedacht, auf dem Stick wären Videos oder Bilder von deinen Auftritten gespeichert. Das war Brendas Idee.«

Ray wurde klar, dass es vorbei war, und der Raum begann, vor seinen Augen zu verschwimmen. Das war das Schlimmste, was ihm hatte passieren können. Das Allerschlimmste. Er trat einen Schritt zurück. Seinem Dad ging es gut. Er war nicht krank oder in Schwierigkeiten, also konnte er sich auch wieder aus dem Staub machen. Er wollte nicht damit konfrontiert werden. Nicht jetzt. Niemals.

»Denk nicht einmal daran, jetzt zu gehen«, warnte ihn Len. »Dieser Unfug dauert schon viel zu lange.«

»Dad«, begann Ray.

»Setz dich«, befahl Len. »Wir müssen reden.«

Ray packte das Bedürfnis wegzulaufen. Es brannte unter seiner Haut, und alles in ihm schrie danach, den Rückzug anzutreten und zu flüchten. Gleichzeitig war er jedoch wie gelähmt.

»Setz dich«, wiederholte Len.

Das schmale Bett schien sich zu verformen, zu bewegen und vor seinen Augen zu verschwimmen, bis es plötzlich der größte Gegenstand im Zimmer war. Die unbezogene Matratze lud ihn ein, sich abzustützen. Aber wenn er sich setzte, musste er bleiben. Und bleiben hieß reden.

»Setz dich«, sagte Len noch einmal. »Bitte, mein Junge.«

Ray konnte seinen Vater nicht länger anschauen. Scham und das Gefühl, versagt zu haben, quälten ihn wie eine Gruppe Schläger, die sich gleich auf ihn stürzen würde.

»Ist das, was ich auf diesen Videos gesehen habe, tatsächlich die Wahrheit? Die Wahrheit, die du niemandem erzählt hast, obwohl sie alle im Fernsehen und in der Presse derart über dich hergefallen sind?«, fragte Len.

Ray starrte auf den Teppich, der vor langer Zeit in der Sozialwohnung verlegt worden war. Das kreisförmige Muster aus den Siebzigern hatte er einmal für eine Aufgabe im Kunstunterricht abgemalt. »Kommt darauf an, welche Videos du dir angeschaut hast.« Er hoffte immer noch, dass es sich um etwas anderes handelte. Oder vielleicht musste Len es erst laut und deutlich aussprechen.

Len schnaubte verärgert, und Ray nahm es ihm nicht übel. Aber er brachte es nicht über sich, darüber zu reden. Das war der entscheidende Punkt. Er hatte es totgeschwiegen. Ray spürte, wie sich sein Vater neben ihn aufs Bett setzte.

»Ich habe einen verängstigten jungen Mann gesehen, der in eine Kamera spricht und erklärt, dass er Angst um sein Leben hat … Während er tiefe Schnitte abtupft und frische Blutergüsse mit Eis kühlt, hämmert eine Person von außen an die Badezimmertür und schreit, als wäre sie vom Teufel besessen.«

Ray ließ den Kopf noch tiefer sinken und heftete den Blick wieder auf das grün-blaue Muster des Teppichs. Ein wenig hatte es ihn immer an das Sonnensystem erinnert. Und im Augenblick wünschte er sich, er könne diese Atmosphäre verlassen, im All schweben und zu einem weit entfernten intergalaktischen Ziel fliegen.

»Ray«, fuhr Len fort. »Die Leute haben die ganze Zeit geglaubt, dass du deine Freundin verprügelst, und dabei war sie es. Sie war diejenige ...« Len holte tief Luft. »Diese Ida hat *dich* misshandelt.«

»Es geht ihr nicht gut«, warf Ray rasch ein. »Ich weiß nicht, ob es an ihrer Kindheit liegt. Es könnte sein.« Er schniefte. »Ihre Mutter ist sehr distanziert, ihren Vater hat sie nie kennengelernt, und ...«

»Ray«, unterbrach Len ihn.

»Oder vielleicht lag es auch an mir – ich weiß es nicht«, fuhr Ray fort. Vor seinem geistigen Augen sah er all die Videos vor sich, die er gemacht hatte, als er allein und verzweifelt gewesen war. Er hatte sich im Badezimmer eingeschlossen und seine Wunden verarztet, während Ida vor der Tür getobt hatte. Was ihn dazu gebracht hatte, diese Videos zu drehen, konnte er nicht genau sagen. Sein Selbsterhaltungstrieb? Sollte es eine Art Tagebuch sein, dem er seine Gefühle anvertraute, die er sonst, wie er glaubte, niemandem mitteilen konnte? Oder diente es als Beweis, falls er jemals mutig genug wäre, um jemandem zu gestehen, was er durchmachen musste? »Vielleicht habe *ich* etwas gesagt oder getan, was sie dazu gebracht hat, sich so zu verhalten?«

»Nein!«, entgegnete Len wütend und schlug mit einer Hand auf die Matratze. »Sag das nie wieder.« Seine Stimme klang erstickt, und er nahm die Zigarette aus dem Mund und drückte sie heftig in dem Aschenbecher auf Rays altem

Schulschreibtisch aus. »Es hat mir sehr wehgetan, das zu sehen. Deinen Schmerz mitzuerleben. Und ich meine damit nicht den Schmerz, den sie dir körperlich zugefügt hat, wenn sie dich geschlagen oder sonst etwas mit dir angestellt hat ...« Seine Gefühle überwältigten ihn, und seine Stimme zitterte. »Ich meine den Schmerz in deinem Inneren.« Len legte eine Hand auf die Brust. »In deinem Herzen und in deiner Seele. Ich konnte ihn förmlich spüren, und das hat mich beinahe zerrissen.«

Ray konnte die Tränen nicht mehr zurückhalten und begann, gequält zu schluchzen. Alles, was er im Lauf der Jahre mit Ida durchgemacht hatte, brach nun wie ein Strom der Verzweiflung aus ihm hervor. Len zog ihn an sich und umarmte ihn wie nie zuvor. Trotz seines Alters besaß sein Dad noch erstaunlich viel Kraft und hielt ihn fest, während sie beide ihren Gefühlen freien Lauf ließen.

»Es tut mir leid, mein Sohn«, flüsterte Len. »Ich hätte für dich da sein müssen. Ich hätte wissen müssen, dass etwas nicht stimmt. Und dass mehr dahintersteckt als das, was dieser Homo Piers Morgan über dich gesagt hat.«

Ray schüttelte den Kopf. »Ich wollte nicht, dass es irgendjemand erfährt. Das will ich immer noch nicht.« Er versuchte, seine Tränen zurückzuhalten, schniefte und wischte sich mit dem Handrücken über die Nase.

»Hör zu, du musst es jemandem erzählen«, erklärte Len. »Du musst es *allen* erzählen. Damit sie sehen, dass du niemals etwas Böses getan hast. Das war sie. Und sie hat der Presse all diese Lügen über dich erzählt, damit die Wahrheit nicht ans Licht kommt. Man muss sie aufhalten.«

»Es geht ihr nicht gut«, wiederholte Ray.

»Da stimme ich dir zu«, sagte Len. »Aber das bedeutet nicht, dass sie keine Verantwortung dafür trägt.« Er griff an

Rays Mantel, schlug ihn auf und zerrte an dem Ausschnitt seines Pullovers.

»Was tust du da?« Ray rückte auf der Matratze ein Stück zur Seite und versuchte, sich aus dem Griff seines Vaters zu befreien.

Len zog Ray den Pulli über die Schulter, bis eine gezackte Narbe zum Vorschein kam. Er stieß einen heiseren Laut aus. »Schau dir das jeden Tag im Spiegel an, damit du nicht vergisst, was sie dir angetan hat. Was wird sie als Nächstes tun? Jemand anderen angreifen? Jemanden, der nicht so stark ist wie du? Oder jemanden, der sich wehren wird? Wohin wird das führen?«

»Was sagst du da?« Ray entriss Len seinen Pullover.

»Ich will dir damit sagen, dass du dieses Mal das Richtige für dich tun musst, mein Sohn. Nicht das, wovon du glaubst, dass es das Richtige für diese Frau ist … oder für deine Karriere. Für dich. Für Ray Stone. Für meinen Sohn.« Beim letzten Satz wurde Lens Stimme leiser, und Rays Magen zog sich bei den liebevollen Worten schmerzhaft zusammen.

»Ich habe Angst, Dad«, gab er zu.

»Wovor?«, fragte Len. »*Ich* bin für dich da. Und Brenda kann es kaum erwarten, sich ebenfalls um dich zu kümmern, seit ich ihr gesagt habe, dass du australische Seifenopern magst. Wir werden an deiner Seite sein.«

»Die Leute werden mich für einen Schwächling halten«, meinte Ray. »Und glauben, dass ich schuld daran bin. Dass ich die Sache angefangen habe und Ida sich nur wehren musste …«

»Auf den Videos ist etwas anderes zu sehen«, erklärte Len. »Die Sache wird also nicht nur für mich offensichtlich sein.« Er holte tief Luft, bevor er weitersprach. »Du weißt, dass die Leute mich für verrückt gehalten haben, weil ich bei deiner Mutter geblieben bin. Sie haben gesehen, wie sie uns behandelt hat, wenn sie betrunken war und ausgerastet ist … Aber ich habe sie geliebt. *Wir* haben sie geliebt, richtig? Auch wenn die Dinge noch so schlecht standen, hätte sie uns nie so verletzt, wie diese Frau dich verletzt hat. Niemals.« Len schluckte. »Und wenn sie jetzt hier wäre und dich auf diesen Videos sehen könnte …«

»Bitte nicht«, flehte Ray. Er konnte sich an fast jeden Satz erinnern, den er in die Kamera gesprochen hatte, um aufzuzeichnen, was ihm zugestoßen war. Und dann gab es noch die anderen Clips, bei denen Ida getobt, gegen die Tür getrommelt und alle Gegenstände in ihrer Nähe dagegengeschleudert hatte. Jede Szene war in sein Gedächtnis eingebrannt, und er wollte keine Sekunde davon noch einmal erleben.

»Ich werde etwas unternehmen«, sagte Ray leise. »Ich hatte vor, Idas Mutter anzurufen, aber ich glaube, ich muss noch mit einer anderen Person sprechen. Sie wird wissen, was zu tun ist.«

Len schüttelte den Kopf und presste die Finger an die Augen, wie um seine Tränen wegzudrücken. »Es bricht mir das Herz, wenn ich daran denke, was du durchgemacht hast und dass du nicht zu mir gekommen bist.«

»Es tut mir leid, Dad.« Ray spürte, wie sich ihre Schultern leicht berührten, während sie nebeneinander auf der Matratze saßen.

»Es muss dir nicht leidtun, mein Junge. Im Gegenteil. Mir tut es leid.«

Ray schüttelte den Kopf. »Dad, da ist noch etwas, das ich dir nicht gesagt habe. Und du solltest es wissen, für den Fall, dass … dass alles schiefgeht.«

»Was ist los?« Len sah ihn besorgt an.

Ray holte tief Luft und erwiderte seinen Blick. »Ich muss mich an den Stimmbändern operieren lassen, und ich … ich habe eine Heidenangst davor.«

Len presste die Lippen zusammen, sodass sie eine schmale Linie bildeten, und nickte entschlossen. »Nun hör mir zu, mein Sohn. Das verstehe ich gut, und es gibt auch etwas, das du noch nicht weißt. Im letzten Jahr musste ich wegen eines eingewachsenen Zehennagels zum Arzt, und als dann der Brief mit dem Termin für die Operation kam, hätte ich beinahe geheult. Aber Brenda hat mir Mut gemacht und mir die Statistiken für die Sterberate bei Operationen gezeigt. Also habe ich es durchgezogen, und hier bin ich – nur der Zehennagel ist nicht mehr da.« Er grinste. »Deine Mutter ist gestorben, weil sie zu viel getrunken hat. Es tut mir weh, das zu sagen, aber sie hatte diese Transplantation nicht verdient. Ihr war das auch bewusst. Ich glaube, was sie letztendlich umgebracht hat, war Resignation. Sie hat einfach aufgegeben«, erklärte Len. »Wäre die Operation erfolgreich verlaufen, wäre es ein paar Monate später so weit gewesen.« Er legte wieder den Arm um Rays Schulter. »Du bist kein Mensch, der einfach aufgibt. Das warst du nie. Deshalb singst du und schraubst nicht an Heizungen herum«, fügte Len hinzu. »Du kannst alles erreichen, was du willst. Alles. Und wenn du wieder in dein Zimmer einziehen willst, dann streiche ich die Wände neu, in einer Farbe, die du dir aussuchst.«

Ray atmete aus, als das erdrückende Gewicht seiner Ängste ganz langsam nach und nach ein wenig leichter wurde.

»Also gut, wir brauchen einen Plan, richtig? Du musst ein paar Telefonate führen, um einiges zu klären, und ich brauche eine Ausrede, um erst morgen weiterzustreichen. Möchtest du zum Abendessen bleiben?«

»Ja«, erwiderte Ray. »Sehr gern.«

KAPITEL
SIEBENUNDFÜNFZIG

Crowland Terrace, Canonbury, Islington

Emily hielt das YouTube-Video auf ihrem Handy an und klickte auf ihre Nachrichten. *Nichts.* Vielleicht sollte sie Ray eine Nachricht schreiben, um zu erfahren, ob alles in Ordnung war. Aber wenn es schlimm um seinen Vater stand, würde er ihr doch Bescheid geben, oder? Möglicherweise war er in einer schwierigen Situation in einem Krankenhaus oder noch schlimmer … Sie klickte zurück zu YouTube und lauschte wieder dem Song »Shallow« aus *A Star Is Born.* Um daran zu arbeiten hatte sie es sich in einer Ecke des Sofas gemütlich gemacht und erhoffte sich Inspiration von all den funkelnden Sternen über der Londoner Skyline, die sie von ihrem Aussichtspunkt aus betrachten konnte. Es fehlte ihnen noch ein Weihnachtslied für das Finale, und sie bemühte sich, einen festlichen Text für dieses ganz und gar unfestliche Lied zu schreiben. Bisher hatte sie die ersten zwei Zeilen der ersten Strophe.

> *Wird er heute noch geboren?*
> *Unter einem Stern verloren?*
> *Oder muss der Stern noch länger blinken?*
> *Und Maria würde gern ein Glas Wein trinken?*

Sie war nicht so geschickt beim Schreiben von Texten wie Ray, aber sie war schließlich Lehrerin und er ein professioneller Songwriter. Wahrscheinlich könnte Ray auch keine Schulstunde über die Abholzung von Wäldern abhalten ... Und immerhin hatte sie das Gefühl, Fortschritte gemacht zu haben.

Ihr Telefon piepste und übertönte für einen Moment Bradley Coopers Stimme. In der Hoffnung, dass Ray sich gemeldet hatte, klickte sie auf die neue Textnachricht. Sie kam jedoch nicht von ihm, sondern von ihrer Mutter.

> Liebling, wann findet deine kleine Show in der Schule statt? Daddy und ich versuchen, den Termin in unserem Kalender unterzubringen. Wie ist der Dresscode? Und ab wann kann man Tickets kaufen? Einen VIP-Bereich wird es wohl nicht geben ...

Emily schüttelte den Kopf, als sie die Nachricht ihrer Mutter las. Wie üblich ging daraus hervor: »Wir haben unglaublich viel zu tun, und falls Donald Trump uns überraschend besuchen sollte, müssen wir leider absagen«, aber zumindest drückte der Text die Bereitschaft ihrer Eltern aus, die Aufführung in Stretton Park zu besuchen. Es war kaum zu glauben. Bisher waren sie noch nie bei einer Veranstaltung in der Schule gewesen. Ihre Mutter hatte ihr in Aussicht gestellt, zu einem der Sommerfeste zu kommen, doch dann hatte sie stattdessen »Eine Stunde mit einer Rechtsanwältin« für die Tombola gespendet.

Sollte sie sofort antworten? Oder wie sonst zuerst ein paar Tage warten, um den Anschein zu erwecken, dass auch sie unfassbar viel zu tun hatte. Nein, das würde im Augenblick nicht funktionieren. Sie würde sich nicht auf den Text von »Shallow« konzentrieren können, wenn sie diese Nachricht ständig im Hinterkopf hatte. Also schrieb sie rasch eine Antwort.

Die Tickets kosten normalerweise nichts, aber eine kleine Spende für die Schule wäre willkommen. Die Aufführung findet am 20. Dezember um 18 Uhr statt.

Emilys Daumen schwebte über der »Senden«-Taste, doch dann fügte sie noch eine Zeile hinzu.

Alle verkleiden sich als ihre liebste Weihnachtsfigur. Ich glaube, Dad würde einen wunderbaren König Herodes abgeben.

Sie schickte die Nachricht ab. Ihre Mutter würde sicher nach wenigen Sekunden mit einer sarkastischen Bemerkung auf ihren Versuch, witzig zu sein, reagieren. Noch bevor Emily zurück zu YouTube klicken konnte, summte ihr Handy wieder. Welche Stichelei hatte sich ihre Mutter wohl zur Kleiderfrage einfallen lassen? Doch ein Blick auf das Display zeigte Emily, dass die Nachricht nicht von ihrer Mum kam, sondern von Ray.

Ich möchte so gern mit dir reden, aber im Augenblick ist das nicht möglich. Emily, wunderbare, süße, schöne, liebenswürdige Emily. Niemand ist jemals so für mich eingetreten wie du heute in der Schule. Du hast dich vor meinen Augen in eine Kriegerin verwandelt, und ich muss zugeben, dass das unglaublich war und … sehr, sehr sexy. Aber nun muss ich mich erst um ein paar Dinge kümmern, bevor ich weitermachen kann.

In den nächsten Stunden und Tagen wirst du in den Medien einiges über mich lesen und hören, und obwohl ich nicht möchte, dass alles an die Öffentlichkeit kommt, gibt es wohl keinen anderen Weg. Ich muss das Richtige tun. Und das bedeutet, dass ich für eine Weile bei meinem Dad untertauchen werde und auch, dass ich nicht singen darf. Kein Auftritt im Ronnie Scott's. Nicht einmal summen unter der Dusche. Kein Gesang. Das Ausmaß des letzten Satzes erschreckt mich, denn ich kann mich an keine Zeit erinnern, in der ich nicht gesungen habe. Doch noch mehr als das bereitet mir Sorgen, dass ich dich vielleicht schon verletzt habe, indem ich etwas begonnen habe, das du womöglich beenden willst, sobald sich die Neuigkeiten verbreitet haben.

Ich war dir gegenüber verschlossen, während du dich mir geöffnet hast, und es belastet mich sehr, dass ich nicht ganz ehrlich zu dir war. Aber du sollst wissen, dass du der einzige Mensch bist, dem ich zumindest einen Bruchteil erzählt habe – über meine Mum und Ida. Wenn ich der Mann sein könnte, den du verdient hast, Emily, dann wäre ich in einer Sekunde bei dir, doch du verdienst etwas viel Besseres. Jemanden, der viel stärker ist. Jemanden, der nicht zu feige ist, sein Handy zum Telefonieren in die Hand zu nehmen. Stattdessen tippe ich mir für diese Nachricht die Daumen wund.
Es tut mir sehr, sehr leid, dass ich dir Dinge versprochen habe, indem ich dich im Schnee geküsst, dich mit Käse gefüttert oder dir einen Igel gebracht habe, Dinge, die ich nun nicht halten kann … O Gott, ich habe Idris im Stich gelassen. Ich hoffe, es geht ihm/ihr gut.

Wie auch immer, diese Nachricht fällt mir schwer, und sie ist schon viel zu lang. Ich bin sicher, dass du deine

Weihnachtsaufführung im Griff hast, ganz ehrlich. Sie wird großartig werden, und übrigens werde ich dich nicht Mr Jarvis überlassen, falls er tatsächlich nur »He's Got The Whole World in His Hands« spielen kann. Ich werde den Song, den ich dir versprochen habe, fertig schreiben und dir die Noten und den Text in die Schule schicken. Und ich werde einen Klavierspieler aus dem Studio bitten, mich bei den Proben und bei der Aufführung zu vertreten. Ich wäre sehr gern dabei. Jede Sekunde dieser letzten verrückten Woche hat mir große Freude gemacht, aber es ist besser, wenn ich nicht komme. Für alle Beteiligten. Im Scheinwerferlicht sollen die Kinder stehen. Und du, Emily, die großartigste, wunderbarste Person, die daran glaubt, dass jeder alles erreichen kann.

Ich möchte noch hinzufügen, dass ich, wenn das Timing etwas besser wäre, dir gern sagen würde, dass ich dich liebe. Kann ich es trotzdem sagen? Selbst zum Abschied? Ich weiß nicht, warum ich diese Frage stelle - ich tue es einfach. Ich liebe dich, Emily Parker, und ich bin sehr dankbar für jede Sekunde, die wir zusammen verbringen konnten. Ray

Bereits beim zweiten Absatz waren Emily Tränen aus den Augen geschossen, und es wurden immer mehr, bis sie kaum noch das Display des Handys in ihrer zitternden Hand sehen konnte. Was war geschehen zwischen dem Nachmittag in Stretton Park und den wenigen darauffolgenden Stunden? Das war ein Abschied. Und sie verstand es nicht. Wie sollte das auch gehen? Die Nachricht verriet alles und nichts. Was würde sie aus den Medien erfahren? Waren Idas

Behauptungen doch wahr? Das konnte sie nicht glauben. Selbst Jonah schien Ray zu akzeptieren, sonst hätte er nicht gefragt, wie viele Tickets sie für die Aufführung in der Albert Hall haben wollte. Das ergab alles keinen Sinn, und Emily hatte keine Ahnung, was sie jetzt tun sollte. Doch irgendetwas musste sie unternehmen. Sie musste mit ihm reden. Sollte sie ihm eine Antwort schreiben? Ihn anrufen? Zu ihm fahren? Sie wusste nicht, wo sein Dad wohnte. YouTube war vergessen. Sie sprang vom Sofa auf, ging auf dem Holzboden im Wohnzimmer auf und ab und versuchte, logisch zu denken. Das konnte nicht das Ende zwischen ihnen sein, nicht jetzt, wo alles gerade erst begonnen hatte. Es konnte nicht sein, weil sie ebenfalls in ihn verliebt war.

Ihr Blick fiel auf den Pappkarton in der Ecke des Zimmers, und sie ging entschlossen darauf zu. Vielleicht war es an der Zeit, die Macht eines Igels ins Spiel zu bringen.

KAPITEL
ACHTUNDFÜNFZIG

»Ich weiß nicht, warum, aber schon beim Googeln fühle ich mich richtig schmutzig.« Allan verzog das Gesicht, während er auf seinem Laptop tippte. »›Wie man Igeln beim Gebären ihrer Jungen hilft‹. Igitt!«

Emilys Gesicht war vom Weinen gerötet, aber nachdem sie Rays Nachricht mit Jonah und Allan auseinandergenommen hatte, fühlte sie sich nicht mehr ganz so erbärmlich und verzweifelt, sondern war eher wild entschlossen.

»Bitte sehr.« Jonah reichte Emily eine Tasse heiße Schokolade mit Karamell und Kokosnuss, die er nur bei besonderen Gelegenheiten zubereitete – *Eurovision Song Contests*, königliche Hochzeiten und die letzten Folgen jeder Staffel von *How to Get Away with Murder*. »Ist das wirklich die beste Vorgehensweise? Ich weiß, dass du ihn nicht anrufen oder ihm eine Antwort schreiben willst und dass du nicht weißt, wo sein Dad wohnt, aber es muss doch etwas anderes geben, was du tun kannst, als die Geburt der Igelbabys einzuleiten.« Jonah betrachtete Idris Elba, die in eine Decke eingehüllt in der Pappschachtel schlief.

»Jonah!«, zischte Allan. »Siehst du denn nicht, wie durcheinander sie ist.«

»Natürlich sehe ich das. Deshalb habe ich ihr eine heiße Schokolade mit Karamell und Kokosnuss gemacht. Ich sage nur, dass wir versuchen sollten, Rays Adresse herauszufinden. Dann könnte Emily zu ihm fahren und unter vier Augen mit ihm sprechen. Zumindest wäre es eine bessere Option als ... das.«

»Ich habe bereits nach der Adresse von Rays Dad gesucht.« Emily schniefte heftig, um ihre vom Weinen verstopften Atemwege zu befreien. »Aber ohne Erfolg.«

»Ist ›Stone‹ sein echter Name? Prominente tragen ja oft Künstlernamen, richtig? Wir sollten uns alle im Internet verfügbaren Informationen über Ray besorgen. Manchmal erfährt man dort ihr Geburtsdatum, ihren richtigen Namen und die Namen der Partner, mit denen sie Kinder haben. Nicht dass ich damit sagen will, dass er Kinder hat«, meinte Allan. Er sprach schnell, ohne den Blick vom Bildschirm abzuwenden. »Ihh! *Das* werden wir einem Igel nicht antun!«

»Bei Wikipedia, Facebook, Twitter oder Instagram ist nichts Hilfreiches zu finden. Ray hat damit nicht so viel am Hut. Jemand von seiner Plattenfirma kümmert sich darum«, erklärte Emily.

»Habt ihr gewusst, dass die Tragezeit bei Igeln nur fünfunddreißig Tage beträgt?«, begann Allan. »Mit ein wenig Glück könnte es bei diesem Tier jederzeit losgehen ...«

»Oder im schlimmsten Fall müssten wir noch vierunddreißig Tage warten«, warf Jonah ein.

»Nun, ich bin sicher, dass es nur noch etwa eine Woche dauern wird. Sie hat schon ein ziemlich stark gerundetes Bäuchlein ...«

»Eine Woche kann ich aber nicht warten«, erklärte Emily. »Ich muss jetzt etwas unternehmen. Ray wird auf jeden Fall kommen, wenn es mit Idris Elba einen Notfall gibt. Das weiß ich genau.«

Und das war ihr grandioser Plan – sie wollte ihn unter Vorspiegelung falscher Tatsachen herlocken. Eigentlich war das nicht ihre Art. Was machte diese ganze Sache nur aus ihr?

»Wie sieht sie für euch aus?«, fragte Emily und betrachtete die friedlich schlummernde Igeldame. War das ein Zeichen für eine kurz bevorstehende Geburt? Oder sank sie gerade in den Winterschlaf, den sie im Dezember eigentlich halten sollte?

»Du sagst das so, als würdest du zwei Wildtierexperten befragen. Ich habe zwar mein Haar eine Zeit lang wie ein ausgeflippter Naturforscher getragen, aber das Wildleben, an dem ich interessiert war, hat sich in Bars in Soho abgespielt«, erwiderte Doppel-L.

Emily seufzte verzweifelt und ließ sich frustriert auf das Sofa fallen. Was machte sie da? Sie versuchte, bei einem vielleicht trächtigen oder auch nicht trächtigen Igel die Wehen hervorzurufen, um einen triftigen Grund zu haben, Kontakt zu Ray aufzunehmen. Wenn sie das wirklich wollte, sollte sie es einfach tun. Aber dann müsste sie mit Ray über ihre Gefühle zu ihm sprechen, und dieser Gedanke ängstigte sie. Außerdem spielte es vielleicht gar keine Rolle, was sie für ihn empfand. Seine Nachricht war ein Abschied gewesen. Ganz eindeutig. Andererseits hatte er ihr geschrieben, dass er sie liebte. Und fast alles aus seinem großen Rucksack, seine zwei Gitarren und seine Werkzeugtaschen befanden sich noch in seinem Zimmer. In *seinem* Zimmer, nicht im Gästezimmer. Nicht in Jonahs ehemaligem Zimmer. Jetzt war es nur noch Rays Zimmer.

»Das ist ziemlich dumm, oder?« Emily fuhr sich mit den Fingern durch ihren Pony. »Was mache ich da eigentlich? Ich sollte Idris ins Tierheim bringen, anstatt zu versuchen, ihre Babys auf die Welt zu holen.«

»Du hast gesagt, das Tierheim hätte geschlossen.«

»Das ist richtig.«

»Also, was willst du jetzt machen, Schätzchen?«, fragte Allan und ließ die Finger über der Tastatur seines Laptops schweben. »Sollen Jonah und ich weiter nach Informationen suchen, wie man das kleine Wesen zum Keuchen und Stöhnen bringen kann, bis es seine Jungen zur Welt bringt? Oder sollen wir stattdessen über das eigentliche Problem sprechen?«

Emily schüttelte den Kopf. Die Eigenarten von trächtigen stacheligen Wesen bei Google nachzulesen lenkte sie ab. Solange sie sich dieser dummen Mission widmete, hatte sie kein Verlangen nach Gin und spürte keinen Herzschmerz.

»Wenn du Ray ein bisschen Zeit und Raum gibst, wird sich vielleicht alles von selbst klären«, meinte Jonah und legte einen Arm um Emilys Schultern.

»Bist du verrückt geworden? Der Trick mit dem zu früh geborenen Igelnachwuchs ist zwar behämmert, aber ich finde es richtig, dass Emily ihm Druck machen will. Nicht immer heilt die Zeit alle Wunden, manchmal schafft sie nur mehr Distanz. Und je größer der Abstand wird, umso weiter entfernt man sich voneinander. Wie bei einer endlosen Flugzeugreise.«

»Allan, du redest Unsinn.«

»Nun, du warst ja noch nie ein Fan von Ray.«

»Das ist nicht wahr«, widersprach Jonah. »Ich gebe zu, dass ich am Anfang nicht sicher war, was ich von der ganzen Sache halten soll, aber jetzt … Ich sehe, wie sehr du ihn magst, und ich habe mich an ihn gewöhnt.«

»Er ist kein Fußpilz, Jonah. Ray ist ein netter Kerl, auch wenn er ein paar Ecken und Kanten hat. Seine Stimme ist fantastisch und sein Arsch ziemlich knackig.«

»Allan!«

»Jeans stehen ihm gut, das musst du zugeben.«

»Ich mag ihn wirklich sehr«, erklärte Emily. Sie stand auf und ging zu dem breiten Fenster hinüber, das eine Aussicht über die Dächer der Nachbarschaft bot. Der Himmel war klar und mit tausenden Sternen übersät. Wie an dem Abend, an dem sie mit Ray Kebab gegessen hatte. Und dann mit ihm auf dem Boden der Terrasse gelandet war …

»Ich mag ihn sehr«, wiederholte sie. In ihrem tiefsten Inneren wusste sie, dass es mehr war als »mögen«. Warum fiel es ihr so schwer, das zuzugeben, sogar vor sich selbst? »Ich mag ihn«, begann sie wieder. »Auf eine Weise, von der ich nie gedacht hätte, sie nach Simon noch einmal für jemanden empfinden zu können.«

»O Em«, sagte Jonah.

»Nun, wenn du so für ihn empfindest, dann frage ich mich, worum um alles in der Welt es sich bei diesen ›Neuigkeiten‹, die du in den nächsten Stunden oder Tagen erfahren wirst, handelt«, meinte Allan. »Es muss etwas sehr Wichtiges sein, wenn er dir das extra ankündigt.«

»Ich weiß es nicht«, erwiderte Emily leise. »Will ich es überhaupt wissen?«

»Natürlich willst du das«, antwortete Allan. »Sag es ihr, Jonah.«

»Em, wenn du so starke Gefühle für Ray hast wie für Simon, dann musst du es erfahren«, erklärte Jonah. »Ich sage es nur ungern, aber glaubst du, dass vielleicht doch ein Körnchen Wahrheit in den Pressemeldungen lag?«

Emily schüttelte trotzig den Kopf. »Nein, da bin ich mir ganz sicher. Ray würde niemals jemanden verletzen.« Sie dachte an Mr Jackson. Dem hatte Ray tatsächlich Schmerzen zugefügt, aber nur, um Jayden zu retten. Ihr Blick wanderte zu Idris hinüber. »Er hat innerhalb von zwei Wochen zwei Igel gerettet.« Und er hatte sie trotz ihrer Stacheln sanft in den Händen gehalten, sich Gedanken um sie gemacht, sich um sie gekümmert und sichergestellt, dass es ihnen gut ging. »So jemand würde nicht tun, was die Presse behauptet hat.«

»Ich bin ganz deiner Meinung, trotz der Brennnessel-Geschichte, die wir jedoch alle für notwendig hielten«, stellte Allan fest. »Und ich habe eine ausgesprochen gute Menschenkenntnis. Ich bin beinahe so wie dieser Patrick Jane in *The Mentalist*. Ich trage zwar keinen Dreiteiler, aber ich bin ebenso rotblond und heiß wie er.«

Plötzlich piepsten alle drei Handys gleichzeitig. Der Alarm für Eilmeldungen von BBC News klang wie der Beginn eines dramatischen Actionfilms. Und Emily gelang es aus irgendeinem Grund nicht, ihn abzustellen.

Allan griff als Erster nach seinem Telefon. »Ein weiteres Baby in der königlichen Familie? Oder bekommt Prince Philip seinen Führerschein zurück und wird Taxifahrer?«

Emily nahm ihr Handy mit einer linkischen Bewegung vom Kaffeetisch. Sie musste es nicht entsperren, um die Schlagzeile lesen zu können.

»O mein Gott!«, rief Jonah.

»Warum meldet dieses Ding eine Eilnachricht, und wenn man sie lesen will, bekommt man keine weiteren Informationen!«, beklagte Allan sich lautstark. »Dieser verdammte Huw Edwards und seine Kollegen von den digitalen Nachrichten. O Emily!« Er eilte zu ihr hinüber, schlang die Arme um sie und drückte sie so fest an sich, dass sie kaum noch Luft bekam.

Wieder stiegen ihr Tränen in die Augen, doch über Allans Schulter hinweg sah sie den Weihnachtsbaum, den sie gemeinsam mit Ray geschmückt hatte. Und in ihrer Hand hielt sie das immer noch nicht entsperrte Telefon, auf dem die Schlagzeile zu lesen war.

Eilmeldung: Musiker Ray Stone reicht gegen seine Expartnerin Klage wegen häuslicher Gewalt ein

KAPITEL
NEUNUNDFÜNFZIG

Harley Street, Marylebone

»Wann haben Sie den frühsten Termin für ihn frei?«

Ray saß auf dem gewohnten Stuhl in Dr. Crichtons Praxis und starrte auf die bösartig aussehenden schwarzen Fische, während Deborah das Kommando übernahm. In den letzten Tagen hatte er alle Seiten seiner Agentin kennengelernt, und allmählich glaubte er zu wissen, wie sich ihr nicht gerade gehorsamer Hund Tucker wahrscheinlich fühlte. Deborah hatte Ray zwar nicht befohlen, durch Reifen zu springen oder Männchen zu machen, aber er würde alles tun, was sie von ihm verlangte. Sie hatte ihm klargemacht, dass sie von nun an alles in die Hand nehmen werde und dass er sich zu fügen habe, wenn er aus dieser Situation heil herauskommen wolle. In den vergangenen Tagen hatte er viel darüber gelernt, wer für ihn da war, wem er etwas bedeutete ... Und er wusste jetzt auch, dass Scoot, seine Wüstenrennmaus, damals nicht das Zeitliche gesegnet hatte, weil er aus seinem Käfig entflohen war, sondern weil seine Mutter versehentlich seine Wasserschüssel mit Smirnoff gefüllt hatte.

Seit sich die Neuigkeiten herumgesprochen hatten, belagerten Reporter die Wohnung seines Dads, und Gio hatte ihn angerufen und sich auf seine italienische Art hysterisch beklagt, dass der neue Mieter in Rays früherer Mietwohnung von Fotografen belästigt wurde, die versuchten, über das Haupttor zu klettern. Das erstaunte Ray. Er hatte selbst ein paar Mal versucht darüberzusteigen, wenn er den Code vergessen hatte, und ein Sturz von dort oben war wirklich keine Kleinigkeit. Brenda hatte sich einiges einfallen lassen müssen, um die Presseleute von der Wohnungstür abzulenken – sie war über den äußeren Gang gelaufen und hatte geschrien, dass ein Auto in Brand geraten sei. Erst dann war es ihm gelungen, sich auf den Weg zur Harley Street zu machen, ohne verfolgt zu werden. Und nun war er hier und fühlte sich von seinem Leben so überfordert wie nie zuvor.

»Wenn ich ein paar Dinge verschiebe, könnte ich den kommenden Donnerstag möglich machen.«

Nächster Donnerstag. Er würde nächste Woche operiert werden. Er öffnete den Mund, um zu sagen, dass das unmöglich sei. Obwohl er sich mit Deborah über alles geeinigt hatte, würde ein Teil von ihm immer noch gerne im Ronnie Scott's auftreten. Und er wollte unbedingt am zwanzigsten in einer Grundschule in Islington Klavier spielen. Er schloss den Mund wieder und blieb stumm. In Wahrheit konnte er nur an Emily und die Nachricht denken, die er ihr geschickt und in diesem Moment für richtig gehalten hatte. Warum hatte er sie nicht angerufen? Oder war zu ihr gefahren? Irgendwann musste er sowieso in ihre Wohnung, zumindest um seine Sachen dort abzuholen.

»Ray«, sprach Deborah ihn laut an, ihren Mund nahe an seinem Ohr. »Hast du gehört, was der Arzt gesagt hat?«

Hatte er nach dem Datum am nächsten Donnerstag etwas verpasst? Er schüttelte den Kopf. »Es tut mir leid, ich …«

»Am nächsten Donnerstag«, wiederholte Deborah. »Dr. Crichton kann deine Operation nächste Woche durchführen. Also wirst du dich am Mittwochabend im Schutz der Dunkelheit in einen abgetrennten Bereich der Klinik begeben, und dann …«

Ray schüttelte den Kopf. »Am nächsten Donnerstag kann ich nicht.« Was kam da aus seinem Mund? Ida hatte versucht, ihn anzurufen, nachdem die Meldung in der Presse erschienen war. Damit hatte er gerechnet, und er hatte getan, was er tun musste – er hatte sie ignoriert. Er hoffte nur, dass Victoria bei ihrem Gespräch den Ernst der Lage für ihre Tochter begriffen hatte. Ray hatte sie angerufen, bevor Deborah die Nachrichtenagenturen kontaktiert hatte. Victoria hatte nicht viel gesagt und er auch nur das Nötigste. Es war ihm sehr schwergefallen, über alles zu sprechen, was vorgefallen war, selbst wenn er die vielen schmerzhaften Details wegließ. Aber er hatte sich klar und deutlich ausgedrückt. Er wollte, dass Ida Hilfe bekam, aber er war nicht in der Lage, das in die Wege zu leiten. Das musste jemand anderes in die Hand nehmen. Es war an der Zeit, dass Idas Mum sich darum kümmerte, bevor es zu spät war.

»Ray, was soll das heißen, dass du am nächsten Donnerstag nicht kannst?«, fragte Deborah. »Wir haben darüber gesprochen und einen Plan gemacht. Mit den Neuigkeiten können wir die Stimmprobleme vertuschen. Den Auftritt im Ronnie Scott's verschieben wir und sagen allen, dass du eine Auszeit brauchst, um dieses Trauma zu bewältigen. In etwa sechs Wochen gehst du wieder ins Studio, um dein neues Album fertigzustellen.« Sie holte Luft. »Und wenn wir absolut sicher sein können, dass du dich gut erholt hast, veranstalten wir ein Comeback-Konzert, vielleicht an einem viel größeren Ort. Und dann geht es wieder bergauf.«

Was gefiel ihm daran nicht? Welcher Teil in diesem Szenario, das sein Leben verändern würde, schien nicht zu passen? Er wusste, dass das die richtigen Maßnahmen waren. Die Operation war unumgänglich. Dr. Crichton hatte ihm deutlich zu verstehen gegeben, dass Dampf und eine Anpassung seiner Gesangstechnik auf Dauer nicht helfen würden. Und sein Dad und Brenda hatten ihn auf die Vorteile einer baldigen Operation hingewiesen – er würde sonst Gefahr laufen, mit sechzig an Kehlkopfkrebs zu erkranken. Ironischerweise hatte Len während der Internetrecherche dazu eine Schachtel Marlboro Light geraucht.

»Der einundzwanzigste«, erklärte Ray.

»Was?« Beinahe wäre Deborah ihre dicke Mappe von den Knien gerutscht.

»Können Sie mich am einundzwanzigsten anstatt am nächsten Donnerstag operieren?«, fragte Ray Dr. Crichton direkt.

»Ray, das ist eine Woche später«, stellte Deborah fest.

Es war der Tag nach der Weihnachtsaufführung in Stretton Park. Und darum drehten sich seine Gedanken. Auch wenn er vielleicht nicht singen konnte, würde er zumindest Klavier spielen können. Er konnte keinen Studiomusiker in Emilys Schule schicken, um mit den Kindern zu spielen, die er kennengelernt hatte. Es ging um die Songs, die er mit ihnen umgeschrieben hatte. Er hatte sich selbstsüchtig verhalten und diese Situation nur auf sich bezogen. Eigentlich hätte er viel mutiger sein müssen, bevor er die Nachricht abgeschickt hatte. Die Welt drehte sich nicht nur um ihn. Ja, Emily verdiente mehr als ihn. Jemanden, der nicht von der Presse verfolgt wurde. Jemanden, der stark und einfühlsam war und sich nicht in einer so verrückten Situation befand. Doch was Emily und die Kinder am 20. Dezember brauchten, war Selbstvertrauen. Und das entstand eher durch Vertrautheit als durch eine Veränderung. Die Kinder sollten eine Vorstellung erleben, an die sie sich in den nächsten Jahren gerne zurückerinnerten. Und dafür benötigten sie seine Hilfe.

»Am 20. Dezember habe ich einen Termin«, erklärte Ray bestimmt.

»Ray, du musst in nächster Zeit nirgendwohin, außer in den Operationssaal«, erwiderte Deborah eindringlich.

Ray beobachtete, wie Dr. Crichton auf das Display seines iPads schaute und verschiedene Icons anklickte. Zumindest kümmerte sich der Arzt um seine Bitte.

»Ray«, begann Deborah wieder. Ihre Stimme klang gereizt.

»Nur dieser eine Tag, Deborah«, betonte Ray. »Bitte, ich habe dir versprochen, alles andere so zu machen, wie du willst, aber diesen Tag brauche ich für mich.«

»Wofür?«, wollte Deborah wissen.

»Ich …« Was sollte er sagen? Nachdem Deborah das Foto gesehen hatte, auf dem sie sich im Schneetreiben küssten, hatte er ihr erzählt, dass er Emily mochte, aber von seiner Hilfe bei der Aufführung in Stretton Park wusste sie nichts. Er wollte vermeiden, dass das öffentlich wurde, auch wenn es ihn vielleicht gut aussehen lassen oder seine Karriere fördern würde. Es war Emilys Show. Und die der sechsten Klasse. *Sie* sollten im Rampenlicht stehen. »Das kann ich dir nicht sagen.«

Deborah schloss die Augen und schien so tief zu atmen, dass sogar ihre Schuhsohlen Luft bekamen. Er konnte es ihr nicht verübeln, dass sie bei all dem, was im Moment geschah, ein wenig Meditation brauchte. Zurzeit arbeitete sie härter als die Imageberater der Tories …

»Der einundzwanzigste klappt bei mir«, meldete sich Dr. Crichton zu Wort. Er hob den Blick von seinem iPad und sah die beiden an.

»Großartig«, erwiderte Ray. »Ich meine, so großartig, wie eine Operation eben sein kann.« Er schluckte. Die Angst war immer noch da. Allein bei dem Gedanken daran, das Operationshemd anziehen, die Narkosevorbereitung über sich ergehen lassen zu müssen und sich dann auf einen Tisch zu legen, wo er keine Kontrolle mehr über das Geschehen hatte, begann sein Puls zu rasen. Ganz zu schweigen von den sechs bis acht Wochen, in denen er anschließend nicht singen durfte.

»Ich bin mir nicht sicher, ob das klappt.« Deborah blätterte einige Seiten ihres Terminkalenders vor und zurück. »Das bedeutet, dass ich dich noch eine Weile länger als ›schmerzgeplagt‹ ausgeben muss.« Sie holte tief Luft. »Und da gibt es noch das Foto, das Nigel immer noch bei sich hat. Es wäre ein sehr schlechter Zeitpunkt, wenn es jetzt veröffentlicht würde.«

Ray schüttelte den Kopf. In ihm brodelte es. Wie lange hatte er das alles unterdrückt? Wie lange hatte er in seinem tiefsten Inneren vergraben, was Ida ihm angetan hatte? Führte seine bisherige Entschlossenheit, Ida zu schützen, nun dazu, dass alles noch schlimmer wurde?

»Keine Lügen mehr«, erklärte Ray. »Lass uns endlich einmal zu allen offen und ehrlich sein.«

»Ray, wenn du jetzt die Öffentlichkeit über diese Operation informierst ...«, begann Deborah.

»Was dann?«, unterbrach Ray sie und beugte sich auf seinem Stuhl vor. »Was? Wird das London Eye stehen bleiben? Wird die Festbeleuchtung in der Oxford Street abgenommen? Wird Jools' Hootenanny abgesagt?« Er stand auf, nahm Dr. Crichtons Briefbeschwerer aus Glas in die Hand und umklammerte ihn. »Ich will ehrlich sein. Das bin ich. Das ist Ray Stone, der gerade die schlimmste Zeit seines Lebens durchmacht, während sich alles in dieser Stadt in eine verdammte Weihnachtskulisse verwandelt.« Er starrte auf Dr. Crichtons medizinisches Skelett in einer Ecke des Zimmers. Es war mit Lametta behängt und trug eine Weihnachtsmannmütze. »Aber es gibt gute Neuigkeiten. Einen Lichtblick. Leuten wie Ida kann geholfen werden. Und wenn die Stimmbänder nicht richtig funktionieren, gibt es die Möglichkeit, sich operieren zu lassen.« Er wandte sich dem Arzt zu. »Niemand stirbt daran, richtig? Niemand gerät in Todesgefahr, wenn wir zugeben, dass ich mich einer Operation unterziehen muss, habe ich recht?«

Er bekam keine Antwort. Deborah sah zwar so aus, als wollte sie etwas sagen, aber vielleicht schrieb sie im Geist bereits ihre Kündigung. Er schob den Briefbeschwerer in die andere Hand, genauso, wie sein Arzt es immer tat, wenn er ungehalten war.

»Ich sage ja nicht, dass wir deswegen noch einmal eine Eilmeldung herausgeben sollten, aber ich will keine Heimlichtuerei mehr. Keine Lügen. Kein Vertuschen. Es ist meine Karriere, mein Leben«, erklärte Ray den beiden. »Und meine Entscheidung.«

In dem Raum herrschte plötzlich eine gespenstische Stille. »Also am einundzwanzigsten?«, fragte Dr. Crichton schließlich.

»Ja«, antwortete Ray. »Am einundzwanzigsten. Abgemacht.« Das Adrenalin, das bei dem Bemühen, sein Schicksal selbst in die Hand zu nehmen, durch seinen Körper gerauscht war, ebbte bereits wieder ab. Er musste mit Emily sprechen. Und eine Nachricht, die er am Morgen von Jonah bekommen hatte, verriet ihm, dass es heute Abend sein musste …

KAPITEL
SECHZIG

Grundschule Stretton Park

Bei dem Geruch von Dennis' Lakritzkonfekt drehte sich Emily der Magen um. Und was wollte er hier in der Aula, während sie die Aufführung probten? Es war doch wohl kaum schon wieder ein Feuerwehrmann zu Besuch.

»Glaubst du wirklich, im Stall von Bethlehem hat es eine überlebensgroße Karotte gegeben, Emily?«, fragte Dennis süffisant grinsend und kaute auf seinen Süßigkeiten, fast so, als wären die Proben zu ihrer Weihnachtsshow ein Blockbuster, den er sich reinziehen würde.

Sie verdrehte unverhohlen die Augen. »Es ist das einzige Kostüm, das Felix gefällt. Seine Tante hat es ihm gekauft. Esel essen Karotten, und im Stall von Bethlehem war eindeutig ein Esel mit dabei. So. Kapiert?«

»Du klingst heute ein wenig gereizt«, meinte Dennis, ohne den Blick von der Bühne abzuwenden. »Stimmt etwas nicht? Du hast doch nicht etwa schon wieder Sorgen wegen eines Diebstahls im Laden um die Ecke, Streit wegen Fußballkarten oder wegen eines prügelnden Weihnachtsmanns?«

Emily hatte jetzt keine Zeit, sich von Dennis aufziehen zu lassen. Sie war heute Morgen zu spät gekommen, weil sie mit einem Taxi zum Tierheim gefahren war und Idris Elba dort in der Wildtierstation abgegeben hatte. In den letzten Tagen hatte sie sich ein wenig Sorgen gemacht, weil sie nicht einmal das Wasser anrühren wollte, das sie ihr hingestellt hatte.

Aber sie war froh, dass Jonah und Allan nicht versucht hatten, ihr Himbeerblättertee einzuflößen, um die Wehen einzuleiten. Jedes Mal, wenn sie daran dachte, mit welcher Entschlossenheit sie an diesem Abend versucht hatte, etwas zu unternehmen, kam sie sich absolut lächerlich vor. Wie alt war sie denn eigentlich? Und dann waren die Nachrichten über Ida aufgetaucht, und sie hatte begriffen, was Ray wirklich alles durchgemacht hatte. Eine Weile hatte sie Schwierigkeiten, das Ausmaß zu erfassen. Die Schlagzeilen der ersten Berichte fuhren ihr wieder durch den Kopf. *Jahrelanger körperlicher und seelischer Missbrauch. Ray hofft, dass Ida die Hilfe bekommt, die sie braucht.* In all den Berichten wurden nur wenige Details genannt, aber es ging deutlich daraus hervor, dass Ray, das eigentliche Opfer, sich um die Frau, die ihn missbraucht hatte, Sorgen machte. Das war der Mensch, den sie kennengelernt hatte. Der Mann, der es geschafft hatte, die Barrieren vor ihrem Herzen ins Wanken zu bringen. Aber sie wusste immer noch nicht, was sie tun sollte. Er hatte sie um Abstand gebeten, doch sie wünschte sich nichts sehnlicher, als ihm nahe zu sein. Sie wollte ihm unbedingt sagen, dass es verrückt von ihm war zu glauben, ihre Gefühle könnten sich geändert haben, jetzt, wo sie das alles erfahren hatte. Aber er war verletzt worden. Und es tat immer noch weh. Sie sehnte sich danach, ihn in die Arme zu nehmen und ihm zu versichern, dass alles gut werden würde.

»Es war eine Brennnessel«, erwiderte Emily seufzend. »Mehr nicht. Und falls du es noch nicht weißt: Jaydens Vater ist inzwischen ausgezogen.«

»Nun«, sagte Dennis mit vollem Mund. »Und falls *du* es noch nicht weißt: Penny ist schwanger. Zwillinge. Sie hat es gestern Linda im Lehrerzimmer erzählt, aber es ist noch nicht offiziell, also behalte es unter deinem Hirtenhut.«

»Hast du etwa eine private Unterhaltung belauscht?«, fragte Emily entsetzt.

»Das war nicht meine Schuld«, jammerte Dennis. »Alle halten die Mikrowelle für lauter, als sie tatsächlich ist. Wie auch immer, das Wichtigste daran ist, dass sie eine Vertretung für ihren Mutterschaftsurlaub brauchen werden. Mutter ist begeistert. Sie sagt, diese Stelle könne endlich den Schwung in ihr Leben bringen, den sie sich so sehr wünscht.«

Emily schloss die Augen und versuchte, sich vorzustellen, wie eine Frau Anfang achtzig mit der ziemlich ungestümen Schlange beim Mittagessen zurechtkommen sollte. Ganz zu schweigen von der großen Menge an warmen Mahlzeiten, die für die Schüler in Stretton Park gekocht werden mussten.

»Miss Parker! Miss Parker!« Felix' gerötetes Gesicht hob sich deutlich gegen sein orangefarbenes Karottenkostüm ab.

»Was ist los, Felix?«, fragte sie und ging zur Bühne hinüber.

»Ray! Ray!«

Emily schluckte. Die Kinder hatten sich bereits mehrere Male erkundigt, wann Ray kommen würde, um Klavier zu spielen. Es war ihr gelungen, der Frage immer wieder auszuweichen. Schließlich hatte sie ihr Telefon an den Lautsprecher angeschlossen und auf YouTube einige Karaoke-Videos von Weihnachtsliedern herausgesucht, die sie mitsingen konnten. Aber das war natürlich nicht dasselbe.

»Felix meint, dass wir das Lied üben müssen, für das wir noch keinen richtigen Text haben – den Song, den wir singen, wenn Maria Jesus aus sich herauspresst!«, rief Cherry und hielt dabei die Hände links und rechts an den Mund.

»Ach je.« Dennis neigte den Kopf zu Emily hinüber. »Hoffentlich gibt es keinen Ärger in Palästina.«

»Das ist überhaupt nicht witzig, Dennis«, fauchte Emily.

»Nichts hier ist komisch.« Plötzlich überschwemmte sie das ungeheure Ausmaß der Sache, und sie kam sich vor, als würde sie bewegungslos in einer Waschanlage stehen, von den großen Walzen geschoben und gezogen und mit in den Augen brennendem Seifenwasser besprizt. »Fällt dir jemand ein, der Klavier spielen kann? Außer …«

»Mr Jarvis ist der einzige Klavierspieler, den ich kenne«, unterbrach Dennis sie. »Außer Jamie Cullum. Und wie ich gehört habe, ist der eine kleine Primadonna.«

»Ray! Ray!«

Das war das einzige Wort, dass Felix den ganzen Vormittag gesagt hatte, außer »Karotte«, als Emily versucht hatte, ihn zum Ausziehen seines Kostüms zu bewegen. Sie mussten die Szene am Ende der Aufführung proben, in der alle in ihren Lieblingsklamotten auftraten, und weil Lucas einen Zahnarzttermin hatte, mussten sie diese Probe vorziehen.

»Okay, ich arbeite an diesem Song. Wir singen ihn nach der Melodie zu ›Shallow‹. Das kennt ihr alle, also üben wir es jetzt erst einmal mit dem Originaltext und tun so, als wäre es ein Weihnachtslied. Und wenn ich dann mit dem neuen Text fertig bin, üben wir es noch einmal.« Sie drückte eine Taste auf ihrem Handy, um YouTube wieder aufzurufen.

»Aber wir können nicht mehr oft proben«, warf Makenzie ein.

»Meine Mum und mein Dad haben mich zu Hause beim Üben gefilmt«, erzählte Frema. »Sie sagen, dass ich das einzige Mädchen bin, das sowohl Weihnachten als auch Chanukka feiert, und dass sie die Clips und das Video von der Aufführung als Geschenk an alle Verwandten schicken werden.«

Jetzt wurde diese Show Wirklichkeit. Eltern und Großeltern, Onkel und Tanten, Mitglieder der Diözese und Susan Clark – alle würden kommen, zuschauen, filmen und später

Videos bei sozialen Medien einstellen. Ihre Show. Ihr Drehbuch. Hauptsächlich Rays Texte. Ihr Herz begann zu rasen.

»Über Candy Crush haben wir auch noch keinen Song«, rief Jayden.

»Meine Mum hat es gestern Abend wieder gespielt«, berichtete Rashid. »Sie ist schon richtig gut.«

»Meine auch«, stimmte Jayden ihm zu.

»Lakritz?« Dennis hielt Emily die Tüte hin.

Sie schüttelte den Kopf und griff nach ihrem Handy, als ein Piepen ihr eine Nachricht ankündigte.

»Die Kavallerie?«, fragte Dennis und versuchte, einen Blick auf das Display zu werfen. »Jemand, der auf die Tasten hauen kann?«

Jonah hatte ihr geschrieben.

Hi! Planänderung für die Show in der Albert Hall heute Abend. Allan muss länger arbeiten und seine neuen Mitarbeiter ein wenig motivieren. Wir treffen uns um 19 Uhr am üblichen Eingang.

Das Weihnachtskonzert in der Albert Hall. Nur die Vorfreude darauf hatte sie durch diese Woche gebracht, während sie versucht hatte, so zu tun, als würde sie nicht ständig darauf warten, dass Ray zur Tür hereinkam – und wenn auch nur, um seine Sachen zu packen. Normalerweise waren sie zu dritt irgendwo in der Nähe der Albert Hall essen gegangen und hatten danach, vom Glühwein ein wenig angeheitert, die Vorstellung besucht. Jetzt würde sie allein essen müssen, ein Tonic Water dazu trinken und sich dann ein Taxi gönnen oder mit der U-Bahn fahren …

»Also gut, Klasse sechs, alle in den Stall«, ordnete Emily mit mehr Selbstvertrauen an, als sie empfand.

KAPITEL
EINUNDSECHZIG

Crowland Terrace, Canonbury, Islington

Warum nur überkam sie die Inspiration immer dann, wenn sie sich gerade aufbrezelte? Emily stand in ihrem Schlafzimmer, das schwarze Kleid mit Goldfäden erst halb übergestreift, das Haar zerzaust. Ihr Pony fiel ihr in die Augen, während sie an einem Stift kaute wie an einem bereits abgenagten Hühnerflügel und die Musik noch einmal abspielte. Sie hatte den Text für eine Strophe von »Shallow« geschrieben und den Song vorläufig »Im Stall« genannt. Und nun fielen ihr plötzlich eine Menge Zeilen für den Refrain ein. Wer hätte gedacht, dass sie in nur wenigen Wochen lernen würde, wie man Songs schrieb? Es war kaum zu fassen.

Und dann hörte sie trotz des Gesangs von Lady Gaga aus dem Lautsprecher ihres Handys, wie die Wohnungstür aufgeschlossen wurde. Jonah? War Allan doch schon eher mit seiner Arbeit fertig geworden? Sie hielt die Musik an, streifte den zweiten Ärmel des Kleids über und zog den Stoff über ihre Schulter. Sie hatte gerade erst ein am Vortag abgelaufenes Panini mit Salami verdrückt – ärgerlich, wenn die beiden jetzt doch mit ihr abendessen gehen wollten.

»Hallo? Jonah?« Sie schlüpfte in die hübschen Pumps, die sie vor einer Weile in Brixton gefunden hatte – schwarzes Krokodilmuster mit einer goldenen Kappe an den Zehen –, und nahm ihre Haarbürste in die Hand. Sie hatte eine Hochsteckfrisur geplant, aber dafür blieb ihr keine Zeit mehr. Und vom Eingang war kein Ton zu hören. Es hatte sich doch angehört, als wäre die Tür ordnungsgemäß mit einem Schlüssel geöffnet worden. Und nicht nach einem Einbruch, oder etwa doch? Sie erstarrte und umklammerte ihre Haarbürste. Sollte sie hierbleiben? Warten, was als Nächstes geschah?

Als ein Schatten auf die Türschwelle fiel, stockte ihr der Atem. Eine Gestalt in einem Smoking. Ray stand nur ein paar Meter entfernt von ihr und hatte noch nie so gut ausgesehen. Ihr stiegen Tränen in die Augen, aber sie konnte den Blick nicht abwenden. Seine Größe, seine breiten Schultern, der leichte Drei-Tage-Bart auf seinem Kinn, diese ungewöhnlichen Augen …

»Hey«, begrüßte er sie.

Hey. Einfach so. Das war der Ray, den sie kannte. Emily schluckte. Mit einem Mal war sie verlegen und gehemmt und wusste nicht so recht, warum. Sie hatte nicht mit ihm gerechnet. Obwohl sie ständig auf ihn gewartet hatte.

»Hallo«, erwiderte sie. »Ich habe dich für Jonah gehalten. Oder für Allan. Oder …« Es fiel ihr niemand mehr ein, der einen Schlüssel zu ihrer Wohnung hatte. Allmählich sollte sie etwas Vernünftiges von sich geben. »Bist du gekommen, um deine Sachen zu holen?« Das hatte sie nicht sagen wollen. Sie hatte sich dieses Szenario zwischen Rays letzter Nachricht und Idris Elba unzählige Male vorgestellt.

»Nein.« Er trat einen weiteren Schritt auf sie zu. »Ich bin deinetwegen hier.«

Ihr Herzschlag wurde schneller, als er noch näher kam. Sie wusste nicht, was sie darauf sagen sollte.

»Falls es noch nicht zu spät ist«, fügte Ray hinzu. »Falls ich noch nicht alles ruiniert habe. Falls du nicht zu dem Schluss gekommen bist, dass ich so schwach und mitleiderregend bin wie meine letzte Nachricht an dich. Was ich übrigens tatsächlich bin. Aber ich hoffe, ich kann das ändern und mich weiterentwickeln.«

Er stand ihr jetzt genau gegenüber, so nahe, dass kaum noch ein Lamettafaden zwischen sie gepasst hätte. Emily hatte nicht geglaubt, ihm noch einmal so nahe sein zu können.

»Verdammt, das hat sich schrecklich angehört.« Er seufzte.

»Ich halte dich nicht für schwach«, entgegnete Emily. »Für mich bist du der mutigste Mensch, den ich je kennengelernt habe.« In ihrer Kehle stieg ein Schluchzen auf, das sie nicht rechtzeitig unterdrücken konnte. »Was du alles durchgemacht hast …«

»Schhh.« Ray streckte die Hand aus und strich ihr übers Haar. »Ich möchte dir einiges erzählen.« Er hielt einen Moment inne und überlegte, wie er weitersprechen sollte. »Du sollst alles erfahren, aber zuerst müssen wir uns um das Weihnachtsspektakel kümmern.«

Emily lachte laut. Ray hatte das Wort Spektakel so ausgesprochen, wie Allan es tun würde, und das sagte ihr, dass ihre beiden Freunde irgendetwas mit Rays Auftauchen bei ihr zu tun hatten. Im Augenblick war es ihr gleichgültig, was genau sich abgespielt hatte – sie war einfach nur froh, dass er bei ihr war.

»Ich weiß, ich habe es nicht verdient, aber würdest du mit mir zu der Weihnachtsshow gehen?«, fragte Ray leise und strich mit dem Finger sanft über ihr Kinn.

»Warte mal.« Sie schaute ihm in die Augen. »Werde ich tatsächlich von Ray Stone, dem selbst ernannten Grinch, gefragt, ob ich mit ihm zum großen Weihnachtskonzert in der Albert Hall gehen möchte?«

»Nun, du hast gerade selbst gesagt, dass ich mutig bin«, konterte Ray.

Emily lachte. »Das stimmt.« Sie legte ihre Arme um seine Taille und zog ihn zu sich heran. »Und ich habe es ernst gemeint.« Sie hielt ganz still und genoss seine Nähe.

Ray küsste sie zart auf die Wange, und bei dieser federleichten Berührung, die sich anfühlte wie der Hauch eines Versprechens, schloss sie die Augen. Dann trat er einen Schritt zurück und nahm ihre Hände in seine.

»Bist du bereit?«, fragte er. »Ich habe gehört, dass wir dort sitzen werden, wo am Ende der Kunstschnee von der Decke rieselt.«

Emily lächelte. »Ich bin bereit.«

KAPITEL
ZWEIUNDSECHZIG

Albert Hall

»Okay, das hatten wir bisher noch nie«, stellte Allan fest, als sie vor dem historischen Gebäude warteten, um ihre Tickets vorzuzeigen und sich dem Sicherheitscheck zu unterziehen.

»Es tut mir sehr, sehr leid.« Ray legte einen Arm um Emilys Schultern, um sie vor dem kalten Wind zu schützen, der um das Haus fegte.

Er entschuldigte sich, weil das alles seine Schuld war. Seit sie Emilys Apartment verlassen hatten, waren sie von Fotografen verfolgt worden, und während sie nun vor der Albert Hall warteten, waren noch mehr von ihnen aufgetaucht. Sie schossen Fotos und stellten ihm Fragen, die er, so gut es ging, zu ignorieren versuchte. Er überlegte, ob er nach vorn gehen und um eine Vorzugsbehandlung bitten sollte, falls sie nicht bald in das Gebäude gelassen wurden, obwohl er das normalerweise nur äußerst ungern tat.

»Glaubst du, sie bringen eine Meldung über uns in den Nachrichten?«, fragte Allan, während er bei jedem Wort einen Schmollmund zog und für die Kameras posierte, die auf sie gerichtet waren.

»Ich hoffe nicht.« Ray ging einen Schritt vor, als die Schlange sich bewegte.

»Schon gut«, flüsterte Emily ihm zu. »Meinetwegen musst du dir keine Sorgen machen.«

Doch das ließ sich kaum vermeiden. Sie war die einzige Person, um die er sich wirklich sorgte. Sie hatte nicht um diese Aufmerksamkeit gebeten, und nun war sie mitten in diesen Trubel geraten. Das war es, was er in ihr Leben bringen würde: das Chaos eines Promis. War das fair? Er verdrängte diesen Gedanken und betrachtete das unter Denkmalschutz stehende, jetzt hell erleuchtete Gebäude; die roten Ziegel schimmerten, und der Stern auf dem Weihnachtsbaum neben ihnen funkelte. Auf jeden Fall war es nicht fair, dass sich seine Situation nicht verbesserte, obwohl er die Wahrheit ans Licht gebracht hatte. Die Journalisten waren immer noch hinter ihm her, auf der Jagd nach einer Story.

»Ray, haben Sie mit Ida über die Anschuldigungen gesprochen?«, rief ein Reporter.

Er schloss die Augen und wünschte, sie würden alle verschwinden. Am besten äußerte er sich gar nicht dazu. Jede Antwort konnte gegen ihn verwendet werden. »Gibt es dort drin Popcorn?«, fragte er die anderen.

»Eiscreme«, erwiderte Allan. »Und was für welche! Ich weiß, was du jetzt denkst, mein Freund: Es ist zu kalt für Eiscreme. Aber glaub mir, unter all diesen Lichtern und neben all den Leuten, die singen und schunkeln und feiern, wirst du dich in der Pause nach einer großen Portion Vanilleeis sehnen.«

»Prima.« Ray nickte.

»Und es gibt noch eine weitere gute Nachricht«, fügte Jonah hinzu. »Ich bin sicher, dass keiner dieser Reporter eine Eintrittskarte für die Aufführung besitzt.«

»Wollen wir es hoffen«, erwiderte Ray.

*

Emily drückte Rays Hand, als sie ihre Plätze etwa zehn Reihen vom Orchester entfernt gefunden hatten. Sie war jedes Mal begeistert, wenn sie in die Albert Hall kam. Das Gebäude mit den roten Plüschsitzen und den kunstvollen Verzierungen an den Wänden des kreisrunden Saals war beeindruckend. Beim Anblick der Logen mit den Vorhängen und Volants und den Bogen auf der Galerie fühlte man sich in eine längst vergangene Zeit zurückversetzt. Der große Saal war mit Weihnachtsbeleuchtung geschmückt und wirkte majestätisch. Für Emily war das der eindrucksvollste Ort, den sie kannte.

»Fantastisch, nicht wahr?«, hauchte sie, ließ den Blick durch den Saal schweifen und betrachtete jedes kleine Detail in seiner Umgebung.

»Ein wunderschönes Gebäude«, stimmte Ray ihr zu. »Und die Akustik ist großartig.«

»Hast du hier schon gespielt?«, fragte Emily plötzlich.

»Gütiger Himmel, nein.« Ray schüttelte den Kopf. »Nein. Um hier auftreten zu dürfen, muss man schon etwas ganz Besonderes sein.«

»Nun ja«, meinte Emily. »Eines Tages …«

»Ja«, erwiderte Ray. »Vielleicht eines Tages.« Er lächelte sie an. »Hör zu, Emily, ich muss dir vor dem Konzert noch etwas sagen.«

»Ich habe gedacht, wir unterhalten uns später«, meinte sie.

»Ja, ich weiß«, erwiderte er. »Das tun wir auch. Ich wollte nur …«

Sie hatte keine Ahnung, was er ihr sagen wollte. Was war so dringend, dass es nicht ein paar Stunden warten konnte? Sie hatten es doch verdient, sich eine Auszeit zu gönnen, sich zu entspannen und den schönsten Weihnachtsliedern zu lauschen.

»Die Paparazzi dort draußen«, begann Ray.

»Ich habe dir doch gesagt, dass mich das nicht stört«, versicherte Emily. »Ich verstehe das. Es gehört zu deinem Leben, und du kannst nichts dagegen tun. Wenn ich die Wahl habe, mit dir hier zu sein und dafür diese Leute in Kauf zu nehmen, oder stattdessen ganz auf dich verzichten müsste, dann ...«

»Ich weiß«, unterbrach er sie. »Das ist mir klar. Ich weiß es zu schätzen, dass du das sagst, aber ... nun ja, als wir ...« Er schluckte, bevor er fortfuhr. »Eine Zeitung besitzt ein Foto von uns auf der London Bridge. Du weißt schon, wo wir uns ...«

Er musste das Wort »geküsst« nicht aussprechen, denn Emily erlebte im Geist sofort jede einzelne erregende Sekunde wieder. Sie war ganz und gar in diesen magischen, prickelnden Moment vertieft gewesen. Der Gedanke, dass sie jemand dabei beobachten könnte, war ihr nicht gekommen. Und es war ihr auch egal gewesen. Sie nickte. »Okay.«

»Okay?«, fragte Ray. »So viel, wie sie gerade über mich berichten, werden sie es sicher irgendwann veröffentlichen.« Er seufzte. »Dabei habe ich alles versucht, um das Foto zurückzuhalten.«

»Du hast dich darum bemüht, dass es nicht gedruckt wird?«, fragte Emily. Allmählich füllten sich die Sitze, das Publikum strömte herein und bereitete sich auf den Beginn der Aufführung vor. Im Saal ertönte leise weihnachtliche Instrumentalmusik.

»Ja«, bestätigte Ray. »Ich wollte nicht, dass du in irgendwelche PR-Geschichten hineingezogen wirst. Und ... ich wollte auch nicht, dass Ida davon erfährt.« Er verstummte, und auf seinem Gesicht erschien ein beinahe unerträglich trauriger Ausdruck. »Sie ist jetzt bei ihrer Mum in Leeds.

Anscheinend hat sie dort einen Platz in einer Einrichtung bekommen.«

»Das ist gut.«

Emily wusste nicht, was sie sonst dazu sagen sollte, also schob sie wortlos ihre Hand in seine und hielt sie fest. »Hast du dieses Foto von uns auf der London Bridge gesehen?«

»Ja«, antwortete Ray. »Deborah hat es mir gezeigt. Ich glaube, der Redakteur hat das Bild bisher nur noch nicht veröffentlicht, weil sie während ihrer Collegezeit einmal mit ihm geschlafen hat.«

»Und wie sehe ich aus?«, wollte Emily wissen. »Tauge ich für die Titelseite oder nur für ein Miniaturbild?«

Ray drückte ihre Hand. »Sogar für eine farbige Beilage, Miss Parker. Ganz ohne Zweifel.«

»Gut«, meinte Emily. »Dann wird meine Mutter sicher begeistert sein.«

KAPITEL
DREIUNDSECHZIG

MP Free Studio, Islington

»War das nicht fantastisch!«, schwärmte Emily, als Ray die Tür aufschloss und sie aus der Kälte nach drinnen traten. »All diese Instrumente! Und die Weihnachtslieder! Saxofone, Trompeten … Und glaub nur nicht, ich hätte nicht bemerkt, dass du mitgesungen hast, Ray Stone.«

Ray lächelte sie an, während er seinen Mantel abstreifte und die Fliege lockerte. Er hatte nicht laut gesungen, aber mit den Lippen die Worte geformt. Er konnte sich nicht daran erinnern, wann ihm das mit einem Weihnachtslied zum letzten Mal passiert war. Doch in diesem Saal mit tausenden Besuchern in festlicher Stimmung war es ihm schwergefallen, sich der Atmosphäre zu entziehen. Dazu beigetragen hatten auch die Weihnachtsbäume und Rentiere und die beeindruckende Lichtshow, außerdem natürlich der Kunstschnee, der als Höhepunkt von der Decke des pompösen Konzertsaals gerieselt war. Allan und Jonah hatten während der gesamten Aufführung begeistert mitgesungen und selbst auf dem Weg zur U-Bahn immer noch vor sich hin geträllert, bis sie sich von ihnen verabschieden mussten. Nach der zweiten Portion Vanilleeis hatte Emily Ray erklärt, dass sie unbedingt ein Klavier bräuchte, und da sie sich nicht auf die Bühne der Albert Hall schleichen und den Flügel dort in Beschlag nehmen wollten, war das Studio die beste Lösung.

»Komm schon«, sagte Emily, als Ray die Tür zum Studio

zwei, seinem Lieblingsraum, öffnete. »Gib zu, dass dir der Abend gefallen hat.«

Erleichtert, dass das Studio leer war, schaltete er das Licht an. »Es war fantastisch«, gestand er. »Ich bin tatsächlich ein wenig in festliche Stimmung gekommen.« Er senkte die Stimme zu einem Flüstern. »Aber verrate es niemandem.«

Emily lachte. »Gut so.« Sie betrat hinter ihm den Raum und sah sich an seinem Arbeitsplatz um. »Denn ich brauche deine Hilfe, um mein neues Lied fertigzustellen.«

»Hast du denn schon damit begonnen?« Ray warf seinen Mantel auf das Sofa.

»Ja natürlich!«

»Geht es wieder darum, dass du an den Weihnachtsfeiertagen ein Buch *gelesen* hast und das schön *gewesen* ist?«

Emily blieb der Mund offen stehen. »Frechheit! Das war mein allererster vorsichtiger Versuch, einen Songtext zu schreiben!«

»Tut mir leid«, entschuldigte Ray sich. »Lass es mich hören.«

»Begleitest du mich am Klavier?«, bat sie.

Ray warf einen Blick hinüber zu dem glänzenden schwarzen Flügel und dem Hocker, auf dem er sich schon seit so langer Zeit wohlfühlte. Er schluckte, betrachtete ihn noch einmal und bewunderte, wie er in der Studiobeleuchtung schimmerte. Würde er die Operation gut überstehen? Würde er danach immer noch die Töne singen können, die ihn berühmt gemacht hatten? Oder war das Ende seines Erfolgs erreicht? Kam jetzt die Zeit, in der Sam Smith ihn ablösen und alle Stadiontouren machen und man seine Songs nur noch im Radio hören würde?

Er schüttelte sich und ging ein paar Schritte nach vorn. Er musste für den Augenblick leben; darum ging es doch.

»Komm und setz dich zu mir.« Er zog den Lederhocker zu sich heran, nahm darauf Platz und bedeutete Emily, zu ihm zu kommen. Und dann begann er zu spielen, einen Song, an dem er gearbeitet hatte, bevor der Alptraum in seiner Karriere begonnen hatte.

»Als ich das letzte Mal neben dir auf einem Klavierhocker gesessen habe, hast du mich dazu gebracht, vor den Gästen einer überfüllten Bar in Mayfair zu singen«, erinnerte sich Emily. Sie strich ihr Kleid mit den Händen glatt, bevor sie sich neben ihm niederließ.

»Das weiß ich noch«, erwiderte Ray und spielte leise weiter. Allerdings ruhte dabei sein Blick auf ihr und nicht auf den Tasten unter seinen Fingern. »Einen intimeren Moment hatte ich in der Öffentlichkeit wohl noch nie.«

»Es war …«, begann Emily.

Er hielt den Atem an und fragte sich, was sie nun sagen würde. Was hatte ihr der Augenblick bedeutet? Was würde er sich wünschen?

Sie seufzte tief. »Es war der Moment, in dem ich erkannt habe, dass ich dabei bin, mich in dich zu verlieben.«

Ihre Blicke trafen sich, und plötzlich hatte er Schwierigkeiten, die richtigen Tasten zu finden. Ein Finger landete immer wieder und wieder auf dem eingestrichenen C. Immer langsamer und langsamer, bis Ray schließlich zu spielen aufhörte.

»Ray«, begann Emily.

»Warte.« Er nahm die Hände von den Tasten und drehte sich leicht, sodass sie sich in die Augen blicken konnten. »Ich muss dir noch etwas erzählen. Etwas, das ich in meiner Nachricht bereits angedeutet habe.« Er hatte das heute hundert Mal durchgespielt. *Sei ehrlich. Sprich alles offen aus. Die Wahrheit kann dir niemals wirklich schaden.*

»Worum geht es?«, wollte Emily wissen und musterte ihn

mit ihren wunderschönen Augen. »Du kannst mir alles sagen. Das sollst du wissen, jetzt mehr als je zuvor.«

Doch er fühlte sich immer noch unbehaglich, denn niemand wusste, wie die Sache ausgehen würde. Er nahm ihre Hände in seine. »Der Grund, warum ich dachte, dass ich bei der Aufführung nicht mitmachen kann ... der Grund, warum ich dir einen anderen Klavierspieler besorgen wollte ... Es geht darum, dass ich ...« Er atmete tief durch. »Ich werde eine Weile nicht singen können. Überhaupt nicht.«

Er spürte, dass seine Stimme belegt war, und sehnte sich danach, sich zu räuspern, doch das hatte Dr. Crichton ihm strengstens verboten. Er hielt kurz inne und atmete noch einmal durch, bevor er weitersprach.

»Ich muss mich operieren lassen.« Rasch fuhr er fort. »Meine Stimmbänder sind ziemlich kaputt, und mein Arzt möchte, dass ich mich so schnell wie möglich unters Messer lege.«

»O Ray!«, rief Emily und drückte betroffen seine Hände.

»Und ich weiß nicht, wovor ich mehr Angst habe. Vor einer Operation, wie meine Mum sie hatte ... und nach der sie nicht mehr aufgewacht ist. Oder davor, dass ich die Operation zwar überlebe, aber danach meine Stimme für immer verloren habe.«

»Ray, du musst positiv denken. Es wird alles gut gehen«, versicherte Emily ihm.

»Wenn man den Statistiken glauben darf, hast du wahrscheinlich recht. Mein Dad und Brenda glauben an Statistiken, aber eine geisterhafte Stimme in meinem Kopf sagt mir, dass nicht immer alles so kommt, wie man es sich wünscht. Und im Augenblick läuft einiges schief bei mir ...«

»Nun, was ist das Schlimmste, das dir passieren könnte?«, fragte Emily.

Eigentlich sollte das offensichtlich sein, aber das war es nicht. Er dachte einen Moment lang nach, um ihr wahrheitsgemäß antworten zu können.

»Dass ich sterbe«, erwiderte er schließlich. Gar kein Leben war eindeutig schlimmer als ein Leben ohne Karriere. Er hatte die Welt nie so verzerrt gesehen wie seine Mutter. Das Leben war kostbar, etwas, woran man festhielt, gleichgültig, welche Kämpfe man austragen musste.

»Na bitte«, sagte Emily leise.

»Okay.«

»Du musst darauf vertrauen, dass dein Arzt nicht vorhat, dich umzubringen«, erklärte Emily nüchtern. »Sich darüber Gedanken zu machen beeinflusst das Ergebnis nicht. Wenn du dich darum sorgst, verschwendest du nur wertvolle Lebenszeit an etwas, das wahrscheinlich eh nicht eintreffen wird.«

»*Wahrscheinlich* sagst du«, wiederholte Ray seufzend. »Was bedeutet das schon?«

»Ray, glaubst du etwa, Simon hätte sich Gedanken darüber gemacht, dass er eines Tages auf seinem Weg nach der Arbeit zur U-Bahn von einem Betrunkenen überfahren werden könnte?«

Wenn sie das so formulierte, kam er sich vor wie ein Idiot, weil er diese Unterhaltung überhaupt begonnen hatte. Was war nur los mit ihm?

»Hey«, sagte er rasch. »Ich wollte das in keiner Weise mit Simons Schicksal vergleichen. Und ich wollte auch kein Mitleid. Ich weiß nicht so genau, was ich eigentlich wollte … Wahrscheinlich brauche ich jetzt jemanden, der diese Unterhaltung beendet, damit ich mich nicht länger zum Volltrottel mache.«

»Hör zu«, begann Emily sachlich. Sie hielt immer noch

seine Hände fest, und ihre zarten Finger, die unter seinen verschwanden, waren erstaunlich kräftig. »Ich vertraue darauf, dass das Universum, das dich in den Schuppen neben meiner Schule geführt und dafür gesorgt hat, dass ich mich in dich verliebe, dich mir jetzt nicht wieder wegnehmen wird. Dann wäre mein Leben eine schrecklich deprimierende Lovestory, von der selbst Paramount die Finger lassen würde.«

Ihre Worte entlockten ihm ein Lächeln, und er spürte, wie er sich ein wenig entspannte.

»Wann gehst du ins Krankenhaus?«, wollte sie wissen.

»Das war die große Frage«, erwiderte Ray. »Ich konnte es einfach nicht über mich bringen, einen anderen Pianisten für deine Show zu engagieren.« Er holte Luft. »Es ist mir wichtig, dass die Kinder ihr Ding durchziehen können und dass alles so wird, wie du es dir vorstellst. Außerdem will ich das auf keinen Fall verpassen.« Er lächelte. »Also habe ich ihnen gesagt, dass ich erst am einundzwanzigsten kommen kann. Ich werde wahrscheinlich an Weihnachten noch im Krankenhaus sein, aber du weißt ja, dass ich mir sowieso nicht viel aus diesem Tag mache.«

»Und ich habe schon gedacht, ich hätte deine Meinung heute ändern können.«

»Du hast viel mehr bewirkt als nur das, Emily Parker«, sagte Ray leise. »Du hast meine Welt wieder zurechtgerückt.«

Sein Herz klopfte heftig. Ihre Hände in seinen, ihr Körper so nahe neben ihm. War es zu früh, ihr alles zu gestehen?

»Spielst du für mich?«, bat Emily. »Und wenn es nötig ist, dann übernehme ich dieses Mal den Gesang.«

Im Stall

– zur Melodie von »Shallow« von
Lady Gaga und Bradley Cooper

Wird er heute noch geboren?
Unter einem Stern verloren?
Oder muss der Stern noch länger blinken?
Und Maria würde gern ein Glas Wein trinken?
Gott ruft: Mein Sohn wird kommen.
Haltet inne und lauscht.
Eine Veränderung ist angesagt,
Ein Neuanfang wird nun gewagt.

Die Hirten bringen ihre Herden,
Die Heiligen Drei Könige dürfen nicht müde werden.
All ihre Kraft braucht nun Maria,
Josef hält Wache und ist für sie da.
Gott ruft.
Die Stunde kommt, das Schicksal naht.
Ein Gebet wird uns vereinen,
bei seiner Ankunft wird die Erde weinen.

Hier im Stall
Wird ein Kindlein sich betten,
Die ganze Welt wird es für uns retten.
Es wird das Böse besiegen und uns zusammenbringen.
Und wir werden frei sein von Furcht.

Refrain

Er liegt in der Krippe, Krippe,
In der Krippe, K-K-K-Krippe
In der Krippe, Krippe.
Wir sind nun alle im Stall.
Oh oh oh oh …

Jesus ist uns geboren,
Seht nur, wie schön er ist.
Er ist noch süßer als Meghans und Harrys Sohn.
Ein König für die ganze Welt,
mit dem eine neue Dämmerung beginnt.
Wir sind nun alle im Stall.

Er liegt in der Krippe, Krippe,
In der Krippe, K-K-K-Krippe
In der Krippe, Krippe.
Wir sind nun alle im Stall.

Ray hatte sich nicht zurückhalten können und in Emilys Gesang eingestimmt. Sie hatten die vergangene Stunde damit verbracht, den Song gemeinsam fertigzustellen, aber die meisten Ideen waren von ihr gekommen. Er sah ihr an den Augen an, dass sie dabei an ihre Schulklasse dachte und für ihre Kinder aus dieser Aufführung etwas Besonderes machen wollte. Am Anfang war es vielleicht nur darum gegangen, für ihre Chefin eine Show auf die Beine zu stellen, in der Hoffnung, sich damit eine Beförderung zu verdienen, doch jetzt standen ihre Kinder, die ihr so sehr am Herzen lagen, im Mittelpunkt. Das war der perfekte Song für die Schlussszene der Weihnachtsgeschichte von Stretton Park.

Er spielte die letzten Akkorde und schaute dann Emily an. Die Emotionen, die durch ihr gemeinsames Werk entstanden waren, überwältigten ihn, und er zitterte leicht. Ihre Beine berührten sich, und er spürte, dass auch sie so empfand. Er schwieg, aus Furcht, diese Verbindung, die zwischen ihnen in der Luft pulsierte, zu zerstören. Energie, Funken, Spannung – alles auf den wenigen Zentimetern zwischen ihnen. Doch wie lange würden sie so nah nebeneinander sitzen bleiben können, ohne miteinander zu sprechen? Und etwas zu tun kam nicht in Frage, oder? Es war wohl besser, sie ließen es langsam angehen.

»Ray.« Emilys leise Stimme klang rau.

»Ja.« Er wagte es nicht, mehr zu sagen.

»Du hast in der Nachricht, die du mir geschickt hast, noch etwas geschrieben«, fuhr sie fort und schien näher an ihn heranzurücken.

»Ja«, sagte er wieder. Er rief sich all die dummen Sachen ins Gedächtnis, die er ihr mitgeteilt hatte. Worüber wollte sie mit ihm sprechen? Jetzt, wo er sich so sehr nach ihrer Nähe sehnte?

»Du hast gesagt …« Sie hielt inne und fuhr sich mit der Zunge über die Lippen. »Du hast gesagt, dass du mich liebst.«

Ihre Stimme war nur ein Flüstern, und ihre Worte berührten zuerst seine Haut und sanken dann tief in ihn ein. Das gehörte nicht zu den *dummen* Sachen. Diese Worte hatte er sehr ernst gemeint.

»Ja«, erwiderte er. »Ich erinnere mich daran.« Seine bevorstehende Operation machte ihm große Angst, aber diese Situation war noch etwas ganz anderes. Im Augenblick fühlte er sich, als würde jemand einen Pürierstab in seinem Bauch herumdrehen. *Er liebte sie.* Sein Herz hatte dieses Gefühl akzeptiert, doch nun musste er sich entscheiden, ob er sich dazu bekennen wollte. Er kannte die Antwort bereits, aber noch wichtiger war es, wie Emily darüber dachte.

»Hast du das ernst gemeint?«, fragte sie ihn.

Nach einer Weile nahm er die Hände von den Klaviertasten. Sie zitterten, ebenso wie alle Nervenenden in seinem Körper. Nervös presste er die Handflächen an seine Oberschenkel. Doch dann sah er sie direkt an, nahm ihren Anblick in sich auf und ließ sich Zeit, um alle zarten Linien und Konturen zu bewundern. Das rotbraune Haar, das ihr Gesicht umschmeichelte, das süße Kinn, das sie nicht mochte, wie sie ihm gestanden hatte, ihre Lippen, deren Form er bereits so gut kannte.

»Ich habe es ernst gemeint«, erwiderte er schließlich und atmete tief aus, während seine Emotionen immer stärker wurden.

»Sag es noch einmal«, bat Emily ihn. Sie legte die Hände an das Revers seiner Smokingjacke, strich den Stoff glatt und hielt sich daran fest.

Ray schluckte; sein Herz schlug ihm bis zum Hals, und er bemühte sich verzweifelt, seinen Atem unter Kontrolle zu bringen. »Ich liebe dich.«

»Sag es noch einmal«, wiederholte Emily flüsternd und rückte ein Stück näher an ihn heran, sodass sich ihre Körper auf dem Klavierhocker ganz berührten.

Dieses Mal zögerte er nicht, aber seine Stimme klang erstickt vor Verlangen. »Ich liebe dich, Emily.«

Seit sie begonnen hatten, das Lied gemeinsam zu singen, hatten sich immer stärkere Gefühle in Emily aufgebaut. Der wunderschöne Weihnachtsbaum in diesem kleinen Studio machte den Moment noch festlicher und romantischer, und Emily spürte, wie sie ihr Herz ganz und gar an Ray verlor. Bis vor ein paar Wochen hatte sie geglaubt, niemals über Simon hinwegzukommen, geschweige denn, noch einmal jemanden so zu lieben, und nun befand sie sich plötzlich auf Neuland und hatte keine Angst davor, sich weiter zu wagen und alles zu erforschen.

Emily schmiegte sich an ihn. Sie wollte in seine Augen schauen und herausfinden, welcher Ausdruck in dem funkelnden Bernstein lag. Es fiel ihr schwer, das Zittern in ihrem Körper zu unterdrücken und ganz still zu bleiben, aber auch wenn sie wusste, was sie sich als nächsten Schritt wünschte, wollte sie Ray ein wenig Zeit geben. Er sollte sich ebenfalls sicher sein.

»Ray«, flüsterte sie, hob die Arme und fuhr ihm mit den Fingern durchs Haar. Sie beobachtete, wie er die Augen schloss, während sie mit einigen Strähnen spielte und sie hinter seine Ohren strich.

»Ja?«, fragte er mit tiefer, heiserer Stimme und öffnete die Augen wieder.

»Ich liebe dich auch.«

Sie beobachtete die Wirkung ihrer Worte und sah, wie die Pupillen in seinen schönen Augen reagierten. Ihr Herz schien in Flammen zu stehen, und sie küsste ihn, zuerst langsam und dann mit all der Kraft ihrer Leidenschaft, die sie in diesem Moment empfand.

Ray erwiderte ihren Kuss, sein Mund folgte ihrem, hungrig und schnell, während sie ihm das Jackett von den Schultern streifte. Mit einem Mal schien der Hocker zu klein für ihre Umarmung zu sein. Er half ihr mit einer Bewegung, das Jackett auszuziehen, ohne sich von ihren Lippen zu lösen und den Kuss zu beenden.

Emily zog ihm die bereits gelockerte Fliege vom Hals und begann, sein weißes Hemd aufzuknöpfen. Sie stand auf und löste sich dabei einen Moment lang von seinen Lippen, bevor sie ihn weiter küsste und ihm dabei das Hemd von den Schultern schob.

»Hey.« Ray stand ebenfalls auf und rückte mit einem Knie den Klavierhocker zurück, damit sie ein wenig mehr Platz hatten.

»Was?« Emily öffnete zwei weitere Hemdknöpfe.

»Mein Hemd«, sagte er leise. »Ich meine ... bist du sicher?«

Emilys Antwort bestand darin, die letzten Knöpfe zu öffnen und den Stoff auseinanderzuziehen. Sie ließ ihre Hände über seine Bauchmuskeln und seine Brust gleiten. Als sie sein Schlüsselbein erreicht hatte, hielt sie an der Narbe an seiner rechten Schulter inne. Vorsichtig strich sie mit dem Zeigefinger über die kleine Erhebung und schaute ihm dabei tief in die Augen. Und dann zog sie die Hände zurück und legte sie auf ihr eng anliegendes schwarz-goldenes Kleid. Ohne den Blick von ihm abzuwenden, zog sie es nach oben über die Brust und über den Kopf und streifte es ab, sodass sie in Unterwäsche vor ihm stand. Die cremefarbene Kombination aus Seide, im Stil der fünfziger Jahre, hatte sie vorher noch nie getragen.

»Ich bin sicher«, bestätigte sie und erschauerte, als sie seinen bewundernden Blick sah.

Sie stöhnte leise, als Ray sie wieder küsste, seine Arme um sie schlang, sie über die Tasten nach oben hob und auf das Piano setzte. Er beugte sich über sie, schien aber immer noch unsicher zu sein, ob das wirklich das war, was sie wollte. Vielleicht musste sie sich noch deutlicher ausdrücken.

»Liebe mich«, bat Emily ihn. »Nimm mich, Ray.«

Das schien das Stichwort zu sein, auf das er gewartet hatte. Emily zog ihn an sich; sie wusste, dass ihr Song mit den Gefühlen, denen sie sich nun hingeben würden, nie würde mithalten können.

KAPITEL
FÜNFUNDSECHZIG

Grundschule Stretton Park
20. Dezember

Emily kaute normalerweise nicht an ihren Fingernägeln, aber mittlerweile waren sie fast vollständig abgeknabbert. Sie schob es auf Olivia Colman und ihr Lampenfieber vor der Aufführung. Am Tag zuvor hatte sie mit ihrer Klasse einen Ausflug zu Idris, deren Nachwuchs und Olivia Colman gemacht. Alle waren erstaunlich munter für Igel, die eigentlich Winterschlaf halten sollten. Es gab keine Erklärung dafür. Auch nicht für die Tatsache, dass die Igelbabys noch so spät im Jahr zur Welt gekommen waren. Einer der freiwilligen Mitarbeiter des Tierheims meinte, es könne mit dem Klimawandel zu tun haben, aber da es in London in diesem Winter ebenso kalt war wie sonst, hatte Emily ihre Zweifel daran. Wie auch immer, als sie vorsichtig Olivia Colmans Nase gestreichelt hatte, hatte das Tierchen an einem von Emilys Fingernägeln geknabbert, und das hatte den Untergang der restlichen Nägel besiegelt. Doch wen kümmerte das? Sie hatte ohnehin keine Zeit, dem Bischof und seinen Suffraganen die Hand zu schütteln. In der Kulisse musste noch so einiges in Ordnung gebracht werden, und Allan rief alle paar Sekunden hysterisch: »Du bist ein neues Meme!« Seit das Foto von ihr und Ray, auf dem sie sich auf der London Bridge geküsst hatten, gedruckt worden war, erschien es jeden Tag irgendwo im Internet als GIF. Schließlich wurde der

487

Anblick sogar ihr und Ray zu langweilig, und sie beschlossen, ein wenig Schwung in die Sache zu bringen, indem sie sich an anderen Orten küssten. Also hatten sie sich auf den Weg gemacht, die Anwesenheit der Reporter ignoriert und es einfach nur genossen, frisch verliebt zu sein. Bei einer Schifffahrt bei Mondlicht auf der Themse, bei den Schleusen in Camden, auf den Weihnachtsmärkten beim Geschenkekaufen. In der New North Road. Emily hatte Len und Brenda kennengelernt und sich bei ihnen drei Stunden lang Folgen von *Home and Away* anschauen müssen, einer Seifenoper, von der Ray auf beängstigende Weise begeistert war. Danach waren sie Ehrengäste bei der Enthüllung des neuen lilafarbenen Gästezimmers gewesen – wirklich ein unvergessliches Erlebnis. Emily hoffte, dass Brendas Schwester bei ihrem Besuch eine Sonnenbrille bei sich hatte.

»Felix!«, zischte Emily. »Weg vom Vorhang! Wir wollen doch nicht, dass dich das Publikum sieht, bevor die Show beginnt. Damit würden wir ihnen die Überraschung verderben.«

»Überraschung! Überraschung!«, trällerte der Junge im Karottenkostüm und schlug immer noch mit seinen orangefarbenen Armen gegen den dicken roten Bühnenvorhang.

»Felix!«, rief Cherry. Ihr Königin-Nummer-zwei-Kostüm war frisch gebügelt und gestärkt und wirkte so steif, dass sie ein wenig Mühe bekommen könnte, sich darin zu bewegen. »Lass den Vorhang in Ruhe!«

»Danke, Cherry«, sagte Emily. »Aber bis du deinen Abschluss gemacht hast, bin immer noch ich hier die Lehrerin.« Emily schluckte; sie musste versuchen, sich zu beruhigen. Ihre Schauspieler waren ziemlich aufgeregt, was sich auf unterschiedliche Weise zeigte. Rashid war ungewöhnlich still, Alice hatte noch kein einziges Mal vom Tod gesprochen,

Makenzie hatte noch niemanden wegen einer falschen Geschlechterbezeichnung zurechtgewiesen, Matthew hatte kein einziges Mal seine Haare um die Finger gezwirbelt, und Charlie hatte noch nicht in der Nase gebohrt.

»Hey.«

Emily schaute auf und konnte das Lächeln nicht unterdrücken, das sich immer sofort auf ihrem Gesicht ausbreitete, wenn sie Ray sah. Ohne zu zögern, legte sie ihm die Arme um den Hals, drückte ihn an sich und sog den Duft nach Moschus, Wintergewürzen und etwas Einzigartigem ein, das aus Rays Haut zu strömen schien und sie immer wieder überraschte.

»Uuuhhh!«, johlte die gesamte sechste Klasse. Alle lachten, und einige klatschten in die Hände.

Emily kam plötzlich zu sich. Als ihr bewusst wurde, wo sie sich befand, löste sie sich aus Rays Umarmung und strich ihr hübsches rot-blau-gestreiftes Kleid mit dem in der Mitte gebundenen Stoffgürtel glatt. Jedes Mal, wenn sie es aus dem Schrank holte, kam ihr in den Sinn, wie gut es einer stellvertretenden Schulleiterin stehen würde. Es gab jedoch keine Neuigkeiten über eine Beförderung, und das würde sich wohl in der vorhersehbaren Zukunft auch nicht ändern. Offensichtlich reichte es nicht, wochenlang sein Bestes zu geben, im Klassenzimmer Ruhe zu bewahren und dabei noch eine Weihnachtsshow auf die Beine zu stellen, um die Schulleiterin zu beeindrucken.

»Danke, Klasse sechs. Wir konzentrieren uns jetzt darauf, unseren Text nicht zu vergessen.« Sie warf einen Blick auf die Armbanduhr. »Uns bleiben nur noch fünfzehn Minuten.« Sie spürte förmlich, wie sie blass wurde. »Du meine Güte, nur noch fünfzehn Minuten! Und es gibt noch so viel zu tun! Frema!«

»Ja, Miss Parker«, rief Frema. Sie war zu einer Hälfte als Pfarrer, zur anderen als Rabbi kostümiert. In der Mitte ihres Gesichts verlief eine funkelnde goldfarbene Linie. Sie sah fantastisch aus.

»Kannst du nachschauen, ob mit dem Lama alles in Ordnung ist?«

»Ihr habt ein Lama?« Ray lachte.

»Frag mich bloß nicht danach«, bat Emily. »Der Lakeside Lama Streichelzoo hat in letzter Minute noch für die ›After-Show-Party‹ gespendet. Du darfst raten, wer die Danksagung dafür in einer Stunde in das Skript einbauen musste.« Sie seufzte und knetete nervös die Hände. »Dennis wird mindestens den Rest des Schuljahres darüber lachen.«

»Es gibt etwas, das du vor allem anderen noch erledigen musst«, erklärte Ray und griff nach ihren Händen.

»O Gott!« Sie presste eine Hand auf den Mund und warf den Kindern einen Blick von der Seite zu. »Was ist passiert? Die Dekoration in der Aula ist doch nicht etwa schon wieder von der Decke gefallen, oder? Ray, das darf nicht sein – einige der Sachen sind sehr schwer, und Lucas' Großmutter ist heute achtzig Jahre alt geworden. Ein Essen bei Harvester und ein Besuch dieser Aufführung waren alles, was sie sich gewünscht hat. Ich kann sie doch jetzt nicht umbringen! Und wie alt ist der Bischof? Trägt er seine große Mütze?«

»Atme tief durch«, befahl Ray und drückte ihre Hände.

»Dafür habe ich jetzt keine Zeit. Atmen kann ich erst in etwa anderthalb Stunden wieder, wenn das alles vorbei ist.«

»Hey.« Ray zwang sie dazu, ihm in die Augen zu sehen. Sie liebte und hasste es, wenn er das tat. Es war wie eine sehr sexy Hypnose.

»Im Augenblick leben, richtig? Wir haben doch darüber gesprochen.«

Das stimmte. Sie hatten sich sogar sehr oft darüber unterhalten, immer wenn sie wieder einmal die Paparazzi auf einem festlich geschmückten Boot provoziert und anschließend auf einem Piano Sex gehabt hatten. Und morgen ging Ray in eine Privatklinik für eine Operation, die alles verändern konnte. Doch Emily glaubte fest daran, dass es sich um eine positive Veränderung handeln würde. Rays Stimmbänder würden noch stärker werden, und seine Stimme würde vielleicht sogar besser klingen als je zuvor. Sie hatten nicht über Einzelheiten seiner Operation gesprochen. Emily hatte sich lieber darauf konzentriert, Pläne für die Zeit danach zu schmieden, beginnend am ersten Weihnachtsfeiertag. Falls er bereits entlassen war, würden sie sich mit Jonah und Allan und deren Eltern zu einem gemütlichen Essen treffen und später zum Tee mit Sandwiches und Kuchen zu Len und Brenda gehen. Sollte er noch im Krankenhaus bleiben müssen, würde sie ihm einen Truthahn bringen mit allem, was dazugehörte, und ihn mit allen möglichen Weihnachtsliedern ärgern, so wie sie es seit Beginn ihrer Beziehung tat.

»Ja, darüber haben wir uns unterhalten«, bestätigte sie nickend.

»Also musst du jetzt mitkommen und ein kleines Problem lösen. Es geht um deine Eltern«, erklärte Ray.

»Meine Eltern?« Emily war völlig verblüfft zu hören, dass Alegra und William anscheinend tatsächlich gekommen waren. Sie war davon ausgegangen, dass sie wie üblich nicht erscheinen würden, auch wenn sie sich der Form halber nach Tickets erkundigt hatten.

»Ja. Komm einfach für einen Moment mit«, forderte Ray sie auf.

»Aber ich muss bei den Kindern bleiben«, entgegnete Emily.

»Jayden!«, rief Ray.

»Ja«, antwortete der Junge und zupfte an der Weste seines Wirtskostüms. Sein Haar war frisch gewaschen und mit einem herrlich duftenden Produkt in Form gebracht, dessen Geruch Emily irgendwie bekannt vorkam.

»Du hast jetzt für ein paar Minuten hier die Leitung«, sagte Ray ernst. »Sei nett. Sei cool. Und setz nichts in Brand.«

»Warte! Was?«, stammelte Emily, als Ray sie zu der Treppe zog, die von der Bühne führte.

In der Aula angelangt, hielt Emily den Atem an. Der Saal war brechend voll, fast jeder Platz war besetzt, und die anderen Lehrer stellten noch mehr Stühle in all die Fluchtwege, die für einen Notfall doch eigentlich frei bleiben sollten. Aber die Gäste, die in letzter Minute hereinströmten, mussten auch noch untergebracht werden. So viele Leute waren noch nie zu einer Aufführung in Stretton Park erschienen. Plötzlich spürte sie einen enormen Druck.

»Emily?«

Das war die Stimme ihrer Mutter – sie klang wie das Fauchen einer sehr wütenden Katze. Emily drehte sich zu ihr um und erkannte sofort, worin das »Problem« lag. Sie trug eine kunstvolle Kleopatra-Aufmachung – eine kurze weiße Tunika, goldene Sandalen, trotz der eisigen Temperaturen, eine schwarze Perücke mit Kopfschmuck und nach oben geschwungenen, dick aufgetragenen Eyeliner. William stellte König Herodes dar. Seine Krone wirkte beinahe zu realistisch, und der Wappenrock war ein wenig zu eng.

»Emily! Warum ist niemand verkleidet? Du hast mir mitgeteilt, dass es sich um einen Kostümball handelt!«, rief Alegra.

Die Nachricht, die ihre Mutter ihr geschickt hatte! Der

Abend, an dem sie Rays Neuigkeiten erfahren hatte! Die scherzhafte Antwort, die sie geschrieben hatte! Sie hatte später noch einen vernünftigen Text hinterherschicken wollen, aber dann nicht mehr daran gedacht. Es war einfach zu viel geschehen. Ein Kichern stieg in ihr auf, aber sie durfte jetzt nicht lachen. Oder doch?

»Emily! Was ist hier los?«, jammerte Alegra. »Niemand trägt ein Kostüm! Niemand!«

»Das stimmt nicht«, entgegnete Emily rasch. »Hinter dem roten Vorhang stehen dreißig Kinder auf der Bühne – alle kostümiert.« Sie nahm ihre Mutter am Arm und drehte sie sanft um, sodass sie zum anderen Ende des Raums schauen konnte. War das einer von Felix' Armen, den sie zwischen den Falten des Vorhangs hervorragen sah? Ray hätte Jayden nicht die Aufsicht übertragen sollen …

»Aber ich gehöre nicht zu den Schauspielern«, kreischte Alegra. »Ich bin Teil des Publikums.«

»Möchtest du gern an der Aufführung mitwirken?«, fragte Emily. »In Nazareth gibt es sehr viele Einwohner.«

William schnaubte spöttisch und legte eine Hand an seine Krone. »Hast du es nicht gesehen, Emily? Dein Vater ist nicht irgend so ein Einwohner, sondern der König von allen.«

»Sie sehen großartig aus«, warf Ray ein. »Woher stammt die Krone? Unsere Königinnen haben sich ihre bei eBay besorgt, aber diese sieht richtig echt aus.«

»Nun, ich habe sie mir von einem Freund geborgt.« William nahm den Kopfschmuck ab und zeigte ihn Ray. »Prince Michael meinte, die Krone liege ohnehin nur in einer Vitrine herum.« Er grinste. »Rubine *und* Saphire.«

Ihr Dad trug tatsächlich königliche Juwelen zu ihrer Schulweihnachtsfeier!

»Emily!«, klagte Alegra. »Das ist untragbar. Was sollen wir denn jetzt machen?«

»Ihr könntet euch hinsetzen, die Aufführung genießen und, da ihr kostümiert seid, den Abend als besonders eindringliche Erfahrung erleben. Oder ich versuche, zwei der Kittel aufzutreiben, die die Kinder beim Malen tragen. Oder zwei der Schürzen, die Penny beim Kochen des Schulessens trägt.«

Alegra sah aus, als würde sie jeden Moment in Tränen ausbrechen.

»Mir gefällt es sehr gut, König zu sein«, erklärte William und setzte die Krone wieder auf. »Erinnerst du dich an damals in Tintagel, Alegra?«

Emily beobachtete, wie die Gesichtszüge ihrer Mutter weicher wurden.

»Wir hatten so viel Spaß an dem Wochenende, und das Schauspiel war der Höhepunkt des Ganzen. Damals warst du meine Guinevere.« William legte seiner Frau einen Arm um die Schultern. »Und heute Abend bist du meine Kleopatra. Ich glaube, sie war die fünfte Frau von Herodes.«

Offensichtlich hatte ihr Dad für das Kostümspiel in ihrer Schule einen Blick in die Geschichtsbücher geworfen und dabei irgendetwas verwechselt. Konnte dieser Abend noch skurriler werden?

»Na ja.« Alegra lehnte sich an William. »Wenn du das so siehst.«

»Gut.« Emily klatschte in die Hände. »Sucht euch einen Platz. Ich muss mich um die Aufführung kümmern. Ray, komm mit, du solltest dir das Klavier anschauen.«

SECHSUNDSECHZIG

»Okay, ihr macht das alle sehr gut!«, lobte Emily ihre Klasse während einer kurzen Pause, in der die Kulissen verschoben wurden. »Ihr singt schön und laut, und jeder kann seinen Text.«

»Aber ich habe vergessen, die Würstchen im Schlafrock zu erwähnen«, sagte Angelica, und Tränen stiegen ihr in die Augen.

»Das macht nichts«, versicherte Emily ihr.

»Aber ich hätte am Ende doch sagen sollen: ›Und Maria isst gern am Abend ein Würstchen im Schlafrock mit Ralph‹, und ich habe es vergessen«, fuhr Angelica fort.

»Vielleicht war es besser so«, meinte Emily und streifte Cherry einen Umhang über. Sie fragte sich, was sie sich dabei gedacht hatte, diese lächerliche Zeile zu schreiben. Schließlich hatte sie aus den Kindern keine Komiker machen wollen.

Der Duft nach dem Haarpflegemittel lag wieder in der Luft. Wo war Jayden?

»Wir haben noch vierzig Sekunden!«, verkündete Matthew mit einem Blick auf die Stoppuhr in seiner Hand, die ihm Emily anvertraut hatte. »Neununddreißig, achtunddreißig ...«

»Jonah!«, rief Emily. Ihr bester Freund stand hinter den Kulissen und knetete Haarwachs in Jaydens Frisur. »Was tust du hier? Du solltest doch zuschauen!«

»Ich habe zugeschaut«, erwiderte Jonah. »Die Aufführung

ist großartig, Em! Ganz toll! Im Licht der Scheinwerfer habe ich jedoch festgestellt, dass Jaydens Haare noch ein bisschen mehr Styling brauchen, also ...«

Daher kam ihr der Duft so bekannt vor: Jonahs Haarpflegeprodukte!

»Ich rieche jetzt nach Kokosnuss«, verkündete Jayden grinsend.

»Alle englischen Fußballer tragen das in ihrem Haar«, informierte ihn Jonah.

»Noch vierzig Sekunden bis zur nächsten Szene«, erklärte Emily und zupfte einen Fussel von Jaydens Weste.

»Zweiunddreißig!«, meldete sich Matthew. »Einunddreißig, dreißig ...«

»Wie gefällt es dem Bischof und den Suffraganbischöfen?«, fragte Emily Jonah. »Ich bekomme hinter den Kulissen nicht so viel mit.«

»Einer von ihnen hat eine Tüte Popcorn hervorgezogen«, berichtete Jonah. »Er hatte sie unter seiner Robe versteckt. Sogar Allan war entsetzt.«

»Das ist ein gutes Zeichen, oder?«

»Natürlich.« Jonah legte eine mit Haarwachs verschmierte Hand auf Emilys Schulter. »Wie sollte ihnen die Aufführung auch nicht gefallen? Sie ist großartig.«

»Und sie haben noch nicht einmal das Lama gesehen«, meinte Emily und atmete tief durch.

»Du hast ein Lama hierhergebracht?« Jonah starrte sie verblüfft an.

»Es macht gerade sein Geschäft in ein behelfsmäßiges Katzenklo«, erwiderte Emily. »Gott sei Dank gibt es Papierschnitzel und Sand.«

»Zwanzig Sekunden!«, brüllte Matthew. »Neunzehn, achtzehn ...«

»Okay, Königinnen. Seid ihr bereit für euren großen Song? Sobald der Vorhang aufgeht, nimmt jede ihren Platz ein«, befahl Emily.

»Miss Parker«, sagte Jayden plötzlich.

»Ja, Jayden?«

»Es gefällt mir, dass Sie nicht mehr so traurig aussehen«, erklärte er.

Sie schluckte vor Rührung. Er hatte recht, sie *war* glücklich. Inmitten der ganzen Aufregung um die Weihnachtsshow fühlte sie sich sogar glücklicher als je zuvor.

»Und mir gefällt es, dass du nicht mehr so traurig aussiehst, Jayden«, erwiderte sie und sammelte sich rasch.

»Es ist viel ruhiger zu Hause, seit mein Dad gegangen ist«, berichtete er. »Mum versucht, eine schönere Wohnung mit Garten zu finden.«

»Das sind tolle Neuigkeiten«, freute sich Emily.

»O Jayden.« Jonah fuhr ihm noch einmal durchs Haar. »Lass uns lieber nicht emotional werden. Ich kann keine Haare stylen, wenn ich gerührt bin.«

Emily lächelte ihren Schüler an und hoffte und betete, dass dieser Dezember für alle einen Neubeginn bedeuten würde. »Komm, Herr Wirt, es wird Zeit für deinen großen Auftritt.«

Wir Drei Königinnen

– nach der Melodie von »Last Christmas« von Wham!

Am Weihnachtsabend hast du mir Myrrhe geschenkt,
aber am Feiertag hast du mich gekränkt.
Doch dieses Jahr sollst du kein Herz brechen,
das möchte ich Jesus versprechen.

Tanzeinlage

Du hast mein Herz gebrochen,
und ich weiß nicht, warum.
Dass du einer anderen gehörst,
ist aber wirklich dumm.
Sag mir, stand wirklich nach mir dir der Sinn?
Oder war es nur, weil ich eine Königin bin?

Frohe Weihnacht wünsche ich dem Kind,
Gold und Windeln bring ich geschwind.
Jetzt, wo ich erkenne der Liebe Sinn,
weiß ich, wie dumm ich gewesen bin.

Refrain 2 x
Tanzeinlage

Sandige Wüste, der Früchtekuchen ist weg.
Vor deinen Insta-Lügen brauche ich ein Versteck.
Ich habe gedacht, du bist ein toller Mann,
aber du kannst nicht, was Bradley Cooper kann.

Unterwegs mit drei Kamelen,
deren Pupse uns umwehen,
sind wir drei Königinnen auf einer Mission,
denn die Welt soll nicht untergehen.
Jetzt, wo wir unsere Bestimmung gefunden haben,
brauchen wir dich nicht mehr.

Refrain 2 x

Unterwegs mit drei Kamelen ...

Emily starrte in den dunklen Saal, als das Publikum wieder jubelte und applaudierte. Das war einer ihrer Lieblingssongs des gesamten Stücks, und Alice, Angelica und Cherry spielten die Königinnen wunderbar und tanzten perfekt dazu. Sie beobachtete, wie die Mädchen knicksten und sich verbeugten und den Applaus genossen ... bis sie ganz vergaßen, dass sie eigentlich Königinnen darstellen sollten.

»In den Stall mit euch!«, zischte Emily hinter der Bühne. »Hört auf, euch zu verbeugen!«

»Das Baby ist da!«, rief Jayden so laut, dass er den Jubel des Publikums übertönte, und machte damit darauf aufmerksam, dass die Show weitergehen musste.

»Noch nicht!«, entgegnete Jennifer, die die Maria spielte. »Noch einmal pressen!« Sie stieß einen markerschütternden Schrei aus, noch besser und realistischer als in allen Proben, und dann flog die Babypuppe schneller als von allen erwartet unter ihrem Kleid hervor.

»Das Jesuskind! Das Jesuskind!« Felix, die Karotte, fing die Puppe, bevor sie über den Bühnenrand fliegen konnte, und küsste sie aufs Gesicht. Dann ließ er sie mit dem Kopf voraus in die Krippe fallen.

»Das Kind ist geboren, und der letzte Besucher ist gekommen, um den König der Könige zu sehen. Ein süßes, kuscheliges Lama hat den ganzen Weg vom Lakeside Lama Streichelzoo zurückgelegt. Dieses Lama wird Ihnen nichts tun! Verbringen Sie fröhliche Stunden mit flauschigen Lamas im familienfreundlichen Lakeside!«

Emily sprach im Stillen ein Dankgebet, dass Charlie den neuen Text, den er in wenigen Minuten hatte lernen müssen, nicht vergessen hatte. Jetzt konnte sie nur noch hoffen, dass das Lama seinen ersten Auftritt meistern würde.

»Lama! Lama!«

Was hatte Felix bei dem Lama zu suchen? Es war Fremas Aufgabe, das Tier auf die Bühne zu bringen. Emily schaute sich um und sah den kleinen als Karotte kostümierten Jungen auf dem Rücken des Lamas sitzen. Und Frema hatte offensichtlich Mühe, das arme Tier dazu zu bewegen, weiter nach vorn zu kommen. Was aßen Lamas gern? Womit konnte man sie locken?

»Komm schon, Lama!«, rief Angelica laut. »Wenn du brav bist, bekommst du ein Würstchen im Schlafrock von Ralph's Place. Maria isst gern am Wochenende ein Würstchen.«

Emily schloss die Augen und wünschte, die Erde würde sich vor ihr auftun und sie verschlingen. Doch dann schlug sie die Augen rasch wieder auf und konzentrierte sich auf Ray am Klavier. Schließlich gelang es Frema, das Lama mit sich zu ziehen, während Felix, immer noch auf dem Rücken des Tiers, mit seinen orangefarbenen Armen in der Luft ruderte wie ein Cowboy beim Rodeo.

»Siehe da, welch Freude! Wir sind alle im Stall angelangt!«

Die Lampen wurden gedämpft, und nur die Lichterketten am Stall warfen ihre Strahlen auf die Schauspieler. Ray begann, die Einleitung zu »Im Stall« zu spielen.

Emilys Herz wurde leicht, als sie dem wunderbaren Gesang ihrer Kinder lauschte, und sie fühlte sich zurückversetzt an den Abend, an dem sie mit Ray in seinem Studio an dem neuen Text des Songs gearbeitet hatten. Ihre Gefühle für ihn hatten sie schwindlig gemacht, und das war auch jetzt noch so – sie war heillos und unbestreitbar in ihn verliebt. Sie betrachtete ihn, wie er auf dem alten Schulklavier spielte, kein Vergleich zu den wunderschönen Konzertflügeln, an die er gewöhnt war. Doch seine Finger glitten beschwingt über die elfenbeinfarbenen und schwarzen Tasten, während er zu den Kindern hinüberschaute, die Worte mit den Lippen formte und sich vergewisserte, dass sie nicht ins Stocken gerieten, so als wäre das die wichtigste Vorstellung seines Lebens. Und er machte das alles für sie, am Abend vor seiner Operation. Er wollte, dass alles für sie gut lief. Für sie und die Kinder.

»Wir sind jetzt alle im Stall«, sangen die Kinder und hielten den letzten Ton, so wie sie es geübt hatten. Ray spielte das Ende der Melodie, und das Publikum klatschte noch lauter als zuvor.

KAPITEL
SIEBENUNDSECHZIG

»Klasse sechs!«, übertönte Emily den Lärm hinter der Bühne. Sie nahm ihre übliche Pose ein, als würde Rio de Janeiro sich vor ihr erstrecken, und wartete, bis Ruhe einkehrte.

Die Kinder hörten sofort zu reden auf und richteten den Blick aus vor Aufregung geweiteten Augen auf sie.

Sie lächelte. »Ihr wart großartig! Ganz ehrlich. Und ich bin sehr stolz auf euch alle. Auf jeden Einzelnen von euch.«

»Aber nicht auf das Lama.« Fremas Gesichtsausdruck zeigte sowohl auf der Seite des Priesters als auch auf der des Rabbis, wie verärgert sie war. »Auf das Lama dürfen Sie nicht stolz sein, denn es hat einen Haufen auf meine neuen Schuhe gemacht.«

Einige der Kinder lachten, verstummten aber sofort, als ihnen Frema einen finsteren Blick zuwarf.

»Hört zu«, begann Emily. »Der schwierige Teil ist vorbei. Jetzt, beim Finale, geht es nur noch darum, dass ihr Spaß habt.« Sie ließ den Blick über ihre Schüler gleiten. Sie waren alle so verschieden, einzigartig, und das war wundervoll. Sie hoffte, dass sie für immer so bleiben würden und sich nie von irgendjemandem vorschreiben lassen würden, was sie denken oder fühlen oder wer und wie sie sein sollten. Emilys Gefühle drohten sie zu überwältigen, aber sie musste sich zusammenreißen. Heute Abend für ihre Kinder und morgen für Ray. Dann konnten sie sich hoffentlich alle auf Weihnachten freuen. Und auf das, was das neue Jahr ihnen bringen würde.

»Ich möchte, dass ihr jetzt auf die Bühne geht und Spaß habt. Zeigt es euren Mums und Dads, Dads und Dads, Mums und Mums, euren Stiefeltern und Brüdern und Schwestern, Großmüttern und Großvätern, Tanten und Onkeln, Pateneltern und Freunden und …«

»Und meinem Hamster Gordon«, warf Lucas ein.

Emily wusste nicht, was sie darauf sagen sollte. Hatten Lucas' Eltern tatsächlich seinen Hamster mitgebracht? Wollten sie ihn anschließend mit ins Restaurant nehmen? Sie schüttelte den Kopf. »Zeigt es Mrs Clark und dem Bischof und …«

»Und den Suffragetten«, ergänzte Alice.

»Den Suffraganen«, verbesserte Emily sie.

»Gibt es da einen Unterschied?«, wollte Alice wissen.

Sie hatte jetzt keine Zeit, ihr das zu erklären. »Klasse sechs, geht auf die Bühne und zeigt dem Publikum, wie begeistert ihr von eurem Unterricht seid. Und was die Winterferien für euch bedeuten.« Sie bemerkte, dass die beiden Jungen, für die die letzten Wochen eine besonders große Herausforderung gewesen waren, sie anstarrten. »Rashid, Jayden, seid ihr bereit für euren großen Moment im Rampenlicht?«

»Mir ist ein bisschen übel«, gestand Rashid.

Er war tatsächlich ein wenig blass. Emily ging zu ihm hinüber und wollte ihm eine Hand auf die Stirn legen, um seine Temperatur zu fühlen, aber Jayden kam ihr zuvor. Er schlug Rashid auf die Schulter.

»Dir geht's gut, Kumpel. Komm schon. Unseren Mums wird der Song bestimmt gefallen.«

Rashid freute sich sichtlich über Jaydens Freundschaftsbezeugung und lächelte zaghaft.

»Also gut«, sagte Emily. »Lasst uns gehen!«

»Ich habe Mummy
Candy Crush spielen sehen«

– zur Melodie von »I Saw Mommy Kissing Santa Claus«
von The Jackson Five

Rashid (gesprochen:): Mummy spielt Candy Crush
Jayden (gesungen): Ich habe Mummy Candy Crush
spielen sehen, gestern Abend auf dem Sofa.
Ihre Finger bewegten sich so schnell wie der Blitz über
die Tasten,
Während sie versuchte, die Süßigkeiten zu finden,
Um das Spiel zu gewinnen.

Rashid (gesungen): Als ich meine Mum habe Candy
Crush spielen sehen,
Da strahlte ihr Gesicht vor reiner Freude.
Und konnte sie eine Runde nicht gewinnen,
verschwand ihr Lächeln rasch,
Aber sie liebt immer noch Candy Crush.

Beide (gesungen): Ich habe meine Mum Candy Crush
spielen sehen.
Beide (gesprochen): Es ist wahr! Ja, wahr! Ich habe
meine Mum Candy Crush spielen sehen!
Und ich finde sie richtig cool!

Instrumentalteil (Flöten und Glockenspiele)

Beide (gesungen): Und dann habe ich gesehen, wie Mum
Candy Crush zur Seite legte,
Um sich im Fernsehen Game of Thrones anzuschauen.
Rashid (gesungen): Oh, mein Dad war richtig sauer,
Denn sie war schon bei Staffel drei
und er noch nicht mal bei Staffel zwei.

Beide (gesungen): Oh, wie sehr wir uns darauf freuen,
Mum wieder glücklich zu sehen,
Wenn sie heute Abend Candy Crush spielt!
Beide (gesprochen): Es ist wahr! Ich habe meine Mum
Candy Crush spielen sehen, ich schwöre!

Als die Lichter im Saal wieder angingen, warf Emily aus den Kulissen einen Blick auf Mrs Jackson und Mrs Dar, die in derselben Reihe, aber ein paar Stühle voneinander entfernt saßen. Beide klatschten begeistert und hatten Tränen in den Augen, als Jayden und Rashid sich nach ihrer erfolgreichen Darbietung verbeugten. Sie hatte alles für die Jungs getan, was in ihrer Macht stand. Nun hoffte sie, dass ihre Eltern und auch die beiden selbst weiterhin nett zueinander sein und begreifen würden, was für Zehnjährige wirklich wichtig war.

»Also gut, alle auf eure Plätze für ›Wir freuen uns auf ein Fleischbüfett‹«, befahl Emily.

»Wir freuen uns auf ein Fleischbüfett«

– zur Melodie von »Stop the Cavalry« von Jona Lewis

Mum putzt den Rosenkohl,
die Schwester macht ein Selfie und fühlt sich dabei wohl.

Die Katze klettert auf den Weihnachtsbaum,
die Tante trinkt ein Gläschen Wein.
Wird das Dinner wohl rechtzeitig fertig sein?
Der Weihnachtsmann kommt zu spät,
man glaubt es kaum.
Wo ist die Schachtel mit den Pralinen?
Ab in den Müll mit dem Kohl!
Wir freuen uns auf ein Fleischbüfett!

Instrumentalteil

Der Stress ist groß, Geschrei bricht los.
Wo sind die Batterien?
O nein, mir wird übel. Schnell, hol einen Kübel!
Wir hätten ein Fleischbüfett haben sollen!

Die Geschenke sind alle ausgepackt,
der Truthahn ist jetzt fast ganz nackt,
Eine Drohne wäre mir lieber gewesen als Socken
oder diese Barbie mit vielen Locken.

Nicht noch ein James Bond, nicht noch ein James Bond,
nicht noch einer, nicht noch ein James Bond (2 x)
Weihnachten bei Toby wäre schöner gewesen …

Instrumentalteil (Glockenspiele)

Gelangweilt von all den Spielen,
am Feiertag nicht zu Hause geblieben,
Sondern auf zur Schnäppchenjagd.
Auf Kindles gibt's Rabatt, Preisreduktionen satt.
Nimmst du davon zwei, bekommst du sogar drei.

Wir essen After Eights geschwind,
bevor die Haltbarkeit verrinnt.
Wir freuen uns auf ein Fleischbüfett!

Nicht noch eine Tanzshow, nicht noch eine Tanzshow,
nicht noch eine Tanzshow, nicht noch eine (2 x)
Weihnachten bei Toby wäre schöner gewesen …

Ob man das alles recyceln kann?
Ich wünschte, ich wüsste noch wann.
Wird die Müllabfuhr jemals kommen?
Werden sie holen die einundvierzig Tonnen?
Weihnachten bei Toby wäre schöner gewesen …

»Können wir das noch einmal machen?«, fragte Cherry, als sich alle vor dem Schlusslied noch einmal hinter der Bühne versammelten. Auf ihrer Wange zeichnete sich eine verdächtige braune Spur ab. Entweder hatte sie von den Süßigkeiten genascht, die Emily ihnen für nach der Aufführung versprochen hatte, oder der Fleck stammte von dem Lama. Im Augenblick wollte sie das lieber nicht so genau wissen.

»Ich will auch das ganze Stück noch einmal aufführen«, schloss sich Angelica ihr an.

»Können wir nicht sagen, dass das nur eine Probe war, und dann noch einmal von vorn beginnen?«, fuhr Cherry fort.

Emily stand nicht der Sinn nach einer weiteren Aufführung. Sie war erschöpft und fragte sich, wie sie sich überhaupt noch auf den Beinen halten konnte. Rasch griff sie nach ihrer Wasserflasche und trank gierig einen Schluck.

»Ich will nicht noch einmal auftreten«, verkündete Makenzie. »Meine Dads gehen zum Essen mit mir zu McDonald's. Und da darf ich sonst nie hin.«

»Hört zu, Klasse sechs, wir haben noch ein Lied vor uns, und das ist etwas ganz Besonderes«, erinnerte Emily ihre Kinder. »Das Lied, das Ray extra für uns geschrieben hat.«

Ray hatte es ihnen erst vor wenigen Tagen hier im Saal vorgespielt, und Emily hatte Mühe gehabt, ihre Tränen zurückzuhalten. Nachdem sie die Kinder auf den Pausenhof geschickt hatte, hatte sie hemmungslos losgeschluchzt und Rays Versuche, sie zu beruhigen, abgewehrt. Das Lied war wunderschön, jede einzelne Zeile perfekt. Die Worte sagten so viel aus, und sie hoffte sehr, dass es beim Publikum genauso gut ankommen würde.

»Okay, habt ihr alle eure Handys bereit?«, fragte Emily leise. Im Saal war es ganz still geworden, und genau das brauchten sie in diesem Moment.

»Ja, Miss Parker«, flüsterten die Kinder.

»Gut.« Emily wischte Cherry mit einem Papiertaschentuch über die Wange. »Frema, zieh deine Schuhe aus. Los geht's.«

Die Kinder schlichen leise auf die Bühne, und sobald sie sich in Position begeben hatten, schalteten sie die Taschenlampen ihrer Handys an und hoben sie hoch über den Kopf. Ray begann zu spielen.

»Ein Weihnachtsstern« von Ray Stone

Ein Griff nach dem Lametta, eine ausgestreckte Hand,
ein Versuch, sich zu erinnern an unser gemeinsames Band.
Wir sind ein Teil derselben Welt
und schreiten gemeinsam voran.
Die ersten Schritte in die Zukunft,
eine Reise, die gerade erst begann.

Refrain

Es gibt mehr als einen Weihnachtsstern.
Nicht er hat uns zu dem gemacht, was wir heute sind.
Wir sind gewachsen nur durch dich
und lernen von deinen Taten.
Wir sind alle Weihnachtssterne,
wer immer wir auch sind.
Unsere Liebe wird niemals erkalten,
wenn wir nur zusammenhalten.
Stark wollen wir sein und nicht schwach,
mit offenen Herzen sind wir wach.
Wir glauben an Helfen und Geben
und erschaffen eine bessere Welt.

Refrain

Einzigartig sind wir alle, das ist wahr,
doch sind wir auch alle gleich.
Wir wollen nur Liebe und Frieden,
das macht unser Leben reich.
Wir bilden ein Team in Stretton Park, voller Einigkeit.
Ganz gleich, wie ihr feiert,
nun kommt die Zeit der Fröhlichkeit!

Refrain

Wir sind alle leuchtende Weihnachtssterne ...

KAPITEL
ACHTUNDSECHZIG

Ray spielte den letzten Ton des Abschlusssongs der Aufführung und schaute hinüber zur Bühne und den Kindern, die ihm in den vergangenen Wochen so ans Herz gewachsen waren. Sie alle waren etwas Besonderes, jedes Einzelne von ihnen, und sie hatten sehr hart für diesen Abend gearbeitet. Auf den kurzen Moment der Stille folgte ein gewaltiger Applaus. Er war noch lauter als zwischen den einzelnen Auftritten und beinahe kräftiger als der bei seinen ausverkauften Konzerten in der O2-Arena. Alle waren aufgesprungen, darunter auch der Bischof, dessen Mütze alles überragte. Die Leute schrien und jubelten. Die Kinder hatten großartig gespielt und sich den ganzen Abend über konzentriert; der Applaus war mehr als berechtigt. Doch es gab noch jemanden, der große Anerkennung verdiente, und Ray würde dafür sorgen, dass diese Person sie auch bekam.

»Meine Damen und Herren, darf ich um Ihre Aufmerksamkeit bitten?« Er nahm das Mikrofon in die Hand, stand auf und wartete, bis die Menge sich beruhigt hatte. Emily würde ihm später dafür die Hölle heißmachen, aber da er morgen sowieso zur Operation ins Krankenhaus musste, kam es darauf auch nicht mehr an.

»Waren die Sechstklässler heute Abend nicht fantastisch?«, begann Ray und ging die Stufen zur Bühne hinauf. Seine Frage wurde mit erneutem donnerndem Applaus und einigen anerkennenden Pfiffen beantwortet. Als er im Scheinwerferlicht stand, streckten die Kinder alle ihre Hände in die Luft für ein High Five mit Ray, so wie sie es bei den Proben immer getan hatten. Er ging an der Reihe vorbei, klatschte jeden ab und achtete darauf, keinen zu übergehen. Der Letzte, gegen dessen Hand er schlug, war Jayden. Sein Auge war mittlerweile abgeheilt, und er strahlte über das ganze Gesicht.

»Ihr wart alle großartig«, sprach Ray ins Mikrofon. »Einfach fantastisch.«

Hinter der Bühne gab das Lama einen Laut von sich, und die Kinder brachen in Gelächter aus.

»Ich bin sicher, Sie wissen alle, dass es eine Menge Arbeit erfordert, eine solche Aufführung auf die Beine zu stellen«, fuhr Ray fort. »Und ich möchte Sie wissen lassen, wem wir das alles hier zu verdanken haben, wer sein Herz und seine ganze Seele in diese Show für Ihre Kinder gesteckt hat.«

*

Emily wäre am liebsten auf den Rücken des Lamas, das gerade an einem Schokoriegel kaute, gestiegen und auf Nimmerwiedersehen zurück zum Streichelzoo geritten. Sie wollte nicht im Rampenlicht stehen. Mit den Fotos, auf denen Ray und sie sich küssten, hatte sie schon genug Aufmerksamkeit auf sich gezogen. Dieser Abend gehörte den Kindern, niemandem sonst.

»... und diese Person ist Emily Parker«, fuhr Ray fort.

Emily schloss die Augen und widerstand der Versuchung, ihren Kopf im Fell des Lamas zu vergraben. Sie hielt den Atem an. *Was sollte sie jetzt tun?*

»Kommen Sie, Miss Parker.« Rashid nahm ihren Arm.

»Ja, kommen Sie«, drängte Cherry. »Wenn wir uns nicht

beeilen, kommt Makenzie nicht mehr rechtzeitig zu McDonald's.« Cherry griff nach ihrem anderen Arm. Seit wann hatten Zehnjährige so viel Kraft?

»Ich …«, begann Emily. Sie wollte wirklich nicht gehen.

»Ich werde mich um das Lama kümmern, Miss Parker«, versprach Alice ihr.

Allmählich schien es einfacher, zu gehen, als standhaft darauf zu beharren, im Hintergrund bleiben zu wollen. Also ließ sie sich von ihren Schülern auf die Bühne führen, und sobald ihre Füße die Holzbretter berührten, war sie geblendet von den Lichtern, den reflektierenden Lamettafäden, Christbaumkugeln, Girlanden und den Laternen, mit denen sie den Saal geschmückt hatte. Ray grinste sie an; er sah supersexy aus in seiner gut sitzenden Jeans und dem schlichten schwarzen Hemd. Einen Moment lang blieb sie wie erstarrt stehen, doch dann ging sie, von Rashid und Cherry sanft geschubst, zu ihm hinüber. Bevor sie noch einen Gedanken fassen oder irgendetwas tun konnte, hatte Ray ihr bereits das Mikrofon in die Hand gedrückt. Jetzt konnte sie es nur festhalten oder fallen lassen und sich damit gründlich blamieren …

»Hallo, alle zusammen«, begann sie zögernd. »Ich bin Emily Parker … Miss Parker.«

Die Kinder lachten laut auf, wahrscheinlich weil sie sich so unbeholfen benahm. Wer konnte ihnen das übel nehmen? Sie musste sich auf irgendetwas dort draußen in der Dunkelheit konzentrieren. Vielleicht auf ihre Mutter in einer Toga … Angespornt von dieser Vorstellung fuhr sie fort.

»Ich wollte nur sagen … wie stolz ich bin, die Lehrerin dieser sechsten Klasse zu sein.« Sie atmete tief ein. »Ihre Kinder kommen jeden Tag voller Begeisterung in meinen Unterricht und platzen beinahe vor Lust auf das Leben. Und ich weiß, für uns Erwachsene ist es manchmal schwer, die gleiche Freude zu empfinden wie diese Kinder.« Sie ordnete rasch ihre Gedanken. »Das Leben … ist hart. Wir alle müssen uns verschiedenen Situationen stellen und uns dem schnellen Tempo der heutigen Gesellschaft anpassen.« Sie holte noch einmal Luft und legte die andere Hand auch an das Mikrofon. »Doch jeden Morgen, wenn ich in die hoffnungsfrohen, erwartungsvollen Gesichter der Kinder schaue, schöpfe ich Mut.« Sie warf einen Blick auf ihre Klasse. Auf die süßen Gesichter, die sich über die letzten Jahre so schnell verändert hatten. »Sie alle inspirieren mich. Und heute Abend haben sie hoffentlich auch Sie inspiriert.« Emily lächelte ihre Kinder an. »Danke.«

Wieder brandete tosender Applaus auf, und während das Echo durch den Saal hallte, sah Emily plötzlich jemanden aus dem Publikum nach vorn eilen. Als sie Susan Clark erkannte, drückte sie rasch das Mikrofon wieder Ray in die Hand.

»Sie sieht nicht sehr glücklich aus«, flüsterte sie ihm zu. »Und sie legt immer großen Wert darauf, das Mikrofon selbst in der Hand zu haben.«

»Muss ich jetzt nachsitzen?«, fragte Ray.

»Das ist nicht witzig.«

»Soll ich es ihr bringen«, erkundigte sich Ray und betrachtete das Mikrofon, als könnte es jeden Moment explodieren.

»Ich glaube, sie kommt hierher, um es sich zu holen«, erwiderte Emily. »Oder um mich zu feuern. Oder beides.«

Das Publikum klatschte immer noch, als Susan die Bühne betrat und in die Mitte eilte. Ray streckte ihr das Mikrofon entgegen, und Susan riss es ohne Umschweife an sich.

»Liebe Eltern und Mitglieder des Aufsichtsrats«, begann

Susan mit lauter Stimme, um für Ruhe zu sorgen. »Sehr geehrte Geistliche, liebe Kinder ...« Sie musterte Ray von der Seite. »Lieber Pianist ...« Nachdem sie die Bernsteinkette, an der ihre Brille hing, zurechtgerückt hatte, fuhr sie fort. »Vielen Dank, dass Sie heute zu unserer jährlichen Weihnachtsaufführung hier in Stretton Park gekommen sind und seit Anfang September unsere kleine Schule so wunderbar unterstützt haben.« Sie holte tief Luft und ließ den Blick über die Menge gleiten. »Mein tief empfundener Dank geht auch an Miss Parker für ihre großartige Arbeit bei der diesjährigen Aufführung. Sicher geben Sie mir recht, wenn ich sage, dass wir in Stretton Park in den vergangenen Jahren bei einer Weihnachtsaufführung noch nie so viel gelacht haben. Und wir hatten auch noch nie so viele Tiere hier. Lamas ... Igel ...«

»Hamster«, rief Lucas laut.

Emily legte einen Arm um ihn, zog ihn zu sich heran und presste einen Finger auf die Lippen, um ihm zu bedeuten, dass er still sein solle.

»Doch so viel Freude ich an diesem Abend empfinde, bin ich auch ein wenig traurig, denn ... nächstes Jahr im Februar werde ich meinen Posten an dieser Schule aufgeben.«

Das Publikum atmete hörbar ein, und Emilys Herz schien plötzlich stillzustehen. Was hatte Susan da gerade gesagt? Sie wollte die Schule verlassen? Nicht mehr Schulleiterin sein? Das waren schlechte Nachrichten, denn es bedeutete, dass man jemand Neuen einstellen würde. Jemanden, der nichts über all das hier wusste, jemanden, der vielleicht Dennis zum stellvertretenden Schulleiter befördern würde. Dennis! Sie hatte ihn während des gesamten Stücks auf einem Dauerlutscher herumkauen hören. Das hatte sie nicht erwartet. Niemals.

»Meinem Mann wurde eine Stellung in Schottland angeboten, also werde ich ihn begleiten und in Frührente gehen.«

In Susans Stimme schwang echte Traurigkeit mit, und Emily wurde mit einem Mal bewusst, dass die Direktorin zwar oft sehr streng, aber immer auch fair gewesen war. Meistens mürrisch, aber trotzdem gerecht.

»Ein Neuanfang«, fuhr Susan fort. »Und das wünsche ich mir auch für Stretton Park. Das und eine neue Schulleiterin, die die großartige Arbeit des jetzigen Lehrkörpers weiterführen wird. Und ich hoffe sehr, dass es sich bei dieser neuen Leiterin um … Emily Parker handeln wird.«

Plötzlich schienen Emilys Beine nachzugeben, und das hatte nichts mit den Vintage-Schuhen zu tun, die schrecklich an den Zehen drückten. Sie lehnte sich Halt suchend an Lucas und Ray. Was hatte die Direktorin gesagt? Sie? Sie sollte die neue Schulleiterin werden?

»Natürlich müssen wir uns an die Vorschriften halten und die Stellung öffentlich ausschreiben … bla, bla, bla.« Sie lachte. »Ich kann es nicht glauben, dass ich ›bla, bla, bla‹ gesagt habe.« Sie wedelte mit der Hand vor ihrem Gesicht durch die Luft, als ihr Tränen in die Augen stiegen. »Ich halte Miss Parker wirklich für die beste Wahl für diese Stellung, und ich würde mir wünschen, dass Sie alle ihre Einstellung unterstützen. Aufsichtsrat, Lehrer, Eltern, Erziehungsberechtigte.« Sie deutete mit dem Finger auf das Publikum, als wollte sie jemanden hervorheben. »Und auch Sie, Eure Exzellenz. Ich weiß nicht, wie es Miss Parker gelungen ist, aber sie hat alle Anspielungen auf den christlichen Glauben untergebracht, die ich mir gewünscht habe. Darüber hinaus wurden Chanukka und das islamische Opferfest erwähnt, und vor allem handelte die Aufführung vom wirklichen Leben, so wie es in Stretton Park ist. Und natürlich gab es auch eine Karotte.«

»Karotte! Karotte!«, rief Felix mit geröteten Wangen und glänzenden Augen.

»Lassen Sie uns also noch einmal applaudieren für eine wunderbare, herzerwärmende Weihnachtsaufführung.«

Als das Publikum ein weiteres Mal seine Anerkennung zeigte, strahlte Emily über das ganze Gesicht. Susan setzte Vertrauen in sie. Sie hatte schon immer an sie geglaubt. Das Licht in der Aula ging an, und Emily ließ mit immer noch wackligen Knien, aber vor Freude übersprudelndem Herzen den Blick über die Zuschauer schweifen und sah, dass ihre Eltern heftiger klatschten als alle anderen.

»Alles in Ordnung?«, flüsterte Ray und legte einen Arm um ihre Taille, um sie noch besser zu stützen.

»Ich weiß es nicht«, gestand Emily mit zitternder Stimme. »Was ist hier gerade passiert?«

»Nun«, begann Ray und zog sie näher zu sich heran. »Ich habe schon von so etwas wie Weihnachtswundern gehört, bisher nur nie daran geglaubt. Aber …«

Sie wandte ihm das Gesicht zu und schaute ihn an. »Aber?«

»Du hast eines vollbracht«, erwiderte er. »Eigentlich tust du das jeden Tag mit diesen Kindern.«

Emily hätte ihn am liebsten geküsst, direkt auf der Bühne, doch wenn sie sich für die Stellung der Schulleiterin bewerben wollte, galt es, Anstand zu bewahren. Sie griff nach seiner Hand, verschränkte ihre Finger mit seinen und drückte sie. »Auf weitere Wunder«, flüsterte sie. »Von morgen an.«

Ray schenkte ihr ein Lächeln. »Da schließe ich mich an.«

KAPITEL
NEUNUNDSECHZIG

Krankenhaus Michael Munday, London
Weihnachten

Ray wollte nicht hier sein. Die Operation lag nun bereits vier Tage zurück, und er sehnte sich nach Normalität. Allerdings sah er es als Zeichen der Besserung an, dass er nicht mehr im Krankenhaus bleiben wollte. Am Tag seiner Operation hatte er im Aufwachraum geweint, weil er noch am Leben war – und weil der Alptraum, den er währenddessen gehabt hatte, nämlich dass James Morrisons Comeback-Album die Nummer eins der Charts erreicht hätte, endlich vorbei war. Am Tag nach der Operation hatte sich sein Hals wund und eng angefühlt, und er konnte sich nur schwer daran gewöhnen, nicht sprechen zu dürfen. Ständig ließ er den Filzstift oder den Notizblock fallen – manchmal beides gleichzeitig. Am dritten Tag hatten Brenda und sein Dad Kebabs von Mehmet besorgt, aber obwohl sie herrlich dufteten, brachte er es nicht fertig, sie zu essen. Und nun war Tag vier gekommen – Weihnachten. Noch nie hatte er es sich so sehr gewünscht, auf dem Sofa zu liegen und Wiederholungen von James-Bond-Filmen anzuschauen.

Sein Blick glitt zu dem Weihnachtsbaum hinüber, den Emily ihm unbedingt für die Dauer seines Aufenthalts hatte bringen wollen. Es handelte sich um den Baum, den Jonah im Wohnzimmer aufgestellt hatte. Eigentlich gefiel er ihr nicht, aber sie hatte versucht, ihn mit ihrem traditionellen

Weihnachtsschmuck ein wenig zu verschönern. Er mochte ihn – schon allein, weil Emily ihn hier für ihn aufgestellt hatte. Er konnte es kaum mehr erwarten, bis er wieder sprechen und ihr sagen konnte, wie sehr er sie liebte.

Die Tür flog krachend auf, und plötzlich sah es in dem Krankenzimmer aus wie in einem Pub kurz vorm Zapfenstreich. So viele Leute strömten herein, dass er bei all den Armen, Päckchen, Mützen und Mänteln Schwierigkeiten hatte festzustellen, wer wer war. Sogar einen Hund entdeckte er.

»Fröhliche Weihnachten! Ich kann nicht lange bleiben. Tucker hat erst die Hälfte seiner Runde gedreht und muss dringend pinkeln. Ich habe ihm zwar beigebracht, das möglichst nicht in feiner Gesellschaft zu tun, aber ganz verinnerlicht hat er das noch nicht.« Deborah grinste und zog an der Leine, als ihr Hund versuchte, den Boden unter dem Bett zu erkunden. »Ich habe dir etwas mitgebracht, hatte aber keine Zeit, es zu verpacken. Es ist ein elektronisches Notizbuch. Ich weiß, dass du bald wieder sprechen kannst, aber ich konnte den Gedanken an all die armen abgeholzten Bäume nicht ertragen, die das Papier für deine Notizen liefern müssen.« Sie legte eine Schachtel auf Rays Bett. »Ich muss los – ich habe Oscar damit beauftragt, sich um den Rosenkohl zu kümmern. Frohe Weihnachten, Ray.« Sie beugte sich vor und küsste ihn auf die Wange. Noch bevor er eine Chance hatte, seinen Stift in die Hand zu nehmen, war sie bereits wieder verschwunden.

»Jetzt sind wir dran!«, rief Allan, sprang nach vorn und reichte Ray ein aufwendig verpacktes Geschenk. »Das ist ein Schal!«

»Allan!«, tadelte Jonah ihn. »Jetzt hast du die Überraschung verdorben.«

»Wir müssen in zwanzig Minuten bei deinen Eltern sein, sonst futtern deine Cousins alles weg, und wer weiß, ob wir uns auf dem Weg durch die Siedlung nicht noch an irgendeinem ausgebrannten Fahrzeug vorbeischlängeln müssen.« Allan grinste Ray an und setzte sich auf die Bettkante. »Es ist ein sehr hübscher Schal. Ein Designermodell. Ich habe ihn ausgesucht. Er ist so dehnbar, dass du ihn dir wie eine Maske übers Gesicht ziehen kannst, wenn du von den Paparazzi verfolgt wirst. Zwei Geschenke in einem.«

»Allan meint, der Schal wird dir während deiner Erholung den Hals wärmen, und später kannst du ihn …«, begann Jonah.

»Später kannst du ihn dazu verwenden, Emily im Schlafzimmer zu fesseln«, unterbrach Allan ihn und klatschte lachend in die Hände. »Drei Geschenke in einem!«

»Doppel-L!«, wies Emily ihn zurecht.

Ray wandte ihr nun seine ganze Aufmerksamkeit zu. Sie sah wunderschön aus, die Haare unter eine Wollmütze geschoben, das Gesicht vom Winterwetter leicht gerötet. Als sie ihren Mantel aufknöpfte, rieselten Schneeflocken auf den Krankenhausboden.

»Nun, ein Vögelchen hat mir gezwitschert, dass Ray aus dem Gästezimmer ausgezogen ist«, sagte Allan.

»Wie …«, begann Emily. Ray lächelte und beobachtete, wie sie sich an ihren besten Freund wandte. »Jonah, habe ich's doch gewusst! In meiner Küche sah es irgendwie anders aus!«

»Ich war kurz da, weil ich in der Arbeit einen weiteren Schneebesen gebraucht habe. Und dabei ist mir aufgefallen, dass es im Schlafzimmer anders aussieht. Und in meinem ehemaligen Zimmer stehen nur noch zwei Gitarren.«

Ray kritzelte etwas auf seinen Notizblock.

»Oh, er will uns etwas sagen«, verkündete Allan. »Ich meine, er schreibt etwas auf!«

»Er kann dich hören«, erinnerte Emily ihn, nahm ihre Mütze ab und stellte sich neben das Bett.

Ray hielt seinen Notizblock in die Höhe. Darauf stand:

Sie überlässt mir immer noch kein Fach in ihren Kleiderschränken!

»Ha!«, rief Allan. »Viel Glück damit! Jonah hat mir erzählt, dass all ihre Schränke mit Klamotten vollgestopft sind.«

»*Ich* kann dich auch hören!«, empörte sich Emily.

»Wir sollten jetzt gehen«, warf Jonah ein. »Allan hat recht – meine Cousins werden alles allein verputzen, wenn wir nicht rechtzeitig zum Essen kommen.« Er lächelte. »Euch beiden frohe Weihnachten!« Er streckte Ray seine Hand entgegen, und Ray ergriff sie und zog Jonah zu sich heran, um ihn zu umarmen.

»Oh, sie umarmen sich«, stellte Allan entzückt fest.

»Fröhliche Weihnachten!« Emily drückte beide rasch an sich, bevor sie das Zimmer verließen.

Ray begann wieder zu schreiben.

Dad und Brenda waren heute Vormittag hier. Sie waren auf dem Weg zu einem Restaurant mit Fleischbüfett. Wie passend!

»Kommen sie später noch einmal hierher? Dann gehe ich nach Hause und hole die Geschenke.« Emily schien aufbrechen zu wollen.

Ray griff rasch mit der rechten Hand nach ihrer, tauschte

sie dann gegen die linke aus und griff mit der rechten nach seinem Stift.

Geh nicht weg ...

Emily las die Worte. »Das klingt ziemlich besitzergreifend, aber es gefällt mir.« Sie setzte sich auf die Bettkante, während er weiterschrieb. Diese Art der Kommunikation deprimierte ihn. Er hatte es mit einem Laptop versucht, doch dann festgestellt, dass er schneller mit der Hand schreiben als tippen konnte.

Ich finde es schrecklich, dass ich nicht mit dir sprechen kann. Dr. Crichton sagt, es dauert noch ein paar Tage. Ich habe keine Ahnung, wie meine Stimme sich dann anhören wird. Ich hoffe, nicht wie die von Joe Pasquale ... Das habe ich jetzt nicht richtig geschrieben, oder?

Emily lachte, als sie das las. »Ich bin nicht sicher, ob du das richtig geschrieben hast, aber ich weiß, was du meinst – ich kenne seine Stimme. Und ich drücke dir die Daumen.«

Er versuchte, den Stift noch schneller über das Papier gleiten zu lassen. Vielleicht sollte er Deborahs Geschenk öffnen und damit weitermachen. Er schrieb noch ein paar Zeilen und drehte ihr dann den Block zu.

Obwohl ich in einem Krankenhausbett liege, ist es das schönste Weihnachten, das ich jemals erlebt habe. Jetzt wird alles gut, das spüre ich.

Auf Emilys Gesicht zeichnete sich eine ganze Reihe von Gefühlen ab, und er drückte rasch ihre Hand.

»Ich spüre das auch«, erwiderte sie mit leicht stockender Stimme.

Er ließ ihre Hand los, um nach dem Notizblock zu greifen, und begann wieder zu schreiben.

Unter dem Weihnachtsbaum, den du nicht leiden kannst, liegt ein Geschenk für dich.

Sie lachte. »Der Baum ist schon in Ordnung.« Als sie aufstand, schrieb er rasch weiter.

Du magst ihn nicht.

»Das stimmt.«

Er hielt den Notizblock in die Höhe und schwenkte ihn durch die Luft. Dann beobachtete er, wie sie das kleine, sorgfältig eingewickelte Päckchen aufhob, an sein Bett zurückkam und sich seufzend setzte.

»Du hättest mir nichts schenken müssen.«

Er kritzelte schnell etwas auf den Block.

Es ist kein Käse.

Sie lachte wieder. »Vielleicht sollte ich es lieber nicht öffnen.«

Mach schon, oder ich gebe es der Person, die mich hier so liebevoll betreut. Sein Name ist Blake.

Emily wickelte das Päckchen vorsichtig aus und zog eine an den Ecken leicht abgestoßene rote Samtschatulle hervor. Das war kein Kästchen, das man anschließend wegwarf, sondern ein hochwertiges altes Stück, und sie konnte es kaum erwarten, zu sehen, was sich darin befand. Sie warf Ray einen Blick zu, bevor sie den Deckel hob. Er hatte so viel durchgemacht und wirkte trotzdem immer noch stark, unnachgiebig und unverwüstlich. Sie hoffte, dass seine Operation ein Erfolg war und es von nun an nur noch bergauf gehen würde – für ihn als Künstler und für sie beide als Paar.

Sie hob den Deckel an. Er öffnete sich mit einem satten metallischen Geräusch. Emily holte tief Luft und drückte eine Hand gegen die Brust, während sie zuerst die Brosche und dann Ray ansah.

»Ray … sie ist … sie ist wunderschön.« Ihr fehlten die Worte, um zu beschreiben, wie zauberhaft dieses Geschenk war und wie gut es zu ihr passte. Es war ein atemberaubend schöner silberner Stern, besetzt mit Diamanten oder künstlichen Diamanten oder irgendwelchen anderen durchsichtigen Steinen, deren Namen sie nicht kannte. Es war ihr gleichgültig, woraus sie bestanden, denn dieses Geschenk war sorgfältig und mit viel Gefühl ausgesucht worden – und mit Liebe. Sie konnte sich kaum an der Schönheit des Sterns sattsehen, doch Ray reichte ihr eine weitere Notiz.

Der Mann in dem Laden sagte, das sei Art déco. Ich weiß nicht, ob das stimmt, aber er wirkte ziemlich seriös. Ich habe die Brosche gekauft, weil sie mich an dich, an die Kinder von Stretton Park und die Aufführung erinnert, die uns zusammengebracht hat. Das ist unser Weihnachtsstern.

»Unser Weihnachtsstern.« Emily traten Tränen in die Augen, als sie den Mann anschaute, der ihr beigebracht hatte, wieder zu lieben. »Der größte, hellste und verrückteste von allen.« Sie drückte langsam und vorsichtig einen Kuss darauf, ein wenig ängstlich, ihn dabei zu zerbrechen. Dann lächelte sie Ray an. »Ich liebe dich, Ray Stone.«

Dieses Mal schrieb er sehr schnell in großen Buchstaben und ohne jegliches Zögern.

Und ich liebe dich, Miss Parker.
Fröhliche Weihnachten!

EPILOG

Freedom Music Festival

Sieben Monate später – Sommer

Es war ein absolut perfekter Sommertag in London, und Emily genoss ihn in vollen Zügen. Der Himmel war strahlend blau, und ein angenehmer Duft nach Eiscreme, frisch gemähtem Gras, Sonnenmilch und Barbecue hing in der Luft. Gutes Wetter bedeutete guten Umsatz für die Wohltätigkeitsaktion der Kanzlei ihrer Eltern und mehr Geld für die drei karitativen Zwecke. Es war ein wenig schade, dass sie Alegra und William nicht wie bei einem richtig feuchten Glastonbury Festival in Gummistiefeln knietief im Schlamm würde herumlaufen sehen, doch ein gutes Werk war wichtiger als ihr Bedürfnis, wieder einmal herzhaft zu lachen. Außerdem hatten sich ihre Eltern seit Weihnachten immer mal wieder bei ihr gemeldet. Sie hatten sie und Ray sogar in ihr Haus eingeladen, und nicht nur zu einer Dinnerparty, bei der ihre Tochter unbedingt dabei sein musste. Alegra hatte sogar selbst gekocht. Und das Zitronenhuhn hatte so schrecklich geschmeckt, dass William sie gebeten hatte, nie wieder zu kochen. Emily hatte ihm dabei geholfen, mit einer App, die sie auf seinem Handy installiert hatte, eine Bestellung bei einem Lieferservice aufzugeben. Natürlich hatten sie die Pizzas mit Messer und Gabel essen müssen, doch ihr Dad hatte das Essen als »äußerst verträglich« bezeichnet.

»Vielen Dank«, sagte Emily, als eine Familie, die das

Konzert besuchte, ein paar Münzen in ihre Sammelbüchse warf. Sie stellte sie für einen Moment auf dem Gras ab und knotete ihr Ray-Stone-T-Shirt an der Taille zusammen. Ray hatte gelacht, als sie es am Morgen angezogen hatte, und ihr erklärt, dass es ihn beinahe davon abhalten würde, sie zu küssen, wenn er auf sein Schattenprofil auf ihrer Brust schauen musste. Emily hatte darauf beharrt, dass es eine großartige Werbung für sein Konzert und seine bevorstehende Tournee sei. Außerdem gefiel ihr das Design, das Deborah ausgesucht hatte.

»Hey«, begrüßte Ray sie mit dem Mund direkt neben ihrem Ohr und legte seine Hände an den Bund ihrer abgeschnittenen Jeans. Sie liebte es immer noch, wenn sie hörte, wie er »hey« sagte, denn sie erinnerte sich noch gut an die zehn Tage, in denen sie sich nur mit Hilfe eines elektronischen Notizblocks und Post-its verständigen konnten. Einmal hatten sie sogar mit Schokoladenkügelchen Buchstaben gelegt.

»Hey.« Emily drehte sich zu ihm um. Eine zerrissene Jeans, Stiefel und ein eng anliegendes ärmelloses T-Shirt, in dem er unverschämt gut aussah … Die langärmeligen Winterhemden waren eingemottet, und sein Selbstvertrauen war mittlerweile so weit wieder hergestellt, dass ihn die Narbe an der Schulter kaum mehr störte. Er trug einen kurz geschnittenen Bart, und sein braunes Haar war zerzaust und so sexy, wie es ihr gefiel.

»Oje, du trägst ja immer noch mein Gesicht mit dir herum!«, rief er und hielt sich die Hände vor die Augen.

»Ich hoffe, dass du nicht auf all deine Fans so reagierst«, meinte Emily und fuhr mit dem Finger über das Bild auf ihrem Top.

»Wie meinst du das?« Ray ließ die Hände sinken und

trat einen Schritt näher. »So etwa?« Er küsste sie auf den Mund. »Oder so?« Der zweite Kuss war leidenschaftlicher. Er schmeckte nach zuckriger Limonade, nach einer Sommerwiese und ... waren das Haribos? Emily wich zurück und ließ den Blick über die anwachsende Menge schweifen. Einige Besucher hielten Ausschau nach den besten Picknickplätzen, andere gingen näher zur Bühne heran, um sich die Vorband anzuhören. »Ist Dennis hier?«

»Ja«, bestätigte Ray. »Mit seiner Mum. Er hat mir ein paar Gummibärchen angeboten. Dort drüben steht er – er stellt gerade einen Sonnenschirm auf.«

Emily hob die Hand, um ihre Augen gegen das Sonnenlicht abzuschirmen, und folgte Rays Geste. Da war sie, die mysteriöse Mrs Murray. Eine ihrer ersten Aufgaben als Schulleiterin in Stretton Park hatte darin bestanden, eine Vertretung für Penny während ihres Mutterschaftsurlaubs zu finden. Dennis' Mutter hatte sich für die Stelle beworben, war aber dann nicht zum Vorstellungsgespräch erschienen – angeblich wegen »anderer Verpflichtungen«. Emily hatte schon beinahe angenommen, dass sie gar nicht existierte und dass Dennis lebte wie Norman Bates. Doch anscheinend hatte sie sich getäuscht.

»Miss Parker!«

Als Emily sich umdrehte, sah sie einige ihrer Kinder über den Rasen auf sich zulaufen. Allerdings waren es eigentlich nicht mehr *ihre* Kinder. Die Schüler ihrer sechsten Klasse hatten im vergangenen halben Jahr fleißig gelernt, waren unglaublich schnell gewachsen und würden alle ab September eine weiterführende Schule besuchen. Sie lächelte sie fröhlich an. Jayden mit Rashid, Alice, Cherry, Angelica, Felix – er trug einen Astronautenanzug, was am bisher heißesten Tag des Jahres keine sehr gute Idee war –, Makenzie in einem

T-Shirt in leuchtenden Regenbogenfarben und pinkfarbenen Shorts, Matthew, Charlie, Frema und Lucas.

»Ray! Ray!«, rief Felix und stellte dann fest, dass er vor dem Sprechen besser das Visier seines Helms öffnen sollte. »Ray! Ray!«

»Wie schön, euch alle zu sehen«, begrüßte Emily sie und fuhr einigen durchs Haar und klatschte mit anderen ab. »Danke, dass ihr gekommen seid. Und ein Dankeschön auch an eure Eltern, dass sie es euch erlaubt und euch hergebracht haben.«

»Wir haben zwei von Idris Elbas Babys adoptiert«, verkündete Matthew. »Der Mann im Tierheim hat gesagt, dass sie in freier Wildbahn nicht überleben können, also wohnen sie jetzt bei uns.«

»Das ist toll«, erwiderte Emily. »Welche Namen habt ihr ihnen gegeben?«

»Meiner heißt Taylor«, sagte Charlie grinsend.

»Und meiner heißt Swift«, fügte Matthew hinzu.

Die ganze Gruppe lachte laut.

»Großartige Namen«, erklärte Ray.

»War jemand von euch schon auf der Riesenrutsche?«, erkundigte sich Emily. »Na los, dann erobert sie euch! Mein Freund Allan nimmt sie nämlich in Beschlag, seit hier geöffnet wurde.«

Und Jonah versuchte sich heute an einem neuen Projekt. Obwohl er seine Arbeit im Hotel mochte, suchte er nach einer neuen Herausforderung. Er wollte mehr experimentieren, seinen Gerichten eine einzigartige Note verleihen, und im Hotel musste er sich immer an vorgegebene Speisen halten, was Gift war für seine Kreativität. Er hatte einen Stand auf dem Festival, wo ihm einer seiner Souschefs half, die traditionellen karibischen Rezepte seiner Mutter zusammen mit eigenen Kreationen zuzubereiten. Emily wusste, dass das ein Test war, denn Jonah spielte mit dem Gedanken, ein eigenes Restaurant zu eröffnen, und sie war sicher, dass er damit großen Erfolg haben würde.

»Ich war auf der Hüpfburg«, erzählte Angelica.

»Jayden und ich haben an einem Toreschießen teilgenommen. Gegen einen Torhüter mit dem Namen David Seaman. Mein Vater hat gesagt, dass er früher mal berühmt war«, berichtete Rashid. »Ich habe drei Treffer geschafft.«

»Und ich vier«, fügte Jayden hinzu.

»Wann genau singen wir, Ray?«, fragte Alice.

»Ähm, ja … was das betrifft …«, stammelte Ray. Er warf einen Blick auf die Armbanduhr, und Emily spürte, dass er verlegen war.

»Das sollte doch eine Überraschung werden, Alice!«, rief Makenzie wütend.

»Tut mir leid!«, fauchte Alice. »Aber es ist ja niemand deswegen gestorben!« Sie verdrehte die Augen.

»Ihr singt?«, fragte Emily.

»Ich habe das Einverständnis der Eltern«, erklärte Ray. »Alles ganz korrekt. Ich konnte es nicht riskieren, den Zorn der Schulleiterin auf mich zu ziehen – wie ich gehört habe, kann sie ziemlich böse werden, wenn es darauf ankommt.«

»Tatsächlich?« Emily ging einen Schritt auf ihn zu.

»Iiih, sie wollen sich küssen!«, stöhnte Matthew und legte eine Hand über die Augen.

»Küsschen! Küsschen!«, rief Felix.

*

Das Tagesprogramm des Festivals war gut angekommen, und nun, als die Temperaturen am Abend abkühlten, wurde es Zeit für den Hauptact auf der Bühne. Es war Rays erstes großes Konzert seit seiner Operation, aber nicht sein erster Test. Nach seiner Genesung hatte er tatsächlich im Ronnie Scott's gesungen. Die kleine, intime, aber ausverkaufte Show hatte ihm gezeigt, dass seine Stimme immer noch perfekt war. Daraufhin hatte er sich mit aller Macht und Begeisterung auf sein Comeback und neue Songs gestürzt. Sein Album war mittlerweile fertig und sollte im nächsten Monat veröffentlicht werden, und im ganzen Land waren Konzerte geplant, um es zu promoten. Er konnte es kaum erwarten, wieder auf Tour zu gehen und seinen Traum vom Songschreiben und von Konzerten zu leben, doch es würde ihm fehlen, nicht jeden Tag neben Emily aufzuwachen. Deshalb hatte er die sechste Klasse, die große Streitmacht, gebeten, ihm zu helfen.

»Guten Abend zusammen«, begrüßte Ray die Menge von seinem Platz am Flügel. »Ich bin Ray Stone.« Hunderte Festivalbesucher klatschten begeistert. »Und das sind meine großartigen Freunde von der Grundschule Stretton Park.«

*

»Wir haben Tausende eingenommen«, stellte Alegra fest und ließ den Spendenkübel im VIP-Bereich neben Emily auf den Boden plumpsen. »Ich schleppe wahrscheinlich Hunderte Pfund in kleinen Münzen mit mir herum.« Sie warf einen Blick in den Eimer. »Diese winzigen silbernen Dinger habe ich noch nie zuvor gesehen.«

»Die Fünf-Pence-Stücke?«, fragte Emily.

»Winzig!«, wiederholte Alegra. »Kleiner als Pennys. Was will man damit?« Sie seufzte laut. »Dein Vater hat sich schon wieder einen Hut gekauft. Mit einer lächerlichen Feder. Ich weiß nicht, was in letzter Zeit mit ihm los ist. Er scheint eine Midlife-Crisis zu haben, die sich nur mit dem Kauf von Hüten ertragen lässt. Hast du von so etwas schon einmal gehört?«

»Nein, Mum«, erwiderte Emily. »Aber psst, Ray und die Kinder werden gleich singen.«

»Glaubst du etwa, das weiß ich nicht?«, fragte Alegra. »Deshalb bin ich doch hier.«

»Wir haben es doch nicht etwa verpasst, oder? Len wollte unbedingt noch zu dieser Wurfbude mit den Kokosnüssen. Ich habe ihm gesagt, dass ich Kokosnüsse nicht mag, aber er hat mir gar nicht zugehört.« Brendas Gesicht war gerötet, und sie keuchte, als hätte sie soeben den London Marathon hinter sich gebracht. Ihr Sommerkleid war ein wenig zu kurz, und jedes Mal, wenn sie einatmete, konnte Emily ihre neongrüne Unterhose sehen. Ein Anblick, den man nicht so schnell wieder vergaß …

»Kokosnüsse sind gesund«, verkündete Len, der inzwischen ebenfalls eingetroffen war. »Außer man ist allergisch dagegen – dann sollte man lieber die Finger davon lassen.« Er lachte keuchend.

»Zuckerwatte?«, fragte Allan und schob Emily eine rosarote flauschige Wolke vor die Nase.

»Oder lieber karibischen frittierten Stockfisch?«, fragte Jonah. Er hielt ein Schälchen mit wunderbar duftenden Speisen in der Hand.

»Kann ich beides haben?«, erkundigte sich Emily. »Aber erst nachdem Ray und die Kinder gesungen haben. Ruhe jetzt!«

»Dieser VIP-Bereich ist wirklich toll.« Dennis kam auf sie zu.

Emily verzweifelte fast. Alles, was sie wollte, war, Rays

Eröffnungsnummer zu hören – zusammen mit den Kindern war das etwas ganz Besonderes.

»Dennis, bitte nimm dir ein Wasser und ein paar M&Ms, aber lass mich in Ruhe zuhören.«

»Ich muss mit dir über meine Mutter reden.«

»O Dennis, hat das nicht Zeit bis nach den Ferien?« Emily war allmählich genervt.

»Nun, eine Schulleiterin verhält sich nicht so«, meinte Dennis. »Susan hat immer zugehört.«

»Susan hat ständig das Budget gekürzt«, entgegnete Emily. »Und das war nicht immer ihre Schuld.« Auch sie hatte Probleme, die Kosten niedrig zu halten, aber sie jonglierte mit den Ausgaben, so gut es ging.

»Darüber musst du dir wahrscheinlich bald keine Sorgen mehr machen«, fuhr Dennis fort. »Das Budget sollte Aufgabe deiner Assistentin sein.« Er lächelte. »Mutter ist der Ansicht, dass Kochen unter ihrer Würde ist. Sie möchte sich als Stellvertreterin der Schulleiterin bewerben.«

Emily öffnete den Mund zu einer Erwiderung, doch ein Ruf von der Bühne ließ sie innehalten.

»Emily, kommst du bitte zu uns nach oben?«

Jonah versetzte Emily einen kräftigen Schubs, und Allan packte sie an den Schultern und drehte sie zum Bühnenaufgang. Und plötzlich wurde sie von ihren Freunden und Familienmitgliedern weggezerrt und wieder in das grelle Licht gestoßen. Dieses grelle Licht, das sie trotz ihrer Beziehung zu einem der größten Stars in Großbritannien immer gemieden hatte. Rays Job brachte es aber nun mal mit sich, dass er im Rampenlicht stand. Sie hingegen brauchte für ihre Arbeit hauptsächlich einen Rotstift.

»Applaus für meine Freundin, Miss Emily Parker«, sagte Ray ins Mikrofon.

Seine Freundin. Ja, sie war seine Freundin. Und er war ihr Freund. Seit sieben Monaten waren sie nun so fest miteinander verbunden, wie man es in einer Partnerschaft nur sein konnte. Wie jedes Paar versuchten sie, für den Augenblick zu leben, und sich in eine Zukunft vorzutasten, die niemand vorhersehen konnte.

»Was tust du da?«, flüsterte Emily ihm zu, als sie auf der Bühne angekommen war und den Jubel und Applaus der Menge hörte.

»Das ist der Anfang der Show«, erwiderte Ray.

»Mit mir?«

»Nie mehr ohne dich.« Ray lächelte. »Setz dich zu mir.« Er klopfte neben sich auf den Klavierhocker.

»O Ray, du weißt doch, dass mein Auftritt am Klavier nur eine einmalige Sache war, und …«, begann Emily. Ihre Wangen brannten – das lag sicher daran, dass sie mitten auf der Bühne stand. Außerdem hatte sie einen leichten Sonnenbrand.

»Dieses Mal musst du nicht spielen«, beruhigte Ray sie. »Nur zuhören.« Er schenkte ihr ein Lächeln, und der Blick aus seinen Augen, in der Farbe von Herbstblättern, war einen Augenblick lang auf ihre gerichtet, bevor er sich wieder den Kindern zuwandte. »Seid ihr bereit?«, fragte er sie.

Alle nickten und traten an ihre Mikrofone. Dann begann Ray zu spielen, das Schlagzeug setzte ein, und seine wunderbare Stimme ertönte, als er die ersten Zeilen von Jason Derulos »Marry Me« sang.

Tränen liefen ihr übers Gesicht, und Emily konnte nichts dagegen tun. Ray und die Kinder hatten einen Heiratsantrag gesungen, und nun lag auf den elfenbeinfarbenen Tasten des Klaviers ein wunderschöner Goldring in Form von zwei miteinander verschlungenen Herzen aus Diamanten. Die Zeit schien stillzustehen, und sie und Ray waren in diesem Moment ganz allein miteinander.

»Edwardianisch«, erklärte Ray nervös. »Vielleicht. Wahrscheinlich.«

»Ich weiß nicht, was ich sagen soll«, meinte Emily. Sie hatte immer noch Tränen in den Augen.

»Sag irgendetwas«, bat Ray sie. »Selbst, wenn es ein Nein ist und du mir sagen willst, dass ich bei weitem nicht gut genug für dich bin.«

»Meine Güte, Ray, das denkst du doch nicht wirklich?«

»Wenn du … wenn du Ja sagst, machst du mich zum glücklichsten Mann der Welt.« Er schluckte. »Und ich werde diesen Ring nicht mehr an mich nehmen. Wenn du also Nein sagst, muss ich den Rest des Konzerts um diese Tasten herum spielen.«

Emily wischte mit den Fingern über ihre Augen. »Nimm den Ring.«

»Wirklich?«

Sie nickte und streckte ihm ihre linke Hand entgegen.

Mit zitternden Fingern hob er den filigranen Ring von den Tasten und hielt kurz inne. »Emily Parker, willst du mich heiraten?«, flüsterte er leise und schaute ihr dabei in die Augen.

»Ja«, antwortete sie atemlos und ohne einen Hauch von Zweifel. »Ja, ich will.«

Ray steckte ihr den Ring an den Finger und zog sie an sich. Die Kinder klatschten und jubelten und hüpften begeistert auf und ab wie aufgeregte Igel.

Emily drückte Ray an sich. Nur dieser Augenblick zählte, die Freude, die Zufriedenheit und die Euphorie in ihrem Herzen. Und dann kam sie zu sich und erkannte, dass es noch etwas zu tun gab. Sie wollte die Festivalgäste, ihre Freunde, ihre Familie und die ganze Welt nicht im Ungewissen lassen. Mit klopfendem Herzen griff sie nach dem Mikrofon.

»Ich habe Ja gesagt!« Sie lächelte strahlend. »Ja! Wir werden heiraten!«

DANKSAGUNG

Zu jedem Buch gehört auch ein großes Dankeschön! Hier sind die Superstars, denen ich für ihre Hilfe bei *Winterzauber in Mayfair* danken möchte.

Dem Team bei Aria Fiction/Head of Zeus – Hannah Smith, Vicky Joss, Nikky Ward, Laura Palmer. Vielen Dank für eure tolle Unterstützung. Es macht großen Spaß, mit euch allen zu arbeiten, und eure anhaltende Begeisterung für meine Bücher erwärmt mir das Herz! Zu wissen, dass ihr zu hundert Prozent hinter jeder neuen Geschichte steht, bedeutet mir alles!

Meine Agentin Tanera Simons. Jedes Buch ist eine neue Reise, und du tust so vieles hinter den Kulissen, was niemand sieht. Danke, dass du an mich glaubst und mir immer wieder einen Schubs gibst, wenn sich neue und aufregende Möglichkeiten ergeben!

Meine besten Kolleginnen und Freundinnen – Sue Fortin, Rachel Lyndhurst und Zara Stoneley. Ihr seid immer für mich da, feiert in guten Zeiten mit mir und nehmt mich in den Arm, wenn es einmal nicht so gut läuft. Vielen Dank, dass ihr euch im Frühling von meinen Weihnachtsliedern habt bombardieren lassen und euch immer Zeit für mich genommen habt!

Mein Mann Mr Big und meine Kinder Amber und Ruby. Ihr drei habt mir beim Singen meiner Weihnachtslieder mit neuen Texten zuhören müssen, und keiner von euch hat mich gebeten, endlich damit aufzuhören. Amber und Ruby, ihr habt sogar mitgesungen! Vielen Dank dafür, dass ihr versucht habt, das verrückte Arbeitsleben einer Autorin zu verstehen, auch wenn es bedeutet, dass wir weniger Zeit haben, chinesisch essen zu gehen.

Meine wunderbaren Bagg Ladies – ihr seid meine erste Anlaufstelle für all meine Buchideen und gebt mir immer großartige Unterstützung. Danke für eure Hilfe und eure Ratschläge und dafür, dass ihr Neuigkeiten geheim haltet, bis wir sie der Welt verraten können.

Den Mitgliedern meines Mandy Baggot Book Club und all meinen Leserinnen und Lesern auf der ganzen Welt – vielen Dank dafür, dass ihr meine Bücher kauft und lest und meine Geschichten mögt. Ohne eure Unterstützung könnte ich nicht weiterschreiben. Es bedeutet mir sehr viel, dass ihr in den sozialen Medien über meine Bücher berichtet und Bewertungen schreibt. Ich danke euch aus tiefstem Herzen!

Liebe Leserinnen und Leser,

ich versuche, nicht zu weinen. Okay, ich muss zugeben, dass mir die Tränen kamen, als ich die letzten Szenen von *Winterzauber in Mayfair* geschrieben habe. Die Beziehung zwischen Emily und Ray hat mich sehr bewegt, und ich habe mit Freuden ein Happy End für sie geschrieben. Und seit ich das Buch beendet habe, höre ich immer wieder »Marry Me« von Jason Derulo.

Ich hoffe, dieser Roman hat in Ihnen allen festliche Gefühle geweckt, und Sie sind bereit für einen Winter, an den Sie sich noch lange gern zurückerinnern werden. Ich würde gern erfahren, was Ihnen an diesem Roman am besten gefallen hat. War es der attraktive Ray? Oder Emily, die sich wieder gefunden und den Verlust von Simon überwunden hat? Oder Jonah und Allan? Oder haben Ihnen die Kinder der Grundschule Stretton Park das Herz gestohlen? Und da waren ja auch noch die Igel … Olivia und Idris senden Ihnen igelige Weihnachtsgrüße!

Ich versuche immer, meine Bücher so lebensnah wie möglich zu schreiben – für mich ist das Leben tatsächlich eine romantische Komödie. Oft wird viel gelacht, doch hin und wieder gibt es auch schwere, herausfordernde Zeiten. Einige der in *Winterzauber in Mayfair* angesprochenen Themen sind sehr real. Die Notlage der Igelpopulation in London ist eines davon. Bitte besuchen Sie die Seite des London Wildlife Trust – dort erfahren Sie mehr über den Bestand von Igeln und bekommen Tipps, wie Sie helfen können, deren Population zu schützen.

Auch das Thema häusliche Gewalt wird in diesem Buch erwähnt. Mir ist bewusst, dass manche Leute glauben, eine romantische Komödie sei dafür nicht geeignet, doch dieser Meinung bin ich nicht. Wie in Rays Geschichte leiden jeden Tag tausende Männer und Frauen, ohne sich jemandem anzuvertrauen, weil sie zu viel Angst davor haben. Ich hoffe, dass ich dadurch der ein oder anderen Person helfen konnte – selbst wenn es nur eine einzige wäre, würde das schon genügen. Wenn Sie mehr darüber erfahren wollen oder Hilfe brauchen oder jemanden kennen, der Hilfe braucht, dann besuchen Sie bitte die nachfolgend genannten Websites.

www.weisser-ring.de/haeuslichegewalt
www.hilfetelefon.de

Doch das Leitmotiv von *Winterzauber in Mayfair* ist eine Botschaft der Hoffnung. Es geht um Freude an Vielfalt und darum, das Leben so zu nehmen, wie es kommt – immer eine Strophe nach der anderen!

Fröhliche Weihnachten Ihnen allen!

Mandy

Folgen Sie Mandy auf Twitter: @mandybaggot
Folgen Sie Mandy auf Instagram: @mandybaggot
Liken Sie Mandy Baggot auf Facebook:
Mandy Baggot Author
Treten Sie dem Mandy Baggot Club auf Facebook bei
Besuchen Sie Mandys Website und tragen Sie sich für ihren monatlichen Newsletter ein: www.mandybaggot.com

Autorin

Mandy Baggot ist preisgekrönte Autorin romantischer Frauenunterhaltung. Sie hat eine Schwäche für Kartoffelpüree und Weißwein, für Countrymusic, Reisen und Handtaschen – und natürlich für Weihnachten. Die Autorin lebt mit ihrem Ehemann, ihren beiden Töchtern und den Katzen Springsteen und Kravitz in der Nähe von Salisbury.

Mandy Baggot im Goldmann Verlag:

Winterzauber in Manhattan. Roman
Winterzauber in Paris. Roman
Winterzauber in Notting Hill. Roman
Winterzauber im Central Park. Roman
Winterzauber in Mayfair. Roman

(☛ auch als E-Book erhältlich)

GOLDMANN
Lesen erleben

Unsere Leseempfehlung

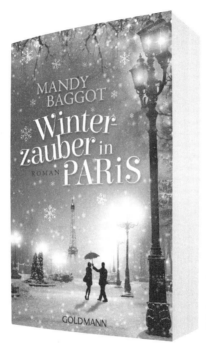

480 Seiten
Auch als E-Book
erhältlich

Ava und ihre beste Freundin landen genau zur richtigen Zeit in Paris: Der erste Schnee fällt, der Eiffelturm erstrahlt in goldenem Licht, und der Duft von Zimt liegt in der Luft. Die beiden Freundinnen sind nicht ohne Grund in der Stadt der Liebe. Ava braucht nach einer hässlichen Trennung Ablenkung. Und was ist da besser als Pariser Weihnachtsmärkte, Spaziergänge an der Seine und warmes Pain au Chocolat? Gerade als Ava glaubt, dass sie gar keine Männer im Leben braucht, begegnet sie dem geheimnisvollen Fotografen Julien. Sein französischer Akzent, seine haselnussbraunen Augen – und um Ava ist es geschehen …

www.goldmann-verlag.de
www.facebook.com/goldmannverlag

GOLDMANN
Lesen erleben

Unsere Leseempfehlung

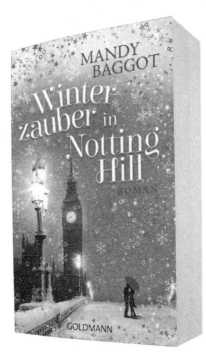

496 Seiten
Auch als E-Book
erhältlich

Isla und Hannah Winters leben schon immer in Notting Hill. Seit ihre Eltern bei einem Autounfall starben, kümmert sich Isla um ihre an den Rollstuhl gefesselte Schwester. Überhaupt hält die gesamte Nachbarschaft zusammen wie eine große Familie. Vor allem zu Weihnachten, wenn die Häuser des Viertels in warmem Licht erstrahlen und köstliche Düfte vom Portobello-Markt herüberwehen. Umso schockierter sind alle über die zerstörerischen Pläne der Immobilienfirma, bei der Isla arbeitet. Und ausgerechnet Isla soll dem neuen CEO bei seinem Londonbesuch jeden Wunsch von den Lippen ablesen ...

www.goldmann-verlag.de
www.facebook.com/goldmannverlag

GOLDMANN
Lesen erleben